KB261119

문학과 방법

문학과 방법

한국소설의 무의식

정장진 평론집

문학동네

정신분석을 통해 소설을 읽는다는 것은 무엇인가?

1. 소설에 대한 소설과 무의식

서구회화는 현대로 올수록 신화, 성경, 역사와 같은 텍스트와 결별하고 눈에 보이는 대상과도 헤어지고 마침내 물감과 캔버스로부터도 벗어나면서, 가장 격렬한 방식으로 미술 자체를 목적과 대상으로 삼아왔다. 우리는 가끔 '저것도 미술인가' 하는 의문을 느끼며 그 연장선상인 21세기 초에 살고 있다. 그러나 많은 미술사가들이 지적했듯이 마네로부터 시작된 회화의 이 도정은 눈에 보이는 것이었기 때문에 가장 격렬하게 여겨졌을 뿐, 소설보다 스스로를 목적과 대상으로 삼아온 역사나 실험의 정도가 더 긴 것도 더 격렬했던 것도 아니다.

소설이 문학과 삶과 역사에 대한 전체적인 시야를 확보하려는 집념과 관계된 것이라면, 언제나 소설 그 자체를, 나아가서는 언어 그 자체를 문제의식의 중심에 놓지 않을 수가 없다. 소설사에서 흔히

'소설에 대한 소설' 혹은 '반소설'이라 불리는 소설을 통한 소설에 대한 이러한 사유는, 세르반테스로부터 시작되었다. 그의 『돈키호테』가 근대성을 구현한 최초의 소설로 간주될 수 있는 것은, 소설이 소설 자체를 문제 삼음으로써 허구와 현실의 경계 속으로 다른 모든 대립적인 것들의 경계를 수렴할 수 있는 가능성을 열어놓았기 때문이다. 그 결과, 대립의 심부에 있는 경계선상에 설 때만 감득 가능한 모종의 세계가 있다는 어렴풋한 직관이 꾸준하게 소설의 대상이 될 수 있었다. 서구소설에 대해 좀더 이야기하는 것이 허락된다면, 돈키호테의 먼 후손인 카뮈의 『이방인』에 나오는 주인공 뫼르소를 잠시 언급할 수 있다. 카뮈는 러시아, 독일, 미국 작가들의 도움을 받기는 했어도, 묵언과 언어의 경계가 허구와 현실의 경계보다 더 포괄적인 것임을 선언함으로써, 어쩌면 그가 의도했던 것 이상으로, 소설이 언어 너머의 세계에 대한 탐구의 영역이 될 수 있는 가능성을 열어놓았다.

소설은 모든 것이 언어라는 형이상학적 직관을 사회와 역사로 연장시켜 적용하려는 유혹을 받지만, 그 유혹을 소설의 영역 안에서만 충족시켜야 하는 미학적 한계를 갖는다. 그래서 언제부턴가 비평은 소설을 단순한 허구 이상의 것으로 해석해야 할 대상으로 보았다. 현대로 올수록 보다 심각하게, 소설이 소설을 그리고 언어가 언어를 목적과 대상으로 삼았을 때 일어나는 이 카니발리즘의 혼란을 눈여겨 보아야 한다. 이 혼란은 소설이 스스로 미학적 한계를 넘어서려고 하면서 겪어야 했던 것이었다. 정신분석은 이 혼란을 눈여겨보는 여러 방법들 중 하나다.

흔히 생각하는 것과는 달리, 소설 비평과 연구에 적용되는 정신분석은 전통적으로 정신분석이 제시하는 몇 개의 정신현상 모델들에 안주할 수 없게 되었다. 예를 들어 가장 전형적인 모델인 오이디푸스 콤플렉스에 만족하던 시대는 이제 지나갔다. 수천 년 동안 반복되어온 것을 신기해할 필요도 없고 다시 지적할 이유도 없다. 오늘날 소설 연구에 사용되는 무의식은 프로이트의 무의식이 아니다. 프로이트는 그의 고백을 통해 포기했지만, 소설을 포함한 예술의 형식, 즉 소설을 통해 담을 수는 있지만 소설 외부에도 내부에도 없는 어떤 형식의 움직임을 추적하는 방법이 소설에 대한 정신분석인 것이다. 이런 이유로 소설에 대한 정신분석은 스스로 철학적, 이론적 정체성의 위기를 겪음으로써 인문학의 한 분야가 되는 역설적인 상황에 처해 있다. 같은 이유로 오랫동안 문학을 정신분석적 관점에서 세세하게 분석해온 프랑스 학자 장 벨맹 노엘은 '텍스트의 무의식'이라는, 얼핏 들어선 이해하기 쉽지 않은 말을 해야만 했다.

소설에 적용되는 정신분석은, 작가의 무의식이 의존하여 표현을 얻는 형식에 지나지 않는, 대체적으로 하나의 시작과 끝을 갖추고 있는 오이디푸스 콤플렉스 등의 개념을 다시 소설에 적용하여 그런 것들이 소설 속에 들어 있다는 지적을 하는 작업이 아닌 것이다. 정신분석이 문학에 적용되어 인문학의 울타리 속으로 들어온다는 것은, 인간의 정신이 언어를 통해 표현됨에도 불구하고 그 언어가 턱없이 부족하기 때문에 언어 이외의 다른 표현형식을 통해 이루어지는 그 움직임 자체를 미술, 종교, 신화, 영화 등의 다른 문화적 형식에 대한 이해로 연장하여 통합적으로 이야기할 수 있다는 것을 의미한다. 다시 말해 소설에 대한 정신분석은 일차적으로는 프로이트로부터 비롯된 무의식과 관련된 이론들을 참조하며 집단적, 개인적 문학사 속에서 반복되는 무의식적인 환상 패턴들의 추이를 추적하는 작업으로부터 시작하지만, 궁극적으로는 언어 너머의 표현 불가능한 것을 표현 가능한 상태로 만들어주는 정신과 문화의 놀라운 신비를 겨냥한다. 그러므로 소설에 대한 정신분석은 스스로 의식과 무의식, 현실과 허구, 언어와 이미지, 때론 삶과 살아 있을 때만 의식의 소여가 되는 죽음을 포함한 삶에 대한 의식의 형식 사이의 경계지대에 선다. 이때 분석자는 소설가와 유사한 입장에 있게 된다.

어쩌면 소설과 언어 너머의 세계에 대한 뚜렷한 직관을 버릴 수 없어서, 소설이 소설을, 언어가 언어를 목적과 대상으로 삼았을지도 모른다. 욕망과 한계를 동시에 갖고 있는 작가와 독자들이 소설이라는 형식을 만나 함께 형성하고 소진시키는 무의식은, 소설과 언어 너머의 세계에 대한 직관에 논리를 부여하고, 나아가 이 직관을 다른 장르 그리고 다른 사람들과도 나눌 수 있게 하는 거의 유일한 형식이자 영역인 것 같다. 그러므로 무의식은 하나의 소설이 씌어지는 형식이었듯이, 독서와 분석에서도 형식 그 이상이 될 수는 없다. 무의식은 진리나 신념이 아니며, 오이디푸스는 정신분석이 시작되는 출발점일 뿐, 결코 끝이 될 수 없는 것이다.

문학에 적용된 정신분석에 대해 많은 사람들이 오해를 하고 있다. 전혀 잘못된 정신분석 때문이기도 하지만, 그것이 전부라고 오인한 사람들의 안이함도 한몫을 했을 것이다. 소설을 정신분석적 인식론에 기대어 읽는다는 것은 어쩌면 무의식에 무한한 신뢰를 보냈던 초현실주의가 범했던 우를 다시 범하는 것처럼 보일 수도 있다. 초현실주의는 무의식을 의식의 주체라고 보았지만, 그들이 범한 잘못은 여기에 있는 것이 아니었다. 그들은 출발점을 종착점으로 오인했고, 그것을 표현하는 소수만 가질 수밖에 없는 방법을, 누구나 갖고 있는 모두의 것으로 간주하며 권력화했다. 이런 이유로 그들은 창작과 독서와 비평을 때로는 한 작품 안에서 동시에 진행할 수 있다고 믿었다. 하지만 진정으로 그들이 착각하고 있었던 것은 밖으로 드러난 무의식은 무의식이 아니라는 사실을 부인했다는 데에서 찾을 수 있다. 초현실주의 화가들이 무의식을 목적과 대상으로 삼았던 것은 회화성 자체를 목적과 대상으로 삼는 현대미술이 격렬하게 진행되던 때에 그 흐름을 역행한 것인데, 마그리트, 달리, 에른스트, 데 키리코 등 대표적인 화가들의 그림에서 작위적인 느낌을 지울 수 없는 것은 이 때문이다. 이들의 그림은 심각한 분위기에도 불구하고 실소를 짓게 한다. 오히려 뒤샹이나 혹은 그 이전의 모네가 훨씬, 진정한 의미에서 초현실주의자인 것만 같다.

초현실주의의 무의식과 소설의 무의식은 근본적으로 다르다. 또 소설이 아니라 소설에 대한 분석과 해석이 대상으로 삼는 무의식 역시 전혀 다른 차원에 위치한다. 소설의 무의식은 작가가 선택한 무의식이 아니다. 무의식은 선택의 문제가 아니기 때문이다. 프로이트는 그래서 극작품과 소설을 분석하고 있던 자신을 찾아온 초현실주의자들을 "완전히 미친 사람들"로 볼 수밖에 없었다. 또 프로이트는 고백했다. "나는 예술의 형태와 문학작품의 형식 등 내용이 아닌 것들에 대해서는 아마추어에 지나지 않는다"고. 이 고백은 진실한 것이었고, 정신분석적 인식론을 통해 문학을 포함한 예술에 접근하려고 할 때는 특히 중요한 의미를 지닌다.

소설의 무의식은 많은 사람들이 생각하는 것과 달리 소설 밖, 외부에 있지 않다. 다시 말해 작가의 무의식이 있고, 그것이 소설에 반영되는 것이 아니다. 그렇다고 무의식이 소설 내부에 있는 것도 아니다. 다시 말해 소설의 무의식은 누구에게나 또 어느 시대 어느 환경에서나 감지될 수 있는 완성된 객관적 형태로 존재하는 것이 결코 아닌 것이다.

2. 소설의 무의식이 위치해 있는 두 차원

소설의 무의식은 개인적 차원과 역사적 차원, 두 가지 차원에서 그 위상과 가치를 지닌다. 우선 소설의 무의식은 작가와 독자가 자신들의 사회적 조건들을 어느 정도까지 벗어날 수 있느냐에 따라 상이한 양상과 규모를 띠게 된다. 그래서 무의식은 작가와 독자가 글의 흐름을 통해 서로의 과거와 현재와 미래, 즉 서로의 역사를 중첩시킬 수 있을 때 보다 완전하게 드러난다. 작가와 독자가 자연인으로서의 사회적 조건들을 버릴 때 무의식은 그 빈자리만큼 드러나는지도 모른다. 하지만 이 빈자리는 거의 눈에 띄지 않을 정도로 미미하다.

소설을 정신분석적 인식론에 입각하여 볼 수 있는 여러 이유 중의 하나는 이 사회적 조건들을 버리는 일이 언어를 통해 일어난다는 데서 찾을 수 있다. 보다 정확히 말해 소설 속에서는 언어가 사물을 지칭하는 기능만이 아닌 다른 역할을 할 때가 발생하는데, 언어가 그저 사물을 지칭하고 연상시키는 정도가 아니라 사물을 대체하고 감각도 대신할 때, 그래서 동시에 언어에 의해 욕망이 비교적 금기 없이 생성되고 소진될 때, 언어는 이중 삼중의 깊이를 지닌 해석 대상으로 떠오르는 것이다. 정신분석은 이 모든 과정이 일어나는 소설이라는 이름의 텍스트를 욕망이 충족되는 과정으로 본다. 대부분 소설의 무의식은 그래서 의식의 금기를 눈에 띄지 않게 위반하거나 우회해야 하므로 하나의 혹은 몇 개의 결정적인 장면에만 국한되어 나타난다. 이 장면은 혹은 단어나 어떤 기미는 소설의 대부분을 차지하고 있는 문화적 묵계인 의식의 후미진 구석에, 말하자면 '살짝' 붙어 있다. 소설의 구십구 퍼센트는 의식인 것이다. 소설의 서사성과 작가의 미학적 배려나 의도가 중요한 이유도 여기에 있다. 욕망이 충족되는 과정으로서의 소설을 프로이트는 '승화'라고 불렀다.

하지만 이 결정적인 하나의 혹은 몇 개의 장면은 텍스트 전체를 통해, 나아가서는 한 작가의 작품세계 전체를 통해 반복된다. 이 반복을 통해 무의식은 역사적 차원에서의 위상과 가치를 갖게 된다.

유명한 오이디푸스 전설이나 업둥이 신화 혹은 다시 나타나는 망령으로서의 아버지나 분신의 존재 등은 거의 식상할 정도로 반복되어 왔다. 여기서 중요한 것은 반복 그 자체가 아니다. 정말로 중요한 것은 반복됨에도 불구하고 여전히 긴박함을 지니고 있는 반복되는 것들의 현재성이다. 하지만 진정으로 중요한 것은 이 현재성도 아니다. 반복되는 것은 미래에도 영원히 반복될 것이기 때문이다. 그래서 죽음을 포함한 인간 존재의 개별성이 의식과 무의식이 쌍을 이루어 영원히 반복되는 그 형식에 대한 인식에도 불구하고 그로부터 아무런 위안도 얻지 못한 채 무의식을 따라갈 때 비극이 태어난다. 이 비극을 인식하고 잊을 수 없을 때, 인간의 의식은 현상세계와의 대립을 해소시켜줄 수 있다고 믿었던 초월적 세계가 숨기고 있던 또다른 타자를 만나 다시 대립하는 새로운 위치에 서게 된다. 인간의 의식은 그래서 이성과는 다른, 순수형식과도 다른, 그리고 한 철학자가 말한 절대지 같은 것과도 다른, 하나의 세계를 상정하게 된다.

인간 존재의 개별성이 전체를 만나는 순간은 정신분석이 태어나기 훨씬 이전에 감득된 것이지만, 소설에 대한 정신분석의 특이성은 이 순간이 언어를 만나 언어 자체의 무의식적 형식을 따라가는 흐름에 주목한다는 데에 있다. 이 일은 오직 정신분석만이 할 수 있다. 인간 존재의 개별성이 비극을 경험하면서 전체를 만나는 순간은 선험적인 것이 아니고, 순수하게 정신적인 것도 아니며, 전일하지도 않다. 그 순간이 표현되는 형식도 축적된 사례들을 통해 보편적인 것으로 추론해낼 수는 있지만, 언제나 또다시 새롭게 찾아야만 하는 형식이다. 즉 경험해야만 얻을 수 있는 형식인 것이다. 소설은 아마도 이 개체와 전체의 그리고 순간과 반복의 변증법이 가장 완벽한 표현형식을 얻을 수 있는 예술 분야일 것이다. 그것은 소설처럼 무의식도, 그리고 무의식처럼 소설도, 언어로 인식되고 표현될 수 있는 세계 그 너머의 비언어적 세계와 함께 있기 때문이다.

이 비언어적 세계는 소설의 경우, 언어를 통해서만 그 존재를 드러낼 수 있지만, 이 드러남은 역설적이게도 언어를 부정하고 파괴하는 형식을 통해 이루어진다. 이렇게 부정되고 파괴된 언어는 소설이 무의식의 지배를 받고 있다는 징후다. 소설에서 언어는 단어나 문장에서부터 시작해 몇 페이지 혹은 수십 페이지, 나아가서는 작가의 작품 세계 전체에 걸쳐 반복되는 하나의 양식까지를 지칭한다. 언어는 이성적인 문법을 철저하게 준수하지만, 그러나 큰 것이든 작은 것이든, 하나의 양식을 형성하면서부터는 문법을 벗어나기 시작한다. 무의식의 지배는 우리가 보기엔 여기까지다. 이 무의식의 지배를 가장 잘 보여주는 사례로는, 김승옥이 「무진기행」에서 한 다음과 같은 고백을 들 수 있다.

무진에 오기만 하면 내가 하는 생각이란 항상 그렇게 엉뚱한 공상들이었고 뒤죽박죽이었던 것이다. 다른 어느 곳에서도 하지 않았던 엉뚱한 생각을 나는 무진에서는 아무런 부끄럼 없이, 거침없이 해내곤 했었던 것이다. 아니 무진에서는 내가 무엇을 생각하고 어쩌고 하는 게 아니라 어떤 생각들이 나의 밖에서 제멋대로 이루어진 뒤 나의 머릿속으로 밀고 들어오는 듯했었다.

소설에 대한 정신분석은 앞서 말했듯이, 뒤죽박죽인 "엉뚱한 공상"을 분석하는 것이 아니다. 아버지를 죽이고 어머니와 사랑을 했다는 엉뚱한 생각을 분석하는 것이 소설에 대한 정신분석이 아닌 것이다. 그것은 이미 밝혀졌고, 엉뚱하긴 하지만 소설이 아닌 다른 형식을 통해서도 표현 가능한 생각이다.

소설이 무진이었고 무진이 소설이었다. 무진은 양식이었고, 이 언어의 특수한 조직인 양식을 통해서 언어로 인식되고 표현될 수 있는 세계 그 너머의 비언어적 세계가 드러날 때, 정신분석은 이 드러남의 정체와 규모 그리고 형식을 대상으로 삼는다. 따라서 여기서 정신분석은 소설이 그렇게 하듯이, 언어를 떠나 이미지, 형태, 색, 소리, 외침 혹은 춤이나 포즈 같은 육체 그 자체의 움직임 등을 따라가게 된다. 그래서 소설은 정신분석의 대상이 될 때 미술, 음악, 춤, 사진, 영화와 함께 존재하게 된다.

김승옥의 '무진'에 해당하는, 작가가 의존하는 소설의 양식은 김승옥 개인의 것이면서 동시에 전체의 것이기도 하다. 우리 모두의 것이면서 소설이 속한 예술 전체의 것이고, 나아가 한 시대의 것이면서 역사 전체의 것이기도 하다. 김승옥이 신을 만났다면, 그는 이 전체에 대한 직관과 인식의 한 형식을 육체적으로, 감각적으로 체험한 것에 다름아니다. 기이한 것은 그 만남이 "다른 어느 곳에서도 하지 않았던 엉뚱한 생각을" "아무런 부끄럼 없이 해내곤 했던" 무진이 없었다면 이루어질 수 없었다는 것이다.

소설의 무의식은 따라서 철학과 종교의 체계와 어휘들을 욕망과 금기, 희망과 두려움의 그것들로 바꾸어놓았을 뿐, 동일한 출발점을 갖고 있다. 그래서 이 정서적 움직임들로 인해 소설 속에서 단어, 문장, 텍스트가 외부에 있는 목적과 대상을 표명하고 표현할 때, 혹은 (모든 소설은 언제나 소설론이기도 하기 때문에) 소설 자체를 말하려고 할 때, 독서와 비평은 그것들이 교직되는 과정 속에서 언어와 그 조직이 놀라운 자율성을 띤 채 생성되고 소진되는 움직임을 따라가면서도, 그것이 수사법이고 하나의 형식이라는 사실을 간과해서는 안 된다. 소설가는 많은 경우 이 욕망의 움직임에 충실할 뿐, 그것에 형식을 부여하지는 못한다. 다시 말해 소설가는 예술가로서 대부분의 시간을 무의식을 따라가며 어린아이처럼 일을 할 뿐, 그 작업에 형식을 부여하고 의미를 만들어내는 또다른 작업은 비평가의 몫으로 남는다. 많은 이들이 소설은 읽힐 때 완성된다고 말해왔다. 이 말은 부분적으로는 맞는 말이지만 또 부분적으로는 틀린 말이다. 독서가 아니라 비평이 개입해야만 소설은 형식과 의미를 얻어 비로소 완성될 수 있기 때문이다. 소설은 악보에 지나지 않는다. 악보처럼 소설도 연주해야 한다.

3. 소설에 대한 정신분석적 독서

많은 사람들이 생각하는 것과는 달리, 문학작품은 첫 글자에서부터 마지막 종지부까지 외형적으로는 똑같지만, 연주자에 따라 그리고 듣는 이의 귀에 따라 달라지는 악보처럼, 실제에 있어서는 읽는 사람에 따라 많은 차이를 보이는 변화무쌍한 대상이다. 첫 글자에서부터 마지막 종지부까지 똑같다는 이 외형적 동일성은 그래서 거의 의미가 없을 수도 있다. 하지만 소설과 언어가 스스로를 목적과 대상으로 삼지 않을수록 이 동일성은 큰 의미를 지닌다. 가령 탐정소설이나 추리소설 혹은 무협소설이나 멜로소설 등의 경우는 누가 읽든 크게 다르지 않다. 이른바 하위문학이나 대중문학으로 분류되는 이런 유의 소설들이 소설시장의 큰 부분을 차지하는 것은 사실이다. 대중소설은 이렇게 작품의 외형적 동일성이 내적인 내용의 동일성으로 이어지는, 그래서 말하자면 안과 밖, 형식과 내용, 그리고 작품의 수용과 작가와 출판사의 의도가 잘 일치하는 문학이다.

물론 조금 다른 관점에서 대중소설을 분석함으로써, 한 시대나 인간에 대한 통찰에 있어 다른 측면을 엿볼 수 있는 기회가 제공되기도

한다.[1]

대중소설과 달리 본격적인 문예소설들은 외형만 동일할 뿐, 그 외의 것은 거의 동일하지 않다. 비평의 대상은 그러므로 작품이 아니라 작품과 독자가 만나는 계기를 통해 드러나는 이 차이점들이라고 말할 수 있다. 그래서 현대비평은 작품이라는 말 대신 '텍스트(texte)'라거나 '글(écriture)'이라는 말을 쓰려고 한다. 나아가 롤랑 바르트를 위시한 비평가들은 "작가의 죽음"을 선언하기도 했다. 어쩌면 작가마저도 자신이 쓴 소설의 독자가 될 수 있는 이 아이러니가 문학적 대상의 본질을 잘 일러주는지도 모른다. 이를 옛날에는 "작품은 작가의 손을 떠나면 더이상 작가의 것이 아니다"라는 말로 표현하곤 했다.

작품의 의미는 완성된 형태로 주어지지 않는다. 결코 그렇지 않다. 의미는 경험되는 것이며 생성되는 것이고, 이 경험은 미답의 영역에

---

1) 예를 들면 알렉산드르 뒤마의 『몽테크리스토 백작』에서 신출귀몰하는 주인공의 행동보다 더 의미 있는 것은, 그 주인공이 자본주의 사회의 "부자 초인"의 이미지를 넘어서서 은총이나 자기 희생 대신 '돈'을 소유한 예수의 형상을 하고 작품 속에 등장한다는 사실이다. 이는 당시 뒤마의 사회관은 물론이고, 문학이 연재소설을 필두로 상업적 영역에 등장하던 상황을 잘 일러준다. 그러므로 억울하게 감옥에 갇힌 에드몽이 파리아 신부로부터 많은 지식과 돈을 얻는 삽화보다 더 의미 있는 장면은, 숨을 거둔 파리아 신부의 관 속에 대신 들어가 바다에 수장된 에드몽이 바다 속에 깊이 빠졌다가 다시 솟구쳐올라 이프 성을 탈출하는 장면이다. 왜냐하면 이는 요단강에서 세례 요한으로부터 세례를 받고 사람의 아들에서 신의 아들로 다시 태어난 예수의 세례를 그대로 모방하고 있는 장면이기 때문이다. 에드몽은 예수였던 것이다. 이 예수가 후일 20세기 중엽 이후 007, 슈퍼맨, 배트맨, 스파이더맨 등의 변종들을 낳았다는 것은 어렵지 않게 알 수 있다. 이른바 기독교 메시아 사상의 대중적 패러디인 이 캐릭터들은 어린아이들의 상상력을 자극하고 상업적 성공도 거둔 할리우드 산업의 총아들이다. 작가 뒤마는 책까지 낼 정도로 유명한 식도락가였지만 주인공 에드몽은 작품에서 음식을 거의 먹지 않는다. 그는 신출귀몰하는 초인이지만 또 언제나 검은 옷을 입고 다니며 몸에서는 늘 싸늘한 냉기가 흘러나온다. 여러 번 반복되는 이 이미지들은 그가 예수를 흉내내는 인물임을 일러준다. 기독교와 자본주의가, 그리고 초인사상과 대중성이 잘 버무려진 이 대표적인 소설은 어쩌면 20세기를 예고하고 있었는지도 모른다. 할리우드와 문화산업, 나아가서는 신자유주의의 출현을 경계해야 하는 이유의 일단이 여기에 있다.

접근하는 것이며 진실에 참여하는 것이다. 예술작품은 또한 오직 한 사람에게만 말한다는 듯이 대화를 시작한다. 그리고 이 대화는 언제나 현재적이라는 특성을 갖고 있다. 소설을 비롯한 예술작품의 이 고유한 특성을 간과해서는 안 된다.

그렇다. 소설은 첫 글자에서부터 마지막 종지부까지 동일하지만, 이 동일성은 함정이며 기만이다. 작품의 의미는 이 동일성에 가려져 있던 수많은 차이들이 문법과, 이 문법을 규범으로 만들고 나아가 철칙으로 선포한 이성과 사회의 통상적인 믿음을 위반하며 드러날 때 형성되기 시작한다. 이 순간은, 다시 말해 동일성이 의심되는 이 순간은 방법을 필요로 한다. 왜냐하면 이제 막 문법과 이성과 세계가 전체가 아니라 부분에 지나지 않았음이, 그것도 아주 미미한 전체의 끝자락이나 범박한 표면에 지나지 않았음이 드러남으로써, 그 배후에 혹은 그 중심에 있다고 느껴지는 전체에 대한 공포와 그리움이 하나의 충격으로 엄습해오기 때문이며, 이 공포를 견뎌야 하기 때문이다.

소설을 읽을 때 기대게 되는 좁은 의미의 방법은, 하나의 말이 문법과 관습에 의해 배정받은 자리에서 '살짝' 비켜나 있을 때 이 어긋남의 이유와 그 효과를 밝히는 작업을 뜻하기도 한다. 추상화의 가능성을 마음껏 누리고 있는 회화와 달리, 난해시의 가능성을 즐길 수 있는 시와 달리, 일상적 언어로 일상을 이야기하는 소설에서는 모든 것이 오직 '살짝' 비켜나 있을 뿐이다. 그러므로 이 작은 파격은 그 작은 규모에도 불구하고 해석의 대상이 되어야 한다. 추상화를 꿈꿀 수 없는 소설은, 한 단어 혹은 한 문장에서 시작된 이 파격을 소설 전체로 파급시키는 여진의 의미장 속에서 검붉은 마그마를 흘려보낼 수밖에 없을 것이다. 이 파격은 서양 회화사에서 회화가 회화성 자체를 문제 삼았을 때 원근법에 대해 던졌던 의혹에 비견할 수 있다. 앵포르멜의 가능성이 열렸듯이, 소설은 이제 언어 너머의 세계를 탐색

할 수 있게 된 것이다. 언어학자였던 소쉬르가 소설을 읽지 않음으로써 아나그람을 쉽게 포기한 것은 안타까운 일이다. 같은 크기의 활자로 찍혀 있지만 소설에서의 파격은, 그러므로 말하자면 밑줄을 긋듯이, 강조해서 읽어야만 한다. 강조해서 읽는다는 것은 작은 파격을 일회적인 우연이 아니라 구조적인 양상을 띤 전체적인 것으로 간주한다는 것을 말한다.

4. 소설가의 고독과 분석자의 고독

예술작품은 오직 한 사람에게 말하듯이 대화를 시작한다. 소설은 축제가 아니다. 소설은 추모제도 아니다. 소설은 이런 이유에서도 방법을 필요로 한다. 예술작품이 오직 한 사람에게만 말하듯이 대화를 시작하려고 할 때, 이 대화의 상대자가 된 '한 사람'은 독자가 아니라 독자 속의 또다른 자아다. 알터 에고(Alter-ego)라는 멋진 말이 잠시 필요한 것이다. 소설은 내가 아닌 내가 너가 아닌 너를 만난 그 힘으로 인간을 만나는 영역이다. 그러나 잠시 그렇게 할 뿐이다. 그러니 소설이지 않겠는가. 그러나 잠시지만 그 순간은 가끔 영원을 대신할 수 있을 만큼 강렬하며, 소설이지만 현실을 대체할 수 있을 만큼 진실되다는 환상을 준다. 환상이지만 이 환상마저 완전히 환상으로 여길 수는 없다. 그것 없이는 희망도 없기 때문이다.

소설은, 예술은 여기서, 이전의 전체가 부분이었음을 깨달을 때 새롭게 찾아온 전체를 만나야 하기 때문에 역사를 만난다. 비단 역사뿐일까. 인간과 관계된 모든 것을 만날 것이다.

그러나 소설가는 이 전체를 만나고 모든 것을 다 만나야 하는 사람이기도 하지만, 일상인이기도 하다.

훌륭한 소설은 소설가의 형이상과 무의식을 모두 필요로 하지만, 무엇보다 작가에게는 소설이 최우선적인 목적일 것이다. 소설을 쓴다는 행위 자체가 모든 것을 압도한다. 소설이 깊어지는 것은 소설이 작가의 최우선적 목표가 될 때이다. 백지 앞에 앉아 이겨내야 하는 중압감을 비롯해 인세 계약에서부터 가족 부양까지, 제목 선정에서부터 언론 인터뷰까지, 모든 것은 작가로 하여금 소설은 문학의 일부이며 문학은 사회의 일부이며 사회는 역사의 일부이며 그 끝은 어디일까, 를 묻게 한다. 하지만 이 질문은 많은 경우 가슴속에서만 웅얼거려질 뿐, 입 밖으로 나오지는 못한다. 왜냐하면 작가가 진정으로 깨닫는 것은 일상인이나 자연인으로서의 작가의 위상이나 소명 같은 것이 아니기 때문이다.

작가는 알 것이다. 자신과 자신의 소설이 예술사라는 거대한 세계의 작은 점에 불과하다는 사실을. 이 사실을 인식한다는 것은 자신이 창조한 것이 사실은 창조가 아니라 반복에 지나지 않음을 깨닫는 것을 뜻한다. 그러므로 그의 소설은 예술사의 한 점에 지나지 않지만 동시에 그 전체이기도 하다.

예술작품은 이런 이유로 오직 한 사람에게만, 다시 말해 자연인이 아니라 소설을 쓰고 있는 또다른 자기 자신에게만 말한다는 듯이 대화를 시작하는 것이고, 이 대화는 언제나 현재적이라는 특성을 갖게 된다. 그의 소설이 예술사의 한 점에 지나지 않지만 동시에 그 전체이기도 하다는 인식이 표현을 얻기 위해서는 허구적 형식을 필요로 하기도 하지만, 그 인식은 버릴 수 없는 깨달음이고 또 소설이 태어나는 동력이기도 하다.

역사의 한 점이지만 전체이기도 한 소설을 꿈꾸는 소설가는, 이즈음에서 환상이 현실로 현실이 환상으로 여겨지는 모호함을 목격하게 된다. 소설이 소설사의 한 점이고 나아가 더 큰 역사 속의 한 점으로서 반복되듯이, 욕망과 두려움의 주체도 더이상 내가 아니지만, 미친 듯이 욕망하고 좌절하고 두려워하는 '지금 여기'에 있는 나는 또렷하기만 하다. 이 세계와의 대립이 해소될 가능성이 거의 없을 때, 어쩌면 소설가는 그래서 이즈음에서 몸 그 자체를 따라가는 것인지도 모른다. 때로는 언어가 사물을 지칭하는 것이 아니라 창조한다는 의혹이 깊어져 실어증의 공포에 시달리며 몸과 정신의 경계지점까지 다가가 말의 어감과 글의 흐름을 짐승처럼 따라가기도 할 것이고, 때로는 형이상학적 직관의 전율 속에서 자아라는 한 점이 어디에 찍혀 있는지 알고 싶어하는 궁극적 호기심에 시달리기도 할 것이다. 육체도 아니고 정신도 아닌 상태에서, 작가는 하나의 단어가 다른 단어를 만나고 그렇게 만난 말들이 또다른 단어를 만나면서 원래의 뜻도 엷어지고 말하는 사람의 의도로부터도 서서히 떠나 스스로 몰려다닐 때, 그 흐름에 자아를 맡겨버릴 것이다.

육체의 감각과 기억의 논리를 따라 움직이는 이미지들과 그 이미지들의 후미진 구석 속에 웅크리고 있던 죄의식, 충족되지 못한 불만, 응징에 대한 두려움, 다 내어주지 못한 안타까움, 혹은 강압적 욕망 등은 색깔로, 칼 같은 도구로, 혹은 계단이나 지하, 창문이나 샘물 같은 공간으로, 혹은 반복이나 순환, 대칭이나 함몰 같은 형태로 드러나게 된다. 때로는 응고된 견고한 물질이나 흐르고 나부끼는 유체를 통해 드러나기도 한다.

거칠게 불러 이미지라는 이름으로 총칭할 수 있는 이 요소들은 문체로, 작품의 구성으로, 그리고 한 작가의 상상력이 움직이는 일정한 질서로, 많은 논문과 비평이 연구 대상으로 삼았던 것들이다.

하지만 이들 이미지는 문학의 것만이 아니다. 이 사실을 인정한다는 것은 서구문학을 연구하는 데 있어서 결정적인 중요성을 가지며, 서구화된 우리 한국소설을 읽는 데도 중요하다. 나아가 이 사실을 인

식해야만 문학은 사회와 역사와 철학의 영역과 중첩되는 부분들을
만나 인문학의 영역으로 들어갈 수 있다. 문학은 홀로 존재하지 못한
다. 그것은 미술도 역사도 철학도 마찬가지이다. 이 중첩되고 상호침
투되는 인문학의 거의 본능적인 흐름을 저버리면, 남는 것은 전문성
을 가장한 위선밖에 없다. 이것이 현재 한국 인문학이 맞고 있는 위
기의 실체일 것이다.

5. 한국소설의 무의식, 작품의 의미의 의미를 찾아서

반복되는 이미지와 형식들은 그것이 시각적인 것이든 작품과 무의
식의 구조와 관련된 것이든, 한 작가와 그 작가가 몸담고 사는 일정
한 사회와 문화권이 허락하는 상상력의 범위 안에서 일정한 유형을
보이며 반복된다. 그래서 많은 이들이 작품을 넘어서는 보다 포괄적
인 논리를 필요로 했으며, 인류학이나 언어학, 사회학이나 정신분석
학 등에 의존했다.

하지만 한 작가의 작품세계 전체에 걸쳐 반복되는 이미지들은 한
작가와 그 작가가 몸담고 사는 일정한 사회와 문화권이 허락하는 상
상력의 범위 안에서만 반복될까? 그런 문학이 많겠지만 그렇지 않은
경우도 적지 않다. 우리가 보기에 문학은 작가가 원했든 원하지 않았
든, 사회와 문화권이 허락하는 상상력의 범위를 넘어서려고 한다. 스
스로 상상의 세계를 새롭게 만들어 그 미답의 영역 속으로 들어가려
고까지 한다. 이런 이유에 있어서도 문학은 텍스트 설명에 매진하는
교과서 수준에 머물지 않도록 주의해야 할 것이다. 문학이 동일성을
넘어서는 차이점들을 대상으로 삼았다면, 문학에 대한 비평과 연구도
그리고 가르침도 이 차이점들에 주목해야 한다.

앞에서 한 작가의 작품들 속에 반복해서 등장하는 이미지들이 있다고 했다. 많은 연구가 바쳐진 이 이미지들은 일정한 유형의 형식들을 통해 비교적 수미일관한 전체를 구성하곤 한다. 하지만 우리는 동시에 한 작가의 작품들이 사회와 문화가 허락하는 범위를 넘어서려는 반항과 초월의 의지를 보여주기도 한다고 말했다. 그리고 무엇보다 한 작품이 읽는 사람에 따라, 읽는 상황에 따라, 그리고 어떤 작품과 비교되고 어떤 방법으로 읽히느냐에 따라 전혀 다른 작품이 될 수 있다고 말했다. 전혀 다른 작품이 될 수 있는 이 가능성을 전제한다는 것은 자연인으로서의 소설가가 아닌 그가 대표하는 인간 전체를 만나는 것을 의미한다. 정신분석에서 말하는 소설가는 자연인이나 직업인으로서의 소설가가 아니라, 몸과 정신의 경계지점까지 다가가 말의 어감과 글의 흐름을 짐승처럼 따라가는 예술가로서의 소설가이기 때문이다. 따라서 이 짐승 같은 존재는 순교자이기도 하다. 자연인을 버렸고, 소설가라는 이름도 버렸고, 전체를 위해 개별성을 바쳤기 때문이다. 그러나 그는 다시 돌아와야만 한다.

문학이나 예술이 진정으로 비범해지는 순간은, 모든 언어들이 자신에게 할당된 자리에 정확하게 놓여 있는 세계를 향한 꿈을, 시인이 몸과 정신의 경계지점까지 다가가 말의 어감과 글의 흐름을 짐승처럼 따라가는 이 비범한 시간의 흐름에 스스로를 제물로 던져 실현 가능한 꿈의 형태로 드러낼 때이다. 이성에 대한 신뢰가 완벽하게 실현된 적이 없는 꿈이라 해도, 그 꿈을 문학은 버릴 수 없다. 그 꿈이 없다면 비범한 시간은 표현과 형식을 얻을 수 없기 때문이다. 언어들이 제자리를 지킬 수 있다는 꿈이 없을 때, 혹은 위장된 거짓꿈이 득세할 때, 비범한 시간은 야욕과 폭력의 시간으로 변질될 것이고, '법'이나 '돈' 같은 전혀 새로운 언어들이 지배하는 세계를 이상으로 용인할 수밖에 없을 것이다. 그러니까 시인은 모든 언어들이 자신에게 할

당된 자리에 정확하게 놓여 있는 이성을 향한 꿈을 간직한 채, 혼돈과 망아의 세계로 들어가야만 하고 다시 돌아나와야 한다. 이렇게 보면 오르페우스는 가장 적절한 시인의 모습이다. 문학이나 예술은 따라서 언제든지 종교를 흉내낼 수밖에 없다. 시인은 순교자인 척해야만 한다. 그것은 거의 시인의 의무일 것이다.

하지만 모든 책임을 시인에게만 물을 수는 없다. 그것은 비겁하고 안이한 태도다. 문학이나 예술이 진정으로 비범한 것이 되기 위해서는, 독자들도 몸과 정신의 경계지점까지 다가가 말의 어감과 글의 흐름을 짐승처럼 따라가는 작가를 만나는 수고를 해야만 한다. 그 수고는 그러므로 작가를 만나는 것으로도 작품을 읽는 것으로도 완성될 수 없다. 왜냐하면 시인은 몸과 정신의 경계지점에서 자아를 던지는 순교자나 짐승같이 전혀 다른 형상을 하고 있고, 독자가 진정으로 만나야 하는 것도 이 순교자의 형상이나 짐승의 모습이기 때문이다. 오직 그때에만 이성이 꿈의 대상이어야 함을 절감할 수 있을 것이다.

시인들이 순교자의 형상과 짐승의 얼굴을 한 채 비범한 순간을 사는 모습들을 보자.

한 아이가 빗물에 쓸려내려가는 염소를 구해내면서 마치 자신을 어린 양을 구하는 예수처럼, "수억 개의 별빛이 몸을 둘러싸서 보호하고 있는 아이"로 상상한다. 이 아이의 이름은 김승옥이다. 끝내 이 아이는 어른이 되었을 때 "흰 내리닫이옷을 입으신" 눈부시게 환한 예수님을 만나 절필을 하고 만다. 하지만 이 아이는 어른이 되기 전, 청소년 시절에는 현주라는 여인을 납치하기도 했다. "사내는 엄지손가락의 끝을 나머지 네 개의 손가락 끝에 맞대어 일종의 고리를 만든 것이었다. 그 고리 속에 현주의 가느다란 손목이 갇혀 있는 꼴이었다. 그 고리는 여자의 손목이 마음대로 움직일 수 있을 만큼 헐렁하였다. 그러나 빠져나올 수는 없었다. 사내 손의 그 섬세한 조작이 그 여자의 마음에 들었다. 공포 속의 안심이라고 할까, 그 여자는 그런 걸 느꼈다. 그 여자는 손목을 빼기를 단념하였다. 그러자 그 고리가 점점 오므라들어 움직이기를 멈춘 여자의 손목을 아프지 않은 한계 안에서 조이는 것이었다. 그 여자는 문득 자기의 손과 사내 손의 그 땀에 젖어 미끄러운 틈으로부터 생명의 거친 숨소리가 들려오는 것을 의식하였다. 그것은 북소리처럼 둔중했고 생선 아가미처럼 가빴다. 사내의 생명도 자기의 생명도 아닌 전연 낯선 생명이 지금 마악 땀에 젖은 손과 손의 틈바구니에서 태어난 것 같았다.” 사내는 정말로 현주라는 여인을 납치했을까? 아니다. 김승옥은 자신을 예수로 착각했고 정말로 예수를 만나기도 했지만, 여인의 손목을 닮은, 피가 몰려 단단해진 다른 살덩어리를 “엄지손가락의 끝을 나머지 네 개의 손가락 끝에 맞대어” 만든 일종의 고리 속에 넣었던 것이고, “전연 낯선 생명이 지금 마악 땀에 젖은 손과 손의 틈바구니에서 태어”났다고 거짓말을 하고 있었다.

수음은 많은 사내아이들이 하는 짓이지만, 김승옥은 어처구니없게도 수음을 하면서 절대자의 얼굴을 흘깃 본 것이다. 그는 그러나 언어의 거의 무의식적인 연상들을 따라가며 그 흐름에 순교자처럼 몸과 정신을 맡겼고, 그러면서 순간 스스로 짐승의 얼굴을 하고 있기도 했다.

다른 한 아이는 “주인을 알 수 없는 해묵은 무덤”에 “허리 고삐가 매여져” 뜨거운 햇덩이를 머리에 인 채 “긴긴 여름날을 기다”리고 있었다. 무덤에 묶인 채 동심원을 그리던 아이는 보았다. “뱀이 먹이를 덮치듯이” 누군가가 어미를 후닥닥 덮쳐버리는 장면을. 이 아이의 이름은 이청준이다. 이 아이는 장년의 나이가 되어서도 어미를 후닥닥 덮친 뱀에 대한 증오를 삭이지 못해 “돌을 집어 그 뱀을 내리쳐 죽이려고 했다”. 그러나 그럴 수 없었기에, “밝은 달이 휘영청 떠오르는 밤, 관음봉 골짜기 앞 포구 위를 나는 비상학"이 되고 싶어 목놓아 소리를 토해낸다. 그 노래가 아무 뜻도 형식도 없던 어미의 소리 〈이어도〉가 발전한 〈서편제〉였고, 이청준에게는 소설이었다.

다른 청년도 있다. 글 쓰는 작가인데, "페니스와 성기라는 말 사이의 어감 차이"에 몰두하다 글이 도저히 안 풀리자 오비가든에서 드래프트비어를 마시고 민박집에 들어가 잡어탕에 소주도 마신다. 그러던 어느 날, 진탕 술을 마신 그는 판소리하는 성창순같이 푸근하게 생겼지만 정작 그 입에서는 밀바의 〈탱고 이탈리아노〉가 흘러나왔던 몸무게 팔십 킬로그램인 여인의 품에 안긴다. 안겨서 여인에게 말을 한다. 당신을 통과하고 싶다고. 그러자 여인은 나지막하게 작가에게 속삭인다. 성기든 페니스든 상관없다고. 한국어든 외래어든 어차피 나를 통과할 수 없기는 마찬가지니까. 이 "페니스와 성기라는 말 사이의 어감 차이"에 예민하게 반응했던 작가의 이름은 구효서이다. 성기든 페니스든, 한국어든 외래어든 어차피 그녀를 통과할 수 없기는 마찬가지이다. 오직 '바다'를 통과할 수 있는 존재는 성기도 페니스도 아닌, 신화적 상징이자 언어 너머의 존재인 남근뿐이다. 글 쓰는 구 선생은 "바다를 통과할 수 없었다".

우리가 만나야 할 사람 중에는 여인도 있다. 한 여인이 여동생 부부와 한 집에 살고 있다. 여동생이 세상을 떠난 지 몇 년이 지난 후 여인은 옛날을 회상하며 자상했던 제부를 떠올린다. "그는 얼마나 자상했던가. 처형인 내가 아직 혼자인 것을 여동생보다 더 신경을 쓰던 사람이었다. 저녁마다 미장원 셔터를 내려주었고 시간이 날 때면 내가 아끼는 미용가위를 오일을 발라 싹싹 닦아놓는 사람이었다. 동생과 결혼한 해부터 내 생일이면 한 송이씩 보태서 사오던 붉은 장미꽃. 계절이 바뀔 적마다 그가 필름을 갈아끼우며 찍어주던 사진들. 휴일에 텔레비전을 보고 있으면 그가 타 내오던 모카커피." 죽은 여동생은 연극배우였다. 그녀는 단역 전문으로 극 중간중간에 나타나 네 송이의 장미꽃을 파는 역을 맡았다. 자상한 제부가 처형의 생일에 맞추어 한 송이씩 보탠 장미꽃도 모두 네 송이였다. 신경숙은 죽은 여동생이 판 장미꽃을 자상한 제부로부터 받은 것인지도 모른다. 처음부터 조금 의심스러웠다. 자상한 제부와 동생이 소꿉장난 같은 신혼생활의 주인공들이어야 했지만, 염치없는 신경숙이 개입해 해가 바뀔 때마다 붉은 장미꽃을 받았고, 계절이 바뀔 때마다 사진을 찍었으며, 휴일에는 커피 대접을 받았다. 동생은 언니가 장미꽃을 받고 사진을 찍고 커피를 마시는 그 모든 순간에 대체 어디에 있었던 것인가? 동생이 죽은 10월 22일은 언니의 생일이기도 하다. 소설 속에 등장하는 또다른 허구인 연극과 소설의 반 이상을 차지하는 죽은 동생이 남기고 간 일기책은 무의식이 사는 집이었다. 동생은 그 집을 빠져나오려고 했지만, 죽음 외에는 방법이 없었다. 그녀가 "얼굴에 가부키처럼 흰 칠을 하고 유리창에 비치는 귀신 역할"을 하다가 분장을 지우지 못하고 돌아온 그날 밤 스스로 목숨을 끊었다면, 그것은 죽음이라는 연극이 현실이 되었기 때문이다. 신경숙의 소설에서 이 대목을 놓치면 아무것도 안 읽은 것이나 다름없다.

출근길에 얼핏 본 하늘색 원피스를 입고 남쪽 계단에 서 있던 여인에게 혼을 빼앗긴 한 청년이 어두운 땅 밑의 지하세계에서 찾아온 그림자들과 쉼없이 대화를 나누고 있다. 그의 이름은 윤대녕이다. 이 청년은 하늘색 원피스를 입고 남쪽 계단에 서 있던 여인을 만나기 전에 배암에 물려 낭심께가 부어오른 적이 있었다. 그때 독이 오른 청년은 다짐한다. "배암, 너 내 손으로 반드시 잡아 죽이고 말 테다. 너 귀머거리, 네 머리를 갈아 내 상처에다 몇 겹으로 처바를 테야!" 그러나 그 청년은 아버지께서 들려주신 옛날이야기를 떠올리는 순간, 하얀 도포를 차려입고 찾아온 뱀을 만난다. 아버지는 이야기만 들려주신 것이 아니다. 이야기와 함께 아버지께서 돌아오신 것이다. 그리고 그는 자신을 물었던 뱀을 용서한다. 윤대녕은 뱀이 사람이 될 수 있다면 그 역도 가능하다는 변신의 가역성을, 시간과 공간의 그것으로, 의식과 무의식의 그것으로까지 연장하려고 한다. 그의 짧은 단편들 속에서 읽어야 할 것은 이 혼돈이며, 이 혼돈은 세계를 아름답게 할 수 있다는 믿음인지도 모른다. 그러면서도 윤대녕은 이 모든 것을 불교라는 하나의 철학 속에서 이해하려고 하고 있다. 그가 춘사월 지하철역의 남쪽 계단에서 본, 하늘색의 실크커튼 같은 원피스를 바람에 날리고 있던 여인은 그러나 서양신화에 나오는 비너스일 수도 있으며, '프리마베라(La primavera)', 즉 봄에 등장하는 여신일 수도 있다. 불교와 서양신화가 충돌하는 소설, 그것이 윤대녕의 소설일지도 모른다.

우리가 만나야 하는 김승옥, 이청준, 구효서, 신경숙, 그리고 윤대녕…… 그들은 소설 써서 밥 벌어 먹고사는 자연인 김승옥이 아니고 이청준이 아니며, 신경숙이 아니고 윤대녕이 아니다. 결코 아니다. 오직 소설 속에만 존재하는 아주 낯선 사람들이다. 소설의 갈피를 넘기면서 이 낯선 사람들의 존재를 깨워야 한다. 그러자면 소설의 갈피를 넘길 때마다 배암에 물릴 각오를 하고 뱀을 춤추게 하는 피리 같은 것을 불어야만 한다.

한국비평은 이제까지 자연인 김승옥, 자연인 이청준만을 만났을 뿐이다. 그러니 "4·19 세대의 신선한 감수성"과 "한글 세대의 모범적인 글쓰기"라는 덕담만, "관념형 작가의 집요한 글쓰기"라는 상찬만 해왔던 것이다. 김승옥의 신비체험에 대해서도, 이청준의 저 엄청난 분량의 소설 그 깊은 곳에서 웅얼거려지는, 뜻도 내용도 없는 어미의 〈이어도〉 소리에 대해서도 단 한 번 제대로 귀를 기울이지 않았다. 독재와 광주 때문이었을 것이다. 하지만 과연 그런가? 구효서가 "페니스와 성기라는 말 사이의 어감 차이"에서 망설일 때도 모른 척했고, 신경숙이 죽은 동생이 아니라 동생이 남기고 간 일기책을 통해 죽음 자체를 만났을 때도 그리고 윤대녕이 지하의 뱀들을 만나 대화를 나눌 때도, 모두들 모른 척했다. 한국비평의 안이함은 독재와 광주 때문만은 아니었던 것이다.

17세기 이후 사백 년 동안의 문학이 하나의 덩어리처럼 움직이는 프랑스의 경우도 문학에 대한 정신분석은 우리가 보기에 아직 더 적용되어야 하며, 정신분석 자체도 달라져야 할 것처럼 보인다. 뒤에 실린 모리아크, 스탕달, 발자크의 프랑스 소설을 다룬 글들은 정신분석이 태어난 서구의 문화적 문맥에서 소설에 대한 정신분석이 얼마나 적용 가능한 것인가를 일러줄 것이다. 그리고 그 성과에 따라 한국소설과 프랑스 소설이라는 편의적인 구분을 넘어서서 존재하는, 소설 자체에 대한 정신분석적 독서의 가능성도 가늠해줄 것이다.

흔히 소설은 독자를 만나는 순간 완성된다고 말한다. 하지만 그것만으로는 충분치 않다. 소설이 완성되는 것은, 소설의 무의식이 독자의 무의식을 만나서 특정한 개인이 아니라 인간 일반의 무의식으로 지평을 열 때이다. 진정 작품이 악보를 닮은 것은, 음악이 그렇듯이 문학작품 역시 헤아리기 쉽지 않은 깊이에 존재하기 때문인데, 그러므로 비평가는 연주자가 되어 이 층층의 깊이 속으로 들어가야 하고 다시 돌아나와 그 경험을 들려주어야 한다. 오르페우스처럼.

작품의 의미는 작품 속에는 없다. 완성된 형태로 주어지지도 않는다. 우리가 흔히 독서, 해석 등의 말로 지칭하는 작업들은 한 작품의 내용이 기대는 형식을 통해 우리의 정신적 내용도 그것에 의지하여 유사한 형식을 갖출 때 비로소 함께 움직이며 생성되는 의미를 만나는 것을 뜻한다. 정신분석은 이 만남을 표현하는 형식들 중 하나이다. 반복하자면 무의식은 진리가 아니다. 오히려 하나의 언어체계다.

이 책에 모인 글들은『작가세계』『문학동네』『세계의문학』『현대문학』 등의 문예지에 기고했던 글들이다. 다시 손을 보지 않은 글도 있고 어떤 글은 거의 완전히 수정해야만 했다. 이 자리를 빌려 원고를 실어주셨던 잡지들에 고마움을 표하고자 한다. 많은 이들이 이전에 쓴 글들을 묶어낼 때 부끄러움을 느끼겠지만, 내가 느끼는 부끄러움은 도가 지나칠 정도라는 고백을 하고 싶다.

프랑스 소설 세 편에 대한 글은 한국불어불문학회와 프랑스문화예술학회 등에 기고되었던 글들이다. 논문 형식을 버리고 평론 형식으로 다시 손을 봐 싣는다.

각 작가의 소설을 읽으면서 눈앞에 떠올라 분석과 해석에 도움을 준 이미지들을 해당 작품에 대한 글들 속에 첨가했다. 문학평론집에 그림이 많이 삽입된 예는 좀처럼 보기 어려웠을 것인데, 이는 진정으로 표현되어야 할 것들을 만났을 때 소설과 미술이 서로의 부족을 보족하는 조금은 황홀한 경험이 내게 있었기 때문이다.

오랜 시간 기다려준 문학동네에 깊이 감사드리며 끝까지 정성을 다해주신 편집부에 진심으로 고맙다는 말을 전하고 싶다.

2007년 6월

정장진

■ 차례

한 아이가 빗물에 쓸려내려가는 염소를 구해내면서 마치 자신을 어린 양을 구하는 예수처럼, 수억 개의 별빛이 몸을 둘러싸서 보호하고 있는 아이로 상상한다 • 이 아이의 이름은 김승옥이다. 끝내 이 아이는 어른이 되었을 때 흰 내리닫이옷을 입으신 눈부시게 찬란 예수님을 만나 절필을 하고 만다 • 하지만 이 아이는 어른이 되기 전, 청소년 시절에는 현주라는 여인을 납치하기도 했다

「사내는 엄지손가락의 끝을 나머지 네 개의 손가락 끝에 맞대어 일종의 고리를 만든 것이었다 • 그 고리 속에 현주의 가느다란 손목이 갇혀 있는 꼴이었다 • 그 고리는 여자의 손목이 마음대로 움직일 수 있을 만큼 널널하였다 • 그러나 빠져나올 수는 없었다

사내 손의 그 섬세한 조각이 그 여자의 마음에 들었다 • 공포 속의 안심이라고 할까, 그 여자는 그런 걸 느꼈다 • 그 여자는 손목을 빼기를 단념하였다 • 그러자 그 고리가 점점 오므라들어 움직이기를 멈춘 여자의 손목을 아프지 않은 한계 안에서 조이는 것이었다

그 여자는 문득 자기의 손과 사내 손의 그 맘에 젖이 미끄러운 틈으로부터 생명의 거친 숨소리가 들려오는 것을 의식하였다 • 그것은 북소리처럼 둔중했고 생선 아가미처럼 가빴다 • 사내의 생명도 자기의 생명도 아닌 전연 낯선 생명이 지금 마악 땀에 젖은 손과 손의 틈바구니에서 태어난 것 같았다.」 사내는 정말로 현주라는 여인을 납치했을까? 아니다 • 김승옥은 가신을 예수로 착각했고 정말로 예수를 만나기도 했지만, 여인의 손목을 닮은 • 피가 몰려 단단해진 다른 살덩어리를 엄지손가락의 끝을 나머지 네 개의 손가락 끝에 맞대어 만든 일종의 고리 속에 넣었던 것이고 • 전연 낯선 생명이 지금 마악 땀에 젖은 손과 손의 틈바구니에서 태어났다고 거짓말을 하고 있었다

다른 한 아이는 주인을 알 수 없는 해복은 무덤에 허리 고삐가 매어서 뜨거운 햇덩이를 버리에 인 채 긴긴 여름날을 기다리고 있었다 • 무덤에 묶인 채 동심원을 그리던 아이는 보았다 뱀이 먹이를 덮치듯이 누군가가 어미를 후닥닥 덮쳐버리는 장면을 • 이 아이의 이름은 이청준이다

이 아이는 장년의 나이가 되어서도 어미를 후닥닥 덮친 뱀에 대한 증오를 삭이지 못해 돌을 잡어 그 뱀을 내리쳐 죽이려고 했다 • 그러나 그럴 수 없었으니까, 밝은 달이 휘영청 떠오르는 밤 • 관음봉 꼭짜기 앞 포구 위를 나는 비상학이 되고 싶어 목놓아 소리를 토해낸다 • 그 노래가 아무 뜻도 셜익도 없던 어미의 소리 이어도가 발견한 서편제였고, 이청준에게는 소설이었다

다른 청년도 있다 • 글 쓰는 작가인데, 페니스와 성기라는 말 사이의 어감 차이에 몰두하다 글이 도저히 안 풀리자 오비가든에서 드래프트비어를 마시고 민박집에 들어가 갑어탕에 소주도 마신다

김승옥

그러던 어느 날, 진탕 술을 마신 그는 판소리하는 성창순같이 푸근하게 생겼지만 정작 그 입에서는 뭔바의 탱고 이탈리아노가 흘러나왔던 봄무게 팔십 킬로그램인 여인의 품에 안긴다 • 안겨서 여인에게 말을 한다 • 당신을 통과하고 싶다고. 그러자 여인은 나직막하게 작가에게 속삭인다 • 성기든 페니스든 상관없다고 • 한국어든 외래어든 어차피 나를 통과할 수 없기는 마찬가지니까

* 이 장에서 인용된 김승옥의 소설들은 모두 2004년 문학동네에서 나온 김승옥 소설전집을 따르므로, 본문에 작품명과 책명만 밝히기로 한다.

김승옥의 소설과 신비체험

1. 머리말

최근에 나온 한 김승옥 연구서에 따르면, 2004년 7월까지 작가 김
승옥에 대한 박사학위 논문이 네 편이며 석사학위 논문은 무려 일흔
일곱 편에 이른다.[1] 이외에도 김승옥을 한국 현대소설의 전체적인 맥
락에서 다룬 글과 기타 주제를 다루면서 다른 작가와 함께 연구 대상
으로 삼은 논문까지 모두 헤아린다면 그 숫자는 더욱더 늘어난다. 네
편의 박사학위 논문과 일흔일곱 편에 이르는 석사학위 논문이 한 작
가에 대한 연구치고 양적으로 놀라울 정도로 방대하다고 볼 수는 없
지만, 김승옥이 광주민주화항쟁 이후 절필을 하고 소설을 쓰지 않은
지 이십오 년이라는 적지 않은 시간이 지났음을 염두에 둔다면, 연구
가 지속되고 있다는 사실 자체가 놀라움을 주는 것은 사실이다.

---

[1] 김명석, 『김승옥 문학의 감수성과 일상』, 푸른사상, 2004, 282쪽.

하지만 지금까지 대체로 찬사로 일관되어온, 한국 현대 소설사에서 김승옥이 차지하는 비중과 의미에 대한 평가를 대하면, 이렇게 생존해 있음에도 불구하고 오랫동안 글을 쓰지 않는 한 작가에 대해 연구가 계속되고 있다는 사실이 그리 놀랄 일만도 아니다. 작가 김승옥과 동년배이거나 동시대에 활동했던 4·19 이후의 한국소설을 대하는 평론가나 연구자들의 글이 1960년대에 씌어진 김승옥의 소설 자체는 물론이고 절필 이후의 김승옥에 대해서조차 모종의 신화적 분위기를 만들었을 가능성이 있기 때문이다.

사실, 절필이라는 단어는 이미 그 자체로 얼마나 신화적인가. 1960년대에 빼어난 소설을 다 써버린 김승옥의 소설세계가 지니고 있는 문학적, 미학적 가치와는 별개로, 이러한 작품 외적인 신화가 그에 대한 지속적인 연구를 가능하게 했다는 의혹은 방법론적으로 유익한 의혹이라고 할 수 있다.

물론 1960년대에 발표된 김승옥의 짧은 소설들이 빼어나고, 김명석을 위시하여 많은 이들이 고백하듯이 "그의 작품 속에는 쉽게 설명할 수 없는 무언가가 있는 듯"한[2] 느낌을 주고 있어서, 소설 자체의 완성도 높은 미학이 그에 대한 연구의 근원적인 동기였음은 부인하기 힘들다. 실제로 김승옥에 대한 평가는 그의 전집에 실린 의도적인 찬사에서부터 평론가들의 보다 진지한 상찬과 대학에 몸담고 있는 한국 현대소설 연구자들의 학문적 평가에 이르기까지 극히 예외적인 몇몇 경우를 제외하면 모두 긍정적이고, 나아가 "신선한 감수성의 혁명" "4·19세대의 순수한 한글쓰기가 가능하게 한 문체의 혁명" 등의 찬사들 역시 근거가 없는 것은 아니다.[3]

---

2) 같은 책, 5쪽.
3) 김승옥 소설에 대한 전반적인 평가에 대해서는 같은 책 서론 부분에 요약되어 있다.

하지만 이 모든 것에도 불구하고, 김승옥은 절필 이후 이십오 년이 지나도록 소설을 쓰지 않고 있으며, 현재 나이 일흔을 바라보는 그의 연배를 생각하면 앞으로 그에게서 소설작품이 나오리라고 기대하기는 어려워 보인다. 더군다나 그의 절필이 작가가 『내가 만난 하나님』(작가, 2004)에서 고백했듯이, 범인들은 상상하기도 힘든 처절한 종교적 체험과 관련된 엄청난 사건들 때문에 피할 수 없었던 것임을 염두에 두면 김승옥에게 다시 소설을 기대하는 것은 분명 무리다.

사정이 이렇다면, 생존해 있으면서도 이십오 년 동안 단 한 편의 소설도 쓰지 않은 김승옥에 대해 연구가 계속되고 있다는 점은, 앞서 지적했듯이 그의 소설작품 자체보다는 절필, 친구이기도 했던 평론가와 연구자들의 상찬, 그리고 무엇보다 종교적 신비체험 등으로 이루어진 그의 신화적 이미지에서 비롯되었다고 볼 수 있다. 그러나 그에 대한 평론이나 논문들은 마치 약속이라도 한 듯이, 김승옥을 에워싸고 있는 이 신화적 이미지에 대해서는 언급을 피하고 있으며, 특히 그의 종교적 체험을 소설과의 관련 속에서 다루는 작업은 전무하다. 자연히 신비체험을 절필의 한 이유로만 짐작했을 뿐, 이를 보다 직접적으로 다룬 예는 볼 수 없고, 나아가 신비체험이 체험을 겪기 이전인 1960년대에 씌어진 소설들과 맺고 있는 문학적, 미학적 관련에 대해서는 단 한 개의 의미 있는 지적도 대할 수가 없다. 한국 비평가와 연구자들의 직무 유기라고 해야 할 이 침묵 역시 김승옥 신화의 일부임에 틀림없을 것이다.

본고는 절필로 이어진, 김승옥이 1980년대 초에 겪었던 신비체험과 그가 신비체험을 하기 훨씬 이전인 1960년대에 씌어진 소설과의 관련성을 밝힘으로써, 그의 신비체험이 갑작스럽고 초자연적인 것이 아니었으며 소설과 무관한 순수하게 종교적인 것도 아니었음을 밝혀보고자 한다. 신비체험을 순수하게 초자연적인 종교적 체험으로 여기거나 글을 쓰는 작가가 아닌 한 자연인의 극히 사적인 체험만으로 본다면, 이는 소설을 종교와는 무관한, 그래서 신비체험 같은 특별한 경험과는 도저히 어울릴 수 없는 한낱 세속적 장르에 지나지 않는 것으로 보는 것에 다름아니며, 삶의 실체를 거머쥐려는 소설의 미학적, 철학적 가능성을 축소시키는 일이 될 것이다. 이런 태도를 견지하며 김승옥을 읽었던 평론가와 연구자들 대부분은 그것이 마치 도저히 말로 형언할 수 없는 궁극적 체험인 양, '신비체험'이라는 말 한마디에 모두 입을 다문 채 김승옥의 소설을 다루면서 신비체험을 그의 소설과 이격시켜 멀리 비켜놓았다. 때문에 자연히 평론가와 연구자들은 이제까지 김승옥의 소설이 이미 그 자체로 신비체험에 앞서 진행된 일종의 내면독백 혹은 소설의 형태로 이루어진 신앙고백이었다는 의혹조차 품을 수 없었다.

2. 김승옥의 문체에 대하여

직무 유기로 이어진 이러한 한국평단의 중대한 실수가 단지 신비체험을 이야기할 때의 거북스러움 때문만은 아니었다는 점을 먼저 지적할 필요가 있다. 다시 말해, 김승옥을 논하는 평론가와 연구자들은 단지 작가에게 찾아온 "놀랍기만 한 신비(神秘)의 연속적인 체험"(김승옥, 「나와 소설쓰기」, 『무진기행』)에 지레 겁을 먹고 물러선 것만이 아니라, 그럼으로써 1962년 한국일보 신춘문예에 당선된 「생명연습」을 비롯해 1960년대에 씌어진 김승옥의 소설들을 근원적으로 떠받치고 있는 전혀 다른 상상력의 실체를 파악할 수 없었다. 이 전혀 다른 상상력이란 다름아니라 회화적 상상력이라 이름 붙일 수 있는 것으로, 김승옥의 소설들은 시각적 이미지들에 의해 주도되는 특이한 상상력의 움직임을 보여주고 있다. 그런데 놀랍게도 그의 1960년대

소설들은 대부분 시각적이고 회화적인 이미지들 중에서도 성서적 내용을 지니고 있는 무의식적 이미지들을 따라가고 있다.

따라서 그의 초기 소설들을 신비체험과의 관련 속에서 살펴볼 수 없었던 평론가와 연구자들은 김승옥 소설에서 회화적 이미지가 지니는 중요성을 미처 깨닫지 못했다고 볼 수 있으며, 설사 만화도 그리고 영화도 제작하곤 했던 작가의 이력을 참고하며 그의 문학에서 시각적 이미지가 차지하고 있는 중요성을 언급했다 해도, 그 이미지가 성서적 이미지에 닿아 있는 것임은 깨닫지 못했던 것이다. 김승옥에게 있어 펜은 붓이었으며, 그의 손은 글이 아니라 그림을 따라가고 있었고, 그 그림들은 무의식 깊은 곳에서 흩어졌다 모이기를 반복할 뿐 결코 또렷한 상을 맺지 못하는, 성서와 관련된 무의식적 이미지를 중심으로 움직이고 있었다.[4]

따라서 무의식적인 성서적 이미지에서 비롯되는 김승옥 소설의 상상력을 살피기 위해서는, 먼저 시각적 이미지가 소설이라는 서사장르와 어떤 관련을 맺고 있는지를 살펴보는 것이 우선일 것이다. 많은 평자들은 김승옥을 논하면서 그의 "한글세대의 문체"에 대해 말했다. 그의 문체를 언급한 일련의 글에서 가장 빼어난 평문 중 하나로 볼 수 있는 김병익의 글이 시각적 이미지가 소설과 맺고 있는 관련을 살피는 데 도움을 줄 수 있을 것이다.

그의 첫 창작집 『서울, 1964년 겨울』이 가한 충격은 이처럼, 그리고 지금까지도 선명하다. (……) 50년대의 작가들이 개인의 파멸을 전쟁

---

4) 우리는 다음 장 「창녀와 역사(力士), 김승옥론을 위하여 — 단편 「야행夜行」을 중심으로」에서 소설 「야행」에 나타난 수음의 테마를 중심으로 김승옥의 소설을 정신분석적 관점에서 분석하면서 그의 소설세계에서 수음이라는 주제가 신비체험과 맺고 있을 수 있는 무의식적 관련성에 대한 연구를 시도해볼 것이다.

과 빈곤이라는 사회적 비극으로 밀어내는 데 대해 그는 비극을 자신의 병으로 받아들이면서 개체적 자아의 형성 또는 개인주의 문학에 새로운 지평을 연 것이며 우리의 정신사에서 처음으로 의식의 주체화에 전망을 비춰준 것이다. 그의 또하나의 기여는 한글문체의 개척이다. 이것은 그가 우리의 한문체 문장을 한글체의 그것으로 바꾸었다는 것이 아니라 대상과 감성과의 거리를 최소한으로 압축시켜 사물에 작가의 예민한 감수성으로 옷을 입혀 그것들을 활성화시켰다는 것이다. 그에 의해 이제껏 시무룩했던 사물들이 생생하게 살아나 움직이며 그것들이 지닌 의미들이 커다란 뜻을 품고 우리의 눈앞으로 나타난다. 따라서 그가 한글문체를 개척했다는 것은 보다 근원적인 관점에서 이루어지는 인식으로 그가 순수한 한글세대의 첫 아들이라는 문화사적 차원에서 이해되어야 할 것이다. 그렇다, 그는 과연, 정치적 4·19를 언어와 감성, 의식과 행동의 문화적 4·19로 확산시킨 '60년대적'이란 이름을 붙일 수 있는 새 물결의 기수가 되었던 것이다.[5]

김승옥의 문체에 대한 직관적 언급 중에서 가장 탁월한 예로 볼 수 있는 김병익의 이러한 평가는 대상과 감성 사이의 거리의 압축을 구체적으로 일러주는 예들을 통해 설명되었어야 하지만, 김병익은 그러한 수고를 하는 친절함까지 보여주지는 않았다.

대상과 감성 사이의 거리의 압축이 가능했던 것은, 김승옥이 대상을 글을 통해 지성적으로 인식한 것이 아니라 글이 아닌 다른 형식을 통해 감성적으로 인식했기 때문이다. 다시 말해 그의 소설의 결정적인 장면들이 보여주듯이, 대상과 감성 사이의 거리를 압축시킬 때 김승옥은 글이라는 논리적, 지성적 방식 대신 즉흥적이고 시각적이며

---

5) 김병익, 『신한국 문제작가 선집 1 ─ 김승옥 선집』, 어문각, 1977, 404~405쪽.

나아가 회화적이기조차 한 방식으로 대상을 파악하고 있다. 이 즉흥적이고 시각적이며 회화적인 인식방식은 대상과 감성 사이의 거리를 압축시켜놓을 뿐만 아니라 대상 자체의 특이한 측면을 확대하고 변형시키기도 한다. 감성은 이러한 대상 자체에 가해진 변형을 따라가며 함께 변형된다. 가령, 그의 단편 「싸게 사들이기」에 나오는 다음과 같은 장면을 보자.

    K는 교복 호주머니에 손을 넣어본다. 잡히는 게 너덜너덜한 돈의 감촉이다. 돈이 감촉을 갖고 있다는 건 기가 막힐 일이다. 호주머니 속에 별의별 게 다 들어 있는 경우에도 손은 콧종이와 오랫동안 넣고 다녀서 해진 종잇조각과 돈을 잘 구별해낸다. 그건 손의 신경이 예민해서가 아니라 분명히 돈에 감촉이 있기 때문이다. 돈이 손을 만져본다. 그러면 손은 부끄러운 듯이 홍당무가 되면서 가늘게 떤다. 돈이 슬그머니 손을 집적거려본다. 손은 정신을 차리려고 애쓰며 우선 옷깃을 여미고 도사려 보인다. 싫으면 관둬라, 돈이 배짱을 내민다. 손이 주춤거린다. 그러다가 발작적으로 부들부들 떨며 돈을 부둥켜안아버린다. 돈은 능글맞게 웃으며 손을 슬슬 쓰다듬어준다. 그러다가 앗차, 하는 사이에 돈은 사라지고 손은 별로 필요하지도 않은 물건을 쥐고 쩔쩔매고 있다. 이제 K는 바람둥이인 제 손을 무척 감시한다. K는 호주머니 속의 돈을 꺼낸다. 역시 이십원이다. 너덜너덜한 이십원을 잔디 위에 펴놓고 손바닥을 그 위에 얹어놓고 K는 손과 돈, 둘을 결혼시킨다.(「싸게 사들이기」, 『무진기행』)

주인공 K가 호주머니 속에 든 이십원짜리 지폐를 만지작거리며 돈의 용처를 두고 잠시 망설이는 대목이다. 위 묘사에서 대상과 감성은, 김병익이 직관해낸 대로 거리가 압축되어 있고, 그래서 "이제껏 시무룩했던 사물들"이었던 "손과 돈"은 "생생하게 살아나 움직이며 그것들이 지닌 의미들이 커다란 뜻을 품고 우리의 눈앞으로 나타난다". 하지만 이 직관적 분석에 덧붙여 우리는 K의 손이 호주머니 속의 지폐를 만지작거리는 장면이 마치 카메라의 줌렌즈로 가깝게 끌어당겨 찍은 영화 속의 한 장면같이 우리의 눈앞을 스쳐 지나간다는 사실을 지적해야 할 것이다. 만일 영화 속의 한 장면처럼 스크린에 크게 투사된다면, 관객이 된 독자들은 이제 줄거리의 전후관계를 잠시 잊고 클로즈업된 장면만을 눈여겨볼 것인데, 이 장면 속에서 손은 기괴할 정도로 크게 확대될 것이고 이십원짜리 지폐 역시 그 손때 묻은 모습이 크게 확대되어 스크린에 나타날 것이다. 손은 확대될 뿐만 아니라 "발작적으로 부들부들" 떠는 모습도 보여줄 것이며, 돈 역시 손가락 사이로 집혔다 빠져나갔다를 반복하며 마치 살아 있는 유충처럼 꿈틀댈 것이다. 이 장면을 두고 김병익은 "이제껏 시무룩했던 사물들이 생생하게 살아나 움직"인다고 했을 것이다. 그렇다면 그가 말한 "그것들이 지닌 의미들"이 우리들의 눈앞을 지나가며 보여주는 "커다란 뜻"은 무엇인가? 아마도 김병익은 영화장면같이 클로즈업되어 기괴할 정도로 크게 확대된 장면 자체를 "커다란 뜻"으로 보았는지도 모른다.

「싸게 사들이기」에 등장하는 위의 장면과 같이 미미한 사물이나 신체의 부분들이 크게 확대되어 등장하는 장면은 김승옥의 여러 다른 소설들 속에서도 만날 수 있다. 가장 전형적인 예가 단편 「야행」에 나오는 다음과 같은 장면이다.

그들은 백화점을 끼고 돌았다. 그들은 차도를 건너질러갔다. 도중에 차도의 복판에서 차가 몇 대 지나가기를 기다리느라고 잠깐 걸음을 멈춘 동안, 사내는 문득 "날씨가 몹시 덥죠?"하고 중얼거렸다. 그것은 여자에게라기보다 자기 자신에게 들려주기 위한 중얼거림 같았다. 차라리 사내가 여자에게 말하고 있는 것은 여자의 손목을 잡고 있는 그의 손을 통해서였다. 여자는 빼내려 하고 사내는 놓치지 않으려 하는 두 손은 몹시 미끄럽게 마찰되고 있었고 그 움직임이 문득 눈에 뜨이자 현주는 마치 사내가 자기를 애무하고 있는 게 아닌가 하는 착각에 휘말려드는 것이었다. 사내는 손을 묘한 형상으로써 그 여자의 손목을 잡고 있었다. 즉 사내는 엄지손가락의 끝을 나머지 네 개의 손가락 끝에 맞대어 일종의 고리를 만든 것이었다. 그 고리 속에 현주의 가느다란 손목이 갇혀 있는 꼴이었다. 그 고리는 여자의 손목이 마음대로 움직일 수 있을 만큼 헐렁하였다. 그러나 빠져나올 수는 없었다. 사내 손의 그 섬세한 조작이 그 여자의 마음에 들었다. 공포 속의 안심이라고 할까, 그 여자는 그런 걸 느꼈다. 그 여자는 손목을 빼기를 단념하였다. 그러자 그 고리가 점점 오므라들어 움직이기를 멈춘 여자의 손목을 아프지 않은 한계 안에서 조이는 것이었다. 그 여자는 문득 자기의 손과 사내 손의 그 땀에 젖어 미끄러운 틈으로부터 생명의 거친 숨소리가 들려오는 것을 의식하였다. 그것은 북소리처럼 둔중했고 생선 아가미처럼 가빴다. 사내의 생명도 자기의 생명도 아닌 전연 낯선 생명이 지금 마악 땀에 젖은 손과 손의 틈바구니에서 태어난 것 같았다.(「야행」, 『무진기행』)

「야행」에서 인용한 위의 장면에서도 주인공 현주의 손목과 낯선 사내의 손은 「싸게 사들이기」에서의 손과 이십원짜리 지폐처럼 누구의 손이고 누구의 손목인지 구분할 수 없을 정도로 서로 밀착되어, 빼내려 하고 놓치지 않으려 하는 움직임만 강조될 뿐이다. 손과 손목은 서로 너무나 가깝게 밀착되어 있어서, "땀에 젖어 미끄러운 틈으로부터" "북소리처럼 둔중했고 생선 아가미처럼" 가쁜 "생명의 거친 숨소리가 들려"올 정도였다. 현주의 손목과 낯선 사내의 손은 그러나, 위의 에로틱한 묘사에서 알 수 있듯이, 단지 밀착되어 있었던 것만은 아니다. 수음의 이미지를 떠올려도 무방할 정도로 에로틱한 어휘들로 구성된 위의 장면에서, 두 손은 마찰되고 땀에 젖어 거친 숨소리를 내며 마침내 낯선 생명을 탄생시키는 크레셴도로 점증하는 리듬까지 갖추고 있다.

하지만 위의 장면에서 주목해서 보아야 할 것은, 현주의 손목과 낯선 사내의 손이 클로즈업된 상태로 스크린에 투사되면서 지니게 되는 놀라운 시각적 호소력과 환기력이다. 한 번 더 반복하자면, 김병익은 이를 "대상과 감성과의 거리를 최소한으로 압축시켜 사물에 작가의 예민한 감수성으로 옷을 입혀 그것들을 활성화시켰다"고 했다. 그의 직관에 머물지 않고, 위의 장면이 "대상과 감성과의 거리를 압축시"키면서 활성화된 사물들이 품고 있던 "커다란 뜻"을 드러낸다면, 그 "커다란 뜻"이란 다름아니라, 수음이다.

하지만 수음은 그것 자체로는 커다란 뜻이 아니다. 수음은 소설 「야행」에서는 물론이고 위에 인용한 부분에서조차 너무나도 깊게 숨어 있어서, 소설이 발표된 지 사십여 년이 흘렀건만 이제까지 누구도 그것을 알아차리지 못했다. 숨어 있는 수음의 이미지를 파악하고 그것을 드러내야만, 그때 비로소 수음은 숨어 있던 의미들이 드러내는 커다란 뜻이 될 수 있는 것이다. 김병익이 말한바 대상은 「야행」에서 현주의 손목과 낯선 사내의 손에 해당할 것이고, 감성에 해당하는 것은 "땀에 젖어 미끄러운 틈" "북소리처럼 둔중했고 생선 아가미처럼" 가쁜 숨소리들일 것이다. 이러한 대상과 감성, 양자 사이의 거리가 압축되었을 때, 김병익이 말한 대로 "이제껏 시무룩했던 사물들이 생생하게 살아나 움직이며 그것들이 지닌 의미들이 커다란 뜻을 품고 우리의 눈앞으로 나타"날 것이다.

　김병익이 말한바 "압축"은 회화나 영화에서의 시각적 클로즈업을 말한다. 김승옥은 대상을 단지 눈앞에 보이는 대로 시각적으로 묘사하는 작가가 아니라, 그 대상을 확대하고 확대를 통해 대상 자체와 나아가서는 대상들의 관계를 변형시킨다. 하지만 정작 중요한 것은 압축된 거리 혹은 클로즈업된 장면 자체가 아니라, 이 압축과 클로즈업을 통해, 「야행」에서 현주가 낯선 사내의 손에 손목을 잡힌 채 끌려가는 장면에서 보듯이, 소설의 줄거리가 제공하는 전후관계의 서사적 맥락을 이탈하여 현주의 손목과 낯선 사내의 손이 여인의 손목과 사내의 손으로 남아 있지 않고 완전히 다른 수음의 파트너로 변신하게 된다는 점이다. 즉 현주의 손목은 남근이 되고, 낯선 사내의 손은 현주의 손목이 아니라 남근을 "엄지손가락의 끝을 나머지 네 개의 손가락 끝에 맞대어 일종의 고리를 만"들어 붙잡고 있는 손이 된다.

　김승옥의 문체는 김병익이 지적한 대로, 서술하는 문체이기보다는 묘사하는 문체였고, 나아가 사물을 단순히 묘사하는 문체이기보다는 볼록렌즈처럼 확대 변형시키는 문체였으며, 이 변형을 통해 돈과도 대화를 할 수 있고 현주라는 여자의 손목이 남자의 손에 잡혀 남근이 될 수도 있는 무의식을 따라 움직이는 문체였다.

　이 무의식을 따라가는 문체에 의해 "대상과 감성과의 거리를 최소한으로 압축시켜" "이제껏 시무룩했던 사물들이 생생하게 살아나 움직"였지만, 동시에 이 움직임을 통해 소설의 줄거리가 와해되었으며, 인물 설정과 시간과 공간의 전후관계는 물론이고 다른 대상들과의 관계마저 파괴되어 소설은 전혀 다른 해석을 요구하고 있다. 김승옥의 문체는 소설을 파괴하는 힘을 갖고 있다. 그의 문체는 따라서 위험하다. 김승옥이 절필하게 된 원인들 중 하나가 그의 문체에 있었을 것이고, 따라서 그의 문체는 그가 겪은 신비체험과 깊이 관련되어 있을 수밖에 없다. 왜냐하면 문체는 사고의 틀이자 인식과 감성의 형식이기 때문이다.

덧붙여 지적되어야 할 것은, 그의 문체를 올바로 이해하기 위해서는 소설을 파괴하고 그 파괴된 틈 사이로 분출하는 무의식적 이미지들이 다시 모여 만들어내는 새로운 관계를 소설을 벗어난 지점에서 포착하여 거기에 별도의 의미를 부여해야만 한다는 점이다. 소설을 벗어난 지점에서 현주의 손목은 더이상 현주의 손목이 아니라 수음의 한 파트너인 남근이 된다. 따라서 독자 역시 「야행」이든, 「싸게 사들이기」든, 아니면 「무진기행」이나 다른 소설이든, 김승옥의 소설을 읽을 때에는 소설의 서사를 벗어나는 장면들을 소설로부터 이격시키고 고립시켜 각별한 의미를 부여하며 읽어야 한다.[6]

3. 아버지의 얼굴, 혹은 신비체험과 소설

2004년에 나온 『내가 만난 하나님』에서 김승옥은 약 칠십여 쪽에 걸쳐 "1981년 4월 26일 새벽"부터 시작된 일련의 신비한 체험들에 대해, 흔히 기독교에서 간증이라고 말하는 형식을 빌려 고백하고 있다. 그 내용의 진실성과 절절한 체험의 고통스러우면서도 환희에 찬 순간순간을 대하면 체험의 불가사의한 성격에 대한 기이한 느낌에 앞서, 체험 당사자가 겪어야만 했던 엄청난 정신적 기복에 생각이 미쳐 어떻게 견디어냈을까 하는 측은한 마음마저 든다. 어쨌든 이 작은 고

---

6) 무의식과 문체와 시각적 이미지 사이의 미학적 관련, 특히 소설의 서사성을 파괴하는 이미지에 의해 지배를 받는 문체에 관심이 있는 이들은 프랑스, 러시아 작가와 김승옥, 신경숙 등 한국작가를 함께 다룬 필자의 논문 「무의식의 수사학 I, 아나그람과 아나모르포즈 : 모리아크의 「옛날의 한 청년」에 나타난 남근의 이미지를 중심으로」(『불어불문학연구』 64권, 2005년 겨울)를 참고할 수 있다.

백록은 서양에 비해 자기 고백의 문학이 거의 전무하다시피 한 한국
의 문학적 풍토에서 단순히 신앙간증으로만 볼 수 없는 문학적 가치
를 지니고 있다.

하지만 딱히 간증이라는 특수한 종교적 색채를 부여하지 않은 채
읽어도 흥미진진하고 한없이 진지한 이 고백을 김승옥 자신도 문학
의 일부가 될 수 있다고는 생각하지 않았으며, 또 결코 짧지만은 않
았던 세월 동안 지속된 자신의 소설 창작을 신비체험과의 관련 속에
서 고려하지도 않았다. 이는 김승옥 스스로도 소설이라는 표현형식과
그것에 의지해 심혈을 기울여 썼던 자신의 소설들을 종교적 체험과
는 멀리 떨어진, 열등하고 세속적인 것으로 생각했다는 반증이 된다.
그의 고백록인 『내가 만난 하나님』에서 김승옥은 종교적 체험과 소설
창작을 함께 이야기하고 있지 않으며, 소설 창작이 그의 종교적 체험
에 어떠한 영향을 주었는지에 대해서도 아무런 말이 없다. 작가 스스
로 자신의 소설 창작을 후회하는 듯한 인상마저 주는 이러한 침묵은,
앞서 말했듯이 작가마저도 소설이 종교적 각성에 기여할 수 있는, 혹
은 글을 쓰는 행위 자체가 종교적 위엄을 획득할 수 있는 모종의 가
능성에 대해 그리 큰 신뢰를 갖고 있지 않았다는 사실을 일러준다.
다음과 같은 발언은 작가가 소설에 대해 갖고 있었던 관념을 잘 보여
준다.

이십오 세의 젊은 나이에 동인문학상을 받는 등 문학적 성공을 보였
으나 내 개인의 생활은 방황투성이였다. (……) 상황과 형편, 호기심
과 욕심에 따라 직업도 자주 바꾸고 일도 많이 벌이며 방황한다. 얼핏
보면 사는 게 화려하고 재미있어 보이지만 남는 것은 오히려 적자뿐이
다. 나 역시 그랬다. 나는 소설을 쓰다가 영화 쪽으로 방향을 바꿨다.
소설 가지고는 도저히 생계를 유지할 수 없었고 또 영화 쪽이 소질에

더 맞는 것 같았다.[7]

우리는 여기서 다시 한번, 작가와 작품은 별개라는, 혹은 작품은 작가의 손을 떠나면 작가의 의도를 벗어나 전혀 다른 것이 될 수도 있다는 고전적인 문학개념 한 가지를 떠올리게 된다. 다시 말해, 김승옥이 그의 고백 속에서 자신의 짧지 않았던 소설 창작에 적극적으로 의미를 부여하지 않았다고 해도, 그의 소설들이 이룩한 빼어난 성취는 그대로 남는 것이다. 나아가 우리는 일상인으로서의 김승옥과 소설을 쓸 때의 작가 김승옥을 어느 정도 구별해서 생각해야 한다는 점도 알 수 있다.

그의 신비체험을 소설 창작과의 관련 속에서 다루려는 우리는 작가 김승옥과는 달리, 그의 소설들이 신비체험 못지않게 절절하고 황홀하며 때론 무섭기도 했을 체험들이라고 말할 수 있다. 물론 이 말은 그의 소설을 자세하게 깊이 읽는다는 전제 하에서 가능한 이야기이다. 그리고 앞서 말했듯이, 그의 소설을 읽는다는 것은 일상인으로서의 김승옥이 아니라 소설을 쓰고 있는 김승옥을 만난다는 것을 의미한다.

소설을 쓰고 있는 김승옥이라는 존재는 어디에 있는가? 그 존재는 소설 속에 있다. 「무진기행」에서 말한 대로 오직 소설 속에만 존재한다.

무진에 오기만 하면 내가 하는 생각이란 항상 그렇게 엉뚱한 공상들이었고 뒤죽박죽이었던 것이다. 다른 어느 곳에서도 하지 않았던 엉뚱한 생각을 나는 무진에서는 아무런 부끄럼 없이, 거침없이 해내곤 했었던 것이다. 아니 무진에서는 내가 무엇을 생각하고 어쩌고 하는 게

---

7) 김승옥, 『내가 만난 하나님』, 작가, 2004, 21쪽.

아니라 어떤 생각들이 나의 밖에서 제멋대로 이루어진 뒤 나의 머릿속으로 밀고 들어오는 듯했었다.(「무진기행」, 『무진기행』)

무진은 현실에 존재하는 장소나 공간이 아니라 현실 자체로는 부족하여 상상력이 스스로의 힘으로 만들어내는 허구적 세계이자, 그 허구적 세계가 현실의 일부가 될 수 있다는 꿈과 그 꿈의 이데올로기적 비전들이 활동하는 세계이기도 하다. 그곳은 글을 쓰는 작가가 글의 힘에 신뢰를 보내며 글을 따라가는 또다른 자아를 허락할 수 있는 순수하게 정신적인 공간이다. 그 공간은 그래서 종종 종교적이기조차 하다. 그만큼 위험하기도 한 곳이다. 영감이라는 조금은 케케묵은 말로 수식되던 장소가 그곳이다. 많은 시인들이 영혼을 팔아서라도 가보고 싶어하던 곳이었고, 그리스 신화의 오르페우스를 비롯해 적지 않은 신화와 전설이 그곳을 묘사했었다. 소설 「무진기행」이 물가에 사는 여귀인 사이렌에 관한 소설임은 결코 우연만은 아닐 것이다. 소설에서는 그래서 물을 뜻하는 성씨인 하(河)씨 성을 가진 여인이 〈목포의 눈물〉을 불렀었고, 그 노래 속에는 그래서 "머리를 풀어헤친 광녀의 냉소가 스며 있었고 무엇보다도 시체가 썩어가는 듯한 무진의 그 냄새가 스며 있었다".

신비체험을 한 김승옥을 별개의 존재로 볼 수 있다면 소설 쓰는 김승옥, 다시 말해 오르페우스처럼 음습한 지하세계로의 여행이었던 무진기행을 떠난 김승옥 역시 별개의 존재로 보아야 한다. 둘 다 일상과 각별히 구별된 시공간을 필요로 했고 스스로 그 공간을 만들어 그곳에 거주했던 존재들이다.

한 작가의 신앙과 문학은 별개의 것으로 존재할 수 없다. 둘은 하나이며 서로 영향을 주고받을 것이기 때문이기도 하지만, 무엇보다 문학은 그것이 비록 가장 세속적인 장르인 소설이라 하여도 인간의 영혼과 관련된 삶의 진정성과 존재의 궁극성을 다루는 영역이기 때문이다. 그렇지 않은 문학은 단호하게 쓰레기 취급을 받아 마땅할 것이며, 믿건대, 김승옥의 1960년대 소설들은 쓰레기 취급을 받을 작품들이 결코 아니었다. 그는 그 소설들을 쓰면서 최선을 다했으며, "머리를 풀어헤친 광녀의 냉소"를 보았고 무엇보다 "시체가 썩어가는 듯한 무진의 그 냄새"를 맡았다.

김승옥은 이 점에 있어, 그를 다루는 많은 평론가나 연구자들과 마찬가지로 스스로 큰 착각을 하고 있었던 것이다. 그에게 소설은 스스로 생각하고 있었던 것처럼 종교보다 못한 영역이 아니었으며, 소설적 체험, 즉 무진기행의 체험은 신비체험 못지않은 독창성과 진정성을 갖고 있었다. 이 점은 작가 스스로 의식하지 못하고 있지만, 그래서 소설 창작을 종교적 경험과 이격시켜 젊은 날 한때 열정을 쏟아보았던 행위 정도로만 간주하고 있지만, 그의 손을 떠난 지 오래된 소설작품들이 스스로 증언해주고 있다.

김승옥의 신비체험은 그의 고백록인 『내가 만난 하나님』에 나타난 대로 주로 직접 눈으로 절대자의 현현을 목격한 체험이 주를 이룬다. 다시 말해 그의 신비체험은 시각적인 성격을 띠고 있다. 물론 음성도 듣고 예수의 하얀 손이 그의 몸을 만지는 촉각에 관련된 체험도 있지만, 다음과 같은 장면에서 볼 수 있듯이, 그의 체험은 하나의 장면을 구성하는 몇 개의 시각적 이미지들로 이루어져 있다.

1983년 10월, 나는 셰러턴 워커힐 호텔에서 장기간 투숙하고 있었다. 나에게 영화 각본을 쓰라고 영화사에서는 그 호텔에 투숙시킨 것이다. (……) 그곳에 있던 어느 날 미얀마 아웅산 폭파사건이 생겼다. (……) 아침식사를 함께 했던 배감독은 시내로 외출하고 나는 내 침대에 발을 뻗고 베개에 등을 대고 비스듬히 누워 성경을 읽고 있었다. 참

재미나게 성경을 읽고 있는데 문득 내 바로 옆, 침대와 침대 사이의 공간에 하얀 옷자락이 보이는 것이었다. 흰옷을 입은 사람이 내 옆에 바싹 서 있는 것이다. 고개를 쳐들어 올려다보니 대리석으로 빚은 듯 하얀 머리털, 하얀 얼굴, 하얀 수염을 기르신 분이 나를 지긋이 내려다보고 서 계시는 것이었다. 예수님이구나! 시선이 마주치자 나는 참으로 난감한 마음이 들었다. 그 눈빛은 참으로 여러 가지 표정을 담고 있었다. (……) 아아, 부활하신 모습! 빛깔만 대리석처럼 하얀색일 뿐, 보통 사람과 똑같은 모습. 일 미터 팔십 센티 정도의 키에 병풍 속의 신선 같은 형태의 얼굴. 아주 부드러워 보이는 하얀 주름진 내리닫이옷. 보고 싶고 보고 싶었던 예수님의 모습이었다.[8]

위의 신비체험에서 두드러지게 강조되고 있는 것은 흰색이다. 그리고 예수님이 입고 있었던 장삼을 연상시키는 희고 긴 내리닫이옷도 강조되고 있다. 작가 스스로 부활하신 예수님을 "병풍 속의 신선 같은 형태의 얼굴"로 묘사하고 있지만, 기억에 또렷하게 남아 있는 옷의 구체적인 색과 형태와 그에게 나타난 예수의 모습은 어딘지 시골 교회나 기독교 용품을 파는 상점 등에 걸려 있는 허름한 성화에 자주 등장하는 모습 같아 보이기도 한다. 우리의 분석은 이 작은 의혹에서부터 시작된다.

김승옥이 겪은 신비체험의 그 진정성과 고통스러움을 부인하고자 하는 것이 아니라, 단지 그의 소설 창작이 신비체험 못지않은 것이었음을 드러내기 위해, 가능한 한 그의 소설을 미시적으로 자세하게 읽으며 예수의 얼굴과 하얀 내리닫이옷이 이미 그의 소설 속에 무의식적 잔영의 형태로 나타나고 있음을 밝혀보고자 한다. 「생명연습」에

다음과 같은 장면이 나온다.

어머니가 사귀던 몇 남자들의 얼굴을 나는 똑똑히 외우고 있다. 그들은 차례차례 어머니를 거쳐갔는데 이상하게도 그 남자들의 용모에는 공통된 점이 많았다. 눈이 쌍꺼풀이라든지 콧날이 오똑하고 얼굴색이 비교적 창백하다든지, 하여간 나의 기억 속에 그들의 얼굴은 서로 비슷했다. 그리고 좀더 거슬러올라가면 그것은 놀랍게도 아버지의 얼굴과 거의 일치되는 것이다. 어머니는 사귀고 있는 남자를 우연한 기회에 보게 되었을 것이다. 그러고는 옛날 당신의 한창 젊음을 바쳐 사랑하던, 그리고 그보다도 더 큰 아버지의 사랑을 받던 날을 생각할 것이다.(「생명연습」, 『무진기행』)

이 "눈이 쌍꺼풀이라든지 콧날이 오똑하고 얼굴색이 비교적 창백"한 얼굴, "좀더 거슬러올라가면 그것은 놀랍게도 아버지의 얼굴과 거의 일치되는" 얼굴은 묘사 그대로 동양인의 얼굴이기보다는 서양인의 얼굴이다. 쌍꺼풀 진 눈, 오똑한 콧날, 그리고 창백한 흰색의 얼굴은 서양인의 이목구비를 이루는 중요한 인종적 특징들이다. 이러한 공통점을 갖고 있는 남자들의 얼굴은 아버지의 얼굴이기도 하니 아버지 역시 서양인의 이목구비를 갖고 있었다.[9]

---

9) 김명석은 『김승옥 문학의 감수성과 일상성』에서 김승옥의 「생명연습」을 인용하며, "눈이 쌍꺼풀이라든지 콧날이 오똑하고 얼굴색이 비교적 창백"한 얼굴, "좀더 거슬러올라가면 그것은 놀랍게도 아버지의 얼굴과 거의 일치되는" 얼굴에 관련된 이야기가 소설의 주인공이자 화자인 '나'의 누이가 써서 오빠에게 보여준 작문이라는 사실에 지나치게 매달림으로써, 누이가 여성이라는 점을 들어 어린 여아가 거세 콤플렉스를 거치며 품게 되는 남근 선망을 지적한 적이 있다. 하지만 이 분석은, 무의식이 허구적 인물의 몫이 아니라 피와 살을 갖고 있는 욕망의 주체인 소설가의 몫임을 간과하는 중대한 인식론적 오류를 범하고 있다. 인물, 그것도 부차적인 인물에 지나지 않는 누이는 현실의

　정신분석의 인식론에 입각해 소설작품을 해석한다는 것은 작가에 의존하는 것이 아니라, 작품에 의존해야 하는 것을 의미한다. 무의식은 작가의 것이 아니라, 작품의 것이자 독자의 것이다. 무의식은 우선은 살과 피를 가지고 있는 욕망의 주체인 작가의 것이지만, 그것은 일상인인 작가가 아니라 일종의 시적 취기 상태에 빠져 백지를 앞에 놓고 소설을 구상하며 소설쓰기에 몰두해 있는, 비유를 들자면 "다른 어느 곳에서도 하지 않았던 엉뚱한 생각을" 하는 "무진기행"을 떠난 오르페우스 같은 작가를 사로잡고 있는 모종의 정신적 상태다.

　다시 한번 반복하자면, 무의식은 욕망과 금기의 문제이고 그로부터 우회적인 충족을 위해 욕망이 동원하는 속임수와 수사들, 그리고 그것을 용인하는 문화적 형식들의 문제이다. 대표적인 무의식적 결과물인 꿈의 경우, 꿈 자체가 무의식이 아니라, 이미 이성과 문화적 금기와의 타협 결과인 꿈을 다시 기억하고 해석하면서 재차 그 꿈에 의미를 부여하는 언어와 몸짓과 징후들이 무의식의 일단을 드러낼 뿐이다. 꿈과 비교할 수 없을 정도로 문화적 금기의 각종 제약을 받아들여야 하는 소설의 경우에도, 김승옥의 예에서 볼 수 있는 것처럼, 누이가 쓴 글 자체보다 그것을 다시 읽고 해석하는 주인공 '나'의 해석이 더 중요하며, 나아가서는 이 모든 것을 소설이라는 형식 속에서 이야기하는 살아 있는 욕망의 주체인 김승옥의 무의식이 바로 '무의식'인 것이다. 그러나 착각은 하지 말아야 한다. 무의식은 그 어느 경우에도 미미한 징후 이외의 다른 형식을 통해서는 나타날 수 없다.

누이가 아니라 작가 김승옥의 무의식이 만들어낸 상상적 친족관계 속의 누이일 뿐이다. 그 누이를 현실의 누이처럼 보며 여자이므로 남근 선망이 있었다고 보는 관점은 단선적인 독법으로, 누이라는 기호 뒤에 숨어 있는 무의식적 의미를 읽어낼 수 없다(우리는 다음 장에서 김승옥의 소설에 등장하는 누이라는 인물이 순수하게 누이가 아니라 무의식 속에서 수음에 가담하는 한 파트너임을 지적할 것이다).

이 징후마저 무의식이 포기할 때, 그 상태는 광기가 됨을 우리는 알고 있다. 사람이 미친다는 것은 무의식이 이성을 완전히 지배할 때인데, 이 경우 언어, 표정, 일상의 관계, 모든 것이 문화적 금기와 타협할 필요를 느끼지 못하고 그대로 표출될 것이다.

"무진"으로 여행을 떠난 작가 김승옥은 어디에 있는가? 정신분석의 대상은 소설을 쓰고 있던 김승옥이다. 그럴 수밖에 없지 않은가. 우리에게 남아 있는 유일한 자료가 소설이기 때문이다. 지금 전화를 해서 김승옥 선생을 만나보았자, 소설을 쓰면서 전혀 다른 시공간에 살며 허구의 세계에 몰두해 있었던, 그래서 나이 일흔을 앞둔 자연인 김승옥도 기억하지 못할 수십 년 전의 김승옥에 대해서는 아무것도 얻지 못할 것이다. 우리가 만나는 김승옥은 무진에 가 있는 김승옥이다. 다른 김승옥이 아니라 바로 "무진"에 가 있었던 김승옥이 「생명연습」에서 어머니가 집 안에 들이던 남자들을 묘사할 때, "놀랍게도 아버지의 얼굴과 거의 일치되는" "눈이 쌍꺼풀이라든지 콧날이 오똑하고 얼굴색이 비교적 창백"한 남자들의 공통점은 바로 "아무런 부끄럼 없이, 거침없이" 엉뚱하고 뒤죽박죽인 공상들이었고, "나의 밖에서 제멋대로 이루어진 뒤 나의 머릿속으로 밀고 들어오는" 이 공상들 속에 나타난 얼굴은 서양인의 얼굴이었고, 아버지의 얼굴이었으며, 따라서 하나님 아버지이자 서양인이었던 예수의 얼굴이었다고 볼 수 있다.

어쩌면 그래서 같은 이유로 소설 「생명연습」의 주인공은 여수에서 부흥회가 있던 날, 거세를 한 사람이 키가 작은 한국 전도사였음에도 불구하고 그 옆에 서 있던 미국인 선교사가 거세를 했다는 이상한 착각에 시달려야만 했는지도 모른다.

그 이른 봄 어느 날 교회에서는 대부흥회가 있었다. 죄가 많아서 하나님께서 전쟁을 주신 이 나라에 부흥회는 얼마든지 있어도 좋다는 듯이 부흥회가 유행하던 그 무렵이긴 했지만 이번 부흥회에는 재미난 데가 있었다. 이번 부흥회를 주관하러 오신 전도사는 나이 스물인가 되던 어느 해에 손수 자신의 생식기를 잘라버리신 분이라는 것이었다. 그 이유는 오직 하나님이 그렇게 하라고 시켜서라는 것이었다.

　부흥회의 첫날 밤이었다. 독특한 선전 때문이었는지 부흥회는 대성황이었다.

　(……)

　저 사람이, 도대체 저 사람이 손수 칼로 자기의 생식기를 잘라내버렸을까 하고 나뿐만 아니라 어른들도 못 믿겠다는 눈치였다. 차라리 그 전도사 옆에 서 있는 키가 유난히 크고 얼굴이 홀쭉하게 생긴 미국 사람이 그랬다면 나는 믿었을지도 몰랐다. 그편이 훨씬 그럴듯해 보였으니까. 그날 밤 나는 자꾸, 지금 생식기가 없는 사람은 저 미국 사람이다, 라는 착각에 여러 번 빠져들곤 했다. 그러다가보니 그 전도사가 왜 그런 짓을 해버렸는지조차 어느덧 까먹게 되어서 누나에게 다시 물어보고 나서야 깨닫곤 했다. 하나님을 위해서 아니 성령을 받고 그랬다는 것이 아닌가. 내게도 성령이 찾아오는 어느 순간이 있어 나 스스로의 목이라도 잘라버려야 할 경우가 있을는지도 모를 일이라는 생각이 문득 들었다. 그러자 소름이 돋기 시작했다. 땀과 노래와 노래박자에 맞추어 치는 손뼉소리가 미친 듯이 날뛰다가 가끔 딱 그치고 갑자기 고요한 침묵의 시간이 생기곤 했는데 그런 때엔 나는 나지막이 들려오는 파도의 찰싹거리는 소리가 못 견디게 그리웠고 오늘밤 여기에 온 것이 그리고 앞자리를 차지한 것이 어찌나 후회되던지 자꾸 혀만 깨물었다.(「생명연습」, 『무진기행』)

이 대부흥회에 참석한 주인공이 거세한 한국 전도사와 미국 선교사를 착각하는 장면이 의미 있는 것은, 앞서의 어머니가 집 안에 들였던 아버지를 닮은 남자들의 "눈이 쌍꺼풀이라든지 콧날이 오똑하고 얼굴색이 비교적 창백"한 얼굴 모습과 마찬가지로, 그 착각이 서양인이었던 "키가 유난히 크고 얼굴이 홀쭉하게 생긴 미국 사람"의 모습 때문에 일어났기 때문이다. 거세는 분명히 한국인 전도사가 했지만, 주인공 '나'의 뇌리 속에서는 그 이유를 알 수는 없지만 "지금 생식기가 없는 사람은 저 미국 사람이다, 라는 착각"이 일어났다.

위의 장면에서 거세 콤플렉스를 읽어내는 것은 그리 어려운 일이 아니다. 하지만 거세 콤플렉스의 문화적 함의를 제대로 읽어내기 위해서 필요한 것이기도 하지만, 거세 콤플렉스보다 더 의미 있는 것은 어머니의 남자들이 갖고 있었던 아버지를 닮은 서양인의 이목구비와 마찬가지로, 이번에도 "키가 유난히 크고 얼굴이 홀쭉하게 생긴 미국 사람"의 모습이다.

김승옥의 소설 속에는 이렇게 해서 "눈이 쌍꺼풀이라든지 콧날이 오똑하고 얼굴색이 비교적 창백"한 얼굴 모습을 한 서양인 같은 한국 남자들이 등장하든, 아니면 부흥회 장면에서 나온 "키가 유난히 크고 얼굴이 홀쭉하게 생긴 미국 사람"의 형태를 띠고 나타나든, 서양인이 등장하고 있는 것이다. 이 서양인들의 얼굴에는 공통점이 있었고, 그 공통점이란 다름아니라 아버지의 얼굴을 연상시키는 특징들이었다.

이렇게 어머니를 더러운 여인으로 만들어버렸던, 서양인의 이목구비를 갖고 있었던 아버지는 과연 누구였을까? 또 분명 거세는 한국인 전도사가 했음에도 불구하고 거세를 했다는 착각을 불러일으켰던 미국인은 누구였을까? 이 질문들에 답을 하기 위해 우리는 정신분석에 기댈 수밖에 없고, 동시에 "눈이 쌍꺼풀이라든지 콧날이 오똑하고 얼굴색이 비교적 창백"한 얼굴의 남자들과 "키가 유난히 크고 얼굴이 홀쭉하게 생긴 미국 사람"의 모습 배후에 숨어 있는 한 장의 그림을 떠올리지 않을 수 없다. 그 그림이란 다름아니라 허름한 시골 교회나 예배당, 혹은 교회에 나가는 사람들의 집에 헤아릴 수도 없이 걸려 있는 예수의 초상화, 바로 그 이미지이다. 아마도 김승옥은 그토록 열심히 교회를 다녔던 어린 시절[10], 어디선가 그 허름한 성화들을 보았는지 모른다. 이 이미지의 무의식적 잔영들이 그가 갖고 있는 절대자의 얼굴, 즉 "아버지의 얼굴"을 만들었을 가능성은 충분히 가정할 수 있다.

4. 김승옥의 개인적 신화, 동정 탄생

김승옥은 1965년에 쓴 「들놀이」라는 짧은 단편에서 자신의 어린 시절을 회상하는 주인공을 보여주고 있다.

열 살짜리 맹상진군은 황혼이 내리는 골목길에서 자기 또래의 친구들과 철없는 장난을 하며 놀고 있다. (……) 그때 골목길, 아니 골목길보다는 역시 주택가에서 볼 수 있는 아주 번잡하지도 않고 아주 한적하지도 않은 좀 큰 길이 좋겠다. 그 길의 저쪽에 단순히 세월이 만든 주름살은 아닌 보다 더 빛이 도는 주름살을 얼굴 가득히 가진 영감님이 나타난다. (……) 그러나 이곳 사람들은 그 영감님이 얼마나 훌륭하고 고귀한 분이라는 걸 누구나 잘 알고 있다. 그 영감님은 신력을 가

---

10) "여동생이 죽은 이후 나는 장로교회에 출석하기 시작했다. 사람이 죽으면 천국으로 간다는 교회의 가르침에 뭔가 희망을 걸고 참으로 열심히 예배에 참석했다. 여동생과 아버지를 위해 기도하고 세상에 홀로 남아 어린 아들 셋 키우시느라고 고생 많으신 어머니를 위해서 기도했다. 방학중엔 새벽기도도 다녔고, 평소엔 저녁식사 후 동생들을 데리고 여러 곡의 찬송가를 부르며 공부를 하곤 했다." (김승옥, 『내가 만난 하나님』)

지고 사람들의 온갖 질병과 고뇌를 씻어주고 사람들의 미래도 거의 틀림없이, 말하자면 당신은 0일 0시 0분 0초에 0에서 0을 만나서 0하고 그러면 당신은 0하게 될 것이다, 라는 식으로 알아맞히는 분이다.

그 영감님이 황혼이 내리고 있는 길을 느릿느릿 이쪽으로 걸어내려오고 있다. 영감님은 떠들썩하게 뛰어놀고 있는 아이들의 곁을 지나가신다. 처음엔 그분은 아주 무심히 지나가는 것 같다. 그러다가 갑자기 눈에 짧고 굵은 빛이 번쩍 지나갔다. 영감님은 걸음을 딱 굳히고 가빠진 숨을—이것은 평생 한 번도 흥분해본 일이라곤 없는 영감님에겐 무섭도록 이상한 일이다—억제하느라 애쓴다. 그 아이들 속에 수억 개의 별빛이 몸을 둘러싸서 보호하고 있는 아이 하나가 있는 것이다. 영감님의 몸은 놀라운 기쁨으로 형편없이 떨린다. 영감님은 여전히 떨면서 한 아이 앞으로 다가가서 그 앞에 사람에게 잡힌 자라처럼 기운 있는 대로 웅크리고 땅바닥에 엎드린다. 그런데 아이는 자기도 모르는 사이에 자기도 모르는 말을 엎드려 있는 영감님에게 내린다. 그 말은 미래의 영웅이 그 아이의 입을 통하여 말하는 것이다.

"현자(賢者)여, 어서 일어나서 가라. 네가 할 일이 너를 기다리고 있다." "황공무지로소이다." 영감님은 겨울바람 속의 양철지붕처럼 떨면서 비실비실 일어나 차마 고개를 들지 못하고 물러난다. 그 소문은 곧 마을에서 시작하여 온 나라에 퍼진다. 사람들은 그 아이를 무시하지 못한다. 무시가 뭐냐, 눈이 부시어 차마 똑바로 바라보지도 못한다. 그 아이는 맹진상군 바로 그 사람이다.(「들놀이」, 『무진기행』)

들놀이, 즉 회사 야유회에 초대받지 못해 자존심이 상할 대로 상한 주인공이 어린 시절을 회상하는 대목이다. "자기도 모르는 사이에 자기도 모르는 말을 엎드려 있는 영감님에게 내"리는 "수억 개의 별빛이 몸을 둘러싸서 보호하고 있는 아이 하나", 그리고 그 아이의 입을 통해 말하고 있는 "미래의 영웅"은 과연 누구였을까? 이 마지막 대목은 우리로 하여금 예수 이외의 다른 존재를 떠올리지 못하게 할 정도로 초자연적 존재를 연상시키고 있다.

우리는 여기서 자신을 예수와 동일시하는 무의식적 망상이 김승옥 소설을 가능하게 했다는 하나의 대담한 가설을 내릴 수 있다. 도시의 각박하고 쓸쓸한 풍경 속에서 역시 그 풍경을 닮은 사람들의 각박하고 쓸쓸한 삶을 묘사하는 장르인 소설에서 김승옥의 무의식을 지배하는 망상이 표현될 여지는 지극히 적다. 그럼에도 김승옥에게 소설은 이 무의식적 망상과 그 망상을 이루고 있는 몇 장의 그림들이 허락되는 영역이었다.

번잡한 대도시에서 샐러리맨으로 살아가는 소시민 이외의 다른 삶의 가능성이 거의 차단된 현대인인 무역회사 말단직원 맹상진은, 서사시도 비극도 사라지고 서정시마저도 허섭스레기 같은 할리우드 영화와 스포츠신문 유의 연재만화 혹은 문화산업의 포장지를 둘러쓴 게임에 치여 사라진 시대에, 유일하게 소설을 통해서만 모습을 드러낼 수 있을 뿐인 탁월하게 소설적 인물인 것이다. 김승옥은 이들 소시민에게서 이들의 먼 기억 속에 숨 쉬고 있는 신화와 전설을 들추어낸 거의 유일한 작가다.

따라서 김승옥의 소설은 소설이라는 장르의 사회학적 의미와 이 설화를 함께 읽어야만 하는 소설이다. 소시민의 일상성을 마치 김승옥 소설의 본질인 것처럼 다루는 것도 비판받아야 하지만, 동시에 김윤식 유의 김승옥 비판 역시 비판받아야 한다. 김윤식은 소시민의 일상성만을 보고 그에 대해 현실 인식과 역사의식의 결여를 지적하며 편협한 소설쓰기라고 비판했을 뿐, 김승옥의 소설에서 무의식적 망상도 설화적 노스탤지어도 읽어내지 못했다.

김승옥은 소설을 쓰면서 무의식적 망상과 설화의 세계로 내려가

그것들이 형성되었던 기억도 희미한 무의식적 지대까지 거슬러올라
가야만 했고, 그곳에서 예배당에 걸린 이미지들로 이루어진 성서적
설화에 침윤된 극심한 공포와 욕망이 뒤섞인 오이디푸스적 세계에
발을 내디뎌야 했다. 그의 많은 소설들이 초등학생 정도의 어린아이
를 주인공이나 화자로 등장시키고 있는 것은 우연이 아니다. 비록 대
학생이나 직장인 같은 성인이 주인공으로 등장하는 경우에도 대부분
그들의 회상을 통해 어린 시절의 희미한 기억이 자주 나타나곤 한다.

　김승옥이 소설을 쓰면서 자신을 예수와 동일시하는 무의식적 망상
과 설화를 만났다는 것은 그가 그의 이성이 허락하지 않는 세계와 조
우하는 것이었다. 아니 그 이전에 그런 망상과 설화의 세계는 소설과
도 그리 썩 어울리지 않는 세계였다. 하지만 그럼에도 김승옥은 소설
을 써야만 했고, 반복해서 망상과 설화의 언저리를 배회해야만 했다.
하지만 삶의 고단함이 지나쳐 그것이 무(無)에 대한 또다른 세계 인
식을 가능하게 하고, 우울과 무기력이 삶의 일부가 되어 일상성을 송
두리째 파괴할 때, 그리하여 마침내 무에 대한 인식이 세계관의 한
형태로 자리잡아 이번에는 역으로 망상과 설화의 세계를 필요로 할
때에는 어떻게 할 것인가? 결코 견디기 쉽지 않은 이 상태, 흔히 서
구인들이 멜랑콜리 상태라고 지칭하는 이 상태에서 김승옥의 언어는
빛을 발한다. 그 빛은 밝은 빛이기도 하고 어두운 빛이기도 하다. 망
상이요 설화라고 생각되기도 하고, 구원이자 절대라고 느껴지기도 한
다. 이 빛은 그러나 소설의 형태로 공개되었고, 따라서 그의 소설을
읽겠다고 하는 이들은 이 빛의 밝음만이 아니라 어둠도 나누어 가져
야 한다. 우리가 그의 신비체험에 관심을 기울이고 그 체험이 그의
소설과 맺는 관련에 궁극적 호기심 같은 것을 느껴야 하는 이유가 여
기에 있다.

　김승옥은 첫 작품인 「생명연습」에서 어린 시절에 그의 무의식을 지

배했던 그림 몇 장의 의미를 고백했다. 그것은 어머니가 관계를 맺었던 여러 남자들의 이목구비를 퍼즐 조각처럼 맞추었을 때 겨우 드러나는 예수의 얼굴이었고, 이를 통해 우리는 하늘에 계신 아버지를 자신의 아버지와 혼동하며 자신을 하나님의 아들로 여겼던 김승옥의 무의식적 망상을 확인할 수 있었다. 어머니에 대한 오이디푸스의 사랑과 아버지의 거세 위협도 살펴보았다.

이러한 그의 무의식적 망상과 설화는 김승옥이 겪었던 신비체험 속에 모습을 나타낸 하나님과 전혀 관계없는, 말 그대로 망상에 지나지 않았을까? 그래서 소설은 종교적 체험과는 아무런 관련도 없는 이야기에 불과한 것일까? 아니다. 그의 소설은 신비체험과 근원적으로 동일한 것이었다.

> 그런데 하나님에 의해서 내 영안(靈眼)이 열리고, 하나님의 크고 하얀 손을 보게 되고 그 손에 의해서 어루만짐을 받게 되고 "누구냐?"라는 내 질문에 "하나님이다"라는 음성의 대답을 듣게 되고, 또 이후 1982년엔 "그리스도의 명령이다. 인도에 가서 전도하라!"는 음성의 대답을 듣게 되고, 다음해인 1983년엔 예수 그리스도의 발현으로, 그 하얀 내리닫이옷을 입으신 하얀 몸 — 하얀 머리칼, 하얀 수염, 하얀 피부의 얼굴 등, 하얀 모습의 부활하신 예수 그리스도를 내 눈으로 보게 되는 등, 극치의 구원이 나에게 임하신 것이다. 아무리 생각해도 놀랍기만 한 신비(神秘)의 연속적인 체험이 나에게는 광주사태 이상으로 충격적인 것이었다.(「나와 소설쓰기」, 『무진기행』)

위의 고백을 주의 깊게 읽어야 한다. 특히 "하얀 내리닫이옷을 입으신 하얀 몸"이라는 묘사에 정당한 주의를 기울여야 할 것이다. 왜냐하면 어머니가 관계를 맺었던 남자들의 서양 사람 같은 이목구비

들이 모여 "아버지의 얼굴"인 예수의 얼굴을 만들었듯이, "하얀 내리
닫이옷을 입으신 하얀 몸" 역시 김승옥이 1983년에 처음 본 모습이
아니라 어린 시절 어디선가 보았던 이미지이기 때문이다. 그것은 양
을 품에 안고 있는 모습일 수도 있고 문 밖에서 노크를 하는 모습일
수도 있으며, 겟세마네 동산에서 하늘을 올려다보며 마지막 기도를
드리는 모습일 수도 있다. 어떤 모습이든, "하얀 내리닫이옷을 입으
신 하얀 몸"은 김승옥이 처음 본 모습은 아닌 것이다. 우리가 교회에
나가는 집에서 드물지 않게 볼 수 있는 정체불명의 저 성화들 속에서
예수님은 늘 "하얀 내리닫이옷"을 입고 나타난다. 우리는 이런 이유
로 1966년에 씌어진 「염소는 힘이 세다」라는 소설에 나오는 다음과
같은 묘사를 눈여겨보아야 한다.

나는 때때로 홍수의 꿈을 꾼다. 오늘 아침에도 나는 홍수의 꿈을 꾸
었다. 황톳빛 강물이 부글부글 끓듯이 거품을 일으키고 무서운 소리를
내며 빠르게 흐르고 있었다. 나는 강변에 있는 마을의 폐허 위에 서 있
었다. 간밤의 폭우 때문에 집들은 더러운 판자 더미가 되어 있었고, 강
물이 흐르며 내는 (……) 그 소리로부터 도망치려고 몸을 돌렸다. 그
때 판자 더미 속에서 '매애애—' 하는 염소의 울음소리가 약하게 들려
왔다. 나는 판자 더미를 헤쳤다. 하얀 털을 가진 염소 새끼 한 마리가
그 속에 있었다. 나는 그놈을 가슴에 안았다. 새끼염소에 정신이 팔려
있는 동안은 내 귀에 들리지 않던 무서운 강물 소리가 내가 그놈을 가
슴에 안고, 어디서 이놈의 임자가 나타나지 않을까, 하고 사방을 두리
번거리는 동안에 다시, 나를 휩쓸고 갈 듯이 달려들었다. 나는 새끼염
소를 안은 채 도망쳤다. 그 무서운 강물 소리, 그것은 소리라기보다는
소리의 메아리라고나 하는 편이 좋을 만큼 귀신 같은 데가 있는데, 그
웅웅거림이 끝없이 나를 쫓아오고 있었고 그리고 내 가슴에 안긴 새끼

첫 소설인 「생명연습」, 「염소는 힘이 세다」 그리고 「들놀이」 등 김승옥의 소설들 속에는 어린아이가 자주 등장한다. 그리고 이 어린아이들은 언제나 예수를 모방하고 있다. 이 예수 모방에는 언젠가 보았을 키치 스타일의 허름한 성화에 등장하는 예수의 이미지가 일정한 역할을 한다. 어머니가 사랑했던 남자들의 이목구비가 모두 돌아가신 아버지를 닮은, 서양인의 그것이었다고 「생명연습」에서 소년은 회상했고, 「염소는 힘이 세다」에서는 한 아이가 빗물에 쓸려내려가는 염소를 구해내면서 마치 자신을 어린 양을 구하는 예수처럼 상상한다. 이 아이는 어른이 되었을 때 흰 내리닫이 옷을 입으신 눈부시게 환한 예수님을 만나 절필을 하고 만다. 이 흰 내리닫이옷을 입으신 눈부시게 환한 예수님은 「들놀이」에 묘사된 장면을 그대로 반복하고 있다. 열 살짜리 맹상진군은 황혼이 내리는 골목길에서 자기 또래의 친구들과 철없는 장난을 하며 놀고 있다. 그때 골목길 저쪽에 신력을 가지고 사람들의 온갖 질병과 고뇌를 씻어주고 사람들의 미래도 거의 틀림없이 알아맞히는 영감님이 나타난다. 영감님의 눈에 갑자기 짧고 굵은 빛이 번쩍 지나간다. 그 아이들 속에 수억 개의 별빛이 몸을 둘러싸서 보호하고 있는 아이 하나가 있는 것이다. 아이는 자기도 모르는 사이에 자기도 모르는 말을 엎드려 있는 영감님에게 내린다. 눈이 부시어 차마 똑바로 바라보지도 못한다. 김승옥은 스스로를 신의 아들로 생각하는 개인적 신화를, 어린 시절 오랫동안 무의식 속에 품고 살았을 것이다. 그가 만난 하나님은 이 신화 속의 인물과 무관하지 않을지도 모른다. 소설에서 형이상과 무의식이 만나는 모습을 찾고자 하는 우리로서는 이렇게밖에 말할 수 없다.

염소는 나의 달음박질을 독려하듯이 쉬임없이 그 곱게 떨리는 소리로 울고 있었다. 나는 잠이 깨었고 눈을 떴다. 그것은 내가 우리집의 염소를 처음 얻던 때의 바로 그 사정인 꿈이었다.(「염소는 힘이 세다」, 『무진기행』)

길게 인용된 이 장면은 어린 주인공이 꿈속에서 강물에 빠진 새끼염소를 구하는 장면인데, 새끼염소 대신 성서에 나오는 어린 양을 집어넣으면 예수가 길 잃은 어린 양을 구하는 허름한 성화들의 이미지와 거의 완벽하게 일치한다. 새끼염소를 구하는 이 장면이 길 잃은 어린 양을 돌보는 목자 예수를 그린 성화로부터 왔다고 단정할 수는 없겠지만, 소설의 표면을 장식하고 있는 염소 건강탕 이야기와는 달리 소설의 깊은 곳, 즉 어린 김승옥이 품고 있었던 무의식적 망상과 성서적 설화 속에 양을 돌보는 목자 예수의 이미지가 전혀 개입하지 않았다고도 단정 내릴 수는 없을 것이다. 이 가설을 인정한다면, 김승옥은 어린 시절의 망상과 설화 속에서 잃어버린 양을 구하는 예수처럼 강물에 떠내려가는 "하얀 새끼염소"를 품에 안으면서 예수를 모방하고 있는 것이다. 이렇게 해서 우리는 "하얀 내리닫이옷을 입으신 하얀 몸" 역시 그 흔한 정체불명의 성화들 속에서 거의 언제나 예수가 입고 나타났던 바로 그 옷임을 알 수 있다.

5. 맺는말

소설 「야행」에서 본 것처럼 현주의 손목이 남근이 되는 이 놀라운 변신은 서구미술에서 흔히 아나모르포즈(anamorphose)로 불리는 왜상(歪像)을 연상시킨다. 시에서 음소가 중요한 역할을 하듯이, 소설에서는 화소가 시에서의 음소 역할을 할 수가 있다. 그러므로 무의식을 전제하는 소설 독서는 음소나 화소 수준까지 내려가 이 미미하고 작은 징조를 확대하는 과정을 거치게 마련이다. "무진에 오기만 하면 내가 하는 생각이란 항상 그렇게 엉뚱한 공상들이었고 뒤죽박죽이었던 것이다."

작가의 무의식만 강박적 메타포나 이미지들을 갖고 있는 것이 아니다. 독자의 무의식 역시 마찬가지이다. 소설은 작가의 무의식과 독자의 무의식이 서로 만나고 호응하는 일정한 지점 혹은 지대를 가정하게 만든다. "다른 어느 곳에서도 하지 않았던 엉뚱한 생각을" "아무런 부끄럼 없이, 거침없이 해내곤 했"고, "내가 무엇을 생각하고 어쩌고 하는 게 아니라 어떤 생각들이 나의 밖에서 제멋대로 이루어진 뒤 나의 머릿속으로 밀고 들어오는" "무진"은 김승옥의 것만이 아니라 그의 소설을 읽는 독자의 것이기도 하며, 궁극적으로는 무진 자체, 다시 말해 소설이라는 예술적 형식 자체의 것이다. 요컨대 소설은 다른 예술 장르들처럼 두 무의식이 서로 만나고 호응하는 이 지대일 것이다. 이 지대는 오직 인간만이 갖고 있는 영역이다.

하지만 무엇보다, 무의식을 전제하며 소설을 읽는 독서는 무의식을 따라갈 수 있는 순박함 같은 정신적 미덕 혹은 미숙함을 요구한다. 벌거벗은 임금님이 걸친 화려한 옷도 보아야 하는 동시에 어린아이의 순박함으로 임금님의 벌거벗은 몸도 보아야 한다. 임금님의 귀가 당나귀 귀라는 사실도 알아야 하지만, 그 말을 하지 않으면 죽을 것만 같아 목숨을 걸고서라도 말해야만 하는 어쩔 수 없는 욕망도 느껴야 한다.

소설을 펼치면 단어가 문장이 되고 문장이 단락이 되고 단락이 마침내 소설이 되어가는 그 흐름에 몸을 맡겨야 한다. 쉼표도, 괄호도, 제목도, 그리고 인물들의 이름도, 별명도, 나아가 툭 던지는 듯한 별 의미 없는 묘사도, 아라비아 숫자도, 그리고 마지막으로 의미의 최소 단위인 음소와 화소도, 모두 자율성을 지닌 채 스스로 움직이도록 방치해두어야 한다.

그러나 이것은 불가능하다. 문화에 길들 대로 길든 의식은 소설을 이루는 요소들과 그 요소들의 조합방식에 이미 일정한 규범을 만들고 평가를 해놓았기 때문이다. 무의식을 전제하며 소설을 읽는다는 것은 그러므로 이 규범과 평가기준들을, 초자아를 닮은 무섭고 강압적인 어떤 것으로 느끼는 것을 의미한다. 소설은 이런 것이다, 라는 문화가 만들어놓은 규범과 가치평가의 기준들은 독서 이전에 이미 창작의 조건이자 환경이기 때문에, 작가 역시 그것들을 초자아로 받아들이며 소설을 썼을 것이다. 이 초자아에 대한 인식이 날카롭고 그 반항이 거셀수록 작품은 격렬해질 것이다. 김승옥의 문체가 소설을 파괴하는 문체라면, 그는 소설을 정의했던 기존의 관념들과 ‘이런 것이 소설’이라는 문화적 묵계 전반에 대해서도 항거를 한 것이다. 이 반항은 미학적인 성격을 지니면서 동시에 사회학적이기도 하다. 미학의 규범과 사회의 규범은 거의 언제나 같이 형성되고 함께 움직이기 때문이다. 드러내놓고 사회적이거나 역사적인 소설이 언제나 사회적이고 역사적인 것은 아니다.

무의식을 전제하고 소설을 읽는 독서는 독서 자체가 하나의 반항이 되는 지점까지 가지 않을 수 없다. 그것은 선택의 문제가 아니라 무의식을 전제하는 독서의 본질이다. 기존의 모든 독서에 대한 도전이며, 그 도전이 함축하는 기존의 모든 것에 대한 반항이다. 비유를 들자면, 보지 말아야 할 것을 보는 것이고 듣지 말아야 할 소리를 듣는 것이며, 마침내는 누가 보지 말라고 했고 누가 듣지 말라고 했는지, 금기의 주체와 그 이유를 묻는 질문이 될 수밖에 없는 것이 무의식을 전제로 하는 소설 독서의 본령인 것이다.

　만일 한국 비평계가 김승옥의 「생명연습」에서 "놀랍게도 아버지의
얼굴과 거의 일치되는" "눈이 쌍꺼풀이라든지 콧날이 오똑하고 얼굴
색이 비교적 창백"한 서양 남자들의 모습을 중첩시키지 못했고 그래
서 아버지의 이중적 의미를 간과할 수밖에 없었다면, 김승옥은 이제
처음부터 다시 읽어야 할 것이다. 김승옥은 이제까지 잘못 읽혀온 것
이다. 따라서 창녀가 된 어머니의 의미도, 그리고 「생명연습」에서 남
동생의 손을 잡고 애란인 선교사가 수음을 하는 장면을 함께 훔쳐보
았던 누이의 의미도 잘못 읽혔다. 소설은 으레 그런 것이려니 하고
넘어간 이제까지의 비평은 기껏해야 김승옥에게 "신선한 언어감각"
"감수성의 혁명" "집단과 주제만을 다루던 50년대 전후세대에서 개
인과 언어를 탐구하기 시작한 4·19 세대의 대표주자" 등과 같은 덕
담 수준의 평만을 늘어놓았다.

　한 작가가 절절한 종교적 체험을 하고 절필을 했다면, 의당 그 절절
한 체험은 작가 연구의 핵심적 주제가 되어야 마땅하다. 하지만 한국
비평계는 이에 대해 이제까지 침묵으로 일관하고 있다. 어느 누구도
그가 만났다는 신에 대해 의문을 제기하지도, 회의를 하지도, 공감이
나 긍정을 나타내지도 않았다. 어찌된 일인가? 이제 김승옥 연구는
그의 첫 작품인 「생명연습」부터 다시 읽는 세밀하고 철저한 독서로부
터 새롭게 시작되어야 한다. 그것이 한국 인문학을 위한 길일 것이다.
정신분석적 인식론에 근거한 우리의 해석이 그 장점과 단점 모두를
통해 김승옥의 작품을 다시 읽는 작업의 시발점이 되었으면 한다.

「무진기행霧津紀行」 혹은 안개 속의 여인들

우리가 이미 신뢰하고 있는 것처럼 묘사를 하면서
한 군데도 무의미하고 불필요한 터치를
남겨놓은 적이 없는 작가는 여행을 하는 동안……
— 프로이트, 「빌헬름 옌센의 『그라디바』에 나타난 망상과 꿈」 중에서

1977년 제1회 이상문학상 수상작인 「서울의 달빛 0章」 이후 김승옥은 거의 절필 상태에 있다. 1964년에 씌어진 「무진기행」이나 「서울 1964년 겨울」(1967) 같은 단편들이 그의 후기 작품으로 분류될 정도로 김승옥이 일찍 문학사 속에 편입된 것도 사실이다. 그가 그럼에도 죽은 작가이거나 메말라 피폐해진 황야가 아니라, 언제고 다시 터질 것 같은 휴화산의 인상을 주고 있는 것은 웬일일까? 그의 소설들이 지금, 서울 2007년에 다시 펼쳐도 현재성을 가지고 있기 때문일 것이다. 서울 2007년에도 「서울 1964년 겨울」 속의 그 청년들처럼, "꿈틀거리는 것을 사랑하십니까?"라고 묻거나 그것마저 의미에 대한 질문 같아 보여 "서대문 버스정거장에는 사람이 서른두 명 있는데 그중 여자가 열일곱 명이었고 어린애는 다섯 명 젊은이는 스물한 명 노인이 여섯 명입니다"라며 객담이나 주고받을 수밖에 없는 젊은이들이 여전할 것이다.

절망과 슬픔의 깊이는 어느 한 시대의 것이 아니다. 그 누구의 것도 아니다. 그러나 그럼에도 우리는 언제나 이 깊이를 시인이나 작가

에게 혹은 길거리의 어느 특정한 인간들에게 전가하려고 한다. 삼십 년 넘게 글을 멀리하고 있는 그를 우리가 기다리는 것은 그러므로, 어쩌면 그에게 있어 이제 글은 너무나 어려운 것이 되어버렸을 것이라는 우리의 막막한 짐작 속에 드리워진 우리 자신의 헤아리기 힘든 깊은 어둠에 대해 그가 대신 이야기를 해줄 수 있다고 신뢰하고 있기 때문인지도 모른다. 이 신뢰와 기다림은 확실히 잔인한 것이다. 또는 비겁한 것인지도 모른다. 같은 이유로 우리는 그가 다시는 펜을 들지 않기를 은근히 원하고 있는지도 모른다. 읽는 것도 자세하고 철저해지려고 할수록 결코 쉬운 일은 아니기 때문이다. 김승옥의 단명(短命)에 그의 문우들을 위시한 비평가들의 공로가 적지 않았다는 느낌은, 따라서 다음 기회를 마련해서라도 이야기해볼 가치가 있을 것이다.

어쩌면 김승옥은, 최인훈이 "메시아가 왔다는 풍문이 있습니다. 신이 죽었다는 풍문이 있습니다. 신이 부활했다는 풍문도 있습니다. 코뮤니즘이 세계를 구하리라는 풍문도 있습니다. (……) 풍문에 만족지 않고 현장을 찾아갈 때 우리는 운명을 만납니다. 운명을 만나는 자리를 광장이라고 합시다"라고 존댓말로 권유하다가 "인간은 광장에 나서지 않고는 살지 못한다"라고 힘주어 주장하는 곁에서, '골방'과 '동굴'이 광장을 위해서 있는 것이 아니라 저절로, 스스로, 따로, 있다는 이야기를 해야 했는지도 모른다.

「무진기행」은 이 '골방'에 대한 이야기이다. 붉은 황혼에 물든 만주를 거쳐 북에서 내려온 사람과 현해탄을 건너 남쪽에서 올라온 사람이 문학이라고 하는 비무장지대에서 만나는 방식은 그대로 한국문학사의, 나아가서는 한국 현대 정신사의 한 형식일지도 모른다. 그리고 이 형식은 그간 우리 모두의 삶의 영역을 조직하는 논리이기도 했고 앞으로도 그러한 권능을 계속 지닐 것이다.

따라서 김승옥을 다시 읽는다는 말은 하지 말아야 할 것이다. 문학의 영역에 국한해서 말해본다면, 그 책임의 소재가 어디에 있든지 고전과 근대와 현대의 거리가 너무나 먼 우리들에게 삼사십 년 남짓한 현대문학은 언제나 한 덩어리로 같이 있는 것이어야 할 것이다. 현대사의 속도 빠른 변화가 없는 것은 아니나 그 속도만큼 문학이 달라진 것은 또 아니기 때문이다. 또 문학이 발전한 것만도 아니다.

「무진기행」은 이런 의미에서 다시 읽어야 할 소설이 아니라 아직 제대로 읽히지 않은 소설이라고 해야 옳다. 둔감함이나 미진한 독서를 상황의 변화로, 나아가서는 관점과 방법의 변화로 얼버무리는 기만은 어떤 경우에도 피해야 한다.

「무진기행」을 이야기하는 이들은 예외 없이 "안개"에 대해서만 이야기하려고 할 뿐, 그 누구도 태양을 보려고 하지는 않았다. 다시 한 번 소설을 읽어볼 수밖에 없다.

버스는 무진 읍내로 들어서고 있었다. 기와지붕들도 양철지붕들도 초가지붕들도 6월 하순의 강렬한 햇빛을 받고 모두 은빛으로 번쩍이고 있었다. 철공소에서 들리는 쇠망치 두드리는 소리가 잠깐 버스로 달려들었다가 물러났다. 어디선지 분뇨 냄새가 새어들어왔고 병원 앞을 지날 때는 크레졸 냄새가 났고 어느 상점의 스피커에서는 느려빠진 유행가가 흘러나왔다. 거리는 텅 비어 있었고 사람들은 처마 밑의 그늘에 쭈그리고 앉아 있었다. 어린아이들은 빨가벗고 기우뚱거리며 그늘 속을 걸어다니고 있었다. 읍의 포장된 광장도 거의 텅 비어 있었다. 햇빛만이 눈부시게 그 광장 위에서 끓고 있었고 그 눈부신 햇살 속에서, 정적 속에서 개 두 마리가 혀를 빼물고 교미를 하고 있었다.(「무진기행」, 『무진기행』)

신경숙은 김승옥을 회고하는 글에서 다음과 같이 말한다.

　　그런 스무 살의 소설 창작시간에 김승옥의 「무진기행」을 읽었다. 「무진기행」은 지상이 아닌 다른 곳의 어떤 힘이 나를 그곳으로 데려가기 위해 내쏜 빛 같았다. (……) 무진의 안개는 여지없이 나의 고정관념들을 균열시켰다. 나비 같았고, 화려했으며, 세련되었고, 비의가 서려 있었다. 안개 속에서 교미하고 있는 개 두 마리를 지나 수음이라는 단어가 주는 음울함을 지나 폐병을 앓고 있는 청년이 문을 닫고 살았던 골방을 지나 (……)(「스무 살에 만난 빛」, 『무진기행』)

　　개 두 마리는 안개 속에서가 아니라 6월 하순의 "눈부신 햇살 속에서" "혀를 빼물고 교미를 하고 있었다". 소설가로서 신경숙이 범한 오독은 실수라기보다는 그 자체로 하나의 해석일 수도 있을 것이지만, 또 안개는 오독을 유도할 정도로, 그리고 모든 사람들이 오직 안개 이야기만을 되풀이할 정도로, 소설 「무진기행」을 감싸고 있는 하나의 의미 있는 상징 혹은 은유임에는 틀림없지만, 태양과, 함께, 있는 것이다.
　6월 하순의 강렬한 햇빛만이 안개를 안개로 있게 한다는 역설은 의미가 없는 것이 아니다. 태양이 뜨면 안개가 사라진다는 기상현상에 기댄 일정한 비유들을 염두에 두고 하는 말이 아니라, 안개 마을 무진이 태양이 없는 곳에서만 실체를 드러내는, 그래서 태양을 부정할 때만 그 부정의 대가로 남는 소극적인 도시라는 의미에서, 태양과 안개는 표리 그 자체인 것이다. 무진은 음화이다. 햇빛을 쏘이면 망가져버리는, 암실 속에서만 피사체의 규모와 내용을 드러낼 수 있는 음화인 것이다. 이 음화를 보기 위해서는 음침한 골방이 있어야 한다.
　태양이 부정되는 시간과 공간 속에서 무진이라는 마을이 솟아오른다면, 이 마을은 얼핏, 늦은 저녁 마을에 도착한 K가 어스름과 눈발 속에서 짐작만으로 보았을 뿐 한 번도 발을 들여놓을 수 없었던, 그 측량할 길 없는 혹은 측량기사가 필요 없는 카프카의 성(城)과 유사한 공간인지도 모른다. 소설 「무진기행」 속에 아버지가 없다는 것은 어쩌면 우연이 아닐지도 모른다. 주인공 윤희중의 아버지는 누구일까? 그분은 어디에 있을까? 성주(城主)의 이름은?

무진의 안개가 겹겹의 상징이라 해도, 그것 자체로는 아무런 의미를 지니지 못한다. 안개가 아니라 태양을 보아야 하듯이, 마찬가지로 안개와 함께 어둠에 덮인 마을에 울려퍼지는 노랫소리를 들어야 할 것이다. 그렇다. 무진에는 한 곡의 노래가 있다. 그 노래가 〈목포의 눈물〉이라는 것은 모든 사람이 알고 있다. 그리고 그 노래를 하(河)인숙이라는 성악 전공의 한 음악선생이 불렀다는 것도 우리는 알고 있다. 나아가 노래의 "그 양식에는 머리를 풀어헤친 광녀의 냉소가 스며 있었고 무엇보다도 시체가 썩어가는 듯한 무진의 그 냄새가 스며 있었다"는 것도 알고 있다. 그런데 이미 희중은 광녀를 만나지 않았던가.

무진에 들어오기 훨씬 이전, 광주역에 내렸을 때 역전에서 이미 그는 "어두운 기억을 홱 잡아끌어당겨서 앞에 던져주는 한 미친 여인"을 만났다. 〈목포의 눈물〉을 들은 다음날 새벽 희중은 또 썩어가는 시체도 만난다.

"자살 시쳅니다." (……) "누군데요?" "읍내에 있는 술집 여잡니다. 초여름이 되면 반드시 몇 명씩 죽지요." "네에." "저 계집애는 아주 독살스러운 년이어서 안 죽을 줄 알았더니, 저것도 별수 없는 사람이었던 모양입니다."

희중은 이 시체를 보는 순간 "그 여자를 향하여 이상스레 정욕이 끓어오름을 느꼈다". 시간(屍姦)의 충동은 이상스레 찾아올 수밖에 없을 것이다.

한 여인은 미쳐버렸고 또 한 여인은 죽었다. 오직 한 여인, 노래를 부르던 하인숙만이 정신적으로 육체적으로 홀로 살아남는다. 자살한 술집 작부가 불렀음 직한 〈목포의 눈물〉을 대신 부르던 하인숙의 노래 속에는 광기와 죽음의 헤아릴 수 없는 비의(悲意)가 그 두려운 깊이와 함께 스며 있었다.

광녀를 만나고 시체를 만나는 그 사이에, 두 여인 사이에 하인숙이 있듯이, 노래가 있다. 이 노래는 그러나 한 시골 학교의 음악선생이 우연히 술자리에서 불렀던 노래가 아니다. 그녀가 불렀던 노래가 날이 밝을 때까지 그의 귓전을 떠나지 않아 희중은 새벽녘에야 겨우 잠이 든다.

내가 이불 속으로 들어갔을 때 통금 사이렌이 불었다. 그것은 갑작스럽게 요란한 소리였다. 그 소리는 길었다. 모든 사물이 모든 사고(思考)가 그 사이렌에 흡수되어갔다. 마침내 이 세상엔 아무것도 없어져버렸다. 사이렌만이 세상에 남아 있었다. 그 소리도 마침내 느껴지지 않을 만큼 오랫동안 계속할 것 같았다. 그때 소리가 갑자기 힘을 잃으면서 꺾였고 길게 신음하며 사라져갔다. 내 사고만이 다시 살아났다. (……)

어디선가 한시를 알리는 시계 소리가 나직이 들려왔다. 어디선가 두시를 알리는 시계 소리가 들려왔다. 어디선가 세시를 알리는 시계 소리가 들려왔다. 어디선가 네시를 알리는 시계 소리가 들려왔다. 잠시 후에 통금 해제의 사이렌이 불었다. 시계와 사이렌 중 어느 것 하나가 정확하지 못했다. 사이렌은 갑작스럽고 요란한 소리였다. 그 소리는 길었다. 모든 사물이, 모든 사고가 그 사이렌에 흡수되어갔다. 마침내 이 세상에선 아무것도 없어져버렸다. 사이렌만이 세상에 남아 있었다. 그 소리도 마침내 느껴지지 않을 만큼 오랫동안 계속할 것 같았다. 그때 소리가 갑자기 힘을 잃으면서 꺾였고 길게 신음하며 사라졌다. 어디선가 부부들은 교합하리라. 아니다. 부부가 아니라 창부와 그 여자의 손님이리라. 나는 왜 그런 엉뚱한 생각을 하고 있는지 알 수 없었다. 잠시 후에 나는 슬며시 잠이 들었다.

이 길어진 인용을 통해 사이렌이 통금의 시작과 끝을 알리는 시그널이 아니라 마치 거대한 요괴의 울부짖는 소리 같다는 인상을 받을 수 있다면 지나친 해석일까? 사물의 윤곽을 흐트러뜨리고 모든 사고를 정지시키는 사이렌이라면 요기 띤 이 노래 속에서 파멸의 예고음 같은 것을 들어도 좋을 것이다.

그리스 신화의 '사이렌'을 떠올릴 필요는 없어 보인다. 아무런 관련성도 없다는 듯이 소설 여기저기 흩어져 있는 역전의 광녀와 자살한 술집 작부와 하인숙의 〈목포의 눈물〉이 상관성을 구축하며 하나의 신화로서 규칙적인 반복성을 보이고 있다는 점도 굳이 강조할 필요가 없어 보인다. 의미 있는 것은 오히려 하인숙이라는 여인의 성, 즉 다시 말해 그녀의 성씨가 냇가를 뜻하는 하(河)씨라는 것이다. 하인숙의 성씨인 '하'씨는 왜 술집 작부는 하필이면 냇가까지 나와 자살을 했을까, 라는 의문에 답을 제공할 뿐만 아니라, 나아가 그녀가 사이렌이었음을 입증해주기 때문이다.

그러나 이 사실 확인은 우리에게 사이렌의 노래를 이길 수 있었던 유일한 인물 오르페우스를 떠올리게 할 때 비로소 그 진정한 무게를 얻게 된다. 지옥을 다녀올 수 있었던 오르페우스는 바로 김승옥 자신이기 때문이다. 일인칭소설의 주인공 윤희중은 그대로 김승옥인 것이다. 소설가가 소설을 써야만 이겨낼 수 있었던 사이렌의 유혹은, 윤희중이 서울로 돌아가기 위해서 이겨내야만 했던 유혹과 동형 동질의 것이었다. 이러한 서사의 층을 우리는 알레고리라고 부를 수도 있을 것이다.

우리는 그러나 시인의 노래를 범주화하려고 하기 전에 좀더 깊이 귀담아들으려고 해야 할 것이다. 왜냐하면 이 알레고리는 거의 무의식적인 질서를 지닌 것이기 때문이다. 단순한 수사학이 아닌 것이다. 이 노래를 귀담아듣지 않을 때 오르페우스는 시인이기를 그만두고 말 것이며 사이렌의 유혹에 넘어가 광기에 매몰되거나, 혹은 물속으로 몸을 던진 그 옛날의 선원들과 같은 신세가 될 수도 있기 때문이다. 절필은 이러한 상징적 죽음의 한 형태이다.

김승옥의 기독교 역시 같은 맥락에서 이해를 구해야 할지도 모른다. 소설을 쓰는 것만으로도 죄를 짓는 것이 되는 세계에서 혹은 죄를 지으면서도 소설을 써야 하는 세계에서, 선택의 가능성은 이미 어린 시절의 혹독한 체험에 의해 극히 제한되어 있었을 것이다. 이 점은 그의 소설에 빠짐없이 등장하는 창녀의 주제와 더불어 다음 기회로 미루어야 할 것이다.

절필 이외에 달리 길이 없어 보이던 뼈아픈 순간이 그의 무릎을 꺾어 엎드리게 했을지도 모른다. 누구도 그에게 펜을 돌려줄 수는 없다. 그럴 권리는 오히려 그의 소설을 현재진행형으로 읽는 독서를 통한 나눔 속에서 유혹으로 있을 수밖에 없을 것이다.

비극은 차라리 사물과 언어의 관계 이외에 의식이 존재 가능한 곳이 더이상 없다는 인식에도 불구하고, 돌연 육체가 격렬하고 또렷한 권능을 갖고 있는 모습을 드러내 보일 때 나타나는지도 모른다. 김승옥의 소설은 이 격렬하고 또렷하게 솟아오르는 육체에 관한 소설이다. 육체가 독립성과 자율성을 지니고 있다는 두려움은 김승옥의 소설 속에서, 우선은 파격적인 인물 설정을 통해 드러난다.

거의 한 편의 예외도 없이 그의 소설 속에 등장하는 창녀들이 늘 어머니이거나 누이이거나 아내라는 사실은, 그가 사랑을 이야기할 때 이 이야기 속에 언어와 사물의 일치로부터 나오는 부드러움이나 그리움

같은 것들을 위한 자리가 마련되어 있지 않다는 것을 의미하면서 동시에 많은 소설가들이 도달한 지점으로부터 그의 소설이 시작되고 있다는 것을 일러주기도 한다. 많은 소설가들이 펜을 놓고 한숨을 몰아쉴 때 김승옥의 소설은 시작되는 것이다. 그의 소설들은 짧은 분량일 수밖에 없었다. 하나의 문장이 씌어졌을 때 그것을 부정하는 즉각적인 힘들과의 싸움을 통해서만 다음 문장이 이어질 수 있는 소설을 길게 쓴다는 것은, 자신을 초인으로 신앙하지 않는 한 불가능했을 것이다.

그는 환상과 미망의 노예가 되어 초인이 되려고 한 것이 아니었다. 다 줄 수 없기 때문에 보다 많은 나눔이 정말 불가능하기 때문에, 그 불가능함에 대한 안타까움으로 반항으로, 그것은 좌절된 꿈이었다. 오직 초인만이 엉뚱한 생각을 한다. 그리고 엉뚱한 생각을 하나의 영역으로 만들어 그곳에 많은 사람들이 거주할 수 있도록 예비한다. 이 영역을 광장이라고 부를 수도 있고 공동체라고 부를 수도 있다.

"나는 왜 그런 엉뚱한 생각을 하고 있는지 알 수 없었다"고 희중은 사이렌이 다시 불 때 중얼거린다. 아니다. 소설 전체가 "엉뚱한 생각"이었다. 그것은 처음부터 그랬다. 아직 무진행 버스에서 내리기도 전에 희중은 중얼거린다.

무진에 오기만 하면 내가 하는 생각이란 항상 그렇게 엉뚱한 공상들이었고 뒤죽박죽이었던 것이다. 다른 어느 곳에서도 하지 않았던 엉뚱한 생각을 나는 무진에서는 아무런 부끄럼 없이, 거침없이 해내곤 했었던 것이다. 아니 무진에서는 내가 무엇을 생각하고 어쩌고 하는 게 아니라 어떤 생각들이 나의 밖에서 제멋대로 이루어진 뒤 나의 머릿속으로 밀고 들어오는 듯했었다.

소설 「무진기행」은 '내'가 쓴 것이 아니라 "나의 밖에서 제멋대로 이루어진 뒤 나의 머릿속으로 밀고 들어"온 "엉뚱한 생각들"이 쓴 소설일 것이다. 이제 소설 속에서 희중이 시체를 보고 갑자기 정욕이 끓어오름을 느낀다거나, 광주역전에서 만난 광녀가 하인숙의 노래 속으로 불쑥 들어와 냉소를 던지고 있다거나, 서울의 장인 생각을 하며 희중이 어머니의 무덤 속으로 들어가고 싶다고 하거나, 자살한 작부가 제 몸의 일부분이라고 해도, 또 한낱 뽕짝을 그토록 심각하게 들어도, 이 모든 것들은 '내'가 아니라 "나의 밖에서 이루어진" "엉뚱한 생각"이 한 짓들이므로 이해할 수 있을지도 모른다.

태양이 없어야 이 모든 기상(奇想)이 가능하다. 무진에서만 안개 속에서만 엉뚱한 생각이 실체를 얻을 수 있다. 소설은 그래서 "밤에 만난 사람들"의 이야기이기도 하다. 아버지가 없다는 것은 엉뚱한 생각이 실체를 얻을 수 있는 조건이다. 태양이 없을 때 안개가 스밀 수 있듯이. 6월 하순의 그 뜨거운 햇빛이 내리쬐는 공간은 사물들의 즉물성이 지배하는 공간이다. 가차 없는 공간이다. 그래서 그곳에서는 "개 두 마리가 혀를 빼물고 교미를 하고 있"을 수 있었을 것이다. 백주에, 모든 에로티즘이 사상(死傷)된 동물들의 섹스가, 혹은 발정의 어김없는 집행이 이루어지고 있는 것이다. 이때 태양이 드러내는 것은 개 두 마리의 발정이 아니라, 인간의 성 속에 들어 있는 에로티즘이 제거된 동물들의 자리일 것이다.

이 자리를 차지하기 위해 에로티즘과 죽음은 서로를 부추기게 된다. 더럽고 동시에 순수한 것으로, 무섭고 동시에 성스러운 것으로, 은밀하고 동시에 어김없는 것으로, 에로티즘은 인간을 동물과 구별하면서 동시에 인간의 정신과도 이격시켜놓는다. 존재의 기원에 대한 느닷없는 의문과 존재의 비연속성이, 지속되는 연속성과 의식의 또렷한 움직임이 맺고 있는 부정할 수 없는 관계의 의미에 대해 무차별적으로 의문을 던질 때, 이 질문들은 이미 우주적 질서의 주관자로 상정되고 추앙받았던 아버지에 대한 반항이면서, 안개 속으로 혹은 어머니의 무덤 속으로 사이렌의 노래 속으로 작부의 시체 속으로 들어가겠다는 위협이자 허락해달라는 애원이기도 할 것이다.

개들은 6월 하순의 땡볕 속에서, 한점 부끄럼 없이 교미를 한다. 인간만이 시간(屍姦)의 유혹을 느끼고 멈칫한다. 오직 인간만이 사이렌의 목소리를 들을 수 있고, 오직 인간만이 오르페우스가 될 수 있다. 오직 인간만이 미칠 수 있다. 그리고 오직 인간만이 무덤을 꿈꿀 수 있다. 그러나 무덤은 동시에 하나의 커다란 금기다. 성(城)은 애초부터 들어가는 것이 허락되지 않은 공간일지도 모른다. 성은 성(性)일지도 모른다. 소설이 이 안타까움의 한 형식이고, 이 형식을 통해서만 성이 존재할 수 있다면, 성주는 어디에 어떻게 있는 것일까? 어떤 이들에게 성주는, 죄가 있는 곳에만 존재하는 어떤 그림자, 그러면서도 죄보다 먼저 있었다고 주장하는 멀리서 들려오는 목소리 같은 것인지도 모른다.

세 여인은 모두 희중의 분신들이다. 수음의 음울한 기억은 단지 기억으로만 남아 있지 않으려 한다. 그 옛날 폐병에 걸려 요양하던 바로 그 골방에서 희중은 물가에 사는 여귀와도 같은 여인 하인숙, 즉 사이렌의 "조바심을, 마치 칼을 들고 달려드는 사람으로부터, 누군지가 자기의 손에서 칼을 빼앗아주지 않으면 상대편을 찌르고 말 듯한 절망을 느끼는 사람으로부터 칼을 빼앗듯이 그 여자의 조바심을 빼앗아주었다". 왜 하필 그때 그 골방에서였을까? 희중은 왜 하인숙에게 그 골방의 내력까지 설명해주었을까?

나는 지금 우리가 찾아가고 있는 집에 대하여 여자에게 설명해주었다.

그 옛날의 골방은 그대로, 기억의 음습하고 후미진 그곳에 거의 원형대로 똬리를 틀고 있었다. 세 여인이 모두 "아프긴 하지만 아끼지 않으면 안 될 내 몸의 일부처럼 느껴졌다". "여자의 손이 내 손 안에서 꼼지락거렸다." 수음의 기억은 몸의 일거수일투족을 답습하는 끈질긴 타성을 지니고 있는지도 모른다.

위와 같은 정신분석의 일정한 시각에서 소설을 볼 때 이미 정신분석은 하나의 태도, 즉 금욕주의에 상당히 가까이 다가가 있다. 왜냐하면 이쯤에 오면 정신분석은, 소설 속에서만 가능한 엉뚱한 생각들이 실체가 아님에도 불구하고 실체가 되려는 것을 투시하는 시선으로서의 정신분석이기 때문이다. 엉뚱한 생각들은 사실에 있어 그 생각들의 연쇄가 예감케 하는 파멸의 규모로부터 권능을 얻는다. 죄의식이 의식으로 하여금 무의식을 반추케 하듯이. 또 육체가 육체 자체가 아니라 육체의 소멸로부터 권력을 얻듯이, 죽음도 삶의 일부로서가 아니라 삶의 반대인 것처럼 삶과 맞서며 느닷없이 찾아올 때 권력을 갖게 될 것이다.

어둠 속에 있는 비의는 새로운 빛이 될 수도 있을 것이다. 어둠이 빛이 되는 형식이 문학이라면, 이 형식 속에서 오르페우스는 사이렌을 이겨낼 수 있었다. 이 승리에는 그러나 다른 또하나의 조건이 따른다. 희중을 혹은 김승옥을 오르페우스로 읽어내고, 안개 마을 무진에 밤이 찾아올 때 여귀처럼 냇가에 내려와 교성을 지르는 여인인 하(河)선생을 사이렌으로, 혹은 무의식의 깊이 모를 심연으로 읽어야 한다는 조건이 따르는 것이다. 이 조건 속에서만 오르페우스는 살아남을 수 있다.

이제 우리는, 누가 김승옥을 죽였을까? 그는 다시 시인일 수 있을까? 라는 질문을 1964년 겨울에서 사십여 년이나 흐른 지금 다시 할 때가 된 것 같다.

「서울 1964년 겨울」의 객담들

사십여 년 전에 씌어진 김승옥의 단편 「서울 1964년 겨울」은 아직도 풀 수 없는 하나의 수수께끼처럼 남아 있다. 짧은 단편임에도 불구하고 소설이 무엇을 말하는지는 불분명하고, 특히 이십오 세의 두 젊은 이, 김과 안이 주고받는 뜻 모를 객담과 마지막 장면에서 일어나는 삼십대 월부 책장수의 자살을 대할 때 독자들은 당혹감마저 느끼게 된다.

"꿈틀거리는 것"에 대한 헛소리를 한참 동안 늘어놓던 김과 안은 "우리 다른 얘기 합시다"라는 말로 화제를 바꾼 후 급기야 다음과 같은 아무런 의미도 없는 대화를 주고받는다.

"평화시장 앞에 줄지어 선 가로등들 중에서 동쪽으로부터 여덟번째 등은 불이 켜 있지 않습니다." 나는 그가 좀 어리둥절해하는 것을 보자 더욱 신이 나서 얘기를 계속했다.

"……그리고 화신백화점 육층의 창들 중에서는 그중 세 개에서만 불빛이 나오고 있었습니다……"

그러자 이번엔 내가 어리둥절해질 사태가 벌어졌다. 안의 얼굴에 놀라운 기쁨이 빛나기 시작했기 때문이다.

그가 빠른 말씨로 얘기하기 시작했다.

"서대문 버스정거장에는 사람이 서른두 명 있는데 그중 여자가 열일곱 명이었고 어린애는 다섯 명 젊은이는 스물한 명 노인이 여섯 명입니다."

"그건 언제 일이지요?"

"오늘 저녁 일곱시 십오분 현재입니다."

"아," 하고 나는 잠깐 절망적인 기분이었다가 그 반작용인 듯 굉장히 기분이 좋아져서 털어놓기 시작했다.

"단성사 옆 골목의 첫번째 쓰레기통에는 초콜릿 포장지가 두 장 있습니다."

"그건 언제?"

"지난 14일 저녁 아홉시 현재입니다."

"적십자병원 정문 앞에 있는 호두나무의 가지 하나는 부러져 있습니다."

"을지로 3가에 있는 간판 없는 한 술집에는 미자라는 이름을 가진 색시가 다섯 명 있는데 그 집에 들어온 순서대로 큰미자, 둘째미자, 셋째미자, 넷째미자, 막내미자라고들 합니다."(「서울 1964년 겨울」, 『무진기행』)

이들의 대화는 더 이어져 "서대문 근처에서 서울역 쪽으로 가는 전차의 도로리가 내 시야 속에서 꼭 다섯 번 파란 불꽃을 튀기는 것을 보았습니다. 그건 오늘밤 일곱시 이십오분에 거길 지나가는 전차였습니다" 식으로 계속된다. 두 젊은이가 나누는 대화에는 아무런 의미도 없다. 그러나 그들이 하는 말은 매우 정확하다. 외국어 교본의 예문들을 연상시키는 그들의 말은 문법적으로 아무런 오류가 없는 완벽한 문장들이다. 그럼에도 두 사람이 문법을 지키기 위해 노력을 한 것은 아니었고, 또 그들은 자신이 하는 말이 문법의 정확성을 이상하리만치 강조하고 있다는 것도 의식하지 못한 채였다. 반면에 두 사람은 자신이 하는 말이 아무런 의미도 갖고 있지 않다는 사실을 잘 알고 있었다.

　"의미요? 그게 무슨 의미가 있습니까? 난 무슨 의미가 있기 때문에 종로 2가에 있는 빌딩들의 벽돌 수를 헤아리는 일을 하는 게 아닙니다. 그냥……"
　"그렇죠? 무의미한 겁니다. 아니 사실은 의미가 있는지도 모르지만 난 아직 그걸 모릅니다. 김형도 아직 모르는 모양인데 우리 한번 함께 그거나 찾아볼까요. 일부러 만들어 붙이지는 말고요."

두 사람의 말은 그것 자체로는 의미가 없을 수도 있겠으나, 그 무의미함으로 인해 소설 속에 들어온 저 말들은 어떤 식으로든 의미를 지니고 있음이 틀림없을 것이다. 그런데 그것 자체로는 무의미한 말에게 의미를 부여해줄 수 있는 소설 속에서조차, 두 사람의 말은 치밀할 정도로 문법적으로 정확하기만 할 뿐 아무런 의미도 갖고 있지 않다.
　두 사람의 말은 치밀하고 정확하다. 문법적으로 아무런 하자도 없는 완벽한 문장들이다. 이 문법적 완벽함은 어디서 유래하는 것일까? 아무런 의미를 지니고 있지 않은 말이 말로서 존재하기 위한 최소한도의 요건이 문법이다. 따라서 문법적 정확성은 적극적으로 찾아진 정확성이 아니라, 말이 의미를 거부할 때 그 의미가 떠난 자리에 소극적으로, 어쩔 수 없이 남게 된 찌꺼기로서의 정확성이라고 볼 수 있다.
　이 정확성은 결코 무의미를 지향한 것이 아닌, 다시 말해 무의미의 효과를 위해 "일부러 만들어 붙"인 정확성이 아니라, 말이 말이기 위해서 필요한 최소한도의 요건에의 복종에 다름아닌 것이다. 이 최소한도의 요건마저 충족시키지 못할 때 말도 의미도 또 무의미도 없다. 따라서 두 젊은이가 1964년 겨울, 서울에서 나눈 무의미한 대화는 말도 의미도 무의미마저도 없는, 그래서 아무것도 없는, 완전하고 완벽한 침묵, 혹은 문학의 죽음 앞에서 두 사람이 가까스로 쥐고 있는 현실의 "끄트머리"인 셈이다.

그들이 현실과 관계를 맺을 수 있는 유일한 방법은 문법밖에는 없었던 것이다. 이미 그들에게는 의미 무의미의 차이가 의미 없었다. 단지 문법만이라도 잡고 있어야 했던 것이다. 따라서 앞에서 지적했듯이 그들이 한 말의 문법적 정확성은, 용도가 있는 정확성이 아니라 이미 용도 폐기된, 아무런 의미도 지니지 않는, 오직 서울 1964년 겨울에서 떨어지지 않고 매달려 있을 수 있는 유일한 "지푸라기"로서의 문법 준수인 것이다. 두 사람이 나누고 있는 무의미한 대화에서 풍겨나오는 가벼운 정신착란의 분위기는, 이 최후의 방법으로서의 문법 준수로부터 온다. 그것이 현실의 끝임을 알기 때문에 문법만은 정확히 지켜져야 하는 것이다. 한편 그들이 언젠가 이 문법이라는 "지푸라기"마저 포기할지 모른다는 불안 역시 그들의 정확한 문법 준수 속에 깃들어 있다.

그러나 두 사람의 무의미하기만 한 객담에는 고유의 미덕이 들어 있다. 의미를 포기하고 거부하는 그들의 말은 그 누구에게도 피해를 입히지 않는 고유의 덕을 지니고 있는 것이다. 아무것도 의미하지 않지만 반면에 아무것도 강요하지 않는다. 그냥 정확할 따름이다. 누구를 칭찬하지는 않지만 욕하지도 않는다. 그들의 말은 그 누구의 마음 속에 희망이나 야망을 불어넣지는 않지만 상처를 입히거나 좌절을 주지도 않는다. 그 어떤 선언도 강령도 아니지만 위로의 말도 사랑의 말도 아니다. 그들의 말은 이런 의미에서 정치적인 말에서 가장 멀리 떨어져 있는 말이고 시적(詩的)인 말과도 아무런 관련이 없는 말이다.

말이 아무런 의미도 갖고 있지 않음으로써 그 결과로 남게 되는 문법적 정확성과 누구에게도 해를 미치지 않게 되는 고유의 미덕은, 그러나 언어를 조탁하며 그 조직을 감시해야 하는 작가에게는 거의 치명적인 자기 모순의 딜레마일 수밖에 없다. 침묵도 언어가 되고 의미가 되는 이 딜레마는, 그것을 벗어나는 길 또한 언어의 사용을 통해서만 가능하다는, 더이상 물러설 수 없는 막다른 골목에서야 작가로 하여금 이를 현실로 받아들이게 할 것이다.

의미를 포기했을 때 말이 갖게 되는, 희망도 야망도 주지 않고 절망과 낙담도 주지 않는 이 미덕은 의미를 만들어내지 못한다는 질책을 면할 길이 없을지도 모른다. 이 질책이 작가를 향한 것일 때 그는 개인주의니 허무주의니 하는 비난을 받을 것이다.

그러나 이 의미에 대한 포기와 거부는 꿈의 차원에서 실천의 차원으로 이동하지 않는다. 꿈 자체가 행동이기 때문이다. 꿈의 차원에서 실천의 차원으로의 이동이 가능한 것은 종교의 영역에서이다. 그것을 순교(殉敎)라고 부른다. 이 순교의 정점에 김승옥이 믿게 된 기독교의 예수가 있음을 우리는 또한 알고 있다. 문학에서 이 꿈은 문학에 대한 포기와 거부를 꿈꾸는 것을 뜻할 것이다. 문학으로 할 수 있는 가장 숭고한 일은 문학을 포기하고 거부하는 일인 것이다. 그것은 문학을 그 전체로 주는 것이다. 그러나 이렇게 문학이 자신을 주기 위해서는 문학이 형식으로 남는 것 이외의 다른 길이 있을 수 없다. 두 청년이 나누는 대화의 그 정확한 문법 엄수는 문학이 자신을 주는 행위의 한 메타포일 것이다. 김승옥이 차분하게 들여다보지 않았던 것은 바로 이 은유, 혹은 그것의 일정한 길이를 지닌 형식인 알레고리, 즉 문학의 형식이 갖는 내용이었다. 그러나 김승옥의 조급함에는 이유가 없지 않고 또 의미가 없지 않다.

김승옥의 슬픔은, 의미에 대한 포기와 거부를 꿈꾸는 그의 꿈이 그만의 자율적인 꿈이 아니라는 데에 있다. 그의 꿈을 지배하는 그 자신이 아닌 다른 존재의 꿈은 물론 그의 소설이 획득한 가장 뛰어난 성취의 일부분을 이루는 것인데, 이 슬픔을 견디기 위해 그는 다른 존재의 꿈을 실천에 옮겨야만 했다. 소설은 자신의 안에서 다른 존재가 꾸는 이 꿈속의 꿈을 실천하는 것이 유일하게 가능한 공간이었고, 따라서 그의 소설은 문학을 그 전체로 주기 위해 문법을 철저히 지켜야 했듯이, 이제 언어를 통해 의미를 포기하고 거부해도 여전히 남는 것들을 따라갈 수밖에 없었다. 김승옥의 소설에서 인물들이 육체와 돈을 향한 욕망을 포기하고 거부하는 숱한 몸짓에도 불구하고 끝내 그것에서 벗어나지 못하는 모습을 보게 되는 것은 우연이 아닌 것이다.

육체와 돈은 자연언어가 아니지만 마치 언어처럼 움직인다. 그의 소설은 육체와 돈을 거부하는 방법조차도 육체와 돈 이외에 다른 것이 없음을 보여주는 소설이기도 하다. 그 점에서 「서울 1964년 겨울」은 가장 상징적인 작품이라고 볼 수 있다.

두 젊은이의 의미 없는 대화가 "꿈틀거리는 것"에서 시작해 창녀 이야기로 끝나는 것은 우연이 아니다. 아니, 자연스런 일이다. "꿈틀거리는 것을 사랑하십니까?"라는 안의 질문에 김은 다음과 같이 답을 한다.

나는 출근시간의 만원버스 속을 쓰리꾼들처럼 안으로 비집고 들어갑니다. 그리고 자리를 잡고 앉아 있는 젊은 여자 앞에 섭니다. (……) 그러면 처음엔 얼른 눈에 뜨이지 않지만 시간이 조금 가고 내 시선이 투명해지면서부터는 나는 그 여자의 아랫배가 조용히 오르내리는 것을 볼 수 있습니다. (……)

나는 그 아침의 만원버스칸 속에서 보는 젊은 여자 아랫배의 조용한 움직임을 보고 있으면 왜 그렇게 마음이 편안해지고 맑아지는지 모르겠습니다. 나는 그 움직임을 지독하게 사랑합니다.

그것은 또한 김에게는 "세상에서 가장 신선한 것"이기도 했다. 여인의 배만 꿈틀거린 것이 아니라 다른 것 또한 꿈틀거렸을 것이다. 그러나 김의 남근은 "세상에서 가장 신선한 것" 앞에서 감히 "꿈틀거리지" 못한다.

김은 남근을 포기할 수가 없어서 남근의 "꿈틀거림"을 포기하고 있다. 이 포기는 의미를 포기하고 무의미한 말을 하는 그의 행동과 동일하다. 다시 말해 꿈틀거리지 않는 남근은 아무것도 의미하지 않는 말과 동일한 것이다. 여전히 꿈틀거리지 않기 위해서, 더 정확히 말해 여전히 꿈틀거리지 않고 있음을 확인하기 위해서, 남근은 늘 의식의 대상이어야 하는 것이다.

의미를 포기하고 거부한 말이 엄격하게 준수해야 하는 문법은 이미 의미를 위한 문법이 아니다. 그것은 어길 수 없는 법일 뿐이다. 그것은 타자의 법인 것이다. 태초에 하나였던 남근과 꿈틀거림이 전혀 다른 것들로 나누어져 별개인 것처럼 존재할 때도 법만이 남게 될 것이다. 그래서 태초에 법이 있었고 남근과 꿈틀거림 역시 태초부터 별개였다고, 태초 자체를 바꾸어야 했을 것이다. 젊은 여인의 꿈틀거리는 아랫배는 세상에서 가장 신선한 것인 것이다.

대학원생인 안 역시 "꿈틀거리는 것"을 사랑할 뿐 그 자신은 꿈틀거리지 못한다.

"그것은 틀림없이 꿈틀거림입니다. 난 여자의 아랫배를 가장 사랑합니다. 안형은 어떤 꿈틀거림을 사랑합니까?"

"어떤 꿈틀거림이 아닙니다. 그냥 꿈틀거리는 거죠. 그냥 말입니다. 예를 들면…… 데모도……"

김이 젊은 여인의 아랫배의 꿈틀거림에 함께 꿈틀거리지 못하듯이, 안 역시 꿈틀거리는 데모에 참여하지 못한다. 데모 속에서, 다시 말해 "세상에서 가장 신선한 것" 중의 하나인 데모 속에서, 함께 꿈틀거리기 위해서는 김의 남근에 상당하는 그 무엇이 꿈틀거려야 하지만 그 무엇은 꿈틀거리지 않는 것이다. 남근이 꿈틀거리지 않는다는 것은 여인의 아랫배가 "세상에서 가장 신선한 것"이 되는 필요충분조건이다. 마찬가지로 데모의 꿈틀거림이 "세상에서 가장 신선한 것"이 되기 위해서는 남근에 해당하는 그 무엇이 꿈틀거려서는 안 된다. 만원버스 속에서의 김의 행동이 치한이나 도착증 환자의 행동이 아니어야 하듯이, 안의 참여도 권력에 병든 환자나 치한의 그것이어서는 안 되는 것이다. 김승옥은 그의 또다른 단편 「그와 나」에서 데모의 꿈틀거림이 갖고 있는 치한적이고 도착적인 속성을 묘사한 적이 있다. 안의 참여에는 권력에 대한 의지가 꿈틀거려서는 안 되는 것이다.

그러나 남근은 스스로 꿈틀거리고 권력도 스스로 움직이고 언어도 스스로 의미를 지향한다. 꿈틀거림과 움직임과 의미의 지향은 피할 수 없는 숙명적인 것이다. 그것들은 원죄에 속해 있는 것이다. 꿈틀거림을 포기해야 할 때 남근은 이미 남근이 아니지만 그러나 여전히 꿈틀거리려고 한다. 권력의 움직임을 거부하려고 하지만 권력은 스스로의 논리에 따라 이미 움직이고 있다. 언어 역시 발음되는 순간부터 의미의 지향을 벗어날 수가 없는 것이다.

1962년 한국일보 신춘문예 당선작인 「생명연습生命演習」에는 남근을 잘라낸 교회 목사와 은밀한 곳에서 수음을 하는 외국인 선교사가 등장한다. 그들은 소설의 제목이 암시하고 있듯이 "생명연습"을 하고 있다. 그러나 이 첫번째 소설에서 의미 있는 것은 창녀로 나오는 어머니일 것이다. 어머니는 밀수선 선장, 털보 세관원, 헌병 문관 등을 차례로 집 안으로 끌어들인다. 김승옥의 소설들 속에 거의 한 편의 예외도 없이 창녀가 등장하는 것은 결코 놀라운 일이 아니다. 또한 그의 소설에 권력과 명예와 돈을 포기하고 낙향하는 서울대생이 등장하는 것도 놀라운 일이 아니다. 창녀는 세상에게 자신의 몸을 바친 여인으로 등장한다. 김승옥 소설의 창녀형 인물들은 일상적인 모든 부정적 의미를 씻어버리고 다시 해석되어야 할 것이다.

힘이 될 만한 것이면 모두 포기하고 거부하는 병신과 머저리형 남성 인물들은 작가의 빼어난 단편인 「역사力士」에서 탁월한 상징을 얻고 있다. 서씨는 동대문 담장의 그 거대한 돌덩이들을 번쩍번쩍 들어서 옮길 정도의 괴력을 소유하고 있는 역사였지만, 그러나 그는 그 힘을 한낱 공사장에서 벽돌을 져나르는 데만 쓸 수 있을 뿐이다. 전설의 시대는 지나갔고 소설의 시대가 온 것이다. 소설의 시대에 손상되지 않은 원시적인 힘의 분출은 더이상 허락되지 않는 것이다. 이 소설의 상징성은 오히려 역사 서씨가 그의 괴력을 오직 모든 사람이 잠든 밤 두시경에만 시위해 보인다는 데에 있다. 역사 서씨의 괴력은 모든 사람이 잠들어 있는 한밤중에만 "꿈틀거리는" 것이다. 드러남이 금지된 힘으로서 역사 서씨의 괴력은, 꿈틀거림을 거부당한 남근이고 권력에의 의지를 포기한 권력이고 또 의미 지향을 단념한 언어인 것이다.

반면 어머니든 누이든 또는 「서울의 달빛 0章」에서처럼 아내든, 창녀형 인물들은 김승옥의 소설에서 모든 남자를 사랑하는 넓은 사랑, 즉 말 그대로 박애의 욕망을 뜻하는 화신들이다. 그녀들은 이런 의미에서 성녀(聖女)에 가깝다. 그러나 한편으로는 그녀들의 생활이 돈의 문제와 연결되어 있는 것 또한 사실이다. 「생명연습」은 물론이고 「염소는 힘이 세다」와 「서울의 달빛 0章」도, 어머니든 누이든 아내든 모두 돈 때문에 창녀가 된다는 소설의 가장 표면적인 스토리텔링에 의존하게 된다.

　그 이유를 소설 「서울 1964년 겨울」은 일러주고 있다. 이 소설에서 삼십대의 가난한 월부 책장수는 아내의 시체를 세브란스 병원에 팔고 돈을 받는다. 이 돈으로 그는 포장마차에서 우연히 만난 두 청년 김과 안에게 청요리도 사주고 넥타이와 귤도 사주고 택시도 태워준다. 그 역시 '몸을 팔았다'는 의미에서 아내의 몸을 판 것이다. 그러나 그 아내의 몸은 시체였다. 할 일들이 없었기 때문에 갈 곳도 없었던 이들 세 사람은 우연히 지나가는 불자동차를 따라가기 위해 택시를 잡아탄다. 그리고 현장에 도착해서 불구경을 하던 월부 책장수는 남은 돈을 모두 불길 속으로 던져버린다. 그리고 끝내 자살을 하고 만다. 아내의 몸을 팔고 받은 돈에 대한 견딜 수 없는 죄책감에서 그는 그 돈을 불 속에 던졌을 것이고, 그것으로도 상실의 슬픔과 죄책감을 이길 수 없어 목숨을 끊었을 것이다. 매우 논리적인 것처럼 보이는 이러한 설명은, 그러나 돈이 갖고 있는, 누구도 빠져나오기 어려운 음험한 논리를 충분히 설명해주지 못한다.

　부인의 시체를 세브란스 병원에 팔고 책장수는 돈을 받았다. 그리고 그는 괴로워한다. 괴로운 나머지 그는 돈을 불 속으로 던져버린다. 그러나 그것만으로는 충분하지가 않다. 이미 돈은 그 자신의 생명을 요구하는 괴물이 되어 있었던 것이다. 돈을 받아서는 안 될 계제에 돈을 받았기 때문에 그래서 부인을 판 것이 되어버렸기 때문에 그는 돈을 불태웠을 것이고, 또 이미 돈을 받았다는 것으로 인해 부인의 시체가 아니라 부인을 판 것이 되어버렸기 때문에 자신의 몸으로 부인에게 진 빚을 갚아야만 했던 것이다. 돈은 이때 시체와 살아 있는 육체 사이의 차이를 무화시키고 시체를 살아 있는 육체로 변화시킨다. 시체를 판 것으로 생각하고 돈을 받았는데, 그 돈으로 인해 시체는 의미를 부여받아버린 것이다. 이 의미는 돈을 불 속에 던져 태워버린다고 해서 사라지지 않는다. 부인의 시체가 병원 소각장의 화염에 휩싸여 있다고 생각한 책장수는 돈도 같은 방식으로 없애기 위해 불 속에 던져버린다. 그러나 소각장의 화염에 휩싸여 있는 것은 이미 시체가 아니라 부인이었다. 불구경을 하고 있던 그는 그래서 다음과 같이 외친다.

"내 아냅니다" 하고 사내는 환한 불길 속을 손가락질하며 눈을 크게 뜨고 소리쳤다. "내 아내가 머리를 막 흔들고 있습니다. 골치가 깨질 듯이 아프다고 머리를 막 흔들고 있습니다. 여보……"

시체를 다시 살려낸 돈은 살아 있는 육체도 언제든지 시체로 만들 수 있는 괴력을 지니고 있을 것이다. 한쪽에 헛소리를 하는 정신착란이 있다면, 다른 쪽에는 수탈하고 착취하는 물질착란이 있을 것이다. 돈은 객관적이고 투명한 교환의 매개물로서 존재하지 않는다. 그것은 의미를 만들고 동시에 그 의미를 실어나른다.
월부 책장수와 죽은 부인 사이에는 아이가 없었다.

아내가 어린애를 낳지 못하기 때문에 시간은 몽땅 우리 두 사람의 것이었습니다.

두 사람 사이에 아이가 없다는 사실은 두 사람이 가난하다는 사실과 관련이 있다. 다시 말해 아이가 없다는 것은 돈이 없다는 것을 뜻하는 것이다. 물론 이런 무의식의 논리는 소설에서는 전혀 장황하게 이야기되고 있지 않다. 그러나 성의 생식적 측면이 제거되었음을 의미하는 아이가 없다는 말은 무의식적으로 부인을 창녀로 여기게 한다. 이는 물론 상징적 차원의 이야기이다. 모든 창녀는 상징적으로 임신이 금지되어 있는 여인이다. 책장수는 그래서 두 젊은이가 "세상엔 다행히 여자의 특징만 중점적으로 내보이는 여자들이 있습니다"
라고 말했을 때, 엉뚱하게도 "내 아내 얘깁니까?"라고 슬픈 목소리로
되물어야만 했다.

임신이 금지되어 있는 여인의 몸을 팔았고 그 대가로 돈을 받았다.
소설에서 이에 대한 가장 상징적인 묘사는 아마도 다음과 같은 것이
리라.

> "(……) 난 그중에서 큰미자와 하룻저녁 같이 잤는데 그 여자는 다
> 음날 아침, 일수(日收)로 물건을 파는 여자가 왔을 때 내게 빤쯔 하나
> 를 사주었습니다. 그런데 그 여자가 저금통으로 사용하고 있는 한 되
> 들이 빈 술병에는 돈이 백이십원 들어 있었습니다."

빈 술병에 들어 있는 돈은 금지된 임신의 대가이기도 하다. 그것은
몸을 판 대가일 뿐만 아니라 태어나지 못하는 생명의 대리물, 즉 금
지된 임신의 대가인 것이다. 이 돈이 지닌 상징의 논리는 이미 프로
이트의 분석을 통해 확인된 바 있으나 우리에게 의미 있게 여겨지는
것은, 김승옥의 경우에 있어 돈과 아이 사이에 창녀라는 인물형이 자
리잡음으로써 그의 소설이 자본주의의 핵심적 상징인 돈의 논리가
종교적 비전과도 연결되는 특이한 양상을 보인다는 점이다.[1]

밤에만 돌을 들어올리는 가련한 역사(力士)의 이미지는 모든 힘의

---

1) 우리는 이 지점에서 김승옥이 갖고 있었던 무의식적 환상의 실체를 지적하지 않을 수
없다. 프로이트에 이어 오토 랭크와 마르트 로베르가 지적했듯이 어머니를 창녀로 여겨
야 하는 어린 시절의 환상을 김승옥 역시 갖고 있었고, 이 환상은 그 이후 교회의 일정
한 교리에 의해, 특히 예수의 동정 탄생의 신화에 의해 침윤되었을 것이다. 창녀와 성녀
의 이중적 위상을 부여받은 여인은 거의 한 편의 예외도 없이 김승옥 소설에 등장한다.
「서울의 달빛 0章」은 대표적인 경우이다. 이에 대해서는 자세한 논의를 위한 기회가 마
련되어야 할 것이다.

출발점이자 상징인 남근의 포기를 뜻한다. 힘을 포기한 역사는, 또한 의미를 포기한 채 형해처럼 남겨진 문법만 준수하는 객담의 메타포이기도 하다. 그것은 또한 권력 지향을 거부하고 오직 "꿈틀거림" 그 자체로만 있으려 했기 때문에 데모를 구경만 하고 있어야 했던 스물다섯 살 난 한 대학원생의 권력 포기이기도 했다. 김의 "세상에서 가장 신선한 것", 즉 만원버스 속에서 훔쳐보는 젊은 여인의 아랫배의 꿈틀거림 역시 남근의 "꿈틀거림"이 거부된 하나의 상징적 거세였다.

김승옥의 무의식 속에는 세상을 향한 엄청난 사랑이 숨어 있다. 자신을 송두리째 다 주고 싶은 이 욕망을 통해 그는 어머니와 누이와 아내를 이해하기도 했다. 이 욕망은 문학을 통해 무엇을 해보려는 일체의 행동을 거부하고 문학을 그 전체로 다 주어버리려는 욕망이기도 했다. 그러나 이 '다 나누어주고 싶은 욕망'은 실현이 불가능했다. 그것이 상징적으로 가능한 곳들 중의 하나가 종교일 것이고, 김승옥은 그곳으로 간 것처럼 보인다. 이미 태고적부터 문학은 그에게 종교였다. 그는 이러한 자신의 진리를 모르고 있었고, 이 괴로운 무지는 그로 하여금 문학 역시 상징과 형식의 영역임을 모르게 했다. 그는 문학동네에서 출간한 전집에서 문학에 대한 향수를 다음과 같이 말한 바 있다. "그후 여러 해 동안 나는 오직 성경과 그 주석서를 읽고 기도생활에 몰두하며 나의 세계관과 인생관을 교정하는 일밖에 다른 겨를이 없이 지내왔다. 소설쓰기는 이 시각 교정 이후에나 고려해볼 문제였다. 인도에 가서 전도해야 한다는 소명의식으로서 그 준비와 관련되지 않는 일은 내 일상생활에서 배제되었다. 그럼에도 불구하고 소설쓰기의 문제는 해가 갈수록 더욱 새로운 필요성에 따르는 강한 욕구가 되어 나를 짓누르기 시작했다."

나를 짓누르는 소설쓰기의 강한 욕구란 무엇인가? 김승옥은 다시는 소설을 쓰지 않았다. 김승옥이 진실로 두려워하고 있었던 것은 소설을 형식으로 여겼을 때 사라질지도 모르는 진지함의 상실이었을 것이다. 삶이 소설 같고 소설이 삶 같은 혼미함 속에서 획득한 그의 진지함은 어느 경우에도 소설을 사고의 형식으로 볼 수는 없었던 것이다. 김승옥에게 소설은 형식이 아니라 내용이었던 것이다. 그러나 이 착각과 혼동이 김승옥의 소설을 가능케 했던 한 동력이 아니었을까?

창녀와 역사(力士), 김승옥론을 위하여
─단편 「야행夜行」을 중심으로

한 편의 소설은 그 자체가 독립되고 완전한 개체이다.
스스로 모든 것을 말하고 있다.
그렇게 되게 하기 위해서 작가는 밤잠도 못 자고 고심하며
소설의 형상화에 진력하는 것이다.
그렇다고 해서 소설이 완성되는 것은 아니다. 한 편의 소설이 완성되는 것은
작가가 원고의 끝에 '끝' 자를 쓰는 순간이 아니라 독자가 읽고 난 이후
독자 나름대로 그 소설이 느껴지고 해석되어지는 순간이다.
─김승옥, 「나와 소설쓰기」 중에서

1. 머리말

"그가 문학사에 기록된 것은 그의 생애의 딱 절반인 이십칠 년 전까지다. 그 뒤로 이십칠 년간 그는 한국문학의 신화적인 존재가 되었다."(주인석, 「그를 만나게 되다니」, 『강변부인』)

주인석의 이 말은 김승옥이 한국 현대소설사에서 차지하는 위치를 간명하게 요약해주고 있다. 실제로 그는 광주사태 이후 지금까지 절필 상태에 있다. 그런데 우리는 그의 절필이 다른 맥락의, 보다 개인적인 사건에 의한 것임도 알고 있다. 잠시 그의 고백을 들어보자.

그런데 하나님에 의해서 내 영안(靈眼)이 열리고, 하나님의 크고 하얀 손을 보게 되고 그 손에 의해서 어루만짐을 받게 되고 "누구냐?"라

는 내 질문에 "하나님이다"라는 음성의 대답을 듣게 되고, 또 이후 1982년엔 "그리스도의 명령이다. 인도에 가서 전도하라!"는 음성의 대답을 듣게 되고, 다음해인 1983년엔 예수 그리스도의 발현으로, 그 하얀 내리닫이옷을 입으신 하얀 몸—하얀 머리칼, 하얀 수염, 하얀 피부의 얼굴 등, 하얀 모습의 부활하신 예수 그리스도를 내 눈으로 보게 되는 등, 극치의 구원이 나에게 임하신 것이다. 아무리 생각해도 놀랍기만 한 신비(神秘)의 연속적인 체험이 나에게는 광주사태 이상으로 충격적인 것이었다. (……)

그럼에도 불구하고 소설쓰기의 문제는 해가 갈수록 더욱 새로운 필요성에 따르는 강한 욕구가 되어 나를 짓누르기 시작했다.(「나와 소설쓰기」, 『무진기행』)

김승옥의 이 "놀랍기만 한 신비의 연속적인 체험"은 "광주사태"와 함께 절필의 주요한 이유였다. 보다 정확히 말하자면, 작가 스스로 밝히고 있듯이, 그의 절필은 우선은 광주사태로 시작되었으나 그 직후에 경험하게 된 신비체험으로 인해 결정적인 것이 되어버렸다고 해야 할 것이다. 그런데도 작가는 십 년이 족히 흐른 후인 1995년 문학동네에서 그의 전집을 낼 때, "그럼에도 불구하고 소설쓰기의 문제는 해가 갈수록 더욱 새로운 필요성에 따르는 강한 욕구가 되어 나를 짓누르기 시작했다"고 고백한다.

'예수 그리스도의 발현'과 '광주사태'는 자세한 논의에 앞서, 우선 작가의 고백 속에 등장하는 '빛'의 이중적 의미, 즉 빛의 초자연적 의미와 이 '빛'이 빛고을 '광주(光州)'의 역사적 의미 속에서 지니는 이중적 의미로 인해 우리의 관심을 끌고 있다. 그의 절필은 일면 당연한 것이었고, 나아가서는 어쩔 수 없었던 것으로 보이기도 한다. 종교와 역사 양면에 걸쳐 겪어야 했던 이 정도의 절절한 체험이라면 충분히 절필에 값하리라는 것은 짐작이 가고도 남는 일인 것이다.

그런데 한편, 김승옥에게 여전히 "소설쓰기의 문제는 해가 갈수록 더욱 새로운 필요성에 따르는 강한 욕구"로 그를 '짓누르고' 있기도 하다. 우리가 그의 소설을 다시 읽고 싶고 나아가서는 다시 읽어야만 한다는 필연성을 절감하게 된 것은 우선 두 가지 '빛'을 만나고도 그를 다시 짓누르기 시작한 소설쓰기의 그 '강한 욕구'에 대한 호기심 때문인데, 이는 한편으론 소설이라는 것이 나아가서는 문학이라는 것이 지니고 있는 혹은 지닐 수 있는, 그가 만났던 두 '빛'과는 다른 논리에 대한 호기심이지만, 종국적으로는 그가 만났다는 그 두 가지 '빛'에 대한 떨쳐버릴 수 없는 호기심이기도 하다.

본격적인 연구를 예비하고 있음으로 해서 시론적일 수밖에 없는 이 글을 통해, 조금은 무모하다고도 할 수 있는 해석을 시도해보고자 한다. 이 해석은 굳이 분류하자면 정신분석적 성격을 지니겠지만, 가능하다면 또다른 빛인 '광주'가 지니는 의미도 언급될 수 있을 것이다. 광주에 대한 그의 경험이 어떤 형식의 글로도 발표된 적 없기 때문에, 그리고 무엇보다도 그의 신비체험과 광주를 연결시키는 것이 기괴해 보이기 때문에, 이 글은 그만큼 더 시론적 성격을 띨 수밖에 없겠지만, 광주에 대한 김승옥의 고백이 그가 만난 '예수 그리스도' 만큼 진정한 것이었다면, 두 이질적 체험을 관류하고 있는 하나의 본원적 논리를 밝혀내는 일이 단지 김승옥 개인에 관련된 문제만은 아닐 것이다.

우리는 여기서 어느 것을 믿느냐가 아니라, 따라서 어느 것을 의심하느냐도 아니라, 있는 그대로 분석을 시도해볼 따름이다. '광주'가 누구에게나 똑같은 '빛'이 아니듯이, '예수 그리스도'도 누구에게나 똑같은 '빛'은 아닐 것이기 때문이다. 다시 말해, 그것이 어떤 종류의 '빛'이든, 특정 종교라고 해서 폄하할 이유도, 또 광주라고 해서 강조할 이유도 없는 것이다. 오히려 우리는 제사로 인용한 글에서 작가가 말했듯이, "한 편의 소설은 그 자체가 독립되고 완전한 개체이다. 스스로 모든 것을 말하고 있다"라는 한 소설가의 고백을 한층 신뢰할 만한 것으로 받아들일 수밖에 없다. 우리에게 남겨진 것은 그의 소설밖에 없는 것이다.

2. '손' 혹은 남근(男根)

김승옥의 소설들 중 창녀가 등장하지 않는 소설은 드물다. 첫 소설인 「생명연습生命演習」에서 마지막 소설인 「서울의 달빛 0章」에 이르기까지 직업적인 창녀 이외에도 그의 소설에는 어머니나 누이 혹은 아내가 몸을 파는 여인으로 등장하고 있으며, 많은 소설들 속에서 창녀가 의미 있는 인물로 등장하는 것을 볼 수 있다. 우리가 한 증례로 살펴보려는 「야행夜行」도 예외가 아니다. 논의의 편의를 위해 우선 「야행」에서 문제가 되고 있는 부분을 먼저 보도록 하자. 여주인공 현주가 백주에 한 치한에게 끌려가는 장면이다.

그때였다, 낯선 사내의 억센 손이 그 여자의 팔꿈치 근처를 움켜쥔 것은.

한 번도 본 기억이 없는 사내였다. (……)

그들은 백화점을 끼고 돌았다. 그들은 차도를 건너질러갔다. 도중에 차도의 복판에서 차가 몇 대 지나가기를 기다리느라고 잠깐 걸음을 멈춘 동안, 사내는 문득 "날씨가 몹시 덥죠?" 하고 중얼거렸다. 그것은 여자에게라기보다 자기 자신에게 들려주기 위한 중얼거림 같았다. 차라리 사내가 여자에게 말하고 있는 것은 여자의 손목을 잡고 있는 그

의 손을 통해서였다. 여자는 빼내려 하고 사내는 놓치지 않으려 하는
두 손은 몹시 미끄럽게 마찰되고 있었고 그 움직임이 문득 눈에 뜨이
자 현주는 마치 사내가 자기를 애무하고 있는 게 아닌가 하는 착각에
휘말려드는 것이었다. 사내는 손을 묘한 형상으로써 그 여자의 손목을
잡고 있었다. 즉 사내는 엄지손가락의 끝을 나머지 네 개의 손가락 끝
에 맞대어 일종의 고리를 만든 것이었다. 그 고리 속에 현주의 가느다
란 손목이 갇혀 있는 꼴이었다. 그 고리는 여자의 손목이 마음대로 움
직일 수 있을 만큼 헐렁하였다. 그러나 빠져나올 수는 없었다. 사내 손
의 그 섬세한 조작이 그 여자의 마음에 들었다. 공포 속의 안심이라고
나 할까, 그 여자는 그런 걸 느꼈다. 그 여자는 손목을 빼내기를 단념
하였다. 그러자 그 고리가 점점 오므라들어 움직이기를 멈춘 여자의
손목을 아프지 않은 한계 안에서 조이는 것이었다. 그 여자는 문득 자
기의 손과 사내 손의 그 땀에 젖어 미끄러운 틈으로부터 생명의 거친
숨소리가 들려오는 것을 의식하였다. 그것은 북소리처럼 둔중했고 생
선 아가미처럼 가빴다. 사내의 생명도 자기의 생명도 아닌 전연 낯선
생명이 지금 마악 땀에 젖은 손과 손의 틈바구니에서 태어난 것 같았
다. (……)
　"자, 그만 울어. 이젠 경찰에 가서 강간당했다고 고발해도 돼. 난 감
옥에 가는 걸 무서워하지 않거든. 당신의 팔뚝이 몹시 매끄러워 보이
더군. 내 손 속에 넣고 만지고 싶었어."(「야행」, 『무진기행』)

위의 장면을 길게 인용할 수밖에 없었던 것은 현주의 "몹시 매끄러
워 보이"던 팔뚝과, 손목을 잡은 낯선 사내의 손의 "애무하고 있는 게
아닌가 하는 착각"에 휘말려들 정도로 "섬세한 조작"을 강조하기 위
해서였다. 위의 장면이 수음과 관련된 묘사라는 것은 굳이 긴 설명이
필요치 않을 것이다. "엄지손가락의 끝을 나머지 네 개의 손가락 끝

르네 마그리트, 〈첫째날 Le premier jour〉, 1943, 캔버스에 유채, 53cm x 56cm, 개인 소장.

1943년에 그려진 〈첫째날〉은 제2차 세계대전중인 1943년을 전후해 마그리트 연구자들 사이에서는 흔히 '르누아르의 시기' 로 불리는 기간 동안 그려진 작품이다. 초현실적이면서도 관조적인 그림들과는 다른 이 그림에서는 실제로 르누아르 풍의 서정적인 분위기를 느낄 수 있다. 하지만 이런 느낌과는 달리, 그림 속에 등장한 한 수수께끼 같은 인물은 해석을 기다리고 있다. 어린 소년의 사타구니 사이에 짧은 발레복을 입은 발레리나가 올라가 춤을 추고 있다. 이 여인은 누구인가? 인형인가? 소년은 인형을 갖고 놀지는 않을 것이다. 김승옥의 소설 「야행」에서, 낯선 사내의 손에 잡힌 여주인공 현주의 손목이 남근의 역할을 했듯이, 마그리트의 그림에서도 소년의 사타구니 사이, 정확하게 성기가 자리잡고 있는 자리에 짧은 치마를 입고 올라가 춤을 추고 있는 이 작은 발레리나 역시 남근의 역할을 하고 있다. 소년은 지금 바이올린을 연주하는 것이 아니라, 홍조를 띠고 있는 얼굴이 일러주듯이, 수음을 하고 있다. 무의식을 전제할 때는 이런 식의 직선적인 해석이 가능하며, 이 해석을 통해 그림의 제목에서부터 목가적인 분위기, 그리고 음악 연주 장면을 묘사했다는 그림의 주제 등에 대해 비교적 명료한 이해를 얻을 수 있다. 김승옥이 여인의 손목을 만지며 둔중한 북소리와 생선 아가미처럼 가쁜 "생명의 거친 숨소리"를 듣고 있을 때, 마그리트는 작은 인형으로 하여금 바이올린 소리에 맞추어 춤을 추게 한 것이다.

에 맞대어 일종의 고리를 만든 것"이나, "자기의 손과 사내 손의 그 땀에 젖어 미끄러운 틈으로부터" 들려오는 "북소리처럼 둔중했고 생선 아가미처럼 가"쁜, "사내의 생명도 자기의 생명도 아닌 전연 낯선 생명"의 "거친 숨소리" 등에서 수음의 분위기는 의심할 여지없이 확인할 수 있다. 따라서 위의 장면이 수음에 대한 일정한 무의식적 묘사임을 받아들인다면 문제는 이러한 해석이 수미일관성을 갖기 위해서 극복해야 할 부차적인 모순들이다. 가령 진정 이 묘사가 무의식적 움직임에 있어 수음을 뜻함이 확실하다면, 현주라는 여주인공은 논리적으로 볼 때 낯선 사내의 손의 그 섬세한 조작에 걸려든 남근이 되어야 할 텐데, 수음을 인정한다고 하더라도 도저히 여자 인물의 손목을 남근으로 볼 수는 없는 것이다.

우리는 이 모순을 모순인 채로 남겨두면서 우선은 수음의 테마가 김승옥 소설 전체에 걸쳐 어떤 양상과 의미를 지니고 있는지 살펴보고자 한다. 가령 그의 첫 소설인 「생명연습」에서는 거의 직설적으로 수음 장면을 묘사하고 있지만, 「야행」에서는 그와 달리 '수음'이라는 직설적 단어를 전혀 사용하지 않으면서도 오히려 교묘한 손동작과 땀, 거친 숨소리, 나아가서는 생명같이 매우 환기력 높은 단어들을 이용하여 수음 장면을 '연상'시키고 있다. 두 소설이 보여주고 있는 이러한 차이를 「생명연습」의 수음 장면을 본 이후에 살펴보도록 하자.

형이 어두운 다락방에서 우리에게 숨기며 쉬지 않고 무엇인가를 만들어가고 있듯이 나와 누나도 형과 어머니에게서 몇 가지 비밀을 만들어놓고 우리의 평안과 생명을 그 비밀왕국 안에서 찾고 있었다. (……)

나와 누나는 발소리를 죽이며 어두운 숲그늘을 밟고 산비탈을 올라간다. 해풍이 끊임없이 솔솔 불어오고 있다. 소금기에 전 잎사귀들은 사그락대고 있다. 뱃고동 소리가 부우웅 울려오고 우리가 산비탈을 올라감에 따라서 부두 쪽에서 들려오는 웅웅거리는 소리가 조금씩 크게 들린다. (……)

이윽고 현관문이 밖으로 빛을 쏟아내면서 열리고 애란인인 선교사가 비척비척 걸어나온다. 깡마르고 키가 크다. (……) 측백나무 아래에는 벤치가 하나 있다. 그는 드디어 거기에 앉는다. 털썩 주저앉는다. 나는 누나의 한 손을 꼭 쥐고 있다. 손에는 어느덧 땀이 흐르고 있다.

선교사는 멀리 아래로 보이는 시가지의 불빛들을 꿈꾸듯이 보고 있다. 바람에 실려오는 소금기를 냄새 맡는 듯이 그는 코를 두어 번 킁킁거려본다. 드디어 바지 단추를 끄른다. (……)

이윽고 끝났다. 그는 어둠 속에서 한숨처럼 긴 숨을 몇 번 쉬고 느릿느릿 일어나서 바지를 추켜입고 힘없이 비척거리며, 온 길을 되돌아간다. 그제야 우리들은 쥐었던 손을 놓고 일어선다. 이마에서는 땀이 흐르고 있다. 우리는 기진맥진하여 불빛들이 사는 비탈 아래로 내려온다.

우리의 왕국에서 우리는 그렇게도 항상 땀이 흐르고 기진맥진하였다. 그러나 한 오라기의 죄도 거기에는 섞여 있지 않은 것이었다. 오히려 거기에서 우리는 평안했고 거기에서 우리는 생명을 생각하고 있었다. (……) 다시 한번 말하거니와 우리가 꾸며놓은 왕국에는 항상 끈끈한 소금기가 있고 사그락대는 나뭇잎이 있고 머리칼을 나부끼는 바람이 있고 때때로 따가운 빛을 쏟는 태양이 떴다.(「생명연습」, 『무진기행』)

두 소설의 수음 장면 묘사는 사뭇 다르다. 「야행」에서는 손가락 모습까지 자세히 묘사되고 있는 반면 「생명연습」에서는 오히려 주위의 풍경 묘사가 주를 이루고 있다. 물론 가장 눈에 뜨이는 차이점은 「야행」에서 여주인공 현주가 홀로 맡고 있던 역할을 「생명연습」에서는 누나와 나 둘이서 함께 맡고 있다는 점이다. 그런데 우리는 이렇게 쉽게 눈에 뜨이는 차이점보다도 두 장면의 유비적 동일성을 지적해야 할 것이다. 가령 「야행」에서 현주가 들었다는 "둔중한 북소리"와 「생명연습」에서 부우웅 울려오는 "뱃고동 소리"의 유사성과 함께, "소금기에 전 잎사귀"와 "생선 아가미", 나아가서는 「야행」에서 제목과는 달리 수음을 연상시키는 장면이 벌어진 것이 8월의 백주인 점을 고려할 때 이것이 「생명연습」에서 "따가운 빛을 쏟는 태양"과 유사함도 지적해볼 수 있다. 그러나 무엇보다도 두 장면의 유사성은 다음과 같은 묘사 속에서 찾아야 할 것이다. "나는 누나의 한 손을 꼭 쥐고 있다. 손에는 어느덧 땀이 흐르고 있다."

　「야행」에서는 손의 중요성과 그 상징적 움직임에 대한 강조가 거의 결정적이다. 이에 비하면 그 치밀함이나 반복성에는 못 미치지만, 「생명연습」에서도 우리는 손, 땀, 생명 등의 단어들이 등장하고 있음을 알 수 있다. 물론 이러한 묘사의 부분적인 일치를 자의적으로 해석할 수는 없지만, 두 장면 모두, 하나는 무의식적으로 다른 하나는 보다 명시적으로, 수음을 연상시키고 있다는 점을 고려할 때 이러한 일치를 우연으로만 돌릴 수는 없다. 결론적으로 말해, 「생명연습」의 누나와 나의 관계는 「야행」의 현주와 낯선 사내의 관계와 동일한 것이다. 우리의 해석이 지나치다고 생각하는 사람들에게 우리는 다음과 같은 질문을 할 수 있을 것이다. 누나의 손을 잡고 선교사가 수음하는 장면을 구경한다는 것이 과연 사실적인 묘사일까?

　김승옥의 대표작으로 거론되는 「무진기행」에서도 우리는 손에 대한 의미 있는 묘사를 대하게 된다.

　　그 여자는 어린아이처럼 나를 따라오고 있었다. 나는 나의 한 손으로 그 여자의 한 손을 잡았다. 그 여자는 놀란 듯했다. 나는 얼른 손을 놓았다. 잠시 후에 나는 다시 손을 잡았다. 그 여자는 이번엔 놀라지 않았다. 우리가 잡고 있는 손바닥과 손바닥 틈으로 희미한 바람이 새어나가고 있었다. (……) 그러면서도 나는 구름이 끼어 있는 하늘 밑의 바다로 뻗은 방죽 위를 걸어가면서 다시 내 곁에 선 여자의 손을 잡았다. 나는 지금 우리가 찾아가고 있는 집에 대하여 여자에게 설명해주었다. (……) 여자의 손이 내 손 안에서 꼼지락거렸다. 나는 그 손이 그렇게 말하고 있는 듯한 느낌이 들었다. (……)

우리는 우리가 찾아가는 집에 도착했다. (……) 나는 그 방에서 여자의 조바심을, 마치 칼을 들고 달려드는 사람으로부터, 누군지가 자기의 손에서 칼을 빼앗아주지 않으면 상대편을 찌르고 말 듯한 절망을 느끼는 사람으로부터 칼을 빼앗듯이 그 여자의 조바심을 빼앗아주었다. 그 여자는 처녀는 아니었다. (……) 나는 손가락으로 여자의 볼 위에 의미 없는 도화를 그리고 있었다. (……) 나는 여자의 손을 달라고 하여 잡았다. 나는 그 손을 힘을 주어 쥐면서 말했다.(「무진기행」, 『무진기행』)

수음에 참여하는 '손'을 중심으로 김승옥의 작품을 살펴볼 때, 우리는 그의 첫 소설 「생명연습」에서부터 1962년 작인 「환상수첩幻想手帖」을 거쳐 1969년 작인 「야행」에 이르기까지 손이 일정한 무의식적 함의를 갖고 있음을 확인할 수 있다. 「환상수첩」에서 손은 다음과 같이 묘사된다.

나는 무슨 말을 해서 그의 불행을 위로해야 좋을지 몰라서 잠자코 그의 한 손만 쥐고 그걸 만지작거리며 앉아 있었다.(「환상수첩」, 『환상수첩』)

낙향한 정우가 장님이 된 친구 형기의 손을 잡고 있는 장면을 묘사하는 이 짧막한 문장은 손에 거의 아무런 의미도 부여하고 있지 않은 것처럼 보일 수도 있다. 그러나 장님이 된 형기가 정우에게 어떤 존재였는지를 알게 되면 위의 손 묘사는 의외의 의미를 가지게 된다.

어쨌든 내가 그를 사랑하고 있었던 것을 그는 알고 있었던 것이니까. 마치 남자가 여자를 사랑하듯이 사랑하고 있었다고 해도 나로서는 무어라고 부정할 말이 얼른 생각나지 않는다. 나에 대한 형기의 감정도 그랬으리라. 아니 더했으면 했지 결코 뒤지지는 않았던 게 분명하다. 나는 이상스레 당황해지기 시작했다. 고등학교 때 저 담임선생 앞에서 형기가 계집애처럼 새빨개진 얼굴을 푹 숙였던 이유를 오늘에야 이해할 수 있을 듯했다.(「환상수첩」, 『환상수첩』)

이런 설명은 쉽게는 동성애를 연상시킬 수도 있을 것이다. 그러나 다음과 같은 장면을 대하면 정우와 형기의 관계가 동성애가 아님을 알게 된다. 또한 우리가 손에 과도한 의미를 부여하고 있다는 의혹도 어느 정도 가실 수 있을 것이다.

바람도 퍽 쌀쌀하게 불어서 나는 형기의 손을 잡고 일어섰다.
이미 나는 형기와 나와의 관계를 깨닫고 있었다. 형기를 사랑할 수 있는 것도 반대로 학대할 수 있는 것도 세상에서는 나뿐이었다. 내가 그의 곁에 있는 한 그는 살아갈 것이다. 오직 내가 그의 곁에 있다는 사실만으로써도. 그리고 그것은 내 하향에 부여된 하나의 의미이기도 한 것이었다. 나는 그와 잡은 나의 손에 힘을 주었다. 얼마 후에 그의 손에서도 연인끼리의 그것처럼 조심스러운 반응이 왔다.(「환상수첩」, 『환상수첩』)

우리는 수음의 한쪽 가담자인 '손'에 대한 묘사가, 프로이트가 도스토예프스키를 논하는 자리에서 이미 언급된 적이 있음을 기억하고 있다. 이러한 지적의 타당성을 인정하면서 김승옥의 「환상수첩」에서 형기가 정우의 손에 이끌려 최후를 맞는 곳이, 우리가 살펴본 소설들의 수음 장면에서 배경으로 등장하던 "소금기 느껴지는 바다"인 '염전'이라는 사실을 한층 더 강조하고 싶다. 묘사를 지배하는, 거의 말초적이기조차 한 이 '소금기'는, 그것이 생명현상과(가령, 땀이나 정액 등과 같은 물질과) 맺고 있는 질료적 상상력을 언급하기 이전에, 우선은 김승옥의 소설세계에서 그의 소설들을 하나의 의미 있는 전체로 '구성'하고 있는 형식적 요소로 보아야 할 것이다.

3. 맺는말

단편 「야행」의 장면을 수음을 연상시키는 무의식적 묘사로 본다면, 여인이 남근을 표상하고 있다는 심대한 모순에도 불구하고, 김승옥의 소설 속에 등장하는 손과 관련된 거의 모든 묘사와 나아가서는 창녀들의 의미가 드러나게 된다. 따라서 「60년대식」이나 「서울의 달빛 0章」에 등장하는 아내이자 창녀인 여인들의 의미도 소설의 무의식적 움직임 속에서 달리 해석되어야 할 것이고, 이러한 우리의 추정은 첫 소설 「생명연습」에 나오는 '스스로 성기를 잘라버린 전도사'와 '수음하는 외국인 선교사'를 통해 김승옥이 신비체험 속에서 보았다는 그 '하얀 손'의 무의식적 의미에 대한 추정으로까지 진전될 수도 있을 것이다. 우리는 그의 신비체험이 진정임을 의심하지 않는다. 그러한 경험이 희귀한 것이기는 하지만, 김승옥만의 각별한 경험이라고도 생각지 않는다. 문학사 상에서만 보더라도 그러한 경험을 한 작가들은 헤아릴 수 없을 정도로 많다. 또한 우리는 무의식의 존재를 인정하고 정신분석의 일정한 인식론에 근거하여 문학을 분석하는 작업이 이러한 신비체험과 이율배반의 논리에 서 있다고도 생각지 않는다.

'나'와 '내가 없는 세계'의 관련에 대한 사고로서 정신분석은 우선 정신 내부의 균열에 대한 사고이지만, 죽음을 고리로 하여 이어지는 '역사'와 죽어서 그 현장에 없을 것만 같은 '나'의 관계에 대한 사고가 아닐 수 없을 것이고, 이는 '지금, 여기'의 의미에 대한, 다시 말해 역사와 사회에 대한 사고일 수밖에 없을 것이다. 때문에 자본주의의 지옥과도 같은 메커니즘을 김승옥의 소설 속에서 대하게 되는 것은 우연이 아닌 것이다. 「역사」의 역사 서씨는 남들이 다 잠든 새벽 두세시에 일어나 동대문으로 나가 육중한 돌을 들어올린다. 달빛에 비친 이 역사의 모습은 또다른 의미의 '야행'일 것이다. 또한 대중소설의 틀을 빌린 김승옥의 빼어난 중편 「60년대식」에서 주인공 도인(道仁)이 가고자 했던 길은 정녕 자본주의에 대한 거부일 것이다.

정열—그것은 확실히 도인에게는 서먹서먹한 말이었다. 그것이 무엇을 뜻하는 말이라는 것을 모른다는 뜻이 아니라, 도인 그 나름으로 너무나 잘 알고 있는 말이기 때문에 그에게는 서먹서먹한 말인 것이었다. (……)
그는 자기 자신 속에서 정열을 제거해버리려고 노력해왔으며, 모든 사람들이 정열을 내세우지 말기를 바랐던 것이다.(「60년대식」, 『내가 훔친 여름』)

낙향한 서울대생과 「서울 1964년 겨울」의 젊은이들, 혹은 도인과 같은 인물들은, 정열이 무엇인지를 알고 있음으로 해서 그것을 오직 한밤중에만 내세우는 역사 서씨와 같다. 김승옥의 이 정열에 대한 인식이 그러나 자본주의에 대한 통속적인 비판으로 떨어지지 않는 이유는 무엇일까? 짐작건대 인간 삶의 한 근원인 성(性)이 사회적·역사적 정열의 중요한 동력으로, 나아가서는 거의 무의식적 구성요소로 기능하고 있다는 그의 뼈아픈 인식 때문일 것이다. 그의 기독교는 어쩌면 우선 객관적 사실로 있지 못하고 늘 살아 움직이는 성 그 자체를 악으로 규정하는 교리적 환상에 침윤되어 있었을지도 모른다. 성이 정열의 얼굴을 하고 권력의지가 될 수 있듯이, 이를 억압하는 종교나 교육도 권력의지의 산물일 것이다. 그렇다면 문학은? 문학 역시 이 권력의지에 동참하고 있음을 부인할 수 없다. 김승옥이 뼈아프게 느낀 것은 아마도 이것이었을 것이다. 그는 문학이 권력이 되지 않기를 바랐던 것이다. 같은 논리로 그는 「야행」에서 말하고 있듯이, 성이 의식(儀式)이 되지 않기를 바랐다. 그는 누구보다 강한 힘을 갖고 있었지만, 그 힘이 누구에게 그 어떤 해악도 미치지 않기를 바랐던 것이다. 어쩌면 그는 그래서 「서울 1964년 겨울」의 그 젊은이들처럼, "꿈틀거리는 것을 사랑"하면서 "서대문 버스정거장에는 사람이 서른두 명 있는데 그중 여자가 열일곱 명이었고 어린애는 다섯 명 젊은이는 스물한 명 노인이 여섯 명입니다"라고 하는 아무 의미 없는 말이 문학이 되기를 원했는지도 모른다. "적십자병원 정문 앞에 있는 호두나무의 가지 하나는 부러져 있습니다." "단성사 옆 골목의 첫번째 쓰레기통에는 초콜릿 포장지가 두 장 있습니다." 사실 호두나무가 아니라 플라타너스였을지도 모르고, 첫번째 쓰레기통이 아니라 세번째 쓰레기통이었을지도 모르고, 또 초콜릿 포장지는 두 장이 아니라 스무 장이었을지도 모른다. 외국어 교본을 연상시키는 이 난센스로 가득 찬 말들은 그러나 문법적으로 매우 정확하다. 아무런 의미가 없지만 누구에게 어떤 해악도 끼치지 않는다. 정열은 없지만 좌절을 안겨다 주지도 않는다. 문학이 존재 가능할 수 있는 마지막 경계까지 내려간 김승옥의 소설들은 이런 의미에서 사실주의의 한 극한이라고까지 할 수 있을 것이다. 문학으로 무엇을 하려는 생각을 버렸을 때, 그래서 문학이 도저히 정열의 산물이어서는 안 되었을 때, 남는 것은 무엇이었을까? 문학은 이때 어떻게 존재 가능할 것인가? 임신이 금지된 창녀들처럼 문학은 오직 쾌락만을 제공할 것인지, 아니면 아버지를 닮았기 때문에 남정네들을 계속 집으로 끌어들인 「생명연습」의 그 어머니처럼, 또 수음으로 마귀에게 정액을 뿌려주는 그 외국인 선교사처럼 정열을 없애고 없애 아버지를 찾아나서는 어떤 방법이 되어야 할 것인지, 아마도 이 질문에 답을 하는 것이 독자에게 남겨진 '몫'일 것이다.

한 아이가 빗물에 쓸려내려가는 염소를 구해내면서 마치 자신을 어린 양을 구하는 예수처럼, 수억 개의 별빛이 몸을 둘러싸서 보호하고 있는 아이로 상상한다 ■ 이 아이의 이름은 김승옥이다. 끝내 이 아이는 어른이 되었을 때 흰 내리닫이옷을 입으신 눈부시게 환한 예수님을 만나 결혼을 하고 만다 ■ 하지만 이 아이는 어른이 되기 전, 청소년 시절에는 현주라는 여인을 납치하기도 했다

사내는 엄지손가락의 끝을 나머지 네 개의 손가락 끝에 맞대어 일종의 고리를 만든 것이었다 ■ 그 고리 속에 현주의 가느다란 손목이 갇혀 있는 꼴이었다 ■ 그 고리는 여자의 손목이 마음대로 움직일 수 있을 만큼 헐렁하였다 ■ 그러나 빠져나올 수는 없었다

사내 손의 그 섬세한 조작이 그 여자의 마음에 들었다 ■ 공포 속의 안심이라고 할까, 그 여자는 그런 걸 느꼈다 ■ 그 여자는 손목을 빼기를 단념하였다 ■ 그러자 그 고리가 점점 오므라들어 움직이기를 멈춘 여자의 손목을 아프지 않을 한계 안에서 조이는 것이었다

그 여자는 문득 자기의 손과 사내 손의 그 땀에 젖어 미끄러울 뿐으로부터 생명의 거친 숨소리가 들려오는 것을 의식하였다 ■ 그것은 북소리처럼 둔중했고 생선 아가미처럼 가빴다 ■ 사내의 생명도 자기의 생명도 아닌 천연 낯선 생명이 지금 마야 땀에 젖은 손과 손의 틈바구니에서 태어난 것 같았다. 사내는 정말로 현주라는 여인을 납치했을까? 아니다 ■ 김승옥은 자신을 예수로 착각했고 정말로 예수를 만나기도 했지만, 여인의 손목을 닮은 ■ 피가 몰려 단단해진 다른 살덩어리를 엄지손가락의 끝을 나머지 네 개의 손가락 끝에 맞대어 만든 일종의 고리 속에 넣었던 것이고 ■ 천연 낯선 생명이 지금 마야 땀에 젖은 손과 손의 틈바구니에서 태어났다고 거짓말을 하고 있었다

다른 한 아이는 주인을 알 수 없는 해묵은 무덤에 허리 고삐가 매여 뜨거운 햇덩이를 머리에 인 채 긴긴 여름날을 기다리고 있었다 ■ 무덤에 묶인 채 동심원을 그리던 아이는 보았다 뱀이 먹이를 덮치듯이 누군가가 어미를 후다닥 덮쳐버리는 장면을 ■ 이 아이의 이름은 이청준이다

이 아이는 장년의 나이가 되어서도 어미를 후다닥 덮친 뱀에 대한 증오를 삭이지 못해 돌을 집어 그 뱀을 내리쳐 죽이려고 했다 ■ 그러나 그럴 수 없었기에, 밝은 달이 휘영청 떠오르는 밤 ■ 관음봉 둘겨기 앞 포구 위 바닷가 나무는 비상학이 되고 싶어 목놓아 소리를 토해낸다 ■ 그 노래가 아무 뜻도 형식도 없던 어미의 소리 이어도가 판견한 서편제였고, 이청준에게는 소설이었다

다른 청년도 있다 ■ 글 쓰는 작가인데, 페니스와 성기라는 말 사이의 어감 차이에 몰두하다 글이 도저히 안 풀리자 오비가든에서 드래프트비어를 마시고 민박집에 들어가 잠이 덖에 소주도 마신다

이청준

그러던 어느 날, 진탕 술을 마신 그는 판소리하는 성창순같이 푸근하게 생겼지만 정작 그 입에서는 밀바의 탱고 이탈리아노가 흘러나오던 몸무게 팔십 킬로그램인 여인의 품에 안긴다 ■ 안겨서 여인에게 말을 한다 ■ 당신을 통과하고 싶다고. 그러자 여인은 나지막하게 작가에게 속삭인다 ■ 성기든 페니스든 상관없다고 ■ 한국어든 외래어든 어차피 나를 통과할 수 없기는 마찬가지니까

소설의 형이상과 무의식
— '남도 사람' 연작을 중심으로

1. 머리말

1965년에 발표된 「퇴원」 이후, 반세기가 넘는 세월 동안 이청준이 쓴 방대한 양의 소설들을 대하면 우선 경외감이 들지 않을 수 없어, 언어로 쌓여 유장하게 뻗어내린 긴 장성을 대하는 것만 같다. 이 경외의 감정은 '그토록 끈질기게 글을 써야만 했던 이유는 대체 무엇일까?'라는 글쓰기의 집요함에 대한 의문으로 이어지며, 그의 소설을 삶과 분리한다는 것이 불가능하리라는 느낌마저 들게 한다.

하지만 평생 글을 썼기에 소설과 분리하기 어려울 정도로 일체가 되어 움직였을 그의 삶이 글로 옮길 만한 파란만장한 굴곡을 보여준 삶은 아니었다는 사실에 생각이 미치면, 그의 소설을 삶으로부터 떼어내는 것이 불가능하다는 느낌은 조금 두려움을 주기도 한다. 그의 소설은 삶을 표현하는 종류의 소설이 아니라, 거의 종교적 의미에서 언어와 그 형식을 통해 삶을 만들어나가는 소설이었을 수도 있기 때문이다.

　실제로 이청준은 민주화의 시기를 거치며 투옥의 경험을 했던 것도 아니고, 적지 않은 문인들처럼 신학적 이력을 지니고 있지도 않으며, 정치판을 기웃거리며 환멸 같은 것을 느껴본 적도 없다. 문우였던 김현에 따르면, "참기름을 병째 마시고 그날 밤 심한 복통을 앓았던 지독한 가난" 정도를 떠올릴 수 있을 뿐이다. 하지만 가난은 그가 작가로서 소설 창작을 시작한 1960년대 초에는 누구나 겪었던 일이고 작품 속에서는 거의 나타나지도 않는다. 작가는 오히려 고향인 전라도 장흥 인근에 내려온 임권택 감독이 "하아, 내참! 이런 험한 곳에서 어찌 도회지까지 나가볼 꿈을 꿀 수가 있었을꼬. 하지만 다행히 앞바다가 넓어서 배는 그리 덜 곯았겠소그려"라고 말했을 때, "그래 배가 고픈 게 아니라 마음이 고프고 삶이 더 고팠겠지"라고 혼잣말을 하고 만다. 그의 소설은 고픈 배가 아니라 고픈 마음과 고픈 삶을 달래는 소설이었고, 그 허기진 마음과 삶이란 것이 시대의 기록이나 체험의 진술 같은 것으로 채워질 수 있는 것은 아니었다. 20세기 후반 거의 오십 년 동안 쉼없이 씌어진 그의 소설들은, 시대의 기록이나 체험의 진술이 아닐 수는 없지만 상황이나 사건의 기록을 넘어서고 있으며 그 체험의 깊이는 물론이고 진술을 통해 깊이를 확보해가는 방식에 있어서도 독특한 면을 보여준다.

　장성 같기도 하고 혹은 굽이쳐흐르는 장강 같기도 한 그의 소설을 대하면, 마음이 고프고 삶이 고팠다는 혼잣말을 감안하더라도, 삶이 먼저 있고 그것을 표현하는 글이 나중에 있었던 것이 아니라, 말하자면 그에게 글은 삶이었고 행동이었으며 생각이었고 느낌이었음을 알 수 있다. 그는 별도의 시간을 할애하여 글을 쓴 것이 아니었고, 소설을 떠난 별도의 공간에서 생각을 하고 느꼈던 것이 아니었다. 글을 쓰면서 생각했고 느꼈으며, 글을 쓰면서 웃고 울었던 것이다. 삶이라고 불러야 할 별도의 다른 영역이나 시간이 그에게는 없었을 것이다. 그는 그 정도로 많은 글을 썼다.

그래서 그의 소설들은 삶과 시대의 기록이나 체험의 진술이 아니라, 소설과 삶이 서로를 필요로 하는 관계에 대한 성찰이라고 해야 옳을 것이다. 이청준의 소설이 매혹적인 것은 이 때문이다. 소설이 없어도 가능한 것이 일반적인 삶이지만, 그의 삶은 소설 없이는 불가능했고, 이런 면에서 그는 소설가가 아니었는지도 모른다. 소설이 없었다면 불가능했을지도 모를 삶을 소설로 가능하게 만들었던 그에게 소설가라는 칭호는 왠지 너무 평범해 보이며 지나치게 공식적이기도 하다.

삶과 분리할 수 없을 정도로 섞여 있는 소설은 그에게 허구가 아니었을 수도 있다. 지칭하고 표현하며 소통하는 언어의 일차적 기능들은 그의 소설에서 심각하게 회의되고, 나아가 언어는 전혀 다른 역할을 부여받기 위해 기다리는 상태에 있다. 이 회의를 거치면서 언어에 전혀 다른 차원을 부여하려는 이청준의 노력은 거의 종교적인 비장감을 지닌 것이며, 이 비장감을 나누어 가질 때만 그의 소설을 정확하게 읽을 수 있는지도 모른다.

이런 몇 가지 이유로 우리는 소설가 이청준이 아니라, 소설이 없었다면 불가능했을지도 모를 삶을 가능하게 해주었던 소설이라는 장르 혹은 글쓰기 자체에 더 많은 호기심을 갖게 된다. 이 호기심은 엄청난 양으로 보이는 이청준의 소설들이 소설가 이청준을 떠나 독립적이고 자율적으로 움직이는, 모종의 원형으로 존재하는 이야기의 틀을 갖고 있을 수 있다는 추측과 닿아 있으며, 이 추측은 비슷한 내용을 비슷한 형식의 이야기틀에 담아 반복하고 있는 그의 연작소설들을 대할 때 조금 더 또렷해진다. 이청준의 소설에서 이 자율적인 움직임이 가장 극명하게 모습을 드러낸 작품들은 다름아닌 '남도 사람' 연작에 속한 소설들이다.

　우리가 그의 소설을 정신분석의 일정한 인식론에 기초해 읽어볼 수 있으며 그러할 때 새로운 해석이 가능하다는 희망을 가져보는 것도, 이 반복되는 것들의 원형처럼 존재하는 무엇인가가 이청준 개인에게만 초월적 성격을 지니는 것이 아니라 한국인, 나아가서는 인간 일반의 원형으로 자율성을 지니고 있다고 믿기 때문이다. 이 스스로 반복되려고 하는 요기 서린 어떤 자율적 움직임은, 언어를 도구처럼 사용하는 소설이 아니라 앞서 말했듯이, 언어의 부족함을 느끼고 언어를 회의하는 소설인 이청준 소설들의 움직임이기도 한데, 이때 소설의 언어는 「이어도」에서처럼 뜻도 내용도 없는 "웅얼거림"을 추적하며 설화의 세계로 들어가려는 유혹을 받는다. '남도 사람' 연작에 와서 이 "웅얼거림"은 일정한 형식을 띤 "소리"가 되지만, 설화로의 유혹은 연작을 구성하는 작품들을 통해 계속된다.

　우리는 '남도 사람' 연작을 중심으로 반복해서 그의 글쓰기를 지배하는, 어느 정도 작가를 떠나 있는 내밀한 무의식의 세계를 살펴보고자 한다. 작가는 「이어도」를 '남도 사람' 연작에서 제외시켰지만, 연작의 주 모티프인 '소리'는 「이어도」에서부터 시작되고 있었고 자연히 우리의 무의식에 기초한 독서도 「이어도」부터 시작될 것이다. 연작에서 제외되어 있는 또다른 소설인 「시간의 문」 역시 우리는 '남도 사람' 연작에 포함시키고 싶은데, '소리'가 아니라 사진을 다루고 있지만 「시간의 문」 또한 「이어도」에서부터 시작된 이후 '남도 사람' 연작을 거쳐 계속 이어지는 이청준 소설의 서사구조가 반복되고 있기 때문이다. 이 서사구조는 '잠적과 추적의 드라마'로 부를 수 있는데, 위에서 언급한 십여 년의 세월 동안 씌어진 여러 소설들에는, 작가의 말을 빌리면 늘 "황홀하게 실종"한 인물이 등장하고 동시에 그 신비한 인물의 뒤를 쫓는 한 평범한 인물이 등장한다. 「이어도」에서 죽음의 섬인 이어도를 찾아 바다로 뛰어든 천남석이 잠적한 인물이

아놀드 뵈클린, 〈죽음의 섬 Die Toteninsel〉, 1883, 캔버스에 유채, 150cm x 80cm, 독일 구국립 미술관.

소설 「이어도」의 상징적 공간인 이어도는 뵈클린의 그림 〈죽음의 섬〉을 연상시킨다. "긴긴 세월 동안 섬은 늘 거기 있어왔다. 그러나 섬을 본 사람은 아무도 없었다. 섬을 본 사람은 모두가 섬으로 가버렸기 때문이었다. 아무도 다시 섬을 떠나 돌아온 사람이 없었기 때문이었다."

〈죽음의 섬〉은 19세기 말에 활동한 독일 상징주의 화가인 뵈클린의 가장 유명한 그림이다. 동일한 주제를 다룬 다섯 편의 작품이 있다. 섬, 물, 물 위의 성 등, 그림의 모티프들은 이미 오래 전부터 그의 작품 속에서 묘사된 것들로서, 화가 뵈클린이 베네치아와 피렌체 등지를 여행하며 꿈꾸었던 이탈리아에 대한 사랑을 잘 일러준다.

엄격한 좌우대칭, 수직과 수평선의 대비, 높은 암벽으로 둘러싸인 섬이 만든 원 등은 주술적이면서도 비장한 분위기를 자아낸다. 또 미동도 없는 수면과 관 뒤에 흰 천을 둘러쓴 인물, 그리고 배는 모두 암시적 단계에 머물러 있다. 미술상이었던 프리츠 구를리트가 주문해 1883년에 완성되었다. 작품의 제목도 작품을 주문한 사람이 지은 것이다. 이 그림은 유명세를 단단히 치렀는데 죽음을 묘사한 것임에도 불구하고 판화로 제작되어 부르주아 가정에 한 점씩 걸려 있곤 했다.

라면, 그를 찾아 온 바다를 수색한 해군 수색대 중위 선우현이 추적하는 인물이다. 이런 관계는 '남도 사람' 연작 내내 지속되며, 「시간의 문」에서도 보트피플 속으로 홀로 배를 저어간 유종열이 있고, 그의 직장 후배로 고인이 된 선배의 유작전을 둘러보는 허형이 추적자의 역할을 한다. 또한 80년대 가열했던 민주화투쟁을 우의적으로 다룬 소설인 「비화밀교」 역시 같은 형식의 글쓰기에 의존해 있다.

어떤 소설과 예술작품도 단일한 관점에 의존해서는 제대로 읽힐 수 없다. 하지만 이런 상식적인 일반론을 지나치게 강조할 필요는 없다. 한 작품을 제대로 읽는다는 것이 작품의 모든 면을 다 고려한다는 것을 의미할 수는 없기 때문이다. 그런 연구는 존재할 수 없다. 문학을 포함한 예술에 있어서는 '지나침'이 지나침 나름대로 논리적인 것이라면 그것 또한 선이 될 수 있다. 방법은 별도로 존재하는 것이 아니라, 작품에 감응하는 지극히 정신적인 깨달음과 감동으로부터 찾아지는 것이고, 그때 작품은 작품을 넘어서 다른 세계로 열려 있는 하나의 문 혹은 하나의 길이 되어줄 뿐이다. 연구자 역시 방법을 대입하려는 무지한 자세를 버려야 한다. 정신분석적 독법과 해석 역시 정치하고 치열해져서 스스로가 극복되어야 할 필요성을, 혹은 다른 관점의 도움을 받아야 할 필요성을 느끼는 한계지점까지 이르러야만 한다.

기능적인 언어를 회의하고 불신하는 소설이 의지하려고 하는 또다른 언어의 체계인 설화의 세계는 바로 무의식의 세계이기도 한데, 여기서 언어는 스스로 반복되는 자율성을 갖게 된다. 설화의 세계에서 말하는 자는 설화의 형식 그 자체인 것이다. 시간을 무시한 채 스스로 움직이는 이 자율적 세계가 진저리쳐질 정도로 두렵고 음습하며 동시에 황홀하다는 것을 모르는 이는 없다. 글은 이때 단순히 정신적인 것이 아니라 우주론적인 충격을 견뎌내야만 하는 전혀 다른 기능을 떠맡게 된다.

　그의 방대한 소설들은 「이어도」에서 시작된, 지아비를 잃은 한 어미의 입에서 흘러나오는 뜻도 내용도 없는, 그리고 시작도 끝도 없는 "웅얼거림"과 그 소리의 기억에 대한 추적이자 그 모든 것에 형식을 부여하려는 노력이었는지도 모른다. 그리고 이청준은 안타깝게도 긴 세월 동안 쌓아올린 장성 같은 소설에도 불구하고 이 "웅얼거림"으로부터 거의 한 발짝도 더 나아가지 못했다. 이 한계 역시 우리 모두가 나누어 가져야 할 것이다.

　이청준이 '남도 사람' 연작에 이어 「시간의 문」에서 소리가 아니라 사진이라는 장르를 주제로 택한 것은 의미심장한 변화이다. 「시간의 문」에서 이청준은 얼핏 보면 순간과 영원의 문제를 다루고 있는 듯 보이지만 아니다. 그가 진정으로 「시간의 문」을 쓰면서 다루고 싶었던 것은, 설화의 세계가 언어의 세계가 아니라 이미지의 세계라는 사실의 확인이었다. 설화의 세계는 이미 언어가 실패한 세계이며, 어렴풋한 상들이 유사성을 통해 반복되고 변주되는 세계이다. 상은 소리를 끌고 다니고 소리는 상과 함께 떠오른다. 그의 소설도 이 움직임을 따라가고, 그의 정신도 이 움직임에 반응한다. 「이어도」에서는 소리가 우선시되었다면, '남도 사람' 연작에서는 소리와 상이 어우러져　함께 반복되고 변주된다. 마침내 그 어우러짐을 통해 이청준은 "둥둥둥둥 법승이 북을 울려대는 듯한 신기한 지령음이" 들려올 때 "힘찬 비상을 시작하는 비상학"이라는 하나의 이미지를 끌어내 결론을 맺는다.

　펜을 들고 백지 앞에 앉아 있는 피와 살을 지닌 작가 이청준은 그러므로 그가 쓴 소설에 대해 이방인일 수도 있다. 그는 그의 소설 앞에선 어쩌면 글의 흐름에 몸을 맡기자는 결단 정도를 내린 한 예술가로서 머물러 있을 뿐인지도 모른다. 이 결단이 거의 순교자의 그것에 가까운 것이라 해도, 그의 소설이 일상인 이청준을 넘어서는 그 지점에 보다 주의를 기울일 필요가 있다. 이 지점은 무의식이 의식의 압도를 풀고 올라오기 시작하는 지점이며, 동시에 순교를 가능하게 하는 형이상이 시작되는 지점이기도 하기 때문이다. 또한 절대타자의 존재가 어렴풋하게 모습을 드러내는 시간이다. "비상학"은 이 타자의 얼굴이자, 형이상의 야심이 보고 싶어하는 모습이기도 하다.

하지만 이 "비상학"의 이미지를 통해 표현된 결론은 감동적이었지만 그것으로 종지부를 찍을 수는 없었다. "비상학", 그것은 무의식을 승화시킨 이미지였고, 초경험적이고 이성적 직관으로만 도달할 수 있는 형이상에 대한 한 비유였지만, 그 이상은 아니었던 것이다. 다시 말해 "비상학"이라는 이미지를 통해 형이상을 직관할 수 있었고 그것을 표현할 수 있었지만, 이청준 스스로는 "비상학"이 될 수 없었던 것이다. 「시간의 문」은 스스로 "비상학"이 될 수 있는지, 그 가능성을 묻는 소설이다. 이청준은 어쩌면 죽음의 강박관념에 사로잡혀 죽음을 이해하려고 했는지도 모른다. 한데, 이청준만 그런가? "비상학"은 죽음이 모든 것의 끝이 아니라는 깨달음에서 돌연 떠오르는 이미지이지만, 이청준은 이 이미지에 견고함을 부여하려는 야심을 갖고 있기도 하다. 소설 「시간의 문」에서 읽을 수 있는 다음과 같은 말은 작가의 이 야심을 드러내는 동시에 형이상이 육체를 요구하는, 다시 말해 순교를 요구하는 일종의 정언명령같이 들리기도 한다.

찍히는 사람과 찍는 사람, 대상과 나, 언제나 둘은 그런 관계지, 둘 사이엔 엄청난 거리의 벽이 있거든. 그래, 바로 그 거리의 벽이에요. 그 두꺼운 벽을 뚫고 들어갈 수가 없어요. 참으로 엄청난 카메라의 숙명이지. 그 거리가 사라져주지 않는 한 우린 서로 다른 차원의 세계에 따로따로 떨어져 있을 수밖에 없어요. 벽을 뚫고 넘어가 함께 있거나 같은 시간의 흐름을 탈 수가 없어요. 그런 때 대상의 시간을 찍는다는 것은 그저 그 시간을 정지시키는 것 이외에 아무것도 아니에요. 문제

는 결국 이놈의 지워지지 않는 거리와 공간인데……[1]

찍히는 사람과 찍는 사람 사이의 거리가 없어져야 한다는 말은 이제 거의 종교적 비장감을 갖게 되고, 순교를 염두에 둔 발언으로 들릴 수도 있다. 무엇을 위한 순교인가? 이청준이 "비상학"의 이미지를 빌려 표현할 수 있었던 형이상은, 이제 마치 종교적 기적 속에서나 가능할 법한 "찍히는 사람과 찍는 사람, 대상과 나" 사이의 거리를 뛰어넘으라는 요구를 해오고 있다. 우리가 알기로 이 요구는 종교의 영역에서나 가능하며, 그것도 종교를 창시한 극소수의 인물들만이 실현할 수 있었다.

2. 잠적과 추적, 혹은 형이상과 무의식

이청준의 소설들은 반복되고 있다. 그러면서 아주 조금씩 앞으로 나아간다. 그의 소설은 그러나 원형이라고 부를 수 있는 일정한 이야기의 기미를 포착하는 순간, 작가로 하여금 앞서 말했던 그 이야기의 흐름에 몸을 맡기는 순교자의 자세를 취하도록 하며, 그때부터 이야기하는 주체는 더이상 이청준이 아니라 타자이다. 이청준의 소설은 바로 이 지점에서 빛을 발하는데, 그것은 다름아니라 순교자가 되는 것이 그리 쉬운 일이 아니어서 결단의 순간 작가가 망설이는 모습을 보여주기 때문이다. 그에게 소설은 이 망설임을 보일 때만 소설이다. 그것은 그의 소설이 소설로는 거머쥘 수 없는, 심지어는 언어가 아니라 형식으로도, 급기야는 그 형식만으로도 붙잡을 수 없는 어떤 절대

---

1) 이청준, 「시간의 문」, 『시간의 문』, 중원사, 1982. 이하 본문에 작품명과 책명만 표시함.

적 세계를 흠모하기 때문인데, 그래서 그의 소설은 소설과는 다른 이야기를 탐색하게 된다. 물론 소설과는 다른 이 이야기는 거의 드러나지 못한다. 소설은 다른 이야기 형식을 미학적으로나 제도적으로 용서하지 못하기 때문이다. 출판사가 출간을 거부할 수도 있고, 독자들이 외면할 수도 있다. 단지 읽히는 것으로 만족하지 못하고 팔려야만 하는 상품으로서 존재하는 소설의 상업적 속성과 무의식과 형이상이 혼전을 벌이는 전쟁터인 이청준의 소설이 타협점을 찾았다면, 그는 진정으로 위대한 소설가인지도 모른다. 그러나 그의 소설은 많이 팔렸는지는 몰라도 이제까지 단 한 번도 제대로 읽힌 적은 없다.

'잠적과 추적의 드라마'는 일차적으로는 '황홀한 실종'을 통해 잠적한 주인공과 이 주인공이 남긴 흔적들을 추적하는 일상인 사이에서 일어난다. 하지만 이는 소설의 줄거리를 이루는 인물 설정에 지나지 않는다. 진정한 '잠적과 추적의 드라마'는 사라진 자와 그 뒤를 쫓는 자 사이에서 일어나지 않는다. 인물들은 그림자일 뿐, 기호에 지나지 않는다. 진정한 드라마는 모든 사물의 핵심을 흐르는 "소리" 그 자체인 초경험적인 근원적 질서, 즉 형이상과 그 형이상을 한낱 정신의 유희나 순간적인 이미지로 비웃으며 죽음을 모든 것의 끝으로 받아들이라고 속삭이는 이성(혹은 상식적 인식) 사이에서 일어난다. 이청준은 비록 소설이라는 방식을 택했지만, 스스로 정신분석을 하고 있었고, 우리가 그의 소설을 정신분석의 관점에서 읽으면서 부딪치는 한계를 소설 속에서 이미 이야기하고 있었다.

이청준은 '남도 사람' 연작에서 언어를 행동의 차원으로까지 끌어올리고 사유를 감각화하고 일상화하려는 관념론적 야심을 드러내 보인다. 이 움직임 혹은 유혹은 「이어도」에서부터 시작되고 있었다. 남쪽에 있는 돌섬을 추적한다고 해서 이름도 천남석인 주인공이 이어도를 본 사람은 다시는 살아 돌아오지 못한다는 전설을 배반하고 살아 돌아왔을 때, 그때부터 이청준의 소설은 「이어도」의 그 "웅얼거림"으로부터 벗어나지 못하고 만다. 그것은 '시간의 문'을 여는 작업의 시작이었으며, '소리의 빛'을 들을 수 있는 초인적 감각에 대한 희구였고, 마침내 학이 되어 형이상의 비전 속으로 날아가고자 하는 종교적 간구이기도 했다.

이청준이 품고 있는 이 형이상을 향한 관념론적 야심의 한복판에 죽음에 대한 거의 원초적인 두려움이 도사리고 있음은 그러므로 당연한 일인지도 모른다. 동시에 설화와 함께 무의식이 회귀하는 지점도 바로 여기다. 육체의 사그라듦과 파멸에 대한 예감만이 아니라 모든 것의 마지막으로서의 죽음은 애써 찾은 형이상을 순간적인 환각으로 밀어내는 힘을 갖고 있다. 이 거칠고 우악스러운 힘도 다스려야만 한다. '남도 사람' 연작의 한 작품인 「새와 나무」에서 이름도 없고 얼굴도 모르는 한 나그네가 한 시인이 집을 지으려고 잡아놓았으나 그만 꿈을 이루지 못하고 남겨놓은 집터를 찾아가 잠이 들었을 때, 그는 어쩌면 무덤에 잠시 누웠던 것인지도 모른다. 자신의 육신이 들어갈 무덤 말이다. 그 무덤은 다음과 같이 묘사된다.

집을 앉히지 못한 집터는 어딘지 쓸쓸하고 을씨년스런 기운이 감돌고 있었다. 그것은 새 집을 기다리는 집터가 아니라 오히려 오래 전에 건물을 헐어가고 남은 빈 터의 허허한 적막감을 자아내고 있었다. 낙엽을 끝낸 나무들의 형상까지 을씨년스런 기운을 더했다.[2]

집은 몸의 메타포였을 것이다. "오래 전에 건물을 헐어가고 남은

빈 터의 허허한 적막감"이란 실상은 오래 전에 몸을 헐어가고 남은
정신의, 혹은 언어의 허허한 적막감이었다. 어쨌든 시인은 끝내 집을
앉히지 못하고 죽고 말았으며 나그네는 지금 그 집터에 와 있다. 그
는 이 집터를 구경하다 그만 그곳에서 잠시 잠이 들고 만다. 잠결에
나그네는 소리 듣기를 좋아했던 시인이 들었다던 소리를 환청 속에
서 듣는다.

노랫가락은 이제 솔바람 소리에서만 들려오고 있는 게 아니었다.
소리는 이미 그의 육신 속에서도 그리고 그 눈 아래 들판에서도 빛
살처럼 가득히 피어오르고 있었다.
소리를 들으면서 그는 차츰 심신이 아늑하게 가라앉아들어갔다.
(……)
햇볕이 너무 아늑했기 때문이었을까. 그는 어느새 잠이 들고 있었던
것 같았다. 그리고 그 잠 속에서도 계속 소리를 쫓아 헤매다닌 모양이
었다.
어느 순간 온몸에 갑자기 차가운 한기가 느껴져왔다. 그리고 그 바람
에 비로소 긴 낮잠에서 눈을 뜨고 깨어났다.(「새와 나무」, 『서편제』)

무일푼으로 죽은 시인이 마지막으로 기거하려던 집은 끝내 지어지
지 못했다. 시인의 이야기를 전해들은 나그네는 시인의 집이 들어서
려던 빈 집터를 찾아와 잠깐 그곳에서 잠이 들었다가 차가운 한기에
놀라 잠에서 깨어나고 만다. "심신이 아늑하게 가라앉아들어갔"던 집
터는 무덤의 이미지를 떠올리게 한다. 집을 세우지 못한 시인의 빈
집터와 그곳에 나그네의 육체를 눕게 했던 잠이 우리에게 의미 있어
보이는 것은 다름아니라 이 이미지가 '남도 사람' 연작의 첫 작품인
「서편제」의 무덤과 겹쳐지기 때문이다. 「서편제」에서 무덤은 다음과

같은 것이었고, 그때도 숲속을 지나온 소리가 있었다.

　　파도비늘 반짝이는 바다가 내려다보이는 해변가 언덕밭의 한 모퉁이—그 언덕밭 한 모퉁이에는 누군가 주인을 알 수 없는 해묵은 무덤이 하나 누워 있었고 소년은 언제나 그 무덤가 잔디밭에 허리 고삐가 매여져 지내고 있었다. 동백나무 숲가로 뻗어나온 그 길다란 언덕밭은 소년의 죽은 아비가 그의 젊은 아낙에게 남기고 간 거의 유일한 유산이었다. 소년의 어미는 해마다 그 밭뙈기 농사를 거두는 일 한 가지로 여름 한철을 고스란히 넘겨보내곤 했다.
　　소년은 날마다 그 무덤가 잔디밭에서 고삐가 매인 짐승 꼴로 긴긴 여름날을 기다려야 했다. 그리고 그 언덕바지 무덤가에서 소년은 더러 물비늘 반짝이며 섬 기슭을 돌아다니는 돛단배를 내려다보기도 했고, 더러는 또 얼굴을 쪄오는 듯한 여름 태양볕 아래 배고픈 낮잠을 자기도 했다. 그러면서 이제나저제나 밭고랑 사이로 들어간 어미가 일을 끝내고 나오기를 기다렸다. 하지만 여름마다 콩이 아니면 수수를 함께 섞어 심은 밭고랑 사이를 타고 들어간 어미는 소년의 그런 기다림 따위는 아랑곳을 하지 않았다. 물결 위를 떠도는 부표처럼 가물가물 콩밭 사이를 오락가락하면서 하루 종일 그 노랫소리도 같고 울음소리도 같은 이상스런 콧소리 같은 것을 웅웅거리고 있었다. 어미의 웅웅거리는 노랫가락 소리만이 진종일 소년의 곁을 서서히 멀어져갔다간 다시 가까워져오고, 가까워졌다간 어느 틈엔가 다시 까마득하게 멀어져가곤 할 뿐이었다.(「서편제」, 『서편제』)

주인 없는 무덤에 말뚝이 박혔고 그 말뚝에 끈으로 허리를 묶인 채 고정되어버린 어린아이는 동심원을 돌며 "얼굴을 쪄오는 듯한 여름 태양볕 아래 배고픈 낮잠을 자기도 했다". 그리고 그런 소년의 귀엔

"어미의 웅웅거리는 노랫가락 소리만이 진종일 소년의 곁을 서서히 멀어져갔다간 다시 가까워져오고, 가까워졌다간 어느 틈엔가 다시 까마득하게 멀어져가곤 할 뿐이었다".

집을 마련하지 못한 채 그만 숨을 거두고 만 시인의 "쓸쓸하고 을씨년스런 기운"이 감돌고 있었던 빈 집터에 누워 환청 속에서 소리를 들으며 낮잠을 자던 나그네는 누구였을까? 그는 다름아닌 어린 시절 주인 없는 무덤에 박힌 말뚝에 끈으로 허리를 묶인 채 동심원을 돌며 "태양볕 아래 배고픈 낮잠을 자"던 어린아이였을 것이다. 시인이나 시인이 떠난 집터에 누워 잠시 낮잠을 잤던 손이나, 옛날 과부의 손에 의해 무덤에 묶인 채 동심원을 돌며 허기진 낮잠을 자던 소년이나 모두 소리를 듣고 있다. 이 세 인물은 한 존재다. 그리고 소리는 시간을 이기며 계속 웅웅거리고 있다. 의미도 없이, 내용도 없이, 무덤 같은 빈 터에서 죽음 같은 잠이 들 때, 그때 울리는 그 소리는 시간의 소리였을 것이고, 시간의 문이 삐걱대며 열리는 소리였을 것이다.

이청준의 소설은 이렇게 '남도 사람' 연작에 이르러, 설화의 푸근한 타령조 문장의 흐름을 타며 언어를 행동의 차원으로까지 끌어올리고 사유를 감각화하고 일상화하려는 관념론적 야심을 드러내 보인다. 그러니까 그의 소설도 그렇게 읽어야만 한다. 십수 년을 넘어서서 스스로 몰려다니며 충돌하고 빛을 발하는 이미지들의 친화력을 그대로 따라가야만 한다. 「이어도」의 소리는 여러 소설 속에서 반복되고 있으며, 무덤도 집을 지을 수 없었던 집터로 변형되어 반복된다. 죽음과 잠도 같은 연상의 움직임을 따라간다. '스스로 몰려다니며 충돌하고 빛을 발하는 이미지들의 친화력', 이것이 다도(茶道)를 제재 삼아 언어의 형식과 그 너머의 세계를 다룬, '남도 사람' 연작의 마지막 작품인 「다시 태어나는 말」에서 이청준이 슬그머니 펜을 놓으며 얼버무리려고 했던 야심이다. 무덤가에 묶여 있는 어린 소년과 시인, 그리고 뭔가를 찾아 호된 방황을 겪고 있는 길손은 소리를 듣는다. 환청 속에서만 들을 수 있는 이 소리는 무덤이자 집이기도 한 대지에 누워 잠이 들었을 때만 들리는 소리일지도 모른다. 여기서 이청준의 소설들은 해석을 기다리는 메타포와 알레고리를 형성하며, 스스로 환청 속의 소리가 되려고 한다. 문장이 소리가 되고 소리가 문장이 되는 이 순간은 소설로는 접근하기 어려운 순간이다. 육체는 어느덧 무덤에 가까이 다가가 있고, 잠 역시 죽음에 근접해 있다. 소리만이 유장하게 이어진다. 이 소리는 무엇인가? 판소리만은 아닐 것이다. 그것은 소설이라는 형식으로는 붙잡을 수 없는 형이상의 빛이며, 그 문이 열리는 소리일 것이다. 이청준의 소설은 이청준이 아니라 이 소리가 쓴 소설이다. 그래서 그의 소설은 이청준을 비켜놓고 이 반복되는 소리를 들어야만 제대로 읽었다고 할 수 있다. 이 소리를 듣는 일은 한국 현대소설의 깊은 지층 속에서 울리는 중저음, 즉 작가의 말을 빌리면 "둥둥둥둥 울리는 지령음"을 듣는 일이기도 할 것이다.

3. 어머니의 소리

1974년에 발표된 「이어도」는 그 다음해인 1975년, 한국일보가 제정한 한국일보창작문학상(현 한국일보문학상)을 수상한 작품이다. 상은 별것이 아닌 것이 아니다. 작품이 독자를 만나고 사회를 만나는 소중한 기회이며, 많은 사람들이 함께 읽어보자는 약속이기도 하기 때문이다.

이어도는 어떤 섬인가? 이렇게 물을 수는 없을 것이다. 이어도는 섬이 아니라 하나의 은유이기 때문이다. 아니 섬을 지칭하기도 하고,

"이어도하라 이어도하라/이어 이어 이어도하라"로 계속되는 소리이며, 술집 이름이기도 하고, 또 그 술집의 작부인 한 여인의 이름이기도 하다. 이어도는 이렇게 상징과 은유들이 모여서 일정한 흐름을 형성하는 풍유로 읽힐 수도 있다. 그리고 물론 소설의 제목이기도 하다.

이처럼 이어도가 은유이고 알레고리라면, 이어도는 무엇을 의미하는가, 라고 물어야 할 것이다. 하지만 이어도는 앞서 지적했듯이 여러 가지를 동시에 한꺼번에 지칭하기 때문에 딱히 무엇을 의미하는지 쉽게 가려낼 수가 없다. 어쩌면 작가 이청준조차도 이 다의성에 매료되어 이어도를 쫓아갔는지 모른다. 그렇다면 작가는 소설에 의해 그 다의성의 매력이 풀리고 직관으로 감득해낸 그 너머에서 설화 같은 것이 실체를 드러내리라는 기대를 했을지도 모른다. 이렇게 해서 주인공 천남석은 이어도로 떠났고 작가 이청준도 「이어도」를 향해 떠났다. 이때부터 이어도는 해석을 기다리는 하나의 비의(秘意)가 된다. 「이어도」는 이청준 소설이 소설을 넘어서는 세계 앞에서 겪는 부족함과 좌절에 대한 고백으로서는 처음으로 씌어진 소설인데, 이 좌절은 역설적이게도 그의 소설이 소설로서 거둘 수 있는 성공을 담보해주었다.

〈이어도〉는 소리였지만, 단순한 소리가 아니라 어머니의 웅얼거림이었다. 이 어머니의 웅얼거림은 「이어도」 이후 영화로도 유명해진 「서편제」로 시작되는 '남도 사람' 연작 내내 십수 년 동안, 책갈피를 넘길 때마다 낭낭하게 때론 애잔하게 흐르고 있다. 이 웅얼거림이 시작되는 대목은 조금 자세히 들어볼 필요가 있다.

바다가 내려다보이는 언덕배기에 조그만 밭뙈기가 하나 있었다고 한다.

소년의 어머니는 무슨 까닭인지 조그만 밭뙈기에서 사시사철 쉬지 않고 돌을 추려내고 있었다. 언제나 축축한 습기가 묻어오는 바닷바람은 언덕 위로만 불어왔고, 소년의 어머니는 날만 새면 축축한 습기에 온몸을 적시며 여름이나 겨울이나 그 밭뙈기의 돌멩이를 추려내다 시름시름 한쪽으로 긴 돌더미를 쌓아가고 있는 것이었다. 그런데 그때 그런 일을 되풀이하고 있는 소년의 어머니한테선 언제나 또 빠짐없이 이어도의 노랫가락이 흘러번지고 있었다. 가사도 분명치 않고 곡조도 그저 그렇고 그런 소리로 소년의 어머니는 언제나 그렇게 돌을 추스르며 이어도 노랫가락을 웅얼거리고 있었다. 소년의 어머니는 그런 때 입을 움직이고 있는지 어떤지조차 별로 분명치가 않았다. 소년이 곁으로 다가가보면 어머니는 오히려 입을 꼭 다물고 있는 것처럼 보일 때가 많았다. 어머니가 직접 입으로 소리를 웅얼거리는 것이 아니라 몸 어느 한곳에다가 소리를 매달고 다니는 것 같은 착각이 들 때가 많았다. 돌을 추스르고 있는 어머니 근처에선 언제나 그렇게 바닷소리처럼 웅웅거리는 듯한 이어도의 노랫가락이 쉴새없이 번져나오고 있었다. 바람이 불면 바람 소리 속에서, 바다가 울면 바다 울음소리 속에서, 웅웅웅 한숨을 짓는 것도 같고 울음을 울고 있는 것도 같은 소리가 문득문득 소년의 귀까지 스쳐오곤 했다. 바다에 안개가 짙어지거나 구름이 몹시 빠르게 움직이는 날이면 어머니는 돌을 추스르다 말고 구름장이 사납게 얽혀드는 하늘을 쳐다보거나 짙은 회색 안개 속으로 바다가 하얗게 뒤집히는 모양을 하염없이 내려다보고 있을 때가 많았는데, 그런 때는 어머니의 소리도 더욱더 극성스러워진 것만 같았다.[3]

「이어도」와 ‘남도 사람’ 연작은 창작연대가 서로 떨어져 있고 또 「이어도」가 ‘남도 사람’ 연작에서 빠져 있는 것에서 알 수 있듯이 크

---

3) 이청준, 「이어도」, 『잔인한 도시』, 홍성사, 1978. 이하 본문에 작품명과 책명만 표시함.

게 직접적인 연관이 없는 것처럼 보인다. 하지만 '남도 사람' 연작의 첫 작품인 「서편제」에서는 106쪽에서 인용했듯이, 〈이어도〉를 연상시키는 노랫소리가 어린 소년이 묶여 있는 무덤가를 맴돌았다. 어미는 "그 노랫소리도 같고 울음소리도 같은 이상스런 콧소리 같은 것을 웅웅거리고 있었다. 어미의 웅웅거리는 노랫가락 소리만이 진종일 소년의 곁을 서서히 멀어져갔다간 다시 가까워져오고, 가까워졌다간 어느 틈엔가 다시 까마득하게 멀어져가곤 할 뿐이었다".

돌 많은 제주도에서 해남으로 무대가 바뀌어서 어미는 돌을 캐내는 대신 콩이나 수수 사이의 김을 매고 있었지만, 소리는 여전히 어미의 소리였고 또 그 소리는 어린 아들의 기억 속 깊은 곳에서 웅웅거리고 있었다. 여기서 우리는 두 작품에서 어미가 부르는 소리가 소리의 가사가 아니라 그 소리 자체로 먼 기억 속에 자리잡고 있는 풍경의 한 요소를 이루고 있다는 사실에 주목할 필요가 있다. 그 소리는 웅웅거리는 소리일 뿐, 그 이상도 이하도 아니다. 이 웅웅거리는 소리에 가사가 없는 이유는 먼 기억 속의 풍경을 이루는 다른 요소를 함께 살펴보면 짐작할 수 있다. 「이어도」든 이 년 정도 뒤에 씌어진 「서편제」든 어미의 웅웅거리는 소리는 아버지와 관계를 맺고 있다.

아버지가 수평선을 넘어오고 나면 어머니는 비로소 돌을 추리는 일을 그만두고 집 안에서 집안일을 하고 지냈다. 그리고 그런 날은 소년의 어머니도 이상하게 그 이어도의 노래를 씻은 듯이 잊어버리고 있었다. 아버지가 돌아오는 밤이면 소년은 다른 날보다도 대개 깊은 잠을 잘 수가 있었다. 잠 속에서 소년은 때때로 웅웅거리는 바다 울음소리나 지붕을 넘어가는 밤바람 소리 같은 것을 들을 때가 많았다. 하지만 언제부터인가 소년은 그것이 바다 울음소리나 밤바다 소리가 아니라는 것을 알고 있었다. 깜깜한 어둠 속에서 어머니가 다시 그 간절한 이어도 곡조를 참지 못하고 있는 것이었다. 그리고 그런 때의 어머니의 소리는 생전보다도 더욱더 간절하고 안타까운 느낌이 드는 것이어서 어머니는 꿈결 속에서 마치 그 이어도를 정말로 만나고 있는 것 같은 느낌이 들 정도였다. 하지만 흘러드는 듯한 이어도의 곡조도 한 고비 지나고 나면, 어머니는 거짓말처럼 이내 아득한 잠 속으로 가라앉아 들어가버렸고 방 안은 이윽고 다시 먼 바닷소리만이 가득해지곤 했다. 아침이 되면 어머니는 간밤의 일 같은 건 아예 기억에도 없듯이 말짱한 얼굴이 되어 있곤 했다. 아버지는 그렇게 하루 종일 상한 그물을 손 질하면서도 어머니처럼 입에서 이어도 노래 같은 걸 웅얼거리고 있는 것을 한 번도 들은 일이 없었다.(「이어도」, 『잔인한 도시』)

어머니의 소리는 어부인 아버지가 집에 돌아오면 잦아들고 아버지가 바다로 나가면 다시 시작되곤 했다. 물론 어머니의 소리는 아버지가 돌아온 그날 밤에는 이전보다 더 서러워지곤 했지만, 그것도 잠시 다음날이면 잦아들었다. 요컨대 어머니의 소리는 아버지가 집에 있으면 잦아들고 집을 떠나면 다시 시작되는 소리로서, 아버지의 존재와 묘한 상관관계를 맺고 있다. 이 상관관계의 의미가 무엇인지는 「이어도」에서는 불분명하지만, 「서편제」에 오면 비교적 분명하게 드러난다.

나중에 알게 된 일이었지만 그것은 이날 처음으로 그 산고개를 넘어 마을로 들어오던 어떤 낯선 소리꾼의 소리였다. 어쨌거나 그날 그 모습을 볼 수 없는 노랫소리는 진종일 해가 지나도록 숲속을 흘러나왔고, 그러자 한 가지 이상스런 일이 일어났다. 밭고랑만 들어서면 우우우 노랫소리도 같고 울음소리도 같던 어미의 그 이상스런 웅얼거림이 이날따라 그 산소리에 화답이라도 보내듯 더욱더 분명하고 극성스럽게 떠돌아 번지기 시작한 것이다. 그러면서 어미는 뜨거운 햇볕 아래 하루 종일 가물가물 밭이랑 사이를 가고 또 오갔다. 그리고 마침내 산 봉우리 너머로 뉘엿뉘엿 햇덩이가 떨어지고, 거뭇한 저녁 어스름이 서서히 산기슭을 덮어내려오기 시작하자, 진종일 녹음 속에만 숨어 있던 노랫소리가 비로소 뱀처럼 은밀스럽게 산 어스름을 타고 내려와선, 그 뱀이 먹이를 덮치듯이 아직도 가물가물 밭고랑 사이를 떠돌던 소년의 어미를 후닥닥 덮쳐버린 것이었다.

그런 일이 있고 난 다음부터 그날의 소리는 아주 소년의 마을로 들어와 집 문간방에 둥지를 틀고 살게 되었으며, 동네 안에 둥지를 틀고 들어앉게 된 소리의 남자는 날만 밝으면 언제나 그 언덕밭 뒷산의 녹음 속으로 숨어들어가 진종일 지겹도록 산울림만 지어내리곤 하였다. 사람의 모습은 보이지 않고 녹음이 소리를 숨기고 사는 양한 소리였다. 밭고랑 사이를 오가는 여인의 그 괴상스런 노랫가락 소리도 날이 갈수록 극성스러워지고 있었다. 소년은 여전히 그 무덤가 잔디에서 진종일 계속되는 노랫가락 소리를 들어야 했고, 소리를 들으면서 허기에 지친 잠을 자거나 소리를 들으면서 그 잠을 다시 깨어야 했다. 잠을 자거나 잠을 깨거나 소년의 귓가에선 노랫소리가 떠돌고 있었고 소년의 머리 위에는 언제나 그 이글이글 불타오르는 뜨거운 햇덩이가 걸려 있었다.(「서편제」, 『서편제』)

「이어도」에서 어미의 입에서 나오던 웅얼거리는 소리는 「서편제」에 오면 소리꾼의 소리에 화답하는 소리였고, 그래서인지 "더욱더 분명하고 극성스럽게 떠돌아 번지"는 소리였다. "진종일 녹음 속에만 숨어 있던 노랫소리가 비로소 뱀처럼 은밀스럽게 산 어스름을 타고 내려와선, 그 뱀이 먹이를 덮치듯이 아직도 가물가물 밭고랑 사이를 떠돌던 소년의 어미를 후닥닥 덮쳐버린 것이었다." 이 표현이 무엇을 의미하는지는 굳이 밝힐 필요가 없을 것이다. 의문스러운 것은 어린아이가 소리꾼이 뱀처럼 후닥닥 어미를 덮쳐버린 사건을 기억하고 있다는 점이다. 어린아이는 소설 속에서 말하고 있는 화자이기도 한 소설가가 자신의 무의식을 투사시켜 만들어낸 인물에 지나지 않는다. 어린아이는 뱀처럼 후닥닥 어미를 덮쳐버린 사건의 장면이 투사되고 그 사건에서 "더욱더 분명하고 극성스럽게 떠돌아 번지"는 어미의 소리가 울려퍼지는 스크린인 것이다.

그렇다면 「이어도」에서 어미가 웅얼거리던 그 소리는 「서편제」에서 어미가 부르던 그 소리와 크게 다른 소리가 아니었다. 「이어도」에서도 어미는 아버지가 곁에 돌아온 그날 밤에는 "그 간절한 이어도 곡조를 참지 못"했고, "그런 때의 어머니의 소리는 생전보다도 더욱더 간절하고 안타까운 느낌이 드는 것이어서 어머니는 꿈결 속에서 마치 그 이어도를 정말로 만나고 있는 것 같은 느낌이 들 정도였다".

「이어도」에서 어미가 내는 웅얼거리는 소리가 프로이트가 밝힌 바 있는 '원초적 장면'에 등장하는 소리임은 어렵지 않게 지적할 수 있다. 그러나 이런 지적은 큰 의미를 갖기 힘든데, 이미 작가가 「서편제」에서 분명한 상징인 "뱀"을 통해 언급하기도 했지만, 「이어도」에서 아버지가 돌아오기 이전이나 떠난 다음에도 계속되는 어미의 웅얼거리는 소리에 대해서는 위의 지적이 아무런 설명도 제공하지 못하기 때문이다. 여기서 「이어도」와 「서편제」는 갈라서며 서로 다른 작품이 된다. 그 분기점에 아버지의 존재가 자리잡고 있다.

4. 아버지의 소리

어미의 웅얼거리는 소리는 「이어도」에서는 "뱀"을 부르는 소리였다. 아버지가 돌아온 날 밤, 어미의 소리가 "더욱더 간절하고 안타까운 느낌이 드는" 소리였던 것도 그 때문이다. "뱀"을 부르는 소리였기 때문에 어미의 웅얼거리는 소리는 아버지가 곁에 없을 때도 계속되었을 것이다.

그러나 「서편제」에 오면, 어미의 이 웅얼거리는 소리에는 「이어도」에서는 볼 수 없었던 다른 요소가 하나 더 추가된다. 소년이 자라 청년이 되었을 때도 어미의 웅얼거리는 소리는 그를 떠나지 않았지만, 환청 같은 그 소리에는 이제 언제나 "뜨거운 햇덩이"가 이글거리고 있었다. "소리는 얼굴이 없었으되, 소년의 기억 속에 그 머리 위에 이글거리던 햇덩이보다도 분명한 소리의 얼굴이 있을 수 없었다. 그리고 그 언제나 뜨겁게만 불타고 있던 햇덩이야말로 그날의 소년이 숙명처럼 아직 그것을 찾아 헤매다니고 있는 그 자신의 운명의 얼굴이었다." "언제나 뜨겁게만 불타고 있던 햇덩이"는 분명 그 옛날 무덤에 묶인 채 동심원을 그리며 어린 소년이 올려다보았던 뜨겁게 "얼굴을 쪄오는 듯한 여름 태양"이었다.

이 새롭게 등장한 태양은 특히 강조할 만한데, 「서편제」와 그의 후속작들인 「소리의 빛」은 물론이고 「선학동 나그네」 등 연작을 이루는 작품 속에서 이 태양은 "뜨겁게 이글거리는 햇덩이"로 헤아릴 수 없이 반복되고 강조되며, 언제나 의붓아버지의 소리와 함께하고 있을 뿐만 아니라 그 의붓아버지를 죽이고 싶은 살의와도 함께 등장하기 때문이다. 잠시 '남도 사람' 연작에서 "뜨겁게 이글거리는 햇덩이", "소리", 그리고 의붓아버지에 대한 살의가 반복해서 함께 등장하는 장면을 보자.

산길을 지나가다 인적이 끊긴 고개 마루턱 같은 데에 이르면 통곡이라도 하듯 사지를 풀고 앉아 정신없이 자기 소리에 취해들곤 하였다.

사내가 목청을 돋아올리기 시작하면 무연한 산봉우리가 메아리를 울려오고, 골짜기의 산새들도 울음소리를 잠시 그치는 듯했다. 녀석이 어느 때보다도 뜨겁게 불타고 있는 그의 햇덩이를 보는 것은 그런 때의 일이었다. 그런 때는 유독히도 더 사내에 대한 견딜 수 없는 살의가 치솟곤 했다.(「선학동 나그네」,『서편제』)

이 장면은 「소리의 빛」에서도 거의 글자 하나 틀리지 않고 반복된다.

사내가 천천히 그 소중스런 것의 내력을 말하기 시작했다. 그것은 그가 어렸을 때 잊었거나 나이를 먹어가면서 잃어가고 있던 어떤 이상스럽게 뜨거운 햇덩이에 대한 기억 같은 것이었다. 소리를 들을 때마다 사내에게는 눈썹을 불태울 듯이 그의 머리 위에서 이글이글 타오르는 뜨거운 여름 햇덩이가 하나 있었다. 어렸을 적부터의 한 숙명의 태양이었다.

아니 그보다도 나는 소리만 들으면 그 이마 위에서 무섭게 들끓고 있던 여름 햇덩이를 다시 보게 되곤 하니 말이네. 그런데 말이네, 그런데 난 오늘밤 자네한테서 내 눈썹을 불태울 것 같은 그 무섭게도 뜨거운 햇덩이를 다시 보게 된 것일세. 자네처럼 뜨거운 내 햇덩이를 품은 소리를 만난 일이 없는 것만 같단 말일세…… 이제 내가 이토록 자네 소리에 끌리는 까닭을 알겠는가……
사내는 이야기를 끝내고 나서도 마치 아직도 그 들끓는 태양볕을 머리 위에 견디고 있는 듯이 얼굴을 심히 고통스럽게 찡그리고 있었다.(「소리의 빛」,『서편제』)

아마도 정신분석을 전공하거나 관심이 있는 사람이 아니라 해도, 이 "이글이글 타오르는 뜨거운 여름 햇덩이"의 상징적 함의들 중 하나가 아버지라는 것은 어렵지 않게 알 수 있을 것이다. 그리고 의붓아버지에 대한 살의 역시 소설들 속에서 인물의 입을 통해 분명하게 밝혀져 있기 때문에 그 살의의 이유에 대해서도 별도의 설명이나 해석이 필요하지 않을 것이다. 「서편제」에서 주인공은 이 의붓아버지가 된 소리꾼을 죽이고 싶은 살의를 다음과 같이 설명하고 있다.

사내는 끝내 나어린 오뉘 소리꾼을 만들기가 소원인 것 같았다. 하지만 그 어린 사내녀석은 끝내 아비의 뜻을 따를 수가 없었다. 그는 오히려 사내와는 정반대의 생각을 품고 있었다. 언제부턴가 그는 자기의 손으로 그 나이 먹은 사내와 사내의 소리를 죽이고 말 은밀한 계획을 꾸미고 있었다. 어미를 죽인 것이 바로 사내의 소리였다. 언젠가는 또 사내가 자기를 죽이게 될지도 모른다는 두려움이 항상 녀석을 떨리게 했다. 소리를 하고 있을 때밖엔 좀처럼 입을 여는 일이 드문 버릇이나 사내의 그 말없는 눈길이 더욱더 녀석을 두렵게 했다. 어미의 원한을 풀어주고 싶었다. 사내가 자기를 해치려 들기 전에 이쪽에서 먼저 사내를 없애버려야만 했다. 사내를 두려워하면서도 그의 곁을 떠나지 못하고 있는 것은 마음 속에 그런 음모가 꾸며지고 있었기 때문이었다. 사내가 두렵기 때문에 그가 시키는 대로 북채잡이 노릇까지는 터놓고 거역을 할 수가 없었다. 순종을 하는 체해 보이면서 때가 오기를 기다리고 있었다.(「서편제」, 『서편제』)

나중에 눈이 멀게 되는 소리하는 여인은 주인공의 애비 다른 동생이고, 주인공의 어미는 짙은 녹음으로부터 나와 뱀처럼 후닥닥 어미를 덮친 소리의 딸을 낳다가 그만 산욕으로 숨을 거두고 만다. 주인공은 그 복수를 하겠다는 것이다. 이제 모든 것이 분명해진 것처럼 보인다. 태양은 굳이 설명할 필요도 없이 아버지에 대한 가장 진부하면서도 탁월한 메타포이고, 그 태양이 의붓아버지인 소리꾼의 소리를 들을 때마다 함께 떠오르는 것은 그것이 어린 시절 무덤에 묶인 채 보았던 태양이기 때문이다. 태양과 소리는 '소리의 빛'이 되어 늘 함께 있다. '빛의 소리'라고 해도 무방하리라. 의붓아버지에 대한 살의의 이유도 분명하기만 하다.

하지만 작가가 주인공의 입을 통해 들려주는 이 모든 이야기는 거짓이다. "뜨겁게 이글거리는 햇덩이"가 어린 시절 무덤가에 묶인 채 보았던 그 태양이라는 암시도 거짓이며, 의붓아버지를 죽이고 싶은 살해 욕구에 어머니를 죽인 남자라는 이유를 댄 것은 더더욱 거짓이다. 우선 지나치게 논리적이다. "뜨겁게 이글거리는 햇덩이"와 "소리"가 살부 욕구와 함께 어울리며 반복되는 이 장면은 쉽게 오이디푸스 콤플렉스를 떠올리게 하지만, 실상은 오이디푸스 콤플렉스도 아니다.

청년의 나이가 된 주인공이 여전히 의붓아버지를 죽이고 싶은 욕구를 가지고 있다는 설정은 의심스럽다. 소설에서는 심지어 큰 돌멩이를 들어올려 의붓아버지를 내리치려고 하는 장면마저 등장한다. 어머니에 대한 충동적 애욕과 함께 오이디푸스 콤플렉스를 이루는 한 중요한 요소인 살부 욕구는 소설일지라도 나이 든 청년의 몫이 아니라 어린아이의 것이며, 무의식 속에 깊이 침잠해 있는, 말 그대로 잠재의식일 뿐이다. 허구인 소설은 물론 이 무의식을 허락하는 공간이다. 그러나 '남도 사람' 연작에서처럼 청년이 다 된 나이에도 여전히 의붓아버지를 죽이고 싶어하는 살의가 지속되는 것은 극히 예외적인 경우이며, 소설의 설정으로 보기에도 무리이다.

그러나 이 모든 것에도 불구하고 소설은 훌륭했으며, 소리를 들으며 "뜨겁게 이글거리는 햇덩이"를 머리 위에 인 채 청년이 돌을 들어

의붓아버지를 내리치려는 장면 설정도 아무 무리 없이 부드럽게 읽히고 만다. 어쩌면 굳이 오이디푸스 콤플렉스라는 개념을 들이댔을 때만 무리 있는 설정으로 읽히는 것인지도 모른다.

그렇다면 우리는 여기서 "뜨겁게 이글거리는 햇덩이"와 "소리"가 살부 욕구와 함께 어울리며 반복되는 이 장면에 대해 다른 의혹을 던져볼 필요가 있다. "뜨겁게 이글거리는 햇덩이"와 "소리", 그리고 살부 욕구는 어쩌면 이미 작가 이청준에 의해 인식되고 그럼으로써 부인된 것인지도 모른다. 물론 이청준은 「이어도」와 「서편제」에서 프로이트가 '원초적 장면'으로 명명한 바 있는 '어린아이가 목격하거나 혹은 상상한 아버지와 어머니가 사랑을 하는 장면'을 한 번도 이론적으로 개념화시키지 않았다. 소설가가 그런 종류의 개념화에 매달릴 필요는 없었을 것이고, 프로이트를 알고 있었다 해도 그것은 소설적 표현을 얻기 이전까지는 하나의 썩 그럴듯한 이론에 지나지 않는다. '원초적 장면'만이 아니라, 프로이트의 무의식의 발견이나 그 이후의 이론적 전개에서 가장 핵심적인 개념인 '오이디푸스 콤플렉스'의 경우도 마찬가지이다. 작가는 오이디푸스를 입에 올리지 않았으며, 그럴 필요도 그럴 위치에 있지도 않았다. 그러나 그렇다고 작가가 '원초적 장면'이나 '오이디푸스 콤플렉스'를 모르고 있었거나 그것들에 대한 직관이 없었던 것은 아니다. 이청준은 소설이라는 다른 방식을 택했을 뿐이다. 이청준은 그러므로 어미의 입에서 쉼없이 흘러나오던, 내용도 가사도 없는 〈이어도〉의 그 웅얼거림의 의미를 알고 있었다. 아버지가 돌아온 날 밤 어미의 그 웅얼거림이 더욱 극성스러워지는 이유도 알고 있었다. 하지만 그것이 끝이 아니라는 것도 알고 있었다. 반복하자면 이 앎은 개념화된 논리적인 앎이 아니다. 단지 어렴풋한 이미지와 웅얼거림으로만 인식되는 단계에 머물러 있다. 오이디푸스 콤플렉스 역시 작가는 알고 있었다. "뜨겁게 이글거리는 햇덩이"와 무덤가에 묶인 채 어린아이의 얼굴을 쪄오던 그 뜨거운 태양이 같은 존재를 상징하는 같은 이미지임도 알고 있었다. 그러나 작가는 다 자라 청년이 된 주인공을 살부 욕구에 시달리게 하면서도, 그것이 전부가 아니라는 것도 알고 있었다.

이 앎은 결코 쉬운 것은 아니었다. 아니 쉬운 것이 아닌 정도가 아니라, 견디기 어려운 과정이었을 것이다. 「이어도」는 이 과정이 결코 쉽지 않았다는 고백으로 읽힐 수 있는 소설이다. 후미진 기억의 심부에 도사리고 있는, 환청으로만 들을 수 있는 소리를 듣는다는 것이 쉬웠을 리 만무하지만, 〈이어도〉 소리라는 웅얼거림을 통해 그 환청을 모두가 들을 수 있는 소리로 승화해내기는 더더욱 어려웠을 것이다. 하지만 정작 작가가 부닥친 어려움은 다른 데 있었다.

작가는 「이어도」에서 환청 속에서 울려오는 어미의 웅얼거림에 대한 이야기를 이제 막 시작한 것이다. 그는 이 환청을 계속 들어야만 하는 운명을 택한 셈이다. 나아가, 이 웅얼거림이 자신이 들은 환청의 전부가 아니라는 직관마저 짊어지고 그 직관을 앞으로 수정해나가야만 했다. 「이어도」 이후에 발표된 '남도 사람' 연작은, 이 환청 속에서만 들을 수 있는 어미의 웅얼거림이 환청의 전부가 아니라는 직관을 신뢰하며 그 너머의 세계를 향해 나아가는 과정이었다. 이 과정은 그러나 오이디푸스를 만나 다시 이마저 전부가 아니라고 부인하는 과정이기도 했으며, 그 너머의 다른 세계를 또다시 상정해야 하는 과정이기도 했다. 이 과정은 작가 이청준이 자신의 소설을 떠받치고 있는 형이상을 찾아나가는 과정이기도 했다.

그러므로 우리는 프로이트가 시인과 작가들에게 "그들은 학자가 오랜 시간 동안 고구해낸 것을 단번에 알고 있었다"고 찬사를 보냈듯이, 우선 이청준에게 비슷한 찬사를 보낼 필요가 있다. 그리고 무덤가에 몸이 묶인 채 태양을 바라보며 잠을 자고 잠에서 깨어나면 어미의 웅얼거림을 듣던 아득한 태고의 환청을, 무의식을 따라가며 다시 들어야 했던 그 지난한 싸움과, 그것이 전부도 끝도 아니라는 직관을 믿으며 현재의 "뜨겁게 이글거리는 햇덩이"로 옛날의 태양을 현재화하는 그 어려운 작업에 몸을 맡긴 수고에도 의당 찬사가 이어져야 할 것이다.

작가 이청준은 무의식의 움직임에 몸을 맡기고 그 흐름을 따라갔다. 단순화하면, 「이어도」에서 시작하여 '남도 사람' 연작을 거쳐 「시간의 문」과 「비화밀교」에 이르는 그의 일련의 소설들은 이청준이 쓴 것이면서 동시에 이 무의식이 쓴 것이기도 하다. 그의 소설들이 확보한 보편성과 감동은, 무의식이 시간을 부정하며 감각을 통해 혹은 글이나 이미지를 통해 현재화될 때의 그것이었다. 무의식은 개인의 것이 아니라 인간의 것이며, 동시에 의식의 통제와 문화의 수용 여력 속에서만 움직임을 확보할 수 있는 제한된 정신작용이다. 작가 이청준은 소설가였다. 그는 소설을 쓰면서 "뜨겁게 이글거리는 햇덩이"의 그 열기를 온몸으로 느껴야 했고 그 열기 속에서 살부 욕구의 무의식적 근거를 독자들과 함께 나누어 가졌지만, 이미 나름대로 정신분석의 한계를 인식하고 그것 너머에 있는 다른 질서를 찾아나섰다. 소설가로서 무의식의 움직임에 몸을 맡기면서도, 동시에 늘 한발 비켜나 일상인으로서 언어의 이성적 근간을 신뢰하는 자세를 견지하고 있었다. 「이어도」에 나오는 해군 중위 선우현이나, 「시간의 문」에 등장하는 화자 허형, 그리고 「비화밀교」의 화자 정훈 등의 인물은 모두 언어의 이성적 근거를 신뢰하는 인물들이다. 어쩌면 그의 소설이 무의식을 품을 수 있었던 것도 이 이성적 언어에 대한 신뢰 때문에 가능했을 것이다. 무의식은 의식의 일부로서만 존재 가능하기 때문이다.

그러나 '남도 사람' 연작은 상당히 예외적이다. 「서편제」에서 시작해 「다시 태어나는 말」로 마감되는 이 연작에서는, 특히 앞의 세 작품인 「서편제」 「소리의 빛」 그리고 「선학동 나그네」에서는, 상당히 신비한 방식으로 잠적을 한 기인들의 행로가 유독 강조될 뿐, 일상인의 입장에서 추적하는 인물이 등장하지 않는다. 그 역할을 맡아야 할 사람은 다름아닌 북채잡이 역할을 하다 의붓아버지를 돌로 쳐죽이려고 하던 아들인데, 이 아들은 주인공이지 결코 황홀한 실종을 한 사람들의 후일담을 듣는 한가한 입장에 있지 않다. 이 차이는 이청준의 소설 속에 나타난 형이상과 무의식의 관계를 밝히는 데 보기보다 중요한 의미를 지니고 있다.

「이어도」에서 〈이어도〉 소리를 하는 사람은 어미였다. 소리는 어머니 몸의 한 부분이었을 정도로 어머니의 소리였다. 「이어도」에서 아버지는 소리와는 아무런 관련이 없었다. "아버지는 그렇게 하루 종일 상한 그물을 손질하면서도 어머니처럼 입에서 이어도 노래 같은 걸 웅얼거리고 있는 것을 한 번도 들은 일이 없었다." 아버지는 〈이어도〉 소리를 하지 않았으며 그 소리에 귀를 기울인 적도 없다. 바다로 나갔다 돌아오고 그물을 손질하고 다시 바다로 나갈 뿐이다. 그러다 난파되어 죽을 고비를 넘기고 다시 살아 돌아왔다가 또다시 바다에 나가 이번에는 그만 영영 돌아오지 못하고 만다. 아버지는 요컨대 평범한 뱃사람이었을 뿐이다.

그러나 '남도 사람' 연작에 오면 사정이 완전히 달라진다. 제주도에서 전라도 해안마을로 소설의 배경도 바뀌었다. 김을 매던 어머니의 소리를 덮친 이후부터 소리꾼의 소리는 당당하게 아버지의 소리가 되어 집을 차지하고, 물려주어야 할 귀중한 유산이라도 되는 듯이 소리를 딸과 아들에게 전수하려고 한다. 「이어도」와 '남도 사람' 연작 사이에서 일어난 이 변화는, 일상인으로서 황홀하게 잠적한 이들의 뒤를 쫓는 선우현 같은 인물을 '남도 사람' 연작에서 사라지게 했다. 소리에 재능이 없고 의붓아버지에 대한 반감으로 인해 소리를 배우지 않으려고 했던 의붓아들은 후일담을 듣는 한가한 입장이 아니라, 소리의 주인인 아버지를 죽이려고 하고 그러면서도 소리를 듣는 순간 온몸의 힘이 빠져나가는 야릇한 체험을 하기도 한다. 그뿐만이 아니라 연작이 보여주듯이, 애비 다른 여동생과 그녀의 소리를 찾아 전국을 방황하는 주인공이 되고 만다.

이 차이는 요약하자면 어머니의 소리가 아버지의 소리로 바뀌는 과정에 다름아니다. 다시 말해「서편제」이후 이제 소리의 주인은 어머니가 아니라 아버지인 것이다.「이어도」에서 거의 절대적 위치와 의미를 차지하고 있던 어머니의 소리는 '남도 사람'에 와서는 아버지의 소리로 바뀌는 것이다.

「이어도」에서 어미의 웅얼거리는 소리는 후일 천남석이 술집 이어도에서 만난 여인에게로 전수되어 반복된다. 이 경우에도 소리는 아버지와 무관하게 한 여인에서 다른 여인으로 전수될 뿐이다. 천남석이 사라진 후 그의 죽음을 알리러 온 해군 중위 선우현이 천남석의 여인으로부터 〈이어도〉 노래를 들었을 때도, 아버지는 개입하지 않는다. 소리는 여인에게서 여인으로 이어져 반복될 뿐, 아버지의 존재는 개입하지 않는다. 잠시 보고를 하려고 찾아왔던 선우현 중위가 〈이어도〉 노랫소리를 듣는 장면을 보자.

여자에게서 마침내 반응이 나타나기 시작했다. 선우 중위로선 참으로 상상도 할 수 없었던 기괴한 반응이었다. 여인의 입술에서 문득 희미한 웅얼거림 소리 같은 것이 흘러나오고 있었다. 신음 같기도 하고 한숨소리 같기도 하고 어떻게 들으면 마치 제주도의 바닷가 어디에서나 들을 수 있는 바다 울음소리나 파도 소리 같은 그 웅얼거림은 그러나 자세히 들어보니 이어도, 그 오랜 제주도 여인들의 슬픈 민요가락이었다. 중위는 그만 번쩍 정신이 되돌아왔다. 불시에 등골에서 식은 땀이 솟고 있었다. 천남석의 어머니도 남편이 수평선을 넘어오는 날이면 비로소 그 걱정스런 밤의 어둠 속에서 이어도를 만나곤 했다던가. 선우 중위는 잠시 멀어져가는 듯한 착각 속에서 모질게 다시 힘을 모두어 여인을 학대하기 시작했다.(「이어도」, 『잔인한 도시』)

어디에도 아버지의 존재는 없다. 오히려 「이어도」에서 소리는 어머니든 술집 여인이든 여인의 소리임이 강조되고 있을 뿐이다. 그리고 「이어도」에서 이렇게 여인들을 통해 전수되고 동시에 매개되는 소리는 "불시에 등골에서 식은땀이 솟"을 정도로 똑같았다. 즉 소리는 하나였던 것이다. 선우현 중위가 품은 술집 이어도의 여인은 제주도 출신의 여인이었고, 운명처럼 그녀 역시 부모와 오라비를 이어도에 빼앗겼다. 그러나 꼭 그래서 그 술집 여인의 입에서 그 옛날 어머니가 웅얼거렸던 〈이어도〉 소리가 흘러나왔던 것일까? 아니다. 〈이어도〉 노랫소리가 섹스와 관련된 소리임은 부인할 수가 없는 것이다. "선우 중위로선 참으로 상상도 할 수 없었던 기괴한 반응이었다." 선우 중위에게만 기괴한 반응이었던 것이 아니라 우리에게도 기괴한 반응이다.
　여기서 우리는 섹스와 관련된 〈이어도〉 노랫소리가, 죽음의 섬인 이어도의 그 죽음과도 관련된 소리임을 알 수 있다. 〈이어도〉 노랫소리에는 섹스와 죽음이 공존하고 있다. 〈이어도〉 소리, 그것은 유혹과 파멸의 예감이 공존하는 소리일 수도 있고, 들어서는 안 될 소리가 금기를 어기고 들려왔을 때의 공포일 수도 있다. 프로이트가 말했던 '원초적 장면'이 그 모든 축약된 단순함과 이론적 개념의 추상성을 벗어나 설화적 아우라를 수용했을 때 〈이어도〉 소리가 될 것이다. 이 장면은 사실 소설만으로는 붙잡기 어렵고, 표현하기에는 더더욱 힘든 장면이기도 하다. 술집 이어도의 아가씨인 이어도 여인이 그리스 신화에 나오는 사이렌임은 쉽게 알 수 있다. 귀를 막아야만 한다. 그렇

지 않으면 그 소리에 홀려 그만 여인의 손을 잡고 물속으로 들어가게
된다. 돛대에 굵은 밧줄로 몸을 묶었던 오디세우스처럼, 선우현 중위
도, 그리고 이청준도 몸을 묶어야만 했다. 그 소리는 "등골에서 식은
땀이 솟"을 정도로 무서운 〈이어도〉 소리였고, 어미가 불렀던 소리였
으며, 아버지가 돌아오던 날 밤 더욱 극성스럽게 들렸던 소리였다(이
청준보다 먼저 이 사이렌 소리를 들은 작가는 「무진기행」에서 하인숙을
만났던 김승옥이다. 그녀의 이름이 물 하(河) 자를 성으로 갖고 있음은
우연이 아니었다).

아버지의 여인이었던 어머니와 천남석의 여인이었던 술집 이어도
의 작부는 어떤 공통점을 갖고 있는가? 두 여인 모두 〈이어도〉 소리
를 한다는 공통점을 갖고 있다. 〈이어도〉 노랫소리는 여인들의 소리
일 뿐, 아직 아버지의 존재는 개입하지 않고 있다.

'남도 사람' 연작에 와서 비로소 아버지가 개입한다. 아버지의 존
재가 개입하면서 동시에 소설의 배경도 제주도라는 섬에서 전라도 해
안으로 바뀌었다. 다시 말해, 제주도라는 섬이 사라진 대신 이제 인간
이 사는 땅 전체가 바다에 둘러싸인 섬이 된 것이다. 죽음의 섬인 이
어도도 이젠 사라지고, 죽음이 보다 또렷하게 무덤이나 살부 욕구를
통해 모습을 드러낸다. 선우현 중위가 「이어도」에서 맡았던 역할, 즉
여인과 몸을 섞으면서 "등골에서 식은땀"을 흘리며 〈이어도〉 노래를
들어야 했던 역할도 노랫소리에 가장 가까이 다가가 있는 북채잡이에
게 맡겨졌고, 이 북채잡이가 바로 돌을 들어 의붓아버지를 살해하려
고 하는 것이다. 죽음 또한 이어도라는 섬을 통해 설화적 표현을 얻는
것이 아니라, 어린아이가 끈으로 허리를 묶인 채 맴돌아야 했던 무덤
이라는 형태를 띠고 보다 직접적으로 소설에 들어온다. 죽음이 이렇
게 살부 욕구와 무덤에 묶인 어린아이의 이미지를 통해 보다 직접적
으로 소설에 힘을 행사하면서, 동시에 태양도 아버지의 상징으로 "뜨

겁게 이글거리는 햇덩이"의 형태를 띠고 소설 속에 들어온다.

「이어도」에서는 별 의미 없는 인물에 지나지 않았던 아버지가 '남도 사람' 연작에서는 의붓아버지의 형태를 띤 채 "뜨겁게 이글거리는 햇덩이"라는 이미지를 갖고 들어오지만, 정신분석적 관점에서 보면 이 의붓아버지를 소설이 설정한 그대로 단순히 의붓아버지로만 볼 수는 없다.[4] "뜨겁게 이글거리는 햇덩이"가 바로 그 증거로 읽힐 수 있다. 헤아릴 수 없이 반복되는 이 "뜨겁게 이글거리는 햇덩이"라는 표현과 그로 인해 이청준의 무의식이 살부 욕구를 느끼는 이 의붓아버지는, 우리로 하여금 신화를 포함한 문학 일반과 가장 직접적으로 관련을 맺고 있는 프로이트의 다른 개념인 '가족소설'을 떠올리게 한다.

모든 어린아이는 왕국에 살았던 과거를 갖고 있다. 그의 아버지는 왕이었고 어머니는 왕비였다. 왕자와 공주일 수밖에 없는 어린아이에게 그러나 이 왕국은 오래 지속되지 못하고 무너진다. 하지만 어린 왕자와 공주들은 이 폐허를 그대로 받아들이지 못한다. 그것은 성인들에게나 가능한 일이다. 어린아이들은 그래서 아버지를 의심하기도 하기도 하고 양친 모두를 의심하기도 한다. 프로이트의 '가족소설'을 서구 소설사 전체에 대입해 기념비적인 저작을 낸 마르트 로베르의 연구에 의하면, 아버지를 의심하는 아이는 사생아 콤플렉스로 부를 수 있는 심리적 기제를 갖게 되고 이는 자신을 바꾸려는 대신 세상을 바꾸려는 의지로 표면화되어 후일 아이가 소설을 쓰는 경우 사실주의 소설이나 사회개혁적 소설을 쓰게 된다. 반면 양친 모두에게 의심

---

4) 물론 정신분석의 관점에서 보면 다시 살아 돌아온 아버지는 초자아의 이미지이며, 이는 훗날 '유령'이라는 초자연적 존재의 이미지를 갖게 된다. 하지만 이청준의 소설 「이어도」에서 이 '다시 돌아온 아버지'는 소설이 어미의 소리에 치중되어 있어 본격적으로 다루어지지 않았고, '남도 사람' 연작에 와서야 비로소 소리하는 아버지로 모습을 나타내게 된다.

을 보이는 아이는 몽상가가 되어 자신의 진정한 나라인 왕국이 어딘
가에 있다는 확신을 간직한 채 대부분 유토피아를 꿈꾸는 소설에 기
울게 된다.

'남도 사람' 연작의 경우, 의붓아버지는 그러므로 의붓아버지가 아
니라 아들에 의해 의붓아버지로 의심되는 진짜 아버지인 것이다. 이
논리적 비약을 인정하기가 그리 쉬운 일은 아니겠고, 또 임상실험에
근거한 것이어서 정신분석에서는 비약으로 보지도 않는 것이지만, 사
실 정신분석 특유의 이 비약은 모두 허구에 지나지 않는 소설의 비약
에 비하면 그리 심한 것도 아니다. 우리가 의붓아버지라는 존재를 진
정한 아버지에 대한 의혹이 낳은 하나의 무의식적 대리표상으로서의
아버지로 받아들인다면, 이제부터 우리는 그 의붓아버지라는 표상을
부정하며 방황하는 아들이 찾고자 하는 진정한 아버지의 존재가 어
떤 형태로 아들의 방황을 끝내게 하는지 궁금하지 않을 수 없다.

여기서 우리는 '남도 사람' 연작이 한 사나이의 일생을 다룬 전기
라는 사실을 눈여겨볼 필요가 있다. '남도 사람' 연작은 무덤에 묶여
있던 어린아이부터 시작해 주인공이 장년의 나이가 될 때까지, 한 사
나이의 성장과정 전체를 다루고 있다. 그러므로 이청준에게 '남도 사
람' 연작은 소설로 쓴 자서전으로 읽힐 수 있다. 하지만 이 자서전은
호적이나 이력서에 등장하는 가족관계나 연도들하고는 전혀 상관이
없는, 거의 순수하게 소설적인 자서전이며, 나아가 주인공들이 모두
가족 구성원인 가족소설이기도 하다. 이 가족소설은 프로이트가 밝힌
바 있는 바로 그 '가족소설'에 상당히 근접해 있다.

많은 이들은 때로 이 진정한 아버지를 종교에서 찾기도 하고, 정치
가, 특히 독재자에게서 찾기도 한다. 이청준은 그의 무의식을 따라가
며, 아버지라는 존재의 개입 없이 여인들 사이에서만 전수된 소리의
세계인 「이어도」를 떠나 '남도 사람' 연작에서 의붓아버지를 만났다.

그는 이 연작을 통해 과연 어떤 형태의 진정한 아버지를 찾게 될 것
인가? 과연 그런 진정한 아버지가 존재하는가? 무의식이나 소설 속
에서만 가능한 한낱 꿈에 지나지 않는 것은 아닐까? 이청준 소설의
긴장은 바로 여기서 시작된다. 그의 소설이 함부로 역사를 이야기하
지 못하는 이유도, 종교적 유혹에도 불구하고 형이상에 대한 믿음을
더이상 진전시키지 않은 채 소설 속에서 끝내려는 이유도 여기에 있
을 것이다.

5. 아버지의 소리 혹은 소리의 아버지

'남도 사람' 연작에 오면 소리는 눈먼 딸이 불러도 언제나 아버지
의 노랫소리였다. 「이어도」에서는 어미의 소리였고 술집 여인의 소리
였지만, 이젠 딸이 불러도 그 소리의 주인은 아버지인 것이다. 노랫
소리 자체가 여자의 목청을 타고 나오는 소리였음에도 불구하고 여
인이 부르는 소리가 아니라 아예 남자가 부르는 소리 같았다.

아무래도 여자답지 않은 목청이었다.
남도 소리 특유의 애조와 한스러움은 있었으나 그 또한 서리 내린
가을 달밤의 기러기 소리와도 같이 미려한 여인의 수수로움이 아니라,
무럭무럭 처연스럽게 가슴을 복받쳐오르는 장부의 통한이 역연한 소
리였다. (……) 남정네처럼 장중하고 도도한 여인의 목청 속에, 그 여
인스럽지 않게 허허한 장부풍의 통한 속에 그는 오히려 깊은 수긍과
감동을 맛보는 듯 머리를 크게 주억이며 깊이깊이 소리에 취해들고 있
었다.(「선학동 나그네」, 『서편제』)

애비가 저승 사람이 되어 더이상 노래를 부를 수 없게 되어도 소리
는 여전히 아버지의 소리였다. 단지 소리를 하는 딸만이 아니라 모든
사람들이 다들 그렇게 여기고 있었다.

한데 희한스런 일은 그 아비의 주검이 묻히고 나서도 계속 주막에서
들려나오고 있는 그 여인의 소리에 대한 아랫마을 사람들의 말투였다.
아비가 죽고 나선 그의 딸이 소리를 대신 했고, 그 딸이 자취를 감추고
나선 여인이 다시 그것을 이어가고 있었으나, 아랫마을 사람들은 언제
나 그 소리를 옛날에 죽은 그 늙은 사내의 그것으로만 말하고 있었다
는 것이었다. 묘지에 묻힌 소리의 넋이 그의 딸과 여인에게 그것을 이
어가게 하고 있다는 것이었다. 그의 딸이 하거나 여인이 대신 하거나
사람들은 언제나 그것을 죽은 사내의 소리로만 들으려 했고, 그렇게
말하기를 좋아해왔다는 것이었다.(「선학동 나그네」, 『서편제』)

이제 소리를 가르쳐주신 아버지는 사라지고 없다. 하지만 "소리의
넋"이 살아나 딸에게 소리를 이어가게 하고 있으며, 아버지가 묻힌
무덤은 "소리 무덤"으로 불린다. 다시 말해 이제 아버지의 육신은 사
라지고 없지만, 그 넋은 여전히 살아 있어 딸이 부르든 어느 술집 작
부가 부르든, 소리는 언제나 "죽은 사내의 소리"였다.

이제 육신을 지니고 있던 아버지의 목청에서 복받쳐오르던 소리는,
'소리의 아버지'라는 더 위대하고 깊은 곳에 있는, 초월적이면서 동
시에 감각이나 경험으로는 만날 수 없는, 형이상의 목소리가 된 것이
다. 정신분석에서는 이 '소리의 아버지'를 초자아로 부른다. 자신을
낳아준 친부나 그 친부를 대신할 수 있는 육체적 존재가 아닌, 아버
지를 아버지로 만들어주고 인정하게 하는 궁극적이고 근원적인 어떤
질서 혹은 위엄이 바로 초자아인 것이다. 소설에서 이 초자아는 "소

리의 넋"으로 불리고 있다.

"뜻도 내용도 없이 웅웅웅 웅얼거리는 소리"에서 '아버지의 소리'
를 거쳐, 소리는 이제 마침내 모든 소리의 근원이자 소리의 전승과 형
식 일체를 지배하는 비감각적 형식 자체인 '소리의 아버지'가 되었다.
여기서 이 소리의 아버지는 비단 소리에만 국한된 아버지가 아니라
초월적이고 근원적인 형이상 자체이며, 그러므로 역사의 아버지일 수
도 있다. 소리의 아버지는 요컨대 궁극적 존재의 그 궁극성 자체이며
시작과 끝이고, 세계의 원리이자 그 구현을 주도하는 힘이기도 하다.
따라서 이 초자아이기도 한 소리의 아버지가 「선학동 나그네」에 와서
"비상학"이 되어 하늘로 날아오를 때도 전혀 이상할 것이 없는 것이다.

　여자가 마침내 소리를 시작하고 있었다. 한데 사내는 그 여자의 오
장이 끓어오르는 듯한 목소리 속에서 자신도 문득 그것을 본 것이다.
사립에 기대어 눈을 감고 가만히 여자의 소리를 듣고 있자니 사내의
머릿속에 오랫동안 잊혀져온 옛날의 그 비상학이 서서히 날개를 펴고
날아오르기 시작한 것이다. 그리고 여자의 소리가 길게 이어져나갈수
록 선학동은 다시 옛날의 포구로 바닷물이 차오르고 한 마리 선학이
그곳을 끝없이 노닐기 시작했다.
　그런 일이 있은 후로 사내는 여자의 학을 믿지 않을 수가 없었다.
　"여자는 어디로 떠난 것이 아니여. 그 여자는 이 선학동의 학이 되
어버린 거여. 학이 되어서 언제까지나 이 고을 하늘을 떠돈단 말이여."
(「선학동 나그네」, 『서편제』)

"그런 일이 있은 후로 사내는 여자의 학을 믿지 않을 수가 없었다"
고 한다. 동네 사람들도 그런 그를 허물하지 않았다. 사내는 어떤 신
비한 체험이라도 한 것처럼 학을 신앙하게 된 것이다. 우리는 이 학

르네 마그리트, 〈대가족La grande famille〉, 1963, 캔버스에 유채, 81cm x 100cm, 개인 소장.

이청준의 「이어도」에서부터 시작해 '남도 사람' 연작으로 이어지는, 소리를 주제로 한 일련의 소설들 속에는 한 마리 학이 날고 있다. 그 학은 「소리의 빛」이라는 '남도 사람' 연작에 와서 "비상학"이라는 이미지를 얻는다.

"여자가 마침내 소리를 시작하고 있었다. 한데 사내는 그 여자의 오장이 끓어오르는 듯한 목소리 속에서 자신도 문득 그것을 본 것이다. 사립에 기대어 눈을 감고 가만히 여자의 소리를 듣고 있자니 사내의 머릿속에 오랫동안 잊혀져온 옛날의 그 비상학이 서서히 날개를 펴고 날아오르기 시작한 것이다. 그리고 여자의 소리가 길게 이어져나갈수록 선학 동은 다시 옛날의 포구로 바닷물이 차오르고 한 마리 선학이 그곳을 끝없이 노닐기 시작했다." 둥둥둥 지령음이 울리고 포구에 물이 차면 학을 닮은 관음봉이 물속에 어리며 비상학의 자태가 드러난다. 이 비상학은 있는 것도 없는 것도 아닌 하나의 이미지, 혹은 형이상에 대한 메타포일 것이다. 마그리트가 만년에 그린 〈대가족〉에서도 하늘을 날아오르는 거대한 새는, 구름인지 새인지 아니면 물안개가 만들어낸 신기루인지 불확실하다. 하지만 강렬한 햇빛이 비치면 사라지더라도 저 새는 영혼 속에서 날갯짓을 하고 있을 것이다.

에 대한 사내의 믿음이 종교적 믿음에 가까이 다가가 있음을 인정해
야 할 것이다. "비상학"이라는 말은 승천이나 변용 같은 신화적이고
종교적인 어휘들을 떠올리게 하며, 특히 "그 여자는 이 선학동의 학
이 되어버린 거여. 학이 되어서 언제까지나 이 고을 하늘을 떠돈단
말이여"라는 대목에 이르러서 소리는 이제 성령이나 부처님 같은 영
적 존재마저 떠올리게 한다.

6. 형이상으로서의 역사

   '남도 사람' 연작이 한 사내의 전기라는 사실은 다시 한번 강조될
필요가 있다. 사내는 이제 어린 시절에서 청년기를 지나 장년에 이르
러 "소리"라는 은유를 통해 형이상을 감득하는 경지에 이르렀지만,
이 형이상은 한 사내의 일생이 어린 시절부터 겪었던 무덤과 태양과
소리가 어우러진 무의식적 설화, 즉 '원초적 장면'과 '가족소설'이라
는 설화로부터 자유롭지 못했고, '무의식이 반복될 뿐 형이상은 없
다'는 비웃음을 당할 수도 있기 때문이다. 형이상과 무의식은 거의
동시에 같이 움직이며 서로가 서로를 인정하지 않으려고 한다. 이 갈
등은 종교에의 유혹으로까지 이어지지만, 이청준은 소설가로서 오히
려 예술을 신뢰하는 쪽인 것처럼 보인다.
   그런데 '남도 사람' 연작 이후 이청준의 소설은 「시간의 문」과 「비
화밀교」에서처럼 거의 정면으로 역사를 다루며, 이 역사를 '남도 사
람' 연작에서 감득해낸 형이상에 대한 신뢰를 통해 이해하려는 시도
를 하고 있다.
   「시간의 문」은 월남 패망과 보트피플, 그리고 킬링필드로 이어지는
20세기 역사의 가장 뼈아픈 순간들을 다루고 있다. 이청준은 알고 싶

었다. 이 전장에서도 "비상학"이 날 수 있는지를. 혹은 그는 이 전쟁마저도 "비상학"의 의지였는지 알고 싶었는지 모른다. 애초부터 세상이란 것은 그렇게 되도록 예정되어 있었는지, 그것이 아니라면 경제논리나 정치역학에 의해 혹은 인간의 야욕에 의해 그렇게 되어버린것인지를 알고 싶어했는지도 모른다.

하지만 초월적 섭리도, 경제논리도, 정치도, 인간의 야욕과 무지도, 너무나 진부한 답들에 불과하다. 언제는 전쟁이 없었고 그 원인에 대한 분석이 없었는가. 분석이 없어서 전쟁이 일어난 적은 없었다.

자신이 소설 나부랭이나 쓰고 있는 한 미미한 개인에 지나지 않는다는 쓰라린 자괴감이 이 세상 전체에 대한 깊은 의문과 함께 몰려올 때, 어쩌면 소설가 이청준은 다시 소설 앞에 마주 서는 것인지도 모른다. 소설 속에서 만날 수 있었던 "비상학"의 그 도도한 날갯짓이 한낱 환영은 아니었는지, 다시 날 수는 있는 것인지, 소설은 이제 거의 절망적인 영역이자 동시에 그 절망을 고백할 수 있는 마지막 장이 된다.

1982년 1월에 발표된 「시간의 문」은 그 발표 시기가 짐작하게 하듯이, 모든 지식인들이 시국에 대한 비상한 관심과 함께 깊은 절망 속으로 떨어져 시름에 잠겨 있던 때이다. 「시간의 문」에서 이청준이 화자인 허형과 그의 직장 선배인 사진작가 유종열의 논쟁을 통해, 당시 한국에서는 '참여와 순수 논쟁'으로 일컬어지고 있던 사실주의 논쟁을 전개시킨 것은 당연한 일이었다. 두 사람의 논쟁을 여기서 반복할 필요는 없어 보인다. 참여와 순수는 늘 공존하고 있는 것이고, 그 논쟁의 핵심에는 순수든 참여든 삶 전체의 진정성이 걸려 있기 때문에 이분법을 단호하게 거부해야 하기 때문이다. 다시 말해 논쟁은 언제나 사이비 순수와 사이비 참여 사이에서 일어나곤 했고, 여기에서 알 수 있듯이 진정한 순수는 진정한 참여 속에 있고 그 역도 마찬가지인 것이다.

하지만 이청준의 「시간의 문」에서는 예기치 않은 문제가 제기되고 있다. '남도 사람' 연작에서는 "비상학"의 이미지로 표현된 그의 형이상이 무의식으로부터 중대한 위협을 받고 있었다면, 「시간의 문」에서는 역사로부터 위협을 받고 있다. 이청준이 생각하는 역사는 그러나 형이상이 종교나 신비주의의 유혹을 정치하게 비켜가면서도 몸을 요구했듯이, 이번에도 생각하는 주체의 몸을 요구한다. 남지나해에서 사진기를 버려둔 채 보트피플 속으로 사라져간 사진작가 유종열의 모습이 담긴 사진을 보는 순간 허형은 다음과 같은 아리송한 경험을 한다.

> 뽀얗게 멀어져가는 해무의 바다.
> 그것은 하나의 시간의 소용돌이, 소멸과 탄생이 함께 물결치는 광대 무변한 시간의 용광로다. 그 시간의 소용돌이 속으로 방금 한 작은 인간이 까마득하게 자신을 저어간다. (……) 사진의 화면 위에 문득 커다란 맹점(盲點)의 투영이 생기고 있었다. 그리고 홀연 그것 속으로 유 선배의 모습이 사라지고 없었다.(「시간의 문」, 『시간의 문』)

소설은 이러한 착시를 허락할 수 있고, 그 착시를 의미 있는 환상이나 직관으로 승화시킬 수도 있다. 소설가가 한 사진작가의 이 '황홀한 실종'을 그가 선택할 수 있는 최후의 방법으로 인식시키는 데 성공했다면, 우리는 이를 소설가의 노련한 솜씨로 볼 수도 있다. 그러나 이 '황홀한 실종'은 '남도 사람' 연작에서 포구를 가득 채운 물 위를 날아오르던 "비상학"과 동일한 것이며, 이 반복되는 실종이나 비상의 이미지들의 핵심에는 형이상이든 역사든 몸을 요구한다는 공통점이 자리잡고 있다. 다시 말해, 형이상이든 역사든 모두 순교를 요구하고 있다.

어쩌면 "소멸과 탄생이 함께 물결치는 광대무변한 시간의 용광로"
이자 "그 시간의 소용돌이" 속으로 사라진 사진작가 유종열은 「이어
도」의 천남석처럼 이어도로 떠난 것인지도 모른다. 그러나 천남석과
유종열 사이에는 몇 가지 의미 있는 차이점이 있다. 유종열의 경우,
천남석과는 달리 여인의 유혹이나 어미의 웅얼거리는 소리를 듣지
않았다. 학대할 여인이 없었던 유종열은 이어도 여인을 학대하기만
했던 천남석과는 달리 부인과의 사이에서 아이를 하나 낳았다. 유종
열에게 이 아이의 출생은 절망에 빠져 있던 그가 다시 작업을 시작할
수 있을 정도로 의미가 큰 사건이었다.

　얼마 뒤에 내가 다시 그의 작업실을 찾았을 때, 유선배는 마침 어린
아이를 소재로 한 몇 장의 사진에 마지막 손질을 끝내가고 있었다.
　그가 다시 사진을 찍게 된 일이나 그 소재의 새로운 발견이 내게는
반갑고 신기한 일이 아닐 수 없었다. (……) 자기 작품의 생명력을 위
하여 미래에 대한 시간의 문을 찾고 있던 사람이 그 미래의 시간의 모
습으로 어린아이의 모습을 선택한 것은 어떻게 보면 지극히 안이하고
유치한 발상이랄 수도 있었다. 그것은 시간의 문을 열어 그것을 초월
하려는 인간정신의 차원이 다시 물리적 시간대로 환원되어버리는 창
작의지의 상투성을 드러내 보일 수도 있었다.
　그러나 그건 중요한 문제가 아니었다. 유선배 자신도 그런 건 굳이
말을 하고 싶어하는 기미가 아니었지만 어쨌거나 그런 건 따지거나 해
명을 들어야 할 필요가 없었다.
　중요한 것은 이제 그가 다시 사진을 찍기 시작했다는 사실과 어린아
이의 얼굴에서 사진의 소재를 찾아냈다는 사실이었다. 그것은 비록 끊
임없이 그에게 맞서오는 전쟁터의 인간의 얼굴은 아니었지만, 그것은
끝내 감당해낼 수 있는 가장 손쉽고 편한 출발이었다. 그가 다시 사람

의 얼굴로부터 사진을 시작하고 있다는 사실이 중요했다. 나는 그것을 확인하는 것으로 족했다. 더욱이 그가 지나가는 소리처럼 머지않아 한 아이의 아비가 될 거라고 아내의 임신 사실을 말했을 때 나는 더욱더 그런 확신이 들어왔다. 그것은 그가 다시 사진기를 들게 된 동기를 그 만큼 소박하고 개인적인 것으로 핍하시킬 수도 있었다. 그러나 그것이 소박하고 개인적인 만큼 자기의 사진에 대한 유선배의 소망도 그만큼 구체적이고 현실적인 것이 될 수밖에 없을 것이기 때문이었다.

유선배는 물론 그것으로도 아직 자신의 사진에 대한 모든 숙제가 풀 린 것은 아니었다.(「시간의 문」, 『시간의 문』)

사진작가 유종열은 「이어도」의 천남석과는 달리 부인이 있었고, 아 들까지 낳았다. 이 차이는 얼핏 보기에는 별 의미가 없어 보일 수도 있지만, 두 작품의 차이는 물론이고 이청준의 형이상과 역사관을 살 피는 데 의외로 많은 시사점을 줄 수 있는 중요성을 지니고 있다. '남도 사람' 연작에서는 앞서 살펴본 대로, 아버지로부터 딸에게로 소리가 전수되었음에도 불구하고 그 소리는 언제나 아버지의 소리였 다. 이는 소리가 남녀의 성별은 물론이고 아버지와 친딸이라는 혈연 관계마저도 초월하는 형이상의 세계임을 일러주었다. 이 형이상은 정 신분석적 개념으로 보면 초자아에 해당한다. 이것을 라캉은 아버지의 법이라고 불렀다. 마찬가지로 「시간의 문」에서도 이청준은 사진작가 유종열이 아들을 얻게 되어 잠시 사진기를 다시 들게 되고 사람의 얼 굴을 찍으려고는 했지만, "자신의 사진에 대한 모든 문제가 풀린 것 은 아니었다"는 사실을 분명히 하고 있다. 즉 유종열 역시 곧 아들을 얻어 아버지가 됨에도 불구하고, 이 아들과 맺게 되는 혈연관계는 일 상인으로서 느낄 수 있는 잠시의 흥분 그 이상도 이하도 아니었던 것 이고, "자신의 사진에 대한 모든 숙제가 풀린 것은 아니었다". 다시 말해 유종열이 염두에 두고 있던 시간이라는 것은, 그리고 그가 "시간의 문"이라는 은유를 통해서밖에는 달리 표현할 수 없었던 시간 그 너머에 있는 초월적 세계는, 육체와 혈연관계를 넘어서는 형이상의 세계일 수밖에 없다. 바로 여기서 우리는 한 가지 의문을 갖지 않을 수 없는데, 그것은 다름아니라, 그렇다면 유종열이 보트피플 속으로 노를 저어감으로써 죽음을 택했을 때 진정으로 사라진 것은 유종열의 육신이 아니었을 수도 있다는 것이다.

그러나 유종열은 죽었다. 이 죽음을 우리는 어떻게 해석해야 할 것인가? 정신을 주기 위해서는 어쩔 수 없이 몸도 함께 주어야 한다는 것일까? 다시 말해 정신만 줄 수는 없다는 것이다. 하지만 이런 해석은 억지에 가깝다.

우리가 내릴 수 있는 해석은, 그러므로 존재론이나 신학적 성격의 것이 아니라 미학적인 것일 수밖에 없다. 다시 말해 이청준은 실제로는 주인공인 유종열처럼 육체와 혈연관계를 "소박하고 개인적인 것으로 핍하"함으로써 형이상의 세계의 존재를 드러내려고 했고 그 야심을 충족시킬 수 있었지만, 동시에 소설작품을 쓰는 작가로서 정성을 들여 완성도 높은 작품을 써야만 했던 지극히 현실적인 욕구 역시 충족시켜야만 했던 것이다. 그에게 가장 중요한 것은, 유종열에게 가장 중요한 것이 사진이었듯이, 소설이었던 것이다. 비유적으로 말해, 그의 소설은 그가 낳은 자식이었던 것이다. 이런 이유로, 작가는 유종열의 아들에 대해 일언반구 말도 없다. 유종열의 후배인 허기자도 미망인이 된 유선배의 부인을 만났을 때 지나가는 인사말로라도 한번쯤 물어볼 만했지만, 초등학교에 다니는 나이가 되었을 유종열의 아이에 대해서는 모두 아무런 말이 없다. 왜냐하면 유종열에게 아들은 유작전에 걸린 그의 사진이었기 때문이다. 이청준에게도 아들은 그의 소설들이었다.

이것이 정신분석의 입장에 서서 내릴 수 있는 해석이다. 유종열이나 이청준이나 모두 형이상이 아니라 작품을 자식으로 간주하는 무의식적 욕망을 갖고 있었던 것이고, 그 욕망을 승화시키고 있었던 것이다. 유작전에 걸린 사진들, 그것은 이청준이 자신의 사후에 서가에 꽂혀 있을 그의 소설들에 대한 탁월한 비유인 것이다.

하지만 이런 정신분석적 해석은 주인공 유종열의 입을 빌려 작가가 반복하고 있는 흐르는 시간과 함께하고 싶다는 형이상학적 욕망을 "도깨비 하품하는 소리"로 폄하할 위험성이 있다. 집단의 문제와 역사에 대한 해석에 있어 치명적인 결함을 노정하는 정신분석적 인식론이 갖는 한계는, 정신분석이 개인의 욕망과 집착을 해석하는 데 보여주는 탁월한 분석틀로서의 장점과는 별개의 문제일 것이지만, 역사를 하나의 형이상으로 파악하려는 이청준의 소설을 제대로 읽으려고 할 때는 그리 썩 적절한 독법을 제공하지 못하는 것이 사실이다.

우리는 여기서 선배 유종열의 유작전을 본 후배 허기자의 이야기를 잠시 들어볼 필요가 있다.

아니, 그보다도 나는 이제 그 편지와 사진의 내력들로 하여 유선배가 그토록 갈망해오던 미래의 시간을 분명하게 보게 된 것 같았다. 유선배는 몸소 그 두꺼운 공간의 벽을 뚫고 넘어가 시간의 문을 붙잡은 것이었다. 그 미래의 시간과 함께 그가 흐르고 있음을 눈과 가슴으로 느낄 수 있었다.(「시간의 문」, 『시간의 문』)

"미래의 시간과 함께 그가 흐르고 있음"은 무엇을 의미하는가? 우리는 이 말의 진정성을 의심하지 않고 끝까지 따라가볼 필요가 있다. 왜냐하면 이 "시간과 함께 흐"른다는 진술은, 적어도 「이어도」에서부터 시작된 작가 이청준의 형이상에 대한 직관과 그 직관에 어울리는 소설형식에 대한 집념과 결론을 함축하고 있기 때문이다.

그러나 안타깝게도, "시간과 함께 흐"른다는 이 시적 표현의 의미는 논리적인 진술을 거부하고 있다. 그랬기에 이청준 역시 소설을 써야만 했을 것이다. 소설 속에서만 감득이 가능하고 완벽하지는 못하겠지만 표현을 얻을 수 있는 세계가 존재할 것이다.

그렇기는 해도 앞서 지적했듯이, 다시 한번 육체의 문제를 제기하지 않을 수는 없다. 즉 시간의 흐름과 함께 흐르고 있는 것은 유종열의 육체인가, 아니면 그의 정신인가, 라는 의문이 다시 고개를 드는 것이다. 여기서 미학적 해석은 참으로 초라해질 수밖에 없다. 다시 말해 사진작가 유종열에게 진정한 사진은, 죽음의 엄청난 공포 앞에서 아내와 아들에 대한 사랑은 물론이고 모든 것을 초탈할 정도의 그 무엇에 이끌렸을 때만 제대로 찍을 수 있는 것이라는 유미주의적 해석을 할 수밖에 없는데, 이 해석이 그리 틀린 것이 아니라 해도 초라하기 그지없는 것이다. 왜냐하면 이런 해석은 "시간의 문"이나 그 문 너머에 있다는, 직관으로만 접할 수 있는 형이상의 세계를, 순간적인 기이한 상상이나 더 나아가서는 소설의 단순한 과장으로 받아들이게 하기 때문이다. 실제로 다음과 같은 소설의 결론을 대할 때 우리는 깊은 회의에 빠져들지 않을 수 없게 된다.

사진의 화면 위에 문득 커다란 맹점(盲點)의 투영이 생기고 있었다. 그리고 홀연 그것 속으로 유선배의 모습이 사라지고 없었다.(「시간의 문」,『시간의 문』)

'남도 사람' 연작에서 "비상학"이 되어 물 위에 어리던 소리의 그림자는, "화면 위에 문득 커다란 맹점(盲點)의 투영이 생"겨 "그것 속으로 사라진 유선배의 모습", 그것에 다름아니었다.

7. 맺는말

이청준은 1985년에 발표한 소설 「비화밀교」를 다음과 같은 말로 끝
맺고 있다.

하기야 나의 소설이라는 것이 애초부터 그 공안의 밖에서, 혹은 어
떤 식으로든 그것이 실현되어진 이후에, 이렇듯 허섭스레기 뒷이야깃
거리나 헐떡헐떡 감당해나가는 노릇인지도 모르지만. 그리고 저 드러
남의 비극에 관한 아기장수의 이야기도, 사실에선 드러남이 곧 비극이
지만—그리고 그것이 애초 드러남을 전제로 하고 있는 이야기이기도
하지만—그러나 거기서도, 사실이 일단 비극으로 완성이 되고 난 다
음에는 그것을 다시 만인의 삶으로 함께 완성시켜나가는 이야기의 과
정이 뒤따르는 형식이니까.[5]

아버지를 살해하고 어머니와 동침한 오이디푸스 왕을 이야기하고
있지만, 이청준이 강조하고 있는 것은 먼 고대 그리스 전설의 끔찍한
비극이나 그것의 무의식적 의미가 아니다. 작가는 오히려 모든 사실
이 드러났을 때 완성되는 비극의 그 형식을 말하고 있고, 나아가 비
극이 연극이나 신화라는 형태로 이야기의 과정을 밟아야 함을 말하
고 있다. 그러니까 그의 소설 역시 처참한 현실 자체를 쫓아가는 이
야기가 아니라, 처참한 현실을 쫓아가는 이야기를 이야기하는 것임을
분명히 하고 있다. 다시 말해 이청준은 자신의 소설이 있어야 할 지
점이 현실도, 그 현실에 대한 이야기도 아닌 다른 지점, 즉 "그것을
다시 만인의 삶으로 함께 완성시켜나가는 이야기의 과정이 뒤따르는

---

5) 이청준, 「비화밀교」, 『비화밀교』, 나남, 1985.

형식"임을 밝히고 있다.

어쩌면 이청준만이 아니라 분신이라는 형태를 통해 죽음이 정치 깡패들에게 항거하던 1985년을 지나온 우리 모두, 소설의 영역을 더 넓은 어떤 것으로 상정할 수밖에 없었던 이청준처럼 그 시대를 견딜 수밖에 없었다. 이청준이 일제시대의 업보를 지니고 살아가는 조선생의 입을 통해 "세상에는 우리가 미처 감득하지 못한 어떤 커다란 힘이 존재할 수도 있다는…… 그 깊은 소망의 샘물이 지금까지도 끊임없이 조금씩 조금씩 깊은 곳으로 스며 흘러내려오고 있었듯이"라고 말하며 「이어도」에서 '남도 사람' 연작을 거쳐 「시간의 문」에 이르기까지 그가 찾아온 형이상을 스스로 의혹의 눈으로 바라볼 때, 그는 소설의 깊이를 더 깊게 하고 폭을 더 넓게 하는 방법으로 현실을 어루만질 수밖에 없었을 것이다. 이청준은 「비화밀교」에서 역사를 형이상으로 보려는 그의 시도가 불가능한 것임을 말하고 있었던 것인지도 모른다. 현실은 당시 너무나 폭력적이고 지독하게 단순했다.

무의식이든 형이상이든, 소설은 "그것을 다시 만인의 삶으로 함께 완성시켜나가는 이야기의 과정이 뒤따르는 형식"에 지나지 않는지도 모른다. 「비화밀교」에서 이청준은 철저하게 소설가로 남으려고 했다. 그것은 언어로 쌓은 길고 긴 장성 같은 그의 소설 안에 안주하려는 것으로 보일 수도 있었지만, 한편으로는 그 장성 안으로 많은 사람을 초대하려는 것이었는지도 모른다. 그의 소설은 삶과 분리할 수 없는 소설이었다. 무의식의 흐름에 자신을 내어주고, 형이상의 비전에 야심을 불태우며, 나아가 그 갈등을 "다시 만인의 삶으로 함께 완성시켜나가는 이야기의 과정이 뒤따르는 형식"으로서의 소설이 그의 삶 자체였기 때문이다. 어미의 "웅얼거림"도 작가 스스로 태초의 시간으로 돌아가 무덤에 허리를 묶인 채 보았던 옛날의 그 뜨겁게 이글거리던 햇덩이를 보지 않으면 들을 수 없었고, "비상학"의 저 찬란한 날갯

짓도 아버지의 소리를 넘어서서 소리의 아버지를 감득하는 득음의 순간에 대한 경험이 없으면 보지 못했을 것이다. 이것은 순교와도 같은 진정성과 순수함이 없으면 어려웠을 일이다. 이청준을 제대로 읽어야 할 이유가 여기에 있다. 우리는 이제 이청준을 읽기 시작했을 뿐이다.

한 아이가 빗물에 쓸려내려가는 염소를 구해내면서 마치 자신은 어린 양을 구하는 예수처럼, 수억 개의 별빛이 몸을 둘러싸서 보호하고 있는 아이로 상상한다 * 이 아이의 이름은 김승옥이다. 끝내 이 아이는 어른이 되었을 때 흰 내리닫이옷을 입으신 눈부시게 찬란한 예수님을 만나 절필을 하고 만다 * 하지만 이 아이는 어른이 되기 전, 청소년 시절에는 현주라는 여인을 납치하기도 했다

"사내는 엄지손가락의 끝을 나머지 네 개의 손가락 끝에 맞대어 일종의 고리를 만든 것이었다 * 그 고리 속에 현주의 가느다란 손목이 갇혀 있는 꼴이었다 * 그 고리는 여자의 손목이 마음대로 움직일 수 있을 만큼 헐렁하였다 * 그러나 빠져나올 수는 없었다

사내 손의 그 섬세한 조각이 그 여자의 마음에 들었다 * 공포 속의 안심이라고 할까, 그 여자는 그런 걸 느꼈다 * 그 여자는 손목을 빼기를 단념하였다 * 그러자 그 고리가 점점 오므라들어 움직이기를 멈춘 여자의 손목을 아프지 않은 한계 안에서 조이는 것이었다

그 여자는 문득 자기의 손과 사내 손의 그 땀에 젖어 미끄러운 틈으로부터 생명의 거친 숨소리가 들려오는 것을 의식하였다 * 그것은 북소리처럼 둔중했고 생선 아가미처럼 가빴다 * 사내의 생명도 자기의 생명도 아닌 전연 낯선 생명이 지금 마악 땀에 젖은 손과 손의 틈바구니에서 태어난 것 같았다." 사내는 정말로 현주라는 여인을 납치했을까? 아니다 * 김승옥은 자신을 예수로 착각했고 정말로 예수를 만나기도 했지만, 여인의 손목을 닮은 * 피가 몰려 단단해진 다른 살덩어리를 엄지손가락의 끝을 나머지 네 개의 손가락 끝에 맞대어 만든 일종의 고리 속에 넣었던 것이고 * 전연 낯선 생명이 지금 마악 땀에 젖은 손과 손의 틈바구니에서 태어났다고 거짓말을 하고 있었다

다른 한 아이는 주인을 알 수 없는 해묵은 무덤에 허리 고삐가 매여서 뜨거운 햇덩이를 머리에 인 채 긴긴 여름날을 기다리고 있었다 * 무덤에 묶인 채 동심원을 그리던 아이는 보았다 뱀이 벽이를 덮치듯이 누군가가 어미를 후다닥 덮쳐버리는 장면을 * 이 아이의 이름은 이청준이다

이 아이는 장년의 나이가 되어서도 어미를 후다닥 덮친 뱀에 대한 증오를 삭이지 못해 돌을 집어 그 뱀을 내리쳐 죽이려고 했다 * 그러나 그럴 수 없었기에, 밝은 달이 휘영청 떠오르는 밤 * 관음봉 꼭대기 앞 포구 위를 나는 비상학이 되고 싶어 목놓아 소리를 토해낸다 * 그 노래가 아무 뜻도 형식도 없던 어미의 소리 이어도가 발전한 서편제였고, 이청준에게는 소설이었다

다른 청년도 있다 * 글 쓰는 작가인데, 페니스와 성기라는 말 사이의 어감 차이에 몰두하다 글이 도저히 안 풀리자 오비가든에서 드래프트비어를 마시고 민박집에 들어가 갑어탕에 소주도 마신다

구효서

그러던 어느 날, 진탕 술을 마신 그는 판소리하는 성창순같이 푸근하게 벌쩍지만 정작 그 입에서는 딴바의 탱고 이탈리아노가 흘러나왔던 몸무게 팔십 킬로그램인 여인의 품에 안긴다 * 안겨서 여인에게 말을 한다 * 당신을 통과하고 싶다고. 그러자 여인은 나지막하게 작가에게 속삭인다 * 성기든 페니스든 상관없다고 * 한국어든 외래어든 어차피 나를 통과할 수 없기는 마찬가지니까

언어의 기원, 세계의 기원
—구효서의 「당신의 바다는」에 나타난 남근의 이미지를 중심으로

내가 책을 읽은 게 아니라 책이 날 읽었겠지.
—구효서, 「목신의 오후」 중에서

1. 머리말

소설은 세 개의 장으로 구분되어 있고, 각 장은 한 사람씩의 사내에게 할애되어 있다. 소설의 이러한 깔끔한 외관은 작가의 미학적 배려에서 나온 의도적인 것임이 확실해 보인다.

1장은 오랜 세월 동안 소설가를 꿈꾸었으나 세상이 자신에게 부여한 한정된 자유를 겸허히 받아들이겠다는 뜻을 내비치고 소설을 포기한 채 한약방을 경영하는 한 사내의 이야기이다. 반면 소설의 2장은 "폭풍처럼, 폭풍처럼 소설을 쓰고 싶어요"라고 외치지만 그의 꿈인 소설은 쓰지 못한 채 스스로 소설이 되어 "바다를 찾아 떠난" 한 불행한 사내의 이야기에 할애되어 있다. 서로 상반된 이유에 의해 소설쓰기에 실패한 사내들의 이야기에 이어, 3장에서는 화자이자 주인공인 구선생의 그 역시 실패한 소설쓰기에 관한 이야기가 펼쳐진다. 인물들의 이러한 질서 있는 배치나 그 인물들이 담당하고 있는 소설

쓰기에 대한 일정한 우의적 의미들 역시 작가의 치밀한 구성 의지의 소산일 것이다.

이렇게 해서 소설 속에 등장하는 세 사람 중 그 어느 누구도 소설을 쓰지 못한다. 이른바 전업작가라는 구선생조차도 소설쓰기에 실패하고 만다. "여름 동안 나는 페니스와 성기라는 말 사이의 어감 차이를 이백 번도 넘게 생각했고, 여름이 끝날 무렵엔 대청호반이 내려다보이는 암자를 찾아갔다. 페니스거나 성기거나, 어쨌든 나는 그런 말이 적어도 열여덟 번 정도는 들어가는 장편소설을 쓰고 있었다." "페니스와 성기라는 말 사이의 어감 차이"는 끝내 해결되지 못했고 장편소설도 씌어지지 못한다. 그런데 독자들은 소설을 읽고 있다. 이런 테크닉도 전업작가다운 노련한 면모를 엿보게 해주는 계산된 것이라고 할 수 있다. 어쨌든 작가의 이 테크닉에 속아넘어가준다면, 소설 속의 그 누구도 소설을 쓰지 못하지만 그럼에도 독자들은 소설을 읽고 있다고 말할 수 있을 것이다. 아니, 그렇게 말해야만 작가의 테크닉이 성공한 것이 되는 것이다. 치밀한 계산에 의해 의도된 이 역설은 그러나 우리가 소설을 정신분석의 관점에서 읽으려고 할 때 역설이 아니라 하나의 순리로 받아들여지게 될 것이다.

2. 토속과 이국, 혹은 성기와 페니스

소설 「당신의 바다는」이 소설쓰기의 지난함에 대한 한 탁월한 알레고리이고 나아가서는 작가 구효서가 소설의 형식을 빌려 쓴 일종의 소설론일 수도 있음은 어렵지 않게 읽어낼 수 있다. 그러므로 그런 유형의 알레고리를 해석하는 작업은 소설가가 의도한 부분을 읽어내는 데 탁월한 감식안을 지니고 있는 비평가들에게 마땅히 돌아가야 할 것이다. 우리는 작가의 의도를 벗어난 깊고 어두운 곳에서 그 의도를 지배하고 있는 어떤 음습한 힘의 움직임에 관심을 가질 뿐이다.

소설은 앞서 밝혔듯이 세 개의 장으로 이루어져 있고 각각의 장은 한 사람씩의 실패한 소설가에게 정확하게 할애되어 있다. 1장의 "한약방 주인"과 별명이 "바다를 찾아 떠난 섬"인 2장의 사내가 각각 전혀 상반된 이유로 해서 소설을 쓸 수 없었다는 점도 앞에서 지적했다. 실제로 그 두 사람의 이유는 전혀 다른 것이었다. 그러나 두 사람 사이의 차이점은 그것만이 아니다.

한쪽에서 "영산회상"을 좋아하면, 다른 쪽에서는 "파가니니"를 사랑한다. 한쪽이 "돈 잘 버는 한의사"라면, 다른 쪽은 "무슨 짓을 하든 부양해야 할 식구가 셋씩 되는 궁핍한 출판사 직원"이다. 1장의 사내가 구선생을 만나 마시는 술이 어김없이 "소주"였다면, 2장의 사내는 또 어김없이 "오비가든에서 드래프트비어"만을 마신다. 단소를 부는 한의사가 먹는 안주도 2장의 사내가 먹는 안주와는 전혀 다르다. 그의 안주는 "집토끼와 토종닭과 멧돼지 고기"이거나 "메기와 피라미와 납자루 따위가 뒤섞인 잡어탕"이다. "민박집"에서 마시는 "소주"와 "오비가든"에서 마시는 "드래프트비어" 사이에 "어감 차이"가 존재하듯이, 1장의 사내가 먹는 푸짐하고도 토속적인 안주 역시 2장의 사내가 "케첩에 찍어 먹는 마른 오징어"와는 사뭇 다르다. 그러나 이런 차이들은 사실 그리 중요한 차이점은 아닐지도 모른다. 단지 단소를 부는 한의사의 토속적인 분위기와 드래프트비어를 마시며 파가니니를 듣는 사내가 풍기는 이국적인 인상이 대비되고 있을 뿐이다.

두 사람 사이의 차이는 그러나 다음과 같은 경우에 보다 심각하게 두드러져 나타난다. 1장의 사내, 즉 "돈 잘 버는 한의사"가 술을 먹다가 아내에게 "생각보다 오랫동안 전화를 했다"면, "바다를 찾아 떠난 섬"으로 불리는 2장의 사내는 정반대로 아무런 예고도 없이 잠적을 해버린 탓에 그의 아내가 그를 찾아나서야 했다. "혹시 그이 어딨는지 아세요? 선생님을 만나러 간다고 나간 뒤 안 들어왔어요." 두 사람의 부부생활은 더욱더 현격한 차이를 보인다. 이 세상을 뿌리치고 "바다를 찾아 떠난 섬"이 돼버린 2장의 사내는 "이 년 동안 부부관계를 갖지 않았을 거라는" 것이 거의 확실했지만, 한의사의 부부관계는 지극히 평범한 것이었다. "저녁을 먹고 차를 마시고 거실 소파에 앉아 아내와 함께 TV를 봤어요."

이러한 두 사람의 극명한 대비가 가장 두드러져 나타나는 대목은 무엇보다도 문학에 대한 그들의 태도에서이다. 한의사에게 문학은 "똥덩어리"이거나 "기형 생물"이었다. "생각해봐요. 이날 입때껏 끙끙거리며 등에 지고 온 걸 어느 날 문득 돌아보니 똥덩어리더라 그거죠. 이런 기분 알 것 같아요? 빗나간 방향으로 진행한 채 되돌이킬 수 없게 된 기형 생물." 반면에 2장의 사내에게 문학은 전혀 다른 것이었다. 그는 "폭풍처럼, 폭풍처럼 소설을 쓰고 싶"었고, 그래서 늘 "얼마나 좋을까, 형처럼 읽고 쓰기만 하면"이라며 구선생을 부러워했다. 또 "그는 아직도 글 쓰는 일과 글 쓰는 일에 종사하는 사람들을 신뢰"하고 있었고, 사람에 대한 믿음을 문학에 대한 믿음과 동일시하며 "그럼요. 그도 글 쓰는 사람인데"라는 말을 입버릇처럼 했다. 그러나 그는 끝내 "전기고문 피해망상에 시달리는 사람처럼" "다시 사람들 사이로 들어가고 싶지 않아요. 끔찍해"라는 말을 남기고 "바다를 찾아 떠난 섬"이 되어버린다. 그는 "그에게 남은 마지막 작은 세상"이었던 "가족"마저도 "세상"으로 보였기 때문에 버리고 만다. 그에게 문학은 종교의 다른 형태였는지도 모른다. 또 그에게는 이미 신화가 되어버린 랭보나 화가 폴 고갱의 분위기가 느껴지기도 한다.

1장과 2장에 나오는 두 사내 사이에는 이렇게 확연히 구별되는 차이점들이 있다. 그러나 이런 차이점들과 그것들로 형성된 극단적인 대비 역시 작가의 일정한 미학적 고안물임에는 틀림없을 것이다.

소설 3장에서는 마침내 구선생이 떠난다. 그러나 그가 "다다른 곳은 반야심경이 무슨 뜻인지도 모르는 칠십 노파가 주지로 있는 작은 암자였다. 대전시 판암동을 지나 세천 고개를 넘어 옥천 쪽으로 쌩쌩 달리다보면 대청호반이 눈 밑으로 들어온다". 구선생이 떠난 곳이 소설 1장에 나오는 한약방 주인이 사는 대전 부근이라는 것도 작가의 계산된 의도였을 것이다. 나아가 구선생이 "바다를 찾아 떠난 섬"처럼 "바다"를 찾아 떠난다고 떠났지만, 그가 정작 다다른 곳은 바다가 아니라 산이라는 것도 작가의 일정한 의도에 포함되어 있었을 것이다.

이 벽지에 나를 알아보는 사람이 있다. 그때의 기분이 어땠냐 하면, 어땠냐 하면, 낭패스러웠다.

"저는 바다를 찾아왔습니다만" 하고 내가 말했고.

"여기는 산입니다"라고 그가 말했다.

"그렇군요. 산……"[1]

왜 그는 산속의 암자를 찾아왔으면서도 바다를 찾아왔다고 말을 해야 했을까? 왜 그는 바다를 찾아간다고 떠났으면서도 산속으로 들어갔을까? 또 왜 그곳이 대전 부근이었을까?

바다를 찾아 떠난 그의 발걸음을 산속으로 돌려놓은 것이 무엇인지는 굳이 이야기할 필요가 없을 것이다. 대전 부근의 암자란 돈 잘 버는 한약방 주인이 사는 대전은 꼭 아니면서도, 2장의 사내가 "폭풍처럼, 폭풍처럼 소설을" 쓸 수가 없어 찾아 떠나야 했던 바다가 아닌

---

1) 구효서, 「당신의 바다는」, 『깡통따개가 없는 마을』, 세계사, 1995. 이하 본문의 인용문은 이 책에서 인용한 것이다.

것만도 아니었을 것이다. 대청호라는 호수가 있었기 때문이리라. 대전 부근의 호수, 그곳은 각각 극단적인 이유로 소설을 불가능하게 만든 '돈 잘 벌리는 한약방의 대전'도 아니고 '가족마저 버리고 찾아나서야 했던 바다'도 아니지만, 그러나 유일하게 소설이 가능할 것 같은 공간이었을 것이다. 암자가 한약방을 피해 칩거할 수 있는 곳이었다면 호수는 바다의 아류였기 때문이다.

소설 1장과 2장에 나오는 두 사내는 확실히 작가의 분신인 구선생의 두 분신이었다. 이런 이유로 해서 "바다를 찾아 떠난 섬"이라는 별명의 사내를 만난 것이 이미 삼 년 전이었으면서도, 구선생은 그 시간을 소설 1장에 나오는 한약방 주인을 만났던 지난여름과 혼동할 수밖에 없었다.

그와의 인연은 그가 등단했던 삼 년 전으로 거슬러올라가지만, 어쩐 일인지 그와의 만남은 지난여름부터인 것처럼 여겨진다. 나는 그를 지난여름에 처음 만난 기분이다.

소설은 이렇게 세 사람의 분신으로 이루어진 자아가 분열되면서 그 힘으로 씌어지는 것인지도 모른다. 그러나 이 소설적 자아분열이 작가의 의도만을 충실히 반영하는 것이라고 보아서는 안 될 것이다. 거기에는 작가의 의도를 벗어난 다른 힘이 있었다. 양극단을 피해야만 소설이 가능했을 때, 그 두 극단을 '돈'과 '문학적 열정'이라는 우의적 의미로 쉽게 환원시킬 수는 없는 것이다. 생활에 필요한 돈과 문학을 하는 데 없어서는 안 될 열정은 강조할 것도 부인할 것도 없는 자명한 것들이다. 그 둘을 조화시키기가 결코 쉬운 일이 아니라 해도, 구효서의 소설은 이 자명한 것들에 대한 상투적인 고민을 공연히 과장해 보이는 소설은 아닌 것이다.

앞에서 우리는 소설 1장과 2장에 나오는 두 상반된 인물 사이에 수 많은 확연한 차이점들이 있음을 보았다. 또 세 사람 모두 소설 속에 서는 소설쓰기에 실패했지만 독자들은 소설을 읽고 있다는 지적도 했다. 이 역설이 정신분석의 관점에서 소설을 읽을 때는 역설도 말장 난도 아니라고 대담한 가정을 덧붙이기도 했다. 이제 잠정적인 것이 라 해도, 미리 결론을 말해보자.

두 인물 사이의 모든 차이점들은 "페니스와 성기라는 말 사이의 어 감 차이"로부터 시작된다. 또 세 사람 모두 소설을 쓸 수 없었던 것도 이 "어감 차이" 때문이었다. 의외로, 전혀 예상 밖으로, 도저히 믿어 지지 않을 정도로, 이 어감 차이 때문에 세 사람 모두 소설을 쓸 수가 없었다. 이 불가능한 소설을 붙들고 고민하는 주인공 구선생의 모습 을 다시 한번 읽어보자.

여름 동안 나는 페니스와 성기라는 말 사이의 어감 차이를 이백 번 도 넘게 생각했고, 여름이 끝날 무렵엔 대청호반이 내려다보이는 암자 를 찾아갔다.

페니스거나 성기거나, 어쨌든 나는 그런 말이 적어도 열여덟 번 정 도는 들어가는 장편소설을 쓰고 있었다. 그 소설을 쓰면서 나는 내 몸 속의 자력이 빠져나간다는 생각에 줄곧 붙들렸다. (……)

아침밥을 먹고 김치 트림을 하며 키보드의 페-니-스, 를 쳤다. 40자 ×53행을 칠 동안 네 차례 화장실로 달려가 변기를 끌어안고 마른 구 역질을 했다. (……) 그리고 돌아와 저녁을 먹고, 다시 40자×53행을 치며 패닉에 빠졌다. (……)

집에 들어앉아 일 년 넘게 글만 쓰면서 나는 무척 시스티매틱해졌 다. 고료의 고하를 막론하고 나는 청탁을 거절한 적이 없다. 주문이 아 무리 까다로워도 일 초도 넘기지 않았다. 마감 뒤 편집자의 요청이 있으면 성실히 AS까지 했다. (……) 그러나 4인 가족의 가장이면서, 소설만 쓰는, 대한민국의, 젊은, 작가—시스티매틱해지지 않을 수 없는 것이다.

백칠십이 센티미터짜리 신장은 변함없었지만 체중은 자꾸 줄어 오십사 킬로그램까지 떨어졌다. 바다를 찾아 떠난 섬처럼 나도 한 번쯤, 소외되고 싶었다. 평소 나의 소외라는 것은 두 평 반의 작은 방이 전부. 센티 두께의 방문 너머에선 꾸러기 대행진이 꽝꽝 울리고, 늦게 낳은 작은아이는 하루에 열 시간은 운다. 페니스라고는 쓰지만 아무래도 외래어라 걸려. 액정 모니터를 바라보고 중얼거리다 마루로 나가 우는 애를 안고 어른다. 우르르 딸꾹. 애를 어르면서도 성기보다는 페니스가 낫다고 생각한다. 애를 안고 페니스를 생각하는 내 직업이 참으로 괴상하다는 자각이 들면서 공황장애에 빠진다.

그럴 때 나는 삼 점 오 센티가 아닌 삼백오십 킬로미터쯤의 소외를 생각했다. 십 년이 넘도록, 소비자 물가가 사백 퍼센트 상승하도록 원고료가 하나도 오르지 않았으므로 십 년 전보다 네 배는 더 써야 된다는 사실이 상기될 때마다.

구선생은 장편소설을 준비하고 있었다. 독자들은 그것이 어떤 소설인지 전혀 알 수 없다. 단지 그것이 "페니스거나 성기거나, 어쨌든 그런 말이 적어도 열여덟 번 정도는 들어가는 장편소설"이었다는 것만 알 수 있을 뿐이다. 그리고 그 소설은 씌어지지 못한다. 따라서 독자들이 읽고 있는 구효서의 소설은 아이러니일 수밖에 없다. 소설을 쓸 수 없다는 것이 소설의 내용이 되어버리는 소설이기 때문이다. 그런데 어느 소설이 진짜 소설인가? 세계사에서 나온 육천원짜리 소설집 『깡통따개가 없는 마을』에 들어 있는 단편 「당신의 바다는」이 진짜 소설일까? 아니면 「당신의 바다는」에 들어 있는 씌어지지 않은 "장편소설"이 진짜 소설일까? 다시 말해 "페니스와 성기라는 말 사이의 어감 차이를 이백 번도 넘게 생각했"으나 도저히 그 차이를 넘어설 수가 없어서 "페니스거나 성기거나, 어쨌든 그런 말이 적어도 열여덟 번 정도는 들어가는 장편소설"을 쓸 수 없었다는 고백을 해야 했기에 「당신의 바다는」이라는 소설이 씌어진 것인지, 아니면 그 "장편소설"은 진짜 소설인 「당신의 바다는」을 위해 동원된 한낱 소설적 장치에 지나지 않는 것인지…… 물론 답은 후자다.

그러나 우리가, 작가가 이미 그러했듯이, '물론 답은 후자다'라고 확신하는 순간, 소설은 한낱 소설적 테크닉에 지나지 않는 것처럼 보였던, 그리고 코믹하기까지 한 "페니스와 성기라는 말 사이의 어감 차이"로부터 무의식적 움직임을 얻게 된다.

3. 어감 차이에서 뿜어져나오는 힘 혹은 무의식의 움직임

소설 2장에 나오는 "바다를 찾아 떠난 섬"과 화자인 구선생은 두 번 동숙을 했다. "그는 두 번 다 이국적인(이국적인—이런 말을 습관적으로 쓰지만 설명할 길은 없다) 느낌의 컬러 박스팬티를 입고 있었다." 이 "이국적인 느낌의 컬러 박스팬티"는, "페니스라고는 쓰지만 아무래도 외래어라 걸려" 다시 성기로 고쳐 써보지만 우는 "애를 어르면서도 성기보다는 페니스가 낫다고 생각"되어 다시 고치는 구선생의 그 "페니스"라는 외래어의 이국적인 느낌과 아무런 관련이 없을까? 2장의 사내가 반드시 "컬러 박스팬티"를 입고 있어야 할 이유는 없을 것이다. 나아가 굳이 팬티를 지적하며 그 형태를 묘사할 필요도 없을 것이다. 그러나 소설가는 그렇게 썼다. 아니 그렇게 써야만 했다.

"컬러 박스팬티" 속에 "성기"가 아니라 "페니스"가 들어 있어야 할 강제 규정 같은 것은 없다. 단지 이유가 있다면 "컬러 박스팬티"가 "이국적인 느낌"이 드는 "외래어"이기 때문에, 그 "외래어" 속에 외래어가 아닌 "성기"가 들어갈 수는 없을 것 같은 얼토당토않은 "어감 차이"뿐이다. 작가 스스로 먼저 밝혔듯이 "설명할 길은 없다". 무의식을 어떻게 설명할 수 있을 것인가? 의식과의 관계를 가정하지 않는다면, 보다 정확히 말해 무의식의 움직임을 해독해낼 수 있는 의식의 한 형식인 정신분석의 논리를 가정하지 않는다면, 무의식을 어떻게 설명할 것인가.

그러나 앞서 지적했듯이 "컬러 박스팬티"로 "페니스"를 가리고 있는 2장의 그 사내는 "파가니니"를 들으러 바다로 갔고, 또 그는 소주가 아니라 "오비가든"에서 마른 오징어를 케첩에 찍어 먹으면서 "드래프트비어"를 마시고 있었다. 그와 관련된 모든 단어는 이국적인 느낌의 외래어들이다. 그리고 이 이국적인 느낌을 작가는 "설명할 길은 없다"라고 고백한다. 이것 역시 작가의 계산된 의도였을까? "설명할 길은 없"는 그 느낌도? 외래어인 "페니스"와 역시 한 자도 빠짐없이 외래어인 "컬러 박스팬티"와 "오비가든"의 "드래프트비어"는, 또 "파가니니"는, 한 인물을 묘사할 때 동원되었다. 이 모든 말들이 외래어인 것이 우연일까? 이 모든 외래어들은 아무런 관련 없이 우연히 몰려다니고 있었던 것일까?

한쪽에는 적지 않은 외래어들이 사슬처럼 연결되어 있고 또 한쪽에는 토속어들끼리 무리지어 있다. 흔히 패러다임이라고 부르는 이 두 계열축의 중심에는, 외래어 중의 외래어인 "페니스"와 토속어 중의 토속어인 "성기"가 각 패러다임의 심층어로서 자리잡고 있다. 이것을 우연이라고만 할 수 있을까? 외래어들은 외래어들끼리 몰려다니고, 토속어들은 토속어들끼리만 어울린다. 그래서 우리는 "성기"는 도저히 "컬러 박스팬티" 속에 있을 수가 없다고 말할 수 있는 것이다.

그 반대도 마찬가지이다.

2장의 사내가 "드래프트비어"를 마실 때 1장의 사내는 "소주"만 마신다. 그가 먹는 안주도 토속적인 것들뿐이다. 그리고 이미 그는 "한약방" 주인이다. "페니스"가 "파가니니"를 들을 때 "성기"는 "단소로 영산회상"을 연주한다. 1장과 2장에 나오는 두 사내의 확연한 차이점들은 토속적인 것과 이국적인 것의 차이점들이었고, 또 어감 차이이기도 했다. 그러나 이 모든 차이점들의 중심에는 "페니스와 성기라는 말 사이의 어감 차이"가 자리잡고 있다. 이때 "페니스"라는 외래어는 모든 이국적인 것들 중에서 가장 이국적인 것이고, 성기는 토속적인 것들 중에서 가장 토속적인 것이라는 의미를 무의식적으로 부여받게 된다.

구효서의 소설에서 페니스와 성기의 일상적이고 의학적인 기능이나 의미는 중요치 않다. 작가는 그래서 "어감"과 "어감 차이"만 중요하다고 생각했을 것이다. 그러나 작가는 그 두 말의 "차이"가 묵직한 의미를 띤 채, 1장과 2장에 나오는 두 사내의 모든 차이점들을 일사불란하고도 주도면밀하게 지배하고 있음은 몰랐다. "영산회상"과 "파가니니", "소주"와 "드래프트비어" 사이의 차이들은 "페니스와 성기" 사이에 존재하는 '최초의 어감의 차이'가 없었다면 그토록 확연히 드러나지 못했을 것이다.

우리는 앞에서 1장과 2장에 나오는 두 사내가 소설의 주인공이자 화자이기도 한 구선생의 분신임을 보았다. 이 분신의 메커니즘이 은유라면, 한 인물의 작은 특징들을 가지고 그 인물 전체를 지칭하고 의미하는 메커니즘을 우리는 환유라고 부를 수 있다. 1장의 사내가 "소주"라면 2장의 사내는 "드래프트비어"인 것이다. 2장의 사내를 두고 우리가 "파가니니"라고 부를 수 있다면, 1장의 사내는 "영산회상"인 것이다. 이 은유와 환유의 두 메커니즘은 다음과 같은 대목에 여실히 드러나 있다. 작가는 한약방 주인의 출중한 단소 솜씨와, 보약 달여먹는 법을 적어 보낸 서신에서 느껴지는 그의 놀라운 문학적 재능을 동일시하고 있다. "단소 부는 한의사. 어울릴 것 같기도 하군, 하면서 봉투를 뜯었는데 나는 그 안에서 그의 놀랄 만한 또하나의 솜씨를 발견했던 것. 편지였다. 안부, 자신은 이래저래 살고 있다, 허리병의 원인, 약을 달여먹는 법. 내용을 요약하자면 그게 전부였지만 나는 그 한 장짜리 편지에서 대단한 문장들을 보았다. 놀랄 만한 솜씨라고 말했지만 조금 실감나게 표현하자면 문장들은 그의 단소 연주에 버금갈 정도였다." 단소 솜씨와 그에 버금가는 한 장짜리 편지의 대단한 문장이 이루는 비유의 관계가 은유라면, 다음과 같은 경우는 환유에 해당된다. "나는 그를 본 것이 아니라 그의 단소를 본 것이다." "나는 그를 다시는 보지 못했다. 아니 그의 단소를." 십오 년 만에 갑자기 전화를 건 1장의 사내가 자신을 소개할 때도 그는 "단숩니다"라고 한다. 그는 "단소"인 것이다. 그리고 그 "단소"는 "대단한 문장"이기도 하고 또 "돈 잘 버는 한의사"이기도 하다. 그는 또한 "소주"이기도 하고 "영산회상"이기도 하다.

4. 페니스, 성기, 혹은 남근

페니스라고도 하고 성기라고도 한다. 아무러면 어떨 것인가. 외래어든 국어든 어떤 말을 쓰든 상관없을 것이다. 무엇을 말하는지 다 알 수 있으니까. 그러나 페니스가 컬러 박스팬티, 오비가든, 드래프트비어, 토마토케첩, 파가니니와 어울리고, 반대편에서는 성기가 토종닭, 민박집, 소주, 잡어탕, 영산회상과 어울릴 때부터, 페니스와 성기는 각각의 단어군을 지배하는 표제어로서의 권위와 힘을 행사한다.

이때부터는 "페니스라고도 하고 성기라고도 한다"는 말을 해서는 안 된다. 왜냐하면 이제 컬러 박스팬티 속에는 성기가 들어가 있을 수 없고, 소주는 토마토케첩과 함께 먹을 수 없게 된 것이다. 페니스는 오직 컬러 박스팬티 속에만 들어가 있을 수 있다는 하나의 법이 선포된 것이다. 이 법은 어기면 안 된다.

이 법을 어길 수 있는 존재는, 페니스도 아니고 성기도 아닌 남근뿐이다. 말을 떠난 곳에서 홀로, 혹은 페니스와 성기 사이의 어감 차이 속에 꼭꼭 숨은 채로, 구선생이 쓰려고 했던 장편소설을 방해했던 것은 바로 이 남근이었다. 남근은 발음돼서는 안 되는 단어였기 때문에, 구선생은 페니스와 성기 사이의 어감 차이에서 망설였던 것이다.

왜 남근은 발음되지 못하고 그 아류들인 페니스와 성기만 발음될 수 있었을까? 그것은 남근이 바다의 것이었기 때문이다.

구선생은 대청호 주변의 한 술집에서 '미희'를 만난다. 그 술집은 "구운 민물장어와 자라탕 앞에서 밀바의 탱고 이탈리아노를 목놓아 부르는 거구의 미희가 있는 집이었다". 앞에서 우리는 외래어와 토속어 사이의 대비가 심각한 대비임을 알아보았다. 그렇다면 여기 술집의 묘사를 살펴볼 때도 민감해져야 할 것이다. 그러면 이 술집이 조금 이상하다는 것을 알 수 있다. 왜냐하면 "구운 민물장어와 자라탕"은 "밀바의 탱고 이탈리아노"와 어울리지 않기 때문이다. 컬러 박스팬티와 성기가 어울리지 않듯이, "구운 민물장어와 자라탕"은 "밀바의 탱고 이탈리아노"와 어울리지 않는다. 아니 도저히 함께 있어서는 안 된다. 그러나 둘은 이제 함께 있다.

술집만이 아니라 술집 여인인 '미희'는 더 큰 모순을 드러낸다. "그녀를 보면 판소리 명창 성창순이 생각났다. 체형이 비슷해서였을까. 그러나 나이는 명창보다 훨씬 어렸고 체구는 명창보다 훨씬 컸다." 그런데 그녀는 외모와는 달리 "밀바의 탱고 이탈리아노"를 부른다. 도저히 어울릴 수 없었던 외래어와 토속어가 이 미희에게서는 서슴없이 자연스럽게 어울리고 있는 것이다. 그럴 수밖에 없을 것이다. 그녀는 페니스와 성기라는 말 사이의 어감 차이 때문에 소설을 쓰지 못해 몸무게가 오십사 킬로그램까지 빠진 구선생이 아니라 팔십 킬로그램이 나가는 거구의 미희이기 때문이다. 다시 말해 그녀는 페니스나 성기로는 접근할 수 없는 여인이었던 것이다. 오직 남근만이 그녀에게 접근할 수 있었다. 그녀는 바다였고, 최초의 욕망이 시작되던 출발점이었으며, 남근의 집이었다. 다시 말해 그녀는 단편소설 속에서는 술집 여인으로밖에 표현될 수 없었지만, "당신의 바다"였고, '세계의 기원'이었으며, 페니스와 성기의 어감 차이 그 너머에 존재하는, 언어 이전의 존재였다. 그녀는 이런 이유로 "판소리 명창 성창순"같이 생겼지만 "밀바의 탱고 이탈리아노"를 부를 수 있었다.

　남근은 페니스도 아니고 성기도 아니다. 발음해서는 안 될 말이자 욕망해서도 안 될 대상이었던 남근을 무의식적으로 욕망하고 있었던 구선생은, 결국 바다를 욕망하고 있었고 남근이 되려고 했던 것이다. 그러나 이 욕망은 충족 불가능한 것이었다. 바다는 하늘의 것이기 때문이다. 이국과 토속의 대비가 무너지고 페니스와 성기의 대비도 사라진 여인, 그래서 성창순같이 생겼지만 얼마든지 밀바의 〈탱고 이탈리아노〉를 목놓아 부를 수 있는 여인, 그녀는 페니스도 성기도 아닌 남근의 여인이었던 것이다. 여기서 우리는 쿠르베가 그린 〈세계의 기원〉[2]을 떠올릴 수 있을 것이다. 이 그림 속의 어느 특정 여인이 아닌

---

2) 귀스타브 쿠르베, 〈세계의 기원〉, 1866, 캔버스에 유채, 55cm×46cm, 파리 오르세 미술관.
프랑스 정신분석가이자 정신과 의사였던 자크 라캉이 소장하고 있다가 숨을 거둔 후, 상속세 대신 국가에 유증되어 1995년 오르세 미술관에 들어온 그림이다. 원래 그림은 19세기 후반 파리 주재 터키 대사였던 칼리베가 화가에게 주문해 제작되었다. 이 터키 대사는 쿠르베만이 아니라 앵그르와 들라크루아의 작품들도 소장하고 있던 미술수집가

여자, 그 여자 속의 여자는 오직 남근만이 통과할 수 있다. 따라서 구선생이 "팔십 킬로그램"의 거구인 미희의 몸을 "통—과—하—고—싶—다"고 말했을 때, 그것은 불가능한 일이었다.

5. 맺는말

구효서의 짧은 소설 「당신의 바다는」은 그 짧은 길이에 비해 의외로 심각한 소설이며, 언어학을 연구하는 이들에게는 좋은 분석 모델이 되어줄 것이다.

남근 혹은 바다는 언어 이전에 존재했을 어떤 욕망의 최초의 상태인지도 모른다. 혹은 언어의 법에 의해 금지되어 사라졌지만 그 형해만으로도 권능을 행사하는 최초의 욕망이 있던 텅 빈 자리 그 자체인지도 모른다.

구선생은 "돈 잘 버는 한의사"도 아니고 "바다를 찾아 떠난 섬"도 될 수 없었다. 구선생은 페니스도 아니고 성기도 아니다. 단지 두 말의 어감 차이 사이에서 망설이며 소설을 못 쓰겠다는 고백을 해야 할 때만 겨우 겨우 아주 힘들게, 가짜 소설을 진짜 소설처럼 믿고 쓸 수밖에 없는 가난한 소설가, 전업작가일 뿐이다. "4인 가족의 가장이면서, 소설만 쓰는, 대한민국의, 젊은, 작가—시스티매틱해지지 않을 수 없는 것이다."

였다. 1910년 헝가리의 한 귀족이 잠시 소유하기도 했는데, 이후 어떤 경로를 통해 프랑스에 들어오게 되었는지는 알려진 바가 없다. 이 그림은 1955년 라캉의 부인이자 배우이기도 했던 실비아 바타유가 우연히 한 고미술상에서 구입했고, 부인은 제부인 화가 앙드레 마송에게 훨씬 부드러운 그림으로 그려줄 것을 부탁해 선정적인 쿠르베의 그림을 가려놓았다. 오르세 미술관에 들어오기 전까지 이 그림은 완전히 베일에 가려 있었다.

"장편소설"은 씌어질 수 없는 소설이었다. 그것이 삶 전체를 의미하는 것이었다고 쉽게 말하지는 말자. 오히려 그 "장편소설"이 씌어질 수 없었던 이유를 우리는 다음과 같은 묘사 속에서 찾고 싶다. "나를 외면하는 그녀의 손길은 어머니나 누님의 것처럼 완강하면서도 부드러웠다."

비록 그것이 결코 쉬운 일은 아니었지만, 이제까지 "페니스와 성기라는 말 사이의 어감 차이"로 소설이 씌어질 수 있었지만, "페니스와 성기" 그 너머의 침묵과 혼돈과 어둠의 세계로 가는 것은 불가능하다. 그 세계의 침묵과 혼돈과 어둠은 "어머니나 누님의 것처럼 완강하면서도 부드러"울 것이다. 그러나 그 손길은 '아버지의 이름'이라는 법으로 금지되어 있다.

구선생이 "팔십 킬로그램"의 거구인 미희의 몸을 "통―과―하―고―싶―다"라고 했을 때, 이 미희의 몸은 그러므로 금기와 욕망이 동시에 존재하는 몸이다. 그 몸은 "바다"이고 그 바다는 또 몸인 것이다.

팔십 킬로그램의 이 거구의 미희는 누구였을까? 도대체 그녀가 누구였기에 구선생은 땅바닥에 털썩 주저앉아 애처럼 앙탈을 부릴 수 있었고, 또 그런 '나'를 그녀는 갓난아이 안듯 난짝 안아들고서 절집까지 데려다주고 갔을까? 또 그때의 '나'는 대체 누구였기에 그다지도 가뿐하게 들릴 수 있었을까. "내 몸은 깃털처럼 가벼워져 있었던 것이다. 참혹했다." 우리가 할 수 있는 답은 그녀는 바다였고, 구선생은 바다에 빠지기 두려워 페니스와 성기 사이의 어감 차이에서 망설이는 인간이었다는 것이다. 그 구선생의 먼 기억 속에는 "어머니나 누님"의 품에 안겨 남근이 되려고 했던, 언어를 배우기 이전의 "갓난아이"가 있었을 것이다.

무의식까지 번역할 수 있을까?
―번역과 해석의 관련에 대하여

1. 번역과 해석

　원전의 작가마저도 의식하지 못한 채 무의식의 지배에 놓여 있었으므로, 설령 역서를 통해 무의식의 움직임이 전달 가능한 것이라 해도 이 무의식은 번역을 하는 역자는 물론이고 역서를 읽는 독자의 의식에서도 벗어나 있는 것일 수밖에 없다. 그러므로 당연한 지적이겠지만, 무의식은 독립적으로 번역되는 것이 아니라 의식적인 부분이 번역되는 과정 속에서 함께 옮겨지는 것이고, 따라서 번역이 훌륭한 것일수록 무의식 역시 그것이 원전 속에서 의식과 유지하고 있던 관계 그대로 역서 속으로 이동할 것이라는 가정이 가능하다.

　그럼에도 무의식의 존재와 그 움직임의 일정한 형식을 전제하는 정신분석의 인식론은, 무의식이 단순히 의식에 수반되는 중성적 성격의 개념이 아니라 언제나 의식에 영향을 행사하는 역동적이고 가변적인 움직임이고 또 이 움직임이 은밀하다는 점에 주목하게 된다.

이런 관점에서 볼 때 역자 또한 원전에서 무의식적으로 받은 영향으로부터 의식이 자유로울 수 없고, 이 영향은 독자들에게도 전달될 수 있다. 그러나 의식과 무의식의 관계가 원저자에서 역자로 또 역자에서 독자로 이동할 때, 무의식의 움직임이 가감됨 없이 이 이동이 이루어진다고 볼 수는 없다. 왜냐하면 문화와 언어의 차이가 자아내는 문제들을 기술적으로 해결해야 할 뿐만 아니라, 문학에 있어서는 동일한 문화권에 속하는 사람들 사이에서도 작품의 수용에 있어 이미 수많은 편차가 존재하고, 나아가서는 본질적으로 무의식과 의식의 관계 역시 사실의 차원이 아니라 해석의 차원에 속하는 일이기 때문이다.

다시 말해 번역은 말을 옮기는 것이 아니라 의미를 옮기는 것인데, 이 번역되어야 할 의미는 문학의 경우, 문법의 차원이 아니라 다양한 해석의 가능성으로 존재해야 하는 매우 독특한 상황에 놓이는 것이다. 그렇기는 해도 이 해석이 이론적인 틀을 쓰고 작품 속으로 틈입해 들어와서는 안 된다. 이 일은 비평의 영역인 것이다. 그럼에도 단어를 고르고 문장의 완급과 이미지의 강약을 조절하고 묘사에 깃들어 있는 미세한 어조를 옮길 때 역자가 기울이는 수고는 원전에 대한 그의 해석의 지배로부터 자유로울 수 없다. 그리고 이 지배의 출발점에서 무의식은 다른 요인들과 함께 있다.

하지만 개념이나 이론을 기술하거나 해설하는 논리적인 글도 아니고 번역이 불가능한 음악이나 미술과도 다른 매우 특수한 형식의 예술인 문학은, 번역과 해석이 동시에 가능하다는 특이성으로 인해, 그리고 이 특이성의 내용을 이루는 번역과 해석이 상호교섭할 수 있다는 가능성으로 인해, 무의식의 지배가 한층 두드러질 수 있다.

시나 소설 혹은 극작품을 읽을 때 우리는 이미 명료하고 논리적인 세계를 떠나 매우 독특한 형식을 지닌 가상의 세계로 들어가는 것이고, 이는 곧 의식과 무의식의 경계가 현실에서와는 다른 기준들에 의해 결정되는 세계로의 진입을 뜻한다. 조금 단순화시켜 말해본다면, 소설은 프로이트가 지적했듯이 '낮에 꾸는 꿈'일지도 모른다. 이때 무의식의 움직임은 꿈속에서처럼 완전히 알아볼 수 없는 양상만을 보이는 것도 아니고, 또 현실에서처럼 잘 통제된 모습만을 띠는 것도 아닌, 별도의 형태를 갖게 된다.

이 형태는 우선은 각 장르의 미학적 요구에 적응한 결과이지만, 그러나 무의식은 이때 이 미학적 형태로 작품 속에서 억압을 행하는 현실에 대해 투쟁하거나 사기를 치거나 도망가거나 하는 등의 다양한 움직임을 보인다. 이 움직임은 프로이트가 『꿈의 해석』에서 지적했듯이 몇 가지 무의식의 수사학에 의존해 이루어지고 나아가서는 오이디푸스 콤플렉스에 기초한 여러 유형의 환상(혹은 환각)들로 형상화된다. 프로이트는 이런 이유로 해서 문학 창작을 무의식도 아니고 의식도 아닌 전의식의 심급에 위치시키려는 유혹을 받았다.

우리는 이쯤에서 무의식에 대한 사고인 정신분석이 문학에 대한 전반적인 사고에 있어 하나의 전환을 가능케 했다는 사실에 주목할 필요가 있다. 무의식과 의식의 경계가 현실과 다른 기준에 의해 재정립되는 문학은, 비록 설명의 차원에서는 그런 논의가 가능한 것이라 해도 본질적으로는 무엇을 의미하거나 현실을 반영하기 위해서 있는 것이 아니라 하나의 욕망이 충족되는 과정이자 바로 그 현장인 것이다.

이는 또한 작품 속에는 즉각적이고 전면적으로 충족되어야 할 욕망의 논리만 존재하는 것이 아니라, 그 충족의 유보와 삭감을 요구하는 초자아적 세계의 질서 역시 함께 있다는 말이 된다. 동화의 세계가 요술 할멈의 지팡이에 의존해 있는, 욕망의 논리가 절대적 우위를 점하고 있는 세계라면, 그 대척적인 위치에 있는 사실주의에 근거한 대부분의 근대소설들은 욕망과 억압이 공존하는 세계라고 단순화시켜볼 수 있다.

문학작품에 대한 번역은, 그것이 완벽함을 지향할수록 이 욕망의 논리와 그에 길항하는 현실의 논리가 충돌하는 움직임을 느낄 수 있도록 진행되어야 한다. 단어 하나하나의 시니피앙이 갖는 음운론적 편차에서부터 여러 유형의 수사학에 기초한 문체에 이르기까지, 세세한 배려가 감동의 주요한 일부분을 이루는 무의식의 움직임을 전달하기 위해 바쳐져야 한다.

논의를 구체화시키기 위해 한국작품을 외국어로 번역하는 경우를 상정해보는 것도 한 방법일 것 같아, 이를 위한 한 증례로 필자가 전장에서 이미 분석한 바 있는 구효서의 단편 「당신의 바다는」을 선정하고자 한다.

2. '이국'과 '토속'

구효서의 소설은 근원적으로 "페니스"와 "성기"라는 두 단어가 각각 지니고 있는 '이국'적인 어감과 '토속'적인 어감 사이의 대비에 기초해 있다. 이 대비는 '남근'이라는 신화적, 정신분석적 상징을 확보할 수 없었던(왜냐하면 남근은 근원적으로 금기의 대상이었기 때문에) 무의식적 욕망이 출구 없는 운명일 수밖에 없다는 것을 일러준다.

소설 속에서는 주인공을 좌우로 둘러싸고 있는 두 인물이 모든 면에서 대비를 보이는데, 실제에 있어서 이 대비는 상기한 바 있는 페니스와 성기의 그것에서 시작된다. 먹고 마시고 입는 것에서부터 좋아하는 음악에 이르기까지, 나아가 부부생활과 문학관에 이르기까지, 한쪽이 '토속'이라면 다른 한쪽은 '이국'인 것이다. 그래서 "민박집"에서 먹는 "소주"와 "토종닭"이 "오비가든"의 "드래프트비어"와 이루고 있는 대비는, "영산회상"과 "파가니니"의 그것이면서 궁극적으로는 "성기"와 "페니스"의 대비로부터 시작되는 것이기도 하다.

이 모든 대비, 혹은 선명한 대칭적 형태는 그러나 실제에 있어서는 사물과 의미의 대비가 아니라 시니피앙, 즉 청각적 어감의 대비일 뿐이다. 어쨌든 이 대비는 소설 말미에서 몸무게가 팔십 킬로그램이나 되는 한 여인에 와서 해소된다. 이 술집 여인의 외모는 "판소리 명창 성창순"처럼 생겼으나, 그녀가 부르는 노래는 이국적인 "밀바의 탱고 이탈리아노"인 것이다.

이 소설을 외국어로 옮길 때, 역자는 앞서 말했던 작품의 무의식적 움직임인 선명한 대비를 강조하기 위해 제목마저도 바꾸어 달 수 있을 것이다. 그러나 비단 제목만이 아니라, 페니스와 성기의 어감 차이로부터 기동하고 있는 일련의 대비를 손상시키지 않으려고 할 때부터 역자는 벽에 부딪치고 만다. 예를 들어 페니스라는 말이 한국인에게는 이국적인 외래어이지만, 지금 번역은 페니스가 외국어가 아닌 나라의 독자들을 위해 진행되고 있기 때문이다. 이런 면에서 보면 구효서의 소설은 거의 번역 불가능한 것처럼 보일 수도 있다. 그러나 역설적이게도 이 번역 불가능성을 통해 페니스와 성기의 차이가 우선은 어감의 차이이고 이 차이가 앞서 열거했던 여타의 모든 대비를 무의식적으로 가능케 했다는 점을 인식하게 할 수 있다면, 번역은 그 의도만으로도 작품의 무의식적 움직임을 드러내는 데 기여한 것이 된다. 번역은 이렇게 해서 해석의 일부분으로 간주될 수 있을 것이다.

번역을 하면서 이원론적 대비라는 소설의 전체적인 움직임을 사상시키지 않고 또 그 움직임이 도저히 접근할 수 없는 남근을 향한 무의식적 움직임임을 전달하기 위해서는, 이 소설에서 우월적인 지위를 갖고 있는 시니피앙들 사이의 차이를 최대한 존중해야 한다. 나아가 소설 마지막 부분에서 모든 차이를 무화시키는 팔십 킬로그램의 여인을 주인공이 "통—과—하—고—싶—다"라고 했을 때, 이 묘한 말이 종교적인 어법으로 초월하고 싶다는 의미를 갖는 것일 때, 정신분석의 체계를 따르지 않는다 해도 이 시니피앙의 우위는 존중되어야 한다.

앞서 지적했듯이 의식과 무의식의 경계는 구효서의 소설 속에서 현실과는 다른 기준에 의해 설정된다. 그것은 우의적으로 소설 속에서 주인공이 쓰려고 노력하는 장편소설을 불가능하게 하는 힘으로 형상화되어 나타나는데, 이 불가능함은 정신분석의 차원에서 보면 남근을 욕망하는 무의식의 꿈이 성기와 페니스의 차이를 넘어서지 않는 한 충족 불가능하다는 것으로 해석될 수 있다.

"성창순"이 '토속'적인 "판소리" 대신 '이국'적인 "밀바의 탱고 이탈리아노"를 부른다는 것은, 궁극적으로는 성기로 지칭하든 페니스로 지칭하든 시니피앙들의 차이를 넘어서서 존재하는 유일무이하고 동일한 남근에의 접근이 오직 시니피앙들의 차이를 무화시키는 그녀를 통해서만 가능하다는 것을 의미한다. 이는 나아가 욕망은 자신의 것이 아니라 타자의 것이라는 말도 된다. 왜냐하면 시니피앙들의 차이를 넘어서는 곳에 있는 존재는, 인간이 자신을 어머니의 욕망의 대상으로 만들려고 할 때 존재했던 최초의 상상적, 상징적 존재이기 때문이다. 욕망은 실체가 아닌 이 존재의 요구인 것이다.

문학작품은 의식과 무의식의 경계를 다른 기준에 의해 재규정하고 욕망과 금기의 관계를 재정립한다. 따라서 문학은 반항일 수밖에 없다. 빼어난 작품들은, 그럼에도 이 재규정하고 재정립하려는 반항의 움직임이 예술의 형식에 대한 움직임일 때 역사와 사회에 대한 움직임으로 연장될 수 있음을 아는 작품들이다. 번역은 따라서 무의식이 아니라, 보다 정확히 말해 재규정과 재정립을 가능케 하고 그럼으로써 반항을 가능케 하는 이 형식을 옮겨야 할 것이다. 무의식에 대한 담론은 이 형식을 이해하고 번역하는 데 무용(無用)한 것은 아닐 것이다.

한 아이가 빗물에 쓸려내려가는 염소를 구해내면서 마치 자신을 어린 양을 구하는 예수처럼, 수억 개의 별빛이 몸을 둘러싸서 보호하고 있는 아이로 상상한다 • 이 아이의 이름은 김승옥이다. 끝내 이 아이는 어른이 되었을 때 훤 내리닫이웃을 입으신 눈부시게 환한 예수님을 만나 결별을 하고 만다 • 하지만 이 아이는 어른이 되기 전, 청소년 시절에는 현주라는 여인을 납치하기도 했다

"사내는 엄지손가락의 끝을 나머지 네 개의 손가락 끝에 맞대어 원종의 고리를 만든 것이었다 • 그 고리 속에 현주의 기느다란 손목이 갇혀 있는 꼴이었다 • 그 고리는 여자의 손목이 마음대로 움직일 수 있을 만큼 헐렁하였다 • 그러나 빠져나올 수는 없었다

가내 손의 그 섬세한 조작이 그 여자의 마음에 들었다 • 공포 속의 안심이라고 할까. 그 여자는 그런 걸 느꼈다 • 그 여자는 손목을 빼기를 단념하였다 • 그러자 그 고리가 점점 오므라들어 움직이기를 멈춘 여자의 손목을 아프지 않은 한계 안에서 조이는 것이었다

그 여자는 문득 자기의 손과 사내 손의 그 땀에 젖어 미끄러운 틈으로부터 별명의 거친 숨소리가 들려오는 것을 의식하였다 • 그것은 북소리처럼 둔중했고 생선 아가미처럼 가빴다 • 사내의 생명도, 자기의 생명도 아닌 전연 낯선 생명이 지금 마악 땀에 젖은 손과 손의 틈바구니에서 태어난 것 같았다." 사내는 정말로 현주라는 여인을 납치했을까? 아니다 • 김승옥은 자신을 예수로 착각했고 정말로 예수를 만나기도 했지만, 여인의 손목을 닮은 • 때가 물려 단단해진 다른 살덩이리를 엄지손가락의 끝을 나머기 네 개의 손가락 끝에 맞대어 만든 일종의 고리 속에 넣었던 것이고 • 전연 낯선 생명이 지금 마악 땀에 젖은 손과 손의 틈바구니에서 태어났다고 거짓말을 하고 있었다

다른 한 아이는 주인을 알 수 없는 채묵은 무덤에 머리 고삐가 매어져 뜨거운 햇덩이를 머리에 인 채 긴긴 어둠남을 기다리고 있었다 • 무덤에 묶인 개 동심원을 그리던 아이는 보았다 뱀이 머리를 돌치듯이 누군가가 어미를 우닥닥 덮쳐머리는 장면을 • 이 아이의 이름은 이청준이다

이 아이는 장년의 나이가 되어서도 어미를 우닥닥 덮친 뱀에 대한 증오를 삭이지 못해 돌을 집어 그 뱀을 내리쳐 죽이려고 했다 • 그러나 그럴 수 없었기에, 밝은 달이 휘영청 떠오르는 밤 • 만응봉 꼴짜기 앞 포구 위를 나는 비상하이 되고 싶어 목놓아 소리를 토해낸다 • 그 노래가 아무 웃도 격식도 없던 어미의 소리 이어도가 발견한 서럽세었고, 이청준에게는 소설이었다

<h1 style="text-align:center">신경숙</h1>

다른 청년도 있다 • 글 쓰는 작가인데, 페니스와 성기라는 말 사이의 어간 차이에 몰두하다 글이 도저히 안 풀리자 오비가든에서 드래프트비어를 마시고 민박집에 들어가 잠이 당에 소주도 마신다

그러던 어느 날, 건당 술을 마신 그는 판소리처럼 성장순결이 주근하게 생겼지만 정작 그 앞에서는 밀바의 뱅고 이탈리아노가 흘러나왔던 봄무게 관심 킬로그램인 여인의 품에 안긴다 • 안겨서 여인에게 만술한다 • 당신을 통과하고 싶다고, 그리가 여인은 나지막하게 작가에게 속삭인다 • 성기든 페니스든 상관없다고 • 한국어든 외래어든 어차피 나를 통과할 수 없기는 마찬가지니까

소설과 시간

—신경숙의 「그는 언제 오는가」에 나타난 무의식의 움직임을 중심으로

나는 누구인가. 연극이 힘이 세다고 생각했지.
연극이 아니라면 과연 무엇이 나로 하여금
내가 누구인가, 를 생각하게 하겠는가, 하고.
—신경숙, 「그는 언제 오는가」 중에서

1. 머리말—잘못 읽힌 한 편의 소설

인생은 나그네길이고 그 길을 걸어가는 인간은 나그네인지도 모른다. 유행가의 한 대목이기도 한 이 진부하고 단순한 은유들로 이루어진 표현은, 그럼에도 진부하고 단순한 그대로 적절해 보이기만 한다. 한없이 부드러워 누구도 말할 수 있고 누구도 반박할 수 없다. 삶의 시작과 끝에 대한 의문으로부터 시작되는 모든 집요한 질문들을 단숨에 끌어안아버리는 이 부드러움은, 연어의 모천회귀에 기대어 씌어진 신경숙의 소설 「그는 언제 오는가」에서도 느껴진다.

그와 나는 동생의 뼈를 들고 가서 남대천에 뿌렸다. 하얀 가을 햇살에 휘날리던 흰 뼛가루. 그 뼛가루가 가라앉던 물 밑에는 90년에 남대천을 떠났던 연어들이 삼 년 만에 모천으로 돌아오는 중이었다.[1]

연어의 모천회귀는 삼 년이 지나 다시 남대천을 찾아가 소설 「그는 언제 오는가」의 반 이상을 차지하고 있는 죽은 동생의 일기책을 죽은 동생의 뼈처럼 뿌릴 때도 반복해서 나타난다.

언젠가는 이 노트를 언니가 읽게 되길 바래. 그리고 당신 만약 내가 간 후 곧바로 이 노트를 발견하게 되거든 11월에 우리가 가려던 장소에 뿌려줘요. 어딘지 잊지 않았겠죠…… 영혼들은 살아 있는 사람에게 늘 말한대요. 몸은 비록 떨어져나왔지만 영원히 곁에서 지켜보며 사랑하고 있대. 나도 그럴 수 있다면 그렇게 할게요. 죽음은 끝이 아니라고 했어요. 여기에서 다른 세계로 옮겨가는 거래요.

나그네와 길의 관계가 인간과 인생의 관계와 같듯이, 연어의 모천회귀라는 소설의 모티프는 탄생과 죽음을 양 끝으로 하는 인생 전체에 대한 적절한 비유이다. 하지만 나그네와 길이든, 연어의 모천회귀든, 이 비유는 알레고리로 확장되면서 진부함을 드러내기 쉽다. 신경숙 역시 자신의 글과 사고가 알레고리로 확대되면서 확보해주는 넉넉하고 단순한 힘과 비의가 서려 있는 듯한 분위기를 믿고 있다. 이 믿음은 습관이고 체질일 수 있으며, 한국의 일정한 정서와 일치하는 것이었다는 면에서는 행운이기도 하다. 하지만 언어를 조탁하는 작가에게는 하나의 위험일 수도 있다.

신경숙에 대한 가장 완벽한 찬사로 여겨지는 다음과 같은 평가를 보면 그의 소설이 적지 않은 한국인들이 문학에 기대하는 것에 잘 부합하고 있음을 알 수 있다. "수상작 「그는 언제 오는가」는 인간의 운

---

1) 신경숙, 「그는 언제 오는가」, 『그는 언제 오는가─1997년 제28회 동인문학상 수상작품집』, 조선일보사, 1997. 이하 본문의 인용문은 이 책에서 인용한 것이다.

명을 지배하는 죽음의 문제를 정면으로 다루면서 그 허무의 극단을 극복할 사랑과 생명의식을 섬세한 문체로 그려낸 작품이다. 연어의 모천회귀를 모티프로 삼아 길 떠나는 남녀의 여행을 통해 삶이란 죽음으로 가는 도정이고, 죽음은 본래의 자기 자신으로 되돌아가는 회귀의 정점임을 선명하게 전하고 있다. 작가는 그 여행을 따라가면서 연어가 아닌 언어를 낚아올리고 있으며, 그 언어는 바로 인간 존재의 심연 속에 웅크리고 있는 삶의 진정한 의미를 가리키고 있다. 독자들은 이 소설을 읽으면서 그 자신의 내면 속으로 파고드는 삶의 미묘하면서도 체온처럼 따뜻한 숨결을 느낄 수 있을 것이다."

동인문학상 심사위원회가 쓴 이 글에서 마지막 문장, 즉 "독자들은 이 소설을 읽으면서 그 자신의 내면 속으로 파고드는 삶의 미묘하면서도 체온처럼 따뜻한 숨결을 느낄 수 있을 것이다"는 한국인들이 문학에 기대하는 것을 잘 겨냥하고 있는 진술이다.[2]

문학상 심사위원회가 쓴 짧은 발문이므로 이 글 자체를 따지고 들 수는 없을 것이다. 하지만 이 글은 짚어봐야 할 몇 가지 문제점들을 갖고 있고, 특히 "죽음은 본래의 자기 자신으로 되돌아가는 회귀의 정점임을 선명하게 전하고 있다"는 진술에 등장하는 "선명하게 전하고 있다"는 말과, 마지막에 나오는 "내면 속으로 파고드는 삶의 미묘하면서도 체온처럼 따뜻한 숨결"이라는 작가의 "섬세한 문체"에 대한 언급은 조금 깊이 따져보아야 할 대목들이다. "내면 속으로 파고드는 삶의 미묘하면서도 체온처럼 따뜻한 숨결"은 문학상 심사위원회의 붓끝에서는 그 이상의 말을 찾을 수 없을 정도로 극찬이었지만, 어떤 이들에게는 작가의 문체와 그 문체를 받치고 있는 문학에 대한 작가

---

2) 제28회 동인문학상을 수상한 신경숙의 소설을 심사한 위원들은 현재 조선일보사에서 주관하는 동인문학상 심사위원회와는 다른 인사들로 구성되어 있었다.

의 전체적인 관념에 들어 있는 신경숙 소설의 '감상성' 혹은 '소녀 취향'을 나타내는 말로 들릴 수도 있기 때문이다. 소설은 다른 예술들처럼 이른바 '취향의 문제'에 민감할 수밖에 없고, 때문에 자연히 일군의 사람들이 칭찬을 할 때 같은 작품을 놓고 비호감을 드러내는 이들이 있을 수 있다.

그러나 "내면 속으로 파고드는 삶의 미묘하면서도 체온처럼 따뜻한 숨결"이라는 상찬이나 '감상성'과 '소녀 취향'이라는 지적은 모두 작품에 대한 철저하지 못한 독서에서 나온 피상적인 인상에 지나지 않는 것일 수도 있다. 동인문학상 심사위원회의 조금은 의도적인 상찬의 말이나 그 반대편에 서서 신경숙의 소설을 두고 '감상성' 혹은 '소녀 취향'을 말하는 이들의 지적이 모두 피상적일 수 있다는 것이다. 양쪽 모두 신경숙의 소설 「그는 언제 오는가」를 잘못 읽고 있지 않았나 하는 의혹은 어떤 면에서 보면, 한 작품에 대한 독서와 분석을 넘어서서 문학 전체에 대한 관(觀)의 차이를 논의해볼 수 있는 기회를 제공해줄 것이다.

심사위원회가 발문에서 독자들이 "섬세한 문체"를 통해 "내면 속으로 파고드는 삶의 미묘하면서도 체온처럼 따뜻한 숨결"을 느낄 수 있다고 말했을 때, 이 말과 "죽음은 본래의 자기 자신으로 되돌아가는 회귀의 정점임을 선명하게 전하고 있다"는 말 사이에는 상당히 심각한 모순이 있다. "섬세한 문체"를 통해 "선명하게 전하고 있다"는 말은 그 자체로 모순인 것이다. 무엇보다 "죽음은 본래의 자기 자신으로 되돌아가는 회귀의 정점"이라는 이 엄청난 메시지를 어떻게 "선명하게" 전할 수 있을까? 소설은 불경이나 성서 같은 종류의 글이 아니다. 성자전도 아니고, 득도한 스님들의 법어집도 아니다. 도저히 그럴 수가 없다. 소설은 어떤 경우에도 "죽음은 본래의 자기 자신으로 되돌아가는 회귀의 정점임을 선명하게" 전할 수 없다. 따라서 소설을 두고 그렇게 말해서도 안 된다. 게다가 신경숙의 소설은 결코 "죽음은 본래의 자기 자신으로 되돌아가는 회귀의 정점"이라고 말한 적이 없다. 아마도 "죽음은 본래의 자기 자신으로 되돌아가는 회귀의 정점임을 선명하게 전하고 있다"라고 쓴 이들은 소설이 기대고 있는 연어의 모천회귀는 물론이고 죽은 동생의 일기에 남겨진 글, 즉 "영혼들은 살아 있는 사람에게 늘 말한대요. 몸은 비록 떨어져나왔지만 영원히 곁에서 지켜보며 사랑하고 있대. 나도 그럴 수 있다면 그렇게 할게요. 죽음은 끝이 아니라고 했어요. 여기에서 다른 세계로 옮겨가는 거래요"라는 대목을 염두에 두고 있었을 것이다.

하지만 우리가 보기에 소설가는 그런 메시지를 "선명하게" 전달하기에는 아직 젊다. 우리는 오히려 아직 젊고 더 많은 고통을 겪으며 소설을 써야 할 작가 신경숙의 "섬세한 문체"를 죽음의 문제를 다루면서 작가가 의존할 수밖에 없었던 문체로 보고 싶어진다. 그러니까 "섬세한 문체" 혹은 그 결과 독자가 느껴야 할 "내면 속으로 파고드는 삶의 미묘하면서도 체온처럼 따뜻한 숨결"은 "선명하게" 드러낼 수 없는 죽음에 대한 번민과 일종의 강박관념처럼 쉽게 놓여날 수 없는 멜랑콜리를 피해가는 혹은 우회해가는 작가의 미학적 선택이었다고 보아야 할 것이다.

"섬세한 문체"는 어쩌면 작가로서는 자신이 가진 모든 것이었고, 그래서 '최후의 선택' 같은 것이었는지도 모른다. 이렇게 보면, 그의 "섬세한 문체"를 '감상성'이나 '소녀 취향'으로 보는 시각도 정확했던 것만은 아니다. 「그는 언제 오는가」에서 이 감상성마저 없었다면, 죽음에 대한 의식을 견딜 수 없었을 것이기 때문이다. 따라서 소설 속에서 죽음에 대한 의식이 얼마나 철저했는지를 파악할 때만, 이 감상성을 이해할 수 있고 감상성이라는 평가가 적확한 것이었는지도 판단할 수 있다. 그러므로 우리는 「그는 언제 오는가」를 다시 철저하게 읽어볼 수밖에 없다.

그러나 우선 한 가지 물어야 할 것이 있다. 과연 '죽음에 대한 의식'이라는 것이 파악할 수 있는 대상일까? 여기서 공포, 강박관념, 우울증, 혹은 죄의식이나 성같이 죽음과 늘 어울려다니는 상투적인 개념들을 다시 들먹이는 우를 범해서는 안 될 것이다. 이런 것들이 죽음을 이해하는 데 유용하기는 하지만, 결정적이거나 절대적이지는 않기 때문이다. 또 정치사회학적 접근이나 민속이나 신화를 통한 접근도 죽음과 죽음에 대한 의식을 파악하는 데 도움을 주지만 역시 결정적이거나 절대적이지는 못하다.

어쩌면 우리는 이런 이유로 소설을 읽는 것인지도 모른다. 소설이라고 해서 죽음과 그것에 대한 의식에 대해 결정적이거나 절대적인 이해를 제공하는 것은 아니지만, 우리는 소설이 다른 종류의 접근을 허락할 수 있음을 알고 있다. 소설은 그것 자체로는 소설에 지나지 않지만, 그러나 소설을 읽고 분석하고 해석하면서 우리가 소설에 무언가 다른 것을 기대하는 것은 자연과학이나 사회과학 분야의 논리적인 글과는 달리, 소설은 누구에게나 동일하게 읽힐 수밖에 없는 선험적인 내용이나 형식을 갖고 있지 않기 때문이다. 소설은 어떻게, 그리고 얼마나 깊이 읽느냐에 따라, 심지어는 언제 읽느냐에 따라 상당히 다른 의미를 지닐 수 있는 예술작품인 것이다.

2. 작가의 시간과 인물의 시간

1. 소설 속의 장미꽃과 연극 속의 장미꽃

소설은 작가든 독자든, 글의 흐름을, 즉 시간을 쫓아가지 않을 수 없는 장르적 속성을 갖고 있다. 서사구조를 이루는 사건들의 전후관계는 가장 기본적인 소설의 시간일 것이고, 과거 회상이나 예감 혹은 그 모든 것이 서로 섞인 세계도 이 기본적인 시간의 흐름을 따라가며 소설 속으로 들어올 수밖에 없다.

소설 「그는 언제 오는가」는 남편이 연극배우였던 아내의 재를 처형과 함께 남대천에 뿌리고 만 삼 년이 지난 날, 우연히 발견한 아내의 일기책을 다시 같은 곳에서 태워버리려고 처형과 함께 새벽에 남대천으로 차를 몰고 가는 줄거리를 따라 진행된다. 중간중간에 옛 기억이 떠올라 차를 몰고 가는 현재 속으로 들어오기도 하고, 그 과거는 어린 시절과 같은 더 먼 과거들을 불러오기도 한다. 양양 근처 남대천으로 차를 몰고 가는 처형과 제부 사이에는 고인이 된 한 여인이 남긴 일기책이 놓여 있기 때문에 갈피마다 옛 기억이 떠오르지 않을 수가 없었을 것이다. 일기책이었기 때문에 망자가 남긴 노트에는 꼼꼼하게 년도와 날짜가 기록되어 있기도 하다. 이 소설에서 죽음과 시간의 문제를 다루려고 할 때 가장 먼저 눈여겨보아야 할 부분은 앞서 말했듯이, 이 망자가 남기고 간 일기책이다. 이 일기책은 소설의 서사구조에서 보면 죽은 동생이 삼 년 전에 남긴, 옛날 일들을 기록한 일기이지만, 소설을 쓰는 작가의 입장에서 보면 소설적 장치로서 지금 소설과 동시에 씌어지고 있다. 즉 집필의 시간과 서사의 시간은 구분되어 있지만, 그 구분은 임의적인 것일 뿐 실제로는 같은 시간인 것이다. 먼저 서사구조에 따라 일기책을 잠시 살펴보자.

이 일기책에 따르면, 동생인 연극배우 서미란은 1990년에 결혼했다. 결혼한 후 매년 임신을 했지만 그때마다 유산이 되어 세 번 유산을 했고, 몹쓸 병에 걸려 스스로 목숨을 끊은 날은 결혼 후 삼 년이 지난 1993년 10월 22일이었다. 남대천으로 망자가 남긴 일기책을 들고 두 사람이 여행을 떠난 날도 삼 년 후인 1996년, 망자가 죽은 기일인 10월 22일이다. 그런데 이날은 우연이겠지만, 죽은 동생의 언니,

즉 동생의 남편에게는 처형이 되는 언니의 생일이기도 하다. 일기책에 따르면 언니와 동생의 나이 차는 두 살이다. 언니가 고2 때 동생은 중3이었다.

소설의 줄거리를 구성하는 이런 날짜나 시간의 전후관계를 따지는 일은 무미건조하고 별 의미도 없다. 그러나 우리는 이 작업을 해야만 한다. 왜냐하면 언니의 다음과 같은 회상 때문이다.

그는 얼마나 자상했던가. 처형인 내가 아직 혼자인 것을 여동생보다 더 신경을 쓰던 사람이었다. 저녁마다 미장원 셔터를 내려주었고 시간이 날 때면 내가 아끼는 미용가위를 오일을 발라 싹싹 닦아놓는 사람이었다. 동생과 결혼한 해부터 내 생일이면 한 송이씩 보태서 사오던 붉은 장미꽃. 계절이 바뀔 적마다 그가 필름을 갈아끼우며 찍어주던 사진들. 휴일에 텔레비전을 보고 있으면 그가 타 내오던 모카커피.[3]

즉 만일 동생이 죽지 않아서 옛날처럼 세 사람이 한집에 살았다면, 언니는 제부가 "동생과 결혼한 해부터" "생일이면 한 송이씩 보태서 사오던 붉은 장미꽃"을 10월 22일, 남대천으로 떠나던 그날도 받았을 것이다. 몇송이를 받았을까? 앞서도 말했지만, 소설의 줄거리를 구성하는 이런 하잘것없는 숫자를 헤아리는 일은 정말로 하고 싶은 일이 아니다. 그러나 우리에 앞서 먼저 숫자를 헤아리고 있는 이는 바로 연극무대에서 늘 단역만 맡다가 일기책을 남기고 죽은 동생 자신이다.

---

3) 신경숙의 이 소설은 영어와 독어로 번역되어 외국에 소개되었는데, 아마도 번역을 맡은 이들은 이 연도와 날짜, 그리고 10월 22일이 망자의 기일이자 망자의 언니의 생일이라는 사실을 눈여겨볼 수 있었을 것이다.

1993년 5월 22일

두 달 동안의 공연이 오늘 막을 내렸다. 나는 지난 두 달 동안 무대 위의 공원에서 장미꽃을 팔았다. 하루에 네 송이씩 팔았으니 다 합치면 몇송이인가? 육십 곱하기 사. 이백사십 송이? 월요일은 공연이 없었으니 한 달에 월요일이 네 번 있다고 치고 그러면 팔 일. 팔 곱하기 사. 삼십이 송이. 이백사십 빼기 삼십이. 이백여덟 송이.

이 단역배우의 숫자 헤아리기를 주목해서 봐야 하는 것은 셈이 틀렸다 맞았다를 따져야 하기 때문이 아니라, 그것 자체로 의미를 지니고 있기 때문이다. 작가는 '감상성' 혹은 '소녀 취향'의 위험에도 불구하고, 숫자를 자세하게 헤아려봐야만 했기 때문이다. 다시 말해 죽은 동생에게는 두 달 동안의 공연에서 팔았던 장미꽃이 장난 삼아 한 번 세어볼 정도의 의미가 아니라, 매우 중요한 의미를 지니고 있었던 것임을 알 수 있다. 비록 "무대 위의 공원에서" "한꺼번에 다 파는 게 아니라 극이 시작될 때부터 중간중간 네 번을 등장해서 팔"아야만 했던 연극 속에서의 역할 때문에 장미꽃을 팔아야 했지만, 죽은 동생은 연극 속에서 자신이 판 장미꽃에 강한 애착을 갖고 있었다고 보아야 할 것이다. 죽은 동생은 1993년 5월 22일 일기 전체를 장미꽃 송이를 헤아리는 데 할애하고 있다. 장미꽃 송이를 헤아리던 단역배우는, 장미꽃을 파는 역할을 하던 공연이 한창 진행중일 때 쓴 다른 일기 속에서는 다음과 같이 말하고 있다.

1993년 4월 16일

나는 내가 맡은 배역이 아무리 단역이어도 그 배역 속으로 들어가 그때 그 순간의 나를 소진시켰다. 무엇이 남아 있기를 바라지 않았다. 스쳐 지나가는 역에 그 순간의 나의 에너지를 다 소진시키고 다시 새

로운 배역의 감정 속으로 들어가려고 했던 것이 내 배우생활의 전부
다. 그런데도 늘 남아 있는 감정이 늘 나를 불안하게 한다. 마음속에
11월 같은 비가 축축이 내릴 때면 채 연소되지 않은 감정들이 우우거
리며 내게 깃들었다. 끝끝내 소멸되지 못한 감정들은 넋이 되어 배우
가 아닌 진짜 내가 되려고 아우성치기도 한다. 배우가 아닌, 나. 일상
속의 내가.

언니가 자상했던 제부를 회상하는 대목에 나오는 "생일이면 한 송
이씩 보태서 사오던 붉은 장미꽃"은 '소설 속의 장미꽃'이며, 자살하
기 전 동생이 연극을 하며 무대에서 네 번에 나누어 팔았던 장미꽃은
소설 속의 장미꽃이면서 동시에 소설 속에 나오는 '연극 속의 장미
꽃'이다. 그런데 위에 인용한 1993년 4월 16일자 일기에 따르면, 이
동생은 연극이 끝난 후에도 "늘 남아 있는 감정"으로 불안해했으며,
그 "감정들은 넋이 되어 배우가 아닌 진짜 내가 되려고 아우성치기
도" 했다. 그러니까 죽은 동생은 연극 속에서 역을 맡은 배우로서의
자아와 배우가 아닌 동생과 아내로서의 일상 속의 자아가 서로 섞이
는, 조금은 병적인 혼동을 경험했던 것이다. 이 혼동은 장미꽃과 연
결되어 있는 것이었으며, 따라서 동생이 들었다는 "배우가 아닌 진짜
내가" "일상 속의 내가" 되려는 "아우성" 소리는, 자상한 제부가 "생
일이면 한 송이씩 보태서 사오던 붉은 장미꽃"을 받는 언니처럼 되었
으면 하는 아우성이었다. 동생은 그렇다면 남편 이외의 다른 남자를
몰래 사랑하고 있었던 것일까? 그것은 아니다. 소설에서 연극배우인
동생은 결혼을 한 후에 잠시 옛날 애인이었던 극작가를 만나지만, 그
만남은 직업적인 만남이었고 오히려 지금의 남편을 사랑하고 있다는
사실을 동생에게 확인시켜줄 뿐이다. 신경숙의 소설 「그는 언제 오는
가」는 불륜을 다룬 소설이 아닌 것이다.

아마도 플루트를 부는 여주인공 역할을 내가 했으면 좋겠다고 생각한 사람은 연출가인 이충희씨가 아니라 작가인 그 사람인 모양이었다. 서미란씨 생각하고 썼는데…… 그는 나를 서미란씨라고 호칭했다. 예전에 그는 나를 뭐라고 불렀었지? 란. 그래 란이라고 했었지. (……) 그가 뭉개놓고 간 담배꽁초를 보면서 남편 생각을 했다. 깊이 깨달았다. 그가 내게 아직도 사랑한다고 말했을 때, 내가 얼마나 남편을 사랑하는지를.

그렇다면 "끝끝내 소멸되지 못한 감정들"이자 "넋"이기도 한, 동생의 가슴속에서 메아리치는 "배우가 아닌 진짜 내가" "일상 속의 내가" 되려는 "아우성" 소리는 언니가 되겠다는 소리다. 그러니까 "무대 위의 공원에서" "한꺼번에 다 파는 게 아니라 극이 시작될 때부터 중간중간 네 번을 등장해서" 장미꽃을 팔아야만 했던 연극은 소설 속의 한 삽화나 사건으로 등장하는 단순한 연극이 아니라, 전혀 다른 의미를 갖고 있는 연극이라고 봐야 한다. 소설과 연극 속에 함께 나오는 장미꽃, 두 장미꽃이 정확하게 네 송이였다는 점, 그리고 무엇보다 동생이 연극이 끝났을 때도 연극과 현실을 혼동하여 "배우가 아닌, 나. 일상 속의 내가" 되려고 했다는 점 등이 소설 속에 나오는 연극을 작가가 설정해놓은 그대로 받아들이지 않고 전혀 다른 연극으로 보도록 하고 있는 것이다.

여기서 소설 속에 나오는 연극은 우리에게 다음과 같은 두 가지 사실을 일러준다.

첫째, 소설과 연극 속에 장미꽃이 함께 나오는 것과 그 두 종류의 장미꽃이 정확하게 네 송이였다는 우연의 일치를 우연의 일치로 보지 않는다면, 우리는 제부가 처형에게 한 송이씩 보태서 장미꽃을 사다준 지난 사 년이라는 시간이, "무대 위의 공원에서 하루에 장미꽃

네 송이를" "한꺼번에 다 파는 게 아니라 극이 시작될 때부터 중간 중간 네 번을 등장해서 팔기 때문에 공연이 끝날 때까지 비울 수도 없"었던 연극에서는 하루로 축약되어 나타났다는 점을 받아들여야만 한다. 동생이 1990년에 결혼을 했으니 90, 91, 92, 93년 사 년 동안 매번 생일날이면 처형은 제부가 "한 송이씩 보태서 사오던 붉은 장미꽃"을 받은 것이고, 이것이 죽은 동생이 연기했던 연극에서는 아침, 점심, 저녁, 밤이라는 하루의 시간 단위들로 표현되었다고 볼 수 있는 것이다. 혹은 어떤 배경을 갖고 있는 연극인지 알 수가 없으니 시간을 봄, 여름, 가을, 겨울로 이어지는 사계절로 볼 수도 있다.

둘째, 모든 해석에 앞서, 대체 연극배우였던 죽은 동생의 그 욕망, 즉 "끝끝내 소멸되지 못한 감정들"이 "배우가 아닌, 나. 일상 속의 내가" 되려는 욕망이 가능하기나 한 것인가 물을 필요가 있다. 이는 불가능한 헛소리에 지나지 않는다. 나아가 동생이 되려고 했던 '배우가 아닌 나, 일상 속의 나'는 대체 누구인가? 연극배우 서미란은 무대에서 어떤 역할을 해도 연극이 끝나면 자연스럽게 현실과 일상 속의 동생과 아내의 역할로 돌아올 것인데, 기이하게도 동생은 "끝끝내 소멸되지 못한 감정들은 넋이 되어 배우가 아닌 진짜 내가 되려고 아우성치기도 한다. 배우가 아닌, 나. 일상 속의 내가"라고 길게 말하고 있다. 대체 '진짜 나, 배우가 아닌 나, 일상 속의 나'는 누구란 말인가? 여기서 우리는 "끝끝내 소멸되지 못한 감정들은 넋이 되어 배우가 아닌 진짜 내가 되려고 아우성치기도 한다. 배우가 아닌, 나. 일상 속의 내가"라고 동생이 일기책 속에 적었을 때, 이 "배우가 아닌, 나. 일상 속의 내가" 연극배우 서미란이 연극이 끝나면 현실과 일상 속으로 돌아와 자연스럽게 맡게 될 동생과 아내의 역할이 아닌 다른 역임을 알 수 있다. 동생의 역도 아니고 아내의 역도 아닌, 배우 서미란이 원하는 다른 역은 어떤 역이었을까?

2. 연극 속의 귀신과 소설 속의 귀신

이 질문에 답을 하기 위해서는 서미란이 장미꽃 네 송이를 한꺼번에 파는 게 아니라 하루에 네 번 나누어 팔아야 했던 역을 끝내고 10월 22일, 스스로 목숨을 끊던 날 맡았던 다른 역을 살펴보아야만 한다. 언니는 동생이 자살했던 날을 다음과 같이 회상한다.

모든 것이 전날과 마찬가지였다.
열시쯤 동생은 공연을 마치고 돌아왔다. 분장이 채 지워지지 않은 얼굴이었다. 그때 동생은 얼굴에 가부키처럼 흰 칠을 하고 유리창에 비치는 귀신 역할을 하고 있었다. (……) 그애가 자는 게 아니라 죽었다는 것을 발견한 건 출장에서 돌아온 제부였다.

자살을 한 그날, 동생은 "얼굴에 가부키처럼 흰 칠을 하고 유리창에 비치는 귀신 역할을 하고 있었다". 우연일까? "얼굴에 가부키처럼 흰 칠을 하고 유리창에 비치는 귀신 역할"과 동생의 죽음 사이에는 하등의 관련도 없는 것일까? 어떤 경우든 한 가지는 분명해졌다. 즉 이제 동생은 자신이 그토록 원했던 "배우가 아닌, 나. 일상 속의 내가" 된 것이다. 다시 말해 이제 연극배우 서미란은 연극에서 그녀가 맡았던 "얼굴에 가부키처럼 흰 칠을 하고 유리창에 비치는 귀신 역할"을 현실에서도 할 수 있게 된 것이다. 그녀는 죽었고 연극에서 맡았던 그대로 귀신이 되었다. 따라서 우우거리며 깃들었던 채 연소되지 않은 감정들, 넋이 되어버린 끝끝내 소멸되지 못한 감정들, 배우가 아닌 진짜 내가 되려고 하는 아우성 소리, 배우가 아닌 나, 일상 속의 나는 결국 죽음이었다. 조금 더 정확히 말하면, 연극배우 서미란은 오직 죽음을 통해서만 '배우가 아닌 나, 일상 속의 나'가 될 수 있었다. 그러나 죽은 사람이 과연 '배우가 아닌 나, 일상 속의 나'가

된 것일까? 그렇다. 진짜 서미란은 죽음이었다. '배우가 아닌 나'는 죽음이었고, '일상 속의 나' 역시 죽음이었다. 삼중의 허구, 즉 소설 속의 허구인 일기책 속의 또다른 허구인 연극 속의 '나'는 '배우가 아닌 나, 일상 속의 나'였고, 이제 죽음은 현실이 된 것이다.

이렇게 해서 연극배우 서미란은 소설 속에서 두 번의 연극에 출현해 자신의 말에 따르면 비록 단역에 지나지 않았지만, 해석한 대로 결코 단역이 아닌 매우 중요한 역을 맡았었다. 막이 내릴 때까지 무대를 떠나지 못하고 네 번에 나누어 장미꽃을 팔았고, 그 장미꽃은 제부가 처형의 "생일이면 한 송이씩 보태서 사오던 붉은 장미꽃"이었다. 두번째 의미 있는 역할은 자신의 바람대로, 혹은 "채 연소되지 않은 감정들이" "넋이 되어 배우가 아닌 진짜 내가 되려고 아우성치"던 소리가 시키는 대로, 연극에서 맡았던 귀신 역할 그대로 "분장이 채 지워지지 않은" 채 일상 속으로 들어와 스스로 목숨을 끊음으로써 "배우가 아닌 진짜 내가", 즉 "죽음"이 된 것이다.

연극배우 서미란, 그녀는 처음부터 죽음이었다. 그녀가 세 번 유산을 했고, 졸지에 부모를 잃어버렸기 때문이 아니다. 그녀에게 '배우가 아닌 나, 일상 속의 나'가 되는 유일한 방법은 죽음 이외에 다른 길이 없었기 때문이다. 연극 속에서도 오직 "얼굴에 가부키처럼 흰 칠을 하고 유리창에 비치는 귀신 역할"을 했을 때만 "배우"와 "배우가 아닌, 나"가 일치할 수 있었던 것이다.

따라서 죽음이라는 동생을 둔 언니는 삶이라고 볼 수밖에 없다. 붉은 장미꽃을 "생일이면 한 송이씩 보태서" 받은 장본인도 아내인 동생이 아니라 처형인 언니였다. 동생은 장미꽃을 팔기만 했지 한 번도 받아보지 못했다. 신경숙의 소설에서는 단 한 번도 죽음이 "본래의 자기 자신으로 되돌아가는 회귀의 정점"인 적이 없었으며, 작가는 그것을, 우리의 복잡한 분석이 일러주듯이, "선명하게 전하고" 있지도 않다. 죽음은 "본래의 자기 자신으로 되돌아가는 회귀의 정점"이 아니라, 언니로 의인화된 삶과 끈질기게 길항하며 삶을 위협하고 어두운 그림자를 드리우는, 말하자면 삶과 팽팽한 긴장관계 속에 있는 것이었다.

3. 주연과 조연, 삶과 죽음, 의식과 무의식

죽은 동생 서미란은 결혼을 한 후에도 예전의 애인을 만났다. 예전의 애인은 극작가였고, 그는 옛 애인인 서미란에게 "서미란씨를 생각하고" 쓴 연극에서 "플루트를 부는 여주인공 역할"을 맡아달라고 했다. 서미란은 이 제의를 거절했다. 단역으로만 출연하던 서미란에게 주연을 맡아달라는 제의는 물리치기 쉽지 않은 제의였다. 그래서 서미란이 이 제안을 거절하자 연출가인 "이충희씨는 어리둥절해져서 서미란을 바라보았다. 서미란씨, 그 말이 진심이오? 이충희씨 눈은 이 여자가 굴러온 복을 발로 차네, 라고 말하고 있었다". 표면적인 이유는 극작가가 옛 애인이었다는 데서 찾을 수 있겠지만, 서미란이 플루트를 부는 역을 거절한 진짜 이유는 다른 데 있었다. 다름아니라 그 역이 평소 서미란이 맡아왔던 단역이나 조연이 아니라, "주연"이었기 때문이다.

실제로 죽은 동생은 단역이나 조연만 맡아왔다. 그녀는 주연은 한번도 못 해봤다.

1993년 4월 15일
배우생활이 좋니? (……) 아일 낳는 일보다 더 가치 있다고 생각하니? (……) 예나 지금이나 나는 주연배우는 아니다. 나는 늘 스쳐 지나가는 역을 맡아 해왔다. 슬픔에 빠진 주연배우의 얘기를 들어주는 친구이거나, 어느 때는 대사 한마디 없이 진열장에 팔을 쳐들고 서 있는 역할을 공연이 쉬는 월요일 저녁만 빼놓고 삼 개월 동안 한 적도 있었다. 언젠가 주연배우의 분신 격인 그림자 역할을 맡았던 것이 그 동안 내가 맡아온 역할 중 가장 큰 역일 것이다. 무대의 중앙에서는 아니지만 주연배우의 내면을 말해주는 그림자이므로 주연배우가 움직이는 대로 따라 움직이며 속엣말을 끝도 없이 뱉어냈었으니. 언니 말이 맞는지도 모른다. 지금 나는 무대 위의 공원에서 하루에 장미꽃 네 송이를 팔고 물러나는 역할을 맡고 있다. 한꺼번에 다 파는 게 아니라 극이 시작될 때부터 중간중간 네 번을 등장해서 팔기 때문에 공연이 끝날 때까지 비울 수도 없다.

동생은 오직 단역, 즉 동생 자신의 말에 따르면 "스쳐 지나가는 역" 혹은 "주연배우가 움직이는 대로 따라 움직이며 속엣말을 끝도 없이 뱉어"내는 "주연배우의 분신 격인 그림자 역할"만을 해왔다. 동생은 우리가 분석해본 대로, 남편으로부터 장미꽃을 받는 현실 속의 언니처럼 한 번도 주연을 맡아보지 못했고, 대신 "무대 위의 공원에서 하루에 장미꽃 네 송이를 팔고 물러나는 역할"을 맡았을 뿐이다. 스스로 목숨을 끊는 그날도, "얼굴에 가부키처럼 흰 칠을 하고 유리창에 비치는 귀신 역할"만을 했을 뿐이었다. 그러나 이 영원한 단역배우인 서미란이 맡았던 마지막 조연은, 서미란이 스스로 목숨을 끊음으로써 그녀를 비록 주연은 아니라 해도 '현실 속의 나, 일상 속의 나'로 만들어주었다.

그렇다면 조연이 아닌 주연은 누구였던 것일까? 동생 서미란이 죽음 그 자체였다면, 삶은 소설 속에서 누구로 의인화되어 나타났을까? 우리가 할 수 있는 답은 언니밖에 없다. 그리고 삶인 언니와 죽음인 동생은 소설가 스스로 정확하게 지적했듯이, "분신"의 관계를 이루고 있다. 다시 말해 언니와 동생은, 이제는 정신분석 용어만도 아닌 이른바 알터 에고(Alter-Ego), 즉 서로가 서로에게 '또다른 자아'인 분신의 관계를 맺고 있다. 그러므로 우리는 언니와 동생 사이에 두 살의 나이 차가 있는 현실도 무시해야 한다. 나아가 언니는 일기 같은 것은 써본 적도 없고, 동생 서미란이 출연한 연극에는 코빼기도 내밀지 않은 한 동네 미장원 주인에 불과할 뿐이지만, 그녀는 주연이었고 삶이었다. 정신분석이 필요한 부분이 바로 여기인데, 이 언니와 동생이 맺고 있는 분신관계에서 언니는 의식이며, 그 주연의 "그림자 역할"을 맡아 "주연배우가 움직이는 대로 따라 움직이며 속엣말을 끝도 없이 뱉어"내는 조연을 맡았던 동생은 무의식이었던 것이다. "속엣말"은 소설에서 무의식을 지칭하는 말 이외의 다른 것이 아니었다. "그림자" 역시 분신을 지칭하는 아주 적절한 말이었다.

4. 망자의 일기책과 산 자의 회상

죽은 동생 서미란은 비록 단역이어도 연극을 하는 배우였다. 일기책도 그녀가 남긴 글이다. 반면 언니는 일기도 쓰지 않고 연극배우는 더더욱 아니며, 단지 동네에서 작은 미장원을 운영하는 평범한 여자일 뿐이다.

이제 우리는 동생도 아니고, 언니도 아닌, 다른 한 여자에 대해 이야기하고 싶어진다. 즉 자신의 정신을 동생과 언니로 나누어, 동생에게는 죽음과 무의식을 의인화하는 역을 맡기고, 언니에게는 삶과 의식의 역을 배정한 작가 신경숙에 대해 이제 말해야 한다.

우리는 앞에서 소설과 시간의 문제를 다루기에 앞서 다음과 같은 말을 했다. "이 소설에서 죽음과 시간의 문제를 다루려고 할 때 가장 먼저 눈여겨보아야 할 부분은, 앞서 말했듯이 이 망자가 남기고 간 일기책이다. 이 일기책은 소설의 서사구조에서 보면 죽은 동생이 삼 년 전에 남긴, 옛날 일들을 기록한 일기이지만, 소설을 쓰는 작가의 입장에서 보면 소설적 장치로서 지금 소설과 동시에 씌어지고 있다."

이 평범한 지적은 그 평범함과는 달리 소설과 시간의 문제를 이해하는 데, 나아가서는 의식의 시간과 무의식의 시간을 이해하는 데 결정적인 도움을 준다. 즉 삼 년 전 동생이 죽기 직전까지 씌어졌고, 그때로부터 다시 삼 년의 세월이 흐른 뒤에 발견된 일기책이라고 작가가 소설 속에서 설정했음에도 불구하고, 작가는 죽은 동생의 일기책을 소설의 한 구성요소로서 지금 소설과 함께 같이 쓰고 있는 '창작의 시간'을 위반할 수는 없었던 것이다. 다시 말해 작가 신경숙은 삼 년 전에 자살한 동생이 남긴 일기책, 그리고 그로부터 다시 삼 년이 지난 날 우연히 발견된 일기책이라고 설정했지만, 실제로 작가는 두 글을, 즉 소설과 소설 속에 등장하는 죽은 동생의 일기를 동시에 쓰고 있었던 것이고, 이 두 글을 동시에 써야만 했던 '작가의 시간'이 행사하는 논리를 벗어날 수가 없었던 것이다.

신경숙은 동생이자 언니였고, 삶이자 죽음이었으며, 의식이자 무의식이었다. 주연배우이기도 했으며, 그 "주연배우가 움직이는 대로 따라 움직이며 속엣말을 끝도 없이 뱉어"내야 하는 "그림자"이기도 했다.

'창작의 시간', 혹은 '작가의 시간'은 자연인 신경숙의 시간이 아니다. 그것은 백지를 앞에 놓고 소설을 쓰는 순간의 시간이다. 오직 이 시간 속에서만 한 존재는 주연과 조연, 삶과 죽음, 의식과 무의식으로 자신을 나눌 수 있다. 이 시간 속에서는 그래서 시간이 흐르지 않는다. 동생이 하루에 네 번 나누어 팔아야 했던 장미꽃은 언니가 사년 동안 받은 장미꽃이 되면서 시간의 구분을 무화시켜버린다. 언니와 동생 사이의 두 살이라는 나이 차이도 사라진다. 동생의 죽음은 "얼굴에 가부키처럼 흰 칠을 하고 유리창에 비치는 귀신 역할"을 통해서만 표현될 수 있었지만, 무의식의 움직임 속에서는 그 귀신이 "분장이 채 지워지지 않은" 채 현실과 일상이 될 수도 있다.

다시 한번 우연의 일치를 가장한 "붉은 장미꽃" 네 송이 이야기와 "얼굴에 가부키처럼 흰 칠을 하고 유리창에 비치는 귀신 역할" 이야기를 강조해보자. 작가는 죽은 동생의 일기책을 삼 년이 지난 다음 읽어보는 언니라는 인물을 통해 마치 먼 과거 이야기처럼 기술했지만, 그것은 소설적 설정이었을 뿐, 작가는 제부와 함께 남대천을 찾아가는 언니와 동생의 과거를 지금 함께 쓰고 있다. 주연과 조연, 삶과 죽음, 의식과 무의식은 흔히 말하듯이 동전의 앞뒤처럼 떼려야 뗄 수 없는 표리의 관계를 맺고 있다. 언니와 동생, 두 분신은 동시에 있어야만 인간이 된다. 조연 없이 주연 없고, 죽음 없이 삶이 없으며, 무의식 없이 의식이 있을 수 없다. 그리고 그 역도 마찬가지이다.

그렇다면 마지막으로 한 가지 의문이 남는다. 죽음이 이렇게 지극히 자연스러운 일이라면, 왜, 어떤 이유로 죽음을 두려워하는 것인가? 우리는 여기서 죽음에 대해 다른 정의를 한번 시도해볼 수 있다.

죽음에 대해 우선 내려볼 수 있는 정의는 소설과의 관련성 속에서 찾아볼 수 있는데, 동인문학상 심사위원회의 말과는 달리, 신경숙의 소설 「그는 언제 오는가」에서 "죽음은 본래의 자기 자신으로 되돌아가는 회귀의 정점"이 아니라 극명하게 반대되는 삶과 정면으로 부딪치고 있다. 말하자면 모천회귀라는 알레고리에 기댔지만, 소설은 삶과 죽음이 변증법적으로 제3의 해결책을 찾기 위해 정면으로 충돌하고 있다. 삶을 의인화하고 있는 언니의 말을 들어보자.

　　나는 제부에게 차를 세워달라고 했다. 더이상 소변을 참을 수가 없었다. 그 동안 그는 과묵해진 것 같다. 내가 차를 세워달라고 한 연유를 묻지 않았다. (……) 나는 천천히 하늘을 향해 높다랗게 쌓여져 있는 낟가리 뒤로 가서 스커트를 걷어올렸다. 동생 생각도 노트 생각도 그만 하고 싶다. 까내린 엉덩이 위로 찬바람이 쿨렁 지나간다. 그렇게 급하더니 낟가리에서 풍겨나오는 햇곡식의 싸한 냄새를 코가 감지해내는 순간 요의가 싹 사라져버린다. 그래도 나는 잠시 그러고 앉아 있었다. 햇곡식의 싸한 냄새. 하늘은 어찌 이런 냄새를 만들어냈을까. 이런 냄새를 맡고 있으면 아직 단 한 번도 발음해보지 못한 말을 하고 싶어진다. 사랑한다, 사랑한다고.

　　신경숙의 소설에서 가장 에로틱한 이 장면은, 삶을 의인화한 언니의 거의 동물적 후각에 의지해 삶만이 아니라 생명 자체를 묘사하고 있다. 그리고 종교적 분위기마저 감돌고 있다. 이번에는 세 번이나 유산을 했고 연극에서 맡았던 역에 만족하지 못하고 자살함으로써 스스로 죽음을 육화해낸 동생의 말을 들어보자.

　　그 총이 내게 있으면, 언니. 나는 이 세상의 생명을 만들었다는 그의 심장에 겨누고 쏘고 싶어. 그는 느닷없이 내 삶에 끼어들어 나를 흔들어댔지. 느닷없이 부모님을 데려가고, 내 아이를 데려가고……

　　언니가 인간의 감각 중 가장 동물적인 감각인 후각에 의존해 "하늘은 어찌 이런 냄새를 만들어냈을까" 감탄하며 "사랑한다, 사랑한다고" 말하고 싶어할 때, 동생은 아마도 같은 존재일 "이 세상의 생명을 만들었다는 그의 심장에 겨누고" 총을 쏘고 싶다고 한다. 언니와 동생, 삶과 죽음, 주연과 조연은 이렇게 서로 반대되는 극단에 서 있다.

신경숙의 소설은 "죽음은 본래의 자기 자신으로 되돌아가는 회귀의 정점"이라는 말을 한 적이 없다. 오직 소설을 잘못 읽었을 때만, 다시 말해 죽음이 삶의 액세서리 정도로 느껴지는 사람들에게만, 신경숙의 소설은 그렇게 읽혔을 것이다. 우리는 신경숙의 소설이 모든 단점에도 불구하고 그렇게 단순한 소설은 아니라고 생각한다.

신경숙은 그의 소설에서 삶과 죽음의 변증법을 통해 다음의 진로를 탐색하고 있었다. 그가 소설쓰기를 통해 이 탐색을 계속할지, 아니면 종교 같은 다른 영역을 통해 그 방법을 찾을지, 우리로서는 알 길도 없고 개입할 문제도 아니다. 혹은 「그는 언제 오는가」에 못 미치는 태작 같은 것을 쓰면서 '꽤 알려진 작가'라는 미망에 만족할지도 모른다.

죽음에 대해 두번째로 내려볼 수 있는 정의는 그 역시 소설과의 관련성 속에서 찾아볼 수 있는데, 다름아니라, 신경숙이 그의 소설 「그는 언제 오는가」에서 드러낸 죽음에 대한 의식은 욕망을 막아서면서 절대금기를 행사하는 죽음이었다는 것이다. 이것은 동생이 남편으로부터 받아야 할 붉은 장미꽃을 언니가 받았을 때부터 시작된다. 이 장미꽃은 장미꽃의 꽃말 때문이 아니라, 언니가 생일마다 한 송이씩 보태서 받았기 때문에 문제가 된다. 언니의 생일날은 동생의 기일이었다. 둘이 분신관계를 이루며 삶과 죽음을 의인화하고 있었으니 이 일치는 당연한 것이었고 굳이 강조할 것도 없다. 문제는 처형이 제부로부터 장미꽃을 받았다는 데 있다. 이때 동원된 장미꽃은 도저히 넘어서는 안 될 금기를 넘어서는 위반의 상징이다.

우리는 처형이 받아서는 안 될 이 "붉은 장미꽃"의 정체를, 오이디푸스 콤플렉스라는 흔하디 흔한 정신분석의 개념을 빌리지 않고는 달리 말할 수가 없다. 다시 말해 기억에도 없는 먼 옛날 정신의 한 부분에 절대적 금기로 자리잡은 욕망과 금기의 관계가 다시 소설을 쓰면서 회귀했다고 해석하고 싶은 것이다. 그 기억에도 없는 금기는 무의식적인 것으로, 죽음이었다. 이 죽음은 욕망이 있는 자리에 있다가 욕망이 절대적인 것을 향할 때, 욕망의 강도에 비례해 욕망과 함께 모습을 나타낸다. 이 무의식적 욕망과 금기가 소설에서는 언니와 동생의 관계로 나타난 것이다. 제부이자 남편인, 언니와 동생 사이에 존재하는 남자는, 욕망의 근원이자 상징적, 신화적 존재인 남근의 소유자, 아버지의 소설적 표현이다. 여기서 남근은 해부학적 남근과는 아무런 관련이 없다. 그리고 욕망의 주체가 여자냐 남자냐도 그리 중요하지 않다.

5. 유골함 혹은 망자가 남긴 일기책

죽음 혹은 그에 대한 의식과 그 의식이 표현되는 문체와 소설의 형식 등은 신경숙의 소설 「그는 언제 오는가」를 이해하고 작품에 대한 상찬과 비호감 모두를 다시 살펴보려고 할 때, 꼼꼼하게 살펴보지 않을 수 없다. 죽은 동생이 남기고 간 일기책이 거의 반 이상을 차지하고 있는 이 소설에서 죽음과 관련된 문제들은 좁게는 소설과 시간의 문제로 압축되어 나타나고, 소설에 대한 분석도 이 일기책과 소설 전체의 서술이 맺고 있는 관련을 중심으로 이루어지게 될 것이다. 하지만 죽은 동생이 남기고 간 일기책이 우연히 발견된 편지 뭉치라는 기법을 동원해 과거의 이야기를 들려주곤 했던 옛날의 서한체 소설에서처럼, 이야기를 풀어가는 단순한 서사적 장치인 것만은 아니다. 죽은 동생이 남기고 간 일기책이지만 그 일기책과 소설을 함께 쓰고 있는 작가는, 과거와 현재를 철저하게 구별할 수 없었다. 이 혼란은 작가가 자신이 만든 소설적 장치라는 덫에 스스로 빠졌기 때문에 일어난 것은 아니었다. 그 정도로 산만한 주의력으로는 소설을 써낼 수가 없었을 것이다. 죽음의 문제와 그 밑에 자리잡고 있는 시간의 문제는 신경숙의 소설에서, 작가의 의식적 통제를 벗어난 지점에서 행사되는 모종의 다른 힘에 의해 천착되고 혼동되며 굴절된다.

앞에서 인용했듯이, 제부와 처형의 관계를 맺고 있는 두 사람은 아내이자 동생인 연극배우 서미란의 "뼈를 들고 가서 남대천에 뿌렸다. 하얀 가을 햇살에 휘날리던 흰 뼛가루. 그 뼛가루가 가라앉던 물 밑에는 90년에 남대천을 떠났던 연어들이 삼 년 만에 모천으로 돌아오는 중이었다". 그리고 그로부터 정확하게 삼 년 후, 우연히 발견된 일기책에 남겨진 망자의 유언대로, 두 사람은 일기책을 태워버리기 위해 다시 남대천을 찾아간다. "언젠가는 이 노트를 언니가 읽게 되길 바래. 그리고 당신 만약 내가 간 후 곧바로 이 노트를 발견하게 되거든 11월에 우리가 가려던 장소에 뿌려줘요."

죽음과 시간은 신경숙의 소설에서, 위의 인용이 일러주듯, 작가가 고안해낸 소설적 장치를 벗어나 힘을 행사하기 시작한다. 앞서 살펴보았듯이 지금 처형과 제부 두 사람 사이에는 죽은 동생이 남기고 간 일기책이 놓여 있지만, 정확하게 삼 년 전 그 일기책의 자리에는 "하얀 가을 햇살에 휘날리던 흰 뼛가루"가 놓여 있었다. 연어가 삼 년 만에 다시 모천으로 돌아왔듯이, 죽은 동생도 다시 돌아온 것이다. 물론 죽은 동생은 "일기책"이라는 형식을 통해 다시 돌아왔다. 하지만 소설가가 고안해낸 이 이야기 장치를 지나치게 강조할 필요는 없다. 우리는 여기서 오히려 유골함과 일기책이 삼 년 전이나 지금이나 같은 위치에 놓여 있다는 사실 자체를 눈여겨보아야 할 것이다. 유골함과 일기책은 옛날이나 지금이나 같은 위치, 즉 처형과 제부 사이에 놓여 있는 것이다. 동생의 유골과 일기책은 삼 년의 시간 차를 두고 똑같이 남대천에 뿌려지지만, 진정으로 강조되어야 할 장소는, 그리고 유골함과 일기책이 차지하고 있는 진정한 자리는, 남대천이 아니라 '처형과 제부 사이'다. 소설에서 유골이 뿌려지고 삼 년 후 다시 망자가 남긴 일기책이 태워 뿌려지는 진정한 모천은, 남대천이 아니라 바로 처형과 제부 두 사람 사이였던 것이다.

하지만 많은 이들이, 심지어 작가마저도, 착각을 하고 있었다. 즉 처형과 제부 두 사람은 지금 남대천으로 가고 있었던 것이 아니라, 유골과 그 유골의 주인이 남긴 일기책이 삼 년 만에 만나는 그 지점을 향해 가고 있었던 것이다. 이 지점이 바로 '죽음'이고 따라서 두 사람은 지금 '죽음'을 만나고 있는 것이다. "유골함"과 망자가 남기고 간 일기책이라는 상징과 은유를 통해, 삼 년이라는 시간을 무시한 채 영원히 같은 자리에 같은 모습을 하고 있는 '죽음'을 두 사람은 만나고 있다. 두 사람은 서로 만났고, 함께 죽음을 만나고 있기도 하다. 삼 년이라는 시간 차는 죽음 앞에서 사라지고 만다. 죽음은 시간을 모르기 때문이다. 삼 년 전에 뿌려졌던 유골과 삼 년 후 같은 장소 같은 날짜에 다시 뿌려지는 일기책은, 죽음이라는, 정지된 같은 시간을 살고 있을 뿐이다. 죽음은 사실이기 때문에 의미를 지니는 것이 아니라, 오직 의식의 대상일 때에만 의미를 지닌다. 죽음에 대한 의식, 그것은 신경숙의 소설에서는 망자의 흰 뼛가루가 담겨 있는 유골함과 망자가 남긴 일기책 등의 비유를 통해, 그리고 궁극적으로는 "얼굴에 가부키처럼 흰 칠을 하고 유리창에 비치는 귀신 역할"을 하던 연극배우에서 죽음을 통해 '현실의 나, 일상의 나'가 된, 영원한 조연이자 분신이었던 동생을 통해 의인화되었다.

그래서 우리는 묻지 않을 수 없다. 왜 죽음이 의식의 대상이 되었는가를. 이 질문에 대한 답은 죽음이 의식의 대상이 될 때 의식이 죽음을 표현하기 위해 동원할 수 있는 모든 언어적 비유장치들을 통해서 역으로 추적할 수밖에 없다. "흰 뼛가루"는 죽음에 대한 은유이지만 너무나 직접적이어서 굳이 은유라고 할 수조차 없다. 그러나 망자가 남기고 간 일기책은 어떤가. 이 일기책은 물론 유골함과 같은 정도로 죽음을 은유하지는 않는다. 나아가 누구도, 심지어 작가마저도, 유골함과 일기책을 같은 오브제와 상징으로 보지 않는다. 왜? 소설의 줄거리가 제공하는 그대로, 유골함과 일기책 사이에는 삼 년이라는 시차가 있기 때문이다. 하지만 두 오브제는 삼 년 전이나 지금이나 처형과 제부 사이에 놓여 있었다. 죽음의 은유와 상징으로, 그리고 금기의 표상과 응징의 무의식적 기호로, 처형과 제부라는 친족관계를 지탱하는 법으로, 친족관계 속에 놓여 있었다. 이 사실을 잊어버려서는 안 된다. 죽음은 현실로 들어와서는 안 된다. 그것이 동생은 영원히 조연이자 분신이고 그림자 역할만 맡아야 했던 이유였다. 그녀는 죽었을 때만 '현실의 나, 일상의 나'가 될 수 있었다. 연극은 망자가 남긴 일기책이 현재 진행중인 죽음에 대한 의식의 기록임을 일러준다.

처형과 제부라는 이 친족관계를 만든 장본인이 바로 유골함 속의 흰 뼛가루가 되어 사라지며 일기책을 남긴 연극배우 서미란이라는 사실은 충분히 강조되어야 한다. 죽음이 아니라 죽음에 대한 의식은 절대적 금기로, 절대적 욕망이 나타날 때만 함께 모습을 나타낸다. 처형과 제부 두 사람은 동생이자 아내인 제삼자의 개입 없이는 만날 수 없다. 처음부터 동생이자 아내인 이 제삼자가 없었다면, 처형과 제부라는 친족관계도 형성될 수 없었다. 소설 속에서 처형과 제부의 만남은 이제 망자가 된 제삼자를 통해 이루어지고 있고, 이는 두 사람의 만남이 죽음에 의해 절대금기의 대상이 될 정도로 절대적인 욕망의 표현임을 일러준다.

따라서 죽음은 욕망이 없다면, 그리고 그 욕망이 그리 대단한 것이 아니라면, 의식의 대상이 되지 않는다. 욕망은 죽음과 함께 있고, 이 욕망과 죽음의 표리관계는 오이디푸스의 전설 속에 등장했던 그 관계가 의식을 뚫고 올라와 소설적 표현을 얻은 것이다. 그러므로 죽음은 삼 년이라는 시간만을 무시하는 것이 아니라, 수십 년의 세월도 무시한 채 어린 시절의 전설을 현재의 시간으로 끌어내 다시 한번 현재화시키는 가공할 힘을 갖고 있다고 해야 할 것이다.

여기서 우리는 레비스트로스가 근친상간의 금지를 문명의 가장 깊은 심부에 자리잡고 있는 인류학적 구조로 보았음을 떠올릴 수 있으며, 동시에 신경숙의 소설이 소설의 형태를 띤 채 이 인류학적 사고에 가까이 다가가 있음을 알 수 있다. 처형과 제부라는 친족관계는 이미 그 관계 속에, 다시 말해 언어적 구조와 그 구조가 표상하는 인류학적 함의 속에 절대적 금기를 간직하고 있는 것이다. 하지만 소설가는 인류학적 탐사나 연구를 통해, 처형과 제부 사이에 유골함과 망자가 남기고 간 일기책을 놓아둠으로써 이 금기를 표현한 것은 아니었다. 그는 인류학자가 아니었다. 이 말은 작가 스스로 엄청난 고통과 그에 못지않게 엄청난 크기를 지닌 욕망을 체험하며, 그 체험이 최초로 이루어졌던 무의식적 시간과 공간 속으로 내려갔음을 의미한다. 소설 「그는 언제 오는가」에서 진정한 모천은 남대천이 아니라, 이 무의식이다. 따라서 신경숙의 소설에서 시간은 이 무의식에 의해 철저히 무시된다. 모든 것은 현재진행형인 것이다. 그러므로 우리는 언니가 읽는 죽은 동생의 일기책을 과거의 기록으로 읽어서는 안 된다. 일기책, 그것은 현재의 욕망이 매번 금기시되는 현재의 기록인 것이다. 따라서 우리는 소설 속의 소설인 이 망자가 남기고 간 일기책에서 죽은 망자가 연극배우로 등장하는 장면을 주의 깊게 보아야만 했던 것이다.

소설 「그는 언제 오는가」는 동인문학상 심사위원회가 지적했듯이, "연어의 모천회귀를 모티프로 삼아 길 떠나는 남녀의 여행을 통해 삶이란 죽음으로 가는 도정이고, 죽음은 본래의 자기 자신으로 되돌아가는 회귀의 정점임을 선명하게 전하고 있"지만 동시에 또하나의 전혀 다른 모티프에도 의존하고 있는데, 그것이 바로 연극이다. 우리는 죽은 동생이 남기고 간 일기책의 많은 부분이 연극에 할애되어 있다는 사실을 눈여겨보지 않은 동인문학상 심사위원들의 안이한 독서를 나무라지 않을 수 없다. 발문 형태의 짧은 글 속에서 모든 것을 다 언급할 수 없었다고 하더라도, 그들은 이 비난을 피해갈 수 없다. 연극은 신경숙의 소설에서 소설 속의 허구인 일기책 속의 또다른 허구인데, 이 삼중의 허구는 그러나 허구가 아니라, 중첩되는 허구의 형식을 취하긴 했지만 현실이었기 때문이다. 죽음에 대한 의식, 그 공포와 무(無)에 대한 막막한 심정은 허구가 아니라 현실인 것이다.

  시간은 부정되고, 가까운 과거와 먼 과거가 서로 섞이고 있으며, 과거는 또 현재와도 섞이고 있다. 소설은 욕망과 금기의 치열한 전장이었으며, 동시에 연극이라는 모티프를 통해 삶과 죽음의 치열한 전장이 되어 있었다. 신경숙의 소설은 "삶이란 죽음으로 가는 도정이고, 죽음은 본래의 자기 자신으로 되돌아가는 회귀의 정점임을 선명하게 전하고 있"지 않다. 작가는 지금 전투를 치르고 있는 중이다. 오히려 우리는 이 싸움의 성격을 변증법적이라고 불러야 할 것이다. "연어의 모천회귀"라는 알레고리의 그 넉넉하고 부드러운 분위기 속에는 '인생은 연극이다'라는 또하나의 알레고리가 숨겨져 있었다. 이 연극을 모티프로 하는 알레고리는 그러나 넉넉하지도 부드럽지도 않다. 왜냐하면 이제 주연과 조연의 싸움이, 실체와 그림자의 투쟁이, 그리고 삶과 죽음의 물러설 수 없는 양자 대면이, 연극 속에서 펼쳐지기 때문이다. 이 싸움을 제대로 못 본 이들은 신경숙 소설의 '감상성'이나 '소녀 취향'을 지적하며 더이상 진정한 독서를 진행시키지 못한 이들이다. 그들은 참으로 넉넉하고 부드러운 사람들이다.

6. 맺는말

신경숙의 소설들을 읽다보면, 감상성이 느껴지는 부분들이 적지 않다. 그러나 이 단점은 작가가 쓴 빼어난 몇 편의 소설 속에서는 치열함과 함께하고 있어서 여성작가라는 점을 염두에 두며 용인할 수 있을 정도다. 만약 단점이라면 단점이랄 수 있는 이 감상성 때문에 그의 소설이 간직하고 있는 장점을 간과한다면 그것 역시 현명한 일은 아닐 것이다.

이는 우리의 분석과 해석이 기대고 있는 정신분석적 인식론에도 그대로 해당된다. 정신분석을 좋아서 하는 줄로 착각하는 이들이 있지만, 절대 그렇지 않다. 그리고 다른 사람들은 어떨지 몰라도 우리는 정신분석이 유용하다고 생각하긴 하지만 한 번도 그 철학적 근거에 대해 확신을 가져본 적이 없다. 집단의 문제와 역사에 대해 정신분석은 아무 이해도 제공하지 못한다. 우리는 문학과 예술에서 운위되는 죽음과 역사가 현실 속의 그것들과 엄청나게 다르다는 것도 잘 알고 있다. 신경숙의 소설을 읽으며 우리가 파악해보고자 했던 죽음에 대한 의식도, 소설을 쓰는 동안만 작용하는 죽음의 극히 작은 일부일 뿐이다.

하지만 문학을 덕담이나 주례사 비평에서 구할 수 있는 방법은 있어야만 한다. 동인문학상 심사위원회가 표방하는 문학은 상업성과 제도권의 문학개념이 교묘하게 섞여 있는 문학이다. 소설은 원래 그런 장르이고 문학상도 나름대로의 순기능을 갖고 있다. 하지만 그들이 선정한 소설이나 그 선정의 잣대가 되는 암묵적인 문학관이 한국문학 전체의 것인 양 생각하고 있었다면 그것은 비판받아야 한다.

조금 더 철저하게 읽고 철저하게 파헤치려고 해야 할 것이다. 문학상이 존재 이유를 갖고 있고 적지 않은 기여를 하는 것이 사실이지만, 그런 문학만이 전부는 아니다. 문학에 대한 보다 분석적이고 보다 방법론적인 접근이 필요한 것이다. 정신분석은 이러할 때 다른 학문과 함께 작은 도움을 줄 수 있다고 믿는다.

'감상성'과 '소녀 취향'은 인상에 지나지 않는다. "죽음은 본래의 자기 자신으로 되돌아가는 회귀의 정점임을 선명하게 전하고 있다"거나 "자신의 내면 속으로 파고드는 삶의 미묘하면서도 체온처럼 따뜻한 숨결" 운운했던 동인문학상 심사위원회의 찬사도 잘못된 인상 이상의 것은 아니었다. 이 인상을 벗어나야만 한다.

우리는 머리말에서 "우선 한 가지 물어야 할 것이 있다"고 하면서, "과연 '죽음에 대한 의식'이라는 것이 파악할 수 있는 대상일까" 하는 의문을 제기한 바 있다. 그리고 덧붙여 "공포, 강박관념, 우울증, 혹은 죄의식이나 성같이 죽음과 늘 어울려다니는 상투적인 개념들을 다시 들먹이는 우를 범해서는 안 될 것이다"라고 말했으며, "또 정치사회학적 접근이나 민속이나 신화를 통한 접근도 죽음과 죽음에 대한 의식을 파악하는 데 도움을 주지만 역시 결정적이거나 절대적이지는 못하다"는 지적도 했다. 그리고 "어쩌면 우리는 이런 이유로 소설을 읽는 것인지도 모른다"고 말하며 소설에 대한 기대를 감추지 않았다.

우리가 분석해본 대로, 신경숙의 소설에서 죽음은 모천회귀가 아니라 오히려 연극이라는 모티프를 통해 언니로 의인화된 삶과의 변증법적 충돌로 묘사되었다. 단지 묘사된 것일 뿐일까? 아니다. 신경숙은 묘사한 것이 아니라 스스로 이 변증법을 겪은 것이다. 이 고통에는 정당한 평가가 내려져야 한다. 문학상 이야기가 아니라, 그 체험을 독자도 함께 나누어 가져야만 하는 것이다. 두 살이라는 나이 차도, 삼 년이라는 시간 차이도, 그리고 과거와 현재라는 시간 구분도 모두 무시하는 무의식의 논리를 따라가며 욕망과 금기가 날카롭게 맞설 때, 이 체험은 오직 소설 속에서만 가능한 죽음에 대한 체험일 것이다.

언어의 기원에 대한 소설적 성찰
―신경숙의 「새야 새야」

　「새야 새야」는 언어의 문제를 다루고 있는 소설이다. 귀머거리에다 벙어리인 '큰놈'과 벙어리인 '작은놈'이 소설의 주인공들인 것은 우연이 아니다. 언어와 관련된 불구자인 이 인물들을 통해, 작가는 말과 글의 차이에 대한 사고뿐만 아니라 언어 이전에 존재했을 수도 있는 한 경이로운 세계마저 더듬고 있다.

　성도 이름도 없고 그 역시 귀머거리에다 벙어리인 아버지의 두 자식들인 큰놈과 작은놈은 언어의 세계 속으로 들어오지 못하고 그 경계에서 어머니를 부르며 죽어간다. "어머니, 열어주세요. 작은놈이에요. 사, 삼켜주세요. 조금, 조금 무덤의 아가리가 벌어진다. 널판지가 짜개지는 소리가 나고 앙상히 마른 두 손이 삐그덕거리며 기어나온다. (……) 개는 뒷걸음치다 다가서다 비명을 지르다 나뒹군다. 캉, 카앙. 안타까운 퍼런 눈은 피범벅이다. 그들의 몸은 이미 안에 들어와 있다. 밑으로 한없이 아늑한 웅덩이다. 어딜 그렇게 헤매고 다녔던 것인지."

　이 두 아들에게서 소리와 말을 빼앗아간 자는 누구일까? 아니 그 이전에 두 아들의 아버지마저 귀머거리에다 벙어리로 만든 자는 누구일까? '작가'라는 답은 하지 말아야 할 것이다. 소설 속에서 이름도 없이 큰놈 작은놈이라 불리는 형제를 일을 부리며 가까이 두고 살았던 나씨, 바로 이 사나이가 말과 소리를 빼앗아간 자이다. 또한 '나씨'는 형제에게 "글"을 가르쳐준 사람이다. 뿐만 아니라 형제에게 "이름"을 지어준 사람도 그였다. "나씨가 맨 처음 가르쳐준 글씨는 '이 작은놈'이었다. 나씨는 그게 너의 이름이라 하였다. 그런데 진짜 이름이라니." 아들들에게 이름을 주는 자는 아버지일 수밖에 없다. 살과 뼈를 주었다는 증거로, 그 유명한 "발가락이 닮았다"는 증거로. '나씨'는 아버지로서 맨 처음 '이 작은놈'이라는 글씨를 가르쳐주었고 그게 아들의 이름이었다. 고유명사여야 할 이름이 그러나 소설에서는 "큰놈 작은놈"일 뿐이다. '나씨'는 글을 가르쳐주고 또 두 형제에게 이름은 지어준다. 소설은 이렇게 글을 중심으로 해서 두 개의 층으로 분할된다. 즉 글이 없었던 세계와 글이 있는 세계로 나뉜다.

　'나씨'가 글을 가르쳐주면서 비극은 시작된다. 이 비극은 우선은 글이 없었고 따라서 외로움도 혼란도 없었던 세계에 대한 그리움으로 막이 열린다.

　작은놈에게 외로움은 어머니의 부탁으로 나씨가 글을 가르쳐주면서부터 생겼다. (……) ㄱ ㄴ ㄷ ㄹ ㅁ ㅂ…… 아 야 어 오…… 나씨가 그린 글씨들은 미로였다. 어머니와 셋이서 허공에 그린 손짓처럼 투명하질 않았다. ㄱ과 ㅏ를 합치면 가이면서 ㅗ랑 섞이면 고라니. 저희들끼리만 미로인 게 아니라 셋의 마음을 어지럽게 갈래지게 했다. 그들이 바람 속에 햇살 속에 그렸던 손그림으로는 헤아릴 수 없는 섞갈림이 ㄱ과 ㄴ 사이엔 있었다. 어머니에게 큰놈에게 ㄱ과 ㄴ 사이의 갈래

이서지, 〈새〉, 1992, 종이에 아크릴, 74cm x 74cm, 선바위 미술관.

신경숙의 「새야 새야」는 아마도 한국소설에서는 최초로 언어의 기원을 다룬 소설일 것이다. 이서지 화백의 〈새〉 역시 언어와 표현의 문제를 다루고 있다. 암각화를 연상시키는 황톳빛 배경에 한글, 한자, 그리고 상형문자들이 어지러이 난무하고 있고, 그 위로 검은 삼족오(三足烏)가 날고 있다. 그림은 보는 이들을 언어가 없었던 태고의 과거로, 글을 배우기 이전 어머니 안에 있었던 또다른 과거로 인도한다.

진 것들을 일러줄 수 없게 되고부터 작은놈은 외로웠다. 손그림만으론 무언가가 그립고 모자라 허방을 딛는 듯 아슬아슬하기조차 했다. 그 골이 더 깊어지는 줄 알면서도 작은놈은 열심히 했다. (……) 오로지 그것 하나를 남겨주려고 살아왔던 것마냥 작은놈이 쓰고 읽는 것을 예사로 하게 되자 어머닌 자리에 누웠다. 작은놈에게 네모난 수첩에 볼펜을 달아서 호주머니에 넣어주며 어머니가 그린 마지막 손그림은 너는 이것을 가졌으니 슬퍼하지 말고 미래를 가져라, 였다.[1]

"열여섯의 나"로부터 시작하는 자전소설인 『외딴방』이 출간된 지금, 어머니가 호주머니에 넣어준 볼펜과 수첩이 무엇을 의미하는지는 충분히 짐작할 수 있게 되었다. 또 어머니가 "가져라" 했던 "미래"가 무엇인지도 짐작할 수 있을 것이다. 「그 여자(女子)의 이미지」의 여주인공인 미자가 십릿길을 달려가면서 손에 땀이 끈끈하게 밸 정도로 꼭 움켜쥐고 있었던, "피에이알케이이알"이 선명하게 아로새겨져 있던 "파커" 만년필의 의미도 조금은 분명해진 것 같다. "멀리, 끝없는 길 위에"서 죽어간 그녀의 "소설작법"이 뜻하는 바도 짐작이 가능한 상징처럼 보인다. 그녀가 얼마나 소설가가 되기를 원했을지 가히 짐작이 가고도 남는 것이다.
어쨌든 "미래"는 결코 쉬운 상대가 아니었다.

어머니는 글씨를 쓰고 읽을 줄 알게 되었으니 미래를 가져라, 했지만 그럴 줄 알게 되고부터 작은놈의 마음엔 투명이 걷히고 시리고 자욱하기만 했다. (……) 미래는 정말 걸어서 왔다. 사진 속의 큰 얼굴과는

---

1) 신경숙, 「새야 새야」, 『풍금이 있던 자리』, 문학과지성사, 1993. 이하 본문의 인용문은 이 책에서 인용한 것이다.

달리 키가 도토리만한 여자였다. 와서는 작은놈을 보고는 설핏 고갤 돌렸다. 어마, 웃겨. 미래는 작은놈을 보고 길을 잘못 왔다는 표정을 감추려 하지도 않았다. 잠잘 때마다 별들에게도 산들바람에게도 단꿈 꾸라고 속삭인다는 도토리만한 미래는 가만 대문을 밀고 빠끔히 얼굴을 들이밀던 거와는 달리 콰당, 거리며 가버렸다. 미래는 그저 맥을 놓고 따라가보는 작은놈을 돌아다도 안 보고 다리를 건너 멀어지곤 다신 편지를 보내오지 않았다. 작은놈도 이후 다신 글씨 따윈 쓰지 않았다.

미래를 걸어오게 할 정도였다면 얼마나 간절한 바람을 가졌을 것인가. 이 바람은 소설가가 되어 얼굴 큰 사진이 사람들에게 알려지는 허망한 욕망을 뜻하지는 않는다. 그것은 오히려 씌어지지 않은 소설 앞에서 작가가 홀로 감내해내야 하는 고독한 심연이 자신의 것만은 아니라는 최소한의 통로를 확보하고자 하는 바람이었을 것이다.

이것을 사르트르는 다음과 같이 말했다. "예술 창조의 주된 동기들 중의 하나는 확실히 세계와의 관계에서 우리를 본질적이라고 느끼고 싶은 욕구다." 신경숙 역시 같은 말을 하고 있다. "글쓰기, 내가 이토록 글쓰기에 마음을 매고 있는 것은, 이것으로만이, 나, 라는 존재가 아무것도 아니라는 소외에서 벗어날 수 있다고 생각하기 때문은 아닌지."

「새야 새야」는 어머니의 법과 아버지의 법, 두 법의 충돌이면서, 두 법 사이에서 자신의 존재와 의식을 갈등의 장으로 송두리째 내어준 작가의 고통스러운 고백이다. 아버지의 법은 "큰놈 작은놈"에게 글쓰기를 가르치고 '아버지의 이름'을 주면서 그 지배를 시작한다. 어머니의 법은 언어의 세계와 구분되는 자연의 세계이고 그 지배는 '작은놈'을 삼키는 대지의 이미지를 통해 표현된다.

'작은놈'은 글쓰기를 배우면서 동시에 외로움을 알게 되고 "손그림", 즉 수화(手畵/手話)만으로 족했던 옛날을 그리워한다. 귀머거리에다 벙어리였기에 말을 몰랐었고 글도 몰랐던 이 시절의 행복은 어디서 오는 것일까?

"사랑한다는 말을 단 한 번, 그 말을 이 세상에 주고 갈 수 있다면…… 그렇다면 저 집의 한 시절에게 주고 가고 싶다. 어머니와 큰놈과 셋이서 살던 그 시절에게로. 그땐 웅덩이같이 아늑했던 집이었다." "웅덩이같이 아늑했던 집"은 임신한 거지 여인이 한사코 들어가야만 했던 우물이었고, 어머니가 묻혀 있는 무덤이었으며, 대지였고, 어머니 자체이기도 했다. 그것은 자연이었다. 즉 언어 이전의 세계, 다시 말해 언어가 사물에 이름을 부여하고 사물의 존재를 상징들이 대체하고 나아가 분류하고 체계를 세우는 언어 이전의, 혼돈의 세계로서의 자연인 것이다.

그러나 형인 '큰놈'과는 달리 '작은놈'은 귀머거리가 아니었다.

작은놈은 입을 벌리고 아, 해보았다. 이게 뭐야? 누구에게나 나는 음악 소리가 자신에게는 흘러나오지 않았다. 작은놈은 휘둥그레져 사방을 둘러보았다. 혼자만 그러는 건 아니었다. 큰놈은 아예 사람들 입이 나팔꽃처럼 열려지고 닫혀질 때 음악 소리가 난다는 것마저 몰랐다. 그걸 알고 작은놈은 큰놈 옆에만 붙어 있었다. 또래들 중 그들 둘, 그들 둘의 입속만 공허히 바람이 새나왔기에. 우리 둘만 같은 거야. 작은놈은 큰놈 곁을 떠나지 않았다. 아예 큰놈의 그림자 속으로 들어가고 싶었다. 그러면 못 떼어놓을 것이기에.

"작은놈은 큰놈 곁을 떠나지 않았다." 왜? 아니 그 이전에 그 어린 나이에 두 형제가 언제 어딜 가나 붙어다닐 수가 있었을까? 형이 귀머거리에다 벙어리라는 사실을 동생은 언제 알았고 또 어떻게 기억하고 있을 수 있었을까? 이 모든 우문들은 "큰놈 작은놈"이 실제에 있어서는 한 존재의 두 분신이라는 것을 일러준다. 다시 말해 "큰놈 작은놈"은 언어 습득과 연관된 지칭들인 것이다. 인간은 언어를 배울 때, 먼저 듣고 그후에 들은 대로 따라 말한다. 글을 쓰게 되는 것은 훨씬 후일의 일이다. 큰놈과 작은놈은 언어를 배우는 과정의 순서들을 한 단계씩 상징하고 있는 것이다. 둘은 한 존재였고, 그랬기에 "작은놈은 큰놈 곁을 떠나지 않았다". 빛과 그림자처럼. 말과 글처럼.

"큰놈 작은놈"은 한 존재였다. 그랬기에 작은놈이 어머니의 무덤을 찾아가 "사, 삼켜주세요" 하며 어머니의 "앙상히 마른 두 손"에 이끌려 들어간 곳이, "어머니와 큰놈과 셋이서 살던 그 시절" 그때 그 집이 아늑했던 웅덩이였듯이, 그 역시 "밑으로 한없이 아늑한 웅덩이"였던 것이다. 여기서 어머니는 거의 자궁을 뜻하기도 한다.

우리는 이와 함께 큰놈과 작은놈이 각각 여자를 만나는 순서와 그 의미에도 주목해야 할 것이다. 작은놈이 치매에 걸린 임신한 여인을 만난 철길은 어머니가 금지한 장소였다. "어린 시절 큰놈과 작은놈에게 금하는 게 없었던 어머니는 철길만은 금하였다. 거긴 가지 마러. 언제든 혼자 죽은 그 사람이 끌어당길 테니……" 이 혼자 죽은 사람은 어머니가 들려주신 이야기 속에 등장하는 인물이다. "옛날에 어린애 둘과 아낙이 딸린 말도 못 하고 귀먹은 사람이 있었더란다." 이 혼자 죽은 사람은 "큰놈 작은놈"의 애비일 수도 있을 것이다. 작가는 마치 해석을 기다린다는 듯이 정보만 줄 뿐 어떤 확언도 사양하고 있다. 신경숙의 소설은 이 개연성 속에 그 큰 매력을 감추고 있기도 하다. 나아가 이 개연성, 다시 말해 사물의 구체성을 늘 비켜가는 그녀의 언어가 지닌 농무에 감싸인 듯한 분위기는 그녀의 소설을 우의적으로 읽게 한다. 즉 독자들은 사물의 구체성이 드러났을 때의 두려움이나 허망함을 어루만지듯 감싸는 그녀의 소설 속에서, 언어와 사물 사이에 개입해 어길 수 없는 법으로 존재하면서 소설의 언어가 사물을 지칭하는 일차적 기능을 막아서는 어떤 힘 혹은 금기를 느끼게 되는 것이다. 그녀의 소설은 매우 어렵게 씌어지는 소설인 것이다. 이 금기를 느끼면서도 소설을 피할 수 없는 것이었기 때문이다. 그녀의 소설을 두고 우의적이라고 할 때 그러므로 우리는 이 어려움이 그녀가 말하고자 하는 것들 중의 하나임을 인정해야 할 것이다. 이 어려움은, 그 옛날 "큰놈 작은놈"이 철길에 나가는 것을 금지했던 어머니처럼 이제 '글쓰기'를 금지하는 또다른 형태의 어머니가 존재하기 때문에 우의적인 것이다. 그 누구도 신경숙씨에게 소설 쓰지 말라는 이야기를 한 사람은 없다. 금기는 언제나 스스로 만든다. 그것은 오히려 의지와는 무관하게 만들어지는 것인지도 모른다. 그 성격이 어떤 것이든, 소설이 실패했을 때나 너무나 쓰기 어려울 때 금기가 있는 것처럼 느껴질 수도 있다. 절망의 크기는 욕망의 깊이에 비례하지 않을 수 없을 것이기 때문이다. 이러한 해석이 상투적이고 심리적이라 해도 무용한 것은 아닐 것이다.

작은놈이 여인을 만난 장소가 단지 어머니가 금지한 장소인 것만은 아니다. 그곳은 큰놈이 죽은 곳이기도 하고 "어린애 둘과 아낙이 딸린 말도 못 하고 귀먹은 사람"이 죽은 곳이기도 하다. 작은놈이 여인을 만난 곳은 죽음이 존재하는 곳이다. 작은놈은 잠시 그 옛날 어머니의 금기를 어기고 드나들던 굴을 둘러본다. "침침하던 굴 안이 환해졌을 때 작은놈은 굴 바닥에 깔려 있는 옷가지가 형수의 긴 치마라는 것도 알았다. 큰놈이 혼자 여기에? 굴 안에 갇힌 바람은 단 한 번 빠져나온 적이 없는 듯 우렁우렁 시커먼 소리를 냈다. 그 소린 작은놈이 철로에 귀를 대고 들어보던 소리와도 같았다. 작은놈은 그 바람 소리 속으로 무너졌다. 왜 어머니가 여기에 오는 걸 금했는가를 그제서야 알 것 같았다."

"소리를 이기게 해준 것은 여자였다. 여자를 업어온 후 작은놈은 잠을 깰 때도 선뜩하지 않았다." 뿐만 아니라 큰놈이 죽은 후, "작은놈이 큰놈을 조금 잊을 수 있었던 건, 큰놈 집을 가만히나마 쳐다볼 수 있게 된 건, 여자를 만나서였다".

작은놈이 죽음이 어른거리는 곳에서 만난 여인은 누구인가? 굴 안에 갇힌 채 단 한 번도 빠져나와본 적이 없는 죽음의 소리, 그 철로의 소리를 이기게 해준 이 여인은 누구일 것인가?

아무도 이 여인이 누구인지를 모른다. "작은놈이야말로 여자가 누군지 알고 싶었다. 여자에 대해 나씨가 이것저것 물었지만 작은놈은 도리질밖에 할 게 없었다. 여자에 관해 니씨보다 더 아는 게 없었으므로." 작가마저도 이 여인이 누구여야 할지를 모른다. 어느 땅 위에 그녀를 위한 집을 지어주어야 할지를 모르는 것이다. 그래서 그녀는 신경숙의 소설 속 어디에나 있으면서도 그 어디에도 없다. "308호 처녀"가 기다리는 "이십 분 먼저 태어나 웃다가 죽은 쌍둥이"일 수도 있고 "내가 가슴속에서 키운 여인인 은서"일 수도 있고 또 "희재 언니"일 수도 있다. 그네들은 반드시 죽는다. 그리고 그 이유는 늘 불분명한 채 '나'를 따라다닌다. 그러나 작가는 단지 그네들의 삶의 기미만을 엿볼 수 있었을 뿐이고, "그 여자"가 아니라 "그 여자의 이미지"만을 따라갈 수밖에 없었을 것이다(이 여인들은 모두 죽음을 의인화하고 있는 인물들인데, 전장에서 자세한 분석을 통해 살펴보았다).

"여자가 어디서 왔는지 어떤 사람이었는지 헤아리는 일은 어머니가 말한 슬퍼하지 말라는 말을 가늠해보는 일만큼이나 시리고 자욱할 뿐"이었다. 이 일만 "시리고 자욱"했던 것은 아니다. "어머니는 글씨를 쓰고 읽을 줄 알게 되었으니 미래를 가져라, 했지만 그럴 줄 알게 되고부터 작은놈의 마음엔 투명이 걷히고 시리고 자욱하기만 했다."

작은놈은 그 여인을 만나기 전에 미래를 만났다. 그러나 미래라는 여인, 혹은 여인이라는 이름의 미래는 작은놈을 보자 "어마, 웃겨"라는 말을 남긴 채 뒤도 안 돌아보고 대문을 박차고 가버렸다. 작은놈은 그 이후 "다신 글씨 따윈 쓰지 않았다". 작가는 글씨가 아니라 글을 다신 쓰지 않으려고 했었을 것이다.

미래로부터 "어마, 웃겨"라는 모멸을 당한 작은놈은 그 이후 "다신 글씨 따윈 쓰지 않았"지만, 작은놈이 완전히 '글씨쓰기'를 포기한 것은 훨씬 후의 일이다. 우선 그는 큰놈 대신 형수를 아름다이 보내주기 위해 펜을 들었다. "글씨는 다신 안 쓰기루 한 거 알잖여. 다시 쓰기루 하면 안 되나? 그걸루 형수를 붙잡진 못한단 말이여. 아름다이 보내줄 순 있지. 작은놈은 큰놈의 검은 동공을 멀거니 바라다보았다. 아름다이? 글씨가 그런 일을? 그럴 수 있으리란 생각을 작은놈은 한 번도 안 했다. 작은놈은 그제서야 큰놈이 밑줄을 그어온 문장을 모아보았다." 이런 대목들을 작가의 습작기에 대한 우의로 볼 수도 있을 것이다. 가령 작은놈의 '글씨쓰기'는 작가의 '글쓰기'라는 식으로 대입해볼 수도 있는 것이다. 그러나 의미 있는 것은 이렇게 파편적으로 존재하는 은유나 상징들이 아니다.

작은놈이 완전히 '글씨쓰기'를 포기한 것은 어머니의 부름을 받고 나서부터다.

소리를 이기게 해준 것은 여자였다. 여자를 업어온 후 작은놈은 잠을 깰 때도 선뜩하지 않았다. 잠자는 여자의 마른 손가락에 손깍지를 낄 땐 쿵쿵, 소리가 났는데 그것이 여자에게서 나는 것인지 자신에게서 나는 것인지 가만 숨죽여 기다리다보면 다시 잠이 들곤 했다. 여자가 어디서 왔는지 어떤 사람이었는지 헤아리는 일은 어머니가 말한 슬퍼하지 말라는 말을 가늠해보는 일만큼이나 시리고 자욱할 뿐인데도 가슴 저렸다. 그 저림은 작은놈의 몸에서 손가락 하나 움직일 힘까지

쏙 빼내갔다. 그럴 적이면 작은놈의 귀에 그토록 넘치던 소리가 끊겼고 적막 속에서 아련히 무엇인가가 어서 오라고 손짓을 했다. 어서 와. 여긴 아무도 들여다보지 않지. 어느 틈으로든 들어가 숨어야 하기에, 우물도 굴도 들여다보이기에 작은놈에게 그 손짓은 반가움이었다.

어서 오라는 손짓은 "널판지가 짜개지는 소리"를 내며 "삐그덕거리며 기어나온" 어머니의 "앙상히 마른 두 손"의 손짓이었다. 작은놈은 정체불명의 "그 여인"을 등에 업고 어머니의 무덤을 찾아가고 있었다. 그리고 그는 여인과 함께 어머니의 품에 안겼다.

귀머거리에 벙어리인 큰놈의 죽음은 라캉이 말한비, 상상계에 머물러 있으려 할 때의 비극, 다시 말해 언어의 세계로의 진입을 거부하고 계속해서 어머니의 욕망의 대상이고자 할 때의 비극이다. 반면에 벙어리였지만 글씨를 쓸 줄 알았던 작은놈의 죽음은, 글씨를 통해 아버지의 세계인 언어의 세계로 들어가야 하는 진입이 실패했을 때 찾아오는 죽음이다. 상상계에서 상징계로의 이행은 아버지의 이름이 기능하는 언어의 세계로의 진입을 뜻한다. 상상계가 상징계보다 먼저 있기 때문에 형은 큰놈으로 불릴 수 있었다. 그 형의 죽음은 실제에 있어서는 상징계로의 진입을 피하고 싶은 거세기에 대한 부정이다. 큰놈이 바람난 아내의 몸값으로 나씨가 빼앗아온 "돈뭉치"를 거부하는 것 역시 그가 상징계 속으로 들어오기를 거부했다는 한 증좌가 된다. 돈은 상징계의 대표적인 오브제이다. 따라서 이는 상징적으로 거세를 거부하는 것을 뜻하기도 한다. 라캉은 아버지의 이름을 받아들이고 그럼으로써 언어의 세계로 진입하는 것을 거세의 완성으로 보았다. 이때 문제의 핵심에 자리잡고 있는 것은 결코 페니스가 아닌, 어머니의 욕망의 대상으로 상상하고 자신을 그에 일치시켰던 남근적 대상(objet phallique)이다. 이 남근이 아버지의 이름으로 지칭되고 대치될 때 거세는 완성된다. 그것은 언어가 사물과 맺고 있는 지칭의 관계 이전에 이루어지는 시니피앙과 시니피에의 자의적 우연적 만남을 필연적 절대적인 것으로 받아들이는 것을 의미하며, 랑그를 통제하는 언어의 추상적 질서를 받아들이는 것을 뜻하기도 한다. 따라서 작은놈이 느꼈던 언어 이전의 세계에 대한 그리움이나 글씨를 배우면서 겪는 외로움은, 최초의 욕망이 가능했던 세계, 즉 상상계 속에서 가능했던 욕망의 대상과 자신이 일치했던 시절에 대한 그리움이고 다시는 돌아갈 수 없다는 외로움이다. "어머니에게 큰놈에게 ㄱ과 ㄴ 사이의 갈래진 것들을 일러줄 수 없게 되고부터 작은놈은 외로웠다. 손그림만으론 무언가가 그립고 모자라 허방을 딛는 듯 아슬아슬하기조차 했다. 그 골이 더 깊어지는 줄 알면서도 작은놈은 열심히 했다. 큰놈이 쓰는 걸 하지 않으려 해 어머니가 슬퍼했으므로. 어머니가 덜 슬퍼한다면 그것으로 되었기에." 작은놈이 '언어'와 '이름'의 주인으로서 상징적 아버지의 자리를 차지하고 있는 나씨의 법을 받아들이게 되자 어머니는 죽는다. 다시 말해 자연이었고 대지였고 무엇보다 죽음이었던 자신의 '집'으로 돌아가신 것이다.

작가가 여성이지만, 상상계와 상징계에서 진정으로 문제가 되는 것은 해부학적 사실이 아니라, 상징적 남근, 즉 상징적 진실이기 때문에 남근은 여아들에게도 남아들과 동일한 의미를 지닌다.

언어가 존재하기 이전의 세계, 큰놈과 작은놈이 나씨로부터 글을 배우기 이전의 그 "아늑한 웅덩이" 같은 세계는 언어가 없는 세계이므로 죽음도 의식도 없는 세계이다. 그곳이 귀머거리이자 벙어리인 '큰놈'의 세계였다면, 시니피앙, 즉 청각적 영상(image accoustique)이 있고 글자도 존재하며 랑그와 문법이 존재하는 언어의 세계는 '작은놈'의 세계다. 라캉 식으로 말해본다면 큰놈의 집은 상상계에 있고 작은놈의 집은 상징계에 세워져 있다.

"큰놈 작은놈"은 아버지의 이름을 갖고 있지 않다. 형제는 이 세상에 하나밖에 없는 존재를 위한 고유명사가 아니라 이름이라고 할 수도 없는 "큰놈 작은놈"으로 불릴 뿐이다. 자신의 아이들을 어른들에게 인사시킬 때 우리가 흔히 쓰는 어투다.

신경숙의 소설은, 아니 그녀의 소설들은 거의 한 편의 예외도 없이 「해변의 의자」 속에서 말한 대로 "글쎄 그게 잠이었는지 꿈이었는지"의 세계이다. 제목들만 보아도 얼마나 그녀의 소설들이 실체보다는 기미나 징후 같은 것을, 사물보다는 그 주위에 어른거리는 아우라를 잡으려 하는지 쉽게 알 수 있다. 정작 풍금은 나오지도 않는 소설에 붙어 있는 「풍금이 있던 자리」에서부터 「멀어지는 산」 「저쪽 언덕」 등등이 그녀의 소설 제목들이다. 「멀리, 끝없는 길 위에」라는 제목은 비구상화의 제목에 버금간다. 그녀의 비구상소설 속에서는 그래서인지 거의 모든 인물들이 이름을 갖고 있지 않다. "그들은 이름을 잃어버리고, 각자 늘 저기에 대한 말을 하는 P, 담배를 피우는 C, 강아지를 사랑하는 S, 운전대를 잡고 있는 O…… 주차를 마친 O…… 말이 없는 O…… 배고픈 O가 되었다."

확실히 신경숙의 소설은 현실과 초현실을 나누는, 혹은 의식과 그 의식에 대한 의식이 갈라지는 경계에 서 있다. 이 경계에 서 있는 자는 그래서 "자기 지각이 가장 투명해지고 민감해지고 시간 공간 감각도 사라지고 자기가 빠져나와 자기 몸 밖에 있다"고 느끼는 자와 그 느낌의 황홀한 섬뜩함을 되돌아보는 자의 피할 수 없는 조우 속에서 자신을 만남의 장소로 내어주어야 한다. 이 느낌을 혹은 이 삶의 기미를 잡아보려는 것이 작가가 글쓰기에 거는 모험일지도 모른다. 그러므로 그녀의 소설은 스토리에 의존해서 읽히기를 거부하는 소설이다. 그녀의 소설에 스토리다운 스토리가 있지도 않다.

모든 인간은 아버지의 이름을 갖는다. 그러나 나와 너를 구분하는 데 쓰이는 이름은 존재와 일체로 존재할 때만 기능한다. 이 이름과 존재의 일치는 말과 사물의 일치가 아니다. 사람의 이름의 경우, 변함없이 물려내려온 아버지의 이름은 사물을 지칭하지도, 소쉬르 유의 시니피에를 수반하지도 않는다. 아버지의 이름은 자신이 역사적 사회적으로 결정된 일정한 시공 속에 위치해 있음을 의미한다. 언어의 세계로 들어온다는 것은 이 역사와 사회를 지배하는 법 속으로 들어오는 것을 의미한다. 그러나 인간은 언제 이 법 속으로 들어오는가? 또 언제 인간은 이 법을 떠나는가? 죽음 없이는 탄생이 불가능했다는 역설적 진리를 받아들인다 해도 다시 문제가 되는 것은, 따라서 죽음이 아니라 영원한 타자로 인간의 의식을, 나아가서는 사물과의 관계를 지배하는 언어라는 법이다. "태초에 말씀이 계셨다"는 성서의 한 구절이나 예수의 성육신이 그 모든 일상적, 제도적 너스레들을 떨쳐버리고 믿음의 대상으로 떠오를 수도 있을 것이다.

그러나 정신분석은 의학의 한 분야다. 이 말은 정신분석학이 육체와 육체의 언어를 다루는 분야라는 것을 의미한다. 정신분석학은 결코 형이상학이 아니다. 그래서 정신분석은 어린 시절에 과도할 정도의 의미를 두게 된다. 그것 이외에 확실한 인간 의식의 물질적 출발점은 없기 때문이다.

문제는 인간의 육체가 사물의 한 부분이라는 인식과 이 인식을 의식하는 의식의 만남이다. 이 만남을 흔히는 '인생무상'이라거나 '무(無)'라는 말로 지칭해왔었다. 이 만남이 어떤 이들에게는 "자기 지각이 가장 투명해지고 민감해지고 시간 공간 감각도 사라지고 자기가 빠져나와 자기 몸 밖에 있다"는 느낌으로까지 진전되기도 할 것이다. 그러나 '육체를 빠져나간 자기', 이 자기는 어떤 자기인가? 허공을 떠도는 혼백일까? 아니면 "나는 생각한다. 고로 존재한다고 생각한다"고 할 때 육체를 빠져나간 의식의 주체로서 육체가 아닌 존재를 찾는 나일까? 혹시 이때 나는 내가 존재하지 않는 곳에서 생각하고, 내가 생각하지 않는 곳에서 존재하는 것은 아닐까?

라캉은 언어로의 진입을 "아버지의 이름"이라는 성서적 표현을 차용해 아버지의 메타포로 지칭했다. 어머니의 욕망의 대상으로 여겨지는 존재가 아버지로 불리는 자일 때, 이 아버지라는 말 자체는 존재를 지칭하면서 동시에 대신하게 된다. 최초의 메타포는 아버지의 메타포이고, 이는 어머니의 욕망의 대상이 되려는 오이디푸스의 욕망이 좌절되면서 언어의 세계로의 진입이 완결되는 것을 뜻한다. 프로이트가 리비도와 거세를 강조하는 지점에서 라캉은 거울 단계를 핵으로 하는 상상계에서 언어의 세계인 상징계로의 이동을 강조한다. 남근은 성기가 아니라 어머니의 욕망의 대상으로 부각된 존재이므로, 최초의 메타포인 아버지의 이름은 최초의 환유이기도 하다. 최초의 욕망은 최초의 결핍으로 남아 최초의 시니피에가 될 것이다. 시니피앙은 변화하지만 그 변화 속 깊은 곳에는 채울 수도 돌아갈 수도 없는 공백으로서 하나의 결핍이 있다.

형수는 귀머거리도 벙어리도 아니었다. 글도 쓸 줄 알았다. "돈뭉치"가 필요하기도 했다. 동굴은 그녀의 집일 수가 없었다. 작가의 분신인 형수는 "바람의 넋"처럼 "옛 우물"을 빠져나가야 했다.

1995년 12월 31일자 동아일보에 평생을 글을 모르며 지내오다 뒤늦게 글을 배워 책까지 한 권 낸 여든이 넘은 한 할머니의 이야기가 실린 적이 있다. 인터뷰가 끝나갈 때쯤 해서 기자가 할머니에게 묻는다. "다시 태어나신다면 소원이 무엇입니까?" 할머니는 다음과 같이 답을 한다. "백조로 태어나 훨훨 날아다니고 싶어요. 산 위로 구름 타고 다니는 그 새 있지 않습니까. 한평생 우물 안의 개구리로 살아온 게 한스러운걸요."

백조가 아니라 백로였으리라. 백로가 아니라 학이었으리라. 동굴도 우물도 땅속도 아닌 하늘에 집을 짓고 훨훨 사는 새였으리라. 새야, 새야. 신경숙의 꿈은 다른 것이었을까? 차이점이 있다면 할머니가 글을 쓸 줄 알게 되었듯이, 신경숙은 소설을 쓸 줄 알게 된 것이다. 그래서 글을 깨친 할머니가 "한평생 우물 안의 개구리로 살아온" 삶을 벗어날 수 있었듯이, 신경숙 역시 거지 여인이 한사코 들어가려던 우물을 벗어날 수 있었다. 그래서 아마도 소설의 제목도 「새야 새야」였을 것이다.

언어가 있어야 가능한 이 꿈, 백로가 되어 훨훨 산 위로 구름을 타고 날아다니는 이 꿈은 그러나 "다시 태어나신다면"이라는, 그 역시 불가능해 보이기만 하는 꿈속에서만 가능하다. 아버지의 법과 어머니의 법은 화해를 모르는 모순이고 갈등일 것이다. 언어가 죽음을 모르는 정신이라면 몸은 그 정신을 따라 살았지만 죽어야만 하고 흙으로 돌아가야만 한다.

'큰놈'은 죽어야만 했다. '작은놈'이 태어나기 위해서. 다시 말해 "작은놈이 읽고 쓰는 것을 예사로 하기" 위해서 '큰놈'은 죽어야만 했다. 그러나 벙어리인 '작은놈'도 죽어야만 했다. 그들은 언어 불구자들이었고, 소설가가 되고 싶은 간절한 욕망과 그 욕망이 이루어지지 못했을 때의 좌절을 나타낸다. 둘은 모두 말 잘하고 글 쓸 줄 알고 돈도 벌 수 있는 형수가 살기 위해서는 죽어야만 했다.

그런데 개는 왜 '작은놈'을 끝까지 따라왔고 피눈물까지 흘렸을까? 개에게는 말도 글도 또 이름도 없다. 전혀 다른 언어를 가진 짐승인 개는, 그러나 말도 글도 이름도 없지만 인간과 똑같은 육체를 갖고 있다고 "캉, 카앙" 짖어댄다. 똑같은 "어머니"를 갖고 있다고 "캉, 카앙" 짖어대는 것일까? 대지라고 하는, 자연이라고 하는, 죽음이라고 하는 어머니를 갖고 있다고? 이 개의 울음소리에서 '따라서

오직 인간만이 아버지의 법인 언어를 가지고 있다' 라는 메시지를 읽
는다면 지나친 해석일까? 라캉이 프로이트를 다시 읽으면서 언어에
중요성을 부여했던 것은 언어에 의한 욕망의 분절과 욕망의 대상의
대체가 인간과 동물의 모든 차이점들의 근저에 시원으로 자리잡고
있기 때문이었을 것이다.

한 아이가 빗물에 쓸려내려가는 염소를 구해내면서 마치 자신을 어린 양을 구하는 예수처럼 수억 개의 별빛이 몸을 둘러싸서 보호하고 있는 아이로 상상한다 • 이 아이의 이름은 김승옥이다. 끝내 이 아이는 어른이 되었을 때 흰 내리단이옷을 입으신 눈부시게 환한 예수님을 만나 절렬을 하고 만다 • 하지만 이 아이는 어른이 되기 전, 청소년 시절에는 청주라는 여인을 납치하기도 했다

"사내는 엄지손가락의 끝을 나머지 네 개의 손가락 끝에 맞대어 일종의 고리를 만든 것이었다 • 그 고리 속에 현주의 가느다란 손목이 갇혀 있는 꼴이었다 • 그 고리는 여자의 손목이 마음대로 움직일 수 있을 만큼 헐렁하였다 • 그러나 빠져나올 수는 없었다

사내 손의 그 섬세한 조각이 그 여자의 마음에 들었다 • 공포 속의 안심이라고 할까, 그 여자는 그런 걸 느꼈다 • 그 여자는 손목을 빼기를 단념하였다 • 그리자 그 고리가 점점 오므라들어 움직이기를 멈춘 여자의 손목을 아프지 않은 한계 안에서 조이는 것이었다

그 여자는 문득 자기의 손과 사내 손의 그 땀에 젖어 미끄러운 틈으로부터 생명의 지친 숨소리가 들려오는 것을 의식하였다 • 그것은 북소리처럼 둔중했고 붕선 아가미처럼 가빴다 • 사내의 생명도 자기의 생명도 아닌 전연 낯선 생명이 지금 마악 땀에 젖은 손과 손의 틈바구니에서 태어난 것 같았다." 사내는 정말로 현주라는 여인을 납치했을까? 아니다 • 신승옥은 자신을 예수로 착각했고 정말로 예수를 만나기도 했지만, 여인의 손목은 닳은 • 피가 돌려 단단해진 다음 살덩어리를 엄지손가락의 끝을 나머지 네 개의 손가락 끝에 맞대어 만든 일종의 고리 속에 넣었던 것이고 • 전연 낯선 생명이 지금 마악 땀에 젖은 손과 손의 틈바구니에서 태어났다고 거짓말을 하고 있다

나를 한 아이는 주인을 알 수 없는 해묵은 무덤에 허리 고삐가 매여져 뜨거운 햇덩이를 머리에 인 채 긴긴 여관날을 기다리고 있었다 • 무덤에 묶인 채 동심원을 그리던 아이는 보았다 뱀이 먹이를 덮치듯이 누군가가 이머를 추다다 덮쳐비리는 장면을 • 이 아이의 이름은 이청준이다

이 아이는 차년의 나이가 되어서도 이머를 추다닥 덮신 뱀에 대한 증오를 삭이지 못해 돌을 집어 그 뱀을 내리쳐 죽이려고 했다 • 그러나 그럴 수 없었기에, 맑은 달이 휘덩청 떠오르는 밤 • 관음봉 골짜기 앞 포구 위를 나는 비상학이 되고 싶어 북놓아 소리를 토해낸다 • 그 노래가 아무 뜻도 형식도 없던 이머의 소리 아이도가 반견한 서편제였고, 이청준에게는 소낭이었다

나를 청년도 있다 • 글 쓰는 작가인데, 페니스와 성기라는 말 사이의 어감 차이에 몰두하다 글이 도저히 안 풀리자 오비가든에서 드래프트비어를 마시고 민박집에 돌아가 잡어 당대 소주도 마신다

윤대녕

그러던 어느 날, 진탕 술을 마신 그는 관소리하는 성창순같이 푸근하게 생겼지만 정작 그 입에서는 밑마의 맹고 이딸리아노가 흘러나왔던 몸무게 괎님 킬로그램인 여인의 품에 안긴다 • 안겨서 여인에게 말을 한다 • 당신을 통과하고 싶다고, 그러자 여인은 나지막하게 각자에게 속삭인다 • 성기든 페니스든 상관없다고 • 한국이든 외래이든 이차피 나를 통과할 수 없기는 마찬가지니까

'프리마베라(La Primavera)' 혹은
한국 소설가가 만난 비너스

─윤대녕의 「남쪽 계단을 보라」

1. 산업사회 속에서 겪는 초라한 신비체험들
─김승옥의 '만원버스'와 윤대녕의 '지하철'

짧은 단편이지만 윤대녕의 「남쪽 계단을 보라」는 참 매혹적인 작품이다. '단편소설의 교과서' 같다는 말을 하고 싶을 정도다. 음악의 기법을 빌려 비유적으로 말해본다면, 이 작품의 매혹은 현실과 초현실이라는 서로 다른 소리를 내는 또렷한 두 개의 선율이 대위적 구성을 통해 잘 섞여 있기 때문에 가능했다고 할 수 있다. 어쩌면 친숙하고 자질구레한 일상을 순간순간 찾아와 흔들어놓는 삶의 초자연적 편린들을 「남쪽 계단을 보라」처럼 일상과 적절하게 섞어놓은 단편도 그리 찾아보기가 쉽지 않을 것이다. 작품은 전체적으로 간결하지만, 이 서로 다른 두 소리는 하나의 소리로 섞여들면서 단편이라는 소품에서 다루기에는 벅찬 깊은 곳에서 나오는 다른 소리를 들려주기도 한다. 그래서 그것들을 잘 섞어놓은 구성의 묘미가 단순히 작가의 글재주에서 왔다고 할 수만은 없다는 느낌을 준다. 모종의 정신적인 깊은 충격이나 끈질기게 작가를 쫓아다니는 어떤 기억 같은 것을 가정하게 하며, 나아가 작가가 이질적인 두 소리를 섞어놓은 소설의 형식인 대위법도 이 충격이나 기억이 만들어놓은 것으로 보고 싶어진다.

소설은 나이 서른쯤 된 한 직장인이 출근길에서 겪은 기이한 착각에서 시작해 하루 종일 그가 그 착각에 시달리는 모습을 추적하고 있다. 아침에 지하철을 타려는데 문득 한 여인의 모습이 그의 눈에 들어왔다.

> 그날 아침 나는 단풍나무 길에서 한 여자를 만났다. 아니 만났던 게 아니다. 그저 한 여자의 뒷모습을 우연히 목격했다고 함이 옳다. (……) 가냘픈 몸매에 투명할 정도로 얇아 보이는 하늘색 원피스를 입고 있었으며 긴 머리에 검은색 핸드백을 오른쪽 어깨에 메고 있었다. 어쩐지 철이 이르다 싶은 옷차림이었다. (……) 아침에 멀리 연둣빛 산자락이 보이는 한산한 길에서, 그것도 앞이 아니라 뒤에서 목격한 신비한 하늘색 여자의 뒷모습. 불면으로 침침해져 있던 머릿속이 깨끗하게 밝아오며 나는 절로 발걸음을 빨리하고 있었다. 저 여자와 같은 전철칸에 타고 가는 것도 그리 나쁘달 것은 없다는 생각이 들어서였겠지. 그녀는 몽유병 환자처럼 천천히 남쪽 계단을 올라가고 있었다. 그녀의 하늘색 옷자락이 실크커튼처럼 바람에 한 번 후르르 흔들리는 게 보였다.[1]

그 순간 밤새 작성한 회의보고서를 집에 놓고 온 것을 깨달은 샐러

---

1) 윤대녕, 「남쪽 계단을 보라」, 『남쪽 계단을 보라』, 세계사, 2003. 이하 본문의 인용문은 이 책에서 인용한 것이다.

리맨 정명은 눈앞에 아른거리는 "신비한 하늘색 여자"를 단념한 채 집으로 달려가 서류를 챙긴 다음 부리나케 십 분 후 다시 똑같은 지하철역에 도착했다. 당연히 여인은 앞차를 타고 떠났을 시간이다. 그러나 이 여인은 십 분 전과 똑같이 지하철역으로 나 있는 단풍나무 길에 서 있었다.

　허겁지겁 집에 들렀다 나와 다시 단풍나무 길로 들어섰을 때, 그녀는 아까처럼 전방 오십 미터 지점에서 하늘빛 옷자락을 흔들며 걸어가고 있었던 것이다. 이를테면 십 분 전에 돌아간 영사기의 필름을 거꾸로 다시 돌리고 있을 때와 같은 형국이었다. (……)
　그녀는 남쪽 계단을 또 느릿한 걸음으로 올라가서는 잠시 멈춰서 이쪽을 스윽 돌아보더니 곧바로 전철역 안으로 사라졌다. 무엇에 씐 듯 나는 부리나케 전철역으로 뛰어들어갔다. 그러나 아무리 주위를 둘러봐도, 어디로 갔는지 그녀의 모습은 감쪽같이 사라지고 없었다.

　이렇게 해서 "'세계'와 '나' 사이에 발생한 십 분의 시간 차"로 인해 정명은 일대 혼란에 빠지고 만다. 그날 오후 친하지도 않았고 연락도 없었던 고등학교 동창생으로부터 느닷없이 일방적으로 전화를 받고 만나 술을 몇 잔 마시는데, 그 동창생 역시 비슷한 경험을 털어놓는다.

　"어느 날 갑자기 홀쩍 사라지는 사람들이 생기는 거야. 그중에는 의사나 변호사도 있고 자네같이 평범한 샐러리맨도 있고 화방 주인도 있어. 이들은 한결같이 가정적으로나 사회적으로 멀쩡했던 사람들이야. 누가 봐도 그럴 만한 이유라곤 없는 사람들이었던 거야. 그런데 돌연 공중으로 붕 떠버리듯이 순식간에 흔적 없이 사라져버리는 거지. 그러고 나서 오랜 세월이 지나 우연히 그들을 알고 있던 사람들 눈에 발견되는 경우가 있다는 거야. 의사였던 사람은 어디 낙도에서 낚시질을 하며 횟집을 하고 있고 변호사였던 누구는 촌읍에서 택시기사를 하고 있다는 거지. 하지만 그들은 이쪽 사람들을 몰라본다는 거야. 내지는 발견되고 나면 훌쩍 사라져버린다는 거야. (……) 어쩐지 그들은 자의에 의해 사라진 것이 아닐지도 모른다는 생각이 들어. 그들은 어느 순간엔가 갑자기 다른 세계로부터 거부할 수 없는 명령 같은 걸 받았다는 생각이 드는 거야."

고향이 전북 부안인 이 친구는 돈을 빌려달라고 전화를 한 것도 아니었고 보험을 하나 들어달라고 만나자고 한 것도 아니었다. 그는 술에 취한 것도 아닌데 계속해서 어린 시절 이야기까지 들려준다.

"알고 있겠지만 얼마 전에 내 고향에서 대형 참사사고가 났었잖나. 부안군 위도 말이야. 그 근처에 조기잡이로 유명한 칠산어장이 있다네. 지금이 바로 산란기인 조기잡이 철이야. 4월에 그곳에 가면 제주도 근해에서 북상하는 조기떼들이 개구리 울음소리를 내며 바닷물 위로 뛰어오르는 걸 볼 수 있다네. 수놈이 암놈을 부르는 소리라고들 하지. 또 썰물 때면 조기떼가 수면 가까이에 떠서 퇴거하기 때문에 마치 바람에 숲이 우는 소리 같은 게 들린다네. 어릴 때 배를 타고 나가 바닷물 속에 대나무를 꽂고 조기떼 우는 소리를 듣곤 했지. 살구꽃이 필 때면 수백 수천의 안강망 어선이 운집해 일대 파시를 이루는데 밤이 되면 그야말로 장관이라네. 이봐, 봄이 되고부터 나는 자주 조기떼 꿈을 꿔. 그들과 함께 푸른 카펫이 깔린 바닷속을 유영하는 꿈을 말이야."

비단 정명과 곽우길이라는 그의 친구만이 아니라 정명의 약혼녀인 세희도 비슷한 경험을 한다.

"저한테도 그런 일이 자꾸 일어나고 있다는 거예요. 분명 화장실의 불을 껐는데 다시 보니 켜 있다든가, 식탁 의자가 방 안에 들어와 있다든가, 빈 공장에서 밤새 기계 돌아가는 소리가 들린다든가, 자정에 냉장고가 어린아이의 울음소리를 내며 운다든가, 달력이 넘어가 있다든가, 밤늦게 집에 돌아오면 거실 바닥에 구두 발자국이 보인다든가 하는 일들이 자꾸자꾸 일어나고 있다는 거예요."

이 세 사람의 기이한 경험을 우리는 어떻게 이해해야 할 것인가? 소설은 이유를 알 수 없고 별로 겪고 싶지 않을 수도 있는 이런 경험들의 의미나 기원 같은 것을 파헤쳐보자고 씌어진 것은 아니다. 소설은 오히려 그런 경험들이 지극히 일상적인 현실, 가령 한 의류업체의 판매과장인 정명이나 자동차 회사의 디자이너인 약혼녀 세희의 일상 속에서도 얼마든지 일어날 수 있음을 전제한 채 씌어졌고, 그런 경험들이 일상과 섞여 있는 모습 자체를 보여줄 뿐이다. 소설의 긴장은 그래서 초자연적인 세계에 대한 어떤 느낌과 지극히 일상적인 현실이 엇비슷한 힘으로 대위법을 형성할 때 그 대위법의 긴장 자체이다. 다시 말해 어느 선율도 절대적인 우위를 점할 수 없는 것이다.

하지만 이제 음악의 한 구성형식인 대위법을 떠나, 모든 소설미학의 근간인 언어의 문제로 돌아가보자. 음악과 마찬가지로 언어로도 두 세계를 모두 묘사할 수 있지만, 그러나 언제나 함께 묘사해야만 한다. 현실이나 초현실을 따로따로 묘사할 수는 없는 것이다. 초자연적인 세계만 따로 묘사할 경우, 그것은 정신 나간 사람이나 신들린 사람의 방언으로 들리거나 기껏해야 동화나 신화, 혹은 요즈음 젊은 이들이 좋아하는 판타지소설이 되기 십상이다. 정명의 친구 곽우길의 말들이 서먹서먹하고 뭔가 약간 이상하게 들리는 이유가 여기에 있다. 소설 속이니까 용납될 수 있었을 뿐이다. 다시 말해 일상과 어울려서 함께 묘사되었기 때문에 개연성과 나아가서는 모종의 우의적 의미를 획득할 수 있었다. 삶의 전체성을 사상시킨 채 극도로 단순화된 이데올로기를 지닌 판타지소설 같은 하위문학은 문학이긴 하지만, 동시에 문학이 아니기도 하다. 비단 이런 식의 문학 일반에 관한 이야기가 아니라 해도, 초자연적인 세계나 그에 대한 느낌은 실제로 언어를 통해 접근하기가 거의 불가능하다. 말 그대로 언어를 떠나 있는 초자연적인 세계이기 때문이다.

일상도 마찬가지이다. 일상 역시 그것이 가치를 지니는 것은 일상이 아닌 다른 현실과의 만남을 통해서이다. 일상만 있는 현실이란 무엇인가? 수첩이나 가계부 혹은 초본이나 등본이거나 악수와 인사치레 혹은 이력서 나부랭이일 뿐이다. 일상은 그것 자체로는 아무런 의미가 없다.

소설은 산업사회의 산물이다. 이 진부한 정의는 소설이 문학의 이름에 값하는 것이고자 할 때는 언제나 산업사회의 언어를 회의하는 입장에 설 수밖에 없음을 일러준다. 가령 김승옥은 「서울 1964년 겨울」에서 보았듯이 산업사회의 언어를 다음과 같이 회의하고 있었다.

나는 출근시간의 만원버스 속을 쓰리꾼들처럼 안으로 비집고 들어갑니다. 그리고 자리를 잡고 앉아 있는 젊은 여자 앞에 섭니다. (……) 그러면 처음엔 얼른 눈에 뜨이지 않지만 시간이 조금 가고 내 시선이 투명해지면서부터는 나는 그 여자의 아랫배가 조용히 오르내리는 것을 볼 수 있습니다.

(……)

나는 그 아침의 만원버스칸 속에서 보는 젊은 여자 아랫배의 조용한 움직임을 보고 있으면 왜 그렇게 마음이 편안해지고 맑아지는지 모르겠습니다. 나는 그 움직임을 지독하게 사랑합니다.[2]

젊은 여자의 아랫배가 오르락내리락하는 움직임은 김에게는 "세상에서 가장 신선한 것"이었다. 마찬가지로 윤대녕의 「남쪽 계단을 보라」에서도 주인공 정명은 "가냘픈 몸매에 투명할 정도로 얇아 보이는 하늘색 원피스를 입고 있"는 "눈이 부시게 화사한 옷차림"을 한 채 "몽유병 환자처럼 느릿한 걸음으로 남쪽 계단을 올라가"는 한 여인을 본다. 그리고 그 여인을 따라가다가 그만, 시계가 아니라, 시간에 난 깊은 구멍 속으로 굴러떨어지고 만다. 김승옥과 윤대녕의 소설들은 만원버스에서 지하철로 공간이 바뀐 것 말고는 똑같은 소설인지도 모른다. 두 소설 모두 산업사회가 허락하지 않는 것들을 산업사회 속에서 꿈꾸고 조금이라도 그 꿈을 실현해보려고 하는 소설이다. 삼십 년이라는 긴 시간 차이에도 불구하고 두 작품은 같은 소설인 것이다.

어쩌면 두 소설가는 산업사회 자체를 부정하는 배짱 같은 것을 갖고 있지는 못했다. 그들은 이 배짱이 언어로 표현될 때 그것 자체도 산업사회의 언어임을 알고 있었다. 윤대녕은 난무하는 판타지소설과 그래픽영화 그리고 사이비세계이기도 한 사이버세계를 모방할 수는 없었다. 김승옥의 경우에도 개발 독재라는 미명하에 이루어진 지난 시기의 그 우악스런 이데올로기들을 짐짓 전체적으로 부정하는 듯하면서도 오히려 그 어조와 격렬함을 그대로 따라가는 위선과 우를 범할 수는 없었다.

두 사람은 그래서 "아침의 만원버스칸 속에서 보는 젊은 여자 아랫배의 조용한 움직임"과 "하늘색 옷자락이 실크커튼처럼 바람에 한 번

---

2) 김승옥, 「서울 1964년 겨울」, 『무진기행』, 문학동네, 2004, 261~262쪽.

후르르 흔들리는” 여인에 만족해야 했고, 그 만족을 더 큰 불만 혹은
의혹으로 연결시키기 위해서 자신의 말초신경을 내주어야만 했다. 말
초신경이 지배하는 지점까지 내려간 것인데, 여기서 이 말초신경이
지배하는 지대는 산업사회의 언어와 대척점에 놓이는 거의 유일한 구
원의 장소가 된다. 다시 말해 이제 “조용히 오르내리는” 여인의 아랫
배와 “투명할 정도로 얇아 보이는 하늘색 원피스”는 그 배후에 있는
원초적인 성(性)을 드러냄으로써 섹스가 아닌 생명이라는 전혀 다른
가치를 암시하고 있다. 이 생명은 김승옥의 소설에서 짓밟힐 대로 짓
밟혀 오직 만원버스 속에서만 경험할 수 있는 것이 되고, 윤대녕의 소
설에서도 전철역의 계단에서만 느낄 수 있는 것으로 묘사되지만, 두
사람 모두 이를 통해 산업사회 속에서 가능한 소설의 형식을 찾아가
고 있는 모습을 보여준다. 김승옥은 그의 소설이 산업사회에서 두 인
물이 주고받는 객담들처럼 되지 않을까 우려하는 모습을 보여주었다.

　“평화시장 앞에 줄지어 선 가로등들 중에서 동쪽으로부터 여덟번째
등은 불이 켜 있지 않습니다.” 나는 그가 좀 어리둥절해하는 것을 보
자 더욱 신이 나서 얘기를 계속했다.
　“……그리고 화신백화점 육층의 창들 중에서는 그중 세 개에서만
불빛이 나오고 있었습니다……”
　그러자 이번엔 내가 어리둥절해질 사태가 벌어졌다. 안의 얼굴에 놀
라운 기쁨이 빛나기 시작했기 때문이다.
　그가 빠른 말씨로 얘기하기 시작했다.
　“서대문 버스정거장에는 사람이 서른두 명 있는데 그중 여자가 열일
곱 명이었고 어린애는 다섯 명 젊은이는 스물한 명 노인이 여섯 명입
니다.”
　“그건 언제 일이지요?”

"오늘 저녁 일곱시 오분 현재입니다."

"아," 하고 나는 잠깐 절망적인 기분이었다가 그 반작용인 듯 굉장히 기분이 좋아져서 털어놓기 시작했다.

"단성사 옆 골목의 첫번째 쓰레기통에는 초콜릿 포장지가 두 장 있습니다."

어학 교재에나 나올 법한 문법적으로 완벽한 이 말들은 문학이 가능한 마지막 지점을 나타내고 있는데, 이를 통해 김승옥은 자신의 소설이 개인적으로든 사회적으로든 어떻게 그려질 수 있고 어디까지 가능할 수 있는지를 묻고 있다. 반면 윤대녕은 이런 질문을 하고 있지는 않다. 그는 대신 "남쪽 계단"의 그 황홀함이 황홀함에 스며 있는 두려움을 그대로 간직한 채 더 강렬하게 그의 소설 속으로 들어와야만 소설을 쓸 수 있다는 것을 말하고 있을 뿐이다. 다시 말해 윤대녕은 그의 소설이 필요로 하는 황홀함과 황홀함에 스며 있는 두려움이 사회로부터 터부시되고 있다는 사실을 보다 적극적으로 드러내지는 못하고 있고, 그래서 그 터부에 복종할 때 문학이 어떻게 비참해질 수 있는지를 김승옥만큼 우의적으로 드러내지는 못하고 있다. 이러한 두 작가의 차이는 김승옥이 "꿈틀거리는 것" 속에 스크럼을 짜고 몰려나오는 데모 행렬을 포함시킨 것에서도 부분적으로 확인할 수 있다. 하지만 윤대녕의 소설은 이제 이 두 가지 인식을 동시에 진행하지 않을 수 없다는 결단을 내린 것처럼 보인다. 소설의 마지막에서 작가는 다음과 같이, 약혼녀 세희와 서로 시계를 맞추어 잃어버린 십 분의 시간을 회복한 후에도 여전히 그 십 분의 환상을 벗어나지 못하는 정명을 통해 이 결단의 일부를 말하고 있다.

그러나 나도 소파에 앉은 채로 잠이 들었고, 아마 새벽이었을 터인데…… 어느 순간엔가 문득 잠에서 깨어났을 때, 나는 다시금 저 남쪽 계단 위에 하늘색 옷을 입고 서서 홀연히 이쪽을 쳐다보고 있는 한 여자의 모습을 뚜렷이 목도하고 있었다. 나는 두려운 생각에 빠져, 자리에서 벌떡 일어나 먼 데 섬처럼 잠들어 있는 그녀를 깨우기 위해 침대 모서리로 급히 다가갔다.

주인공은 "다시금 저 남쪽 계단 위에 하늘색 옷을 입고 서서 홀연히 이쪽을 쳐다보고 있는 한 여자의 모습을 뚜렷이 목도하고 있었다". 아마도 남쪽 계단 위에 하늘색 옷을 입고 서 있던 여인은 영원히 사라지지 않을지도 모른다.

2. 눈부시게 화사한 여인과 검은 그림자

나이 서른 살 정도 된 샐러리맨 정명이 어느 봄날 아침에 본 "눈이 부시게 화사한 옷차림"의 그녀는 어쩌면 정명의 친구가 말한 "돌연 공중으로 붕 떠버리듯이 순식간에 흔적 없이 사라져버"렸다가 "발견되고 나면 또 훌쩍 사라져버"리는 그런 사람들 중 하나였을지도 모른다. 우연이겠지만 샐러리맨인 정명이 4월 초, 어느 이른 봄날 아침 우연히 본 한 여인으로 인해 혼란을 겪었듯이, 불쑥 전화를 걸어온 그의 친구 역시 같은 4월달에 서해안 어장을 가득 채운 조기떼 이야기를 하고 있었다. 시기가 같은 것이다.

사실 정명과 그의 친구는 소설 속에서는 친구 사이로 나오지만, 실제로는 친구가 아니라 서로가 서로의 분신인 관계를 맺고 있다. 이 사실은 윤대녕의 소설을 이해하는 데 매우 중요한데, 그의 소설들이 딛고 서 있는 불교적 세계관과 무의식을 동시에 드러내기 때문이다.

오랜만에 만난 고등학교 동창생인 곽우길과 이런저런 이야기를 나누던 정명은 "그의 모습이 마치 내 그림자같이 느껴졌다"는 말을 한다. 불쑥 나타난 친하지도 않았던 그 친구는 작가 스스로 주인공의 입을 통해 말했듯이, 정명의 그림자, 즉 그의 분신이다.

이 분신 개념은 사실 상투적이든 아니든 많은 소설의 서사를 가능하게 하는 조금은 진부한 것이기도 하지만, 어쨌든 그림자가 아닌 실체인 주인공 정명이 4월 봄날 아침에 본 "눈이 부시게 화사한 옷차림"의 그녀 역시 정명이 본 것이 아니라 그의 그림자인 분신이 본 것인지도 모른다. 그러니까 정작 중요한 것은 정명이 남쪽 계단에서 본 그 여인이 아니라 그 여인을 봄으로써 정명의 몸속으로 그의 그림자인 분신이 슬쩍 들어왔다는 점인 것이다. 정명은 친하지도 않은 옛 친구로부터 불쑥 전화를 받았다. 친하지도 않은 친구로부터 불쑥 걸려온 전화는 분신인 그림자가 실체인 정명의 안으로 들어온 것을 의미한다. 혹은 꼭 분신이라고 하지 않더라도 친구 곽우길은, "어느 날 갑자기 주위에서 훌쩍 사라지는 사람들이" "돌연 공중으로 붕 떠버리듯이 순식간에 흔적 없이 사라"졌다가 "오랜 세월이 지나 우연히 그들을 알고 있던 사람들 눈에 발견되는" 그런 인간인지도 모른다. 비록 친구라고 하기는 했지만, 그 친구는 전혀 다른 사람, 즉 전생에서는 "의사나 변호사"였던, 혹은 더 먼 옛날에 살았던 사람이었는지도 모른다.

그런데 이 정명의 그림자는 정명에게 이상한 경험을 했다며 다음과 같은 이야기를 들려준다.

무슨 얘긴가 끝에 그가 밑도 끝도 없이 이런 말을 해왔다.
"이봐, 강물을 쳐다보고 있으면 푸른 카펫 생각이 나지 않아?"
(……)

"실은 얼마 전에 누군가의 집엘 찾아갔었어. 나는 밀폐된 응접실에서 두 시간이나 집주인을 기다리고 있었다네. 납골당 같은 방이었지. 벽 사면에 죽은 사람들의 사진들이 죽 걸려 있는 이상한 방이었어. 아마 집주인의 조상이나 친척들 사진이었겠지. 아무튼 나는 그 방에서 두 시간이나 꼼짝없이 혼자 앉아 있었단 말일세. 그 방바닥에 아까 말한 그런 카펫이 깔려 있었지.

(……)

"나는 마치 푸른 심해에 들어와 앉아 있는 것 같더군. 그러니까 벽에 붙어 있는 사진 속의 사람들과 함께 말이야. 어느새 그들과 무슨 얘긴가를 두런두런 주고받으며 말이야. 지금은 기억나지 않지만 그들과 무슨 말을 한참이나 주고받았네. 한데 그게 그다지 두렵다거나 괴이쩍다는 생각이 들지 않더군. 차라리 안식일 같은 기분이 들더란 말일세. 어디선가 관솔 타는 냄새가 나기도 하고 말이지."

"납골당 같은 방"이라는 직유를 굳이 "납골당"이라는 은유로 바꿔보지 않아도, 이 이야기가 죽음에 관한 이야기임을 알 수 있다. 그리고 이 밀폐된 방은 그림자인 정명의 친구가 본, 봄이 되고부터 자주 꾸는 조기떼 꿈에 등장하는 "푸른 카펫이 깔린 바닷속"일 것이다. 또 집주인을 기다리며 죽은 사람들의 사진과 나누었던 이야기는 그림자가 바다에 대나무를 꽂고 들었던 조기떼의 울음소리였을 것이다.

분신인 그림자는 4월, 봄이 오면 푸른 카펫이 깔린 심해의 꿈을 꾸는데, 이 꿈은 장주의 '호접지몽'에 등장하는 혼란과 황홀경을 떠올리게 한다. 어쨌든 분신의 한 축인 정명에게, 즉 봄날 "길가에서 봄이슬을 털고 쑥쑥 올라오고 있는 푸른 풀잎들을 곁눈질로 훔쳐보며 걷고 있는 순간만큼은 그 갑갑한 양복쟁이라는 생각을 잊어버릴 수 있"었던 정명에게, 하늘색 원피스를 입고 나타난 신비한 여인은 봄날

위) 르네 마그리트, 〈기성품 꽃다발Le bouquet tout fait〉, 1956, 캔버스에 유채, 128.5cm x 166.5cm, 개인 소장.
아래) 산드로 보티첼리, 〈프리마베라La Primavera〉, 1478, 목판에 유채, 314cm x 203cm, 피렌체 우피치 미술관.

윤대녕의 「남쪽 계단을 보라」에는 죽은 사람들의 사진이 걸려 있는 집에서 집주인을 기다리다 왔다는 친구가 불쑥 등장한다. 이 친구를 유심히 보아야만 한다. 그는 죽음의 세계로부터 파견된 사신이다. 벨기에 초현실주의 화가인 르네 마그리트의 〈기성품 꽃다발〉만큼 봄의 여인과 죽음의 상징적 조우를 여실하게 드러낸 작품도 없을 것이다. 검은 모자, 검은 양복의 뒷모습…… 마그리트는 다른 그림에서는 이 검은 옷의 인물을 수십 명씩 창가에 세워놓기도 했다. 그가 겪었던 우울증의 이미지들일까?

〈비너스의 탄생〉보다 육 년 정도 일찍 그려진 〈프리마베라〉 역시 신화화이다. 그림의 중앙에 비너스가 자리잡고 있고 왼쪽으로는 비너스의 시중을 드는 우미의 삼 여신이, 오른쪽으로는 꽃의 여신인 플로라가 있다. 그 옆으로는 꽃의 요정 클로리스가 입에 꽃을 물고 달아나자 서풍의 신 제피로스가 뒤쫓고 있다. 그림 가장 왼쪽의 남자는 헤르메스인데, 봄이 찾아온 비너스의 동산을 향해 다가오는 먹구름을 제지하고 있다. 〈비너스의 탄생〉과 〈프리마베라〉는 모두 로렌초 디 피에르 프란체스코의 결혼과 관련된 그림들이다.

그 자체였으리라. 화사한 그 여인이 여러 번 등장하며 매번 화사하고 신비한 분위기를 나타낸다면, 이는 그 여인이 "사면에 죽은 사람들의 사진들이 죽 걸려 있는 이상한 방"인 납골당과는 전혀 다른 세계, 즉 "남쪽 계단"에 사는 여인이었기 때문일 것이다. 그녀는 봄이었고, 화사했고 신비했으며, 생명이었던 것이다. 그것은 도저히 죽음의 납골당을 방문하고 죽은 이들과 대화까지 나누고 돌아와 불쑥 전화를 걸어 정명의 일상에 개입해들어오려는 죽음이 만날 수도 없고 볼 수도 없는 여인이었던 것이다. 신비한 여인, 그녀는 환생한 여인이 아니다. 환생의 고리마저 끊어버릴 수 있는 봄날의 생기 그 자체이며, 살아 있음의 충만한 기쁨 그 자체이기도 하다.

그러므로 정명의 친구는 "봄 이슬을 털고 쑥쑥 올라오고 있는 푸른 풀잎들"을 위협하는 검은 그림자였다. 이 그림자는 죽은 자들과 별스스럼 없이 이야기를 나누었다는 데서도 알 수 있듯이, 죽음 그 자체인 것이다. 그는 죽음의 사자였고, 사신(死神)이었다. 그리 친하지도 않았고 정명이 잘 나가지도 않았던 동창회에서 몇 번 스치듯 만났던 친구가 정명이 아침에 그 신비하고 화사한 하늘색 옷을 입은 여인을 만난 날 불쑥 전화를 해온 것도, 그가 죽음이었기 때문이며 나아가 죽음의 검은 그림자는 생명인 4월의 화사한 여인과 함께 있기 때문이다. 따라서 이 여인은 한순간 환생의 고리마저 끊어버릴 수 있는 봄날의 생기 그 자체이며 살아 있음의 충만한 기쁨이지만, 동시에 그 생기를 위협하는 검은 그림자를 불러오는 존재이기도 하다.

3. 비너스의 탄생

봄에만 피는 꽃이 있듯이, 그 신비하고 화사한 하늘색 옷을 입은 여인은 봄에만 나타나는 여인인지도 모른다. 유난히 봄을 타는 사람이 있고, 한 유명한 외국 시인의 "잔인한 봄"도 있듯이, 윤대녕 역시 「남쪽 계단을 보라」에서 확실히 그 봄 이야기를 하고 있다.

하지만 이 봄 이야기에는 불쑥 전화를 걸어오는 검은 그림자가 드리워져 있다. 이 그림자는 불쑥 나타났지만, 살펴본 대로 봄의 생명과 늘 붙어 있는, 말 그대로 그림자이다. 죽음의 그림자가 따라다니는 이 여인은 따라서 주인공 정명에게 마냥 화사하고 신비한 여인일 수만은 없다. 그녀의 출현은 오히려 괴로움을 줄 뿐이다. 나아가 그녀가 눈에 들어오는 순간, 정명은 어김없이 자신의 그림자이기도 한 죽음으로부터 불쑥 걸려오는 전화를 받고 그를 만나야 하며, 관솔 타는 냄새가 나고 어딘지 산속의 절간을 닮은 납골당이나 깊고 푸른 바닷속 이야기를 들어야만 한다.

이 여인은 누구인가? 정명이 약혼녀를 만나 서로 시계를 맞추어도 이 여인은 정명을 떠나지 않고 따라다닌다. 그녀는 늘 그 자리에 서 있다. 십 분 전에도 십 분 후에도, 다시 말해 영원히 남쪽 계단에 서 있다. 어쩌면 윤대녕에게 소설은 마치 신기루처럼, "몽유병 환자"처럼, 그러나 영원히 이 남쪽 계단에 서 있는 한 여인을 만나는 방법인지도 모른다. 우선 소설을 쓰기 위해서도 이 여인은 때맞춰 나타나주어야 할 것이다. 그때 세상은 다음과 같이 숨어 있는 다른 모습을 내보인다.

갑자기 모든 게 제멋대로라는 생각이 들어. 시간이 쭈글거리기 시작하고 원치 않는데도 다른 세계가 내게 개입하려 하고 있단 말이야. 자기 죽음을 연장하기 위하여 돌연 먼 친구가 찾아오기도 하고 말이지.

그러니까 내가 지금 이 순간 그 사람과 같은 면(面)에 속해 있는 것인가 하는 의구심 때문에.

이를테면 세계가 우리가 아는 것처럼 단면이나 평면으로 이루어지지 않았다는 거. 말하자면 양면도 아니라는 거. 쉽게 말하면 회전문처럼 빙글빙글 돌아가고 있는 어느 한쪽 면, 한쪽 칸에 속해 우리가 살아가고 있다는 거.

이는 그림자가 들려준 말이기도 하고 십 분을 잃어버린 주인공이 한 말이기도 하다. 어쨌든 이제 분명해진 것은 세계가 근원에서부터 흔들리고 있고, 친숙하던 주변이 갑자기 낯설어지기 시작했다는 점이다.

우리는 이 화사한 하늘색 옷을 휘날리며 봄에만 남쪽 계단에 모습을 나타내는 여인을 단순한 소설의 테크닉이나 작가의 재치로 보아서는 안 될 것이다. 단편소설이라는 '소품'이기 때문에 그럴 여지가 전혀 없는 것은 아니지만, 그렇게 단순하게 보기에는 여인의 모습은 지나치게 매혹적이고 그 화사함은 손을 뻗어 붙잡고 싶을 정도로 아름답다. 말이라도 한번 붙여봤으면 싶다.

그녀는 사물들의 질서를 흔들어놓았다. 원근법이 부서진 것이다. 대신 "갑자기 모든 게 제멋대로"이고 "시간이 쭈글거리기 시작"했으며 전화를 건 사람이 전화를 받은 "사람과 같은 면(面)에 속해 있는 것인가 하는 의구심"마저 들게 한다. "이를테면 세계가 우리가 아는 것처럼 단면이나 평면으로 이루어지지 않았다는 거. 말하자면 양면도 아니라는 거. 쉽게 말하면 회전문처럼 빙글빙글 돌아가고 있는 어느 한쪽 면, 한쪽 칸에 속해 우리가 살아가고 있"는 것 같다는 걷잡을 수 없는 혼란이 찾아온다. 이제 원근법이 사라지고 새로운 사조인 초현실주의가 대신 들어선 것이다.

그러나 소설은 원근법을 떠날 수가 없다. 원근법이 이 세상의 질서

나 세상에 대한 인식 그 자체는 아니라 해도, 세상과 세상에 대한 인식을 말할 때는 원근법을 떠날 수가 없는 것이다(조형예술은 표현에서도 이 원근법을 벗어났다). 그런데 남쪽 계단에 나타난 그 화사한 여인은 이 원근법의 비가시적인 선들을 흔들어놓았다. 그러자 멀리 있는 사물과 가까이 있는 사물은 그 가치의 서열과 시간의 전후관계를 파괴하며 "제멋대로"가 되었다. 시간마저도 자주 보았던 달리의 그림에서처럼 "쭈글거리기 시작"했다. 이제 이 세계는 평면이 아니라 입체이며, 그것도 회전하는 입체인 것이다. 그러면서 원심력도 아니고 구심력도 아닌 힘에 의해 어디론가 몰려가고 있다.

소설은 이 쭈글거리는 시간과 제멋대로인 세계를 어떻게 표현할 수 있을까? 초현실주의자들이 소설을 폄하하고 증오한 것은 주지의 사실이지만, 그러나 소설은 그들의 업신여김을 뒤로한 채 여전히 이 초현실의 세계를 표현할 수 있는 가능성을 찾아왔다. 하지만 여기에는 조건이 하나 따르는데, 이 표현 가능성을 작가만이 아니라 독자도 함께 찾아야만 한다는 것이다. 다시 말해 우선은 독서가 철저해져야 하며, 마치 건물의 철근처럼 속에 숨어서 원근법을 지탱하던 보이지 않는 선들이 녹아내리면서 세상이 무너져내리는 엇비슷한 경험이 요구되기도 한다.

원근법을 무너뜨린 그 여인은 누구인가? 우리는 그 여인이 어머니라고 말하고 싶다. 그 여인을 어머니라고 말해야만 하는 이유가 있다. 그래야만 "가정적으로나 사회적으로 멀쩡했던 사람들"을 돌연 공중으로 불러올려 "순식간에 흔적 없이 사라져버리"게 하는 다른 세계로부터 오는 "거부할 수 없는 명령"을 이해할 수 있는 것이다.

어쩐지 그들은 자의에 의해 사라진 것이 아닐지도 모른다는 생각이 들어. 그들은 어느 순간엔가 갑자기 다른 세계로부터 거부할 수 없는 명령 같은 걸 받았다는 생각이 드는 거야.

이 명령은, 아마도 죽음의 그림자이자 정명의 그림자이기도 한 곽
우길이 죽은 자들의 사진이 죽 걸려 있는 납골당 같은 방에서 기다리
고 있던 '집주인'의 입에서 나오는 명령이었을 것이다. 그 집은 지하
세계에 있는 무덤 이외의 다른 곳이 아니었으며, 곽우길이 기다리고
있던 집주인은 모든 죽은 자들의 집인 무덤의 주인이었다. 정명의 그
림자는 그곳에 갔다 온 것이다. 언제? 바로 정명이 화사한 봄옷을 입
고 남쪽 계단을 오르는 여인을 본 그날 아침.

화사한 봄옷을 입고 남쪽 계단에 서 있던 여인은 이 세상의 삶을
주관하는 생명의 여신이었다. 그 여인 없이 살 수 있는 인간은 없다.
추상적으로라도 그 여인은 존재해야만 한다. 인간은 "봄 이슬을 털고
쑥쑥 올라오고 있는 푸른 풀잎들"처럼 아무런 말 없이 자연의 이치를
구현하고 있을 수만은 없다. 그 앞에서 말을 해야만 한다. 그것은 "잎
새에 이는 바람에도" 괴로워해야 하는 시인의 시가 될 수도 있고,
"가냘픈 몸매에 투명할 정도로 얇아 보이는 하늘색 원피스를 입"은
여인을 남쪽 계단에 세워 그로부터 이야기를 풀어나가는 소설이 될
수도 있다.

우리는 여기서, 주인공 정명이 4월 아침 출근길에서 본 여인의 모
습을 서양 신화에 나오는 아프로디테의 이미지와 나란히 놓고 보고
싶어진다. "가냘픈 몸매에 투명할 정도로 얇아 보이는 하늘색 원피스
를 입"고 있던 긴 머리의 여인, "4월 초순인지라" "아침에 멀리 연둣
빛 산자락이 보이는 한산한 길에서" "목격한 신비한 하늘색 여자",
"몽유병 환자처럼 느릿한 걸음으로 남쪽 계단을 올"라가 "하늘색 옷
자락이 실크커튼처럼 바람에 한 번 후르르 흔들리는" 여인은, 놀랍게
도 피렌체 우피치 미술관에 있는 보티첼리의 〈비너스의 탄생〉과 〈프

산드로 보티첼리, 〈비너스의 탄생 La Nascita di Venere〉,
1484, 캔버스에 템페라, 278.5cm x 172.5cm, 피렌체 우피치 미술관.

「남쪽 계단을 보라」에는 다음과 같은 장면이 나온다. 그날 아침 '나' 는 한 여자를 만났다. 가냘픈 몸매에 투명할 정도로 얇아 보이는 하늘색 원피스를 입고 있었으며 긴 머리에 검은색 핸드백을 오른쪽 어깨에 메고 있었다. 어쩐지 철이 이르다 싶은 옷차림이었다. 그녀는 몽유병 환자처럼 천천히 남쪽 계단을 올라가고 있었다. 그녀의 하늘색 옷자락이 실크커튼처럼 바람에 한 번 후르르 흔들리는 게 보였다.

4월 초순, 남쪽 계단에 나타난 여인, 하늘색 옷자락을 실크커튼처럼 바람에 한 번 후르르 흔들고 사라진 여인은 산드로 보티첼리가 그린 〈비너스의 탄생〉에 등장하는 비너스와 많이 닮아 있다. 많이 닮아 있을 뿐, 그 이상의 의미는 없을까? 아니다. 그 이상의 의미를 갖고 있다. 신비한 여인, 그녀는 환생한 여인이 아니다. 환생의 고리마저 끊어버릴 수 있는 봄날의 그 생기 자체이며, 살아 있음의 충만한 기쁨 그 자체이기도 하다.

피렌체 우피치 미술관의 대표작인 〈비너스의 탄생〉은 시인 안젤로 폴리치아노의 시에 묘사된 대로 비너스가 조개를 타고 키타라 섬에 도착하는 장면을 묘사하고 있다. 서풍의 신 제피로스가 바람을 불어 비너스가 탄 조개를 해변으로 밀어올리자 계절의 여신이 비너스를 맞아들이며 옷을 걸쳐주고 있다. 비너스는 아프로디테라고도 하는데, 어원 자체가 '거품에서 태어난 여인' 이라는 뜻이다. 이 그림은 겉보기와는 달리 예수의 세례를 묘사한 성화로부터 많은 것을 빌려온 작품으로, 서양 회화사 최초의 누드화이면서도 그림에서 종교적 분위기가 풍겨나오는 것은 이 때문이다. 인간의 사랑의 감정에서 절대적 종교 감정을 보았던 신플라톤주의적 사고의 영향을 받은 그림이다. 이후의 서양의 모든 비너스 탄생화는 이 그림을 모델로 삼게 된다.

리마베라〉에 모습을 나타낸 비너스를 빼닮았다.

봄이라는 계절도 동일하고, 윤대녕의 '4월의 신비한 여인'과 '비너스'는 외모부터 유사하다. 윤대녕의 4월의 여인이 "투명할 정도로 얇아 보이는 하늘색 원피스를 입고" "몽유병 환자처럼 느릿한 걸음으로 남쪽 계단을 올라가" "하늘색 옷자락이 실크커튼처럼 바람에 한 번 후르르 흔들"렸다면, 〈프리마베라〉나 〈비너스의 탄생〉에 등장하는 비너스 역시 같은 옷을 입고 서풍의 신 제피로스와 꽃과 봄의 여신 클로리스가 부는 바람에 실려 공중에 뜬 채로 천천히 다가오고 있다.

여기서 우리는 서양 신화에 등장하는 비너스가 지닌 보편성에 놀라지 않을 수 없다. 산드로 보티첼리가 그린 르네상스 최초의 누드화 〈비너스의 탄생〉에 등장하는 비너스와의 시각적 유사성은 그렇다고 치더라도, 비너스가 태어나자마자 성숙한 여인으로 등장하는 이 신화적 요소를 눈여겨볼 필요가 있는 것이다. 비너스에게는 어린 시절이 없다. 그녀는 나이도 모르고 죽지도 않는다. 상징이기 때문이다. 윤대녕이 4월에 보았던 "가냘픈 몸매에 투명할 정도로 얇아 보이는 하늘색 원피스를 입"고 있던 긴 머리의 여인은 십 분 전에도 십 분 후에도 그 자리에 서 있었다. 그녀는 영원히 남쪽 계단에 서 있을 것이다. 이 신비한 여인 역시 비너스처럼 어린 시절을 갖고 있지 않은, 시간을 모르는 여인이다. 윤대녕이 만난 여인을 환생한 인물로 보아야 할까? 아니면 그 환생의 고리마저 끊을 수 있는 충만한 생명 그 자체로 보아야 할까? 아니면 남자를 유혹해 파멸로 이끄는 여인으로 보아야 할까?

보티첼리의 그림이 성서에 등장하는 예수가 세례받는 장면을 연상시키고 실제로 그런 도상을 참고했다는 것은 미술사의 상식에 속한다. 그러니까 흔히 말하듯이 보티첼리의 〈비너스의 탄생〉은, 무념시태를 상징하는 거대한 조개가 일러주듯이, 비너스와 동정녀 성모 마리아를 통합하려는 안타까운 몸짓이었던 셈이다. 윤대녕은 그의 짧은 소설에서 동정녀 성모 대신 어떤 여인을 비너스로 본 것일까? 아니, 비너스의 위협을 받았던 어떤 여인을 그는 가슴속에 키워왔던 것일까? 갑자기 다른 세계로부터 오는 "거부할 수 없는 명령"을 내리는, "죽은 사람들의 사진들이 죽 걸려 있는" 집의 주인은 누구인가?

어쨌든 이제 주인공 정명은 일대 혼란에 빠졌다. 원근법이 파괴된 것이다. 원근법은 삼차원 공간을 이차원 평면에 옮길 때 마치 삼차원 같이 보이게 하는 데 필요한 하나의 테크닉이자 그 이상이다. 하지만 이 원근법은 누구나 따라야 할 규범이 되었고, 그 규범의 지배가 지속되면서 급기야 세계 인식의 한 방법이 아니라 삼차원 공간의 존재 원리가 되어버렸다. 이 규범은 벗어날 수 없는 것이 되어버린 것이다. 어기면 응징이 기다리는 법이 된 것이다. 초현실주의자들이 그토록 욕을 먹었던 이유가 여기에 있었다. 초현실주의는 이 원근법을 부인한다. 꿈과 몽상 속에서 사물들은 우연히 만나고 시간도 시계 없이 흐른다. 그러나 대안은 없다. 오직 예술만이 대안이지만 그것마저 원근법을 부인하지는 못한다. 단지 초현실주의식의 특이한 원근법이 존재할 뿐이다.

윤대녕은 현실과 초현실을 섞어놓은 그의 짧은 단편에서 이 원근법을 불교적 분위기 속에서 찾고 있는 것처럼 보인다. 스산하고 번잡한 산업사회의 신도시라는 공간에 기거하며, 어떻게 해서든 소설을 허락하는 여인을 만나려고 하면서. 그리고 그가 허락받은 소설이 산업사회의 원근법 그 이상의 것이 되기를 희망하면서.

그러나 윤대녕은 죽음과 탄생을 불교의 환생으로 해석하려고 하면서도, 위에서 살펴본 대로 은연중 그리스 로마 신화에 등장하는 '비너스'를 따라가고 있다. 남쪽 계단에 서 있는 여인은 외모는 물론이고 4월에 찾아온다는 점에 있어서도 〈프리마베라〉의 비너스였던 것이다. 그리고 "거부할 수 없는 명령"을 내리는 "죽은 사람들의 사진들이 죽 걸려 있는" 집의 주인은 하데스였을 것이다. 윤대녕이 불교를 믿고 있는 것인지, 그리스 로마 신화를 믿고 있는 것인지, 아니면 두 이야기가 동일한 것인지 모르겠다. 아니면 우리의 해석이 전혀 잘못된 것인지……

4. 맺는말

업무 스트레스에 시달리는 한 샐러리맨의 순간직인 욕망을 지나치게 해석했다는 비난이 있을 수도 있다. 꿈보다 해몽이 앞선다는 비난이다. 그러나 윤대녕의 소설은 이런 비난을 듣더라도 '지나치게' 읽어야 한다. 최근 한 인터뷰에서 윤대녕은 이렇게 말한 적이 있다. "처음 십 매가 며칠 걸려요. 일단 십 매만 나가면 그 다음엔 가속도가 붙죠. 어느 순간, 소설 자체가 소설을 이끌고 가는 상황이 되는데 그때가 작가로서 제일 행복한 순간이에요." "소설 자체가 소설을 이끌고 가는 상황"에서 작가는 약간 옆으로 비켜앉게 마련이다. 확실히 "작가로서 제일 행복한 순간"일 것이다. 왜냐하면 마치 영매를 만난 것처럼 어떤 움직임에 몸을 맡기기 때문인데, 이때 소설은 부분적으로 무의식의 힘에 이끌려들어가게 된다. 그러니까 그의 소설도 이 "소설 자체가 소설을 이끌고 가는 상황"을 맛볼 때만 제대로 읽은 것이라고 할 수 있다. 그러자면 독자도 소설에 몸을 맡겨야 한다.

이 무장해제된 독서는 그러나 일반 독자의 몫이 아니라 비평가의 몫이다. 다시 말해 비평가는 그의 소설을 마치 악보처럼 펼쳐놓고 바이올린이든 피아노든 비슷한 악기를 들고 연주해야만 하는 것이다. 비평가는 일반 청중이 아니다. 그는 해석하는 입장에 있는 전문 연주가이다. 청중들은 악보를 원하는 것이 아니라 연주를 원한다. 이 연주는 소설을 해체하여 재조립하는 과정이기도 하고, 그러면서 미미한 기미에 강한 포르테를 주고 반복되는 모티프를 찾아 그것의 연관성을 두드러지게 표현하는 것일 수도 있다.

불쑥 전화를 걸어온 친하지도 않은 옛 고등학교 동창을 만나 "그의 모습이 마치 내 그림자같이 느껴졌다"고 고백하는 부분은 비록 짧게 한 줄로 처리되어 있지만, 포르테로 강하게 연주해야 할 부분이다. 그림자와 실체의 관계를 이루고 있는 두 인물이 똑같은 4월 봄날에 겪은 경험을 이야기할 때도 이 공통점은 강하게 연주해야 한다. 심지어 악보를 위반해가며 반복해서 연주해야 할지도 모른다. 그림자이자 친구인 사나이는 "죽은 사람들의 사진들이 죽 걸려 있는" 어느 집을 찾아갔다. 그 집의 주인과 약속을 했을 것이다. 하지만 이때 우리는 그 친구가 이 집주인을 무슨 볼일이 있어서 만났겠지, 하며 무심히 보아넘기지 말고, 그 집주인을 "어느 순간엔가 갑자기 다른 세계로부터 거부할 수 없는 명령"을 내리는 사람으로 보아야 한다. "거부할 수 없는 명령"을 내리는 유일한 존재는 초자아밖에 없다. 아버지를 아버지로 만들어주고 아버지로 받아들이게 하는 초월적 힘과 위엄을 지닌 추상적 존재인 초자아만이 "거부할 수 없는 명령"을 내릴 수 있을 뿐이다. 그때야 비로소 연주자는 "소설 자체가 소설을 이끌고 가는 상황" 속에서 작가가 옆으로 비켜앉은 채 쓴 소설 속의 또다른 소설을 연주하게 될 것이다. 연주회에 들어온 이들은 이 소설 속의 또다른 소설을 원하는 것이다. 악보가 아닌 연주를 듣고 싶어하는 것이다.

나아가 필요하다면 윤대녕의 소설을 다른 소설가들의 작품과 함께 읽어야 한다. 김승옥과의 비교는 유익했고, 두 작가 모두를 연주할 때 많은 시사점을 주었으며, 언제든지 기회가 오면 두 사람의 '악보'를 함께 연주한다는 의미에서의 연탄도 기획해볼 수 있을 것이다.

뿐만 아니라 미술도 소설을 읽는 데 큰 도움을 줄 것이다. 언어의 질서는 원근법의 그것과 크게 다르지 않다. 시작법에 따라 각운을 맞추고 음절을 조절하는 정형시는 말할 것도 없고, 이른바 자유시로 불리는 시들 역시 음소의 차원에서조차 나름대로의 원근법을 준수해야만 할 것이다. 아니 그전에 소설은 언어의 선조적 질서인 구문론을 벗어나서는 씌어질 수가 없다. 하지만 시나 소설, 어느 경우든 언어 자체의 가능성을 매번 새롭게 가늠해야 하는 작가의 노력은 언제나 원근법과 충돌할 것이다. 더욱이 시든 소설이든 이미지의 높은 환기력을 따라가는 상상력은, 윤대녕이 고백했듯이, "소설 자체가 소설을 이끌고 가는 싱황"에서 더욱 이미지에 예민하게 반응하고 무의식의 욕망과 금기를 넘나들며 작가를 희롱할 것이다. 하늘색 옷자락을 실크커튼처럼 바람에 후르르 흔들며 남쪽 계단에 서 있는 여인은 하나의 이미지이다. 누군가 이미 그렸을지도 모른다. 어쩌면 윤대녕은 보티첼리의 〈비너스의 탄생〉이나 혹은 모네가 그린 바람 부는 언덕에 서 있던 〈양산 쓴 여인〉을 보았는지도 모른다. 혹은 죽음의 검은 그림자와 함께 나타난 꽃의 여신 플로라를 그린, 마그리트의 작품 〈기성품 꽃다발〉을 보았는지도 모른다.

독사(毒蛇), 화사(花蛇)…… 목사(木蛇)
—윤대녕의 「배암에 물린 자국」에 나타난 뱀의 이미저리

나는 끝내 못 볼 것을 보고야 말았다. 꿈틀꿈틀 기어오는 기다란 것이 거기에 있었다.
눈어림만으로도 사람 키보다 훨씬 큰 한 마리의 구렁이였다.
꿈틀거림에 따라 누런 비늘가죽이 이리저리 번들거리는
그 끔찍스런 몸뚱어리를 보는 순간, (……)
모든 꿈틀거리는 것들에 대해서 소년들이 거의 본능적으로 품는
적의와 파괴욕을 주체할 수가 없었다. 나는 잽싸게 헛간으로 달려갔다.
지게 작대기를 양손으로 힘껏 거머쥐었다. 내 쪽으로 가까이 오기만 하면
단매에 요절을 낼 요량으로 작대기를 쥔 양쪽 팔을 높이 들었다.
그러자 억센 힘으로 내 팔을 움켜잡는 누군가의 손이 있었다.
돌아보니 외할머니였다. 동시에 째지는 듯한 비명이 등뒤에서 들렸다.
—윤흥길, 「장마」 중에서

정신분석은 여기서 다시 한번, 단순한 관계를 쇄말한 것들로 공연히 복잡하게 하고
신비한 것도 문젯거리도 없는 곳에서 문제를 만들어내고,
그래서 어디서나 흔히 볼 수 있는 부차적이고 미미한 것들을 지나치게 강조함으로써
과격하기 이를 데 없는 추론의 논거들을 세운다는 비난에 부딪치게 된다.
—프로이트, 「17세기 악마 노이로제」 중에서

뱀은 이미 하나의 의미다. 누구도 그것을 정면으로 바라다보지 못한다. 그것은 메두사요, 언제나 독사이고, 깊고 어두운 한 세계가 꿈틀거리고 있음의 섬뜩한 느낌이다. 유혹하는 자의 이미지이고, 간교함의 상징이자, 또한 지혜와 저주의 메타포이다. 어두운 보꾹에서 집을 지키는 영물이기도 하고, 수많은 태몽에 모습을 나타낸 후 해석을 기다리는 예언자이기도 하다. 윤대녕의 뱀 역시 이 다양한 의미의 음

산하고 난삽한 미로 속에서 꿈틀대고 있을 것이다. 그 자체로 미로일 수도 있다.

뱀이 '나'를 물었을 때, 뱀에 물린 '나' 역시 온몸에 퍼진 독으로 인해 이미 평범한 '나'는 아닐 것이다. '나' 또한 같은 미로 속을 비척거리며 혹은 꿈틀거리며 헤매고 있는지도 모른다. 윤대녕의 소설은 한 편의 우화이거나 알레고리에 가깝다.

소설이 우화 혹은 알레고리라면, 이 수사학의 중심에 자리잡고 있는 뱀은 뱀과 유사하거나 가까이 있는 어떤 다른 것의 은유이거나 환유이기 쉽다. 그것은 단지 생물도감의 양서류과에 속하는 파충류가 아닌 것이다. 뱀의 움직임은 수사학의 움식임일 것이고, 이 수사학의 움직임은 "뱀에게 물린 곳을 이빨로 물어뜯어 흡혈귀처럼 피를 빨아 대고 있"는 이미 평범하지 않은 '나'의 그 비범한 움직임이기도 할 것이다. 독사에 물린 '나'는 "낭심께가 메주처럼 부어올라 있었다". 독사에 물린 '나'는 다짐한다. "배암, 너 내 손으로 반드시 잡아죽이고 말 테다! 너 귀머거리, 네 머리를 갈아 내 상처에다 몇 겹으로 처바를 테야!" 소설은 '독'과 '폭력'에 대한 우화일 뿐일까?

소설이 '폭력'에 대한 우의로 읽힐 수 있음에도 불구하고, 작가 스스로 제공하는 다음과 같은 주석을 평론가 류준필처럼 작품을 망가뜨리면서까지 고분고분 믿을 필요는 없어 보인다(류준필은 「부재(不在)로서만 빛나는 세계─윤대녕 혹은 '의미'를 생성하는 한 가지 방식」(『문학동네』 1995년 겨울호)에서 농부가 한 말을 농부의 아내가 한 말로 잘못 읽고 있다. 왜일까?). "칼은 갈수록 무더 보이는 법예요. 그러고 나선 결국 제 몸을 찌르게 되지요. 어떻게 들릴지 모르겠지만 언제나 독이 독을 꼬드겨 서로 찌르려 드는 게 아니겠어요." 피는 피를 부르고 증오는 증오를 부를 것이다. 이런 깨달음이 있었기 때문에 그토록 증오에 이를 갈며 "칼로 내 키만한 참나무 가지를 잘라 끝을 Y자로 만들어가지고" 총칼처럼 꼬나들고 다니던 '나'는 마지막에 가서 그 "참나무 막대기"를 버리고 말았을까? 독사는 만나지 못하고 화사는 잡았다 놓아주고 만 후에 내가 만난 것은, 뱀이 아니라 "뱀껍질"이었다. 그런데 이 "뱀껍질"을 만나던 그날, '나'는 "참나무 막대기"를 들고 있지 않았다. 어디에다 버렸을까? 그 끝이 Y자형인 참나무 막대기를 '나'는 어디에다 놓고 맨손으로 뱀을 잡으러 나왔던 것일까?

뱀이 움직이고 뱀의 의미가 움직인다. 독사에서 화사로, 화사에서 무덤가에 껍질을 벗어놓고 땅속으로 동면하러 들어간 뱀으로, 뱀이 움직인다. 동시에 뱀을 잡기 위해 들고 다니던 "참나무 막대기"도 움직이고, 그 움직임의 의미도 움직인다. 이 번잡스러운 움직임들 때문에 아마도 독자들은 누가 누구를 물고, 누가 누구를 보고, 또 누가 누구에게 무슨 말을 했는지, 못 보고 못 들었을 것이다. 직업적인 평론가들을 위시한 독자들의 이 무지를 가능케 했던 소설의 은밀한 움직임은 과연 무엇이었을까?

뱀이 무덤가 땅속으로 사라지자 "참나무 막대기"도 사라진다. 뱀 잡는 데 쓰이는 '막대기'의 용도가 폐기된 것이 아니다. 그렇다고 뱀을 잡으려는 의지가 사라진 것도 아니다. 독사는 구경도 못 하고 화사는 잡았다 맥없이 놓아준 다음에도, '나'는 뱀에 대한 미련을 못 버린 채 또다시 뱀을 찾아나선다. "날이 갈수록 초조한 마음이 더해갔다. 이러다간 아닌 게 아니라 며칠 내로 서리가 내릴 거였다. 나는 하루도 거르지 않고 뱀에 물렸던 곳에 쭈그려 앉아 그놈이 나타나기만을 기다리고 또 기다렸다." 이렇게 오랜 기다림 끝에 마침내 내가 만난 것은 그러나 '뱀'이 아니라 '뱀껍질'이었다. 뱀이 아니라 마치 헌 옷처럼 뱀이 벗어놓은 허물을 만난 것이다. "부근 산자락 무덤에서 나는 뱀껍질 하나를 발견했다. (……) 타고 난 재처럼 바삭거리는 그것을 손가락으로 잡아 조심스럽게 앞으로 당겨보았다. 땅에 파묻힌 부분에서 뱀껍질은 힘없이 끊어져버렸다. 나는 오른손 검지를 뱀이 파고들어간 무덤 구멍에다 깊숙이 찔러넣어보았다.” 왜 ‘나’는 그때 뱀을 잡아 죽이기 위해 등산할 때 쓰는 칼로 끝을 Y자형으로 깎아 만든 참나무 막대기를 들고 있지 않았을까? 산자락 무덤에서 뱀껍질을 발견하던 날, ‘나’는 그 “참나무 막대기”를 어디에다 두고 나온 것일까?

내가 “참나무 막대기”를 들고 있지 않다는 것을 지적해준 이는 마을에 사는 농부다.

들고 다니던 그 참나무 막대기는 어쨌어요?
……나 알고 계셨군요.[1]

이제까지 단 한 번도 대화를 나눈 적이 없는 두 사람이었지만, 농부는 “다 알고 계셨”다. 농부는 점잖게 훈계까지 한다. “칼은 갈수록 무뎌 보이는 법예요” 운운하며. 내가 “한갓 뱀였는 걸요”라며 말을 받지만, “안에서 키우고 있던 뱀였겠지요. 그게 제 몸을 물었던 거예요. 정말 한갓 뱀이었다면 그러고 다니지는 않았겠죠”라며 농부는 뱀의 의미마저 “다 알고 계셨”다. 독자들이 진짜로 믿는 그 가짜 의미를. 작가는 다 알고 있었을까?

“안에서 키우고 있던 뱀”은 어떤 뱀일까? 또 “제 몸을 물었”다는 말은 무슨 말인가? 농부가 “다 알고 계셨”던 데에는 이유가 없지 않다.

소설은 물론 이렇게 씌어진다. 주인공과 화자와 작가가 나누는 내밀한 대화 속에서 눈에 띄지 않게 세 문법적 주체들이 섞여들면서 그 혼동으로 씌어지는 것이다. 그래서 별 어려움 없이 농부는 작가의 분

---

1) 윤대녕, 「배암에 물린 자국」, 『남쪽 계단을 보라』, 세계사, 2003. 이하 본문의 인용문은 이 책에서 인용한 것이다.

신이고 뱀에 물린 '나' 또한 작가의 또다른 분신일 수 있다. 그러나 농부의 훈계를 다시 한번 들어보자. 그의 어조는 이미 증오와 폭력의 악순환을 철저하게 경험하고 그 끝의 참담함을 깨달은 자의 담담하고 지긋함을 지니고 있다. "칼은 갈수록 무뎌 보이는 법예요."

확실히 작가는 농부라는 인물의 탈을 쓰고 소설 속으로 들어오고 싶었을 것이다. 우화의 형식을 빌렸지만 그럼에도 뱀을 의인화시켜 말하고 걸어다니는 인물로 만들 수는 없었던 작가로서는, 자신이 평범한 땅꾼의 이야기나 어른을 위한 동화 같은 것이 아니라 독사에 물려 독을 품게 된 비범한 '나'의 이야기를 하고 있음을 해명해야 했을 것이다. 어쩌면 독자들이, 특히 무딘 독자들이, 뱀과 독의 우의를 곡해할까봐 염려가 되었는지도 모른다.

배암에 물린 '나'는 "들고 다니던 그 참나무 막대기는 어쨌어요?"라는 농부의 질문을 받았을 때 자신이 뱀을 잡기 위해 만들었던 끝을 Y자로 만든 참나무 막대기를 들고 나오지 않았다는 사실을 깨닫기도 전에, "다 알고 계셨군요"라고 단번에 고백부터 하고 만다. 배암에 물린 '나' 또한 작가가 농부의 탈을 쓰고 나타나 그 괴롭고 고단한 뱀과의 술래잡기에서 자신을 구해주기를 원하고 있었던 것은 아닐까?

농부와 배암에 물린 '나' 사이에는 끝이 Y자형인 참나무 막대기가 있다. 지게를 지고 다니는 그도, 배암을 잡으러 다니는 '나'도 끝이 Y자형인 막대기가 필요하다. 두 사나이가 같은 막대기를 필요로 한다. 그리고 그 막대기는 우선 외형이 유사하다.

농부가 다 알고 있었던 데에는 이유가 없지 않다. '나'는 농부를 만나 이야기를 하고 싶었고 그 이야기가 고해가 되기를 바라고 있었다. '나'는 그의 끝을 Y자로 깎아 만든 참나무 막대기를 훔쳤던 것이다.

"참나무 막대기"의 원래 주인은 배암에 물린 내가 아니라 지게를 지고 다니던 농부였다. 내가 "참나무 막대기"를 필요로 하게 되는 것은 배암에 물린 후 그 배암을 잡아죽이기 위해 전혀 다른 '나', 즉 비범한 '나'로 변하면서부터이다. 그래서 '나'와 이야기를 나누기 이전의 농부는 지게 작대기 없이 빈 지게만을 지고 다녀야 했다. 그에 대한 어떤 묘사에서도 그가 끝을 Y자로 깎아 만든 지게 작대기를 들고 다니는 모습을 볼 수가 없다. 농부에 대한 가장 자세한 묘사를 보자.

가만히 보니 전에 내가 땅을 파고 있을 때 등뒤에 다가와 나를 바라보고 있던 그 밀짚모자의 농부였다. 그는 빈 지게를 지고 고랑을 따라 걸어가고 있었다. 나는 그가 움직이는 대로 시선을 옮겨갔다. (……) 그는 부드러운 걸음새로 정확한 보폭과 속도를 유지하며 두렁을 넘어 이윽고 토란밭 사이로 소리 없이 빠져들어가고 있었다.

그는 누군가가 숲속에서 자신을 훔쳐보고 있다는 것을 알기라도 하는 듯했다.

(……) 그는 마당가에서 등에 지고 있던 지게를 벗어놓은 다음 펌프에다 입을 댄 채 손잡이를 꾹꾹 눌러 물을 마셨다. 펌프에서 쏟아져나오는 물이 햇빛에 반사돼 이쪽에 앉아 있는 내 눈에까지 튀어들어왔다.

"펌프에서 쏟아져나오는 물이 햇빛에 반사돼 이쪽에 앉아 있는 내 눈에까지 튀어들어"올 정도로 '나'는 의외로 농부 곁에 가까이 있었는지도 모른다. 농부는 빈 지게를 지고 다닌다. 어디에도 지게 작대기에 대한 묘사는 없다. 농부는 지게를 벗어서 어디다 놓았을까? 세워놓았을까? 벽에 기대어놓지 않았다면 지게 작대기가 있어야만 한다. 농부는 토란을 캐서 지게에 담았을까? 그렇다면 더더욱 지게 세장에 Y자형 홈이 걸리는 지게 작대기가 있어야만 한다. 지게를 땅 위에 눕혀놓고 물건을 싣지는 못할 것이기 때문이다. 농부는 지게 작대기도 없이 빈 지게를 지고 다녔다. 농부가 지게에 가득히 물건들을 싣고 져나르는 것은, '나'에게 "그 참나무 막대기는 어쨌어요?"라고 묻고 나서부터이다. '나'에게서 "……다 알고 계셨군요"라는 고백을 단번에 얻어낸 후부터 농부는 지게에 짐을 싣고 져나르는 것이다. "수확한 곡식이 어지간히 되는지 원두막을 헛간으로 개조해 고추며 고구마며 콩이며 옥수수를 져나르는 농부의 모습이 자주 눈에 띄었다." 단지 지게로 짐을 져나르는 묘사만 있을 뿐 지게 작대기에 대한 묘사는 없다. 그만큼 지게와 지게 작대기의 관계는 당연한 것이다. 그런데 배암에 물린 내가 독사를 찾아헤매고 그러다가 화사를 만났을 때도 당연히 지게 작대기는 농부의 손에 들려 있었을까? 내가 배암에 물려 그 배암을 잡으려고 하자, 지게와 지게 작대기의 당연한 관계는 더이상 당연한 관계로 남아 있지 못한다. 내가 지게 작대기를 훔쳤기 때문이다. 그래서 지게 작대기를 잃어버린 농부는 빈 지게를 지고 다녀야 했다. 이를 넓은 의미에서 프로이트가 실언(lapsus)으로 분류한 무의식의 움직임에 포함시킬 수 있을 것이다. 소설의 탁월성은 작가 화자 주인공이라는 세 주체들의 간극 속에, 망각된 대상을 위한 집을 지어줄 수 있다는 형식적 특성에 있다. 소설은 자아분열을 용인하는 의식의 영역인지도 모른다.

　잠시 에드거 앨런 포의 단편 하나와 동화 하나를 읽어보자. 「도둑맞은 편지」가 편지함 속에 "숨어 있을 때부터" 편지와 편지함의 관계는 더이상 당연한 관계가 아니었다. 기필코 편지를 찾아야만 했을 때는 편지가 편지함에 있다는 생각이 불가능하다. 그것은 어딘가에 숨어 있을 것만 같은 것이다. 어떤 일이 있어도 뱀을 잡아야만 했을 때에도 그 뱀은 어딘가에 숨어 있을 것만 같았다. 오직 어린아이의 눈에만 벌거벗은 임금님이 보일 뿐이다. 그러나 진실을 알고 있는 자는 어린아이가 아니다. 어리석은 임금에게 옷을 판 사기꾼만이 진실을 알고 있다. 사기꾼은 진실을 알고 있었지만 그럼에도 오직 어린아이만이 진실을 말할 수가 있었다. 오직 어린아이만이 편지함에 숨어 있는 편지를 편지함에 들어 있는 편지로 볼 수가 있다. 도둑과 시인, 혹은 사기꾼과 어린아이, 소설을 쓴다는 것은 의식과 무의식의 공모인지도 모른다. 이 공모는 윤대녕의 소설 속에서 농부와 배암에 물린 '나'의 관계로 반복되고, 양자 사이에는 두 사람이 함께 필요로 하는 끝이 Y자형인 막대기가 놓여 있다. 권력과 장수와 미를 꿈꾸는 욕망에 굶주린 가엾은 군상들 사이에 편지가 있고 투명한 옷이 있었듯이. 그러나 오직 한 사람만이 편지와 옷을 가질 수 있듯이 끝이 Y자형인 막대기를 소유할 수 있는 사람도 오직 한 사람뿐이다. 끝이 Y자형인 참나무 막대기가 지게의 것이었듯이 지게는 농부의 물건이었다. 지게와 참나무 막대기는 일체다. 함께 있어야 지게의 구실을 할 수가 있다. 함께 있어야만 지게다. 지게는 지게 작대기와 함께 있어야 지게이고 농부는 지게와 함께 있어야 농부다.

'나'는 물론 뱀을 잡기 위해 끝이 Y자형인 키만한 참나무 막대기를 들고 다녔다. 참나무 막대기는 지게 작대기와 아무런 상관이 없다. 끝이 Y자형이라는 외관상의 유사점 이외에는 거의 아무런 관련이 없다. 끝이 Y자형이라는 외형상의 유사점도 각각의 막대기가 소용되는 용도 때문에 생긴 우연의 일치일 뿐이다. 그런데 왜 '나'는 "뱀껍질"을 발견하는 그날 "참나무 막대기"를 들고 나오지 않았을까? '나'는 이미 뱀을 잡겠다는 복수심도 의지도 모두 잃어버린 것일까?

독사를 찾아헤매다가 내가 첫번째로 만난 뱀은 독사가 아니라 화사였다. "그놈은 전날 나를 물고 달아났던 뱀이 아니었다. 한 오십 센티나 될까 말까 한 초록의 꽃뱀이었다. 쉽게 말해 독사가 아니었다." '나'를 물었던 뱀은 "칙칙한 땅빛의 등껍질에 일 미터 정도는 될 법

한 제법 커다란 놈이었다". 독사를 다시 만날 수 없었던 나는 대신 화
사를 만나지만 그 초록의 꽃뱀을 놓아주고 만다. 왜 놓아주었을까?
"그 종족까지 멸해야 속이 풀렸겠지만 나는 막대기를 잡고 있던 손을
부들부들 떨고 있다가 맥없이 뱀을 놓아주고 말았다. 그 뱀이 나를
물었던 놈이 아니란 이유 때문만은 아니었다. 경내에 뱀이 들어오면
그것을 숨겨준다는 불승(佛僧)들 생각이 나서도 결코 아니었다." 그
렇다면 왜 놓아주었을까? "멀리서 누가 나를 지켜보고 있다는 기괴
한 이끌림"이 있었기 때문이다. 농부의 아내가, 뱀을 잡아 참나무 막
대기의 Y자 끝으로 누르고 있는 '나'를 바라보고 있었던 것이다.

　독사는 만나지조차 못했고 화사는 잡았다가 놓아주었다. 내가 잡은
것은 뱀껍질뿐이다. 뱀껍질을 잡으러 가지는 않겠지만 뱀껍질을 잡으
러 가는데 끝이 Y자형으로 된 참나무 막대기를 가지고 가지도 않을
것이다. 그렇다면 '나'는 무덤에서 뱀껍질을 발견하리라는 것을 미리
알고 "참나무 막대기"를 들고 나가지 않았던 것일까? "참나무 막대
기"가 사라진 데에는 다른 이유가 있어야 할 것이다.

　지게와 떼어놓으려야 떼어놓을 수 없는 "참나무 막대기"는 농부가
되찾아가기 전에 이미 사라져버렸다. "참나무 막대기"는 내가 "초록
의 꽃뱀"을 맥없이 놓아줄 때 그 꽃뱀과 함께 사라진 것이다.

　"참나무 막대기"를 농부에게 가져다준 사람은, 지게 작대기로도 얼
마든지 쓸 수 있는 Y자 막대기로 초록의 꽃뱀을 부들부들 두 손을 떨
며 누르고 있는 '나'를 지켜보던 농부의 아내였다. 내가 처음 그 아낙
을 만났을 때를 잠시 회상해보자. "어떤 놀람도 거부감도 경계심도
그렇다고 반가움도 아닌 그런 심상한 얼굴로 참나무 막대기를 들고
서 있는 나를 지켜보고 있을 뿐이었다. 그러나 나를 향한 그녀의 눈
빛에는 내가 무안해하지 않아도 될 만큼의 기묘한 그윽함과 넉넉함
이 배어 있었다. (……) 내가 뱀을 본 것은 바로 그날이었다." 여인을

본 바로 그날 꽃뱀을 본다.

독사가 아니라 화사를 만난다. '나'는 그 화사를 놓아주고 만다. 화사를 누르고 있던 "참나무 막대기"는 꽃뱀과 함께 사라져버렸다. 사라져서 원래의 주인에게로 간 것이다. 참나무 막대기는 지게에게로 갔고 독사는 화사에게로 갔다. 한 여인이 화사한 초록의 꽃뱀이 되어 이 이동을 중개하고 있다.

지게와 지게 작대기의 관계를 환유라고 할 수 있다면, 뱀과 그 뱀을 잡기 위해 만든 "참나무 막대기"의 관계는 은유다. 뱀과 "참나무 막대기" 사이에는 "참나무 막대기"와 지게 작대기를 연결시켜주는 외형상의 유사성, 즉 Y자형이라는 상사성이 존재한다. 이제 "참나무 막대기"는 지게 작대기가 되어 지게에게로 돌아갔다. 이 돌아감은 지게 작대기가 농부에게로 돌아간 것을 뜻한다. 지게 작대기가 되어 "참나무 막대기"가 사라졌을 때 뱀도 껍질만 남긴 채 사라졌다. 그래서 '나'는 참나무 막대기 대신 오른손 검지손가락을 무덤 구멍 속으로 깊숙이 찔러넣어야 했다. 또 그래서 뱀은 참나무 막대기를 갖고 있지 않은 나를 물어야 할 아무런 이유가 없었다. "참나무 막대기"는 꽃뱀과 함께 사라졌다. 끝이 Y자형인 참나무 막대기는 지게 작대기가 되었고 그것은 다시 농부의 물건이 되었다. 이 돌아감의 시원에 "참나무 막대기"와 "초록의 꽃뱀"의 얽힘이 있었다. "교접하는 풀벌레의 소리"를 내며…… 독사는 화사와 산다. 윤대녕의 생물도감에서 독사의 주인은 화사다. 욕망의 주인은 화사한 화사인 것이다.

이렇게 해서 모든 것은 다시 제자리를 찾았다. 환유가 끝나고 은유도 끝났다. 독사도 화사도 "나를 물었던 배암"을 잡기 위해 끝을 Y자로 깎아 만든 참나무 막대기도 사라졌다. 모든 비유가 끝나고 소설도 끝난다. 사물들은 모두 제자리로 돌아갔다. 물은 물이고 산은 산이다.

이 혼란 뒤에 찾아온 평온은 그러나 산과 물이 섞이던 혼란의 흔적마저 지우지는 못한다. 배암들은 모두 사라졌지만 "배암에 물린 자국"은 남는 것이다. 또 배암을 잡기 위해 준비했던 끝이 Y자형인 참나무 막대기도 기억 속 어딘가에 혹은 무의식 어느 켠에 자국으로 흔적으로 혹은 기미나 징후로 남아 있을 것이다. 그러니 산은 산이고 물은 물이라고 말하기 전에 얼마나 많은 할말들이 있을 것인가. 산은 산이고 지게는 지게이고 참나무 막대기는 참나무 막대기이고 꽃뱀은 꽃뱀일 뿐인 세계는, 소설의 세계가 아니다. 뱀과 참나무 막대기 사이에 그리고 독사와 화사 사이에 남근이나 오이디푸스를 놓는 해석도, 소설의 문법이 아니다. 그러나 이런 말도 산은 산이고 물은 물이라고 말하기 전에 해야 할 많은 말들 중의 하나일 것이다.

화사를 힘없이 놓아준 바로 그날 독감이 도져 "나는 이불 속으로 깊게 깊게 몸을 사리며 언젠가 내게 회초리를 들고 아버지가 했던 말을 떠올리고 있었다. 그것은 『한서漢書』에 나오는 고사였다".

"제 아비 죽은 이가 있었는데, 그는 다음날 부친의 장례를 치러야 했다. 때는 초봄이었다. 그는 집 뒷산으로 올라가 무덤 자리를 보아두고 내려왔다. 그날 저녁, 사립문 밖으로 누가 찾아왔다. 키가 훌쩍 크고 도포를 깨끗하게 차려입은 선비였다. 찾아온 연고를 말하는즉, 사정이 있어서 그러니 장례를 하루만 미뤄달라는 것이었다. 그 간곡한 말에도 상주는 아니 된다며 고개를 가로저었다. 선비는 어두운 얼굴이 되어 문 앞에서 돌아갔다. 다음날 상주는 보아두었던 무덤 자리, 가시덤불 밑을 곡괭이와 삽으로 파헤쳤다. 그러자 덤불 밑에 얽히고 꼬여 있는 수십 마리의 뱀이 나타났다. 그제서야 상주는 어제 찾아왔던 선비가 누구임을 알게 되었다. 또한 그가 한 말의 뜻을 깨달았다. 뱀들은, 하루만 시간을 주면 동면에서 깨어나 그 가시덤불 밑에서 빠져나갈 요량이었던 것이다."

전날 찾아온 선비는 뱀들의 신이거나 아버지였을 것이다. 무덤에서 빠져나와 '나'를 찾아온 음부의 사신이었는지도 모른다. 독사가 화사가 되고 화사가 뱀껍질이 되는 변신 속에는, "참나무 막대기"의 변신 이외에 뱀이 사람이 되고 사람이 뱀이 되는 또다른 변신이 들어 있다. 이 변신은 '고사'라고 하는 '액자' 속에서만, 다시 말해 소설 속의 소설에서만 가능하다. 그러나 소설 속에서도 또 이 '액자' 속에서조차 불가능한 이야기가 있다. 왜냐하면 이 불가능한 이야기는 소설과 액자 사이의 틈바구니에 틈바구니 형태로 있기 때문이다. 그곳이 남근의 집이고 무의식의 땅이다. 그곳은 일종의 당집이거나 사당 같은 곳 혹은 성소인지도 모른다.

독사와 화사의 새끼들이 수십 마리씩 떼를 지어 무덤 속에서 태어난다는 말은 소설과 액자 사이에 있는, 이 후미지고 협착한 공간에서만 가능하다. 그 새끼들이 바로 인간의 새끼들이라는 숨은 뜻이 숨어 있는 공간이 그 틈바구니이기 때문이다. 배암에 물린 '나'는 자신이 선비의 아들이었다는 말을 소설 속에서 할 수 있었을까? 무덤이 죽음의 공간일 뿐만 아니라 생명의 장소이기도 하다는 말이 소설 속에서 가능했을까? 모든 인간은 죽어서 한 줌의 흙으로 돌아가고 그 흙으로부터 다시 생명이 나온다는 이 자명한 사실을 어떻게 말해야 그 진실의 충격으로부터 회복할 수 있을 것인가? 이 자명한 사실 이외의 '다른 것'이 있다. 그래서 우화가 필요했을 것이고 작가는 지게의 주인으로서 농부의 탈을 쓰고 소설 속으로 들어와야 했을 것이다. "그 새벽에 뜬금없이 어렸을 적에 들었던 아버지의 말이 떠오"른 것처럼. 아버지의 말만 떠오른 것은 아니다. 아버지도 함께 오신 것이다. 아니, 먼저 오셨을 것이다. 이렇게 해서 '나'는 아버지를 만난 '그 다음 날 바로' 농부를 만나고 그에게 다 털어놓고 만다. 작가는 주인공에게 언제나 아버지이다. 뿐만 아니라 '나'는 "들고 다니던 그 참나무

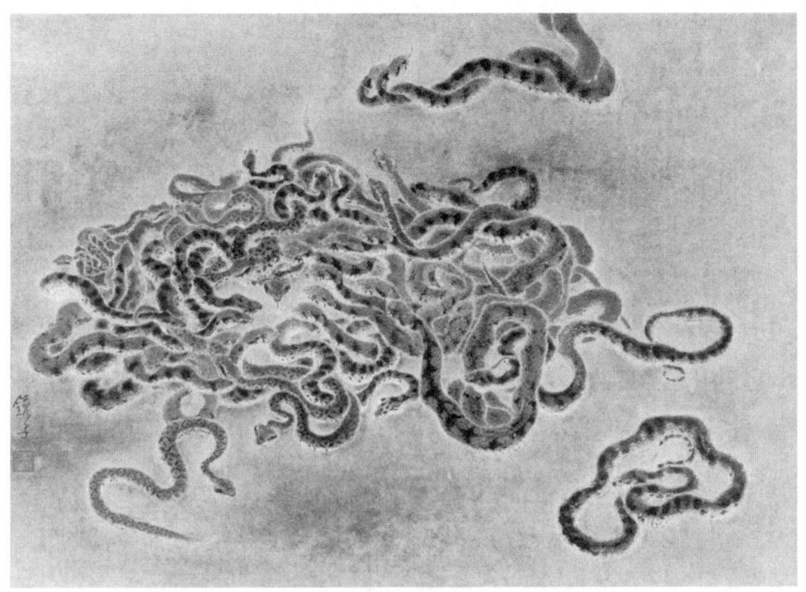

천경자, 〈생태〉, 1951, 종이에 채색, 83.5cm×58cm, 서울시립미술관.

「배암에 물린 자국」은 어쩌면 뱀을 그린 천경자의 유명한 그림 〈생태〉와 함께 보면 더 이해가 깊어질 수 있을지 모른다. 「배암에 물린 자국」의 다음과 같은 묘사를 잠시 읽어보자.

"제 아비 죽은 이가 있었는데, 그는 다음날 부친의 장례를 치러야 했다. 때는 초봄이었다. 그는 집 뒷산으로 올라가 무덤 자리를 보아두고 내려왔다. 그날 저녁, 사립문 밖으로 누가 찾아왔다. 키가 훌쩍 크고 도포를 깨끗하게 차려입은 선비였다. 찾아온 연고를 말하는즉, 사정이 있어서 그러니 장례를 하루만 미뤄달라는 것이었다. 그 간곡한 말에도 상주는 아니 된다며 고개를 가로저었다. 선비는 어두운 얼굴이 되어 문 앞에서 돌아갔다. 다음날 상주는 보아두었던 무덤 자리, 가시덤불 밑을 곡괭이와 삽으로 파헤쳤다. 그러자 덤불 밑에 얽히고 꼬여 있는 수십 마리의 뱀이 나타났다. 그제서야 상주는 어제 찾아왔던 선비가 누구임을 알게 되었다."

뱀이 사람이 되었다면, 사람이 뱀이 될 수도 있다. 그러므로 천경자도 뱀을 그린 것만은 아닌 것이다. 주인공이 사는 집 인근에 허름한 농부의 집이 한 채 있었다. "그 집도 서서히 겨울 채비를 하고 있었다. 막사 지붕에 두터운 검은 비닐을 덮고 펌프도 짚단으로 두텁게 싸맸다. 수확한 곡식이 어지간히 되는지 원두막을 헛간으로 개조해 고추며 고구마며 콩이며 옥수수를 져나르는 농부의 모습이 자주 눈에 띄었다." 농부와 부인 그리고 두 자녀 역시 뱀들처럼 겨울 준비를 하고 있다.

천경자의 〈생태〉는 전란중인 1951년에 그려진 그림이다. 삼십여 마리의 뱀이 꿈틀거리고 있고, 욕망이라는 이름의 메타포도 함께 꿈틀거리고 있다. 혹은 욕망의 집인 육체라는 이름의 다른 세계를 읽어야 할지도 모른다.

막대기"도 돌려준다. "……다 알고 계셨군요." 그러나 이 돌려줌은 오직 말로만 이루어질 뿐이다. 다시 말해 "들고 다니던 그 참나무 막대기는 어쨌어요?"라는 단 한 번의 질문으로 "그 참나무 막대기"는 원래의 주인인 농부에게로 돌아가는 것이다. 그리고 참으로 역설적이게도 "참나무 막대기"가 원 주인에게로 돌아가자 뱀도 사라진다. 다시 말해 뱀이 사라졌기 때문에 막대기가 필요치 않게 된 것이 아니라, 막대기가 없어졌기 때문에 뱀이 사라진 것이다. 소설의 무의식적 움직임의 한 중심에 놓여 있는 이 역설은 '나'를 문 독사와 그 독사를 잡기 위해 내가 들고 다니던 "참나무 막대기"가 동일한 존재였을 때만, 역설이 아니라 순리로 받아들여질 것이다. 뱀도 남근이었고 그 뱀을 잡기 위해 들고 다니던 막대기도 남근이었다.

농부를 만나 "다 알고 계셨군요"라는 고백을 하자 뱀도 막대기도 남근도 사라졌다는 데 이 소설의 정신분석적 의미가 존재하는 것이다. 이는 곧 "참나무 막대기"가 원래부터 농부의 것이었듯이 남근도 아버지의 것이었다는 말이 됨과 동시에, 뱀 역시 뱀의 아버지 혹은 뱀의 신의 것이었다는 뜻도 될 것이다.

여기서 소설은 다시 한번 무의식의 음습한 공간으로 하강할 것이다. 농부에게 "참나무 막대기"를 돌려주고 아버지에게 남근을 돌려주고 또 뱀의 신에게 뱀을 돌려준다 하더라도, 이 모든 돌려줌, 혹은 상징적 남근의 시원으로의 회귀는 언제나 어머니라는, 그 역시 상징적인 여인의 매개를 통해서만 가능한 것이다. 소설에서 "초록의 꽃뱀"이 맡은 역할이 이 중개자의 역할이다. 겨울이 되어 독사와 화사가 잠을 자러 들어간 곳은 무덤이었다. 독사와 화사처럼 목사, 즉 나무뱀이 자러 들어간 곳도 무덤이었을까? 그랬기에 '나'는 "참나무 막대기"가 어디로 간 것인지 한 번도 궁금해하지 않았을지도 모른다. 작가는 알고 있었다. 보다 정확히 말해 작가의 무의식은 알고 있었다.

그러나 작가의 무의식은 의식의 통제를 받아 부분적인 진실만 알고 있었다. 즉 작가는 "저 가을 나를 물었던 그 배암, 그놈은 눈 내리고 있는 지금 어느 유수의 깊은 땅속에서 온몸의 힘을 풀고 태연히 잠들어 있겠지. 그때 나처럼 제 꼬리를 입에 물고서 말이다"까지는 알고 있었다. 그러나 작가는 목사(木蛇)에 관해서는 그 존재도 움직임도 향방도 알 수가 없었다. 그것을 알았다면 소설을 쓸 수 없었을 것이다.

아버지가 들려준 '고사'의 형식으로 소설 속에 들어온 뱀 이야기는 우리에게 '고사' 밖에 있는 소설 속의 인물들을 다시 보게 한다. 가을이 깊어질수록 '나'는 뱀을 잡기 어려워질 것만 같아 초조해했다. 아닌 게 아니라 농부는 벌써 겨울을 날 준비를 하고 있었다.

그 집도 서서히 겨울 채비를 하고 있었다. 막사 지붕에 두터운 검은 비닐을 덮고 펌프도 짚단으로 두텁게 싸맸다. 수확한 곡식이 어지간히 되는지 원두막을 헛간으로 개조해 고추며 고구마며 콩이며 옥수수를 져나르는 농부의 모습이 자주 눈에 띄었다.

아버지가 들려준 고사에서 뱀들은 사람이 되기도 한다. 물론 우의적으로 옛날이야기 속에서나 가능한 이야기이다. 하지만 소설 속에서도 이 변신이 가능하다고 가정해보자. 사람이 뱀이 될 수도 있는 것이다. 다시 말해 위의 인용에서 농부와 그의 아내인 아낙, 그리고 초등학교에 다니는 두 아이들은 모두 뱀인 것이다. 그들 농부 일가족 역시 동면을 하러 땅으로 들어가는 뱀들처럼, 이제 허름한 막사로 들어가려고 모든 채비를 다 마친 상태이다. 우리가 고사 속에 나오는 뱀이 사람이 되는 변신을 소설 속의 농부 가족에게도 적용해보고 싶은 것은, 비단 위의 인용이 보여주는 유사한 이미지 때문만은 아니다. 윤대녕의 소설 속에는 흔히 액자로 불리는 고사 같은 별도의 이야기들이 자주 나오는데, 그중 하나가 「배암에 물린 자국」에서처럼 감기 기운이 도져 심하게 앓아누웠을 때 꾼 꿈이다. '나'는 다음과 같은 꿈을 꾼다.

집으로 돌아오자 그새 감기 기운이 도져 있었다. (……) 자리에 눕자마자 후끈한 열기가 뒤통수 쪽으로 몰려들었다. 도마뱀처럼 몸을 재재 뒤채며 판소리 명창 김소희 여사의 구음(口音) 한 대목을 듣다 나는 겨우 잠이 들었다. 그리고 새벽녘 비껴 있는 창문을 넘어들어온 한기 때문에 나는 잠에서 깨어나고 있었다. 사방이 흙 속인 듯 어둑했다. 아마도 세시쯤 됐을 거였다. 그 잠듦도 눈뜸도 아닌 혼요한 상태에서 나는 땅바닥에 무더기로 쓰러져 있는 토란잎 위에 떠 있는 아낙의 얼굴을 보고 있었다. 그녀는 물속에 누워 있는 천년 보살의 표정을 짓고 있었다. 피하려 획획 고개를 틀어도 그녀의 눈길은 내 얼굴에 들어와 박혀 떨어지질 않았다. 끈적한 괴로움. 그리고 나는 아낙이 김소희 여사의 소리를 흉내내 내게 외치는 소리를 귀가 멍멍하게 듣고 있었다.

"잠듦도 눈뜸도 아닌 혼요한 상태"에서 만난 아낙의 얼굴은 분명 그날 끝이 Y자로 생긴 막대기로 머리를 눌렀던 꽃뱀의 얼굴이었을 것이다. '고사'에서 뱀은 사람이 되었고, "잠듦도 눈뜸도 아닌 혼요한 상태"에서도 아낙의 얼굴은 꽃뱀을 잡기 위해 쓰러뜨린 토란잎 위에 마치 암벽에 새겨진 부조처럼 도드라져 있었다. 윤대녕의 소설에는 이렇게 '고사'와 "혼요한 상태"와 소설이라는 세 가지 형식의 글들이 섞여 있다. 어쨌든 어떤 형식의 글이든 뱀은 사람이 될 수 있고, 그 역의 변신도 가능하다. 그리고 이제 꽃뱀의 정체도 조금은 분명해졌고, 따라서 아낙의 남편인 농부와 그 가족 전체의 정체도 분명해졌다. 그들은 윤대녕의 소설에서는 언제든지 뱀으로 변신할 수 있는 인간들인 것이다. 하지만 이 변신의 핵심에는 끝이 Y자로 생긴 막대기의 이동과 변신이 숨어 있다. 그 막대기는 농부의 지게 작대기와 유사했고, 그것의 주인은 "다 알고 계셨"던 농부였다. 하지만 그 막대기의 진정한 주인은 화사였다. 아낙이 "잠듦도 눈뜸도 아닌 혼요한 상태"에 모습을 나타냈다면, 그것은 그날 화사를 놓아준 때문이기도 했지만, 옛날에 아버지가 들려주셨던 『한서』에 나오는 '고사'를 배암에 물린 '나'에게 들려주기 위해서이기도 했다. 하지만 진정한 이유는 남근의 주인은 화사임을 말하기 위해서였다.

한 아이가 빗물에 휩쓸려내려가는 염소를 구해내면서 마치 자신을 이런 양을 구하는 예수처럼, 수억 개의 별빛이 몸을 둘러싸서 보호하고 있는 아이로 상상한다 • 이 아이의 이름은 김승옥이다. 한데 이 아이는 어른이 되었을 때 흰 내리닫이옷을 입으신 눈부시게 환한 예수님을 만나 경험을 하고 만다 • 하지만 이 아이는 어른이 되기 전, 청소년 시절에는 현주라는 여인을 납치하기도 했다

"사내는 엄지손가락의 끝을 나머지 네 개의 손가락 끝에 맞대어 일종의 고리를 만든 것이었다 • 그 고리 속에 현주의 가느다란 손목이 갇혀 있는 꼴이었다 • 그 고리는 여자의 손목이 마음대로 움직일 수 있을 만큼 헐렁하였다 • 그러나 빠져나올 수는 없었다

사내 손의 그 심게한 조작이 그 여자의 마음에 들었다 • 공포 속의 안심이라고 할까, 그 여자는 그런 걸 느꼈다 • 그 여자는 손목을 빼기를 단념하였다 • 그러자 그 고리가 점점 오므라들어 움직이기를 멈춘 여자의 손목을 아프지 않은 한계 안에서 조이는 것이었다

그 여자는 문득 자기의 손과 사내 손의 그 땀에 젖어 미끄러운 뜻으로부터 생명의 거친 숨소리가 들려오는 것을 의식하였다 • 그것은 북소리처럼 둔중했고 열선 아가미처럼 가빴다 • 사내의 생명도 자기의 생명도 아닌 건연 낯선 생명이 가끔 마악 땀에 젖은 손과 손의 땀바구니에서 태어난 것 같았다. 사내는 정말로 현주라는 여인을 납치했을까 아니다 • 김승옥은 자신을 예수로 가닥했고 정말로 예수를 만나기도 했지만, 여인의 손목을 닮은 • 뇌가 풀려 단단해진 나름 상덩어리를 엄지손가락의 끝을 나머지 네 개의 손가락 끝에 맞대어 만든 일종의 고리 속에 넣었던 것이고 • 천연 낯선 생명이 가끔 마악 땀에 젖은 손과 손의 땀바구니에서 태어났다고 거짓말을 하고 있었다

또 한 아이는 주인을 알 수 없는 해묵은 무덤에 머리 고삐가 매여져 먹으로 생명이를 버려에 인 채 긴긴 여름날을 기다리고 있었다 • 무덤에 묶인 채 동심원을 그리던 아이는 보았다 뱀이 먹이를 덮치듯이 누군가가 어미를 후닥닥 덮쳐버리는 장면을 • 이 아이의 이름은 이청준이다

이 아이는 장년의 나이가 되어서도 어미를 후닥닥 덮친 뱀에 대한 증오를 삭이지 못해 뱀을 집어 그 뱀을 내리쳐 죽이려고 했다 • 그러나 그럴 수 없기에, 밝은 달이 휘영청 떠오르는 밤 • 관음봉 꽂써기 앞 조구 위를 나는 비상학이 되고 싶어 목놓아 소리를 토해낸다 • 그 노래가 아무 뜻도 형식도 없던 어미의 소리 이어도가 발견한 서편제였고, 이청준에게는 소설이었다

다른 청년도 있다 • 글 쓰는 작가인데, 페니스와 성기라는 말 사이의 어간 차이에 골무하다 끝이 도저히 안 풀리자 오비가든에서 드래프트미어를 마시고 민박집에 들어가 잠이 탕에 소주도 마신다

고원

그러던 어느 날, 긴탕 숲을 마신 그는 판소리하는 신창순같이 푸근하게 생겼지만 정작 그 앞에서는 핀바의 냉고 이발퍼이노가 흘러나왔던 몸무게 반십 킬로그램인 여인의 품에 안긴다 • 만거기 여인에게 말을 한다 • 당신을 동과라고 있다고. 그리가 여인은 나지막하게 자가에게 속삭인다 • 심기든 페니스든 상관없다고 • 한국어든 외래어든 어차피 내빼 뚫과할 수 없기는 마찬가지니까

'오팔팔' 혹은 '발가락'

—송하춘의 소설 「청량리역」에 대한 고원의 정신분석을 읽고

1997년 민음사에서 『프로이트의 문학예술이론』이라는 제목의 책을 한 권 출간했다. 필자는 이 두툼한 책을 읽어나가다가 제4장에 실린 고원의 소설 분석을 대하게 되었고, 그의 분석이 딛고 서 있는 정신분석의 논리가 지나치게 자의적이 아닌가 하는 의구심이 들어 몇 자 적어보려 한다.

고원은 세 명의 다른 공저자들과 업무 분담을 하는 과정에서 아마도 가장 곤혹스러운 일을 맡았음에 틀림없다. 비교적 평이한 작업인 정신분석에 관한 이론적인 개괄이 아니라 작품에 대한 직접적인 분석을 실행한다는 것은 모종의 '정서적 충격'을 전제로 할 것인데, 고원은 바로 이 충격이 전무한 상태에서 분석을 하고 있기 때문이다. 분석 대상이 된 송하춘의 소설은 역설적이게도 충격을 주지 않으려는 데, 혹은 흔히 말하듯이 미학적 거리를 유지하려는 데 묘미가 있는 소설이다. 아마도 고원은 (어떤 식으로든) 분석이 되는 작품일수록 훌륭한 작품이라는 생각을 갖고 있던 것처럼 보인다. 이 생각에는

또 분석자로서의 과시욕 혹은 현시욕 같은 것도 엿보인다.

송하춘의 소설의 배경인 청량리역은 황량하고 스산하고 번잡한 곳이다. 떠나고 돌아오고, 헤어지고 만나는 역은 소설이 아니라 해도 이미 의미가 남다른 공간일 수밖에 없다. 이 남다른 의미의 정점에 헤어짐과 떠남의 또다른 정점인 죽음이 중첩될 수 있음도 대충의 상식에 속한다. 송하춘의 단편에 나름대로 의미를 둘 수 있다면, 이 진부한 상징이 반복되거나 강제되려는 점을 인식하고 스산함을 스산한 문체로 옮겨적는 미학적 배려를 하게 되는 작가의 일종의 소설 장인으로서의 자세일 것이다. 이런 태도는 굳이 해석을 내린다면, 작가가 소설집 『하백의 딸들』 후기에서 밝힌 대로 "주목하되 간섭하지 않고, 간섭하지 않되 한껏 애정을 쏟아붓는 일"의 미학적 표현일 것이고, 김인환의 말처럼 이를 진부한 대로 '균형의 미학'이라고 부를 수도 있을 것이다.

청량리역은 물론 '오팔팔'을 연상시킨다. 고원은 그러나 오팔팔의 연상을 숫자에 대한 과도한 집착으로 인해 잘못 해석하고 있다. 송하춘의 이 짧은 소품에서 오팔팔에 대한 정신분석적 분석과 관련하여 문제가 되어야 할 부분은 오히려, 고원이 인용했듯이, 송하춘의 또다른 단편인 「하백의 딸들」에서 다루어졌던 인간 존재의 허망함에 대한 견디기 쉽지 않은 외로움이다. 이때 오팔팔은 숫자가 다른 시니피앙들과 형성하는 수평적 수직적 구조들에 초점이 맞춰지기보다는, 존재의 기원에 대한 어린아이의 호기심이 집단적으로 회귀되고 억압되는 공간의 상징으로 읽혀야 한다. 굳이 해석을 한다면 청량리역 주변 오팔팔은 안착하지 못한 정충들이 답을 찾을 길 없는 어린 시절의 호기심처럼 떠도는 곳이기도 하다. 이때 청량리역, 혹은 보다 일반적으로 역이라는 공간의 이미지는 인간이 떠나거나 돌아올 때 반드시 거쳐야만 하는 신화적 공간으로 해석될 수 있고, 노모의 죽음은 이 공간이 죽음의 공간임을 의미한다고 볼 수도 있다. 떠남과 돌아옴이 함께 이루어지는 역이 그렇듯이 어머니 역시 탄생과 죽음의 양가성을 띤 존재일 것이다. 그러나 과연 송하춘의 짧은 소설은 이같은 해석을 허락할 만큼 내용이나 규모에 있어서 웅심했을까?

디지털 전광판에 나타나는 10:00에서 왜 10을 씹으로 읽어야 하는가? 또 왜 00을 세로로 겹쳐놓고 8로 보아야 하나? 그런 식으로라면 열이라고 읽고 열받았다고 해석하지 못할 하등의 이유가 없으며, 나아가 오팔팔은 오활활일 수도 있을 것이다. 한순간의 욕정에 온몸을 불태울 것이니 감옥과 다름없는 병영에서 잠시 놓여나는 사병들에게는 오팔팔이라는 숫자가 아니라 오활활이라는 쾌락의 불꽃 같은 이미지가 더 잘 어울릴 것이다. 나아가 10:00에서 십이 '무의식적으로 씹'일 수 있다면, 00이 무의식적으로 '구멍'을 의미하지 못할 하등의 이유가 없을 것이다. "역파는 보이지 않았다"는 소설의 첫 문장에서, 고원은 보이지 않으니 0이라고 하고 이로부터 보이는 남성에 관련된 모든 것을 1로 몰아세우며 0과 1을 자의적으로 조합해 그것이 '가위'를 연상시킨다는 식의 무의식도 아니고 의식도 아닌, 터무니없는 분석을 하고 있다. 나아가 고원은 0을 '항문'으로 해석하고 있기도 하다. 이런 식이라면 윤희는 윤간당하는 계집일 것이고, 노모에게 사준 우유는 어린 시절의 엄마 젖일 것이며, 순경과 군인은 검열의 상징일 것이다. 고원의 의심스러운 분석은 이어 소설 속의 한 인물인 태준이 소설가 이태준이나 박태준과 관련을 맺고 있고, 이 사실은 태준이 소설가 자신의 분신임을 나타낸다고 한다. 과연 그럴까? 소설의 모든 요소가 반드시 의미 있어야 할까? 분석가의 지적 통제력을 의심할 정도로 '무의식'의 무한궤도를 달리는 그의 분석은 다음에서 절정에 이른다. "노모의 은유적 표현인 '보따리' 또한 10이라는 숫자와 연관되는데, 그것은 보자기를 묶거나 풀 때 한자어 열십자의 모습으로 잘 드러난다. 어떻게 보면 묶인 보자기 안에 '니미씹할' 이라는 욕망/금기가 감추어져 있다 할 수도 있겠다. 이것과 관련하여 참고할 것은, 어린이 놀이에서 '가위' 는 '보' 를, 그리고 '보' 는 '바위' 를 이긴다는 사실이다." 노모는 보자기가 아니라 '지퍼 달린 작은 손가방' 을 갖고 있었다. 뿐만 아니라 보따리는 쭈그리고 앉아 있는 노인의 육체에 대한 이미지일 뿐이다. 게다가 보따리를 묶을 때 꼭 십자로만 묶을까? 터무니없는 비약이 아닐까? 작가가 암시조차 하지 않은 부분을 자의적으로 뜯어맞추어 마음대로 조합하고 분해하고 해석하고 의미 부여를 하는 고원 교수의 이 자유를 대체 어떻게 이해해야 할 것인가?

「하백의 딸들」에서 현지의 사타구니를 파고든 것은 정민철의 발가락이었다. 이 발가락을 고원은 틀림없이 페니스로 볼 것이다. 왜냐하면 현지가 임신을 했기 때문이다.

문제는 그러나 이 발가락이 여섯번째 발가락이라는 것을 고원이 몰랐다는 데 있다. 다시 말해 고원 식으로 굳이 숫자 0을 문제 삼아야 한다면, 그것은 프로이트가 거세를 이야기하며 밝힌 대로 손가락이든 발가락이든 혹은 고골의 경우에서 보듯, 코든 성기와 그 대체 이미지 사이에 들어 있는 남근이라는 잠재태를 지칭하려고 할 때이다. 그러나 보다 심각한 문제는 소설에서 발가락을 성기로 볼 때 이때까지 소설의 의미를 의미로 지탱해주던 부분이 사라져버린다는 것이다.

무의식은 의식이 있을 때에만 그것과 함께 있을 수 있다. 발가락은 남근과 함께 있지만, 이 있음은 발가락이 발에 붙어 있는 지절이 아니라 이동과 확대가 가능한, 보이지 않는 여섯번째 발가락일 때만 가능한 있음이다. 이 있음은 따라서 촉지할 수 있는 실재의 대상이 아니라 해석일 뿐이다. 이 해석은 우선은 환자 혹은 작가의 해석이다. 이 해석에 대한 해석인 분석과 비평은 그래서 언제나 전이과정을 전제하지 않고서는 불가능하다. 독서는 이 전이가 문학적으로 이루어지는 과정이다. 분석가가 우선은 환자의 해석 속에서 일정한 인물의 역을 맡듯이, 문학비평가 역시 텍스트의 교직 상태 속으로 들어가 일개 독자로서 작품에 동화되어 정신이 갈라지는 충격을 스스로 경험하지 않고서는 해석을 할 권리가 없다. 송하춘의 소설은 그러나 이 동참을 유도할 만큼 길지도 않고 깊지도 않다.

모든 해석은 욕망, 보다 좁게는 리비도의 움직임이 있을 때에만 가능하다. 좁게는 꿈의 해석이 그렇고, 넓게 보면 정신분석의 탄생 자체가 프로이트 자신의 터무니없는 욕망과 그에 대한 자기 분석 없이는 가능하지 못했다. 그리고 욕망은 남아 영속하는 것이 아니라 고갈되어야 할 어떤 것이다. 욕망의 숙명은 충족되는 데 있기 때문이다. 남는 것은 남근도 발가락도 아닌 두 항의 관련일 뿐이다. 프로이트가 발견한 것이 이것이다. 그는 무의식을 발견한 것이 아니라, 보다 정확히 말해 무의식이 의식의 일부임을 발견한 것이다. 지금도 계속되고 있는 신화, 즉 정신분석이 이성의 지배로부터 인간을 해방시키는 이데올로기라는 신화에 대해 경계를 해야 한다면, 이는 초현실주의자들을 미친놈들이라고 프로이트가 비난했듯이 정신분석이 무의식을 위한 것이 아니라 의식 혹은 이성을 지향하는 광세임을 잊지 말아야 하기 때문이다.

남근이라는 말은 해서는 안 되는 금기 상태에 있어야만 하는데, 이 금기를 벗어나 욕망이 충족되는 길은 남근을 발가락이라는 은유나 상징을 통해 비유적으로 말하는 것 이외에 달리 방법이 없다. 꿈에서 흔히 그러하듯이, 허구인 소설에서도 종종 무의식은 전혀 엉뚱한 것들과 혼용되고 상호침윤되어 표현된다. 하지만 뷔토르가 야밤에 '기가 막힌 인도 산 지팡이'를 만지작거리며 리본을 맨 후 애인 느무르의 초상화 앞에 가슴을 드러낸 채 서 있는 정숙한 클레브 부인을 두고 지적했듯이, 진정으로 의미 있는 것은 '정신분석의 자격증이 없어도 분석할 수 있는 뻔한 사실'이 아니라, 소설이라는 문맥 속에서 지팡이를 비롯한 각각의 소도구들이 형성하고 있는 전후좌우의 견제와 여백일 것이다. 부분과 전체의 관련을 통어하는 비가시적 힘의 논리로서의 문맥을 떠나면, 남는 것은 파편화된 상징의 독재와 폭력뿐이다. 고원은 문맥을 떠나 분석이라는 이름으로 독재를 행하고 있다. 그가 자의적 해석을 하며 누린 자유는 실제로는 폭력인 것이다.

송하춘은 민철의 발가락이 여섯번째 발가락이라는 것을 알고 있었을까? 5에 덧붙여진 이 허수, 혹은 오직 욕망과 금기가 엇비슷한 힘으로 함께 강렬할 때에만, 발가락은 언제나 다섯 개라는 확고부동한 해부학적 사실에 가려진 채 모든 이들의 의식을 빠져나와 홀로 꿈틀거릴 것이다. 그의 무의식은 알고 있었는지도 모른다. 그러나 무의식은 앎의 주체가 될 수 없다. 그의 무의식은 안 것이 아니라 충족되었을 뿐이다. 프로이트는 이를 승화라고 불렀다.

고원은 송하춘을 완전히 잘못 이해하고 있고 정신분석도 잘못 이해하고 있다. 방정식 같은 것은 문학에도 정신분석에도 그 어디에도 존재하지 않는다. 프로이트가 경계하고자 했던 것이 바로 이것 아니었던가.

한 아이가 빗물에 쓸려내려가는 염소를 구해내면서 마치 자신을 어린 양을 구하는 예수처럼, 수억 개의 별빛이 몸을 둘러싸서 보호하고 있는 아이로 상상한다 • 이 아이의 이름은 김승옥이다. 끝내 이 아이는 어른이 되었을 때 흰 내리닫이옷을 입으신 눈부시게 환한 예수님을 만나 절을 꿇고 만다 • 하지만 이 아이는 어른이 되기 전, 청소년 시절에는 현주라는 여인을 납치하기도 했다

"사내는 엄지손가락의 끝을 나머지 네 개의 손가락 끝에 맞대어 일종의 고리를 만든 것이었다 • 그 고리 속에 현주의 가느다란 손목이 갇혀 있는 꼴이었다 • 그 고리는 여자의 손목이 마음대로 움직일 수 있을 만큼 헐렁하였다 • 그러나 빠져나올 수는 없었다

사내 손의 그 섬세한 조각이 그 여자의 마음에 들었다 • 공포 속의 안심이라고 할까, 그 여자는 그런 걸 느꼈다 • 그 여자는 손목을 빼기를 단념하였다 • 그러자 그 고리가 점점 오므라들어 움직이기를 멈춘 여자의 손목을 아프지 않은 한계 안에서 조이는 것이었다

그 여자는 문득 자기의 손과 사내 손의 그 땀에 젖어 미끄러운 틈으로부터 생명의 거친 숨소리가 들려오는 것을 의식하였다 • 그것은 북소리처럼 분중했고 생선 아가미처럼 가빴다 • 사내의 생명도 자기의 생명도 아닌 전연 낯선 생명이 지금 마악 땀에 젖은 손과 손의 틈바구니에서 태어난 것 같았다." 사내는 정말로 현주라는 여인을 납치했을까? 아니다 • 김승옥은 자신을 예수로 착각했고 정말로 예수를 만나기도 했지만, 여인의 손목을 닮은 • 피가 몰려 단단해진 다른 살덩어리를 엄지손가락의 끝을 나머지 네 개의 손가락 끝에 맞대어 만든 일종의 고리 속에 넣었던 것이고 • 전연 낯선 생명이 지금 마악 땀에 젖은 손과 손의 틈바구니에서 태어났다고 거짓말을 하고 있었다

다른 한 아이는 주인을 알 수 없는 해묵은 무덤에 허리 고삐가 매여서 뜨거운 햇덩이를 머리에 인 채 긴긴 여름날을 기다리고 있었다 • 무덤에 묶인 채 동림원을 그리던 아이는 보았다 뱀이 미이를 덮치듯이 누군가가 어미를 주닥닥 덮쳐버리는 장면을 • 이 아이의 이름은 이청준이다

이 아이는 장년의 나이가 되어서도 어미를 주닥닥 덮친 뱀에 대한 증오를 삭이지 못해 돌을 집어 그 뱀을 내리쳐 죽이려고 했다 • 그러나 그럴 수 없었기에, 밝은 달이 휘영청 떠오르는 밤 • 관음봉 골짜기 앞 포구 위를 나는 비양학이 되고 싶어 폭동아 소리를 토해낸다 • 그 노래가 아무 뜻도 청석도 없던 어미의 소리 이어도가 발전한 서편제였고, 이청준에게는 소설이었다

다른 청년도 있다 • 글 쓰는 작가인데, 페니스와 성기라는 말 사이의 어감 차이에 몰두하다 글이 도저히 안 풀리자 오비가든에서 드래프트비어를 마시고 민박집에 들어가 자기 전에 소주도 마신다

모리아크

그러던 어느 날, 진탕 술을 마신 그는 판소리하는 성찬순간이 푸근하게 생겼지만 정작 그 입에서는 밀바의 탱고 이탈리아노가 흘러나왔던 몸무게 팔십 킬로그램인 여인의 품에 안긴다 • 안겨서 여인에게 말을 한다 • 당신을 통과하고 싶다고, 그러자 여인은 나지막하게 작가에게 속삭인다 • 성기든 페니스든 상관없다고 • 한국어든 외래어든 어차피 나를 통과할 수 없기는 마찬가지니까

소설, 미술, 신화

— 프랑수아 모리아크의 『테레즈 데케루Thérèse Desqueyroux』에
나타난 성녀 아빌라의 테레사의 이미지를 중심으로

1. 머리말

히스테리에 걸린 환자의 치료에 최면요법을 통한 언어적 표현이
유용하다는 사실을 사르페토리에르 정신병원을 찾아온 프로이트에게
일러줌으로써 이후 프로이트의 무의식 연구에 결정적인 시사를 준
프랑스 정신과 의사인 샤르코는, 그의 책『예술 속에 나타난 악귀 들
린 자들Les démoniaques dans l'art』에서 성녀들의 신비체험을 히스
테리로 분류한 바 있다. 특히 성자들의 신비체험과 환자들의 행동을
비교하면서 그가 남긴 간단한 치료 메모들 속에서, 샤르코는 그가 치
료한 한 여성 환자의 "태도는 성 아빌라의 테레사(Teresa d'Avila)의
그것이었다"고 단언하고 있다. 임상의가 아닌 우리로서는 이러한 동
일시가 의학적으로 근거가 있는 것인지 정확하게 답을 내릴 수가 없
다. 우리는 다만 미술작품에 나타난 신비한 영적 체험을 하고 있는
수많은 성자들의 동작과 표정들이 샤르코가 찍거나 수집한 환자들의

사진에 나타난 모습과 너무나 흡사해 샤르코의 지적이 근거가 없지는 않다는 정도의 추측만을 할 수 있을 뿐이다.

굳이 비판적 의견을 개진한다면, 신비체험을 히스테리로 본 지적은 그 자체로 정확한 것이고 그 이론의 체계 역시 그 자체로 옳을 수 있지만, 그 이론은 적용 대상을 벗어나자마자 일반화의 유혹에 빠져버리고 만다는 비판 정도가 가능할 것이다. 다시 말해 그가 치료한 성적 상처를 입은 환자들의 경우 성녀들이 보여준 것과 유사한 자세와 행동들을 보여주지만, 그 유사성이 곧 성녀들의 신비체험마저 환자들의 외적 증상으로 보이게 해서는 안 되는 것이다. 신비한 경험을 하는 성자들이 일시적으로 환자들과 유사한 모습을 보일 수 있고 그 모습이 에로티시즘과는 더더욱 유사할 수 있지만, 분간하기 어려울 정도로 유사할 뿐, 신비체험은 히스테리가 아닐지도 모르는 것이다. 이에 덧붙여 의학이 지니고 있는 권위를 인정하는 것과 소설을 포함한 예술의 가능성을 신뢰하는 것이 양립할 수 없는 것은 아니며, 이는 선택의 문제가 아니라 경험과 사고의 다양성이 운위되어야 한다는 비판도 가능할 것이다.

20세기 프랑스 소설가로 1952년에 노벨 문학상을 수상한 가톨릭 작가 프랑수아 모리아크의 소설 『테레즈 데케루』 속에 나타난 성녀 아빌라의 테레사의 이미지를 고찰해보려고 하는 우리로서는 샤르코의 지적이 상당한 정도의 거북함과 동시에 예기치 않은 시사점을 던져주고 있다는 사실을 인정하지 않을 수 없다. 모리아크의 주인공 테레즈는 성녀는 아니었지만 환자도 아니었다. 우리는 이 여주인공을 성녀와 환자의 중간지점 어딘가에 위치시키고 싶은 유혹을 떨쳐버리기 쉽지 않다. 가령 모리아크의 소설세계에서 몸의 이미지가 지니고 있는 중요성을 일러주는 소설 『테레즈 데케루』에 나오는 다음과 같은 장면을 대할 때, 테레즈를 16세기에 활동했던 에스파냐의 성녀 테레사와 환자의 중간에 위치시키고 싶은 유혹은 더욱 강렬해지는 것이다.

　세상의 나머지 것들이 모두 무의미해 보이는 한 존재가 그녀의 삶 속에 있었다. 그녀의 서클 사람들도 그 사람이 누구인지 알지 못했다. 아주 보잘것없는 사람이었고 알려지지 않은 사람이었던 그였지만 그러나 테레즈의 모든 삶은 오직 그녀의 눈에만 보이는 이 태양과도 같은 존재를 중심으로 움직이고 있었으며 그녀의 살만이 그 체온을 느낄 수 있었다. 소나무숲 사이로 부는 바람처럼 파리 시내의 소음이 멀리서 들려오고 있었다. 그의 몸은 한없이 가벼웠지만 그 몸을 꼭 끌어안고 있던 테레즈는 숨을 쉴 수가 없었다. 그러나 테레즈는 그 몸을 멀리 떼어놓기보다는 차라리 숨이 막혀 죽는 쪽을 택했을 것이다(테레즈는 그 존재를 끌어안는 몸짓을 한다. 오른손이 그녀의 왼쪽 어깨를 움켜잡는다—그러자 왼손의 손톱들이 오른쪽 어깨 속으로 깊이 들어와 박힌다).

　우리는 로마의 산타 마리아 델라 비토리아 성당에 있는 지안 로렌초 베르니니의 유명한 조각 〈성 테레사의 법열〉이라는 빼어난 바로크 조각을 알고 있다. 1927년에 출간된 프랑수아 모리아크의 『테레즈 데케루』에 등장하는 위의 장면은, 모리아크가 소설을 쓰던 1920년대 중반에 자주 참고했거나 인용했던 에스파냐의 성녀 아빌라의 테레사의 신비체험과 동형동질의 것으로 볼 수 있다. 모리아크 역시 소설 『테레즈 데케루』를 쓸 당시, 소설의 초고라고도 볼 수 있는 『사랑의 사막 Le désert de l'amour』 속에서 여러 번 이 에스파냐 성녀의 이름을 적었다 지웠다 했고 또다른 소설에서는 성녀의 글을 인용하기도 했다. 비단 테레사 데 헤수스로 불리기도 하는 에스파냐의 이 성녀만이 아니라, 모리아크는 소설 『테레즈 데케루』를 쓰면서 이탈리아 시에나의 성녀인 카타리나의 이름도 염두에 두고 있었다. 이는 곧 모리아크가 격심한 정신적 위기 속에서 소설 『테레즈 데케루』를 쓰면서, 인물의 이름과 신비체험만이 아니라 조각이나 회화 속에 남아 있는 이미지로부터도 적지 않은 영향을 받았음을 일러준다. 모리아크의 소설 『테레즈 데케루』를 신비체험을 묘사한 그림이나 조각과 함께 고찰해보아야 할 이유가 여기에 있다.

그러나 테레즈는 20세기에 씌어진 소설의 주인공이었을 뿐, 종교전쟁의 광풍 뒤에 찾아온 반종교개혁의 시대인 바로크 시대에 묘사된 성녀는 아니었다. 많은 모리아크 연구자들이 위에 인용한 테레즈와 한없이 가벼운 "태양과도 같은 존재"의 사랑의 장면을 베르니니의 작품이나 기타 다른 성화들과 관련지어볼 수 없었던 이유도 여기에 있었을 것이다.

하지만 테레즈는 과연 소설의 인물일 뿐일까? 한없이 가벼운 "태양과도 같은 존재"가 비범한 존재였고 절대자에 대한 일정한 메타포였다면, 테레즈는 성녀를 모방하고 있었다고 볼 수 있다. 이 모방은 샤르코의 책에 주석과 해설을 단 조르주 디디 위베르망이 지적한 것처럼 그것 자체로 이미 어느 정도는 병적이다. 게다가 20세기라는 시대는 차치하더라도, 신비체험을 표현하기에 회화나 조각보다 열등한 위치에 있는 장르인 소설을 택했다는 사실은 굳이 소설 속에서 주인공 테레즈에게 성녀 테레사의 이미지를 부여하려고 했던 작가 모리아크의 욕구를 되돌아보게 한다. 본고에서 우리는 성녀도 아니고 환자도 아닌, 소설의 인물일 뿐인 테레즈로 하여금 한없이 가벼운 "태양과도 같은 존재"를 사랑하게 한 작가 모리아크에게 이 인물이 왜 필요했는지를 밝혀보려고 한다.

소설의 고유한 독법 같은 것이 있고 또 그것은 존중되어야 하지만, 소설을 정확하고 깊게 읽기 위해서 미술과 신화에 기대는 것이 필요할 때가 있다. 하지만 미술과 신화가 참고자료에 머물지 않고 장르상의 차이점을 넘어서서 소설과 보다 본질적으로 깊은 영향을 주고받을 때는 미학 전반에 관련된 연구가 요구될 것이다. 그렇지만 이러한 방대한 작업이 관련된 개념이나 사실들을 현학적으로 열거하는 수준에 머물지 않고 핵심에 도달하기 위해서는 재현 개념 전체에 대한 역사적 변화를 추적하는 작업이 요구될 것이다. 특히 17세기 이후 부르주아의 등장과 함께 급격하게 성장한 소설이 그보다 더 오랜 역사를 갖고 있는 미술과 신화로부터 무시할 수 없는 영향을 받았다는 점을 인정한다면, 상호관련성을 추적하는 일은 더욱더 이러한 역사적 변천 과정에 대한 연구를 요구한다.

본고에서 살펴보려고 하는 20세기 가톨릭 작가인 모리아크는 미술에 대해 다른 작가들만큼 많은 관심을 기울이지 않았을 뿐만 아니라, 프랑스 작가들이 즐겨 참여했던 미술비평 분야에서도 거의 활동하지 않았다. 또 발자크의 『알려지지 않은 걸작 Le Chef-d'œuvre inconnu』이나 메리메의 『일르의 비너스 La Vénus d'ille』 혹은 졸라의 『작품 L'œuvre』같이 특정 화가나 작품을 다룬 미술소설을 모리아크는 쓰지 않았다. 모리아크는 또 스탕달처럼 딜레탕트의 입장에서 이탈리아 르네상스 거장들의 미술작품 앞에서 맛본 감동을 기록한 적도 없다. 비록 그의 초기 작품에 속하는 『자주색 관복 La Robe Prétexte』에서는 주인공을 루브르에 들여보내 마네의 〈올랭피아〉와 티치아노나 렘브란트의 그림들을 보게 하고 또 화랑가를 산책하며 고갱의 〈우리는 어디서 왔으며 어디로 가는가〉에 대한 혐오감과 몰이해를 이야기한다거나, 혹은 후기 작품인 『갈리가이 Galigaï』 같은 작품에서는 샤세리오의 누드를 연상시키는 여체에 대한 묘사를 접할 수 있다고 해도, 이는 소설 자체의 단순한 삽화에 머물 뿐이다.

신화의 경우에도 그의 시집들을 지배하는 중심 이미지인 키벨레 여신과 여신의 거세당한 아들 아티스 정도가 전부인데, 가톨릭 작가라는 한계로 인해 모리아크는 그리스 로마 신화나 기타 이국의 전설에 관심을 가진 적이 없었다. 뿐만 아니라 모리아크는 아마도 20세기 프랑스 작가 중 가장 해외여행을 하지 않은 작가에 속할 정도로 칩거형 작가였다. 또 자연의 풍경과 내면의 정신적 풍경을 일치시키는 그의 밀도 있고 간결한 문체가 높은 시각적 환기력을 갖고 있고 모리아크 연구자들에게 매력적인 주제이긴 하지만, 이 역시 미술이나 신화와 직접적 관련이 있기 때문에 가능했던 것은 아니다.

하지만 모리아크의 소설이 신화와 관련이 없다고 예단하는 것은 잘못이다. 이 점에 있어, 모리아크의 소설을 신화와 관련지어 읽으려는 많은 이들이 한 가지 중요한 착각을 범하고 있다는 사실이 먼저 지적되어야 할 것이다. 다름아니라 대부분의 연구자들은 모리아크의 기독교를 신화로 보지 않고 종교로만 보려고 한다. 모리아크가 가톨릭 작가라는 사실에 지나치게 치중한 나머지, 연구자들마저도 기독교를 신화로 다루는 것을 마치 신성모독의 죄라도 짓는 것처럼 생각하고 있는 것은 아닐까 하는 의혹이 들 정도이다. 그래서 대부분의 모리아크 연구자들은 모리아크 연구의 틀에 박힌 상투적 주제인 '영육간의 갈등'에만 매달리는 경향을 보이고 있다.

하지만 모리아크의 소설을 읽을 때 미술과 신화는 단순한 참고자료 정도에 머물지 않고, 앞서 말한 것처럼 표현매체의 차이를 넘어서서 본질적인 영향을 주고받으며 각별한 중요성을 띠고 있다. 특히 모리아크의 소설 속에 등장하며 거의 언제나 상징적 해석을 요구하는 육체의 이미지들을 대할 때, 미술과 신화가 모리아크의 소설세계 속에서 개인의 감수성이나 신앙을 넘어서서 서구 지성사 혹은 문화사의 큰 문맥 속에 깊게 뿌리를 내리고 있음을 인정하지 않을 수 없다. 앞에서 절대자와의 육체적인 사랑을 묘사한 『테레즈 데케루』의 장면

은 1925년에 출간된 소설 『사랑의 사막』의 초고에 적힌 다음과 같은
메모 속에서 가장 직접적인 해석을 얻고 있다.

> 성적 결합이 일어나지 않는 한, 우리는 여인과의 교환이 가능하다는
> 느낌, 혹은 환상을 갖게 된다. 만일 이 결합이 실패한다면, 그래서 육
> 체적 합일이 이루어지지 않는다면, 정신적인 친밀감마저 파괴되고 말
> 것이다. 비록 하나님을 향한 사랑이라 하더라도 한 여인은 하나님을
> 육체적으로 사랑하는 것이다. 여인은 접근할 수 없는 대상이라 해도,
> 그 대상이 남자든 하나님이든 그 대상을 육체적으로 바라볼 수 있고
> 사랑할 수가 있다.

모리아크는 이 초고를 견디기 힘들 만큼 상당한 정신적 압박 속에
서 썼음에 틀림없다. 여인이 하나님을 "육체적으로" 사랑하는 것은
불가능하기 때문이다. 그러나 성녀 아빌라의 테레사 혹은 그 이전에
시에나의 성녀 카타리나의 경우는 이 육체적 사랑이 가능하다고 전
하고 있다. 예술가가 아니었던 모리아크는 일상어로 씌어지는 소설을
통해 조각가나 화가처럼 신비체험의 순간을 묘사하려고 했던 것일
까? 그렇다. 하지만 그것이 가능하기나 한 이야기일까?

초고를 지나치게 심각하게 받아들여서는 안 될 것이다. 소설을 통
해 하나님을 향한 성녀의 육체적 사랑을 묘사하는 것이 가능할까 하
는 의문을 포함해 "태양과도 같은" 형체 없는 가벼운 존재와의 육체
적 사랑도 환희를 가져다줄까 하는 의문, 그리고 나아가 그 결과 에
로티시즘의 또다른 중요한 항목인 수태에 대한 모든 의문들이 모리
아크를 짓누르고 있었다는 것이 우리의 판단이다. 여기서 기독교는
종교가 아니라 신화의 문맥 속으로 이동해 모리아크 개인의 의식 속
에서 프로이트가 지적한 대로 한 편의 '가정소설'로 변화되었을 가능

성이 있다. 우리는 종교에서 신화로 그리고 다시 신화에서 무의식적
망상(fantasme inconscient)으로 변화한 이 의식의 움직임을 추적해야
만 할 것이다. 만일 이러한 작업이 없다면 어쩌면 우리는 소설『테레
즈 데케루』를 한 여인이 남편을 살해한 소설로만 이해하고 말 것이다.

2. 소설과 미술

위에서 언급한 성화상들이 미친 영향은 모리아크 개인에 국한된
것이 아니라 가톨릭 역사 전체와 관련된 문화사적 폭을 지닌 것임을
인정해야 할 것이다. 바타유가 지적했듯이 "삶이 체험할 수 있는 마
지막 가능성인 신비체험"은 서구 지성사에서 보편적이지는 않지만
상당히 뼈아픈 주제들 중 하나이며, 야코부스 데 보라지네의『황금전
설Legenda aurea』에 등장하는 과장된 성화에서부터 카라바조나 베
르니니 혹은 조르주 드 라 투르나 시몬 부에 등의 보다 진지한 작품
에 이르기까지 꾸준하게 이미지로 형상화된 하나의 독립된 주제였다.
모리아크의『테레즈 데케루』에 등장하는 "태양과도 같은 존재"와
의 사랑 장면은 베르니니의 조각을 연상시킬 정도로 유사하다. 모리
아크가 초고 속에서 소설의 주인공과 동명인 성녀를 염두에 두고 있
었다는 사실도 소설 속의 장면과 미술작품에 묘사된 성녀의 이미지
사이에 존재하는 유사성을 우연한 것으로 볼 수 없게 한다.
그럼에도 불구하고 모리아크의 소설 속에 등장하는 이 장면을, 일
반 독자는 물론이고 많은 모리아크 연구자들 역시 그 중요성을 충분
하게 고려하지 않은 채 간과하고 있다.『테레즈 데케루』가 스탕달의
『적과 흑』이나 플로베르의『보바리 부인』처럼 치정 살인사건에서 착
상을 얻어 씌어진 소설이라는 사실이, 이 소설을 성녀 아빌라의 테레

사를 묘사한 성화상들이나 신화와 연결시켜 보지 못하게 했을 수도
있다.

　하지만 여기에는 보다 심각한 이유가 없지 않으며, 그 이유는 작품
에 대한 독서나 해석과 같은 기술적인 측면에 있는 것이 아니라 작품
을 대하는 태도의 진지성, 혹은 진정성의 결여에 있다고 볼 수 있다.
조금 더 구체적으로 말하면, 『테레즈 데케루』는 심각한 정신적 위기
를 겪을 당시에 씌어진 작품인 반면, 작품에 대한 대부분의 독서나
해석은 이 정신적 위기의 심각성을 충분히 고려하지 않은 채 이루어
졌다. 모리아크가 경험했던 것만큼의 강도로 그가 겪었던 위기를 체
험해야 한다는 터무니없는 주장을 하는 것이 아니다. 하지만 문학작
품의 독서와 해석에 유사한 경험이 유용할 수도 있다는 점마저 부인
할 필요는 없을 것이다. 모리아크가 소설 『테레즈 데케루』를 쓰면서
자살을 염두에 둘 정도로 심각한 종교적 위기를 겪었고 그 위기가 소
설 『테레즈 데케루』에 투영되어 나타났다면, 이제 이 소설에 대한 독
서는 모리아크 스스로 기독교를 종교가 아니라 하나의 신화로 여겼
을지도 모른다는 의혹으로부터 출발할 필요가 있다.

　모리아크의 소설 『테레즈 데케루』를 쉽게 읽으려고 한 가장 대표작
인 예가 라플레야드 판의 주석을 단 자크 프티일지 모른다. 찬탄을 금
할 수 없는 모리아크의 이른바 에디시옹 크리티크(Edition critique)를
낸 자크 프티는 소설 『테레즈 데케루』에 주석을 붙이면서 다음과 같
이 말했다.

　　하지만 테레즈가 과연 그렇게 신비한 인물일까? 『양심, 신적 본성』
　을 보면 그녀의 비밀을 알 수 있다. 성에 대한 격렬하고도 절대적인 거
　부, "어둠의 존재인 다른 사람"을 사라지게 하고 싶은 욕망, 그리고 이
　미 보았듯이, 야릇한 역설이긴 하지만, 그를 죽임으로써 "그를 구원하

겠다"는 것이 그녀가 저지른 범죄의 진정한 "동기들"이다. 정신분석을 해봐야 보탤 것이 전혀 없다. 이 몇 페이지 안 되는 글 속에서 모리아크는 그의 인물이 지니고 있는 깊은 진실을 발견해낸 것이다. 그는 소설을 쓰면서 이 진실을 숨기거나 혹은 잃어버렸다.

방대한 자료를 다루는 이 저명한 주석가의 박식함과 꼼꼼함에도 불구하고, 인물 테레즈가 소설 속에서 저지른 범죄의 진정한 동기를 소설의 초고라고 할 수 있는 『양심, 신적 본성Conscience, instinct divin』 속에서 아무리 찾아봐도 찾을 수가 없는 우리로서는 "정신분석을 해봐야 보탤 것이 전혀 없다"는 그의 단언에는 동의할 수가 없다. 주석가의 철두철미할 정도의 독실한 신앙이 그로 하여금 서둘러 결론을 내리게 한 것은 아닌가 하는 의혹이 드는 것이 사실이며, 그가 이렇게 서두른 데에는 정신분석에 대한 일정한 혐오감도 한몫을 했다는 의심도 든다. 그렇다면 소설 『테레즈 데케루』를 대하는 자크 프티의 태도가 진지하지 않았으며 진정성이 결여되어 있다고 말할 수 있을까? 모리아크은 1962년, 나이 팔십이 가까웠을 때 쓴 『내가 믿는 것Ce que je crois』에서 심한 정신적 위기를 보내고 있었던 1920년대를 회상하며 다음과 같이 고백을 한 적이 있다.

번갯불처럼 빨랐기 때문에 두 개의 번갯불이라고 해도 좋을 두 번의 경험이 내 가슴속에 남겨놓은 뜨거운 상처를 되찾아보려고 한다. 이 두 번갯불 같은 경험은 내 생각에는 『기독교인의 고통Les Souffrance du Chrétien』에서 이미 밝힌 바 있는, 정말로 내 인생에서 최악의 시기에 일어났었다. 당시 한 이삼 년 동안 나는 미친 사람 같았다. (……) 매 순간 죽음 속으로 뛰어들 수도 있었다. 나는 잃어버린 개처럼, 목에 끈도 없는 개처럼 그렇게 파리를 헤매고 다녔다.

　이 위기를 영육간의 갈등으로 간단하게 지적하는 것은 이를 모리아크 개인의 것으로 여기거나 의지박약, 심한 경우는 우울증의 결과로 간주하는 것이 될 것이다. 그렇다면 모리아크의 소설『테레즈 데케루』만이 아니라 그의 소설세계 전체는 돈 많은 한 가톨릭 부르주아 작가의 신경과민을 드러낸 것에 지나지 않는다. 하지만 이런 유의 두 가지 극단적인 범박한 독서는 모리아크를 이해하는 데 방해가 될 뿐이다.

　모리아크는 이미『테레즈 데케루』보다 이 년 먼저 출간된『사랑의 사막』을 집필하며, 초고에서 에스파냐의 성녀 아빌라의 테레사만이 아니라 시에나의 산타 카타리나까지 언급하며 신비체험을 한 옛 성녀들의 분위기와 그 신비체험의 본질을 소설을 통해 표현해보려고 여러 번에 걸쳐 시도를 하고 있었다. 또 이미 테레즈라는 주인공의 이름도 소설『테레즈 데케루』가 본격적으로 씌어지기 이전에 선택되어 있었다. 그렇다면 "오직 그녀의 눈에만 보이는 이 태양과도 같은 존재"와 너무나도 가볍고 형체가 없기 때문에 그 존재를 몸으로 끌어안는 것이 불가능해 자신의 살 속을 파고드는 손톱만 아프게 느껴져오는 저 장면은 성녀 아빌라의 테레사의 "법열"과 그리 멀리 떨어져 있는 것이 아니었고, 나아가 모리아크는 비록 현실에서 실제로 일어난 치정 독살사건에서 착상을 얻긴 했지만, 범죄소설이 아니라 신학소설을 쓰고 있었던 것이 된다.

　소설 속에서 테레즈가 눈에 보이지 않는 태양 같은 가벼운 존재를 끌어안을 때 그녀는 인간이 아니라 초월적 존재 혹은 절대자를 끌어안은 것인데, 이 에로틱한 장면은 지안 로렌초 베르니니의 조각이나 그 이전 카라바조가 그린 그림의 이미지를 거의 그대로 반복하고 있는 것이다. 이 반복되는 이미지는 옛날에는 조각이나 회화를 통해, 그리고 모리아크에게 와서는 소설의 언어를 통해 이루어지고 있었다.

표현매체의 차이는 그리 중요해 보이지 않는다. 오히려 중요한 것은 모리아크의 소설이 갖고 있는 위기의식 그 자체이다. 바타유가 지적했듯이 "극단적 상태들에 대한 체험"이 아닐 수 없는 신비체험은 언어를 벗어난 상태의 체험이다. 그것을 언어로, 그것도 일상어로 씌어지는 소설이라는 형식을 통해 표현해야만 했던 모리아크에게 소설은 비로소 직업 이상의 의미를 띤 채 형이상학적 번민과 초월적 세계에 대한 직관의 표현 가능성을 시험하는 하나의 무대가 되었다고 볼 수 있다. 이는 다시 말해 그가 소설을 포기할 수도 있었음을 의미하기도 한다. 정신적 위기의 와중에서도 1926년에 쓴 『소설 Le Roman』과 같이 모리아크가 계속해서 소설론을 쓴 이유가 바로 여기에 있다. 소설 『테레즈 데케루』는 위기의 소설이자 소설의 위기이기도 했던 것이다.

앞의 장면은 남녀 간의 농밀한 애무와 포옹을 연상시키는 이른바 러브신이다. 여기서 눈에 보이지 않는 남자가 절대자에 대한 일정한 메타포임을 지적하는 것은 그리 어려운 일이 아니다. 눈여겨봐야 할 부분은 몸 그 자체일지 모른다. 다시 말해 마치 카메라를 들이대듯이 접사로 처리한 위의 장면은 왼쪽 어깨에 박힌 테레즈의 오른손 손톱을 확대해서 보여주고 있다. 영화를 찍었다면 감독에 따라서는 제법 긴 롱테이크로 처리해 하나의 시퀀스를 이루었을 수도 있는 장면이다.

이 장면에서 몸은, 특히 깊이 박혀 있는 여인의 손톱에 의해 살집에 드리워진 음영은, 눈에 보이지 않으나 태양 같은 존재였던 사랑하는 애인의 부재를 말해준다. 이 장면을 보면서 베르니니의 조각을 떠올릴 수 있는 것은 그래서 두 작품 모두를 위해, 다시 말해 모리아크의 소설과 베르니니의 조각 모두를 위해 다행스러운 일이며 필요한 일이기도 하다.

혹자는 베르니니의 작품에 등장하는 날개 달린 천사나 입을 벌린 채 묘한 자세를 취하고 있는 성녀 등의 세부를 들어 지나친 비약이라고 할 수도 있으나, 17세기와 20세기의 시간적 간격을 염두에 둔다면 그 세부들이 우리의 연상을 방해할 정도로 심각한 것들은 아니다. 오히려 강조되어야 할 것은 시대도 공간도 또 상황도 다르지만 그럼에도 두 작품 사이에 존재하는 유사성일 것이다. 두 작품은 모두 에로티시즘을 나타내고 있으며 또한 절대자에 대한 사랑을 나타내고 있다는 공통점을 갖고 있다.

미술사에서 이른바 신비체험 혹은 법열의 상태에 빠진 성녀를 묘사한 예는 그리 많지 않으나, 그렇다고 무시할 정도로 그 수가 적은 것도 아니다. 야코부스 데 보라지네가 쓴 『황금전설』 유의 성자전을 그린 익명의 작품들을 제외하면, 아마도 피렌체와 로마, 나폴리 등지를 방황하며 파란만장한 인생을 살다 간 카라바조가 그린 〈성녀 막달레나〉를 우선 꼽을 수 있을 것이다. 카라바조의 그림은 그 화폭을 압도하는 사실성과 드라마틱한 색의 대비를 통해 해골로 상징되는 바니타스 도상을 완전히 벗어나지 못했음에도 불구하고, 비가시적인 존재인 절대자와의 에로티시즘이 시각적 메타포를 통해 표현되고 있다. 막달레나라는 인물은 수많은 화가들이 자주 묘사를 해 성화의 한 소장르를 이룰 정도로 흔히 볼 수 있는 인물이기는 하지만, 〈성녀 막달레나〉는 질 랑베르가 지적했듯이 "성녀를 그린 전통적인 재현양식들을 벗어나 새로운 이미지를 부여한" 그림이다. 하지만 안타깝게도 진본을 가릴 수 없을 정도로 많은 모사화들이 존재하기 때문에 전적으로 신뢰를 보낼 수는 없다.

어윈 파노프스키가 지적했듯이, 베르니니의 작품은 바로크의 속성을 가장 잘 드러낸 걸작이다.

이렇게 해서 우리는 로마의 산타 마리아 델라 비토리아 성당에 있는 베르니니의 조각 〈성 테레사의 법열〉이 바로크 정신을 최고조로 육화해낸 작품임을 알게 된다. 이 작품에서(여기서도 부조와 그림이 반반 정도씩 섞여 있어 인물군이 반 정도만 조형예술임을 다시 한번 볼 수 있다)[1] 테레사의 가슴을 뚫고 들어와 고통을 주는 황금화살은 실제로 성녀가 그리스도와 일체가 되었을 때 느낄 수 있는 지고의 행복과 만나고 있고, 그렇게 해서 영적 지복과 거의 에로틱한 황홀경이 자아내는 육체적 경련 또한 중첩되어 나타나고 있다. 많은 신비주의자들의 발자취가 보여주는 특징인 이 경험은 종교문학에서 자주 묘사되어왔지만(특히 테레사 자신도 많은 글을 남겼다) 시각적 표현을 얻기까지는 바로크를 기다려야만 했다.

베르니니의 조각은 바로크 특유의 연극적 장치와 극적 구성에도 불구하고, 우선 작품에 등장하는 인물이 모리아크의 소설에 등장하는 인물과 이름이 같기 때문에 쉽게 연상되는 작품이다. 화살을 들고 묘한 미소를 짓고 있는 천사가 아프로디테의 에로스를 연상시킬 정도로 이교적이지만, 조각은 성녀 테레사의 고백을 거의 그대로 작품에 담아내고 있다. 성녀 아빌라의 테레사는 파노프스키가 지적한 대로, 그의 『자서전』에서 다음과 같이 자신이 여러 차례에 걸쳐 경험한 신비체험, 즉 신과의 사랑을 고백한 바 있다.

　내가 서 있는 왼쪽에 육체를 가진 천사가 있는 것을 보았다. (……) 천사는 크지 않았고 오히려 작았다고 할 수도 있는데 상당히 아름다웠고 환하게 빛나는 얼굴은 고귀한 존재임을 알 수 있었다. (……) 그의

---

1) 파노프스키는 아빌라의 테레사만이 아니라 연극적 구성을 보여주고 있는 테라스에 있는 인물 전체를 말하고 있다.

손에 금으로 만든 긴 창이 들려 있는 것이 보였는데 창의 끝에서는 작은 불꽃이 타오르고 있는 것 같았다. 천사가 그 창으로 내 가슴을 여러 번 찌르는 것 같은 느낌을 받았던 것 같았고, 그 창이 내 뱃속까지 닿아 있어서 창을 빼내면 내 오장육부도 함께 끌려나오지 않을까 싶을 정도였지만 어쨌든 나는 하나님의 커다란 사랑에 감싸인 채 어찌할 바를 모른 채 그렇게 있었다.

테레사 데 헤수스의 이 반복된 경험을 믿고 안 믿고는 본고에서 다룰 성질의 문제가 아니다. 지적되어야 할 것은 오히려 모리아크의 테레즈의 경우나 베르니니의 조각에서처럼, 테레사 성녀의 경우에도 몸 그 자체이다. 베르니니는 이 고백을 거의 그대로 조각으로 형상화했고, 반면에 소설가 모리아크는 얼른 눈에 띄지 않을 정도로 변형을 가했다. 하지만 이 변형은 시대의 차이나 소설과 조각의 차이 등을 고려할 때 두 이미지 사이의 유사성을 부인할 만큼 크지는 않다.

모리아크의 테레즈와 베르니니의 테레사는 에로티시즘과 신비체험이 구분할 수 없을 정도로 섞여 있는 짧은 순간을 그대로 포착했고, 어쩌면 그 순간이 시간을 벗어난 초월적 순간임을 말하려고 했던 것인지도 모른다. 심하게 구겨져 있는 성녀의 옷은 순간의 강렬함을 부족함 없이 드러내며 옷이 몸이 되고 몸이 옷이 되는 체험의 신비성을 증언하고 있다. 천사마저 거의 거추장스러운 존재로 느껴질 정도로 성녀의 얼굴은 이미 에로티시즘과 법열의 환희에 젖어 있으며, 조각가는 그것도 모자란다는 듯이 구름 위에 여인의 몸을 올려놓았다. 황금햇살로 장식된 광배와 이 모든 장면을 구경하는 테라스의 배치 등은 사실 부차적인 것들이다. 소설가 모리아크와 조각가 베르니니는 절대자와의 사랑에 참여해 성령을 체험하는 몸을 그린 것이다. 베르니니는 교황을 비롯한 당시 권력층의 주문을 받아 제작에 임했던 조각가였고 또 반종교개혁의 예술적 표현이기도 했던 바로크 정신에 투철한 예술가로서, 모리아크와 동일한 회의를 했다고는 볼 수 없다. 그러나 이미 1922년에 나온 소설『문둥병자에게 키스를Le Baiser au Lépreux』에서 말했듯 니체를 읽고 충격을 받은 모리아크는 20세기 가톨릭 작가였고, 그가 종교적 번민과 회의에 괴로워했던 1920년대의 파리는 신을 믿는다는 것이 지식인으로서 오히려 수치가 될 수도 있을 정도로 니체는 물론이고 초현실주의, 정신분석, 마르크스주의 등이 기세등등하던 때였다. 하지만 우리는 소설『테레즈 데케루』에 나오는 절대자와의 육체적 사랑을 묘사한 장면을 그 짧은 길이에도 불구하고 모리아크 개인의 것이 아니라 시대의 징표로 보고 싶은 유혹을 경계해야 한다고 생각한다. 왜냐하면 시대의 전반적인 분위기에 둔감하지는 않았지만 모리아크는 무엇보다 소설가였기 때문이다. 그에게는 훌륭한 소설을 쓰는 것이 가장 화급한 일이었다. 게다가 모리아크의 소설을 시대의 분위기나 상황과 맞물려 있는 것으로 이해하는 것은, 1920년대에 씌어진 그의 소설이 기대고 있는 가장 중요한 주제인 에로티시즘과 영성의 관계가 유를 찾을 수 없을 정도로 심각성을 더해감으로써 서구 지성사에 조명을 가하게 되는 모리아크 소설 특유의 공헌을 제대로 이해하지 못하는 우를 범하는 것이 될 수도 있다. 다시 말해 절대자와의 육체적 사랑이 에로티시즘으로 연결되면서 기독교 전체를 종교가 아니라 하나의 신화나 전설로 봄으로써, 기독교 전체를 떠받치는 성자들의 체험과 교리 중의 교리인 수태고지와 부활을 정면으로 부인하는『테레즈 데케루』를 쓸 당시의 모리아크를 놓치고 마는 것이다.

소설이나 카라바조의 그림 혹은 베르니니의 조각에서, 그리고 테레사 성녀의 고백에서, 몸은 여인의 몸이면서 동시에 성녀의 몸이다. 이는 곧 삼위일체의 한 위상인 성령이 여인의 몸을 통해 움직인다는,

지극히 당연한 기독교의 교리를 반복하고 있는 것을 의미하는데, 이는 모든 작품에서 신비체험의 무대인 여인의 몸이 동정녀 마리아의 몸을 부분적으로 암시 혹은 모방하고 있다는 것을 일러준다. 남자 성자가 등장하는 그림과는 달리, 여자 성자, 즉 성녀가 등장하는 작품에서 에로티시즘은 이런 이유로 생리적으로나 문화적으로 이중 삼중의 의미를 중첩해서 지니게 된다.

3. 소설과 신화

소설과 미술 사이에 존재하는 모종의 유사성을 문화사적 관점으로까지 확대해서 해석하는 작업이 모리아크 연구자들 사이에서 간과되고 있는 이유는 많은 이들이 그의 소설을 흔히 '영육 간의 갈등'이라는 거의 도식화된 관점에서 읽으려고 하기 때문인데, 이런 이유로 많은 이들이 기독교를 신화가 아닌 종교로만 보았다. 모리아크는 가톨릭 작가였지만 동시에 소설가였다. 이 말은 그의 소설이 교리를 입증하거나 단순히 소설화하는 작업을 한 것이 아니라는 것을 뜻한다. 기독교는 소설 속에서 종교이기 이전에 신화로 작용한다. 예를 들어 모리아크의 『테레즈 데케루』에 등장하는, 앞서 인용한 "태양과 같은 존재"와의 사랑 장면은 기독교의 핵심 교리 중 하나인 예수의 동정 탄생과 관련된 신화를 연상시킨다. 믿는 이들에게는 신화가 아니겠지만, 적어도 소설 속에 등장한 위의 장면은 그 에로틱한 묘사나 수많은 성화들과의 유사성을 염두에 둘 때 우선 신앙이나 신학 이전에 존재하는, 그리고 무엇보다도 소설을 쓰는 모리아크가 간직하고 있었던 개인적 신화와 관련이 있다. 하나님과의 육체적 사랑을 모리아크가 직접 체험했다고 해도 소설 속의 인물이 여자로 등장하는 것은, 에로티시즘의 일부를 이루는 인간의 탄생과 연결된 모리아크 특유의 강박관념을 의심하게 한다.

테레즈가 끌어안은, 형체가 없는 한없이 가벼운 존재란 절대자에 다름아니었다. 모리아크의 테레즈가 손톱이 어깨에 박힐 정도로 절대자를 끌어안았다면, 베르니니의 테레사는 거의 실신한 여인과도 같은 자세로 구름을 타고 하늘을 날고 있다. 두 여인 모두 절대자를 사랑했지만, 근원적으로 비감각적 존재인 절대자는 어떤 식으로든 표현될 수 없었다. 그렇지만 두 여인 모두 그들의 몸과 살을 통해 이 신학적 사랑을 했고, 소설가와 예술가 역시 몸을 통한 사랑의 메타포를 통해 절대자의 현현을 표현하려고 했다.

따라서 모리아크의 『테레즈 데케루』 속에 나오는 한 장면을 통해 소설과 미술과 신화를 함께 고려해야만 보다 철저한 독서가 가능함을 주장하려는 본고에서, 우리는 어쩔 수 없이 소설과 미술의 관련을 넘어서서 모리아크의 무의식을 지배하는 개인적 신화를 언급하지 않을 수 없을 것이다. 이는 모리아크의 소설에 등장하는 장면이나 베르니니의 조각에 등장하는 장면 모두가 신비체험에 대한 단순한 메타포가 아니라 현실 그 자체로 존재할 수 있는가, 라는 극단적인 사고 혹은 회의를 모리아크가 하고 있었음을 일러준다. 종교나 신화는 상징과 메타포와 알레고리의 세계인데, 종교는 이 수사학을 실재하는 현실로 믿는 반면 신화는 불가지 상태에 놓아둔다. 그러나 앞서 말했듯이, 모리아크는 종교적 위기를 겪으며 종교와 신화 사이에서 선택을 해야만 했다. 따라서 우리는 그의 종교를 신화의 차원으로 이동시키는 모종의 힘이 그를 위협 혹은 유혹했다고 볼 수 있는데, 이 모종의 힘이 어떤 것인지 그 정체와 규모를 밝혀보는 작업은 모리아크 연구자들에게는 참으로 매혹적인 일이 아닐 수 없다. 우리는 이 모종의 힘이 종교와 신화를 가능하게 하는 개인적 신화라고 생각한다. 모리아크 역시 자신을 예수와 동일시하는 망상을 가지고 있었던 어린 시절을 보냈고, 그 망상은 그를 위협하는 에로티시즘의 유혹과 타협할 수 없는 절대적인 것이었다. 이미 예수와 같이 자신이 동정 탄생을 했다는 망상은 성인이 된 그에게는 망상 이외의 다른 것이 아니었지만, 이 이성적 각성은 망상에 의해 예수의 동정 탄생마저 부인하는, 그리하여 기독교를 신화로 보는 유혹으로 그에게 다가왔던 것이다.

우리는 동정 탄생의 망상이 모리아크 개인의 것이 아니라 많은 서구인들이 갖고 있는 무의식적 망상임을 알고 있다. 예술 창조와 과대망상에 이른 자아의 이상 사이의 관련성을 다룬 자닌 샤쓰게 스미르젤의 글을 보면 이를 확인할 수 있다.

모리아크의 테레즈, 카라바조의 막달레나, 그리고 베르니니의 테레사는 모두 육체와 영혼이 함께 참여하는 순간적 체험을 묘사하고 있었다. 역설적이게도 신앙은 사랑이 그렇듯이 몸과 영혼이 동시에 참여하는 그래서 결코 쉽지 않은 일임에 틀림없다. 이 사랑에서 우리를 놀라게 하는 것은 육체의 개입이다. 어쩌면 모리아크 역시 예술가들처럼 신앙이 영혼의 문제가 아니라, 오히려 육체의 문제임을 말하고 있는 것인지도 모른다. 다시 말해 에로티시즘이 문제가 아니라 육체 그 자체가 문제인 것이다. 몸을 바쳐야만 할 수 있는 사랑, 그것이 신앙이라는 말을 모리아크는 하고 있는 것인지도 모른다.

몸을 바친다는 말은 무엇을 뜻하는가? 세 여인 모두 보이지 않고 만져지지 않는 존재의 부름과 애무에 몸을 맡겼다. 손톱이 살 속을 파고들도록, 머리가 뒤로 젖혀지고 옷마저 법열에 참여할 정도로 모든 여인들이 절대자에게 몸을 바쳤다. 이 체험의 본질은 육체에 있지만, 동시에 이 체험이 본인이 원해서 이루어질 수 있는 것이 아니라는 것도 이 체험의 본질을 이루는 한 요소이다. 우리는 여기서 이것을 에로티시즘의 결과로 보는 의견에 귀를 기울일 필요가 있다. 모리아크 스스로도 소설의 초고 속에서 인정했듯이, 절대자의 존재가 비가시적이고 비감각적이라고 해도 여자는 육체를 통해 그 절대자를 사랑할 수 있을지 모른다. 그러나 이때 사랑은 육체를 통해 움직이는 성령이라는 초월적 존재와 관련된 교리의 문제가 아니라 인간의 죽음과 관련된, 따라서 기독교 교리 중 가장 핵심적 교리인 부활과 관련된 전혀 다른 차원으로 우리를 인도한다.

모리아크는 스스로를 동정 탄생한 예수와 같은 존재로 여겼다. 이는 오이디푸스 콤플렉스가 진행되는 단계에서 일찍 숨을 거두었기 때문에 눈앞에 없는 친부 대신 어머니가 끊임없이 '아버지'로 부르는 절대자와 자신을 동일시한 어린 모리아크의 무의식을 가정하게 한다. 모리아크의 성장환경은 친부와 상징적 아버지를 동일시할 수 있는 조건을 갖추고 있었지만, 어린 그의 에로티시즘은 상징적 아버지의 율법에 복종해야만 했다. 이 복종은 오이디푸스 콤플렉스의 정상적인 진행과정을 따라가며 아버지와 자신을 동일시하는 과정을 밟게 되었고 자신을 예수와 동일시하는 망상으로 자리잡게 되었다.

따라서 후일 그가 청소년기의 수음이나 기타 다른 육체적 유혹을 받았을 때, 이 행위는 그의 망상과 정면으로 충돌하는 것이었고 초자아라는 심급을 차지하고 있는 상징적 아버지의 율법은 그에게 격심한 죄의식을 심어주게 된다. 이 죄의식의 마지막 단계는 자살이거나 아니면 자살을 대신할 다른 종류의 상징적 의식을 요구한다. 몸을 바친다는 것은 이 제의를 말한다. 유대교의 전통에 따르면 어린 양을 태워 바치는 번제가 장자를 바치는 의식을 대신했고, 이는 잘 알려져 있다시피 기독교에 와서 독생자 예수를 바치는 십자가 책형으로 변화되어 나타났다.

모리아크에게 생리적 욕구라는 단어가 의미 없던 것은 아니었을 것이다. 그러나 그는 이 단어를 완전히 무시할 정도로 에로티시즘을 전적으로 긍정하면서도, 그 너머의 세계에 대한 종교적 호기심을 극단까지 밀고 나갔다. 그 너머의 세계란 어디까지를 말하는 것일까? 아빌라의 성녀 테레사든 시에나의 성녀 카타리나든 모두 그리스도와 상징적인 결혼을 한 성녀들이라는 사실을 간과해서는 안 될 것이다. 두 여인 모두 아이를 수태하지는 않았지만, 육체의 에로티시즘을 통해 절대자와 사랑을 했다. 모리아크는 요컨대 자신이 동정 탄생을 통해 태어난 예수 같은 존재라는 무의식적 망상을 깨닫지 못하는 한, 생리적 욕구나 에로티시즘을 아무리 긍정해도 그 너머에 존재하는 세계에 대한 호기심을 억제할 수 없었다. 다시 말해 초월적 존재는 그의 개인적 신화를 통해 어린 시절에 고착된 그의 망상 속에 있었던 것이다. 신은 하늘에 있겠지만, 그의 신은 하늘만이 아니라 아주 먼 옛날의 무의식 속의 어린 시절에도 있었던 것이다.

카라바조나 베르니니와는 다른 영역에서 활동한 소설가였던 모리아크는, 우리가 보기에 두 예술가와 단순 비교를 하자면 이 점에 있어 열등한 표현도구를 갖고 있었다고 할 수밖에 없다. 일상의 언어로 씌어질 수밖에 없는 소설로 법열의 상태를 표현한다는 것이 과연 가능하기나 한 것이었을까?

그러나 바로 이런 이유 때문에 모리아크의 소설은 어렵게 씌어진 소설인 것이고, 그의 소설을 은총과 육욕의 갈등으로 보아서는 턱없이 부족한 것이다. 그의 소설은 사실적인 소설의 언어로 씌어질 수 없는 고백을 언어가 아닌 형식을 통해서 표현한 소설이기 때문에, 바로 이 형식을 읽어주어야 하는 것이다. 그러므로 그의 소설 『테레즈 데케루』에서 테레즈는, 성녀가 아니라 모리아크 자신 속에 있는 여인, 다시 말해 신을 육체적으로 사랑하고 싶어하는, 그리고 그 사랑을 눈으로 보고 손으로 만져보고 싶어하는 또다른 나의 분신일지도 모르는 것이다.

가볍고 형체 없는, 그러나 그녀의 살만이 그 온기를 느낄 수 있는 태양과도 같은 그 존재, 누구도 알지 못하는 그 존재, 모든 육체적 관계를 벗어난 곳에 있을 것만 같은 그 존재, 그러나 몸 이외의 다른 방법으로는 다가갈 수 없는 존재, 소설『테레즈 데케루』는 소설로 씌어진 가장 탁월한 절대자에의 탐구였다. 따라서 정신이 혼미한 상태에서 그녀가 파리에 올라가 한밤중에 자신의 손톱이 살에 박히도록 끌어안았다고 상상했던 "태양과도 같은 존재"와의 사랑의 장면은, 그 짧은 묘사에도 불구하고 소설로 접근할 수 있는 최대한도의 신학적 고백이라고 할 수 있다. 우리에게 베르니니의 조각이나 그 이전의 카라바조의 그림 등은, 이 육체와 에로티시즘을 통한 고백이 모리아크 개인의 것이 아니라, 가톨릭의 역사와 함께하는 오랜 역사를 지닌 표현이었음을 일러준다. 소설『테레즈 데케루』의 숨어 있는 진정한 줄거리는 남편을 독살한 여인이 등장하는 치정사건도, 돈을 노린 파렴치한이 등장하는 범죄소설의 그것도 아니다. 소설은 신학적 번민의 강도와 가톨릭 역사의 두께를 동시에 갖고 있는 빼어난 고백이었던 것이다. 그 고백의 핵심에는 20세기 특유의 회의의 그림자가 짙게 드리워져 있고, 동시에 모리아크 고유의 의혹 또한 깔려 있다. 여기서 우리는 성녀들의 신비한 체험을 전혀 다른 시각에서 바라볼 수 있다는 또다른 가능성을 시사해준 20세기 사람들을 만날 필요성을 느끼게 된다.

4. 맺는말

모리아크 연구자들이 인물 테레즈와 성녀 테레사의 신학적 관련성을 간과한 것은 소설과 회화가 서로 상이한 장르이기 때문이기도 했지만, 앞서 지적했듯이 모리아크를 가톨릭 작가라는 전기적 사실에 지나치게 국한시켜 바라보았기 때문이다. 이는 모리아크의 가톨릭을 종교로만 보는 것을 의미했고, 자연히 그의 소설 속에 신화의 가면을 쓰고 들어와 있던 기독교의 또다른 모습인 무의식적 망상의 존재를 간과한 것을 의미한다.

우리는 그의 이 개인적 신화를 '동정 탄생의 신화'로 구명해본 바 있다. 테레즈가 "오직 그녀의 눈에만 보이는 이 태양과도 같은 존재"를 끌어안았을 때, 형체 없는 그 가벼운 존재는 베르니니의 조각에 나타난 혹은 카라바조의 그림에 나타난 절대자에 다름아니었다. 소설 속에서 문제가 되는 것이 신학의 교리가 아니라 그 교리와 충돌하며 끊임없이 갈등을 일으키고 급기야 자살의 유혹에 시달리게 하는 개인적 신화라고 본다면, 많은 모리아크 연구자들이나 일반 독자들은 이 개인적 신화를 밝혀내지 못했기 때문에 철저하지 못했던 것이고, 그 결과 테레즈를 소설의 인물로만 보았을 뿐 그녀에게서 성녀의 이미지를 보지 못했고, 그래서 모리아크가 성녀의 이미지에 기대어 신비체험을 표현하려고 한 것만이 아니라 그 체험 자체에 대해 근원적인 회의를 보내고 있었음을 읽을 수 없었던 것이다. 그들은 자연히 영육 간의 갈등이라는 신학적 교리로만 모리아크의 소설을 읽으려고 했을 뿐이다. 소설은 신학이 아니라 신화에 기대어 씌어진다. 모리아크에게 문제가 되었던 것은 신학이 아니라, 자신을 예수와 동일시한, 혹은 동일시하도록 강요했던 환경과 그 환경 속에서 고착되어버린 그의 개인적 신화, 즉 자신을 예수와 동일시했던 '동정 탄생'이라는 이름의 개인적 신화였다.

우리는 모리아크의 『테레즈 데케루』를 가능한 한 무의식의 논리를 따라가며 읽어보려고 시도했다. 그 결과 개인의 무의식 속에 들어와 신화의 형식을 띤 채 모리아크를 지배하는 망상으로 변한 종교의 한 모습을 보았다. 하지만 베르니니의 조각과 『테레즈 데케루』의 절대자와의 사랑의 장면 사이에 존재하는 유사성은 모리아크의 소설세계가 무의식의 논리만으로는 이해될 수 없는 서구의 가톨릭 역사 전체에 닿아 있다는 사실을 알 수 있게 한다. 종교전쟁의 광풍이 몰아칠 때의 성녀 테레사와 20세기 초 신은 죽었다는 큰 목소리들이 도처에서 들려올 때의 테레즈 사이에는, 무의식만으로는 이해할 수 없는 지독하게 현실적인 역사 그 자체가 있기 때문이다.

동정 탄생의 신화는 모리아크가 『테레즈 데케루』를 쓸 때도 소설의 심부에서 그를 압박하고 있었다. 인물 테레즈는 이 정신적 압박감에 부여된 이름이다. 피와 살을 지닌 살아 있는 인간이 아닌 테레즈는 아무리 강조해도 한낱 하나의 메타포 혹은 알레고리에 지나지 않는다. 그것은 그림자이고 허구이며 그래서 예술일 뿐이다.

모리아크는 소설로 표현할 수 없는 것을 소설로 표현하려고 했던 것이고, 기독교를 소설의 소재와 주제로 사용해야 했던 그로서는 소설의 신학적 가능성을 물어야만 했다. 그러나 이 물음은 그에게 에로티시즘을 훨씬 뛰어넘어 자신의 무의식까지 깊이 내려가는 고행에 버금가는 방황을 요구했다. 그 고행은 그러나 이미 아주 오랜 옛날부터 서구인들을 지배했던 종교와 신화의 갈등이었고, 그 중심에는 동정 탄생이라는 무의식의 망상이 자리잡고 있었다. 베르니니도 카라바조도 모리아크와 유사한 망상을 갖고 있었을까? 소설은 신비체험을 표현하는 데 미술이나 조각보다 불리할 수 있지만, 기록이라는 특성을 통해 무의식까지 분석 가능한 장점을 지니고 있다. 하지만 여기에는 엄정한 조건이 하나 따른다. 소설의 이 장점을 실존적 무게 전체로 이용해야만 한다는 조건이 그것이다. 그렇지 않다면 소설은, 특히 모리아크의 소설은 '영육 간의 갈등'이라는 동어반복만 허락할 것이다. 모리아크도 이것을 원하지는 않았을 것이다.

한 아이가 빗물에 쓸려내려가는 염소를 구해내면서 마치 자신을 어린 양을 구하는 예수처럼, 수억 개의 별빛이 몸을 둘러싸서 보호하고 있는 아이로 상상한다 * 이 아이의 이름은 김승옥이다. 끝내 이 아이는 어른이 되었을 때 뭐 내리단이웃을 입으시 눈부시게 환한 예수님을 만나 절ㅁ을 하고 만다 * 하지만 이 아이는 어른이 되기 전, 청소년 시절에는 현주라는 여인을 납치하기도 했다

"사내는 엄지손가락의 끝을 나머지 네 개의 손가락 끝에 맞대어 일종의 고리를 만든 것이었다 * 그 고리 속에 현주의 가느다란 손목이 갇혀 있는 꼴이었다 * 그 고리는 여자의 손목이 마음대로 움직일 수 있을 만큼 헐렁하였다 * 그러나 빠져나올 수는 없었다

사내 손의 그 섬세한 조작이 그 여자의 마음에 들었다 * 공포 속의 안심이라고 할까. 그 여자는 그런 걸 느꼈다 * 그 여자는 손목을 빼기를 단념하였다 * 그러자 그 고리가 점점 오므라들어 움직이기를 멈춘 여자의 손목을 아프지 않은 한계 안에서 조이는 것이었다

그 여자는 문득 자기의 손과 사내 손의 그 땀에 젖어 미끄러운 틈으로부터 생명의 거친 숨소리가 들려오는 것을 의식하였다 * 그것은 북소리처럼 둔중했고 생선 아가미처럼 가빴다 * 사내의 생명도 자기의 생명도 아닌 전연 낯선 생명이 지금 마악 땀에 젖은 손과 손의 틈바구니에서 태어난 것 같았다." 사내는 정말로 현주라는 여인을 납치했을까? 아니다 * 김승옥은 자신을 예수로 착각했고 정말로 예수를 만나기도 했지만, 이 인의 손복을 닮은 * 피가 본래 단단해진 대신 다른 살덩어리를 엄지손가락의 끝을 나머지 네 개의 손가락 끝에 맞대어 만든 일종의 고리 속에 넣었던 것이고 * 전연 낯선 생명이 지금 마악 땀에 젖은 손과 손의 틈바구니에서 태어났다고 거짓말을 하고 있었다

다른 한 아이는 주인을 알 수 없는 해묵은 무덤에 허리 고삐가 매여져 뜨거운 햇덩이를 머리에 인 채 긴긴 여름날을 기다리고 있었다 * 무덤에 묶인 채 동시원을 그리던 아이는 보았다. 뱀이 먹이를 덮치듯이 누군가가 어미를 후다닥 덮쳐버리는 강변을 * 이 아이의 이름은 이청준이다

이 아이는 장년의 나이가 되어서도 어미를 후다닥 덮친 뱀에 대한 증오를 삭이기 못해 돌을 집어 그 뱀을 내리쳐 죽이려고 했다 * 그러나 그럴 수 없었기에, 밝은 달이 휘영청 떠오르는 밤 * 관음봉 꼴짜기 앞 포구 위 돌 나는 비상학이 되고 싶어 목놓아 소리를 토해낸다 * 그 노래가 아무 뜻도 형식도 없던 어미의 소리 이어도가 발전한 서편제였고, 이청준에게는 소설이었다

다른 청년도 있다 * 글 쓰는 작가인데, 페니스와 성기라는 말 사이의 이갑 차이에 골두하다 글이 도저히 안 풀리자 오비사토에서 드래프트비어를 마시고 민박집에 들어가 잠어 밤에 소주도 마신다

스탕달

그러던 어느 날, 진탕 술을 마신 그는 판소리하는 성창순같이 푸근하게 생겼지만 경좌 그 입에서는 밑바의 뻥고 이발리아느가 흘러나왔던 몸무게 괄십 킬로그램인 여인의 품에 안긴다 * 안겨서 여인에게 말을 한다 * 당신을 뻥과하고 싶다고. 그러자 여인은 나지막하게 작가에게 속삭인다 * 성기든 페니스든 상관없다고 * 한국어든 외래어든 어차피 나를 통과할 수 없기는 마찬가지니까

무의식의 수사학 III[1)]

— 스탕달의 『적과 흑 Le Rouge Et Le Noir』에 나타난

이름의 상징성을 중심으로

> K가 도착했을 때는 늦은 시각이었다. 눈이 두껍게 마을을 뒤덮고 있었다.
> Il était tard lorsque K. Arriva. Une neige épaisse couvrait le village.
> —카프카, 『성 Das Schloss』 중에서

> 이제 A……는 중앙복도로 나 있는 내부 문을 통해 방으로 들어갔다.
> Maintenant, A……est entrée dans la chambre,
> par la porte intérieure qui donne sur le couloir central.
> —알랭 로브 그리예, 『질투 La Jalousie』 중에서

> 중간에 다시 한번 S에게 전화를 걸었으나 여전히 S는 없었다.
> 신부님, N섬의 아이들과 보낸 기억은 제게 소중합니다.
> 신부님은 어딜 가나 아이들과 함께 계시네요.
> A읍의 재활원 아이들도 신부님이 소중히 여기시기에 제게도 몇 배나 소중합니다.
> —신경숙, 「멀리, 끝없는 길 위에」 중에서

1. 머리말

20세기 서구소설을 전체적으로 조망하는 『20세기 소설 Le Roman au XXᵉ Siècle』에서 장 이브 타디에는 20세기 소설의 중요한 특징으로

---

1) 본고는 각각 『불어불문학연구』 64권과 68권에 실린 필자의 논문, 「무의식의 수사학 I, 아나그람과 아나모르포즈 : 모리아크의 『옛날의 한 청년』에 나타난 남근의 이미지를 중심으로」와 「무의식의 수사학 II, 돈의 상징성 — 발자크의 『고리오 영감』과 모리아크의 『독사떼』를 중심으로」의 후속편이다.

인물의 '정체성 상실'을 지목하며, 작가가 허구적 인물들에게 부여하는 성과 이름의 중요성을 강조한 바 있다. 그의 지적은 이러한 현상이 비단 소설에만 나타나는 것이 아니라 20세기 미술이나 음악과도 관련된 보다 문화사적 의미를 지닌 현상임을 지적한 것이어서, 프랑스 소설을 프랑스 문화와 예술의 범주 내에서 하나의 문화적 현상으로 파악하려는 우리에게 시사해주는 바가 크다. 타디에도 여러 번에 걸쳐 언급했지만, 우리는 나탈리에 사로트, 알랭 로브 그리예를 필두로 하는 누보로망 계열의 많은 작가들이 인물들에게 성이나 이름을 부여하지 않음으로써(혹은 이니셜만 부여함으로써) 19세기 발자크 식의 사실주의에 기초한 소설의 현실 재현 개념 전체를 보다 본격적으로 의혹의 대상으로 삼았음을 알고 있다.

하지만 이러한 파격적인 실험의 징후들은 미셸 레몽이 지적했듯이, 졸라의 『대지La Terr』를 둘러싼 논쟁 이후 초현실주의와 발레리의 소설에 대한 비판을 거치면서 이미 오래 전부터 있어왔음 또한 우리는 알고 있다. 또 이러한 현상은 많은 이들이 지적하듯이 프랑스 소설이 19세기 말과 20세기 초에 걸쳐 도스토예프스키와 카프카 같은 러시아와 독일의 소설들로부터 받은 일정한 영향과도 무관하지 않다.

그러나 우리는 사실주의를 비판하는 자리에서 관용어구처럼 사용되는 '발자크 식'이라는 표현에 타디에를 비롯한 20세기 프랑스 소설 연구자들이나 누보로망 계열의 작가들이 너무 쉽게 동의하고 있는 것은 아닐까 하는 의혹을 던져볼 필요가 있다. 다시 말해 그들이 '발자크 식'이라는 말을 사용해서 지칭하고자 하는 사실주의 계열의 소설들이 상당 부분 심리분석적 접근이나 시대적 상황에 대한 반영 등에 지나치게 치중하고 있음은 사실이지만, '발자크 식' 소설들 역시 타디에가 예로 든 무질의 소설이나 『구토La Nausée』『이방인 L'étranger』 혹은 『질투La Jalousie』 같은 소설들처럼 인물의 이름과 관련된 일정한 상상력을 보이고 있기 때문이다. 단지 19세기의 '발자크 식' 소설에서는 인물의 이름과 관련된 문제의식이 누보로망에서처럼 파격적으로 이루어지지 않았을 뿐, 그런 현상이 없었던 것도 아니고 또 그 의미가 20세기 소설들 속에서보다 덜한 것도 아니었을지 모른다.

그러므로 우리는 인물에게 성이 없거나 이름이 이니셜로 표시되는 20세기 소설 특유의 현상에 접근하기에 앞서, '발자크 식' 소설들이라고 지칭되는 19세기 소설들, 다시 말해 인물들이 현실의 인간처럼 아버지의 성을 갖고 있고 아버지가 지어준 이름도 갖고 있는 소설들 속에서 인물들의 성과 이름이 20세기 소설들 속에서 행했던 것과 유사한 형이상학적, 문화사적 역할을 하고 있지는 않았는지 되물어볼 필요가 있다. 인물에게 성과 이름이 있는지 없는지도 의미 있는 지표이고 현상이겠지만, 그에 앞서 성과 이름이 가명의 형태를 띠고 변경되거나 혹은 자신을 낳은 아버지의 성을 부정하고 다른 성과 이름을 택하는 등 성과 이름에 관련된 현상들을 보이는 19세기 소설들을 먼저 읽을 필요가 있는 것이다.

이런 관점에서 보면 '백 개가 넘는 가명'을 쓴 스탕달은 참으로 흥미로운 작가라고 하지 않을 수 없다. 어쩌면 스탕달은 빈번하게 가명을 사용함으로써, 스타로뱅스키가 지적했듯이, 상징적으로 가장 완화된 방식을 통해 '친부 살해'를 행하고 있었는지도 모른다. 필자는 20세기 작가인 프랑수아 모리아크의 소설에서 아버지로부터 물려받은 성과 이름이 어떤 상징성과 형이상학적 무게를 지니고 있는지 살펴본 바 있다.[2]

---

2) 이와 관련해서는 전장 「소설, 미술, 신화─프랑수아 모리아크의 『테레즈 데케루』에 나타난 성녀 아빌라의 테레사의 이미지를 중심으로」와 「무의식의 수사학 II, 돈의 상징성─발자크의 『고리오 영감』과 모리아크의 『독사떼』를 중심으로」(『불어불문학연구』 68권, 2006년 겨울)를 참조할 것.

1927년에 발표된 연작소설의 첫번째 작품인『테레즈 데케루』에서는
여주인공의 이름인 테레즈가 16세기 에스파냐 성녀인 아빌라의 테레
사의 이름이었을 가능성을 밝힌 바 있다. 또 1932년에 나온『독사떼
Le Nœud de vipères』는 누보로망이 아님에도 불구하고, 사대에 걸쳐
유산을 둘러싸고 벌어지는 가족간의 애증을 다룬 소설에서 주인공은
아버지로부터 물려받은 성을 갖고 있지 않은 채 단지 루이라는 흔한
이름으로만 불릴 뿐이다. 그런데 루이는 소설의 가장 중요한 모티프
이자 루이가 이 세상에서 가장 사랑한 루이 금화의 이름이기도 했다.
돈의 이름과 인물의 이름이 같은 이 동음이의 현상은, 이름의 상징성
과 그 상징성의 핵심에 숨어 있는 '아버지의 이름'의 무의식적 수사
학을 따라가며 작가 모리아크의 개인적 신화인 '동정 탄생'이라는 환
상을 충족시키고 있었다.

　본고에서는 누보로망 작가들이 비판한 '발자크 식' 소설에 속하는
스탕달의『적과 흑』을 중심으로, 아버지로부터 물려받은 성과 이름
을 버리고 새로운 성과 이름을 얻는 주인공 쥘리앵 소렐이 장 이브
타디에가 지적한 바 있는 "정체성을 상실"한 20세기 소설 속의 인물
들처럼 하나의 문화사적 의미를 지니고 있지 않았나 살펴보고자 한
다. 이를 위해 우리는 정신분석적 인식론이 유용한 분석틀을 제공한
다고 생각한다. 특히 라캉의 상징계를 구성하는 중요한 개념으로 기
독교적 함의를 갖고 있는 '아버지의 이름'은 스탕달의 도가 지나친
가명 취향과 그 취향을 반영하는 소설 속의 허구적 인물들의 성이나
이름과 관련된 에피소드들을 분석할 때 많은 도움을 줄 수 있을 것
처럼 보인다.

2. pater simper incertus, mater certissima[3]

　스탕달의 『적과 흑』에 나타난 소설의 재현 개념을 살펴보려고 할 때, 결코 짧다고 할 수 없는 이 소설에서 주인공 쥘리앵 소렐의 어머니에 대한 언급이 없다는 점을 먼저 지적해야 할 것이다. 독자들은 소설 그 어디에서도 쥘리앵 소렐의 어머니에 대한 단순한 지적조차 찾아볼 수 없다. 묘사는 물론이고 그리움이나 어릴 때의 추억도 대할 수 없고, 단 한 번의 언급도 없다. 주인공의 어머니에 대한 언급이 없다는 점은 각별한 중요성을 지니고 있고 그에 상응하는 주의를 기울일 필요가 있는데, 이는 다름아니라 어머니에 대한 이러한 완벽에 가까운 침묵과는 반대로, 주인공 쥘리앵 소렐의 아버지와 두 형은 비교적 많이 언급될 뿐만 아니라 특히 무엇보다 쥘리앵 소렐과는 전혀 어울리지 않는 인물들로 등장하고 있기 때문이다. 따라서 소설이 주인공의 어머니에 대해 침묵하고 있다는 점과 주인공이 자신과 전혀 어울리지 않는 아버지와 두 형을 갖고 있다는 점은 서로 무관한 별개의 사실이 아니라, 모종의 관련성을 갖고 있다고 볼 수 있다.

　20세기 소설 이전의 이른바 '발자크 식' 소설에서도 비록 20세기 소설만큼 파격적이고 실험적 성격의 시도는 아니라 해도, 소설의 재현 개념에 대한 성찰이 있었음을 인물들의 이름을 중심으로 한 분석을 통해 살펴보고자 하는 우리에게는, 『적과 흑』에 나타난 주인공의 이러한 가족관계가 주인공의 이름과 관련된 거의 무의식적인 모종의 욕망이나 원망과 관련된 것처럼 보인다. 가령 한없이 치졸하고 야비한 인간으로 묘사되는 주인공의 아버지는 아버지에 대한 작가 스탕달의 증오와 관련되어 있을 것이라는 추정이 가능하며, 작가의 가명

---

3) 어머니는 확실한데, 아버지는 불확실하다.

취향처럼 주인공 쥘리앵 소렐 역시 원래의 이름을 버리고 귀족의 이름을 취하게 된다는 대목에 이르러서는 친부에 대한 작가의 증오와 가명 취향이 소설 속의 주인공에게 전이되었다는 추정도 가능할 것이다. 따라서 소설 속에 어머니에 대한 묘사가 전무하다는 사실의 중요성은 충분히 강조되어야 할 것이다.

어머니에 대한 완벽한 침묵과 쥘리앵 소렐과는 너무나 달라 한 가족이라고 믿기 어려울 정도인 아버지와 두 형의 대비는 표리관계를 이루며, 소설 속에서 이름의 무의식적 수사학이 전개되는 기본 배경이 된다. 쥘리앵 소렐은 급기야 아버지가 물려준 성을 버리고 다른 성을 택하게 된다. 이는 작가 스탕달이 헤아릴 수도 없이 많은 가명을 사용했다는 점과 함께 소설『적과 흑』을 새롭게 읽게 한다.

어머니에 대한 언급이 단 한 번도 없다는 사실은, 사실주의 계열의 소설에 등장하는 인물들이고 그래서 작가가 현실에서처럼 어머니를 가정하고 주인공의 가족을 구성했지만, 그러나 소설은 이러한 사실주의를 벗어난 지점에서 자율적인 무의식적 움직임을 따라 진행되고 있다는 의미 있는 지표일 수 있다. 따라서 어머니의 부재 혹은 어머니에 대한 침묵은 물론이고, 그와 표리를 이루는 쥘리앵과 어울리지 않는 아버지와 두 형 역시 일정한 무의식이 개입한 결과일지도 모른다. 우리는 이렇게 해서 사실주의 소설이 의존하고 있는 현실 재현이라는 개념을 근원부터 다시 고찰해보지 않을 수 없다. 즉 인물의 이름이 있는지 없는지의 여부나 이름이 이니셜로만 표기되는 현상만이 아니라, 인물이 성과 이름을 통해 소속되어 있는 가족을 포함한 친족관계 역시 '정체성'과 나아가서는 소설의 현실 재현 개념과도 관련을 맺고 있다고 볼 수 있다. 이 점에서 스탕달의 소설『적과 흑』은 전형적인 작품에 속할 것이다.

여기서 우리는 본격적으로 스탕달의 소설『적과 흑』에 나타난 이름

문제를 분석하기 앞서, 주인공 쥘리앵 소렐에게 어머니가 없다는 사실과 그를 둘러싼 가족관계가 무의식과 관련해서 어떤 의미를 지니는지를 소설 분석에서 가장 많이 원용되는 프로이트의 이론인 '가족소설roman familial'을 통해 먼저 살펴볼 필요가 있다. 정신분석적 인식론에 입각해 최초로 신화 분석을 시도한 오토 랭크는 그의 저서인『영웅 탄생의 신화Le mythe de la naissance du héros』에서 프로이트의 이론인 가족소설에 기대어 서구의 많은 신화들을 정리한 바 있다. 약육십 년이 흐른 1972년, 프로이트의 이 짧은 글은 마르트 로베르의『기원의 소설, 소설의 기원』에 와서 정신분석적 문학연구에서 하나의 기념비라고 해도 무방할 성과를 올리며 서구 소설사 전체를 관통해서 흐르는 정신사적 원형을 밝히려는 대담한 시도로까지 이어졌다.

환자들의 망상을 치료한 임상경험에 근거한 프로이트의 가족소설 개념에서 핵심적인 내용은, 업둥이와 사생아라는 원형에 해당하는 두 흥미로운 인물들이 모든 인간의 어린 시절을 지배하며, 이 두 원형인물은 다양한 문화적 환경의 영향 속에서 여러 가지 형태를 띠고 무의식 속에 잠재해 있다가 후일 사춘기나 정신적 위기를 겪을 때 다시 의식 속에 나타난다는 것이다. 이 임상경험에 근거한 프로이트의 지적이 신화 분석이나 소설 연구에 유용한 것은, 이러한 어린 시절의 망상이 동화, 전설, 신화는 물론이고 마르트 로베르가 지적했듯이 세르반테스 이후의 거의 모든 서구소설에도 적용이 가능하기 때문이다. 거칠게 요약하면, 업둥이는 공상소설이나 환상소설의 주인공으로 등장하며, 사생아는 사회 개혁적인 성향을 띤 사실주의 소설 속에서 주인공으로 등장한다.

그러나 프로이트의 정신분석을 재해석한 라캉에 와서야 프로이트가 제시한 가족소설 개념이나 그것을 발전시킨 마르트 로베르의 소설 연구가 새로운 가능성을 얻었다고 볼 수 있다. 이는 다름아니라 라캉이 두 사람이 아직 고구해내지 못한 '아버지의 이름Nom du Père'이라는 개념을 제시함으로써, 소설에서 인물들의 이름에 관련된 무의식적 상상력을 소설의 현실 재현의 중요한 요소로 볼 수 있는 근거를 제시했기 때문이다.

『적과 흑』에서 주인공 쥘리앵은 우선 외모부터 아버지와 두 형들과 완전히 다르다. 쥘리앵의 아버지인 소렐 영감은 "6척 거구"였고 두 형들도 "거인들"이었지만, 쥘리앵은 "두 형과는 아주 다르게 힘드는 일에 적합하지 못한 가냘픈 체구"의 소유자였다. 또 쥘리앵은 뛰어난 암기력으로 라틴어를 잘했으며 독서광이지만, 반대로 아버지와 두 형은 일자무식쟁이들이다. 이러한 대비는 한없이 야비하고 비천한 인물로 묘사되는 아버지 소렐 영감에 와서 절정을 이룬다.

소설의 줄거리 속에 등장하기 때문에 누구나 쉽게 가려낼 수 있는 이러한 가족 구성원들과 주인공 쥘리앵의 차이점은 그것 자체로는 별 의미가 없다. 이 반복되는 차이점들이 의미를 지니는 것은 주인공 쥘리앵에게 어머니가 없다는 사실과 관련되어 있다는 것을 인식할 때이다. 이를 프로이트가 말한 대로 "pater simper incertus, mater certissima"로 부를 수도 있을 것이다. 즉 "어머니는 확실한데, 아버지는 불확실한 것이다". 소설 『적과 흑』에서 단 한 번도 주인공 쥘리앵 소렐의 어머니에 대한 언급이 없다는 것은 "mater certissima"를 의미하는 것에 다름아니다. 순수하게 정신분석적 관점에서 보면, 이제부터 주인공 쥘리앵 소렐에게 남은 문제는 비천한 소렐 영감이 자신의 아버지가 아니라는 무의식적 확신에 근거해 자신에게 어울리는 진정한 아버지를 찾아나서는 것이다. 소설은 이 진정한 아버지를 찾아가는 과정과 그 좌절을 보여준다고 볼 수 있다.

하지만 허구적 인물에게 무의식이 있을까? 아니다. 무의식은 기호에 지나지 않는 인물의 것이 아니라, 피와 살을 갖고 있고 기억과 그 기억을 구성하는 의식, 무의식, 전의식 혹은 리비도, 이드, 초자아 등으로 구성된 심급(心級, topique)을 갖고 있던 인간인 작가 스탕달의 몫이다. 소설 『적과 흑』을 쓰면서 스탕달은 주인공으로 하여금 단 한 번도 어머니에 대해 말하거나 그리워하는 감정 같은 것을 갖게 하지 않았다. 이 점은 아버지와 두 형으로 구성된 가족이 주인공 쥘리앵 소렐과는 너무나 어울리지 않기 때문에 단순한 실수나 우연으로 볼 수는 없다. 작가나 그가 창조한 인물 모두 어머니에 대해 침묵하고 있고 그 침묵을 의식하지 못하고 있다. 소설의 줄거리에 의하면 분명 가족이지만 아버지와 두 형이 너무나도 다른 사람들이기 때문에 마치 주인공인 쥘리앵 소렐에게는 그 줄거리를 벗어나 있는 모종의 다른 가족이 있는 것만 같다. 허구적 인물인 쥘리앵 소렐과는 너무나도 다른 가족은, 작가 스탕달에게도 너무나도 다른 가족이 있었을 것이라는 추측을 가능하게 한다.

생부인 소렐 영감이나 두 형은 전혀 쥘리앵과 어울리지 않는 인물들이다. 이제 쥘리앵은 생부인 소렐 영감이 아닌 진정한 다른 아버지를 찾아나서게 되며, 이 과정은 천한 신분 출신의 그가, 두 번씩이나 복고된 왕정 치하에서 작가 스탕달이 직접 경험했던 것을 소설 속에서 변형된 형태로 경험하는 과정이었다.

3. 앙리 벨과 스탕달, 혹은 쥘리앵 소렐과 슈발리에 드 라 베르네

루이 알렉상드르 봉베, 리지오 비스콘티, 코르니숑, 티몰레옹 뒤부아, 윌리엄 크로코딜 등 작가의 다른 많은 가명들을 누르고 문학사에 기록된 스탕달(Stendhal)이라는 이름은 18세기에 활동했던 독일 예술사학자인 빙켈만과 관련된 이름임을 상기해볼 필요가 있다. 스탕달은 빙켈만이 태어난 슈텐달(Stendal)이라는 독일의 도시 이름에서 따온 이름이다. 이는 스탕달이 고대 로마와 르네상스의 찬미자였음을 상기할 때 놀라운 일이 아닐 것이다. 하지만 우리는 이미 전설이 되어버린 이야기이긴 하지만, 앙리 벨이 왜 그토록 자주 수많은 가명을 사용했는지 궁금하지 않을 수 없다.

우리는 여기서 장 스타로뱅스키가 지적했듯이, 스탕달의 '가명 취향pseudonymie'이 결코 딜레탕트로서의 단순한 변덕이나 오스트리아 경찰이나 교황청을 비롯한 당시 권력층의 감시 때문이 아니라, 아버지에 대한 증오에 뿌리를 두고 있는, 보다 심리적인 성격을 띠고 있는 것이라는 의심을 해볼 만하다. 즉 프로이트가 말한바, 가족소설이 스탕달의 무의식의 한 부분을 차지하고 있었다는 가정을 해볼 만한 것이다. "가명을 쓴다는 것은 수치심 때문이든 원한 때문이든, 우선은 아버지로부터 전수된 이름을 거부하는 것을 의미한다. 이름은 심장을(혹은 심장이 있는 자리를) 바늘로 찔리는 인형처럼, 본질적으로 죽이고자 하는 인간의 생명을 간직하고 있다. 만일 이름이 진정으로 정체성을 나타내고, 그래서 인간 존재의 본질이 이름에서 타격을 입거나 훼손될 수 있다면, 성을 거부하는 행위는 아버지에 대한 살해 행위의 다른 형태로 볼 수 있다. 이것은 방자 행위의 가장 완화된 한 종류인 것이다. 아버지로부터 업신여김을 받으며 자란 스탕달은 아버지를 사생아로 부르며 아버지에게 복수했다(특히 누이인 폴린느에게 보낸 편지를 볼 것). 이러한 아버지에 대한 모욕은 보다 정확히 말해, 이름의 정통성을 겨냥하고 있었다. 가족에 대한 증오심을 품고 있던 스탕달은 기묘한 여러 가지 가정을 동원해 자신과 벨 가문의 관계를 부인하고 있었다. 그래서 스탕달이 존속관계에 대한, 말 그대로의 해석 시스템 같은 것을 갖고 있었음을 알 수 있는데, 그는 아버지와 너무나도 달랐기 때문에 도저히 자신을 쉬뤼뱅 벨의 적자로 생각할 수 없었던 것이고, 그래서 자신을 보다 영광스러운 가계의 비밀스러운 후계자일 것이라고 생각하고 있었다. 이 '탄생 신화'(『승원 파르므La Chartreuse de Parme』에서도 중요한 역할을 한다)는 어린 앙리 벨의 깊은 몽상이었다. 자신이 사생아였으면 하고 바랐던 사람은 스탕달 자신이었겠지만, 모욕적인 비난은 아버지에게 퍼부어졌다."[4]

라몰 후작의 딸인 마틸드가 임신을 한 후, 그녀와 쥘리앵은 라몰 후작으로부터 랑그도크 지방의 땅을 영지로 물려받는다. 이때 라몰 후작은 동시에 보잘것없는 평민 출신인 쥘리앵의 신분을 바꾸어준다. 이 일은 우선은 그의 이름을 바꾸는 것으로부터 시작된다. 마틸드의 아버지인 라몰 후작은 쥘리앵을 죽여버릴까 하는 생각도 했지만, 결국에는 "자기 소유의 땅들 중 하나를 그에게 주고 그로 하여금 그 땅의 이름을 갖도록 한다. 그를 대귀족으로 만들어서 안 될 이유가 어디 있단 말인가?" 라몰 후작의 이 결심은 그대로 행동으로 옮겨져 딸 마틸드에게 라몰 후작은 다음과 같은 내용이 들어 있는 편지를 보낸다. "여기 준남작 쥘리앵 소렐 드 라 베르네 명의의 기병 중위 사령장을 동봉해 보낸다."

이 편지를 받아든 후작의 딸 마틸드는 "사랑하는 아버지, 소렐이라는 성으로부터 저를 구출하여주신 것에 진심으로 감사를 드립니다"라는 답장을 보낸다. 마틸드의 답장에 등장하는 "소렐이라는 성으로부터 저를 구출하여주신 것에 진심으로 감사"한다는 표현은 소설에서만이 아니라 왕정복고기 당시 프랑스 사회에서 불안해하던 귀족층의 이름에 대한 애착을 잘 드러내는 장면일 것이다.

하지만 라몰 후작이 천민 출신의 한 신학생에게 땅을 주고 그 땅의

---

4) Jean Starobinski, *L'Oeil vivant*, Gallimard, 1961, p. 192.

이름을 성으로 삼게 함으로써 귀족으로 만들어준 것은, 전적으로 임신을 한 딸의 간곡한 청과 위협에 시달리던 라몰 후작으로서는 쥘리앵과 딸을 떼어놓을 수 있는 다른 방법이 없었기 때문이다. 라몰 후작과 마틸드의 행동은 가문의 명예를 지키기 위한 고육지책이었던 셈이다. 다시 말해 라몰 후작과 그의 딸인 마틸드의 입장에서 보면, 비록 쥘리앵에게 귀족 이름을 갖도록 했지만 그렇다고 해서 쥘리앵이 천민 출신이라는 사실이 부정되는 것은 아니었다. 귀족으로서의 자존심으로 인해 여러 번 쥘리앵에 대한 자신의 애정을 회의하고 하루아침에 표정을 바꾸곤 했던 마틸드였다.

하지만 땅과 연금은 물론이고 귀족의 이름까지 얻어가지게 된 쥘리앵 소렐은 생부로부터 물려받은 소렐이라는 이름 대신 드 라 베르네라는 귀족 이름을 갖게 되었을 때 라몰 후작이나 마틸드와는 전혀 다른 반응을 보인다. 흥분을 억누를 수 없었던 쥘리앵은 속으로 생각한다.

내가 무서운 나폴레옹에게 쫓겨 우리의 산속에 들어와 살던 어떤 한 대영주의 사생아였다니, 이런 일이 가능한 것인가? 생각을 할수록 가능한 일인 것처럼 느껴져…… 어쩌면 아버지에 대한 나의 증오심이 그 증거일지도 모르지…… 난 더이상 괴물 같은 놈이 아닐 수도 있어……

쥘리앵을 죽여버릴까 하는 생각도 했던 라몰 후작이나 사랑과 자존심 사이에서 망설이는 마틸드에게 쥘리앵이 갖게 된 귀족의 이름은 말 그대로 이름일 뿐이었지만, 당사자인 쥘리앵에게는 전혀 다른 의미를 갖고 있었다. 쥘리앵은 어리석게도 정말로 자신을 한 대귀족의 사생아로 여기고 있었던 것이다. 처음에는 스스로도 부정했고 반

신반의했지만, "생각을 할수록 가능한 일인 것처럼 느껴"졌다. 이 착각을 우리는 어떻게 이해해야 할 것인가? 쥘리앵은 급기야 자신의 생부인 아버지에 대한 증오를 자신이 사생아라는 증거로 받아들이고 만다. 이 기막힌 위선과 자신과의 교묘한 타협은, 정신분석적 관점에서 볼 때 소설 『적과 흑』을 지배하고 있는 작가 스탕달의 무의식, 보다 정확히 말해 스탕달의 무의식이 쓰고 있는 '가족소설'의 존재를 확인시켜주는 장면이다.

우리는 소설 『적과 흑』에 나오는 주인공 쥘리앵의 이 기이한 위선이 스타로뱅스키가 지적한 대로, 허구적 인물의 것이 아니라 그 인물을 만들어낸 작가 스탕달의 것이었다고 말할 수 있다. 소설의 주인공 쥘리앵처럼 "가족에 대한 증오심을 품고 있던 스탕달은 기묘한 여러 가지 가정을 동원해 자신과 벨 가문의 관계를 부인하고 있었다. 그래서 스탕달이 존속관계에 대한, 말 그대로의 해석 시스템 같은 것을 갖고 있었음을 알 수 있는데, 그는 아버지와 너무나도 달랐기 때문에 도저히 자신을 쉐뤼뱅 벨의 적자로 생각할 수 없었던 것이고, 그래서 자신을 보다 영광스러운 가계의 비밀스러운 후계자일 것이라고 생각하고 있었다."[5]

"영광스러운 가계의 비밀스러운 후계자"는 귀족의 이름이 아닌 평민의 이름을 갖고 있을 수 없다. 그래서 본질 자체를 바꾸지는 못할지언정 이름을 바꿈으로써, 마틸드가 보여주듯이 귀족인 척할 수 있는 자기기만의 허황된 삶을 살 수 있을 것이다. 하지만 스탕달이나 그가 쓴 허구적 작품 속의 주인공 쥘리앵 소렐이 단순히 이름만 원했

---

5) 소설에서 주인공 쥘리앵 역시 아버지에 대한 증오를 숨기지 않는다. "난 요람에 있을 때부터 아버지로부터 미움을 받았습니다. 그게 바로 나의 불행 중 가장 큰 불행이었어요. 그러나 이제 전 더이상 우연을 탓하지 않겠습니다. 선생님에게서 아버지를 되찾았으니까요."

던 것은 아니다. 이들은 이름만 원했던 것이 아니라 피, 즉 "영광스러운 가계"인 귀족의 혈통까지 원했다. 이름을 바꿈으로써 본질을 바꿀 수 있다는 이 가능성, 혹은 그렇게까지 해서라도 신분 상승을 원하는 강렬한 욕망을 충족시키려고 하는 장면은 소설 속에서도 기이해 보이지만, 그것이 작가 스탕달의 삶 속에서도 나타나는 모습을 보면 더 당혹스러울 수밖에 없다. 그러나 무의식을 염두에 두면 이 기이함은 상당히 수그러든다.

쥘리앵은 마틸드로부터 귀족이 되었다는 결정적인 이야기를 듣기 이전부터 이미 여러 사람들로부터 소렐 영감의 아들이 아닌 다른 귀족의 사생아일 가능성이 있다는 의심을 받았다. 가장 먼저 이런 의혹을 보낸 사람은 쥘리앵과의 결투에서 쥘리앵에게 상처를 입힌 외교관이었다. "바로 그날 저녁, 보부아지 준남작과 그의 친구는 가는 곳마다 소렐 군이 훌륭한 청년인데다가 라몰 후작과 절친한 한 친구의 사생아라고 말을 하고 다녔다." 뿐만 아니라 이 소문을 알게 된 라몰 후작도 쥘리앵에게 다음과 같은 말을 한다. "소렐 군, 자네에게 푸른 정장 한 벌을 선물하고 싶은데 받아주기 바라네. 적절한 때 그 옷을 입고 내 집에 오면, 내가 보기에는 자네가 숀느 공작, 그러니까 내 친구인 늙은 백작의 아들인 숀느 공작의 동생처럼 보일 것 같네."

이렇게 소설 속에서 쥘리앵 소렐은 작가인 스탕달의 삶을 반영하면서, 아버지에 대한 증오, 사생아였을 가능성, 그리고 이름과 관련된 에피소드들을 보여준다.

우리는 여기서 언어와 사물의 관계가 강렬한 욕망으로 인해 굴절되고 정상적인 관계를 벗어나고 있음을 확인할 수 있다. 쥘리앵은 생부에 대한 증오를 자신이 그의 친자식이 아니라는 증거로 삼을 정도로 오랫동안 아버지에 대해 증오를 품어왔고, 그 증오를 합리화하려고 노력해왔다. 스타로뱅스키는 이를 두고 "스탕달이 존속관계에 대한, 말 그대로의 해석 시스템 같은 것"을 갖고 있었다고 지적한 바 있다. 이 "해석 시스템"이란 다름아니라, 프로이트, 오토 랭크, 마르트 로베르가 이론으로 정립시킨 '신경증 환자의 가족소설'에 다름아니다.

하지만 이름을 바꿈으로써 혈통을 바꿀 수 있다는 이 기이한 믿음은 가족소설이라는 개념만으로는 충분히 이해할 수 없다. 소설가 스탕달과 허구적 인물인 쥘리앵 소렐은 이름을 바꿈으로써 혈통을 바꿀 수 있다고 믿을 정도로 어리석은 이들이 아니었다. 두 사람은 그럼에도 이러한 믿음을 버리지 못하고 있었고, 그럴수록 어린 시절의 상상력을 지배했던 가족소설의 세계로 돌아가 여러 이유를 동원해가며 자신을 대귀족 가문의 숨겨진 사생아로 여기고 있었다. 이렇게 이성을 벗어나 망상을 쫓아가는 두 사람의 정신적 움직임 속에는 그러므로 가족소설이라는 개념만으로는 설명할 수 없는 일종의 다른 메커니즘 같은 것이 작동하고 있다고 보아야 한다.

소설 『적과 흑』에서 주인공 쥘리앵 소렐이 보여준 무의식적 움직임은 다음과 같은 두 가지 요소를 중심으로 이루어지고 있다. 즉 소설 『적과 흑』은 프로이트가 임상경험을 통해 밝혀낸 '가족소설'의 유형을 거의 그대로 답습하고 있다는 느낌이 들 정도로 '가족소설'의 전형에 근거해 있는 소설이면서, 동시에 아버지의 이름과 관계된 이름과 본질, 혹은 언어와 실체 사이의 혼란을 보이고 있다. 우리가 스탕달의 소설 『적과 흑』을 정신분석적 인식론에 기대어 프로이트의 '가족소설' 개념을 통해 읽으려고 할 때 부족함을 느끼는 것은, 다름아니라 프로이트의 '가족소설' 개념이 그와 함께 진행되는, 아이가 아버지의 존재를 상징화하는 지극히 문화적이고 나아가 인류학적인 과정을 드러내는 데 한계를 보이기 때문이다. 더욱이 스탕달의 『적과 흑』은 '가족소설'이라는 설계도에 따라 지어진 건축물 같은 소설이면서, 동시에 작가 자신의 가명 취향과 귀족의 이름에 대한 주인공의 강한 집착을 함께 읽을 수 있는 소설이어서, 더욱더 가족소설 개념만 으로는 정신분석적 독서에 한계가 있을 수밖에 없다.

4. 아버지의 이름

인간은 존재의 기원을 비롯해 죽음 등 생로병사에 관련된 문제에 서부터 인간관계에 이르기까지, 거의 모든 문제를 상징을 통해 해석 하고 의미를 부여하며 살게 마련이다. 크게는 신화와 전설, 혹은 더 욱 발전된 형식인 종교 등을 통해 인간은 이런 불가항력적인 문제들 을 이해하려고 노력한다. 인간이 지닌 이러한 놀라운 상징화 능력 중 에서도 언어는 모든 상징화 과정의 근원이자 기제라는 측면에서 각 별한 관심을 받아왔다. 정신분석적 관점에서 보면, 꿈이나 무의식도 이러한 언어의 상징화 과정을 따라 진행된다. 혹자는 스탕달의 소설 한 편을 해석하면서 지나치게 거대한 이야기를 하는 것 아니냐고 반 론을 제기할 수도 있겠지만, 우리가 살펴본 대로 스탕달의 소설『적 과 흑』은 어린아이가 오이디푸스 콤플렉스기를 거치면서 갖게 되는 유아망상인 '가족소설'을 무의식적으로 거의 그대로 반복하고 있었 다. 우리는 여기서 인간 존재의 출발점인 이 어린 시절이 언어를 비 롯한 사회의 상징체계를 어린아이들이 터득하는 시기임을 강조할 필 요가 있다. 특히 이 시기에 어린아이들에게 물리적으로 정신적으로 거의 절대적 위상을 지니고 있는 부모와의 관계 정립은 아이들에게 각별한 중요성을 지닐 것이다.

스탕달은 무신론자였고 또 그의 주인공 쥘리앵 소렐 역시 신의 존 재를 믿지 않는 풍운아였음에도 불구하고 작가의 삶이나 소설 속에 등장하는 주인공의 삶에 있어, 아버지의 존재와 이름과 관련된 콤플렉스, 물려받은 이름을 부정하고 새로운 이름을 얻음으로써 존재 자체를 바꿀 수 있다는 망상 등은 모두 여전히 라캉이 지적한 바 있는 '아버지의 이름'을 중심으로 진행되며, 이런 의미에서 기독교적인 것이다. 하지만 유교문화가 엄존하고 있는 동양권에서도 아버지의 이름은 기독교에 못지않은 문화적, 상징적 힘을 갖고 있다고 볼 때, 소설 『적과 흑』에 나타나는 아버지의 이름과 관련된 상징적 친부 살해나 스탕달의 가명 취향 등은 기독교 문화권이 아닌 동양에서도 호소력을 갖고 있다고 볼 수 있다.

이렇게 보면 소설은 스탕달이 『적과 흑』에서 했던 유명한 비유, 즉 "대로를 가면서 풍경을 비추는 거울"의 비유만으로는 설명할 수 없는, 사실주의와는 전혀 다른 무의식적이자 인류학적인 동기를 갖고 있다고 볼 수 있다. 프로이트의 가족소설 개념에 입각해 서구 소설사를 관통해서 흐르는 무의식을 밝혀낸 저서인 『기원의 소설, 소설의 기원』에서 마르트 로베르가 주목한 사실도 바로 이 점이었다.

프로이트가 「신경증 환자의 가족소설」에서 언급했던 부모와의 관계 정립의 중요성은, 오이디푸스기를 지나고 있는 아이가 언어를 배우면서 자신의 욕망의 대상과 그것을 막아서는 아버지라는 존재와의 관계를 설정해나가는 과정에서 언어가 욕망의 대상과 금기의 주체를 상징화한다는 라캉의 이론에 와서 더욱 강조된다. 그래서 우리는 스탕달의 소설 『적과 흑』에서 쥘리앵 소렐이 보여주는 사생아 콤플렉스나 가족, 특히 아버지에 대한 증오 등의 어린 시절의 경험이 무의식속에 잠재해 있다가 소설이라는 형식을 통해 표출될 때, 아버지의 이름인 성의 문제에 스탕달이 집착하는 현상을 주목하게 된 것이다. 소설은 물론 사회학적이고 역사적인 문맥에서 씌어지고 적극적이든 소극적이든 사회와 역사를 반영할 수밖에 없지만, 무의식적 욕망과 잠재되어 있던 욕망이 분출되는 출구 역할도 한다고 볼 수 있다.

라캉의 난해하고 난삽하기만 한 글을 가장 잘 해설해놓은 조엘 도르의 설명을 잠시 들어보자.

오이디푸스 콤플렉스의 두번째 단계는 아이가 아버지의 법을 상징화하는 단계에 진입하기 위해서 꼭 거쳐야만 하는 필수적인 단계이다. 아이가 아버지의 법을 상징화함으로써 오이디푸스기는 소멸하게 된다. 아버지의 법과 조우하면서 아이는 실제로 거세 콤플렉스기를 지나는 것이다. (……) 법의 '대변자'로 나타난 현실 속의 아버지가 아이에 의해 어머니의 욕망의 대상으로 인식되면 그때부터 이 실제의 아버지는 새로운 의미를 부여받게 된다. 이때부터 아버지는 상징적 아버지의 위엄을 갖게 되는 것이다. (……) 아이는 따라서 아버지의 시니피앙으로서의 기능과 관련하여 자신을 규정하게 된다. (……) 오이디푸스 콤플렉스의 두번째 단계에서 일어나는 아이의 이 자기 규정은 그것이 남근과 관계된 것이기 때문에 중요한 의미를 지닌다. (……) 이 은유화는, <u>아버지의 이름</u>이라는 시니피앙이 남근의 시니피앙을 대체하는 과정'에서 완성되는 법의 상징화 이외의 다른 것이 아니다. (아이는 더이상 욕망의 대상이 아니라 주체가 되는데) 이 주체가 되는 과정은 아이가 상실한 욕망의 대상에 대한 단념을 상징적으로 지칭하기 위해 노력하는 언어의 일차적 작용 속에서 일어난다. 이러한 지칭은, 어머니의 욕망의 시니피앙으로 불렸던 남근적 시니피앙의 억압에 근거할 때에만 가능하다. (……) 최초의 억압은 현실에서 직접 체험한 것이 언어 속에서 상징화되는 과정인 정신적 과정 그 자체이다. 라캉은 다음과 같은 표현을 통해 이 중요한 사건을 묘사한 바 있다. "말은 사물의 살해자이다" "(잃어버린 대상인) 사물을 소유할 수 없다면, 이제 사물을 말을 통해 상징화함으로써 죽여버린다."[6](밑줄은 인용자)

프로이트는 엄마를 잃어버린 손자가 요요를 닮은 실패를 멀리 보냈다 가까이 끌어당겼다 하며, 실체가 존재하지 않는 엄마라는 존재를 언어를 통해 대체하는 아이의 상징능력에 주목한 적이 있고, 이 일화를 라캉은 아버지의 법, 아버지의 이름이라는 개념과 소쉬르의 시니피앙과 시니피에 도식을 통해 설명했다. 조엘 도르의 해설은 이러한 라캉의 설명에 다시 주석을 단 글이다. 어쨌든 여기서 주목할 부분은 "아버지의 이름이라는 시니피앙이 남근의 시니피앙을 대체"하며, 이 대체작업은 라캉의 말대로 언어가 사물을 "살해"하는 행위이기도 한 상징화 작업이라는 것이다.

언어가 사물을 대신할 수 있다는 말은 언어로 사물을 지칭한다는 것을 뜻하지 않는다. 언어가 사물을 대신할 수 있다는 말은 인식에 관계된 언급이 아니라 존재론과 관련된 말이다. 다시 말해 언어는 사물을 지칭하는 것이 아니라, 언어 자체가 사물이 되는 것이다. 그러나 언어는 그 어떤 경우에도 사물이 될 수 없다. 따라서 언어가 사물이 되는 상징화 작업은, 망상에 지나지 않는다. 하지만 이 망상은 어린아이에게도 망상이었을까? 시인에게도, 나아가 성경 『창세기』에 등장하여 "빛이여 있으라"라는 한마디 말로 빛을 만들어낸 조물주를 믿는 유대인들과 기독교도들에게도 망상이었을까? 스탕달이 쥘리앵 소렐을 통해 아버지의 이름을 바꿈으로써 천한 신분에서 귀족의 사생아로 피의 색깔이 바뀐다고 믿었을 때도, 이를 우리는 단순히 망상으로만 간주할 수 있을까? 헤아릴 수 없이 많은 가명을 사용하며, 아버지로부터 물려받은 앙리 벨이 아니라 스탕달이라는 이름으로 문학사에 족적을 남긴 한 인간에게도 망상이었을까? 자신의 출신을 속이

---

6) Joël Dor, *Introduction à la lecture de Lacan 1, L'inconscient structure comme un langage*, Denoël, 1985, pp.110~117.

면서까지 귀족을 나타내는 칭호를 이름 가운데에 집어넣어야만 했던 오노레 드 발자크도 평생 망상에 사로잡혀 살았던 인간이었을까? 그렇다면 문학사는 망상의 역사여야만 한다.

아이는 어머니의 사랑의 대상이 되려고 한다. 아이는 이 어머니의 사랑의 대상이 남근이고 동시에 자신은 남근이 될 수 없다는 것을 알았을 때, 이 금지된 욕망의 대상, 즉 남근을 아버지의 이름으로 지칭함으로써 아버지의 법에 순응한다. 거세기에서 아이는 언어를 통해 자신의 욕망의 대상과 금기하는 주체를 지칭함으로써 욕망의 대상과 금기의 주체 자리에 언어를 대신 위치시키는 상징화 과정을 거치는 것이고, 이는 욕망을 단념하거나 혹은 욕망의 대상을 바꾸는 과정이자 금기의 주체 역시 다른 이름이나 대상으로 바꾸는 작업에 다름아니다.

기독교 전통에서 나온 '아버지의 이름'이라는 라캉의 개념은, 아버지를 아버지로 만들어주는 실체의 배후에 있는 불확실하면서도 거대하기만 한 힘 혹은 법을 언어를 통해 지칭함으로써 아버지의 세계로 들어가는 과정 전체를 의미한다. 이때부터 아이는 아버지의 이름을 따르게 된다.

스탕달은 바로 이 아버지의 이름을 따르는 것에 강한 거부감을 갖고 있었고 나이가 들어서도 계속해서 가명을 사용했다. 왜 그랬을까? 이 질문에 대한 답은, 다름아니라, 프로이트가 밝힌 바 있는 '가족소설'에 있다.

스탕달에게 있어 '어머니'는 앞서 지적했듯이, 『적과 흑』에서 단 한 번도 언급되지 않았을 정도로 자명했지만, 반면 아버지는 증오의 대상이었으며 그 증오의 밑바닥에는 자신을 업신여기는 아버지가 아닌 다른 아버지가 존재한다는, 막연하지만 친부에 대한 증오로부터 동력을 얻어 계속 강해지기만 하는 의심이 깔려 있었다. 이 의심은

스탕달로 하여금 어머니의 욕망의 대상이 되고자 했던 어린 시절의
욕망이 아버지의 이름에 의해 금기시되던 과정으로 되돌아가게 했다.
다시 말해 스탕달은 어린 시절 자신의 욕망이나 아버지의 금기를 아
버지의 이름을 비롯한 언어들을 통해 상징화했지만, 결코 원만하지
못했던 아버지와의 관계로 인해 어머니의 욕망의 대상이 되려고 했
고, 그 욕망이 아버지의 이름으로 금기시되던 거세 콤플렉스 단계로
반복해서 되돌아가야만 했던 것이다. 이 거세 콤플렉스의 단계로 되
돌아간다는 것은 스탕달이, 조엘 도르가 지적했듯이, 아버지의 이름
을 부여받음으로써 친부가 "상징적 아버지의 위엄"을 갖게 되는 과정
을 받아들일 수 없었다는 것을 뜻한다. 이런 이유로 스탕달은 끊임없
이 아버지의 이름을 부인해야만 했고, 가명을 사용해야만 했다.

  스탕달이 『적과 흑』에서 프로이트가 밝힌 바 있는 '가족소설'을 거
의 그대로 따르고 있거나, 혹은 소설의 주인공인 쥘리앵 소렐이 친부
에 대한 증오를 자신이 사생아일 수 있다는 한 이유로 보며 자신을
"무서운 나폴레옹에게 쫓겨 우리의 산속에 들어와 살던 어떤 한 대영
주의 사생아"라고 생각하게 되는 것은 우연이 아닌 것이다. "우리의
산속"은 어디를 말하는가? 소설의 무대인 그르노블 인근의 산이다.
이 산은 스탕달이 살았던 고향이기도 하다.

5. 레날 부인 혹은 대영주의 정부

  이제 남는 문제는 또다시 어머니이다. 다시 말해 우리는 다음과 같
은 질문을 해보지 않을 수 없는 것이다. 어머니는 "무서운 나폴레옹
에게 쫓겨 우리의 산속에 들어와 살던 어떤 한 대영주"를 어떻게 만
났을까? 어머니는 어린 스탕달의 '가족소설' 속에서 쥘리앵의 친부

인 남편을 속이고 바람을 피웠던 것이다. '가족소설'에서 간통을 저지른 어머니는 쥘리앵 소렐이 처음으로 사랑했던 연상의 여인인 레날 부인과 동일하다. 레날 부인은 비록 쥘리앵의 아이는 낳지 않았지만, 쥘리앵을 사랑했고 쥘리앵 역시 부인을 사랑했었다. 여기서 우리는 레날 부인이 쥘리앵 소렐의 두 형에 해당하는 두 사내아이를 갖고 있다는 사실에 주목할 필요가 있다. 만일 쥘리앵 소렐과 레날 부인이 육체적 관계를 가졌다면, 새로 태어나는 아이는 쥘리앵 소렐처럼 사생아였던 것이다.

스탕달은 소설 『적과 흑』을 쓰면서 주인공 쥘리앵 소렐로 하여금 두 형제의 어머니인 연상의 레날 부인을 사랑하게 함으로써, 자신의 어머니가 "무서운 나폴레옹에게 쫓겨 우리의 산속에 들어와 살던 어떤 한 대영주"를 만났을 가능성을 확인하고 있었던 것이다. 어머니의 간통을 확인해야만 자신이 사생아가 될 수 있었기 때문이다. 프로이트가 밝힌 '가족소설'의 줄거리 역시 동일하다. '가족소설'에서 사생아는 어머니를 의심할 여지 없이 확실한 어머니라고 생각하지만 동시에 간통을 한 여인이나 심한 경우는 창녀로 여긴다. 마르트 로베르는 이에 대해 다음과 같이 말한 바 있다. "어머니는 이전에는 왕비였지만 이제 단번에 사회적으로 천시받는 위치로 떨어질 뿐만 아니라, 아이가 자신을 사생아로 여기기 위해서는 간통을 상정하지 않을 수 없기 때문에, 어머니는 윤리적으로도 실추되고 만다. 사회적 실추를 초래한 행동으로 윤리적으로도 죄인이 되어버린 어머니는 자신이 낳은 아이들의 수만큼 연애를 했다는 오명을 뒤집어쓰게 된다. 아이는 그런 이야기를 얼마든지 만들어낼 수 있기 때문에, 왕비의 위치에서 쫓겨나고 품위를 잃어버린 어머니는 아이의 상상 속에서는 하녀나 길 잃은 여인, 심지어는 창녀의 신분으로까지 떨어지게 된다."

　소설『적과 흑』에서 스탕달의 무의식은 프로이트와 마르트 로베르가 연구해낸 가족소설의 도식을 따라 진행되었다. 그러나 작가 스탕달의 유별난 가명 취향은 "이름을 바꿈으로써 상징적으로 친부를 살해"하는 행위라는 스타로뱅스키의 지적에도 불구하고 '가족소설' 개념만으로는 충분히 설명이 되지 않는다. 살펴본 대로 "백 개가 넘는 가명을 사용한" 스탕달의 가명 취향은 라캉이 분석한 바 있듯이, 거세 콤플렉스기에서 받아들여야만 하는 아버지의 이름을 받아들일 수 없었던 어린 스탕달의 이상심리와 그것을 가능하게 한 폭압적인 아버지 때문에 초래되었다고 볼 수 있다. 이러한 자신의 어린 시절의 경험을, 스탕달은 자신처럼 아버지를 도저히 아버지로 받아들일 수 없는 쥘리앵 소렐이라는 주인공을 통해 소설『적과 흑』에서 고백하고 있는 것이다.

　스탕달은 소설『적과 흑』에서 주인공의 어머니에 대해서는 단 한 번도 언급하지 않았다. 주인공처럼 스탕달 역시 자신의 진정한 아버지는 어디 먼 곳에 있는 왕족이거나 귀족 신분의 "대영주"였지만, 어머니는 의심할 나위 없이 확실한 존재였다. 소설 속에 어머니에 대한 언급이 일절 없다는 사실은 바로 이런 이유 때문이었다. 하지만 '가족소설'의 무의식적 도식에 따라 소설을 쓰고 있는 스탕달의 무의식은 주인공의 어머니에 대해 언급하지 않은 것은 아니었다. 두 아들을 둔 어머니이자 자신보다 훨씬 연상인 레날 부인과의 사랑은, 언뜻 보아서는 별 의미가 없어 보일 수도 있지만, 실제에 있어서는 스탕달 자신의 어머니의 간통 혹은 연애를 확인하는 설정이었다. 자신이 주인공처럼 "우리의 산속에 들어와 살던 어떤 한 대영주"의 사생아가 되기 위해서는 어머니가 "우리의 산속"에서 "대영주"를 만나야만 했을 것이다.

6. 맺는말

문학을 포함한 예술 창조를 정신분석적 관점에서 연구한 자닌 샤스게 스미르젤은 그의 저서『이상형 질병, 자아 이상에 대한 정신분석적 시론La maladie d'idéalité, essai psychanalytique sur l'idéal du moi』에서 프로이트가 밝혀낸 바 있는 '가족소설' 개념에 기대어 소설을 해석하려는 우리에게 많은 것을 시사해주는 한 임상사례를 다룬 적이 있다. 그가 상담한 청년은 '사기꾼L'Imposteur' 이라는 제목을 달고 있는 소설을 썼는데, 이 소설은 엄격하고 대단한 야망을 갖고 있던 아버지 밑에서 자란 한 아이가 열 살 이상 차이가 나는 두 형과 어머니의 사랑을 받고 자라다 그만 가족에게 불어닥친 불행으로 두 형과 아버지를 잃고 정신병에 걸린 후 치료용으로 쓴 작품이다. 임상과정에서 이 청년은 위대한 인물들의 이름을 가명으로 사용하면서 여러 유형의 인물들을 흉내내곤 했다. 이 청년은 소설을 쓰기도 했고 기타 과학적인 연구나 발명 같은 것도 했다고 한다. 저자인 자닌 샤스게 스미르젤은 이런 현상을 두고, "가족소설이 종종 혈통을 부인하고 사슬처럼 이어지는 세대 개념을 부정함으로써 새로운(따라서 거짓된) 정체성을 스스로에게 부여하려는 시도"라고 보았다.『사기꾼』이라는 소설을 쓴 가련한 청년 역시 스탕달처럼, 어린 시절 어머니로부터 과도한 사랑을 받았었다. 이 청년이 근본적인 차이점에도 불구하고 어딘지 작가 스탕달을 연상시키고 있다는 느낌은 쉽게 지울 수 없다.

19세기의 위대한 소설가였던 스탕달의 소설을 우리는 정신분석의 관점에서 살펴보았다. 특히 프로이트에 의해 발견되어 마르트 로베르에 와서 소설사 전체를 관류해서 흐르는 하나의 사상사적 원형으로 인식된 '가족소설' 에 입각해『적과 흑』을 분석해보았다. 나아가 부분

적으로 라캉의 상징계의 핵심을 이루는 '아버지의 이름'이라는 개념
도 참고했다.

　백 개가 넘는 가명을 사용했던 스탕달은, 그의 소설 『적과 흑』에서
주인공 쥘리앵 소렐에게 귀족 칭호를 부여함으로써 피의 색깔까지
바꾸려는 욕망을 숨기지 않았다. 스탕달의 소설에서 인물들의 이름은
존재를 지칭하는 단순한 기능만 하는 것이 아니라 존재를 바꾸는, 나
아가서는 새로운 탄생을 가능케 하는 창조의 도구로 사용되고 있다.
이는 망상이지만, 소설이라는 이야기의 형태를 통해 작품 속에 들어
왔을 때 얼마든지 용인될 수 있는 작가의 은밀한 무의식적 욕망이었
다. 그러므로 소설은 사회와 역사를 반영하면서 동시에 사회와 역사
를 움직이는 인간의 욕망과 그 욕망의 무의식적 동기 그리고 그 허망
한 끝도 반영한다고 볼 수 있다.

　20세기 들어 누보로망 계열의 작가들을 포함해 많은 작가들이 소
설 속 인물들에게 실존 인물들이 사용할 법한 이름을 부여하지 않으
려고 했을 때, 그들은 어쩌면 마르트 로베르가 지적했듯이, 욕망을
자극하고 그 욕망 속 깊은 곳에 잠재해 있다가 이름의 상징성에 이끌
려 무의식적으로 '가족소설'이라는 망상을 따라가고 마는 소설 장르
의 속성을 눈치챘는지도 모른다. 하지만 그렇게 함으로써 소설은, 적
어도 누보로망 계열의 소설은 무의식적 깊이를 상실했는지도 모른다.
그렇다고 열등한 소설이라고 볼 수는 없지만, 소설에서 무의식을 은
폐하고 통제하는 의식의 역할을 하는, 달리 말해 이드를 통제하는 초
자아 역할을 하는 사실주의적인 인물들의 이름, 가족관계, 지명, 직
책명 등이 사라짐으로써, 누보로망 계열의 소설들은 장 이브 타디에
가 예로 든 조르지오 데 키리코의 초기 작품들인 피투라 메타피지카
를 연상시키는 평면적이고 나른한 소설이 되었음은 부인할 수 없다.
그러나 형이상학적 소설이 그렇다고 의식의 통제 없이 풀려난 무의

식의 움직임을 보여주는 소설인 것은 아니다. 무의식은 의식 없이는 나타날 수 없기 때문인데, 이런 이유로 구체적인 사물을 지칭하는 언어로 씌어지는, 그것도 대부분 일상의 언어로 씌어지는 소설의 경우, 추상회화나 쉰베르크의 무조음악처럼 무의식만을 표현하겠다는 야망이 불가능하며 또 오직 무의식만을 표현했다는 해석도 불가능할 것이다.

한 아이가 빗물에 쓸려내려가는 염소를 구해내면서 마치 자신을 어린 양을 구하는 예수처럼 수억 개의 별빛이 몸을 둘러싸서 보호하고 있는 아이로 상상한다 * 이 아이의 이름은 진승욱이다. 끝내 이 아이는 어른이 되었을 때 흰 내리단이웃을 입으신 눈부시게 환한 예수님을 만나 점결을 하고 만다 * 하지만 이 아이는 어른이 되기 전, 청소년 시절에는 현주라는 여인을 납치하기도 했다

"사내는 엄지손가락의 끝을 나머지 네 개의 손가락 끝에 맞대어 일종의 고리를 만든 것이었다 * 그 고리 속에 현주의 가느다란 손목이 갇혀 있는 꼴이었다 * 그 고리는 여자의 손목이 마음대로 움직일 수 있을 만큼 헐렁하였다 * 그러나 빠져나올 수는 없었다

사내 손의 그 섬세한 조작이 그 여자의 마음에 들었다 * 공포 속의 안심이라고 할까, 그 여자는 그런 걸 느꼈다 * 그 이가는 손목을 빼기를 단념하였다 * 그러자 그 고리가 점점 오므라들어 움직이기를 넘춘 여자의 손목을 아프지 않고 함께 안에서 조이는 것이었다

그 여자는 문득 자기의 손과 사내 손의 그 땀에 젖어 미끄러운 땀으로부터 생명의 거친 숨소리가 들려오는 것을 의식하였다 * 그것은 뭇소리처럼 둔중했고 생선 아가미처럼 가팠다 * 사내의 생명도 자기의 생명도 아닌 전연 낯선 생명이 지금 마악 땀에 젖은 손과 손의 틈바구니에서 태어난 것 같았다." 사내는 정말로 현주라는 여인을 납치했을까? 아니다 * 진승욱은 자신을 예수로 착각했고 정말로 예수를 만나기도 했지만, 여인의 손목은 닮았 * 피가 몰려 단단해진 다른 살덩어리를 엄지손가락의 끝은 나머지 네 개의 손가락 끝에 맞대어 만든 일종의 고리 속에 넣었던 것이고 * 진연 낯선 생명이 지금 마악 땀에 젖은 손과 손의 틈바구니에서 태어났다고 거짓말을 하고 있었다

다른 한 아이는 주인을 알 수 없는 해묵은 무덤에 허리 고삐가 매여져 뜨거운 뒷덩이를 머리에 인 채 긴긴 어만날을 기다리고 있었다 * 무덤에 묶인 채 농심원을 그리던 아이는 보았다 뱀이 머이를 덮치듯이 누군가가 이미를 추다다 덮쳐비리는 장면을 * 이 아이의 이름은 이청준이다

이 아이는 장년의 나이가 되어서도 어머를 추다다 덮친 뱀에 대한 증오를 삭이지 못해 돌을 집어 그 뱀을 내려쳐 죽이려고 했다 * 그러나 그럴 수 없었기에, 밝은 달이 휘영청 떠오르는 밤 * 관음봉 꼭짜기 앞 포구 위로 나는 바상하이 되고 길어 북놓아 소리를 토해낸다 * 그 노래가 아무 뜻도 형식도 없던 어미의 소리 아이도가 반전한 서련게였고, 이청준에게는 소리이었다

나른 청년도 있다 * 글 쓰는 다가인데, 페니스와 성기라는 말 사이의 어감 차이에 몰두하나 글이 도저히 안 풀리자 오비가도에서 드래프트비어를 마시고 민박집에 뷰어가 잠이 당대 소주도 마신다

발자크

그리던 어느 날, 긴밤 술을 마신 그는 관소리하는 영상순군이 무단하세 생겼지만 정작 그 입에서는 빌마의 탱고 이탈리아노가 흘러나왔던 몸무게 괄십 킬로그램인 여인의 품에 안긴다 * 안겨서 여인에게 말을 한다 * 당신을 퐁퐈하고 싶다고, 그러자 여인은 나시박하게 각가에게 속삭인다 * 성기든 페니스든 상관없다고 * 한국어든 외래어든 여자과 나선 통과할 수 없기는 마찬가지니까

소설과 신화

— 발자크의 『고리오 영감Le Père Goriot』을 중심으로

1. 머리말

프랑스 19세기 전반부에 활동했던 오노레 드 발자크(1799~1850)의 『고리오 영감』(1835)은 프랑스 문학을 하는 사람들에게는 조금 과장해서 말하자면, '암기하고 있어야 할 정도로 중요한' 작품이다. 이후 발자크의 '인간희극La Comédie humaine'에 다시 등장하는 많은 인물들이 처음으로 선을 보이는 작품이기 때문이기도 하지만, 이른바 사실주의의 교과서 같은 작품으로 서구 소설사, 나아가서는 문학사의 전환점을 이루는 소설들 중 하나이기 때문이다. 하지만 대다수의 걸작들처럼 너무 유명한 나머지, 작품에 대한 이해 혹은 해석이 정설로 굳어진 몇몇 작품론에서 크게 벗어나지 못하고 있는 작품이기도 하다. 폴 부르제라는 소설가가 열다섯 살이었던 어느 날, 소르본 대학 인근의 한 도서관에 들어가 두 권으로 묶인 『고리오 영감』을 빌렸다. 그때가 오후 한시쯤이었다. 두 권의 책을 다 읽었을 때는 시

간이 꽤 지난 오후 일곱시. 단숨에 소설을 읽어치운 소년은 소설 속에 그대로 등장하는 거리를 걸어내려오며 순간 자신이 현실이 아니라 소설 속을 걷고 있는 듯한 착각에 빠졌다. "난 마치 술이나 아편을 먹은 것처럼 잠시 소설 속에 빠져 있었다. 몇 분이 지나서야 내 주위의 풍경이 현실이라는 것을 알 수 있었다." 여러 번의 큰 혁명이 일어나 소설의 개념 자체가 실험 대상이 되었지만, 시와 달리 소설은 여전히 현실보다 더 현실 같은 흥미진진한 이야기로 남아 있다. 하나의 신조로 사실주의나 자연주의 같은 것을 굳이 표방하지 않는다 해도 대부분의 소설은 이 부류에 속한다. 소설은 일상어의 투박한 질감, 손에 잡힐 듯이 실감나는 장면, 기억하고 싶은 아름다운 미문들, 혹은 손에 땀을 쥐게 하는 박진감 있는 서술 등등 독자들이 기다리는 것들을 골고루 풀어놓으면서 진행된다. 작가들 역시 독자들의 이러한 기대를 아주 몰라라 할 수는 없다. 하지만 소설이 전혀 다른 방식으로 존재할 수도 있음을 우리는 알고 있다. 어찌 보면 첫 단어에서부터 마지막 종지부까지 똑같은 소설이 단지 흥미진진한 이야기가 아닌 전혀 다른 방식으로 존재한다는 것이 소설의 진정한 매력일지도 모른다. 사실 소설은 읽을 때마다 다르고, 또 읽는 사람에 따라서도 다르다. 이 다름은 이른바 독서사회학이라고 부를 수 있는 연구의 한 분야이기도 하다. 하지만 소설은 처음부터 끝까지 똑같다. 이렇게 보면 사람마다 다르게 읽고 다르게 느끼며 다르게 기억하는 소설은 마치 연주자의 '해석'에 따라 완전히 달라질 수도 있는 악보에 가깝다고 할 수 있다. 예를 들어 아슈케나지가 연주하는 라흐마니노프와 클라우디오 아바도와 협연한 세실 리카르도의 데뷔앨범에 실린 라흐마니노프가 다르듯이, 소설도 어떻게 '연주'하느냐에 따라 다를 수밖에 없다. 또 젊었을 때 읽은 도스토예프스키와 나이 들어 다시 읽게 된 도스토예프스키는 너무나 다르다. 소설을 연주해야 할 악보에 비유하면, 소설에는 완성이라는 것이 없다는 말을 할 수도 있다. 하나의 콘서트나 교향곡처럼, 소설 역시 작가의 손을 떠나 책으로 묶일 때가 아니라 독자를 만나 독자의 '연주'가 진행될 때 완성된다고 할 수 있기 때문이다. 비단 소설만이겠는가. 빼어난 예술작품들은 거의 모두 이렇게 존재한다. 소설의 두번째 존재방식은 그러므로 예술로서의 존재방식이다. 내용이 아니라 형식으로 존재하는, 더 구체적으로 말해 다르게 읽힐 수 있고 다르게 느껴질 수 있고 또 다르게 기억될 수 있는, 그래서 언제나 다르게 존재할 수 있는 가능성 자체, 그것이 소설의 두번째 존재방식이다. 소설은 그러므로 종이에 찍힌 잉크 자국도 아니며 도서관 서가에 꽂혀 있는 전집도 아니다. 심지어 소설가의 이름마저도 영원히 다르게 존재하는 소설의 가능성 앞에서는 아무것도 아니다. 배짱 있는 소설가라면 이 순수한 형식으로서의 가능성에 매혹되어 온 존재를 주어버릴 것이다. 소설 속에는 언제나 표면에 가려져 있는 또다른 소설이 있는 것이다. 이 숨어 있는 소설은 원고료로 살아가는 아무개라는 이름의 작가가 쓴 것이 아니라고 해야 옳다. 소설가도 자신이 쓴 소설의 독자가 되는 것, 그것이 아마도 소설의 두번째 존재방식이 도달할 수 있는 가장 이상적인 모습일 것이다. 소설가가 자신이 쓴 소설의 독자가 된다는 것은 그가 쓴 소설의 표면 속에 가려져 있는, 그로 하여금 소설을 쓰게 한 모종의 불가해한 힘으로서의, 그가 쓰지 않은 또다른 소설을 읽는 독자가 된다는 뜻이다. 열다섯 살 난 어린 부르제를 마약처럼 사로잡았던 소설이 내뿜는 그 힘은 흥미진진한 이야기나 허구와 현실을 혼동하게 만드는 사실주의가 발산하는 매력만은 아니었다고 보아야 할 것이다.

2. 연주로서의 비평, 연주가로서의 비평가

소설은 읽는 것이 아니라 연주해야 하는 것이다. 그리고 비평가는 연주자가 되어야 한다. 발자크를 읽으며 그의 소설을 연주할 생각을 하지 않는 이들은, 전형적인 발자크 식 인물로 이제 막 세상이라는 곳에 내던져진 젊은 법대생 으젠 드 라스티냐크와 음산한 매력으로 가득 찬 보트랭, 사랑하는 두 딸의 무릎 위에 앉아 있는 강아지가 되고 싶어하다 버림받아 개처럼 죽어가는 가련한 소설의 주인공 고리오 영감에만 초점을 맞추어 소설을 읽을 것이다. 하지만 이 인물들은 표면에 떠 있는 인물들일 뿐, 대단한 인물이 못 된다. 그래서 실제로도 이 인물들에 대한 해설은 거의 비슷하고 문학사전 같은 곳에 모범답안처럼 깔끔하게 정리가 되어 있을 정도이다. 『고리오 영감』의 심층을 지배하는 인물은 그렇다면 누구인가? 라스티냐크도, 보트랭도, 심지어 주인공 고리오 영감도 아니다. 발자크로 하여금 소설을 쓰게 만든 힘, 혹은 같은 말이겠지만 어린 부르제로 하여금 한동안 소설 속을 걷게 하면서 돌연한 환청과 환각을 맛보게 한 그 힘의 진앙은, 주인공 고리오 영감이 아직 영감이라는 조롱 섞인 호칭으로 불리기 이전 코흘리개인 두 딸을 남겨놓은 채 먼저 세상을 떠난 그의 부인, 마담 고리오이다. 고리오 영감과 젊은 나이에 사별한 이 여인이 소설 『고리오 영감』 속에 깊이 숨어 있는 또다른 소설의 주인공이다. 물론 『고리오 영감』에 마담 고리오는 단 한 번도 등장하지 않는다. 얼굴도 이름도 어떤 옷을 입고 있었는지도 독자들은 모른다. 당연한 일일 것이다. 깊이 숨어 있는 인물이었으니 말이다. 다만 고리오 영감이 임종을 맞이하는 순간, 다음과 같은 묘사 속에서 잠시 언급될 뿐이다.

노인은 가슴에 있는 무엇인가를 빼앗기지 않으려는 듯 손짓을 하며 알아들을 수 없는 신음소리를 냈다. 마치 엄청난 고통을 내뱉는 짐승의 울부짖음 같았다. "영감은 조금 전에 뜸을 뜨려고 우리가 몸에서 벗겨낸 메달을 찾는 거야. 머리카락으로 엮은 작은 고리에 달린 메달 말이야. 불쌍한 사람 같으니라구. 다시 돌려주어야겠군. 벽난로 위에 있네." 으젠은 잿빛이 감도는 금발 머리카락으로 엮은 작은 고리를 가지러 갔다. 아마도 고리오 부인의 머리카락인 것 같았다. 메달 한쪽에는 아나스타지, 다른 한쪽에는 델핀이라고 두 딸의 이름이 적혀 있었다. 항상 심장 가까이 두고 있었던 이 메달은 그의 마음 그 자체였으리라. 메달 속에 들어 있는 한 줌씩의 머리카락은 너무 부드러워서 두 딸이 어렸을 적에 잘라넣은 게 틀림없었다. 작은 메달이 가슴에 닿자 노인은 마지막 힘을 모아 소리를 질렀고 그것은 곧 보기에도 몸서리치는 만족스러운 기쁨으로 변했다. (……) 노인의 얼굴에는 경련이 일었지만 그것은 병적인 환희의 표현이었다. 두 대학생은 아무 생각도 할 수 없는 상태에서도 노인의 무서운 감정의 힘이 터져나오는 것을 보자 그만 마음이 북받쳐올라, 죽어가면서도 기쁨에 겨워 두 딸의 이름을 소리쳐부르는 노인의 몸에 뜨거운 눈물을 흘릴 수밖에 없었다.

나지! 피핀느! (……)

이 눈물을 두 딸이 흘린 눈물로 착각을 했는지, 고리오는 마지막 힘을 다해 두 손을 뻗어 침대 양쪽에 있는 두 학생의 머리를 힘껏 움켜쥐며 나지막이 속삭였다. "아! 내 천사들아!" 그의 영혼은 이 두 마디 말, 두 마디 속삭임을 타고 하늘로 날아올랐다.

고리오 영감은 젊었을 때 사별한 부인의 머리칼을 한 움큼 잘라 메달 고리를 만들고 어린 두 딸의 부드러운 머리카락을 메달 속에 담아 평생을 가슴속에 지니고 다녔다. 소설의 화자는 고리오 영감의 임종을 지키는 으젠 드 라스티냐크의 눈을 빌려, 단 한 번도 고리오 부인을 본 적이 없건만 어쨌든 그로 하여금 잿빛 금발의 머리카락을 고리오 부인의 것으로 여기게 한다. 이 가슴 저미는 삽화는 무엇을 이야기하는 것일까? 부인에 대한 고리오 영감의 사랑? 두 딸에 대한 거룩하기까지 한 부성애? 그럼에도 불구하고 개처럼 버림받은 가련한 노인과 몹쓸 놈의 세상? 이 질문에 대한 답은 셰익스피어가 해줄 것이다. 너무나도 유명한 비극『리어 왕』의 주인공 역시 고리오 영감처럼, 아버지의 사랑을 듬뿍 받았지만 아버지를 개처럼 버린 두 딸을 갖고 있었다. 고네릴과 리건이 그 몹쓸 딸들이다. 천하를 호령했던 리어 왕의 두 딸이나, 소맥분을 싸게 구입해 엄청난 이익을 붙여 팔아 떼돈을 번 고리오 영감의 두 딸이나, 모두 아버지의 사랑을 배반했을 뿐만 아니라 자매들끼리 서로 질시하고 미워한다는 점에서도 똑같은 모습을 보인다.『리어 왕』과『고리오 영감』사이에 다른 점이 있다면, 셰익스피어의 극에서는 코델리아라는 세번째 딸이 등장하는 반면 발자크의 소설에는 딸이 두 명만 등장한다는 점이다. 대신『고리오 영감』에는 세번째 딸 대신 사랑했지만 일찍 사별한 고리오 부인이 등장한다. 소설의 스토리에 충실하면『리어 왕』과『고리오 영감』은 아무런 관계도 없다. 낭만주의 당시 스탕달이 셰익스피어와 라신을 비교하는 논쟁을 벌이기도 했고 또 화가 들라크루아 등이 셰익스피어의 극을 그림으로 묘사하는 등, 일종의 셰익스피어 붐이 일었음을 염두에 둔다면 셰익스피어의 영향은 짐작 가능한 일이긴 하지만, 어쨌든 두 작품의 유사성은 강조될 만큼 두드러져 있지 않고 나아가 리어 왕의 세번째 딸과 고리오 영감의 죽은 부인을 동일시한다는 것은 말도 안 되는 비약임에 틀림없다. 그러나 작품을 '연주' 할 때는, 게다가 소설가가 쓴 소설 속에 깊이 숨어 있는 한 편의 또다른 소설을 연주하려고 할 때는, 표면에 나타난 사실적 요소들을 때로는 길게 때로는 강하게 연주할 수 있다. 소설가로 하여금 소설을 쓰게 만든 소설의 기원으로서의 소설, 혹은 원형으로서의 소설을 찾아나서는 일은 해볼 만한 모험이 아닐 수 없다.

3. 세 여인

몹쓸 놈의 두 딸은 『리어 왕』이나 『고리오 영감』에서 아버지의 모든 것을 빼앗아가는 악녀 중의 악녀로 등장한다. 무서운 여인들이다. 『리어 왕』의 두 딸은 아버지의 시신을 밟고서라도 무도회에는 꼭 가봐야 하는 여인들이었고 혼자 온 나라를 다 차지해야만 하는 물욕의 화신들이었다. 하지만 셋째 딸 코델리아는 어땠는가. 이 막내딸은 아버지를 사랑했기 때문에 결혼까지 포기할 작정을 했었다. 하지만 아버지에 대한 자신의 사랑을 두 언니들처럼 큰 소리로 떠벌릴 수는 없었다. 많은 민담, 전설, 신화, 그리고 소설 속에 등장하는 세 여인이 우연히 세 여인인 것은 아니라는 프로이트의 주장은 이미 잘 알려져 있다. 셰익스피어의 또다른 희곡 『베니스의 상인』에서는 금, 은, 납으로 만든 세 상자가 각각 세 여인을 상징하며, 비슷한 예는 동화 속에서도 어렵지 않게 찾아볼 수 있다. 납이 침묵과 죽음을 상징하듯이, 『리어 왕』에서도 두 언니들과는 달리 아버지에 대한 사랑을 결코 과장하지 않는 막내딸은 침묵과 죽음을 상징한다. 사실 그녀야말로 아버지를 사랑했다. 결혼까지 포기하려고 한 딸은 그녀밖에 없었다. 그럼에도 아버지 리어 왕은 자신을 사랑한다는 막내딸의 말을 믿지 않으려고 했다. 왜일까? 지상의 온갖 복락을 다 누린 리어 왕이었지만 이제 왕국과 권좌를 물려주어야 할 나이가 된 그는 단 한 가지, 언제 찾아올지 모르는 죽음 앞에서만은 어쩔 수가 없었다. 리어 왕의 셋째 딸 코델리아는 이 죽음을 상징한다. 그녀가 결혼을 하지 않겠다고 하면서까지 아버지에 대한 사랑을 말했을 때 그래서 리어 왕은 버럭 화를 낸 것이다. 리어 왕은 막내딸 코델리아가 자신을 사랑한다는 말을 믿고 싶지 않았던 것이다. 리어 왕이 원했던 것은 막내가 아닌 위의 두 딸처럼 화려한 수사로 가득 찬 아름다운 사랑의 말들이었다. 금과 은처럼 빛나는 이 말들은 리어 왕이 누렸던 지상의 부귀영화를 상징하기도 한다. 같은 이유로 『베니스의 상인』에서는 납으로 만든 상자 속에 이름이 적힌 쪽지가 들어 있었던 것이다. 『고리오 영감』에서는 고리오 부인, 즉 죽은 부인이 죽음을 상징한다. 비유적으로 말해 죽은 부인의 머리카락은 고리가 되어 평생 고리오의 목을 조이고 있었다. 이는 현실에서도 있을 법한 이야기이다. 너무나도 아내를 사랑한 나머지 유품을 간직한다거나 하지 않는가. 하지만 우리는 지금 현실이 아니라 소설, 그것도 소설 속에 숨어 있는 또다른 소설을 찾아가고 있다. 죽은 부인의 머리카락으로 만든 메달 고리가 과연 평생 고리오 영감의 목에 걸려 있을 만큼 튼튼한 것이었을까? 금으로 만든 메달 속에 들어가 있는 두 딸의 머리카락은 그렇다 치더라도, 메달의 고리 역할을 하는 죽은 부인의 머리카락은 현실과는 거리가 있다. 다시 말해 죽은 부인의 머리카락은 고도의 상징성을 띠고 고리오 영감이 임종을 하는 마지막 순간에 등장한 것이다. 소설은 그가 평생 금으로 만든 메달을 가슴속에 간직하고 다녔다고 한다. 하지만 머리카락을 꼬아서 만든 줄이 금으로 만든 메달을 단 채 평생 고리오 영감의 목에 걸려 있었다고 보기 어렵다면, 이 장면은 임종의 순간에 상징성을 더할 뿐 그 외의 의미를 갖기는 어려운 것이다. 마담 고리오는 소설 속에서 한 번도 모습을 보이지 않는다. 하지만 죽음 그 자체였던 그녀는 평생 남편인 고리오 영감의 심장 가까운 곳에 머물고 있었다. 다시 말해 고리오는 부인과 사별한 것이 아니라 죽음과 결혼한 것이다. 그러나 죽음과 결혼을 한 사람은 사실 소설의 주인공인 고리오가 아니라 작가 발자크이다. 무의식은 작가의 것이지 허구적 인물의 것이 아니기 때문이다. 이 죽음과의 결혼은, 늘 심장 가까이 머물러 있었던 죽은 부인의 머리카락이 죽음 자체를 뜻하는 무의식의 논리에 따라 무의식적으로 이루어진 결혼이다. 이를 수사학적으로 말하자면 부분이 전체를 나타내거나 사물의 일부나 속성이 사물 전체나 사물 그 자체를 나타내는 것이므로, 제유법이나 대유법이라고 볼 수 있을 것이다. 무의식도 이렇게 수사학의 메커니즘을 따라간다. 소설의 표면은 고리오 영감이 부인과 사별했다고 말한다. 그래서 부인의 머리카락을 베어 그것으로 금으로 만든 메달의 고리를 만들었다고 한다. 그리고 그 메달 속에는 코흘리개인 두 딸의 머리카락을 베어 담아두었다. 고리오 영감은 어린 두 딸의 머리카락을 잘라 두 쪽으로 열리는 금메달 속에 간직함으로써 딸들에 대한 사랑만이 아니라 더 큰 것을 기대했는지도 모른다. 그는 시간이 흐르지 않고 어린 두 딸이 그대로 남아 있기를 바랐던 것이다. 그러나 시간은 막을 수 없다. 두 딸은 성장해 아버지를 버리게 되고, 금메달도, 그 속에 넣어두었던 어린 딸들의 머리카락도 다 부질없는 것이었다. 최후의 승리는 금으로 된 메달의 고리를 만들 때 사용된 죽은 부인의 머리카락, 즉 죽음에게 돌아갔다.

서양 회화사를 보면 시간을 나타내는 알레고리가 많이 등장한다. 대체로 모래시계나 큰 낫을 든 저승사자가 아름다운 여인의 성장단계를 나타내는 인물들과 함께 등장하곤 한다. 이런 그림들을 보면 거의 언제나 인물은 셋이 등장한다. 뿐만인가. 트로이 전쟁의 원인이 된 파리스의 심판에서도 여인은 세 명이 등장하며, 올림포스 앞의 구름문은 호라이라는 세 명의 계절의 여신들로 이루어져 있고, 모이라이라는 운명의 여신들 역시 세 명이다. 셰익스피어나 발자크는 각각 극을 쓰고 소설을 썼지만, 그들은 죽음과 삶을 상징하는 세 여인을 주인공으로 하는 전혀 다른 극과 소설을 쓰고 있었던 것이다. 이 또 다른 극과 소설을 신화라고 부른다. 이 신화는 셰익스피어의 것도 또 발자크의 것도 아니다. 누구의 것도 아닌 것인지도 모른다. 소설을 연주한다는 것은 누구의 것도 아닌 이 이야기를 만나는 한 방법이다. 누구의 것도 아니기 때문에 그것을 이야기하기 위해서는 형식이 필요할 것이다. 죽은 부인의 머리카락 한 움큼이 죽음 그 자체를 상징할 수 있듯이, 인간에게는 이러한 작은 수사법에서부터 소설이나 극 같은 더 큰 수사법에 이르기까지 갖가지 이야기 형식이 필요한 것이다. 그러므로 소설은 사실주의나 자연주의를 넘어서는 차원을 갖고 있으며 흥미진진한 추리소설 같은 이야기일 수만은 없다. 표면을 미워해야만 한다, 심층을 두려워하기 위해서는. 이 두려움이 없는 이들은 표면을 사랑할 것이다. 그것이 전부라고 믿기 때문이다.

4. 발자크 소설의 돈

발자크의 『고리오 영감』에서 죽은 마담 고리오를 만나는 자들만이 발자크의 소설을 지배하는 돈의 의미를 알 수 있을 것이다. 고리오 영감이 누구였던가. 또 발자크가 만든 인물들 중 돈의 화신인 그랑데 영감이 누구였던가. 난세를 이용해 거금을 거머쥘 수 있었던 천하의 장사꾼들이 아니었던가.

소맥과 밀가루와 곡물 찌꺼기들의 품질과 생산지에 대해서는 물론이고 보존할 때 주의할 점, 시세 예측, 풍작과 흉작을 미리 읽는 법, 곡물을 싸게 사들이는 법과 시칠리아와 우크라이나에서 수입해들이는 법 등에 대해 고리오는 단연 일인자였다. 뿐만 아니라 사업하는 법, 곡물 수출입 관련 법규들을 해석하고 그 뜻을 연구하며 약점을 속속들이 파악하고 있었다. 누구든지 이런 그를 재상감이라고 생각할 수 있을 정도였다. 인내심이 강하고 매사에 적극적이고 열성적이었으며 일관성이 있고 사업에 기민한 그는 독수리같이 날카로운 눈으로 모든 것을 앞질러 예견했으며 모든 것을 꿰뚫어보았고 모든 것을 숨길 수 있었다. 계책을 생각해내는 데에는 외교관 같았고 전진할 때에는 군인 같았다.

딸들의 무릎 위에 앉아 있는 강아지가 되고 싶어했던 고리오 영감이지만, 그는 돈 앞에서는 날카로운 눈을 지닌 독수리 같은 인간이었다. 날카로운 눈으로 모든 것을 앞질러 예견하던 독수리가 강아지가 되는 이 변신은 부성애만으로는 이해하기 힘든 것이다. 발자크의 소설들은 언제나 돈에 대해 질문을 하게 한다. 루카치를 비롯해 많은 이들이 이 질문에 답을 하려고 했었다. 하지만 보들레르가 지적했듯이 그의 소설들은 또한 무서운 여인들의 유혹과 환상으로 가득한 소설이기도 하다. 이 무서운 여인들 중 가장 무서운 여인은 세번째 여인, 즉 죽음이다. 누구도 죽음을 정면으로 바라볼 수 없듯이 이 세번째 여인 역시 깊이 숨어 있다. 발자크 소설에서 황금은 시간과의 싸움을 의미한다. 그것은 결코 단순한 돈이 아닌 것이다. 죽음마저 이길 수 있다는 확신을 주는 것이기 때문이다. 평생 빚에 시달렸던 발자크, 평생을 사랑했던 여인과 나이 오십이 다 되어 결혼을 했지만 식을 올리자마자 숨을 거두어야 했던 발자크, 죽으면서 자신이 만들어낸 등장인물이었던 의사의 이름을 불렀다던 발자크, 그는 소설이 삶이고 삶이 소설인 세계 속에서 살았는지도 모른다. 고리오 영감과 리어 왕은 모두 몹쓸 두 딸을 키웠지만, 그것은 금상자도 은상자도 아닌 빛을 발하지 않는 침묵의 납상자 속에 이름을 숨긴, 훨씬 잔혹

하고 인정사정없는 세번째 여인인 죽음을 피하기 위해서였다. 두 딸에게 기울였던 온갖 정성과 배려는 순수한 애정이었을까? 고리오 영감과 리어 왕 두 사람의 애정이 돈으로 이루어진 것이었고 두 딸 역시 아버지에게 돈이 남아 있을 때만 아버지를 사랑했다면, 두 노인은 그들의 두 딸처럼 딸을 사랑한 것이 아니라 돈을 사랑한 것이다. 정확히 말하면, 죽음까지 이길 수 있을 것 같은 돈의 마력을 믿었던 것이리라. 돈이 피보다 진한 세상이 다가온 것을 발자크는 알고 있었다. 셰익스피어 때만 해도 이것은 아주 적은 수의 사람들에게만 해당되는 이야기였지만, 발자크 시대에는 모든 사람에게 해당되는 이야기였다. 오늘날은 어떨까?

5. 맺는말

홍미진진한 이야기와 오직 연주할 때만 드러나는 심층을 함께 가지고 있는 소설을 만나기는 쉽지 않다. 그러나 소설은 이야기 없이는 존재하기 힘들다. 흔히 그래서 스토리를 필요악이라고 한다. 음악에서도 연주를 해석이라고 하고 연주자를 해석자라고 한다. 악보가 된 소설의 언어들과 그 언어들의 예외적인 어울림들은 해석을 기다리는 기호로 존재한다. 이 기호를 풀어야 할 것이다. 많은 소설가들이 악보 같은 소설을 써보려고 하지 않았는가. 사실주의적인 언어에 의해 일대일로 지칭되는 사물을 벗어나 다성적인 하나의 울림으로 혹은 대위법 같은 형식으로 쓰는 소설을, 그리고 가능하다면 그런 것들을 통해 작가 스스로 자신이 쓴 소설의 독자가 되는 그런 소설을 작가들은 꿈꾸었다. 고리오 영감, 으젠 드 라스티냐크, 보트랭, 그리고 몹쓸 두 딸들은 모두 소설의 저음부를 이루고 있는 또하나의 멜로디, 즉 평생 고리오 영감의 가슴속에 매달려 있던 죽은 부인의 머리카락이 들려주는 낮고 어두운 죽음의 멜로디와 함께 흐르고 있었다. 임종 때가 되어서야 모습을 드러내는 이 죽은 부인의 머리카락은『고리오 영감』이라는 소설을 악보처럼 연주할 때에만 비로소 소리를 낼 것이다. 두 딸을 위해 평생을 바쳤지만, 개처럼 버림받은 아버지의 이야기, 이것이 발자크로 하여금 소설을 쓰게 했다고 볼 수는 없다. 눈물나는 부성애가 소설의 심층에 숨어 있는 주제는 아니었던 것이다. 열다섯 살 난 소년 부르제를 환각 속으로 밀어넣은 것 역시 눈물나는 부성애나 소르본 대학 인근의 너무나도 실제와 같은 파리의 풍경만은 아니었다. 소설이 시작되면서 줄곧 소설의 심층에서 낮고 긴 소리를 내고 있었던 죽은 고리오 부인의 목소리, 이 소리를 들어야 할 것이다. 다른 작가의 소설과 극작품, 그리고 시인들의 시와 화가들의 그림 등은 이 목소리를 연주할 때 협연을 해줄 것이다.

한 아이가 빗물에 쓸려내려가는 염소를 구해내면서 마치 자신을 어린 양을 구하는 예수처럼, 수억 개의 별빛이 꿈을 둘러싸서 보호하고 있는 아이로 상상한다 * 이 아이의 이름은 김승옥이다. 끝내 이 아이는 어른이 되었을 때 천 자락옷을 입으신 눈부시게 환한 예수님을 만나 결별을 하고 만다 * 하지만 이 아이는 어른이 되기 전, 청소년 시절에는 현주라는 여인을 납치하기도 했다 |

"사내는 엄지손가락의 끝을 나머지 네 개의 손가락 끝에 맞대어 일종의 고리를 만든 것이었다 * 그 고리 속에 현주의 가느다란 손목이 갇혀 있는 꼴이었다 * 그 고리는 여자의 손목이 마음대로 움직일 수 있을 만큼 헐렁하였다 * 그러나 빼서나올 수는 없었다 |

사내 손의 그 섬세한 조작이 그 여자의 마음에 들었다 * 공포 속의 안식이라고 할까. 그 여자는 그런 겁 느꼈다 * 그 여자는 손목은 빼기를 단념하였다 * 그러자 그 고리가 점점 오므라들어 움직이기를 멈춘 여자의 손목을 아프지 않은 한계 안에서 조이는 것이었다

그 여자는 문득 자기의 손과 사내 손의 그 땀에 젖어 미끄러운 땀으로부터 생명의 지친 숨소리가 들려오는 것을 의식하였다 * 그것은 북소리처럼 둔중했고 생선 아가미처럼 가빴다 * 사내의 생명도 자기의 생명도 아닌 전연 낯선 생명이 지금 마악 땀에 젖은 손과 손의 틈바구니에서 태어난 것 같았다." 사내는 정말로 현주라는 여인을 납치했을까? 아니다 * 김승옥은 자신을 예수로 착각했고 정말로 예수를 만나기도 했지만, 여인의 손목을 닮은 * 뇌가 굴려 단단해진 다른 살덩어리를 엄지손가락의 끝을 나머지 네 개의 손가락 끝에 맞대어 만든 일종의 고리 속에 넣었던 것이고, 전연 낯선 생명이 지금 마악 땀에 젖은 손과 손의 틈바구니에서 태어났다고 거짓말을 하고 있었다 |

다른 한 아이는 주인을 알 수 없는 해묵은 부담에 처럼 고삐가 매어걸 무서운 생명이를 머리에 인 채 긴긴 어둠밤을 기다리고 있었다 * 무덤색 붉인 개 동심원을 그리던 아이는 보았다. 뱀이 먹이를 덮치듯이 누군가가 어미를 후닥닥 덮쳐버리는 장면을 * 이 아이의 이름은 이청준이다 |

이 아이는 장년의 나이가 되어서도 어미를 후닥닥 덮친 뱀에 대한 증오를 삭이지 못해 돌을 집어 그 뱀을 내리쳐 죽이려고 했다 * 그러나 그럴 수 없었기에, 밝은 달이 휘영청 떠오르는 밤 * 반음봉 꼭대기 앞 포구 위를 나는 비상학이 되고 싶어 목놓아 소리를 토해낸다 * 그 노래가 아무 뜻도 형식도 없던 어미의 소리 이어도가 발전한 서편제였고, 이청준에게는 소설이었다 |

다른 청년도 있다 * 글 쓰는 작가인데, 페니스와 성기라는 말 사이의 어감 차이에 골두하다 글이 도저히 안 풀리자 오비가든에서 드래프트비어를 마시고 민박집에 들어가 잠이 안 와 소주도 마신다 |

아나그람과 아나모르포즈

그러던 어느 날, 진탕 술을 마신 그는 관소리하는 성장순간이 푸르스름하게 생겼지만 정작 그 입에서는 밤마다 탱고 이탈리아노가 흘러나왔던 몸무게 괄십 킬로그램인 여인의 품에 안긴다 * 안겨서 여인에게 말을 건다 * 당신을 통과하고 싶다고 그러자 여인은 나지막하게 그/자에게 속삭인다 * 성기든 페니스든 상관없다고 * 한국어이든 외래어이든 이자의 나를 통과할 수 없기는 마찬가지니까 |

한국소설의 무의식[1]
—아나그람과 아나모르포즈 개념을 중심으로

그는 자신의 내부에서 반드시 자신의 것만은 아닌 어떤 목소리를 발견해낸다.
여기서 우리는 창조적 천재의 신비와 만나게 된다.
보트랭이 라스티냐크에게 말을 하듯이, 죽어가는 고리오가 비명을 지르듯이
그렇게 한 인물에게 말을 시키는 데 성공하는 순간이야말로
소설적 영감이 절정에 이르는 순간이라고 할 수 있다.
그때 언어는 한 허구적 존재의 심오한 현실에 직접 맥을 대고 있게 된다.
이때 소설가는 일종의 영감에 지나지 않는다.
이런 차원에 이르면 작가는 작중인물들에게 사로잡힌 상태가 된다.
어떤 허구적 현실이 돌연 실체를 지니게 되면서 그 내적 논리에 따라
그 자체의 열화 같은 위력을 행사하면서 전개되는 것이다.
—미셸 레몽, 『프랑스 현대 소설사』 중에서

1. 머리말, 혹은 두 통의 편지

1908년 말, 현대 언어학의 문을 연 사람 중 한 사람인 소쉬르는 이
탈리아 볼로냐 대학의 교수인 지오바니 파스콜리에게 한 통의 편지
를 보냈다. 이 편지를 통해 소쉬르는 고대 로마 시대에 라틴어로 씌어

---

1) 본고는 2005년 겨울 『불어불문학연구』 64권에 발표된 「무의식의 수사학 I, 아나그람
과 아나모르포즈 : 모리아크의 「옛날의 한 청년」에 나타난 남근의 이미지를 중심으로」에
서 한국작가와 관련된 부분만 별도로 발췌해 수정한 글이다. 무의식과 문체와 시각적
이미지 사이의 미학적 관련, 특히 소설의 서사성을 파괴하는 이미지들에 의해 지배를
받는 문체에 관심이 있는 이들은 프랑스, 러시아 작가와 김승옥, 신경숙 등 한국작가를
함께 다룬 필자의 논문을 참고할 수 있다.

진 시편들 속에서 볼 수 있었던 아나그람(anagramme) 현상이 20세기에 라틴어로 씌어진 시에서도 나타나는지 알고 싶었고, 만일 긍정적인 답신을 받았다면, 라틴어를 사용했던 시인들이 고전적 시작법이외에 아나그람이라는 또다른 시작법을 사용했고 20세기인 현재도그런 현상이 지속되고 있다는 확신을 얻을 수 있었을 것이다. 나아가추정하건대, 이 확신을 통해 소쉬르는 전통적 시작법을 벗어나 별도로 존재하는 시작법의 존재를 구명해내는 연구에 매진할 수 있었을지도 모른다. 소쉬르는 그러나 이탈리아 교수로부터 어떤 답장도 받지못했다.

프로이트 역시 거의 같은 시기인 1907년, 소설 「그라디바Gradiva」의 작가인 옌센에게 편지를 보냈다. 프로이트 연구자들에게는, 특히그의 무의식의 발견이 예술과 문학작품의 해석에 제공할 수 있는 도움을 신뢰하는 이들에게는 자못 흥미로운 이 편지를 통해, 프로이트는 옌센이 그의 소설에 등장한 인물들의 관계에서 암시한 것처럼, 어린 시절에 일찍 죽은 누이동생이 있었고 그 누이가 안짱다리였는지등을 물어보았다. 만일 소설가가 "저에게는 여동생이 없었습니다"라는 퉁명스런 어투의 부정적인 답을 보내지 않았다면, 프로이트는 옌센의 소설에 대한 연구를 통해 "문학작품에 대한 정신분석적 연구는작가가 어떤 어린 시절의 인상과 기억으로부터 출발하여 작품을 구성했는지를 물어야 한다"는 그의 가설에 확신을 얻을 수 있었을 것이다.

한 언어학자와 정신분석가가 20세기 초 거의 같은 시기에 쓴 이 두통의 편지는, 두 사람이 20세기 내내 불러온 지적 파장의 규모를 염두에 둘 때, 편지가 씌어진 시기와 질문의 내용 그리고 무엇보다 가설을 입증해줄 '직접적인 증거'를 외부에서 구하고 있었다는 공통점들이 단순히 우연만은 아니라는 인상을 준다. 하지만 직접적이든 간접적이든 서로 만난 적이 없는 두 사람은 가설을 입증해줄 '직접적인 증거'들을 외부에서 구할 수밖에 없었고, 두 사람 모두 원하던 증거를 얻지 못했기 때문에, 이후 한 사람은 아나그람 연구를 포기하고 말았으며, 또 한 사람은 언어의 특이한 구성물인 문학작품을 대하면서 언어와 그 조직보다는 작품과 작가의 어린 시절의 관계가 환자와 어린 시절의 관계와 유비적 상사성을 갖고 있다는 확신을 견지하며 임상의로서의 태도를 취하고 만다. '소쉬르와 프로이트 사이에 지적 교류가 일어났더라면' 하는 가정은 이렇게 해서 두 사람의 사고가 그 혁명적 위력을 본격적으로 발휘하여 언어학과 정신분석을 연결시켜 논의하는 일이 보편적인 것이 된 이후, 이른바 신비평의 세례를 받은 학자들에 의해서 실현된다.

이런 신비평의 세례를 받은 연구자 중 한 사람인 장 미셸 아당은 소쉬르가 볼로냐 대학의 교수로부터 답변을 받지 못했기 때문에 아나그람을 포기하기도 했지만, 보다 근본적인 이유는 아나그람 자체에 대한 소쉬르의 가설에 있다고 설득력 있는 관점을 제시했다. 즉 소쉬르는 시인들이 의도적으로 아나그람을 사용했다는 확신에 근거하고 있었기 때문에 단 한 번도 무의식의 개입 여부에 대해서는 의혹조차 가질 수 없었다고 밝히면서, 장 미셸 아당은 아나그람을 무의식과 관련된 현상으로 파악했다. "소쉬르가 무의식적으로 이루어진 아나그람 작업을 생각할 수 없었다는 의혹이 짙다. 무의식은 그가 시도한 탐구 작업에서 결코 어떤 자리도 차지하고 있지 못했던 것이다. (……) 시인들이 운을 제약으로 여기지 않고 착상의 원천으로 여기고 있다고 (생각했기 때문에), 소쉬르는 그의 가설을 확신할 수 있었다. 자연히 소쉬르는 자신의 발견을 입증해줄 수 있는 증거를 외부에서 찾았다." 장 미셸 아당은 또한 소쉬르가 아나그람을 유독 음성적 측면에서만 고찰한 것도 그가 아나그람 연구로부터 성과를 얻지 못한 이유가 된다고 보았다. "소쉬르는 시를 읽으면서 글자들이 아니라 음소들의 조합을 지적하는 데 주력했다. 따라서 그는 본질적으로 그래픽적인, 전통적 아나그람과는 다른 음성적 아나그람을 연구한 셈이다.”

옌센의 소설에 대한 프로이트의 독서를 비판적으로 검토하는 글에서 사라 코프만은, 프로이트가 소설과 소설 속에서 인물이 꾼 꿈을 요약하려고 함으로써 세부를 소홀하게 취급했고, 어린 시절의 기억을 추적하려는 분석가로서의 취향 때문에 낮과 밤, 북구와 지중해로 이어지며 소설을 지배하는 전체적인 이미지들의 대비를 놓쳤다고 비판했다.

소쉬르는 언어와 문학작품의 무의식적 측면을 전혀 고려할 수 없었기 때문에 아나그람을 포기했고, 소포클레스와 셰익스피어의 비극으로부터 오이디푸스 콤플렉스를 발견해낸 경험이 있는 프로이트는 언어와 문학작품을 임상기록 수준의 자료로 다루며 지나칠 정도로 철두철미하게 무의식을 고려한 나머지 소설작품이 지니고 있는 고유의 가치를 간과했다는 것이, 장 미셸 아당과 사라 코프만의 지적의 핵심이다. 하지만 그전에 소쉬르와 프로이트가 언어학의 대상만도 아니고 정신분석의 대상만도 아닌 문학작품을 분석의 대상으로 삼았다는 점이 우선 지적되어야 할 것이다. 문학작품이 언어학과 정신분석의 도움을 받아 해석되고 연구될 수 있음을 부인할 수는 없지만, 언어학과 정신분석으로 헤아릴 수 없는 다른 측면을 갖고 있다는 사실 역시 부인할 수 없다. 소쉬르와 프로이트가 문학작품을 분석의 대상으로 삼았다는 원론적인 언급을 한 것은 다름아니라, 두 사람 모두 지나칠 정도로 언어와 무의식에만 치중하여 문학작품을 봄으로써 시의 음성적 측면과 소설의 스토리에만 치우쳐 있었기 때문이다. 이들은 모두 문학작품이 연상작용을 통해 시각적 이미지들을 환기시키고, 나아가 이 이미지들이 무의식적일 수 있다는 사실에는 정당한 관심을 기울이지 못했다.

　　다만 위에서 언급한 대로, 장 미셸 아당만이 아나그람의 본질적으로 그래픽적인 속성을 잠시 언급했을 뿐이다. 장 미셸 아당은 아나그람에 대한 논의를 끝내면서 “요약하자면, 작시법과 리듬이 그래픽적 측면과 어울려 작동하는 방식에 대한 연구가 필수불가결하다”고 결론짓고 있다. 그는 그러나 단어를 구성하는 글자들만을 언급했을 뿐, 언어가 환기시키는 이미지와 회화적 측면을 언급하지는 않았다. 어쩌면 장 미셸 아당의 제안대로 “그래픽적 측면”을 추적한다고 해도, 아폴리네르의 치기 어린 『칼리그람Calligrammes』을 언급하는 정도가 고작일 것이다.

　　텔레비전, 영화, 컴퓨터가 중요한 매체로 등장한 이미지의 시대인 21세기는 어쩌면 언어로 이루어진 문학작품을 시각적으로 인식하고 수용하는 시대인지도 모르고, 이런 문화적 환경이 문학작품의 해석에 기여할 수도 있다는 생각을 해볼 수 있다. 특히 21세기의 문화적 상황은 아나그람의 음성적 측면과 함께 그래픽적 측면을 함께 고려해야 한다는 장 미셸 아당의 언급이 턱없이 한가한 소리로 들릴 정도로, 아나그람을 포함한 기호들의 시각적, 그래픽적 차원이 지니고 있는 문화적 충격의 정도나 그 이데올로기적, 상업적 조직방식 등이 결코 예사롭지 않다.

　　하지만 문학작품의 회화적 양상이 단지 이미지가 난무하는 21세기의 상황 속에서만 의미를 지닌다는 생각은 순진한 생각이 아닐 수 없다. 똑같은 크기의 활자로 인쇄되지만 시는 이미 백지 자체를 의미 있는 요소로 활용하고 있었고, 나아가 중세부터 지속된 그림 속에 글자를 삽입하는 행위는 20세기 들어 미술 분야에서는 입체파의 콜라주와 초현실주의자들의 파격적인 실험을 거친 후 미국의 팝아트에서는 거의 상투적인 기법으로 자리잡기도 했다. 예를 들자면 한이 없겠지만, 글자가 시니피앙으로서 존재할 뿐만 아니라 동시에 시각적 오브제에 영향을 미치면서 작품의 일부가 되는 현상은 마르셀 뒤샹의 유명한 작품 〈L.H.O.O.Q〉에서 쉽게 확인할 수 있다. 보다 직접적으로는 유명한 그림 〈이것은 파이프가 아닙니다〉의 작가인 벨기에의 초현실주의 화가 르네 마그리트의 작품들도 훌륭한 사례에 속할 것이고, 로버트 인디애나의 'LOVE' 시리즈와 '숫자' 시리즈에 와서는 'LOVE'라는 글자와 아라비아 숫자가 순수하게 시각적 이미지로만 사용되는 것을 볼 수 있다.

글자뿐만 아니라 문학작품이 시각과 관련을 맺고 있다는 사실 역시 우리는 많은 예들을 통해 확인할 수 있다. 가장 최근에 나온 이 분야의 연구로는 아마도 보들레르에 대한 장 스타로뱅스키의 책『거울이 있는 멜랑콜리, 보들레르에 대한 세 가지 독서La mélancolie au miroir, Trois lectures de Baudelaire』를 들 수 있을 것이다. 스타로뱅스키는 이 책에서 말한다. "멜랑콜리는 어떻게 해서 자율적인 인물이 되는 것일까? 서구문화에 있어, 멜랑콜리는 수 세기 동안 시인들이 자신들의 조건에 대해 갖고 있는 생각과 분리할 수 없는 것이었다. 시인들의 텍스트 혹은 문학이론가들의 텍스트를 회화들과 함께 살펴보는 것이 유용할 것 같다." 실제로 스타로뱅스키는 방대한 자료에 기초하여 멜랑콜리와 거울을 중심으로 전개되는 그의 사고가 회화작품들로부터 적지 않은 영향을 받았음을 책 곳곳에서 밝히고 있다. 보들레르의 시「돌이킬 수 없음L'Irrémédiable」의 한 표현을 언급하며 "극지방에 난파한 배는 카스파 다비드 프리드리히가 그린 그림과 유사하다"고 말하고 있고, 또 턱을 괴고 있는 멜랑콜리의 전형적인 자세를 언급할 때는 조르주 드 라 투르의 〈마들렌느〉를 삽화로 예시하거나 혹은 '몸을 기울이고 있는 태도가 갖고 있는 모호한 의미들'을 '시각예술들' 속에서 찾기도 한다.

소쉬르가 무시할 수 없는 양의 자료를 수집해 연구했음에도 불구하고 끝내 아나그람 연구를 포기한 것은, 비단 그가 무의식을 염두에 두고 있지 않아서만은 아니었다. 소쉬르는 아나그람을 음성적 측면에서만 일어나는 현상으로 여겼다. 프로이트 역시 무의식이 발현되는 과정과 그 예술적 결과물인 소설, 조각, 회화 등을 시각적인 대상으로 보기보다는 잠재된 어린 시절의 추억들이 회귀하는 현상으로만 보려고 했다. 괴테와 레오나르도를 다룰 때에도 글의 제목들이 일러주듯이 어린 시절은 각별한 중요성을 지니고 있다. 하지만 소쉬르와 프로이트는 물론이고 소쉬르의 아나그람을 무의식과 연결시킨 장 미셸 아당과 프로이트의 실수들을 지적한 사라 코프만 모두 문학작품의 시각적 측면을 간과한 데에는 이유가 없지 않다. 그 이유란 다름 아니라, 문학작품 속의 시각적 이미지들이 거의 언제나 쉽게 알아볼 수 없는 변형된 형태를 띠고 나타난다는 데에 있다. 쉽게 알아볼 수 없는 변형된 이미지는, 사실은 언어로 이루어진 문학작품보다는 미술 분야에서 오랜 전통을 갖고 있는 기법이기도 하다. 흔히 아나모르포즈(anamorphose)로 불리는 기법이 그것이다.

본고에서는 음절이나 문자 단위에서 일어나는 아나그람과 미술에서 형태를 왜곡시킴으로써 일어나는 아나모르포즈를, 언어와 이미지라는 상이한 대상에도 불구하고 말의 넓은 의미에 있어서의 동일한 수사학으로 보고, 이를 통해 소설작품 속에 나타난 무의식의 움직임을 추적해보고자 한다. 우리의 이러한 실험적 성격의 연구는 무엇보다, 소쉬르와 프로이트가 간과했던 언어의 회화적 양상의 중요성에 대한 인식에서부터 출발한다. 또한 아나그람과 아나모르포즈를 소설 독서에 적용함으로써 무의식의 움직임을 추적할 수 있다는 희망을 가질 수 있게 된 것은 무엇보다, 아나그람과 아나모르포즈가 작가 개인의 의도적 산물이거나 장르상의 규범에 속하는 테크닉임에도 불구하고 쉽게 알아볼 수 없는 언어적, 시각적 왜형이 많은 경우, 순수하게 언어적 차원이나 시각적 차원에서만 독립적으로 일어나지 않고 오히려 서로 영향을 미친다는 우리의 확신 때문이다. 요약하자면 아나그람은 문학작품에서 일어난 아나모르포즈이며, 아나모르포즈는 회화에서 일어난 아나그람이라고 말해볼 수 있다.

이를 위해 김승옥의 짧은 단편인 「야행夜行」과 신경숙의 「그 여자 (女子)의 이미지」를 대상으로 삼아 분석을 시도하겠다. 김승옥의 단편 「야행」에 등장한 남근은 여자 주인공의 손목 모습을 하고 나타났지만 수음의 주인공이었고, 신경숙의 「그 여자(女子)의 이미지」에서는 남근이 '파커 만년필'이라는 전혀 다른 오브제를 통해 모습을 숨기고 있다. 아나모르포즈 개념을 소설 텍스트 속에서 무의식적으로 움직이는 회화적 양상을 드러내는 한 방법으로 사용하기 위해, 본고에서는 현재 영국 런던 내셔널 갤러리에 소장되어 있는 유명한 그림, 한스 홀바인의 〈대사들〉에 한정하여 아나모르포즈를 살펴보고자 한다.

2. 현주의 손목, 김승옥의 「야행」에 나타난 아나그람과 아나모르포즈

우선 김승옥의 소설 「야행」에서 분석 대상이 된 부분을 읽어보자.

여자는 빼내려 하고 사내는 놓치지 않으려 하는 두 손은 몹시 미끄럽게 마찰되고 있었고 그 움직임이 문득 눈에 뜨이자 현주는 마치 사내가 자기를 애무하고 있는 게 아닌가 하는 착각에 휘말려드는 것이었다. 사내는 손을 묘한 형상으로써 그 여자의 손목을 잡고 있었다. 즉 사내는 엄지손가락의 끝을 나머지 네 개의 손가락 끝에 맞대어 일종의 고리를 만든 것이었다. 그 고리 속에 현주의 가느다란 손목이 갇혀 있는 꼴이었다. 그 고리는 여자의 손목이 마음대로 움직일 수 있을 만큼 헐렁하였다. 그러나 빠져나올 수는 없었다. 사내 손의 그 섬세한 조작이 그 여자의 마음에 들었다. 공포 속의 안심이라고나 할까, 그 여자는 그런 걸 느꼈다. 그 여자는 손목을 빼내기를 단념하였다. 그러자 그 고리가 점점 오므라들어 움직이기를 멈춘 여자의 손목을 아프지 않은 한계 안에서 조이는 것이었다. 그 여자는 문득 자기의 손과 사내 손의 그 땀에 젖어 미끄러운 틈으로부터 생명의 거친 숨소리가 들려오는 것을 의식하였다. 그것은 북소리처럼 둔중했고 생선 아가미처럼 가빴다. 사내의 생명도 자기의 생명도 아닌 전연 낯선 생명이 지금 마악 땀에 젖은 손과 손의 틈바구니에서 태어난 것 같았다.[2]

위 장면이 나오는 전후 문맥은 다음과 같고, 밑줄친 부분이 인용한 부분이다.

현주는 계단의 마지막 층계를 오르고 있는 중이었다. 그때였다, 낯선 사내의 억센 손이 그 여자의 팔꿈치 근처를 움켜쥔 것은.
한 번도 본 기억이 없는 사내였다. 아니 본 적이 있는지도 모른다. 만원버스 속에서 또는 은행의 창구를 통하여 또는 극장의 휴게실에서 또는 시장의 좁은 통로에서 또는…… 그런 곳에서라면 얼마든지 보았던, 전연 기억되지 않는 얼굴이었다. 사내는 약간 비대하였고 햇볕에 그을려 갈색인 얼굴은 땀을 뻘뻘 흘리고 있었다. 삼십사오 세? 못생기지는 않았다.
"왜 그러세요?"
현주는 사내의 손아귀에서 팔을 빼내려고 하였다. 땀에 젖어 있던

<hr>

2) 김승옥, 「야행」, 『무진기행』, 문학동네, 2004, 347~348쪽. 이하 본문의 인용문은 이 책에서 인용한 것이다.

사내의 손바닥이 미끄러운 마찰을 일으켰다. 그러나 사내는 손을 떼지 않았다.

"조용히 드릴 얘기가 있습니다. 아무 말씀 마시고 절 따라와주세요."

말하고 나서 사내는 현주의 팔꿈치를 잡고 있던 손을 아래로 미끄러 내려 손목을 힘주어 잡았다. 그리고 그 여자가 방금 올라왔던 계단 아래로 내려가기 시작했다. 그 여자는 휘청거리며 끌려내려갈 수밖에 없었다. 사내의 절박한 표정에 속았던 것이 아니었다. 공포가 그 여자의 목구멍을 틀어막고 있었기 때문이었다. 뭔가 오해하고 있는 것이겠지. 이 사내가 품고 있는 오해가 내가 해명해줄 수 있는 오해였으면……

"왜 이러시는 거예요, 정말?"

"잠깐이면 됩니다."

"어디로 가는 거죠?"

"바로 요 됩니다."

"손은 좀 노세요. 따라갈 테니까. 절 아세요?"

"압니다."

사내는 손목을 놓지 않고 그리고 현주의 얼굴을 돌아보지도 않고 말했다. 육교에서 팔꿈치를 잡고 말을 걸어오던 때를 제외하고는 그는 내내 여자를 돌아보지 않고 걸었다.

그 여자는 공포와 혼란의 늪 속에서 허우적거리기 시작했다. 숨이 막히는 것 같았다. 발버둥쳐보았지만 혼란의 늪 속에는 디딤돌이 없었다. 그 여자의 머릿속은 뜨겁게 부푼 진흙으로 가득 차버렸다. 마침내 그 여자는 생각하였다. 아아, 마침내 내 연극이, 속임수가 탄로나고 만 거야. 탄로나고 말았어. 속임수를 썼던 죄로 나는 지금 잡혀가고 있는 거야. 그들은 나를 고문할까? 아냐, 고문하기 전에 내가 먼저 자백해 버리겠어. 아냐, 그럴 필요는 없지. 물론 우리는 결혼식을 하지 않았어, 하지만 앞으로도 하지 않을 거야. 그래, 그러면 나에겐 자백할 게 아무것도 없어지는 셈이지.

그들은 백화점을 끼고 돌았다. 그들은 차도를 건너질러갔다. 도중에 차도의 복판에서 차가 몇 대 지나가기를 기다리느라고 잠깐 걸음을 멈춘 동안, 사내는 문득 "날씨가 몹시 덥죠?" 하고 중얼거렸다. 그것은 여자에게라기보다 자기 자신에게 들려주기 위한 중얼거림 같았다. 차라리 사내가 여자에게 말하고 있는 것은 여자의 손목을 잡고 있는 그의 손을 통해서였다. 여자는 빼내려 하고 사내는 놓치지 않으려 하는 두 손은 몹시 미끄럽게 마찰되고 있었고 그 움직임이 문득 눈에 뜨이자 현주는 마치 사내가 자기를 애무하고 있는 게 아닌가 하는 착각에 휘말려드는 것이었다. 사내는 손을 묘한 형상으로써 그 여자의 손목을 잡고 있었다. 즉 사내는 엄지손가락의 끝을 나머지 네 개의 손가락 끝에 맞대어 일종의 고리를 만든 것이었다. 그 고리 속에 현주의 가느다란 손목이 갇혀 있는 꼴이었다. 그 고리는 여자의 손목이 마음대로 움직일 수 있을 만큼 헐렁하였다. 그러나 빠져나올 수는 없었다. 사내 손의 그 섬세한 조작이 그 여자의 마음에 들었다. 공포 속의 안심이라고나 할까, 그 여자는 그런 걸 느꼈다. 그 여자는 손목을 빼내기를 단념하였다. 그러자 그 고리가 점점 오므라들어 움직이기를 멈춘 여자의 손목을 아프지 않은 한계 안에서 조이는 것이었다. 그 여자는 문득 자기의 손과 사내 손의 그 땀에 젖어 미끄러운 틈으로부터 생명의 거친 숨소리가 들려오는 것을 의식하였다. 그것은 북소리처럼 둔중했고 생선 아가미처럼 가빴다. 사내의 생명도 자기의 생명도 아닌 전연 낯선 생명이 지금 마악 땀에 젖은 손과 손의 틈바구니에서 태어난 것 같았다. 그러자 그 여자의 공포와 혼란은 더욱 말할 수 없는 힘으로 그 여자를 흔들어놓기 시작했다.

"뭘, 저한테 뭘 요구하시는 거예요?"

"요구하다니, 오해하지 마시오. 당신한테 할말이 있다니까."

사내는 침착하게 나직나직 말했다.

사내의 목적지가 가까운 다방이나, 최악의 경우 파출소쯤이려니 생각하고 있던 현주는 사내가 회현동 골목 속에 새로 단장한 지 오래지 않은 듯한 이층 건물 속으로 한마디 해명도 없이 그리고 고개 한 번 돌려보는 법 없이 자기를 끌고 들어섰을 때는 너무나 놀라서 아래턱만 덜덜 떨 뿐 말 한마디 꺼내지 못하고 있었다. 그곳은 여관이었다.

"자, 그만 울어. 이젠 경찰에 가서 강간당했다고 고발해도 돼. 난 감옥에 가는 걸 무서워하지 않거든. 당신의 팔뚝이 몹시 매끄러워 보이더군. 내 손 속에 넣고 만지고 싶었어. 당신을 그냥 지나쳐버렸더라면 어떻게 됐을까? 어떻게 되긴, 뭐 아무것도 아니지. 당신도 역시 아무 일도 일어나지 않은 게 좋다고 생각하는 그런 여자인가? 어어, 굉장히 더운 날이지? 그만 울어요, 여름에 울면 감기 걸린대."

사내가 말할 게 있다던 것은 대강 그것이었다.[3] (밑줄은 인용자)

위에서 길게 인용한 부분은 소설의 여주인공 현주가 대낮에 치한에게 끌려가 이른바 강간을 당하는 장면이다. 이 장면을 읽은 사람이면 누구나 현주가 강하게 뿌리치거나 반항을 할 수도 있었고 또 주위 사람들에게 도움을 구할 수 있었음에도 불구하고 치한에게 끌려갔다는 점을 의아하게 생각할 수 있다. 하지만 소설의 줄거리에 지나치게 매달리지 않는 사람이라면 그와 같은 의심을 하기보다는 오히려 인용한 장면이 자아내는 에로틱한 분위기에 더 민감할 수 있다. 그리고 조금 더 예민한 독자라면 밑줄친 부분에서 절정에 이르는 위의 장면

---

3) 읽는 이들에게 불편함을 준다는 부담감에도 불구하고 인용이 길어지고 한 번 인용한 대목을 다시 문맥 속에 넣어 재인용한 것은, 본고의 후반부에서 텍스트 분석의 한 방법으로 '텍스트 절단'의 문제를 다루기 위해서이다. 문맥을 벗어난 텍스트 절단은 소설 속의 무의식의 움직임을 추적하는 하나의 방법론 역할을 하게 된다.

이 수음의 이미지들임을 알 수 있다. 두 손의 마찰, 애무, 엄지손가락과 나머지 네 개의 손가락이 만드는 고리, 사내의 손의 섬세한 조작, 북소리처럼 둔중했고 생선 아가미처럼 가쁜 생명의 거친 숨소리, 현주의 손과 사내의 땀에 젖은 손의 틈바구니에서 태어난 전연 낯선 생명 등은 놀랍게도 수음의 장면과 분위기를 구성한다는 것을 의심하기 어려운 감각적 요소들이다.

　현주는 소설의 줄거리에 따르면 "회현동 골목 속에 새로 단장한 지 오래지 않은 듯한 이층 건물 속"에 있는 여관에서 치한에게 강간을 당했다. 그러나 현주는 이미 길거리에서 강간을 당한 것이 아닐까? 이미 현주는 "문득 자기의 손과 사내의 손의 그 땀에 젖어 미끄러운 틈으로부터 생명의 거친 숨소리가 들려오는 것을 의식"했고, "북소리처럼 둔중했고 생선 아가미처럼" 가쁜, "사내의 생명도 자기의 생명도 아닌 전연 낯선 생명이 지금 마악 땀에 젖은 손과 손의 틈바구니에서 태어"났다고 했다. 여관방에 들어가 별로 할 일은 없었을 것이다. 그러나 위의 장면이 수음의 장면이라면 현주는 길거리에서 강간을 당한 것이 아니라, 수음을 한 것이다. 하지만 여자가 어떻게 수음을 하는가? 그것도 백주에? 하고 놀랄 수 있지만, 아니다. 위의 장면이 주는 놀라움은 수음의 이미지로부터 오는 것도 아니고, 여자가 백주에 그것도 명동 네거리에서 수음을 한다는 사실에서 오는 것도 아니다. 모든 일은 여관이 아니라 길거리에서 일어났으며, 대낮이 아니라 소설의 제목이 일러주듯 밤에 일어났고, 또 진정으로 우리를 놀라게 하는 것은 여자인 현주의 손목이 수음의 장면에서 남자의 손에 잡힌 채 "북소리처럼 둔중했고 생선 아가미처럼" 가쁜 "생명의 거친 숨소리"를 내며 "전연 낯선 생명"을 탄생시키는 남근의 역할을 하고 있었다는 기이한 현상에서 온다. 여기서 기인한 것은 다시 한번 반복하자면, 수음도, 대낮도, 남자의 손을 뿌리치지 못한 현주의 이중적 태도도 아닌, 현주의 손목이 남근이 되는 이 변신이다.

소설이 발표된 지 사십 년이 넘게 흘렀지만 그 동안 아무도 이 장면 속에 숨어 있던 수음의 이미지를 읽지 못했고 자연히 현주의 손목이 남근으로 변하는 것도 헤아릴 수 없었다면, 그것은 아마도 여자 주인공인 현주의 손목이 누구도 알아볼 수 없는 아나모르포즈의 형태를 띠고 소설 속에 깊게 숨어 있었기 때문일 것이다. 자연히 아무도 첫 작품인 「생명연습生命演習」에서부터 유명한 「무진기행霧津紀行」으로 이어지며 반복되는 손과 수음의 테마를 눈여겨볼 수 없었다.[4]

여자 인물의 손목이 남근이 되어 반복되는 "섬세한 조작"과 "마찰" 끝에 "땀에 젖어 미끄러운 틈으로부터" "북소리처럼 둔중했고 생선 아가미처럼" 가쁜 "생명의 거친 숨소리"가 들려오는 이 장면은, 문학 작품에 대해 통상적으로 내리는 정의, 즉 작가의 의도를 표현했다거나 현실을 재현했다는 등의 진부한 개념을 정면으로 부정한다. 문학 작품 속에는 작가의 의도와 현실 재현만이 아닌, 전혀 다른 또하나의

---

4) 그의 다른 소설들에서도 반복해서 등장하는 수음의 테마는 단 한 번도 지적되지 못했고, 따라서 기독교 신자인 김승옥의 작품세계에 등장하는 종교와 소설의 관계는 한 번도 제대로 다루어지지 못했다. 한국 비평계의 고질적인 대충 읽기를 비판하는 일은 다른 기회로 미루어야겠지만, 또 김승옥의 소설 「야행」에서 수음의 이미지를 읽어내지 못한 이유가 수음의 이미지가 그 동안 누구의 눈에도 띄지 않을 정도로 깊게 숨어 있었기 때문이긴 하지만, 우리는 여기서 중요한 사실 한 가지를 짚고 넘어가지 않을 수 없다. 다시 말해 한국소설을 읽을 때 우리는 단 한 번도 아나그람이나 아나모르포즈라는 개념을 떠올리지 못한 것이다. 아나그람이나 아나모르포즈라는 개념과 단어 자체가 우리에게는 없었던 것이다. 이 부재는 무엇을 의미하는가? 한 여인이 치한에게 끌려가면서 소설 제목에도 불구하고 백주에 길거리에서 강간을 당하는 장면이 수음의 그것이며, 그 장면 속에서 여인의 손목이 남근이 되는 예상치 못한 변신을 묘사한 이 소설은 이미 수십 년 전에 씌어졌지만, 아나그람과 아나모르포즈라는 비평적 분석틀의 부재로 수음의 장면도 여인의 손목이 남근이 되는 무의식적 변신의 움직임도 깊이 숨어 있을 수밖에 없었던 것이다.

힘 혹은 논리가 있음을 인정해야 한다. 소설의 모든 스토리를 일거에 붕괴시키는 이 힘에 우리는 어떤 이름을 부여할 수 있을 것인가? 아니 그전에 여자의 손목이 남자의 남근이 되는 이 아나모르포즈는 어떤 순간에 눈에 띄는 것일까? 한스 홀바인이 그린 〈대사들〉에 등장하는 일그러진 해골처럼 그림의 정면을 벗어나 옆으로 비켜설 때만 언뜻 보이는 이미지일까? '정면을 벗어나 옆으로 비켜선다'는 이 비유를 소설 텍스트를 대상으로 하는 독서 행위에 적용하면, 독서의 어떤 행위가 그에 해당될까?   ·

어쩌면 소쉬르가 아나그람을 연구하며 무의식을 염두에 두지 못했기 때문에 아나그람을 포기할 수밖에 없었다고 한 장 미셸 아당의 지적을 받아들여 무의식을 개입시켜야 할지도 모른다. 사실 김승옥이라는 작가가 의도적으로 마음먹고 밉살맞은 수음 장면을 묘사한 것은 정녕 아닐 것이다.

하지만 무의식이라는 한마디 말로 모든 의문이 풀리는 것은 아니다. 사내의 손이 여자의 손목을 잡은 장면을 감각적 단어들로 구성된 수음의 장면으로 변형시키는 힘과 이 변형 속에서 가장 중요한 역할을 하는 여자 손목의 남근으로의 변신은, 우리로 하여금 아나그람, 아나모르포즈, 무의식을 함께 고찰해보도록 유도하고 있다. 소쉬르나 프로이트 혹은 장 미셸 아당이나 사라 코프만의 글들을 읽으며 답답한 생각이 드는 것은, 그들이 단 한 번도 아나그람을 아나모르포즈와의 관련 속에서 살펴보려는 시도를 하지 않았기 때문이다. 딱히 이러한 시도를 한 사람을 든다면 쥐르지 발트뤼새티스 정도가 있을 뿐이다.[5] 그는 책 말미의 「현대의 텍스트들」에서 소설가, 비평가, 기타 다른 학자들의 글 속에 나타난 아나모르포즈를 언급하며 영국 소설가

---

5) Jurgis Baltrusaitis, *Anamorphoses, Les perspectives dépravées II*, Flammarion, 1996.

헨리 제임스의 「양탄자 속의 이미지The figure in the carpet」를 예로 들고 있다. 하지만 그 역시 보다 규모가 있는 텍스트, 가령 위에서 잠시 살펴본 김승옥의 「야행」에 나오는 장면같이 오직 상상을 통해서만 접근 가능한 텍스트의 비시각적 회화성에 구체적으로 아나모르포즈를 적용해보지는 않았고, 다만 텍스트가 이미지를 다룬다는 정도의 지적에 머물고 말았다.

3. 땀에 젖은 피에이알케이이알, 신경숙의 「그 여자(女子)의 이미지」에 나타난 아나그람과 아나모르포즈

한국 소설가 신경숙의 「그 여자(女子)의 이미지」를 잠시 읽어볼 필요가 있다. 우선 만년필이 의미 있는 상징물로 등장하는 대목을 읽어보자.

그러나 그날 있었던 일은 생각난다, 미자. 내 윗옷 앞주머니엔 만년필이 꽂혀 있었지. 파커. 잉크만 채워놓고 한 번도 써본 적이 없지만 백수인 내게 그 만년필은 그냥 백수가 아니라는 위세용이었지. 더구나 파커가 아니었던가. 선명하게 뚜껑에 패여져 있는 피에이알케이이알. 미자, 당신의 몸이 자전거 뒤에 실리니까, 그 구불구불한 길에서 바퀴는 통통 튀었지. 피에이알케이이알도 윗주머니 속에서 들쭉날쭉했지. 그러다가는 만년필을 잃어버리고 말 것 같아서 이렇게 들고 있어요, 뚜껑을 잡고 당신에게 건네줬지. 그리고 우리는 십 리를 달렸지. 달려도 달려도 그저 아득히 구불구불한 길, 그 어딘가에 꼭 가야 하는 목적이 있는 것같이 오로지 달리다가 미루나무가 서 있는 냇가에서 자전거를 받쳤을 때, 새똥이 묻은 것처럼 가무스름하던 당신 얼굴이 하얗게

질려 있었어. 만년필을 내가 이렇게 잡고 있어요, 한 대로 뚜껑만 이렇게 잡고서 그대로 십릿길을 달렸으니 그 팔이 오죽 아팠을까, 미자. 그러나 당신이 돌려주는 만년필은 뚜껑뿐이었다. 오로지 뚜껑만 이렇게 잡고서 만년필 몸집이 어느 비탈길로 떨어지는지도 모르고 당신은 오로지 내가 말한 대로 이렇게 잡고만 온 거야. 땀이 끈끈하게 배인 만년필 뚜껑을 받으면서 나는 처음엔 웃었고 곧 모래밭에 넘어져 무릎 살갗이 실킨 것같이 가슴이 쓰라렸다.[6]

위 인용문에서 파커 만년필은 미자를 자전거 뒤에 태우고 십릿길을 달린 남자 그 자신이다. 왜냐하면 "잉크만 채워놓고 한 번도 써본 적이 없지만 백수인 내(그에)게 그 만년필은 그냥 백수가 아니라는 위세용이었"기 때문이다. "더구나 파커가 아니었던가. 선명하게 뚜껑에 패여져 있는 피에이알케이이알." 촌구석에서 구하기 힘든 귀하디 귀한 물건이었던 파커 만년필은 모든 사람들이 볼 수 있게 "윗옷 앞주머니"에 꽂혀 있었다. 두 남녀가 서로 끌어안고 자전거를 타는 장면은 두 남녀의 러브신이라고 봐도 무방할 정도로 에로틱하다. "통통 튀었지" "들쭉날쭉했지"라는 의성, 의태어만으로도 에로틱한 함의는 충분히 짐작할 수 있을 것이다. 두 남녀를 싣고 달리는 자전거만 "통통" 튀지는 않았을 것이기 때문이다. 그리고 남자 그 자신이기도 했던 파커 만년필 "피에이알케이이알도 윗주머니 속에서 들쭉날쭉했"다. 파커 만년필이 들쭉날쭉했다면 그것은 지극히 당연한 일일 것이다. 그것은 단순한 만년필이 아니라, "피에이알케이이알"이었기 때문이다. 한 자 한 자 또박또박 발음을 해야 할 정도로 귀하고 귀한 이 만년필

---

6) 신경숙, 「그 여자(女子)의 이미지」, 『풍금이 있던 자리』, 문학과지성사, 1993, 108~109쪽.

은, 파커 만년필이 아니라, 일종의 아나그람 혹은 아나모르포즈 형태를 띠고 소설의 무의식 속으로 틈입한 남자 자신이었고, 남자를 상징하는 남근이었던 것이다. 그래서 미자는 그 상징을 꼭 쥐고 있었고, 두 남녀가 자전거 타기를 빙자해 벌인 멋진 러브신이 끝나자 미자의 손에는 "땀이 끈끈하게 배인 만년필 뚜껑"만이 남아 있어야 했다.

아무것도 아닌 만년필이라는 일상적 오브제가 소설의 무의식적 문맥 속에서는 남근으로 변하고 있다. 이 변형은 "피에이알케이이알"이라는 아나그람을 통해, 그리고 "통통 튀었지" "들쭉날쭉했지"와 같은 체위와 동작을 지칭하는 의성, 의태어와 끈끈한 땀 같은 감각적 묘사 등을 통해 에로틱한 장면을 완성하고 있다. 만년필의 본체는 어디로 갔을 것인가라는 질문은 할 필요가 없을 것이다. "피에이알케이이알"이라는 아나그람이 선명하게 찍혀 있는 곳은 만년필의 본체가 아니라 뚜껑이기 때문이다. 만년필 자체가 중요한 것이 아니다. 중요한 것은 "피에이알케이이알"이었다. 즉 다시 말해 그 어느 순간에도 정확한 어휘를 사용해서 금지된 욕망의 대상을 지칭할 수 없었기 때문에, 이 난삽하고 긴 영어단어인 "피에이알케이이알"이 남근의 이름을 대신하고 있었던 것이다.

여기서는 두 가지 욕망이 중첩되었을 것이다. 소녀라면 누구라도 갖고 있을 수 있는 유별난 것도 아닌 에로틱한 꿈과 작가가 되고자 하는 한 문학소녀의 간절한 염원이, 이 두 욕망을 동시에 상징할 수 있는 만년필이라는 오브제를 만난 것이다.

4. 아나그람과 아나모르포즈

우리는 앞에서 김승옥과 신경숙이 쓴 두 편의 소설을 살펴보았다.

그러면서 남근이 등장하는 에로틱하면서도 기괴한 장면들을 소설 전체의 문맥에서 과감하게 절단해 그 세부를 확대하는 방법을 통해, 여자의 손목이 남근이 되기도 하고 "피에이알케이이알"이라는 아나그람이 남근의 이름을 대신하기도 하는 것을 살펴보았다. 이제 이 두 가지 사례가 어떻게 아나그람과 아나모르포즈와 관련되는지, 보다 구체적으로 논의할 차례이다.

아나그람이나 아나모르포즈는 모두 무의식적 행위가 아닌 의식적 행위들이다. 아나그람은 일반적으로 '다른 단어를(혹은 드물게는 다른 계열체나 문장을) 만들어내기 위해 한 단어를(혹은 한 계열체나 문장을) 구성하는 글자들의 위치 바꾸기'를 말한다. 예를 들면 프랑수아 라블레(François Rabelais)의 아나그람은 알코프리바 나지에(Alcofribas Nasier)가 되고, 에크랑(Ecran)은 나크르(nacre)나 랑스(rance)가 될 수 있다.

이러한 사전적 정의에 따르면, 문학작품 속에서 단어나 계열체, 문장과는 다른 규모의 단위에서 일어나는 유사한 양상의 현상들은 아나그람으로 지칭할 수 없을지도 모른다. 또 무엇보다 아나그람은 무의식적인 행위가 아니기 때문에, 위에서 사례로 든 두 편의 소설같이 일정한 규모를 지닌 텍스트에서 무의식적으로 일어나는 변형과 변신을 지칭하기는 어려울지도 모른다. 아나모르포즈를 적용하려고 할 때도 우리는 유사한 어려움에 부딪치게 된다.

아나모르포즈는 한 미학사전에 따르면 다음과 같이 정의되는 미술 기법 중의 하나이다. "광학법칙들의 의도적인 조작에 의해 변형된 데생이나 회화들을 지칭하는데, 이 변형된 데생이나 회화는 원통형 거울이나 볼록거울을 이용하거나 혹은 특수한 각도에서 보면 원래의 형태를 되찾는다. 아나모르포즈 기법은 16세기에 레오나르도 다 빈치, 뒤러에 의해 다듬어졌고 밀교적 학문으로 간주되었다. 아나모르

포즈는 광학과 원근법에 대한 발견에서 유래했으며 존재와 외관 그
리고 삶과 죽음에 대한 철학적 관념들을 형상화할 수 있도록 해주었
다. 한스 홀바인의 〈대사들〉은 아나모르포즈의 다양한 측면들이 가장
완벽하게 나타나 있는 그림인데, 두 대사 앞에 위치해 있는 이상한
형태의 물체는 그림을 정해진 한 지점에서 바라볼 때 비로소 지상의
모든 영광들 속에 숨어 있는 공허함을 말하는 해골로 드러나게 된다.
아나모르포즈는 18, 19세기에도 그려지긴 했지만, 흔히는 에로틱한
장면들을 숨기기 위한 호사적 취미 정도나 공식적인 도상들을 조롱
하는 의도에서 그려졌을 뿐이다. 초현실주의가 도래하면서 아나모르
포즈를 다시 다루기 시작했다."

아나모르포즈는 아나그람과 마찬가지로 '의도적인 조작'이다. 물
론 소쉬르는 이 의도적인 조작이 단어나 문장 차원이 아닌 시편들 속
에서 여러 번 반복되는 것을 목격했다. 그러나 그는 이 반복되는 현
상을 무의식적인 것으로 볼 수 없었을 뿐만 아니라 소설을 분석 대상
으로 삼지도 않았다. 아나모르포즈를 다루는 평자들을 보면, 극히 단
편적으로 소설을 언급하긴 하지만 그들 역시 무의식을 염두에 두지
는 않았고, 뿐만 아니라 아나그람과 아나모르포즈의 유사성에는 아예
생각이 미치지 못했다.

오히려 우리는 소쉬르에 대한 개론서를 쓰면서 조너선 컬러가 제
임스 조이스의 『피네간의 경야』를 대상으로 하여 시도했던 작업에 주
목할 필요가 있다. 조너선 컬러는 단어, 계열체, 문장의 단위를 넘어
서서 보다 큰 규모의 텍스트에 대해서도 아나그람 개념을 적용해볼
수 있음을 시사하고 있다.

아나그람에서는 두 가지 교훈을 얻을 수 있다. 그런데 이 교훈은 조
이스(Joyce)의 『피네간의 경야Finnegan's Wake』라는 텍스트를 가지

한스 홀바인, 〈대사들The Ambassadors〉, 1533, 목판에 유채, 209.5 cm x 207cm, 런던 내셔널갤러리.

그림을 다 본 후 오른쪽으로 지나가다 문득 다시 그림을 쳐다보면 죽음이 보인다. 죽음은 이렇게 모습을 보일 것이다. 문득, 예기치 않은 순간에. 그림 하단의 공중에 떠 있던 이상한 물체, 그것이 뭘까 궁금해하며 발걸음을 돌릴 때 나타나는 죽음, 다시 그림 앞으로 가는 사람은 많지 않을 것이다. 누군가 이야기했다. 그림은 정면에서 보도록 그려졌다고. 아닐 수도 있다. 정교하게 그려진 르네상스의 지식을 상징하는 각종 도구들과 화려한 의상을 일거에 무화시킬 수 있는 죽음, 그것을 정면으로 볼 사람은 없다. 그리고 다시 보고 싶은 사람도 없다. 상투적인 바니타스의 메멘토 모리를 극복하는 방법, 혹은 정교하게 재현된 사물들의 외관 밑에 숨어서 원근법을 구겨버리는 대혼란, 그것이 아나모르포즈일 것이다. 시간과 공간만이 아니라 언어도 휘어진다. 소설은 이 언어의 휘어짐, 즉 아나모르포즈를 휘어지지 않은 지식과 이성의 언어들과 함께 묘사할 수 있는 형식이다. 김승옥의 소설 「야행」에서 '현주의 손목'은 그래서 '현주의 손목'이면서 동시에 '남근'이 될 수 있었다. 남근은 홀바인의 '해골'에 해당할 것이다.

고 따져보면 더욱 잘 알 수 있다(물론 조이스의 이 소설은 소쉬르 생존 당시에는 나오지 않은 것이었다). 『피네간의 경야』는 여러 언어들의 기호를 닮은 용어로 짜여져 있지만, 어떤 때는 그 언어들과 일치하지 않는다. 다음과 같은 인용문을 살펴보자.

And stand up tall Straight. I want to see you looking fine for me. With your brandnew big green belt and all. Blooming in the very lotus and second to nill, Budd When you are in the buckly shuit Rosensharonals near did for you. Fiftyseven and three, cosh, with the bulge. Proudpurse Alby with his pooraroon Eireen, they'll. Pride, comfytousness, enevy.

(자, 한 번 뽐내듯이 벌떡 서봐요. 당신의 모습이 어떤지 보고 싶어요. 그 멋진 새로 산 초록색 벨트랑 뭐랑 다 하고 말이에요. 연꽃 속에 활짝 핀 모습이 정말 최고예요, 여보! 그 로젠샤로날스에서 지어준 양복을 입으니까 그럴듯해요. 그 양복이 57파운드 3페니나 하다니. 에이린과 나란히 선 돈 많은 알비라고나 할까요. 멋져요, 편안해 보이고 또 부러워요.)

이 문장은 문맥을 이해하면서 읽을 경우 여러 가지 플롯을 제공한다. 아내가 남편에게 새로 산 옷을 입어보라고 권유하는 장면도 될 수 있고, 남편에게 발기능력을 자랑해 보이라고 은근히 꼬드기는 장면도 될 수 있다. 그러나 이것은 겉으로 드러난 기호일 뿐이고, 텍스트가 제시한 각종 형태와 다양한 기호 사이의 관계를 탐구해야만 비로소 해석이 가능해진다.

"Shuit"은 물론 shit(똥)을 암시한다. 그러나 겉으로는 shirt(셔츠), suit(신사복), shoes(신발) (이것은 "buckly"의 buckle 때문에 그렇다.

하지만 buckly suit는 생일양복을 의미한다) 등으로 읽을 수 있다. "Rosensharonals"는 인근의 양복점 이름인 듯하다. 그러나 앞에 나오는 "bloom" "lotus" "budd"와 연결되어 'rose of Sharon(샤론의 장미)'을 연상시킨다. "Budd"는 문자 그대로 상대방을 친근하게 부르는 '여보' 정도의 뜻이다. 그러나 게일어에서는 페니스의 뜻도 된다. 그리고 이것은 맨 앞에 나온 "stand up tall(자, 한 번 뽐내듯이 벌떡 서 봐요)"과 호응한다. 그리고 "nill, Budd"는 거꾸로 읽으면 'Dublin'이 된다. 더블린은 『피네간의 경야』에서 중요한 이미지이다. 이것은 다시 앞에 나온 "green belt and all"과 호응한다. 그래서 "Proudpurse Alby(perfidious Albion? 믿을 수 없는 영국?)"와 얽혀 어떤 정치적 시나리오의 냄새를 풍긴다. 그리고 "pooraroon Eiren"은 'poor Eire(불쌍한 아일랜드)', 혹은 'Eileen Aroon(내 사랑 에일린)'으로 읽을 수 있다.[7]

조너선 컬러는 제임스 조이스의 『피네간의 경야』의 한 장면을 분석한 다음 다음과 같은 결론을 내린다. "독자들은, 아나그람의 경우와 마찬가지로, 한편으로는 어떤 것을 의미 있는 기호로 읽어야 할지 막막해지고 또 한편으로는 기호가 다른 기호(독자도 알지 못하는)를 부르는 반복과정 속에 빠져들어가게 된다. 독자들은 텍스트에 지속적인 의미(단어와 단어들의 연사적 관계에서 오는 의미)가 있다는 것을 느끼면서 동시에 여러 가지 연결관계, 그리고 텍스트 속의 형태를 특정 기호와 연상시켜가면서 스스로 창조적인 의미를 생산해내야 한다."[8]

단어 차원에서는 무의식이 개입할 여지가 상당히 축소될 수밖에

---

7) 조너선 컬러, 『소쉬르』, 이종인 옮김, 시공사, 1998, 174~176쪽.
8) 같은 책, 176쪽.

없다. 이런 사정은 계열체나 문장 차원에서도 마찬가지이다. 그렇지만 분석 대상의 규모가 텍스트 차원으로까지 커진다고 해서 무의식이 언제나 자동적으로 개입할 수 있는 것은 물론 아니다. 하지만 조너선 컬러가 지적한 것처럼, 문장이나 텍스트 차원으로 규모가 늘어나면 "텍스트 속의 형태를 특정 기호와 연상시켜가면서 스스로 창조적인 의미를 생산해"낼 수 있는 여지는 생기게 된다. 다시 말해 문학작품 역시 독자를 현대예술에서의 관객처럼 작품의 의미 생성과정에 흡인해들이는 것이다.

그렇다면 김승옥의 소설에 나타난 수음의 이미지와 여자의 손목이 남근으로 변하는 변신은 우리가 창조해낸 의미에 지나지 않는 것일까? 신경숙의 소설에서 미자는 남자가 잡고 있으라고 해서 아무 생각 없이 만년필 뚜껑만 잡고 있었던 것일까? 아나그람을 연구하며 딜레마에 부딪쳤던 소쉬르나 혹은 외부에서 증거를 찾아야만 했던 프로이트처럼 우리도 아직 생존해 있는 김승옥이나 현역작가로 활발하게 활동중인 신경숙에게 편지라도 보내야 할까?

아니다. 김승옥의 소설에 나오는 수음의 무의식적 이미지들과 여자의 손목이 남자의 남근이 되는 변신은 누구의 눈에나 쉽게 띄는 평범한 것은 아니었지만, 그렇다고 덜 객관적인 것 또한 아닌 것이다. 쉽게 눈에 뜨인다는 것이 객관적인 것을 의미하지 않을 뿐만 아니라, 문학에서 객관적이라는 것은 그리 의미 있는 판단기준이 되지도 못한다.

조너선 컬러의 지적은 시사적이지만, 그 역시 단어 하나하나의 이중적, 혹은 삼중적 다의성에 기초한 해석이었을 뿐, 텍스트의 그래픽적이고 회화적 측면에는 주목하지 못했다. 그가 인용한 조이스의 텍스트에 그런 장면이 나오지 않기 때문이기도 하지만, 아나그람을 지적하며 조너선 컬러 역시 음소와 소리에만 주의를 기울이고 있기 때문이기도 하다. 가장 대표적인 예를 들면 다음과 같다.

아나그람은 다음 두 가지 방식으로 진행된다고 가정해볼 수 있다. 하나는 아나그람에서 나오는 음절의 반복이 <u>음소</u>들의 배열에서 창조되는 질서를 의식하게 해주는 방식으로서, 가령 <u>두운</u>이 결과적으로 <u>소리</u>의 균형을 인식하게 해주는 그런 방식이다. 다른 하나는, 이와는 정반대로, 시인이 처음부터 <u>소리</u>의 균형에 신경을 쓰는 경우로, 같은 <u>소리</u>를 반복하여 자연스럽게 공명하는 것을 발견하고, 그 다음에 모든 사람이 의식하게 되는 이름(아나그람)을 암시하는 소리를 의도적으로 선택하는 방식이다.[9] (밑줄은 인용자)

우리는 머리말에서 밝혔듯이, 누구의 눈에나 쉽게 뜨이지 않는 변신이 일어나는 과정과 그 의미를 밝히기 위해 아나그람과 무의식이라는 두 준거 이외에 아나모르포즈라는 제삼의 준거에 의지해볼 수 있다. 김승옥의 소설에 나오는 수음 장면과 여인의 손목이 남근이 되는 이 숨어 있는 메커니즘은 정면에서 보아서는 결코 정체를 확인할 수 없는 아나모르포즈이기 때문이다. 비록 그것이 소설이라는 문학작품 속에서 언어를 통해 이루어진 것이라 해도, 영화의 한 시퀀스를 형성하기에 충분한 길이를 갖고 있는 소설의 묘사는 근접촬영의 클로즈업된 장면에 다름아니었다. 김승옥이 미술과 영화에 기울인 관심을 염두에 둘 때, 그의 글쓰기가 음절이나 단어 단위의 청각적 요소들만이 아니라 시각적, 회화적 요소들에 의해서도 많은 영향을 받고 있었다는 추측은 얼마든지 가능할 것이다.

하지만 무엇보다 누구의 눈에도 뜨이지 않은 채 지금까지 숨어 있

---

9) 같은 책, 168쪽.

었던 그 비밀스러운 모습이 우리로 하여금 언어의 산물임에도 불구하고, 소설 「야행」에서 현주가 치한에게 손목을 잡힌 채 끌려가는 장면을 회화적 기법인 아나모르포즈의 언어적 등가물로 보게 한다. 김승옥의 소설 역시 한스 홀바인의 그림처럼, 정면이 아니라 옆으로 비켜서서 볼 때만 죽음을 나타내는 바니타스(vanitas) 도상인 해골에 해당하는 남근의 모습을 드러내기 때문이다. 현주의 손목, 그것은 남근이었고 아나모르포즈였던 것이다.

우선 한스 홀바인의 그림 〈대사들〉을 김승옥의 소설과 비교해볼 필요가 있다. 홀바인의 그림에 나타난 아나모르포즈인 해골은 정면에서 볼 때는 형체를 알아볼 수 없는 괴물체로만 보일 뿐이다. 심한 경우는 오래된 그림에 나타나게 마련인 얼룩으로 볼 수도 있다. 하지만 그것은 괴물체도 얼룩도 아니고, 지정된 지점에서 보면 선명하게 해골의 형상을 드러낸다. 그림을 다 보고 돌아나오려고 할 때 갑자기 눈에 들어오는 이 해골을 본 사람은 그때의 충격을 쉽게 잊지 못할 것이다. 하지만 이 충격이 얼마나 큰 것이든, 아나모르포즈는 의도적으로 관점을 왜곡해서 만든 정치한 기법의 산물로 이 왜곡된 관점만 복원하면 원래의 모습이 나타나는 것이다.

김승옥의 소설에서 홀바인의 그림을 정면에서 바라보았을 때 나타나는 이 왜상에 해당하는 것은 무엇이었을까? 또 소설 속의 무엇이 그림의 복원된 해골에 해당하는 것이었을까? 이런 질문들은 어처구니없는 것임에 틀림없다. 왜냐하면 소설은 읽는 독서의 대상이지 바라보는 감상의 대상이 아니기 때문이다. 소설을 정면에서 읽지 않고 옆으로 비켜나서 읽을 수는 없는 것이다. 그러나 우리는 이미 소설 전체가 아니라 소설의 한 부분만을 잘라냈다. 이 텍스트 절단 행위는 그림을 정면에서 바라보지 않고 옆으로 비켜서서 바라보는 행위에 해당하는 방법이다. 다시 말해 인용이라는 이름의 이 텍스트 절단 행위는 하나의 방법이자 관점인 것이다. 여기서 우리는 소설을 비롯한 문학 텍스트가 제목이나 작가 이름 정도를 제외하고 언제나 같은 크기의 활자로 인쇄된다는 사실의 중요성을 상기할 필요가 있고, 그래서 메이어 샤피로의 지적은 설득력이 없지 않다는 사실 역시 인정해야 할 것이다.

중세의 성화들 속에 나타난 글자와 문장들을 분석한 후 샤피로는 다음과 같은 결론을 내린다. "지금까지 우리가 살펴본 것들은 전형적으로 중세적인 것으로, 언어와의 밀접한 관련성이 일정한 양의 그림의 기법들을 헤아릴 수 있도록 해주는 중세예술의 특징들이다. 그림은 여기서 서술의 순서, 문자라는 특수성, 상징성을 추종하는 것 등에 있어서 언어와 유사한 것이 된다. 텍스트에 근거해 있는 그림은 글자로 씌어진 단어를 그림이라는 이차원의 평면 속에서 회전이 가능한 구체적 요소로 받아들이고 있는 것이다." 16세기에서 18세기까지 이른바 'Ut pictura Poesis(시는 회화처럼)', 즉 'la poésie est comme la peinture(시는 회화처럼)'에 근거하여 성서나 신화 같은 텍스트에 기록되어 있는 내용을 회화로 표현했던 중세와 르네상스 시대의 그림은, 프라 안젤리코나 기타 초기 플랑드르 화파 등의 〈수태고지〉에서 볼 수 있듯이 동정수태를 알리는 천사와 그에 응답하는 마리아의 말이 두 인물들 간의 대화로 표현되기 위해, 그림을 보는 관람자의 시선은 아랑곳하지 않은 채 글씨들이 상하좌우로 반전되어 그림에 기록되어 있다. 샤피로는 또한 그의 책 『말과 이미지Les Mots et les Images』에서 그림의 인물들이 정면으로 묘사되었느냐 아니면 프로필로 등장했느냐에 따라 문장의 일인칭이나 삼인칭으로 파악하기도 했다(흥미롭게도 마네의 그림에 나타난 화가의 서명을 다루면서 샤피로는 마네(Manet)라는 이름 자체가 라틴어로 읽으면 뒤러(Durer)가 되기 때문에, 마네의 판화를 제작한 한 판화가는 판화에 'il durera(지속되다)'라는 뜻을 지닌 'manet et manebit(지속되다)'라는 서명을 집어넣었다는 점을 밝히고 있다. 이것을 아나그람으로 볼 수는 없지만 특수한 예로 간주할 수는 있을 것이다).

소설을 정면에서 읽지 않고 옆으로 비켜나서 읽을 수는 없지만, 소설 전체가 아니라 소설의 특수한 부분만을 잘라내어 읽었을 경우, 이 절단 행위는 그림 속에 등장하는 상하좌우로 반전된 마리아의 응답을 적은 글을 언어의 구문과 같은 효과를 지닌 것으로 파악한 샤피로의 지적대로, 전체 텍스트 속에 숨어 있기 때문에 전체 문맥에서는 읽을 수 없는 것을 읽어낼 수 있는 한 방법이 될 수 있다. 하지만 샤피로가 우리에게 제공하는 의미 있는 시사점은 다른 데 있다. 다시 말해 샤피로가 제공한 시사적인 지적에서 출발해 우리는 그의 지적을 반전시켜볼 수도 있는 것이다. 즉 그림 속의 글이 아니라, 글 속의 그림을 문제 삼는 것이다. 물론 이때 글 속의 그림이란 삽화를 두고 하는 말은 아니다(만화는 예외적인 경우에 속할 것이다).

하지만 글 속의 그림이라고 하더라도, 무의식의 개입이 없으면 김승옥의 소설 같은 작품에 숨어 있는 아나그람적 아나모르포즈, 혹은 아나모르포즈적 아나그람은 읽어낼 수 없을 것이다. 다시 말해 소설은 아나그람만으로는 아나모르포즈만으로는 그리고 무의식만으로는 제대로 읽히지 않는 깊은 심층을 지니고 있는 문학작품이자, 인간의 감각과 의식과 영혼이 동시에 개입하고 서로 조명하는 거의 유일한 장르인 것이다.

김승옥의 소설 「야행」에서 아나모르포즈는 어디서 일어났는가? 그것은 우리의 절단 행위 속에서 일어났다. 우리는 단순히 작품의 일부를 인용한 것이 아니라 텍스트를 절단했고, 이 절단은 김승옥의 무의식 속에서 일어나고 있던 욕망의 움직임에 독자인 우리가 호응한 것에 다름아니었다. 조금 더 구체적으로 말해보면, 김승옥은 자신도 모르는 사이에 소설 속에서 수음을 하고 있었던 것인데, 이 수음은 킨제이 보고서 유의 심각한 척하는 성이론으로는 그 의미가 결코 드러나지 않는 형이상학적 번민의 화급한 출구였다. 그것을 읽어낸 우리 역시 김승옥 못지않게 화급했을 것이다.

남자의 손에 잡힌 현주의 손목이 남근이 되어 수음에 가담한 남근처럼 반응을 보이는 것은, 물론 작가의 청소년기를 의심하게 하지만 이 의심은 아무런 의미도 지니지 못한다. 하지만 프로이트라면 이 추억에 집착하여 어린 시절까지 거슬러올라갔을 것이고, 김승옥에게 편지를 썼을 것이다. 어쨌든 현주의 손목이 남근이 되는 변신의 장면은, 김승옥의 무의식 속에서 이미 남근이 육체에서 떨어져나와 독립적인 힘을 갖고 스스로 움직이는 존재로 자리잡고 있었음을 보여준다.

현주의 손목이 남근으로 변한 것이 아니라, 남근이 현주의 손목으로 변한 것이라고 해야 옳을 것이다. 따라서 현주의 손목은 홀바인의 그림에 나타난 해골 같은 아나모르포즈인 것이다. 정면에서 바라보면 누구도 그것을 해골로 보지 못하듯이, 남근 또한 정면에서 바라보면 누구도 그것을 남근으로 알아볼 수 없다. 그것은 한 치한에게 끌려가는 여인의 손목일 뿐이다. 남근은 오직 현주의 손목같이 전혀 다른 형상을 통해 그 속에 숨어 있는 형태로만 소설 속에서 모습을 보일 뿐이다. 바니타스의 전통적인 아이콘인 해골이 의미하는 죽음은 남근처럼 누구의 눈에도 보이지 않는다. 누구도 그것을 정면으로 바라볼 수가 없는 것이다. 우리는 해골은 바라볼 수 있지만, 우리 자신의 주검을 볼 수는 없다. 죽음은 철저하게 내가 주인공이면서도 그만큼 철저하게 나를 떠나 있는 현상이다. 남근 역시 그렇다. 그것은 신화적 존재일 뿐이다. 형체가 없을 뿐만 아니라 나를 떠나 있으면서 상징체계의 한 요소로서 나를 지배한다.

현주의 손목은 남근이다. 이 변신, 그것은 멜랑콜리의 한 표현이며, 세상을 지배한다고 믿었던 이성의 구문론과 원근법을 송두리째 뒤엎어버리는 아나그람이자 아나모르포즈인 것이다.

5. 눈속임(trompe-l'œil)과 아나모르포즈

소설 전체가 아니라 소설의 특수한 부분만을 잘라내어 읽는 경우, 이 절단 행위는 전체 텍스트 속에 숨어 있기 때문에 전체 문맥에서는 읽을 수 없는 것을 읽어낼 수 있는 한 방법이 될 수 있다. 하지만 그렇다고 소설의 전체적인 문맥이 덜 중요한 것은 아니고, 절단된 부분이 의미를 지니는 것도 문맥 속에서이다. 그것은 아나모르포즈가 눈속임(trompe-l'œil) 기법을 통해 사물들이 실재하는 사물들보다 더 사실적으로 선명하게 묘사된 배경과의 관계 속에서 진정으로 의미를 지니는 것과 동일하다.

한스 홀바인의 그림 〈대사들〉에서 두 대사 사이의 탁자 위에 올라가 있는 물건들은 해운, 천문학, 수학, 지도 제작, 음악 등에 관련된 것으로서, 모두 르네상스 시대 당시 지식인들의 지적 관심사를 일러주는 것들이다. 악기도 등장하는데, 음악은 고대 로마 시대부터 대수학의 일종으로 간주되었고 그 영향이 중세까지 지속되어 이른바 콰드리비움(quadrivium)이라는 정식 교과목에 포함되곤 했다. 이러한 르네상스 시대의 지식과 관련된 오브제들과 함께, 두 인물의 의복은 물론이고 런던의 웨스트민스터 사원의 바닥을 장식하고 있는 모자이크를 그대로 옮겨놓은 그림의 바닥 등은 모두 정확한 원근법과 명암법을 준수하며 이른바 눈속임 기법으로 그려진 것들이다. 그림의 하단부에 마치 공중에 떠 있는 것처럼 묘사된 괴물체는, 바로 눈속임 기법으로 그려진 배경의 인물들과 오브제들의 완벽에 가까운 실제성과 대비를 이루어 한층 그 기괴함이 강조된다.

한스 홀바인의 그림에 나타난 눈속임 기법과 아나모르포즈를 소설 텍스트에 적용해보면, 김승옥의 「야행」이나 신경숙의 「그 여자(女子)의 이미지」 모두 눈속임 기법에 의해 그려진 그림의 배경에 해당하는 사실적 묘사와 아나모르포즈에 해당하는 남근의 대비를 보여준다고 할 수 있다.

하지만 정작 지적되어야 할 것은 회화와 소설 사이에 존재하는 이러한 상사성이 아니다. 한스 홀바인의 그림에서 아나모르포즈는 공중에 떠 있다. 원근법을 벗어난 이 괴물체는 그것 자체로 무엇을 그렸는지 알 수 없는 왜상일 뿐만이 아니라, 그림의 배경을 이루는 모든 오브제들과 완전히 다른 시야에 위치해 있다. 그래서 그림의 주인공인 두 인물조차도 그것이 무엇인지 알아볼 수 없었으며 나아가 시선조차 주지 않고 있다.

우리는 분석 사례로 든 두 편의 소설에서 남근이 등장하는 장면을 전체 문맥에서 절단해냈다. 그리고 문헌학적, 사회학적, 주제비평적 등등의 모든 분석을 고의로 제외시켰다. 이렇게 함으로써 한스 홀바인의 그림에서 아나모르포즈가 원근법이 아닌 전혀 다른 법에 의해 지배되는 별도의 공간에 떠 있었듯이, 남근이 등장하는 장면들을 소설 전체를 지배하는 말의 넓은 의미에서의 사실주의 문법으로부터 절단하여 공중에 띄워놓은 것이다.

이렇게 해서 '현주의 손목'과 '피에이알케이이알'은 현주도, 미자도 모르는 사이에 작품의 한가운데 있는 허공 속에 그 괴이한 형상을 드러낼 수 있었다. 여기서 우리는 의미 있는 질문을 한 가지 추가해볼 수 있을 것이다. 즉 김승옥은 알고 있었을까, '현주의 손목'이 남근이라는 것을? 신경숙은 '피에이알케이이알'이 선명하게 찍힌 '파커 만년필'이 사실주의 언어를 빠져나가 스스로 남근이 되었다는 사실을 알고 있었을까? 어떤 힘에 이끌려 '현주의 손목'과 '만년필'은 남근이 된 것인가? 그 세계가 무의식의 세계이고 그 힘이 무의식의 힘이라는 말 이외에, 이 소설들 속에서 일어난 아나모르포즈를 지칭할 적절한 말을 아직 우리는 찾아내지 못했다.

6. 맺는말

한스 홀바인의 그림에 등장한 아나모르포즈는 다섯 가지 감각을 상징하는 오브제들과 기타 르네상스 지식인을 나타내는 상징들의 의미를 일거에 무화시키는 알레고리인 바니타스 도상의 해골이나 모래시계의 역할을 하고 있다. 한 가지 차이가 있다면, 보통의 정물화와는 달리 한스 홀바인의 그림에서는 이 바니타스의 상징인 해골이 아나모르포즈를 통해 형체를 알아볼 수 없도록 표현되었다는 점이다. 그러나 이 모든 작업은 의도적인 기법에 속하는 일이었기 때문에, 아나모르포즈 역시 중세 정물화 제작의 한 코드였다.

'현주의 손목'과 '땀에 젖은 만년필'의 그 생생한 모습 뒤에 숨어 있는 남근은, 회화작품이 아닌 소설 속에서는 해골이나 모래시계 같은 시각적 형상물을 통해서 표현될 수가 없다. 따라서 홀바인의 그림 〈대사들〉처럼 그림 속의 그림이라는 형식을 가질 수가 없는 것이다. 두 소설에서 남근은 이런 이유로 다른 형식을 통해 남근임을 드러내야만 했다.

김승옥의 소설에서 '현주의 손목'은 손목보다 한 단계 높은 층위인 수음의 무의식적 알레고리를 통해 남근임을 드러냈다. 이는 텍스트를 절단하는 작업을 통해서만 가능했다. 다시 한번 반복하자면 텍스트 절단작업은 그림을 정면에서 보는 것이 아니라 옆으로 비켜서서 보는 것에 해당한다. 이렇게 해서 홀바인의 그림의 해골에 해당하는 남근을 얻었지만, 위에서 지적했듯이, 이 남근은 회화에서처럼 시각적으로 형상화될 수 있는 성질의 것이 아니었다. 게다가 중세나 르네상스 시대에 코드화되어 있던 교훈적 알레고리인 정물화의 해골이나 모래시계와는 달리, 소설 속의 남근은 의도적인 것도 규범화되어 있는 것도 아니었다.

비유적으로 말해보면, 해골의 아나모르포즈는 마치 UFO처럼 그림 하단의 허공에 떠 있다. 아나모르포즈는 눈속임 기법을 통해 묘사된 그림의 다른 요소들과는 전혀 어울리지 않는다. 상이한 질서를 갖고 있는 두 개의 시공간이 한 화면 속에 공존한다는 사실 자체가 하나의 수사법인 것이다. 그림 속의 두 인물들조차 이 괴물체를 모르고 있다. 왜냐하면 괴물체는 그들이 거주하는 시공간과 전혀 다른 시공간에 있기 때문이다. 회화에서는 질과 차원이 다른 두 개의 시공간이 함께 있는 모습을 시각적으로 보여주는 것이 가능했고, 이 가능성은 잘 알려져 있다시피 후일 입체파에서 구현되었듯이, 회화의 잠재적인 비구상성이 언젠가 아나모르포즈 이외의 다른 방법으로 구현될 것을 예고하는 것으로 볼 수 있다. 사실 어떻게 보면, 추상화는 비유적으로 모두 아나모르포즈일지도 모른다.

소설은 상이한 질서의 지배를 받는 두 개의 시공간을 선조적으로 나열할 수는 있으나, 회화에서처럼 중첩시킬 수는 없다. 하지만 소설의 텍스트 전체가 아니라, 조너선 컬러가 제임스 조이스의 소설을 예로 들어 지적한 것처럼, 단어와 문장 차원에서는 동일한 시니피앙들이 이중의, 나아가서는 삼중의 의미를 지닐 수 있다. 따라서 우리는 아나모르포즈 형상을 그리는 화가처럼 의도적으로 전체 텍스트로부터 한 단어나 문장 혹은 단락을 잘라냄으로써, 절단되고 파편화되었을 때만 드러나는 무의식적 형상들을 가늠해낼 수 있었다.

아나그람과 아나모르포즈는 동일한 접두사가 자아내는 음성적, 형태적 유사성만으로도 함께 살펴볼 필요가 있을지 모른다. 더욱이 언어의 유희에 불과한 아나그람과 정해진 기법에 맞추어 제작되는 아나모르포즈는, 의도성 여부를 떠나 아나그람의 음성적 측면과 아나모르포즈의 회화적 측면을 통해 앞서 살펴본 대로, 소설과 같이 문자의 음성적 측면과 회화적 측면을 함께 고려해야 하는 텍스트를 분석하는 데 유용한 방법론의 역할을 할 수 있다.

하지만 무엇보다 아나그람과 아나모르포즈가 시도 아니고 회화도 아닌 소설의 분석에 유용한 것은, 청각적 이미지와 시각적 이미지들을 해독해내는 데 도움을 줄 수 있기 때문만이 아니라, 작품의 심부에서 움직이는 무의식적 층위들을 드러내는 데 유용하기 때문이다. 아나그람만으로는, 아나모르포즈만으로는, 무의식의 움직임이 제대로 드러나지 않는다.

소설의 경우는 더더욱 그렇다. 음소와 화소는 같이 움직이기 때문이다. 또 아나그람과 아나모르포즈는 독서와 분석의 방법이기 전에 작가가 소설을 쓰면서 무의식적으로 기대는 기법, 혹은 욕망의 처리 방식이기 때문이다. 언제나 금기와 함께 있는 욕망은 그 존재 이유가 충족되는 데에 있기 때문에 금기를 피하기 위해 우회적인 방법들을 사용하게 마련이다. 이 우회적인 방법들은 이미 프로이트가 그의 책 『꿈의 해석』에서 길게 서술한 바 있고, 프로이트를 다시 읽으려고 한 라캉은 이것을 은유와 환유라는 수사학 용어들을 사용하여 지칭하기도 했다. 또 프로이트는 이미 그의 임상기록인 「쥐 사나이」에서 비록 아나그람이라는 개념을 사용하지는 않았지만 글자가 지니는 의미를 분석했고, 세르주 르클레르 역시 임상기록을 통해 무의식 분석도구로서의 아나그람의 유용성을 입증한 바 있다.

우리는 어떤 대상에 대한 분석을 위해 아나그람과 아나모르포즈가 함께 필요하고, 나아가 분석에 동원되기 전에 아나그람과 아나모르포즈가 원래부터 함께 존재했음을, 두 편의 한국소설을 모델로 선정해 분석해보았다. 그 결과 김승옥의 소설을 분석하면서 작가의 의도와는 무관하게 한 여인이 손목을 잡힌 채 치한에게 끌려가는 장면이 수음의 장면으로 변하고 여인의 손목이 남근이 되는, 전혀 예상하지 못했던 변형과 변신을 확인할 수 있었고, 신경숙의 소설에서 만년필이라는 일상적 오브제가 남근이 되는 과정도 살펴보았다.

그렇다면 우리의 이러한 분석작업과 그 결과 도출된 남근의 이미지는 아나그람과 아나모르포즈와 어떤 관련이 있는 것인가? 이미 밝혔듯이 아나그람과 아나모르포즈는 항상 그런 것은 아니지만, 경우에 따라서는 무의식의 움직임 그 자체일 것이다. 특히 소설과 같은 텍스트 속에서는 언제든지 이러한 청각적, 시각적 왜곡을 통해 욕망이 충족될 것이다. 우리는 아나그람과 아나모르포즈를 소설 독서와 분석에 차용하면서, 텍스트 절단이라는 독서 방법을 사용했다. 텍스트 절단은 전체적 문맥을 무시하는 극단적 방법이 아니라, 숨어 있는 '음소' 만이 아니라 '화소'를 식별하여 의미를 찾아내고 이성적 작업의 산물로만 알려져 있는 사실주의적 소설 속에 비이성적인 움직임이 공존할 수 있는 가능성과 방식을 추적하는 방법이었다. 그러나 우리보다 먼저 비이성적 측면을 드러낸 사람들은 시인이나 화가 혹은 소설가들이 아니었을까?

따라서 소쉬르가 아나그람을 포기했을 때 그가 진정으로 포기한 것은, 기호의 예술적 측면, 즉 예전에는 수사법이라고 불렀지만 이제는 시학이라고 부르기도 하고 기호론이라고도 부르는 언어의 예술적 측면이었다. 소쉬르는 우선 기호의 시각적 측면, 즉 아나그람의 아나모르포즈적 측면을 등한시했다.

프로이트 역시 언어의 예술적 측면을 등한시했다. 그는 탁월한 기호학 저술로 읽힐 수도 있는 『꿈의 해석』에서 그토록 이미지의 중요성을 강조했음에도 불구하고, 소설을 읽을 때에는 그러지 못했다. 그 이유는 다름아니라, 소설을, 나아가서는 문학을 임상기록으로만 보았기 때문이다. 소설은 심리조사 같은 임상적 용도로 쓰이기도 하는 회화나 그밖의 시각적 매체들을 지배하는 의식적, 무의식적 수사법에 기대어, 우리가 살펴본 한스 홀바인의 〈대사들〉에 나타난 죽음과 무(無), 혹은 생명의 본질적 양상이자 거의 생화학적이기조차한 에로티시즘을 표현하고 있다. 스타로뱅스키가 지적했던 것처럼, 아나그람과 아나모르포즈는 서구인들에게 고유한 멜랑콜리를 나타내는 수사법인지도 모른다. 우리는 그의 지적에 보태어 아나그람과 아나모르포즈가 멜랑콜리이기 이전에 무의식의 언어라고 말할 수 있다. 김승옥의 예에서 보듯이, 멜랑콜리가 서구인만의 정신세계에서 볼 수 있는 것은 아니라는 의혹을 덧붙일 수 있을 것이다. 이 점에 대해서는 보다 깊은 논의가 뒤따라야 할 것이다.

문학동네 평론집
문학과 방법
ⓒ 정장진 2007

초판인쇄 | 2007년 6월 22일
초판발행 | 2007년 6월 29일

지 은 이 | 정장진
펴 낸 이 | 강병선
책임편집 | 조연주 고경화
펴 낸 곳 | (주)문학동네
출판등록 | 1993년 10월 22일 제406-2003-000045호

주　　소 | 413-756 경기도 파주시 교하읍 문발리 파주출판도시 513-8
전자우편 | editor@munhak.com
전화번호 | 031) 955-8888
팩　　스 | 031) 955-8855

ISBN 978-89-546-0340-9 03810

www.munhak.com